Ulrich Wickert
Der Richter aus Paris
Die Wüstenkönigin

PIPER

Zu diesem Buch

Jacques Ricou, unerbittlicher Untersuchungsrichter aus Paris, arbeitet mit unkonventionellen Arbeitsmethoden. In »Der Richter aus Paris« verschlägt es ihn auf der Suche nach dem Mörder eines Generals nach Martinique. Doch der vermeintliche Verbrecher, der Plantagenbesitzer Gilles Maurel, wird bei Ricous Ankunft gerade beerdigt. Und die junge Kreolin Amadée, die verführerische Witwe des Verstorbenen, trägt eher zur Verwirrung als zur Aufklärung des Falls bei. Die weiteren Ermittlungen führen Jacques Ricou in die Zeit des Indochina-Krieges. Vieles, was dort geschah, wurde nie aufgedeckt. Zu viele ehrenwerte Männer stecken bis heute unter einer Decke ... In »Die Wüstenkönigin« ermittelt der Richter in einem scheinbar banalen Fall. Doch rasch begreift er, dass es um Waffenhandel geht, um Öl und Diamanten, um ehrenwerte Männer aus Wirtschaft und Politik, die sich ihr Leben mit wenig ehrenhaften Geschäften in Angola vergolden. Um Ricous Ermittlungen zu erschweren und ihn zu kompromittieren, wird eine junge Frau auf ihn angesetzt: Lyse, eine Angolanerin, schön, klug und geheimnisvoll. Das Geflecht aus Bestechung, Skrupellosigkeit und Gewalt wird immer undurchschaubarer, und Ricou befindet sich bald selbst in höchster Gefahr.

Ulrich Wickert, geboren 1942 in Tokio, lebte und arbeitete als ARD-Korrespondent in Washington, New York und Paris. Als »Mister Tagesthemen« hat er das Fernsehbild der Deutschen geprägt. Nach den Bestsellern »Der Richter aus Paris«, »Die Wüstenkönigin« und »Der nützliche Freund« erschien zuletzt mit »Das achte Paradies« der vierte Fall für seinen Richter Jacques Ricou. Heute lebt Ulrich Wickert in Hamburg und Südfrankreich.

Ulrich Wickert

Der Richter aus Paris
Die Wüstenkönigin

Zwei Bestseller in einem Band

Piper München Zürich

Mehr über unsere Autoren und Bücher:
www.piper.de

Von Ulrich Wickert liegen bei Piper vor:
Die Zeichen unserer Zeit
Gauner muss man Gauner nennen
Der Ehrliche ist der Dumme
Das Buch der Tugenden
Der Richter aus Paris
Die Wüstenkönigin
Der nützliche Freund
Das achte Paradies

Taschenbuchsonderausgabe
Piper Verlag GmbH, München
März 2012
© 2003 und 2005 Hoffmann und Campe Verlag, Hamburg
Umschlagkonzept: semper smile, München
Umschlaggestaltung: Cornelia Niere, München
Umschlagmotiv: Michael Blann/Getty Images
Satz: Dörlemann Satz, Lemförde
Gesetzt aus der Electra
Papier: Pamo Super von Arctic Paper Mochenwangen GmbH,
Deutschland
Druck und Bindung: CPI – Clausen & Bosse, Leck
Printed in Germany   ISBN 978-3-492-27380-0

Der Richter aus Paris

PIPER

Für Julia

Die Witwe

Jacques sah sie tanzen, geschmeidig und mit abwesendem Blick zum Rhythmus der Trommeln. Sie hatte ihren schlanken Körper in ein fröhlich buntes Madrastuch gewickelt. Gar nicht wie eine Witwe, dachte er und fragte sich, wie alt sie wohl sei – schwer zu sagen, irgendwo in den Dreißigern oder doch schon vierzig?

Loulou reichte ihm die Flasche Tafia, starken, beißenden Rum, wie ihn nur Schwarze vom Lande trinken, und ermunterte ihn zu einem weiteren Schluck: »Der Tod ist bei uns Anlass zu einem großartigen Gelage.«

Jacques wischte den Flaschenhals ab, trank das braune Gesöff, hustete und schüttelte sich. Trotz seines leichten Sommeranzugs war ihm heiß, er fühlte sich wie in einem türkischen Dampfbad. Immer leiser tönten die Trommeln, nur noch ein kleiner Schlag hier oder da. Aus dem Kreis in der Mitte der Lichtung lösten sich die Tanzenden, manche blieben schweißgebadet stehen, andere fielen schwer atmend auf die Holzbänke vor den Tischen und griffen gleich zu einer Flasche Bier. In die plötzliche Ruhe stieß der dumpf krächzende Ruf eines Vogels. Koo-hee! Koo-hee! Koo-hee! Jemand hob beschwörend die Hand und lauschte, die Umstehenden nickten. Und die Zamanas, Bäume hoch wie eine Kathedrale, flüsterten in der Brise der Nacht. Über ihnen sah Jacques den von Sternen übersäten Himmel.

Als er auf der Plantation Alizé von Gilles Maurel kurz vor der Dämmerung aus dem Leihwagen gestiegen war, hatte er nur das laute Schnarren von Grillen gehört und in der Ferne ein vereinzeltes Bellen. Der Wind blies angenehm zu dieser Stunde. Niemand hatte sich gezeigt. Er hatte keinen menschlichen Laut gehört.

Um den zweiten Stock des Herrenhauses der Habitation führte eine Galerie aus Gusseisen. Neunzehntes Jahrhundert, hatte Jacques gedacht, schön! Doch bevor er die Stufen zur Veranda bewältigt hatte, war die Terrassentür aufgeschlagen.

Ein großer Kreole in schwarzem Anzug war herausgetreten, den linken Arm um eine Holzkiste mit Flaschen. Jacques hatte gedacht, der muss jeden Tag mindestens eine Stunde an Geräten üben, sonst baut man solche Schultern nicht auf. Er wusste das, denn Muskeln hatte Jacqueline schon lange an ihm vermisst, und jetzt vermisste er sie, wie sie damals war vor sieben Jahren, als sie sich kennen gelernt hatten.

»Zur Trauerfeier kommen Sie zu spät«, sagte der Kreole, der die Rechte vorstreckte und sich als Loulou vorstellte. Gott, was für ein wilder Händedruck, Jacques zuckte zwar, ließ sich den kurzen Schmerz aber nicht anmerken. Er sah auf Loulous Hand. Sie war mächtig, aber bis hin zu den polierten Fingernägeln penibel gepflegt.

»Jacques Ricou. – Ich bin etwas zu spät gelandet. Frau Maurel ...?«

Nur für einen Augenschlag senkte der Kreole den Blick, als wollte er das Schuhwerk von Jacques prüfen, dann sagte er: »Kommen Sie mit.«

Jacques folgte Loulou, der ihn ohne viel Federlesens zur Totenfeier in den tiefen Wald im Norden von Martinique führte. Und Loulou berichtete ihm in gepflegtem Französisch, was vorgefallen war.

Gestern Abend war Gilles Maurel gestorben, und heute am Mittag hatten sie ihn schon beerdigt. Das Radio-bois-patate, das schneller ist als die Eile des Windes, also die Buschtrommel, hatte die Nachricht im Schatten des Mont Pelée verbreitet. Als es dunkel geworden war und die Békés, die auf den Antillen geborenen weißen Pflanzer, sich von der Witwe verabschiedet hatten, waren die Einheimischen mit Bambusfackeln und zahlreichen Kisten Rum und Lorraine-Bier, mit gebratenen Hähnen und fetten Kaninchen weit in die Wildnis gezogen, wo die Männer Bänke und Tische aufgebaut hatten.

Die Kreolen nahmen ihn einfach nicht wahr, als er, Jacques, geführt von Loulou aus dem Wald auf die Lichtung trat. Der Tanz war schon hitzig entbrannt. Im Licht der Fackeln warfen die Körper lange, flatternde Schatten in die Bäume. Er fühlte sich unwohl, fremd, schon allein weil sein grauer Anzug viel zu elegant war. Eine modische Konzession an Jacqueline, seine Ex-Frau, die ihn hier als Pariser verriet. Nicht dass die Kreolen sich nicht ihrer Tradition gemäß gekleidet hätten, die Männer in Schwarz, die Frauen in bunten Kleidern aus Madrastüchern, einige der alten noch mit dem Kopftuch, dem Mouchoir de tête-coco-zaloye, um den Kopf, weil sie ihr Haar nicht gern dem verrückten Wind aussetzten. Grau und schwarz wirkt der Coco-zaloye, der eigentlich nur zur Hausarbeit getragen wird.

Jacques zog das frische, gefaltete Taschentuch hervor und wischte sich das Gesicht ab. Er fühlte sich blass und kränklich, mit fiebrigem Schweiß auf Oberlippe und Stirn. Loulou drückte ihn auf einen Platz am Ende der letzten Bank zum dunklen Wald hin, Jacques nickte, aber niemand am Tisch erwiderte den Gruß, und wen auch immer er anblickte, der hatte sich schon längst abgewandt.

Mitten auf dem Tanzplatz stand, allein und in Gedanken versunken, eine Kreolin: Amadée, die Witwe. Aber wie eine Hinterbliebene sieht sie wirklich nicht aus, dachte Jacques wieder, als er sie prüfend beobachtete. Statt Trauer strahlte sie Wärme und Gelassenheit aus, vielleicht sogar ein wenig Lebensfreude. Jacques atmete tief durch, ein Seufzer, als wollte er seine Gedanken vertreiben. Eine schöne Frau, und trotzdem offen und freundlich. Loulou trat auf sie zu und berührte ihren Arm – zärtlich, wie es Jacques schien. Sie blickte hoch.

Von den Tischen kamen lautes Lachen und Gesprächsfetzen. Einer rief: »Gilles, damit du weißt, wie ehrlich ich bin, habe ich dir heute zehn Sous ins Grab geworfen, als Abzahlung meiner Schulden. Den Rest erhältst du, wenn wir uns wieder treffen.«

Brüllendes Gelächter. Die Tafia-Flaschen klirrten.

Loulou führte Amadée an das Ende der Bank, Jacques erhob sich, knöpfte die Jacke zu und sagte: »Madame Maurel, ließe sich Trauer teilen, würde ich Ihnen gern etwas davon abnehmen. Lassen Sie mich dennoch mein Mitgefühl ausdrücken. Mein Name ist Jacques Ricou, und ich bitte um Entschuldigung, dass ich als Fremder ohne mein Zutun in diese intime Feier eingebrochen bin.«

Amadée lachte herzlich und unterbrach ihn: »Jacques, ich weiß nicht, was Sie von meinem Mann wollten. Sie kommen aber zu spät. Loulou meinte, Sie wirkten wie ein Verwandter von Gilles, also nehmen wir Sie als solchen in unsere Runde auf. Alles andere später.«

Sie griff nach seiner Hand, ließ die Trauergäste mitten auf einer Bank auseinander rücken, zog ihn neben sich an den Tisch und sagte in die Runde: »Seid nett zu ihm, Jacques gehört zur Familie.«

Und um ihre Worte zu bestärken, gab sie ihm eine Bise, einen Kuss von Wange zu Wange. Ihre trockene Hand hielt seine weiterhin mit leichtem Griff auf dem Tisch und ließ sie erst los, um die Tafia-Flasche zu ergreifen, einen Schluck zu nehmen und sie ihm weiterzureichen. Er trank, obwohl er in seinem Kopf schon jenes dumpfe Gefühl empfand, das er so gut kannte. Man Yise, eine gewaltige Frau, die Leichenwäscherin, als die Amadée sie vorstellte, reichte ihm mit breitem Lachen ein gebratenes Hähnchenbein, worüber Jacques fast verzweifelte, denn er mochte weder Hähnchen, noch mochte er mit den Fingern essen.

Gestern hatte er auf der Fahrt zum Flughafen Orly über das kalte Wetter geflucht, es war unter zehn Grad gewesen in Paris und hatte genieselt. Jetzt war sein Anzug durchgeschwitzt, der Kragen drückte, er war müde. Am Abend war er mit der üblichen Verspätung in Fort-de-France gelandet. Bis er in seinem Hotelbett gelegen hatte, war es weit nach Mitternacht – in Paris hatten schon die ersten Wecker geklingelt.

Vielleicht war es doch eine Schnapsidee, Gilles Maurel des Mordes zu verdächtigen. Einen Mann von über neunzig, der zu allem Überfluss auch noch gestorben war, bevor er ihn hatte sprechen können. Da er aber kein Mann war, der Schnapsideen verfolgt, konnte er sich die Fragwürdigkeit seiner Reise auch nicht eingestehen. Man muss allen, auch den unmöglichen Spuren nachgehen, lautete sein Prinzip, das er immer noch nicht für falsch hielt, schließlich hatte es ihn zum Erfolg gebracht – und dafür wurde er gefürchtet.

Nichts ist unmöglich, solange man es nicht versucht hat, pflegte er zu antworten, wenn jemand eine seiner Anweisungen als phantastisch abtun wollte.

Amadée ergriff noch einmal seine Hand, sagte: »Es ist genug Tafia da«, stellte die Flasche vor ihn, lachte und stand auf, während die Trommeln unter kräftigen Schlägen wieder zu dröhnen begannen.

Jacques spürte ihre Hand noch lange. Sie war trocken und sanft, so wie die von Jacqueline, die jedes neue Schönheitsmittel ausprobierte. Nicht nur kaum sichtbare Falten ließ seine Ex mit dem Wundermittel Botox wegspritzen, sondern auch die Feuchtigkeit auf der Handfläche. Sie hasste Schweißpatschen, wie sie sich ausdrückte. Du lieber Gott, Jacques schüttelte sich innerlich, Jacqueline! Deren Anwalt hatte wieder finanzielle Forderungen gestellt, obwohl sie es war, die ihn verlassen hatte und die schließlich auch nicht schlecht verdiente. Kein Wunder, die Wirkung von Botox hält höchstens sechs Monate vor. Er vermisste sie trotzdem, aber er vermisste sie nicht, wenn er daran dachte, wie sie sich mit ihren Freundinnen traf – wie einst zu Tupperware-Verkaufstees –, zu Meetings mit dem Schönheitsspezialisten, der mit der Botoxspritze die Damen einzeln im Nebenzimmer verarztete.

Entspann dich, versuchte Jacques sich zu beruhigen, entspann dich, du findest den Weg zurück ohnehin nicht allein.

Amadée und Loulou tanzten jetzt wie in Trance. Man Yise rüttelte an Jacques' Arm und prustete kreolische Sätze heraus, die er nicht verstand, aber die Geste mit der Tafia-Flasche war eindeutig. Alle schauten ihn an. Er trank noch einen Schluck, was lauten Jubel auslöste. Man Yise schlug Jacques auf die Schulter. Ihm gegenüber saß ein kräftiger Kreole mit Glubschaugen in einem großen, runden Kopf, der eine neue Flasche aus der Kiste holte, den Korken mit seinen Ziegenzähnen herauszog, einen langen Schluck nahm und den Tafia an ihn weiterreichte mit dem Wort »Frère« – Bruder.

Jacques wollte sich im Kreis der feiernden Trauergemeinde kein Zögern erlauben, so nippte er nur, was anschwellenden Protest von allen auslöste. Eine Hand kippte die Flasche in seinen Mund, so dass der Rum aus den Mundwinkeln in seinen Hemdkragen lief. Alle brüllten vor Lachen und schlugen sich auf Schultern und Schenkel. Jacques fürchtete nun einen Bruderschaftskuss von Man Yise, aber die fragte nur, ob er Gilles jüngerer Bruder sei.

Jacques sah sie erschrocken an: »Gilles hätte höchstens mein Vater sein können.«

Wieder lachten alle. Jacques überlegte, ob er gelallt hatte. Der Kreole nahm noch einen Schluck Tafia und reichte ihm erneut die Flasche. Jacques spürte alle Blicke und wusste, dass er noch einen großen Schluck trinken musste. Als er die Flasche polternd wieder auf dem Holztisch absetzte, hielt er sich an ihrem Hals fest, als wäre sie eine Säule.

Loulou setzte sich neben ihn, nahm einen Schluck und reichte ihm wieder die Flasche. Mit lautem Lachen und einem kumpelhaften Schlag auf die Schulter machte der kräftige Mann Jacques zum Mittelpunkt des Kreises. Jacques ahnte, was sie vorhatten, aber er konnte sich nicht mehr wehren.

Immerhin nahm er noch mit leichtem Wohlgefühl wahr, dass plötzlich zwei Finger von Amadées warmer Hand seine Haut über dem Kragen berührten, als sie sich wie zufällig auf seine Schulter stützte, um die Rumflasche auf dem Tisch zu ergreifen. Durch einen kurzen Druck ihrer Finger machte sie klar, dass diese Geste nicht zufällig geschah. Er sah ihr zu, wie sie grazil einmal schluckte und ihm dann die Flasche reichte, die beiden Finger immer noch an seiner Haut über dem Kragen.

Der Tafia kreiste und kehrte immer wieder zu Jacques als Mittelpunkt zurück. Unter großem Gelächter.

*

»Würden Sie mir, bitte, noch ein Glas Zitronensaft reichen?«, fragte Jacques seine Gastgeberin. Das frische, saure Getränk wirkte belebend. Amadée saß ihm

14

gegenüber am Frühstückstisch, der mit frischen Früchten, zwei aufgebackenen Buttercroissants, Säften und starkem Kaffee gut, aber nicht übermäßig reichlich gedeckt war. Ihm fiel auf, dass das dünne, mit tropischen Vögeln bemalte Porzellan von Hermès stammte, das Silberbesteck von Christofle.

Jacques nahm seinen Saft entgegen. Und um ihr nicht das Gefühl zu vermitteln, er sei von ihrer Schönheit beeindruckt, stierte er über sie hinweg in die Ferne.

»Bei ganz klarem Wetter kann man das Meer sehen«, sagte sie.

»Reiten Sie?«, fragte Jacques, der auf der Weide zwei Pferde grasen sah. Das gepflegte Grün zog sich, in leichten Wellen abfallend, mindestens zwei Kilometer hin bis zu der endlos scheinenden Bananen-Plantation, die in weiter Ferne dann mit dem dunkelgrünen Urwald verschmolz, der sich vom Osthang des Mont Pelée bis zum Atlantik ausbreitete.

»Nein, mein Mann ist geritten. Und er ist an den Folgen eines Sturzes vom Pferd gestorben.«

»Das tut mir Leid. Wie ist das passiert?«

»Er ist jeden Abend um einen anderen Teil der Plantation geritten, und vorgestern auf dem Rückweg ist das Pferd wahrscheinlich abgerutscht – auf einem engen, steinigen Pfad. Gilles ist einen Felshang hundert Meter tief hinuntergestürzt, nicht weit von der Gorge de la Falaise.«

»War er allein?«

»Ja. Aber Bananenarbeiter haben den Schrei gehört und ihn gleich gefunden. Er war wohl sofort tot.«

Trotzdem war es nicht unbedingt ein Unfall, dachte

Jacques, aber er zögerte – ganz gegen seine Art –, sie zu befragen; dabei galt er doch als einer der erfahrensten Untersuchungsrichter von Paris – und als der kaltschnäuzigste. Gerade in diesem Fall hatte er jede Person der Republik, die irgendetwas mit dem Fall zu tun haben könnte, vernommen, Minister, Parteiführer, Unternehmer und Präfekten, Polizeipräsidenten, ehemalige Generäle und auch deren Fahrer, Sekretärinnen, Referenten und Geliebte. Nie war er um Fragen verlegen gewesen. Meist hatte er sie in Paris, in seiner Festung, wie er das Dienstzimmer nannte, gestellt, während Martine Hugues, seine Gerichtsschreiberin, schweigend Protokoll führte.

In Amadées Augen vermutete er ein schelmisches Lächeln, als wollte sie ihn fragen, woran er sich vom gestrigen Abend noch erinnere.

Heute früh, als er in einem Gästezimmer im oberen Stockwerk aufgewacht war, jemand hatte ihm Jacke, Krawatte und Schuhe ausgezogen, hatte die Tür zur Galerie offen gestanden, die Sonne schien hell herein, und die seidenen Vorhänge wisperten leise, als die Stoffe sich im warmen Wind streiften. Auf den Holzdielen standen wenige Möbel, eine polierte Kommode aus edlem Holz an der Wand, ein zierlicher Schreibtisch, am Fenster ein Sessel aus Flechtwerk.

Zwei große kolorierte Kupferstiche, die einen exotischen Vogel zeigten, hingen an der Wand, und Jacques dachte, es könnten Arbeiten von Jean Jacques Audubon sein, aber höchstens Drucke, denn ein Original aus dem neunzehnten Jahrhundert würde sich nur ein sehr wohlhabender Bananenpflanzer leisten können. Doch als er näher hinschaute, erkannte er auf den Blättern unten rechts die Bleistiftsignatur »2001 G.M.«. Hervorragende Arbeiten, dachte Jacques bewundernd.

Im Bad hatte er Rasierzeug und ein frisches Hemd gefunden. Er konnte sich an nichts mehr erinnern, an gar nichts, nur an den Rum, aber er verspürte keinen Kater. Er würde so tun, als wüsste er nicht, dass sie ihn absichtlich mit Tafia voll geschüttet hatten.

»Madame …«, setzte er an, doch sie unterbrach ihn mit einem Lachen. »Amadée – Jacques!«

»Danke, dass Sie mich so zuvorkommend aufgenommen haben. Ich bin …«

»Ich weiß, wer Sie sind: der unbeugsame Juge Ricou! Der Schrecken der Politiker. Ich weiß so ziemlich alles, selbst dass Sie geschieden sind! Schließlich steht über Sie genug in den Zeitungen. Jacques, eine kreolische Trauerfeier mag auf Sie befremdlich wirken, aber wer seine einheimischen Gebräuche hochhält, ist nicht unbedingt ein wilder, unwissender Neger. Auch wir sind Franzosen, unsere Vorfahren die Gallier!«

Jacques lachte mit ihr. Wenn Amadée auch eine hellhäutige Kreolin war, gallische Herkunft konnte er nicht an ihr erkennen. Unsere Vorfahren waren die Gallier! Diesen blöden Lehrsatz lernten noch vor wenigen Jahren alle französischen Schulkinder aus ihren in Paris gedruckten Schulbüchern, ganz gleich, ob sie nun in Frankreich, Guyana, auf Tahiti oder den französischen Antillen aufwuchsen: »Nos ancêtres les Gaulois« galt auch für Kreolen. Ihre kulturelle Arroganz haben die Vertreter des Zentralstaats selbst heute nicht abgelegt.

»Wir haben zwar hier auf der Habitation Alizé weder Radio noch Fernsehen, wir haben noch nicht einmal Telefon. Gilles wollte von der Metropole nichts mehr wissen. Aber wir haben trotzdem vieles gehört, und Loulou hat mir alle Wissenslücken über Sie aufgefüllt.«

»Was macht Loulou?«

»Er ist Journalist in Fort-de-France. Wenn ich es richtig sehe, krempeln Sie gerade die politischen Parteien wegen Schmiergeldzahlungen um. Ich weiß nur nicht, warum Sie hier sind und was in aller Welt Sie zu Gilles führt?«

Sollte er die Wahrheit sagen, dass er eigentlich nur einem Gefühl nachgegangen war?

»Es hängt mit Ihrem Nachbarn Victor LaBrousse zusammen.«

»Mit LaBrousse hat sich Gilles seit über einem Jahr nicht mehr getroffen. Die beiden hatten sich verkracht.«

»Vielleicht hängt mein Besuch bei Ihnen mit der Ursache für diesen Krach zusammen. Waren die beiden Männer vorher gut befreundet?«

»Beide Familien waren Pieds-noirs, Franzosen, die seit Generationen in Algerien gelebt hatten.«

Kolonisatoren, die gekommen waren, als die Algerier angeblich die Franzosen, die mit schwarzen Stiefeln kamen, »schwarze Füße« nannten – Pieds noirs.

»Aber sie haben sich erst hier kennen gelernt. Gilles wohnte schon eine Ewigkeit auf Martinique, bevor Victor vor dreizehn oder vierzehn Jahren gekommen ist und seine Plantation gekauft hat.«

»Waren Sie bei dem letzten Treffen dabei?«

»Ja, Gilles hat sich so aufgeregt, dass er fast einen Herzanfall bekommen hätte. Er hatte auf einem Foto, das bei LaBrousse hängt, einen französischen Offizier erkannt, mit dem Sie sich übrigens auch befasst haben. Der General, der letztes Jahr ermordet worden ist, war auf dieser Aufnahme zu sehen. Ich kenne die Geschichte. Ich vermute, der General diente LaBrousse als Vorbild. Haben Sie ihn, Victor LaBrousse, schon besucht? Er wohnt nicht weit von hier.«

»Gestern Nachmittag.«

*

Jacques war vom Flughafen mit dem kleinen Peugeot 206 in den Ort gefahren und hatte im »Imperial« ein Zimmer genommen. Kein luxuriöses Hotel, aber eines der besseren in Fort-de-France. Die großen Ferienhotels lagen auf der anderen Seite der Bucht an der Pointe-du-Bout. Er war hier, um zu arbeiten, und sein Besuch war präzise und entsprechend den Regeln vorbereitet. Darauf legte er Wert. Von Paris aus hatte er bei der Polizei in Fort-de-France um Amtshilfe nachgesucht. Es hatte fast zwei Tage gedauert, bis Martine ihn endlich mit Kommissar Césaire von der Police judiciaire in Martinique hatte verbinden können.

»Sind wir von den Pariser Sitten inzwischen auch so verseucht worden, dass Sie sogar uns anrufen«, lachte Césaire in den Hörer.

»Das sehen Sie falsch«, antwortete Jacques ironisch. »Schon je was von der exception culturelle gehört? Paris versteht sich doch immer schon als Hort aller Zivilisation, die es in die ganze Welt zu verbreiten gilt. Dazu gehört auch unser Justizwesen. Dessen Auswirkungen sollt ihr auch mal kennen lernen – von mir!«

»Welcher Béké hat denn von hier aus in die schwarzen Kassen gezahlt?«, fragte Césaire.

»Ein bisschen komplizierter ist das schon.«

Jacques bat Césaire, Victor LaBrousse zur Befragung in die Polizeidirektion nach Fort-de-France zu zitieren, verschwieg jedoch, dass er sich eigentlich mehr für Gilles Maurel interessierte.

»Auf Martinique lebt man anders«, lachte ihn der Polizist aus Fort-de-France aus, er müsse sich schon selbst zu LaBrousse begeben. Schließlich sei der ein angesehener und wohlhabender Pflanzer mit Beziehungen zur Politik.

Wer ihm in Paris so arrogant gekommen wäre, dem hätte Jacques auf der Stelle eine gerichtliche Verfügung geschickt.

Dem Mann auf Martinique gegenüber blieb er aber erstaunlich gelassen. Und er ertappte sich bei dem Gedanken, wie wohltuend es sein könnte, eine seiner abstrusen Spuren selbst zu verfolgen, schon allein weil ihm das erlauben würde, für ein paar Tage aus Paris zu fliehen – dienstlich.

Noch hielt er dem politischen Druck, der immer weniger subtil auf ihn ausgeübt wurde, stand, aber der Fall, an dem er nun seit acht Jahren arbeitete, begann ihn zu nerven. Manchmal hatte er sogar Angst.

Dazu kam die Trennung von Jacqueline! Wenn es im Büro kriselt, muss das Privatleben stimmen – oder umgekehrt, pflegte er zu philosophieren. Bei ihm herrschte aber im Augenblick mindestens doppelte Unordnung.

Jetzt aber war er hier auf dieser exotischen Insel und für vier Uhr mit LaBrousse auf dessen Plantation verabredet.

Jacques nahm den direkten Weg über die N 3 quer durch Martinique und ließ sich Zeit. Die Strecke ist kurvig und steigt schon bald hinter Fort de France an. Bei Balata sah er die Nachbildung von Sacré-Cœur, die 1928 gebaut worden war. Kitsch, Jacques schüttelte den Kopf, genauso ein Kitsch wie das Original auf dem Montmartre, das seinerzeit wegen des Sieges der barbarischen Teutonen 1870 über die Nachfahren der Hellenen gebaut worden war!

Die Straße stieg weiter bergan. Jacques begann in seinem kleinen Auto zu schwitzen. In Frankreich gibt es, grob gesagt, zwei Sorten von Staatsdienern, dachte er: solche, die man als die Katholiken bezeichnen könnte, weil sie im Dienst eine Pfründe sehen, und solche, die für ihn die Protestanten waren, weil sie jede Ausgabe von Steuergroschen sorgsam beachten. Weil er zu den Sparsamen zählte, hatte er diesen Peugeot 206 gemietet – ohne Klimaanlage, und er bereute es schon jetzt. Die Sonne hatte den kleinen Wagen erbarmungslos aufgeheizt, und der Fahrtwind brachte nur wenig Erleichterung.

In Le Morne-Rouge hielt er an, er lag gut in der Zeit, setzte sich unter das Laubdach einer Ajoupa, genoss die leichte Brise und trank eine undefinierbare, aber wenigstens eiskalte Limonade. Am Klapptisch neben ihm saßen zwei Kreolen und spielten Domino.

Der Fall

Zweimal krähte der Corbeau. Le Corbeau bedeutet nicht nur krächzender Rabe, sondern besagt auch, dass ein schräger Vogel Geheimnisse verpfeift, ohne selbst in Erscheinung zu treten. Le Corbeau wird ein anonymer Denunziant genannt, eine Übelkrähe, die Bestandteil des täglichen Lebens in Frankreich ist. Einmal verpfiff ein Corbeau den General Baltazar de Montagnac an die Justiz, beim zweiten Mal – acht Jahre später – gab er an zu wissen, wer der Mörder des Generals sein könnte. Und erst da tauchte der Name Victor LaBrousse in diesem Fall auf, obwohl der Pflanzer auf Martinique von Anfang an daran beteiligt war, viele Millionen Francs, später Euro zugunsten französischer Politiker zu waschen.

Eines frühen Morgens, drei Tage vor Himmelfahrt 2002, war Balthazar de Montagnac vor seiner Villa in Saint-Cloud, dem schicken Villenviertel am südwestlichen Rande von Paris, erschossen worden. Eine einzige Kugel aus einem Präzisionsgewehr älterer Bauart, wie die verwendete Munition verriet, hatte ihn aus fast zweihundert Metern Entfernung in die Brust getroffen und ihm das Herz zerrissen. Sein Gärtner hatte ihn, im schönsten Sonnenschein auf dem Rasen liegend, wenige Meter von der Terrasse entfernt, gefunden. An diesem Ort pflegte der General seine Besucher zu führen und den einzigartigen Blick über ganz Paris zu rühmen mit dem Eiffelturm als Kompassnadel in der Mitte des Panoramas. Der Schuss war von den Oleanderbüschen an der hohen Gartenmauer aus abgegeben worden.

Noch bevor die Polizei eintraf, verbreitete sich die Meldung vom Mord an dem General wie ein Lauffeuer über das Internet, die Rundfunknachrichten nahmen sie auf, und die Mittagsnachrichten im Fernsehen begannen ausnahmsweise nicht mit dem Lieblingsthema der nach Quote schielenden Fernsehmacher: dem beunruhigenden Fall eines kleinen Mädchens, das verschwunden war.

General de Montagnac ermordet! Das deutete nicht nur auf einen politischen Skandal hin, nein, das war eine Sensation, die die Staatsspitze erschüttern könnte, wie einst der Tod von Arbeitsminister Robert Boulin, der im Wald von Rambouillet in einem fünfzig Zentimeter tiefen Tümpel ermordet aufgefunden worden war. Der populäre Boulin stand damals kurz davor, Raymond Barre als Premierminister abzulösen. Der Fall wurde nie gelöst. Es sei ein Selbstmord gewesen, hieß es, und es war geradezu lächerlich, was die vom Innenminister abhängige Polizei damals beschloss: Boulin sei absichtlich in der flachen Pfütze ertrunken.

Doch so einfach ließ sich der Mord am General de Montagnac nicht vertuschen. Denn ein Corbeau hielt den Fall am Köcheln.

Sechs Monate waren seit dem Schuss auf den General vergangen, und immer noch hatte die Polizei keinen konkreten Hinweis auf einen Täter. Als die zuständigen Beamten beschließen wollten, auch dessen Tod als Selbstmord einzuordnen, wies der Corbeau in seiner zweiten Mitteilung auf Verdächtige hin, mit der Bemerkung: die vor acht Jahren bei Gericht eingegangene erste Lieferung von ihm solle nicht vergeblich gewesen sein.

Die neuen Papiere brachten LaBrousse ins Spiel. Und das erstaunte Jacques Ricou, denn LaBrousse war zwar jahrelang als Handlanger de Montagnacs in das Geschäft mit der schwarzen Kasse verwickelt gewesen, doch bei keinem Verhör, in keiner Rechnung oder Akte hatte der Richter bisher einen Hinweis auf ihn gefunden.

Martine sagte dazu nur lakonisch: »Da stecken noch viel mehr drin, die wir nicht kennen. Du hast noch viel Arbeit vor dir, Monsieur le juge, es ist nur die Frage, wer wen zuerst erwischt: die anderen dich oder du die anderen.«

»Die anderen sind im Moment im Vorteil, aber das hier ist ein Punktgewinn für uns.«

Der anonyme Denunziant, der sich in den schmutzigen Geschäften der hohen Politik, der Justiz und der Geheimdienste offensichtlich auskannte, hatte mit seiner ersten Briefsendung kurz vor den Präsidentschaftswahlen im Frühjahr 1995 einen Machtkampf zwischen der Gerichtsbarkeit und den Renseignements Généraux, dem Inlandsgeheimdienst, ausgelöst. Für Eingeweihte war das erkennbare Ziel des Denunzianten der Sturz des Innenministers.

In einem Umschlag ohne Fingerabdrücke hatte er der Justiz einen Packen Rechnungen geschickt, die von einer völlig unbekannten Beratungsfirma namens

»Sotax« an solche Bauunternehmen adressiert worden waren, die Aufträge von verschiedenen öffentlichen Stellen und Kommunen erhalten hatten. Da ging es um alles: den Bau von Metrolinien, von Straßen, Bahntrassen, Brücken, Autobahnzubringern und ganzen Hochhaussiedlungen in der Banlieue.

Die Staatsanwaltschaft hatte das Dossier in einem rosa Aktenordner, die Farbe für Finanzdelikte, weiter an den für diese Dinge zuständigen Untersuchungsrichter Jacques Ricou geleitet, und der hatte schon beim Öffnen des Umschlags gegenüber Martine den Verdacht geäußert, es könne sich hier wieder einmal um einen Fall illegaler Parteienfinanzierung handeln. Das wäre beileibe nicht das erste Mal. Denn die Parteien in Frankreich hatten sich ein besonderes System der Selbstbedienung zu ihrer Finanzierung ausgedacht.

Die Politiker hatten einfach den Satz von Louis Quatorze, »l'Etat, c'est moi«, auf sich bezogen und, unter Verdrängung der Ursachen, die zur französischen Revolution geführt hatten, dieses Postulat umgewandelt in: Der Staat gehört uns. Daraufhin hatten sie ohne Scheu Millionenbeträge aus den öffentlichen Kassen abgezweigt, um ihre Wahlkämpfe – und nicht nur die – zu bezahlen. Denn jeder, der das Schwarzgeld zwischen die Finger bekam, teilte es in mehrere Häufchen und behielt einen stattlichen Prozentsatz für sich.

Das System funktionierte äußerst simpel: Firmen, die Aufträge von Gemeinden oder anderen staatlichen oder städtischen Einrichtungen erhielten, zahlten zehn Prozent der Vertragssumme an »Planungsbüros«, die zwar nichts planten, aber das Geld an die schwarzen Kassen ihrer Partei weiterleiteten, die wiederum im Gemeinderat oder im Rathaus über die Vergabe von Aufträgen entschied. Für die Unternehmen war das Geschäft mit den Rechnungen in jedem Falle einträglich. Sie stellten die Kosten für die angebliche Arbeit der Planungsbüros den öffentlichen Kassen wieder in Rechnung. So wanderten in Wirklichkeit Steuergroschen meist über den Umweg ausländischer Währung in die Taschen der Politiker.

An diesem nationalen Brauchtum änderte sich auch nichts, als ein Gesetz zur Parteienfinanzierung diese Art der Wertschöpfung untersagte. Denn die politische Klasse rechnete fest damit, dass Justitia unter der Binde vor den Augen hindurchlugen, den Politiker vor sich erkennen und dann ein Auge zudrücken würde. Zumindest war es immer so gewesen: Die Justiz tat der Politik nicht weh, schließlich hatte die Regierung stets den längeren Atem; denn wer sprach wohl Beförderungen oder Ernennungen aus?

Die Rechnungen in Ricous rosa Dossier stammten aus den Jahren 1994 und 1995, beliefen sich auf mehrere hundert Millionen Francs, und der Richter hatte durch diskrete Recherchen schnell herausgefunden, dass die »Sotax« außer einer Sekretärin, die auf gediegenem Papier Rechnungen schrieb, niemanden beschäftigte.

General de Montagnac war eine schillernde Figur. Als Berufssoldat hatte er sich im Zweiten Weltkrieg in Indochina und Algerien bewährt und es bis zum General gebracht. Mit sechzig als Militär pensioniert, war er nahtlos in eine Karriere als Politiker gewechselt und wurde zweimal für jeweils sechs Jahre zum Senator gewählt – ein ehrenwertes, scheinbar sogar politisch gewichtiges, aber im Machtgeflecht von Paris ziemlich unbedeutendes Amt. Doch in Paris zählen die Fassaden, der äußere Prunk verdeckt den Plunder dahinter. Der Sitz des Senats, das Palais de Luxembourg, wirkt noch beeindruckender und würdiger als die hellenistische Fassade der Assemblée nationale. Und ein Senator wird nicht direkt, sondern von den Wahlmännern der Regionen gewählt, das lässt ihn vermeintlich hoheitsvoll über den Parteien schweben. Doch trotz all ihrer Würde – zu sagen haben die alten Herren im Senat recht wenig.

Balthazar de Montagnac, aus kleinem Adel im Süden Frankreichs stammend, war erst als Politiker reich und einflussreich geworden, und obwohl seine Zeit im Senat schon fünf Jahre zurücklag, galt er immer noch als einer der Barone der L.E.F., einer konservativen Sammlungsbewegung unter dem populistisch klingenden Namen »Liberté – Égalité – Fraternité«, Freiheit – Gleichheit – Brüderlichkeit, was einst die wilden Revolutionäre gefordert hatten. In der Öffentlichkeit wurde er, der nun auf die Achtzig zuging, immer noch als der General angesprochen. Er war ein nüchterner, ja, humorloser Mann, doch, ausgestattet mit einem viereckigen Schädel und einem in Jahrzehnten Militärdienst trainierten straffen Brustkorb, strahlte er große Bedeutung aus mit seinem aufrechten Gang und der stets perfekt gepflegten dunklen Mähne, deren Haaransatz er sich einmal in der Woche von den hübschen, in luftige Kittel gekleideten Mädchen bei Monsieur Georges in der Avenue Franklin D. Roosevelt mit einem Pinsel schwarz nachfärben ließ.

In der Partei hatte der General, der mit politischen Äußerungen nie hervortrat, häufig die Strippen für die L.E.F. im Dunkeln gezogen, wenn es um Abstimmungsverhalten, unerklärte Koalitionen und erst recht, wenn es um Ämter ging. Deshalb schmeichelte ihm, wer nach Posten schielte, und gab sich als sein Freund aus. Aber der General wurde nicht nur als geheimer Finanzier in der L.E.F., sondern auch über sein Lager hinaus respektiert, weil er, so schien es, über unkontrolliert viel Bargeld verfügte. Welche Quelle er anzapfte, wollte niemand wissen; manch einer vermutete, er habe nicht nur für die Armee, sondern auch für den Geheimdienst gearbeitet, der seinerzeit das Ölunternehmen Elf-Aquitaine gegründet hatte, um von der Politik finanziell unabhängig zu sein. Und Elf verteilte in den guten alten Zeiten jedes Jahr Hunderte von Millionen nicht nur an Politiker und Parteien in Frankreich, sondern an so manchen Regierungschef im Ausland, an afrikanische Häuptlinge oder Präsidenten von Ländern, in denen Ölreserven lagen.

All das geschah selbstverständlich im Einvernehmen mit dem jeweiligen Staatspräsidenten, dem der jeweilige Chef von Elf einen handgeschriebenen Zettel präsentierte, auf dem stand, wer wie viel bekommen sollte. Die Partei des Präsidenten wurde stets besonders bedacht. Zu seiner Amtszeit, so wird berichtet, machte François Mitterrand jedes Jahr stets die gleichen glucksenden Geräusche, mit denen er seine Unzufriedenheit ausdrückte, wenn ihm die

Liste vorgelegt wurde, und fügte noch einiges für die Sozialisten hinzu.

Regelmäßig kurz vor Weinachten machte der General die Runde durch Paris. Aus dem Kofferraum seines großen Peugeot, den er an diesem Tag ausnahmsweise selber chauffierte, verteilte er, nach einem geschickt ausgeklügelten System, in großen Bündeln Fünfhundert-Franc-Scheine. So erhielt etwa die Mätresse des Ministers einer anderen Partei mehrere hunderttausend Francs, womit er nicht nur eine Freundin, sondern darüber hinaus auch einen heimlichen Alliierten gewann.

Vor den Wahlen im Frühjahr 1995 war Jacques Ricou mit der Untersuchung beauftragt worden, aber der Fall war Jahr um Jahr gewachsen. Dann war im Herbst 2002 der General erschossen worden. Insgeheim hatten sich all jene Politiker, Beamte und Unternehmer, die in das Geflecht der »Sotax« verstrickt waren, den Tod des Generals erhofft, am liebsten friedlich, wegen seines hohen Alters, denn das hätte, unter normalen Umständen, die Einstellung der Untersuchung bedeutet. So hatte die bisher willfährige Justiz immer gehandelt.

Aber es war nichts mehr so wie früher, als ohnehin alles besser war. Richter einer neuen Generation, wie Jacques Ricou, Éric Halphen, Renaud van Ruymbeke und vor allem Eva Joly, haben inzwischen bewiesen, was eine unabhängige Justiz bewirken kann und was Gerechtigkeit bedeutet. Auch aus diesem Grunde war Jacques Ricou im Frühjahr 2003 so schnell bereit, nach Martinique zu reisen, um Victor LaBrousse zu vernehmen.

Drei Wochen zuvor hatte er in der zweiten Sendung des Corbeau wieder brisantes Material entdeckt. Unter den Papieren waren einige Protokolle, die im Jargon der Renseignements Généraux, des Inlandsgeheimdienstes, »blancs« genannt werden – »weiß«, weil das Papier weder Briefkopf noch Unterschrift trägt, damit es nicht auf einen bestimmten Agenten zurückverfolgt werden kann. Blancs existieren stets in nur drei Exemplaren, eines behält der Agent, das zweite geht an den Chef des Geheimdienstes und das dritte erhält der Innenminister. Der Corbeau musste also auf einem guten, sehr guten Posten sitzen, um eine Kopie herstellen und an den Richter schicken zu können.

Martine hatte den Umschlag geöffnet und war damit sofort in Jacques' Büro geeilt. Grinsend hatte sie ihn gefragt:

»Weißt du eigentlich, wofür die Abkürzung ›Sotax‹ steht?«

»Das ist vermutlich ein erfundener Name.«

»Es ist die Abkürzung von Société taxi – Taxiunternehmen. Wie ein Taxi hat die ›Sotax‹ das Geld eingeladen und die Millionen bei den Parteien abgeliefert.«

»Wo hast du denn das her?«

»Steht hier vorn auf der ersten Seite. Post vom Corbeau.«

»Der Witzbold.«

In zwei säuberlich getrennten Aktendeckeln, der eine rosa, der andere schwarz, war da zum ersten Mal seit Beginn der Ermittlungen im Frühjahr 1995 der Name Victor LaBrousse aufgetaucht. In der ersten

Akte wurden ungewöhnlich hohe Zahlungen auf ein Konto von Victor LaBrousse in Abidjan, der Hauptstadt der Elfenbeinküste, und der weitere Weg des Geldes dokumentiert, präzise und bis in das letzte Detail genau. Anlass für die Überweisungen waren Rechnungen der »Sotax«.

In der zweiten Akte aber steckte die wirkliche Brisanz.

Aus ihr kamen – sechs Monate nach dem Mord an dem General – Abhörprotokolle zutage, die, ursprünglich auf dem Weg von der Abhörstelle zum Gericht, von interessierter Stelle abgefangen und nun offenbar von einer anderen interessierten Stelle weitergeschickt worden waren.

Ricou zuckte nur mit den Schultern, nachzufragen hatte keinen Sinn. Die Abhörstelle der Renseignements Généraux würde darauf bestehen, die Papiere schon vor sechs Monaten auf den normalen Weg gegeben zu haben. Sie seien nur der Schlamperei des Gerichts zum Opfer gefallen, man kenne das ja, würde es heißen.

Die Abschrift eines Telefongesprächs zwischen dem Finanzier und einem Unbekannten weckte Ricous erhöhte Aufmerksamkeit.

LaBrousse meldete sich zum ersten Mal, seitdem die Affäre aufgeflogen war, bei dem General, ohne Namen zu nennen.

»Frangibus, erkennst du meine Stimme?«

Frangibus, das ist das Codewort, mit dem sich Freimaurer ansprechen, und die gehörten in Frankreich, wo es immer viele Affären gab, einem geheimen Netzwerk an.

»Red weiter, ich werde schon drauf kommen.«

Der Bananenpflanzer von Martinique hatte allerdings den Fehler gemacht, für das Gespräch, das er
von Fort-de-France aus führte, sein eigenes Handy zu
benutzen. Die Abhörstation hatte also sofort gewusst,
wer anrief. Der Corbeau lieferte das Ergebnis gleich
mit.

LaBrousse: »Erinnerst du dich an Gilles Maurel?«

Der General: »Wer war das denn?«

LaBrousse: »Algerien. Der Pied-noir, der mit Kadija
befreundet gewesen ist.«

Der General: »Die schöne Kadija? Oh ja, die
Schwester des FLN-Schweins. – Was ist mit Maurel,
der müsste doch längst das Zeitliche gesegnet haben.
Der wär' doch jetzt an die hundert?«

LaBrousse: »Knapp neunzig. Der ist gut konserviert
im karibischen Klima.«

Der General: »In einem Behälter Rum wahrscheinlich.«

LaBrousse: »Er hat vor drei Monaten in meinem
Büro ein Foto von uns beiden in der Wüste gesehen,
auf dem er dich erkannt hat – aber mich nicht. Ich
habe behauptet, es sei ein Bild meines gefallenen Bru-
ders, und ihn im Unklaren darüber gelassen, was unsere damalige Beziehung betrifft. So ganz nebenbei
hat er gefragt, ob es dich denn noch gebe. Und weil er
so scheinheilig den Unbeteiligten gespielt hat, habe
ich vage deine politische Karriere angedeutet. Da
wurde er puterrot und schrie: ›Das Schwein Montagnac. Den bring ich um, und wenn es das Letzte in
meinem Leben ist und ich jeden Sou für einen Killer
ausgeben muss.‹ Seitdem meidet er mich.«

Der General: »Der ist doch inzwischen ein verrückter alter Trottel!«

LaBrousse: »Von wegen, ich würde gern in dem Alter auch noch jeden Tag über meine Plantation reiten, und ich fürchte, dass er zur Sippschaft von Fanon
sehr gute Kontakte hat.«

Der General: »Danke. Aber mach dir keine Gedanken, vielleicht solltest du nur das Foto abhängen.«

LaBrousse

*E*in protzig großes Schild am Rand des Ananasfeldes wies auf die Abzweigung zur Habitation LaBrousse hin. Jacques bremste und bog mit seinem 206 auf die Lehmpiste ein. Weil es gewaltig hinter ihm staubte, schloss er mit einem Seufzen die Fenster und drosselte die Geschwindigkeit. Es hatte lang nicht mehr geregnet. Jacques nahm den Fuß vom Gas, denn die Räder schlugen in die Schlaglöcher, und der Wagen rumpelte um die Kurven den Berg hinauf, Stoßdämpfer schien es in Leihwagen auf Martinique nicht zu geben.

Die Ananasfelder wichen einer Bananenplantage, in der ein paar Kreolen ihre Maultiere beluden und innehielten, um Jacques nachzuschauen, als er vorbeifuhr. Kommissar Césaire hatte ihn für vier Uhr nachmittags angemeldet, und Jacques versuchte sich vorzustellen, wie der Schwarzgeldkurier des Generals, denn das war Victor LaBrousse gewesen, ihn empfangen würde. Ob er wohl seinen Rechtsanwalt zu sich bestellt hatte? Jacques hatte bei seinen Recherchen wenig über den Mann erfahren.

Er war in Algerien als Sohn eines französischen Gutsverwalters geboren worden, der aber schon aus Victors Leben verschwand, als er noch keine drei Jahre alt war. Verwandte nahmen die Mutter auf,

Pieds-noirs, die es mit einer kleinen Obstplantage in der Nähe von Oran zu bescheidenem Wohlstand gebracht hatten. Sie schauten auf das vaterlose Kind hinab, als sei es ein Bastard, und sie behandelten die Mutter wie eine Angestellte. Schon als er sieben war, wurde auch Victor zur Arbeit auf der Plantage eingesetzt, so dass seine Muskeln sich mehr entwickelten als sein Geist. Aber pfiffig war er wohl, ein Kerl mit wachem Instinkt und Verstand.

Während des Algerienkriegs leistete Victor seinen Militärdienst in der französischen Armee ab und kämpfte mit Herz und Waffe für den Erhalt der Kolonie, machte nach der Unabhängigkeitserklärung einen kurzen Abstecher nach Frankreich, wo er nicht Fuß fassen konnte, und tauchte erst Mitte der siebziger Jahre wieder als Eigentümer einer Bananen- und Ananasfarm an der Elfenbeinküste auf. Hier, in dem Land, das bis 1960 auch französische Kolonie war, hatte unter der jahrzehntelangen Herrschaft von Staatspräsident Félix Houphouet-Boigny ein afrikanisches Wirtschaftswunder stattgefunden, dank einer liberalen Politik und der engen Bindung an Frankreich. Erst als es 1985 an der Elfenbeinküste wirtschaftlich bergab ging, war LaBrousse auf die französischen Antillen umgesiedelt.

Jacques steuerte den Peugeot zwischen den Riesenwurzeln von zwei hundert Jahre alten Kapokbäumen hindurch, die eine natürliche Einfahrt zur Habitation LaBrousse bildeten. Der Weg öffnete sich in einen weiten Platz, an dessen Stirnseite, ein wenig erhöht, das Wohnhaus auf einer ungepflegten Wiese stand. Ein ursprünglich weiß getünchter Bau ohne jeden

Stil, der vielleicht vor zwanzig Jahren errichtet und seitdem nie wieder gestrichen worden war. Die tropische Feuchtigkeit hatte grünliche Spuren unten an den Mauern hinterlassen, und an den Fenstersimsen aus Beton hatte der Regen parallel von oben nach unten kleine schwarzgrüne Linien gezogen.

Seitlich zu dem Haus, nur ein wenig tiefer, lag ein langes Wirtschaftsgebäude mit rostigem Wellblechdach, vor dem ein alter Citroën-Kastenwagen parkte. Kein Mensch war zu sehen.

Jacques stieg aus dem Auto und hörte Motorengeräusche, die sich vom Wald her näherten. Auf einer Piste hinter dem Wirtschaftsgebäude fuhren mit großem Tempo und wegen des Staubes in gebührendem Abstand voneinander drei Geländewagen, ein offener Jeep, wie ihn die amerikanische Armee schon im Zweiten Weltkrieg benutzt hatte, mit heruntergeklappter Windschutzscheibe, gefolgt von zwei geschlossenen Landrovern. Eine Superwinde an der vorderen Stoßstange des etwas älteren Modells »Defender« gab dem Fahrzeug ein verwegenes Aussehen – aber, so sagte sich Jacques, solch eine Ausstattung ist in dieser Gegend vermutlich unentbehrlich.

Aus den Wagen stiegen zwei Weiße und einige mit Gewehren bewaffnete Kreolen, die abwartend stehen blieben. Gute Gewehre, erkannte Jacques, zumindest gut gepflegte, doch nicht so edel wie das Paar Schrotflinten mit Anschlag aus Rosenholz, das sich sein ehemaliger Schwiegervater in Saint-Étienne von Georges Granger hatte machen lassen. So ein Stück würde heute wohl fünfzigtausend Euro kosten. Dafür war das Zwillingspaar aber auch vollkommen identisch, die Balance auf das Gramm genau ausgewogen, damit jedes Gewehr gleich in der Hand lag, wenn der Treiber es nachgeladen hatte und dem Jäger zum neuerlichen Schuss reichte. Für die Jagd auf Rotwild hatte sich der alte Herr das Tactical Elite SBS 96 von Steyr zum Präzisionsgewehr umbauen lassen. Aber so teure Waffen waren etwas für Lodenträger im Jagdrevier im Elsass, nichts jedoch für einen Planteur auf Martinique.

Jacques erkannte LaBrousse, mit seinen kurz geschorenen drahtigen Haaren, sofort an dem selbstbewussten Auftreten und an dem herrischen Zeichen, mit dem er seinen Begleitern bedeutete, sich zurückzuziehen. Sie kletterten wieder in Jeep und Defender und fuhren weiter zum Wirtschaftsgebäude. Dort blieben sie, mit den Gewehren lässig im Arm, am offenen Tor stehen.

Als der Bananenpflanzer ihm mit einem kurzen Winken andeuten wollte, er sei jetzt dran, war Jacques schon auf ihn zugetreten. Er hatte geahnt, dass LaBrousse vor seinen Männern den harten Kerl rauskehren würde.

Sie sprachen gleichzeitig los.

Jacques: »Monsieur LaBrousse?«

LaBrousse: »Kommen Sie.«

Jacques zögerte, ob er die Hand ausstrecken sollte, doch da drehte ihm LaBrousse schon den Rücken zu, klemmte sein Gewehr in die rechte Armbeuge und ging einen ausgetretenen Pfad entlang auf das Wohnhaus zu.

Auf dem einfach gefliesten Boden im Wohnzimmer standen wenige Möbel, ein Küchentisch mit sechs

Stühlen, ein mit Papieren übersäter Schreibtisch. An der Wand über einer braunen Couch hingen einige private Fotos in erstaunlich feinen Rahmen aus poliertem Mahagoni. LaBrousse stellte das Gewehr neben einem Sessel nah der Couch ab, zog die Lederweste mit den Patronentaschen langsam aus, als kehre er allein von der Jagd zurück, und wandte sich plötzlich mit unerwartet freundlicher Miene seinem Besucher zu.

»Darf ich Ihnen einen Kaffee anbieten?«

»Danke, lieber ein Glas Wasser.«

»Nehmen Sie Platz!«

LaBrousse wies auf die Sitzecke hin. Jacques warf einen Blick auf die Fotos, sah aber auf keinem Bild einen französischen Offizier, in dem er den General hätte wiedererkennen können. LaBrousse kam aus der Küche mit einem Glas, das einst als Senftopf verkauft worden war, einer Flasche Wasser und einer Dose Lorraine-Bier.

Ohne die Miene zu verziehen, sagte er im freundlichen Konversationston: »Ich habe schon gedacht, Sie hätten mich vergessen, Monsieur le juge.«

»Weil de Montagnac tot ist?«

»Der General, für mich bleibt er der General. Immerhin habe ich in den vergangenen Jahren nichts in den Zeitungen gelesen, was mich betroffen hätte. Und da Sie offensichtlich jedes Verhör sofort an die Presse gegeben haben, dachte ich, es gäbe doch noch Geheimnisse vor Ihnen.«

Jacques entspannte sich. Auf den ersten Blick strahlte LaBrousse zwar mit seinen leicht schräg stehenden Augenschlitzen, der gereizten rötlichen Haut und dem schmallippigen Mund Feindlichkeit aus, doch der kräf-

tige Mann, der mit seinen sechzig Jahren immer noch
wie ein muskulöser Bullterrier wirkte, war offensichtlich einfältiger, als der Richter erwartet hatte.

»Sie werden es nicht glauben, aber wir sind erst vor
drei Wochen auf Sie gestoßen.«

LaBrousse zog die Luft durch die Zähne ein, als be-
reue er die von ihm eingeschlagene Taktik der schein-
baren Offenheit.

»Und?«

»Na schön.« Jacques schmunzelte, und holte seinen Organizer aus der Jackentasche, stellte ihn mit einem leichten Druck auf den grünen Schalter oben
rechts an und wählte auf dem Computerbildschirm
die Funktion »Merkzettel«.

»In den Jahren 1992 bis 95 wurden von einem Unternehmen, das am Bau der TGV-Strecke nach Lille
beteiligt war, knapp hundertfünfzig Millionen Francs –
mehr als zwanzig Millionen Euro – auf ein Konto
nach Abidjan an der Elfenbeinküste überwiesen, das
dort auf den Namen der Bananen-Plantation Sassandra eingerichtet ist. Gehört Ihnen die noch?«

»Ja. Soweit einem bei dem dortigen Chaos überhaupt noch etwas gehören kann.«

Da hat LaBrousse Recht, dachte Jacques. Die einzigen Franzosen, die an der Elfenbeinküste noch was zu
sagen haben, sind die Soldaten der Fremdenlegion,
die letzten Herbst ins Land geschickt worden sind, um
die Herrschaft des selbstgefälligen Herrschers Laurent
Gbagbo zu stützen – und die zwanzigtausend Franzosen im Land vor den Rebellen des MPCI (Mouve-
ment patriotique de la Côte d'Ivoire) zu schützen.
Wer klug war, hat das Land verlassen.

»Wollen Sie Ihre Kontonummer wissen?«, fragte Jacques. »Die Zahlungen auf Ihr Konto sind auf den Rechnungen angegeben, die von der Firma ›Sotax‹ ausgestellt worden sind. Die ›Sotax‹, die nach offiziellen Angaben dem General gehört hat, streicht Geld von den Firmen ein, die öffentliche Aufträge ausführen. Und das Geld, wenn es einmal gewaschen ist, fließt in die schwarze Kasse einer politischen Partei.«

Jacques warf einen Blick auf LaBrousse, der einen Schluck aus der Dose nahm und mit Pokergesicht abwartete.

»Die hundertfünfzig Millionen Francs waren stückweise von Ihrem Konto in Abidjan auf ein Konto der BC weitergeleitet worden, der Central Bank of Brasil, auf den Cayman-Inseln. Von dort haben Sie sechs Mal große Beträge bar abgehoben, das Geld nach Paris gebracht und dem General übergeben. Ich kann Ihnen die genauen Daten sagen – und auch die Flugroute, die Sie jeweils gewählt haben. Sie sind stets über einen anderen großen französischen Flughafen losgeflogen, stets mit der Air France. Ein Beispiel: Am …«, Jacques konsultierte den elektronischen Merkzettel, »… Montag, den 17. Oktober 1994 flogen Sie von Fort-de-France nach Guyana und bestiegen dort am Abend den Air-France-Flug Cayenne – Paris mit einem Erste-Klasse-Ticket. Sie saßen Sitz 2 B. Drei Tage zuvor hatten Sie von dem Konto bei der BC auf den Caymans eine Million hundertfünfzigtausend Franc bar abgehoben, wovon Sie dem General in Paris eine glatte Million in Tausenderscheinen übergaben. Ich vermute, hundertfünfzigtausend haben Sie behalten. Kein schlechter Lohn. Ich habe mich gefragt, warum Sie Cayenne als Abflugort für den Flug gewählt haben. Wahrscheinlich taten Sie es einmal, um Ihre Herkunft aus Fort-de-France zu verschleiern, und zum anderen, weil Cayenne – Paris als Inlandsflug gilt, so dass Sie in Orly nicht durch den Zoll gehen mussten. Wollen Sie weitere Einzelheiten wissen?«

»Was wollen Sie von mir? Ich habe mir versichern lassen, dass ich mich nicht strafbar gemacht habe. Alles andere ist meine Privatsache.« LaBrousse setzte sich auf.

»Beihilfe zur Untreue wäre denkbar.« Jacques schwieg und musterte sein Opfer.

»Wäre verjährt.«

»Die Verjährung wird unterbrochen durch die richterlichen Untersuchungen.«

»Weder in Abidjan noch auf den Caymans. Und warum kommen Sie gerade jetzt damit?«

Jacques ließ seinen Blick scheinbar unentschieden durch den Raum schweifen, um dann LaBrousse direkt in die Augen zu schauen. »Jetzt ist der General tot.«

»Immerhin schon seit gut neun Monaten!« LaBrousse atmete schwer ein. Und schwieg.

»Aber wir wissen erst seit kurzem, dass Sie Hinweise auf den Mörder besitzen.«

LaBrousse fuhr auf. »Quatsch.«

Der Pflanzer schaute auf das neben ihm stehende Gewehr und legte den Mittelfinger der rechten Hand genau auf das Loch, aus dem die Kugel den Gewehrlauf verlässt, zögerte, als überlege er den nächsten Schritt.

Jacques wusste, dass er LaBrousse keine Zeit lassen durfte, um sich zu sammeln.

41

»Sie haben einen Monat vor dem Mord mit dem General telefoniert und ihn vor seinem Mörder gewarnt.«

LaBrousse schwieg. Draußen startete der Jeep, und das Geräusch des Motors entfernte sich. Dann herrschte wieder Ruhe. Jacques sah LaBrousse gelassen an und bemerkte die Schweißflecken auf dessen Hemd unter den Achselhöhlen. Eine Fliege summte laut und klatschte immer wieder gegen die Fensterscheibe. Lästiges Vieh, dachte Jacques. LaBrousse stand auf, öffnete einen Fensterflügel und scheuchte den Brummer mit der linken Hand hinaus. Ungerührt setzte er sich wieder hin und blickte Jacques an, als wollte er ihn provozieren.

»Warum hat Maurel gedroht, den General umzubringen?«

LaBrousse zog laut Luft durch die Nase ein, schien zu überlegen, was er wohl am besten antworten könnte, und setzte sich auf. »Der General hatte Maurels algerische Freundin Kadija auf dem Gewissen.«

»Wie das?«

»Kennen Sie Maurels Lebensweg?«

Mal sehen, was er weiß, dachte Jacques und sagte: »Nur ein wenig. Erzählen Sie!«

»Maurel kam 1954 ziemlich gebrochen aus Indochina nach Algerien zurück und ließ sich auf dem Landgut in der Ebene von Mitidja, das er von seinem Vater geerbt hatte, nieder. Ein schöner Sitz in einer Landschaft, wo's gut wächst. Obst und Olivenbäume und gutes Klima. Nur fünfundzwanzig Kilometer vom Mittelmeer entfernt. Nicht so verdammt feucht wie hier. Aber die Vietminh hatten Maurel wohl so hart zugesetzt, dass er ständig medizinische und auch psychische Betreuung benötigte. Von seiner Obstplantage war es zum Glück nicht weit bis zum Krankenhaus von Joinville, einem Viertel von Blida, in dem die Franzosen wohnten. Und dort arbeitete Kadija als Krankenschwester.«

Wie unerbittlich die Geschichte mit einem Menschen umgehen kann, dachte Jacques. Da überlebt Maurel knapp den Kolonialkrieg in Indonesien, kehrt in die Heimat, in der er, in der schon sein Vater, sogar sein Großvater geboren und aufgewachsen waren, zurück, und es beginnt der nächste Aufstand. Unerbittlich.

Er fragte: »Was war das für eine Frau, diese Kadija?«

LaBrousse machte eine kurze Pause, lächelte sanft und sagte: »Eine besondere Frau. Wenn sie nicht so vornehm getan hätte, wären ihr alle Männer verfallen. Sie trug ihren Charakter im Gesicht. Dem Gerücht nach stammte sie aus einer alten maghrebinischen Familie aus Blida, die ihren Ursprung auf Sid Ahmed El Kebir zurückführt, und sie glaubte das beweisen zu können, weil beim Erdbeben von 1825, bei dem ganz Blida zerstört wurde, ihre Besitztümer als einzige völlig unbeschädigt blieben. Wird nichts Wahres dran gewesen sein.«

»Sid ...?«

»Der angebliche Gründer der Stadt. Eine Art Heiliger. Durch die einheimische Kadija lernte Maurel den Psychiater des Krankenhauses Joinville kennen, Frantz Fanon. Der hat ihn behandelt, und sie haben sich angefreundet. Maurel war ein sanfter Typ. Fanon hat so manche Zeit mit seiner Frau und ihrem kleinen Kind auf dem Land bei dem weißen Landbesitzer Maurel und Kadija verbracht – besonders wenn es im Sommer in Blida zu heiß wurde. Man stelle sich das mal vor, er, Fanon – ein Neger aus Martinique. Dabei hätte die Hitze Fanon ja nichts ausmachen dürfen. Wirklich, ein Neger aus der französischen Kolonie Martinique kommt in die französische Kolonie Algerien, nach Blida, und gibt sich als Apostel der Befreiung und des Kampfes gegen die französischen Kolonialherren aus, die ihm Lesen und Schreiben beigebracht haben! Ich lach' mich immer noch kaputt.«

LaBrousse schüttelte sich wirklich für einen Moment. Dann fuhr er trocken fort: »Fanon hat schon früh die Mücke gemacht und ist nach Tunis abgehauen, als es ihm in Joinville zu heiß wurde. Vielleicht hat er gespürt, dass wir ihm auf den Fersen waren. Er hatte im Krankenhaus eine geheime Widerstandsgruppe aus Ärzten und Krankenschwestern gebildet, die den FLN-Leuten Medikamente lieferte, auch schon mal Schusswunden behandelte und Flüchtige aus dem Untergrund in Krankenbetten versteckte. Als Fanon weg war, übernahm Kadija die Führung der Gruppe und wurde als Chefin akzeptiert, vielleicht weil sie mit Larbi Ben M'Hidi, einem der Gründer der FLN, verwandt war. Ben M'Hidi war verantwortlich für die Attentate in Algier. Auch der kam aus einer wohlhabenden Familie vom Lande. Ein Intellektueller, hatte Theaterwissenschaften studiert.«

»War sie seine Schwester?«

»Nein, seine Krankenschwester. Ich weiß nicht

mehr, wie sie miteinander verwandt waren. Wer weiß das schon bei den Arabern.«

»Und wann kommen Sie ins Spiel?«

»Ich gehörte damals als Fallschirmspringer zu der kleinen Truppe des Folterers von Algier, Paul Aussaresses. Was der gemacht hat, ist ja hinreichend bekannt, er hat es schließlich in seinen Memoiren über die Sondereinheiten in Algerien beschrieben, die vor zwei Jahren als Buch erschienen sind. Als Ben M'Hidi gefangen genommen worden war, haben wir ihn eines Nachts abgeholt – wir arbeiteten immer nur im Dunkeln – und zu einem verlassenen Bauernhof zwanzig Kilometer südlich von Algier gebracht, den wir uns schon einige Zeit zuvor besorgt hatten. Dort haben wir ihn aufgehängt, und schon ging die Anzahl der Attentate rapide zurück. Die Folgen seines Selbstmords waren für uns der Beweis für seine Schuld.«

»Selbstmord?«

»So nannten wir das. Und wir wurden insgeheim belobigt. Denn damals wusste man, dass man nur durch Foltern gegen die Terroristen weiterkam. Foltern wurde von oben toleriert, wenn nicht gar empfohlen.«

»Nach dem Motto ›Wir haben nur Befehle ausgeführt‹?«

»Ja und? Das ist keine Ausrede. Damals war François Mitterrand, den ihr Untersuchungsrichter ja so liebt, ich glaube er war Innen- oder Justizminister ...«

»Justizminister!«

»... und er hat sogar einen persönlichen Abgesandten nach Algerien geschickt, Jean Bérard, auch ein Richter. Der wusste genau, was nachts bei uns ablief.

Schließlich hat General Jacques Massu selbst Aussaresses als Chef der Foltereinheit ausgesucht.«

Algerienfranzosen verehrten Massu als eine legendäre Figur. Er führte Kommandos in Indochina und Nordafrika, kämpfte ab 1956 in Algerien gegen die FLN, wurde sogar zum Präfekten von Algier ernannt und nahm schließlich eine führende Position beim Putsch gegen die Vierte Republik ein, weshalb ihn de Gaulle seines Postens enthob.

»Einmal war ich dabei, als Massu, im Beisein von Aussaresses, den Mord an einem Gefangenen befahl«, erzählte LaBrousse weiter. »Ein Rechtsanwalt namens Ali Boumendjel war als Auftraggeber eines Mordes an drei Franzosen festgenommen worden, das war ein ziemlich klarer Fall, denn die Tatwaffe gehörte ihm. Weil Boumendjel aber einen hohen Stellenwert in der Gesellschaft von Algier einnahm und einen genauso bekannten Bruder hatte, der auch als gewiefter Rechtsverdreher galt, fürchteten alle, er könnte freigesprochen werden. Da sagte Massu nur: ›Ich verbiete, dass Boumendjel flieht! Verstanden?‹ Aussaresses stand auf und fuhr sofort zu dem Gefängnis, in dem Boumendjel saß. Dort erklärte er dem wachhabenden Leutnant, Massu habe Angst, Boumendjel könne fliehen. Man müsse ihn deshalb verlegen. Und um das zu tun, solle der Leutnant Boumendjel über eine Brücke in der sechsten Etage ins nebenan liegende Gefängnisgebäude führen. Er, Aussaresses, würde unten warten, bis alles erledigt wäre. Der Leutnant hat's verstanden, den Gefangenen geholt, in die sechste Etage geführt, ihn mit einem Schlag betäubt und runtergeworfen. Aussaresses fuhr mit seinem Jeep zurück zu

46

Massu und berichtete: ›Mon général, Sie haben mir gesagt, Rechtsanwalt Boumendjel solle nicht fliehen. Nun, er wird nicht mehr fliehen, weil er sich eben umgebracht hat.‹ Massu hat nur gegrunzt. So war das damals.«

»Wie kommt da jetzt General de Montagnac ins Spiel?«

»Der wurde im Herbst 1957 Nachfolger von Aussaresses als Folterer von Algier. Damals war er zwar erst Major, aber er hat wahrscheinlich schon als Kind imposant gewirkt. Sie wissen ja, wie er auftreten konnte. Ich glaube, nachdem er den ersten Streifen am Ärmel hatte, nannten ihn alle in seiner Einheit nur noch ›der kleine General‹. Das Wörtchen ›klein‹ haben sie aber schnell fallen lassen. In Algier gab sich der General tagsüber immer brav und bieder und, was um diese Zeit ungewöhnlich war, er saß stets unbewaffnet im Bistro. Man glaubte, er erfüllte beim Amt des Generalgouverneurs eine organisatorische oder politische Aufgabe, darum wurde er zu allen gesellschaftlichen Ereignissen eingeladen. Deshalb kannte der General auch bald alle wichtigen Algerienfranzosen, darunter auch Maurel. In Wirklichkeit ging es dem General nur darum, die Ohren offen zu halten, um so viel wie möglich zu erfahren. Und das war auch sehr hilfreich.«

»Was interessierte ihn denn an Maurel?«

»Seine Beziehung zu Fanon. – Hinzu kommt, dass dessen Familie schon Mitte des 19. Jahrhunderts nach Algerien gekommen war, so dass Maurel alle Welt kannte – algerische Franzosen wie Maghrebiner. Und mit seinem schlohweißen Haar und seiner ruhigen, überlegten Art strahlte er Gelassenheit aus. Es hieß von ihm ja sogar, er wäre einst ein Vertrauter de Gaulles gewesen. Doch dann verwickelte er sich in ein seltsames Spiel. Man kann in Menschen ja nicht hineinschauen. aber wir haben uns manchmal gefragt, ob die Gehirnwäsche der Vietminh doch funktioniert hat. Wir haben ihn jedenfalls zu den Kofferträgern gerechnet. Das hat ihm zwar nie jemand nachweisen können, aber wir gingen davon aus, dass er wahrscheinlich in Frankreich gesammeltes Geld nach Algerien zur FLN geschmuggelt hat. Haben ja viele Linke gemacht.«

LaBrousse bekam noch jetzt, nach so vielen Jahren, einen roten Kopf vor Zorn.

»Intellektuelle, mon cul! Vaterlandsverräter! Vielleicht ist ja auch seine algerische Freundin dran Schuld gewesen. Kadija, tagsüber brave Krankenschwester, nachts »Gruppenchefin im Widerstand«, sagte er mit Abscheu in der Stimme und fuhr dann wieder ruhiger fort:

»Doch eines Tages geschah etwas Seltsames. Maurel meldete sich beim General an, kam extra mit seinem Citroën in die Stadt gefahren und erzählte, die Franzosen von Algier hätten einen ungeheuerlichen Plan. Sie wollten sich für die Bombenattentate des algerischen Widerstands rächen. Und weil sie davon ausgingen, dass die Widerständler der FLN immer wieder Unterschlupf fänden im Gewirr der engen Straßen in der Kasbah, dem algerischen Armenviertel, das am Hang liegt, hätten sie beschlossen, einen Konvoi von Tankwagen zusammenzustellen, vielleicht zehn oder zwölf Wagen. Dieser Konvoi sollte am Gipfel des Hügels anhalten, über der Kasbah auf einer breiten Avenue zusammenrücken, und dann sollten die Hähne der Tanks geöffnet werden. Sobald das Benzin, rund zweihunderttausend Liter, den Hügel hinuntergelaufen wäre und die Kasbah überschwemmt hätte, wollten sie es anzünden. Im Feuer wären sechzig- bis siebzigtausend Algerier umgekommen. Kinder, Frauen, Männer.«

LaBrousse machte eine kleine Pause, als müsste er sich genauer an die Zeit erinnern. Dann sagte er: »Der General hat die Geschichte verhindert. Denn das hätte zu einem Volksaufstand geführt, ganz zu schweigen von den internationalen Protesten. Aber er hat den Algerienfranzosen auch zugeflüstert, wer sie verraten hat. Und die haben sich dann ihrerseits an Maurel gerächt. Sie setzten das Gerücht in die Welt, Frantz Fanon sei aus seinem Exil in Tunis wieder nach Blida zurückgekehrt. Wie Gerüchte so laufen. Und zwar habe Fanon in einem Wald, der zu Maurels riesigem Landbesitz gehörte, ein geheimes FLN-Lazarett aufgebaut. Das klang logisch. Bei Maurel hätte niemand je nachgeschaut. Und die geografische Lage sprach auch dafür, denn sein Land befand sich nur vierzig Kilometer von Algier entfernt. Sie haben das Gerücht sehr geschickt lanciert. Die Geschichte kam über einen gefangenen FLN-Mann zu uns, der sie erst unter der Folter preisgab. Ein einfacher Bauer, wahrscheinlich hat er sogar geglaubt, was er uns schließlich unter Qualen erzählt hat. Wir glaubten es jedenfalls. Deshalb sind wir eines Nachts zu Maurel gefahren und fanden ihn mit Kadija im Schlafzimmer. Er behauptete, er sei nicht eingeweiht, wisse von nichts. Er gab sich aber ganz zivilisiert, wie er halt so war. Dann sagten wir uns, Kadija würde es wahrscheinlich wissen.«

»Und hat sie geredet?«

»Nein.«

»Dann habt ihr sie gefoltert.«

»Ja. Das war doch so üblich. Und weil wir schließlich glaubten, unsere Pflicht zu tun, haben wir es auch nicht bereut.«

»Und hat sie dann geredet?«

»Nein. Wir haben sogar die Elektrokabel angeschlossen. Aber offenbar war sie darauf vorbereitet. Denn sie hat laut geschrien, wie man das allen beibringt, die eine Folter fürchten müssen. Schreien alarmiert die Freunde und macht den Folterer mürbe. Aber nicht den General.«

»War der dabei?«

»Ja.«

»Und Maurel?«

»Dem mussten wir eines über den Schädel geben. Als die Kabel Kadija nicht zum Sprechen brachten, haben wir Wasser benutzt. Diese Technik ist auch für hart gesottene Gefangene die schlimmste und gefährlichste. Die dauert selten länger als eine Stunde, weil die Verdächtigten hoffen, sie kämen mit dem Leben davon, wenn sie redeten. Also reden sie schnell – oder nie. Kadija aber war ebenso schön wie stur. Der General gab schließlich den Befehl: ›Nehmt das Taschentuch!‹ Ein Unteroffizier hat ihr dann das Tuch über das Gesicht gelegt. Ein anderer hat langsam Wasser darüber gegossen. So wird verhindert, dass noch Luft durchkommt.«

»Und?«

»Daran ist sie erstickt.«

»Und ihr habt sie alle schön gefunden?«

»Mmh.«

»Und?«

»Ja, ...«

»Wer, alle?«

»Nein, nur der General.«

Jacques schwieg. Es ekelte ihn.

»Und Sie waren der Unteroffizier?«

»Ja. Wir haben sie dann mitgenommen und auf dem Bauernhof beerdigt, wo sich Ben M'Hidi aufgehängt hatte. Inzwischen lagen da schon rund zwanzig Männer verscharrt. Sie ist in dem Grab die einzige Frau.«

»Aber Fanon ist nie zurückgekommen?«

»Nein. Wahrscheinlich nicht. Maurel konnte danach trotzdem nicht bleiben, weil ihm niemand den Verrat verzieh. Aber er hatte noch Glück.«

»Dass Sie ihn am Leben ließen?«

»Nein. Dass er sein großes Familienanwesen für gutes Geld verkaufen konnte. Das war immerhin schon 1960. Viel Geld, zig Millionen.«

LaBrousse wirkte so teilnahmslos, als meinte er das mit dem Glück ernst.

In Jacques stieg Wut hoch, aber sie hatte kein Ziel. Da erzählte der Folterer dem Richter der Republik von seinen Morden im Namen der Republik, geduldet, wenn nicht gar veranlasst von einer demokratischen Regierung in Paris. Wahrscheinlich könnte ein hart gesottener Folterer heute mit seinen Erinnerungen in Talk-Shows viel Geld machen. Und jeder Richter wäre machtlos. Zwar verjähren Verbrechen gegen die Menschlichkeit nie, und dies waren welche. Aber die Folter in Algerien fiel unter die Amnestie, die General de Gaulle im Juli 1968 erließ, allerdings erst, nachdem ihm General Massu während der Maiunruhen geholfen hatte, politisch zu überleben. Sie ist eben katholisch, die französische Politik, irgendwann wird immer die Absolution erteilt, zur Not auch schon vor der Beichte.

Jacques fragte LaBrousse. »Haben Sie das Foto noch?«

»Welches?«

»Das Maurel so in Rage versetzt hat.«

LaBrousse stand auf, ging in ein Nebenzimmer, und durch die offene Tür hörte Jacques, wie er eine Schublade aufzog und in Papieren kramte. Dann kam er mit dem Bild zurück, das immer noch in einem Mahagoni-Rahmen steckte.

Mit bloßer, stark behaarter Brust stand der General vor einem alten, gepflegten Landhaus inmitten eines Olivenhains. Ohne Zweifel, ein Mann mit Ausstrahlung, dachte Jacques. Ein wenig verdeckte er einen Unteroffizier mit Vollbart. Das mochte LaBrousse sein, zu erkennen war er nicht.

Jacques sah LaBrousse in die Augen. »Wo ist das Bild aufgenommen worden?«

LaBrousse hielt dem Blick stand. »Vor dem algerischen Landsitz von Maurel.«

Maurel

In Paris hatte Jacques nicht erfahren, dass Maurel gestorben war, und hier auf Martinique war er, ohne mit jemandem Kontakt aufzunehmen, erst zu LaBrousse gefahren. Jetzt aber wollte er keine Zeit mehr verlieren.

Martine hatte seine Reise präzise vorbereitet, und so hatte er in seinen Unterlagen auch eine Generalstabskarte von Martinique. Auf der fand er nun die Habitation Alizé, keine zehn Kilometer von LaBrousse entfernt. Er fuhr in Richtung Atlantikküste, dann am Meer entlang knapp drei Kilometer nördlich in Richtung Basse-Pointe, der Ort, in dem der berühmte Dichter Aimée Césaire, übrigens Lehrer von Frantz Fanon und nicht verwandt mit dem Kommissar aus Fort-de-France, geboren worden war.

Die Ananasfelder wichen den Bananenplantagen, und etwa achthundert Meter vor dem Städtchen führte eine Allee mit alten, hohen Dattelpalmen drei Kilometer bergauf, immer steiler werdend, zu Maurels Habitation Alizé. Hinter dem Anwesen erhob sich, weit sichtbar, der Mont Pelée, ein knapp 1400 Meter hoher Vulkan.

Der Name Gilles Maurel hatte Jacques nichts bedeutet, als er ihn in der Niederschrift des abgehörten Telefongesprächs zwischen dem General und La-

Brousse gelesen hatte. Bei der Recherche war er dann auf eine nicht gerade ausführliche, aber doch ungewöhnliche Biografie gestoßen. Obwohl Gilles Maurel zu der Kaste der hohen Beamten gehörte, hatte er seine Karriere schon im Alter von sechsundvierzig Jahren aufgegeben, um sich zur Ruhe zu setzen. Das war nur zu verständlich, denn was ihm widerfahren war, hätte auch einen stärkeren Mann gebrochen.

Frankreichs Kolonien waren offenbar sein Schicksal gewesen, nicht nur Algerien, sondern zunächst war ihm Indochina zum Verhängnis geworden.

Weil er den Ruf hatte, ein behutsamer, aber doch zäher und deshalb sehr erfolgreicher Diplomat zu sein, der sich in Menschen anderer Zivilisationen leicht einfühlen konnte, hatte Premierminister René Pleven den in Algerien aufgewachsenen Maurel im Herbst 1951 zum politischen Ratgeber von General de Lattre de Tassigny in Hanoi befördert. Fünf Jahre zuvor hatte der Krieg um Vietnam begonnen.

Jean de Lattre de Tassigny war jener französische General, der in Berlin-Karlshorst mit am Tisch saß, als Hitlers Generalfeldmarschall Keitel die Kapitulation der Wehrmacht unterschrieb und, den Franzosen erblickend, ausrief: »Was, auch die Franzosen sind hier …?«

Mehrere Gründe sprachen für die Ernennung Maurels zum Berater von Lattre de Tassigny: Er kannte die Lage in einer französischen Kolonie aus eigenem Erleben, selbst wenn in Algerien geborene Franzosen den Begriff Kolonie ablehnten, da sie ihr Land als untrennbaren Teil des Vaterlands Frankreich betrachteten. Außerdem hatte Maurel nach dem Lycée, das er als Klassenbester im Baccalauréat abschloss, nicht nur mit genauso hervorragendem Zeugnis die juristische Fakultät in Paris verlassen, sondern aus Interesse am Fernen Osten auch noch nebenher Kurse an der »Langues O«, wie das »Institut national des langues et civilisations orientales« allgemein genannt wird, besucht. Eine altehrwürdige Schule, in der noch immer zwischen Gegnern und Anhängern der Monarchie gestritten wird. Voller Stolz rühmen royalistisch angehauchte Absolventen, dieses Kolleg sei aus dem Mitte des siebzehnten Jahrhunderts eingerichteten Institut Colbert hervorgegangen. Während echte Republikaner und Anhänger der französischen Revolution auf den gesetzlichen Gründungsakt der Schule, der mit dem 10. Germinal im Jahr III angegeben wird, gerechnet nach dem Revolutionskalender, also den 30. März 1795, verweisen.

Nach seinem ersten Posten an der französischen Botschaft in London, wo Maurel nur deswegen knapp einem Skandal entgeht, weil niemand weiß, wie weit seine Verehrung für eine verheiratete englische Baronesse geht, bezieht er eines der kleinen Büros mit Blick auf den langweiligen Innenhof in der ersten Etage des Quai d'Orsay und heiratet bald darauf Jeanne-Marie de Belcour.

In der Hochzeitsrede erklärt sein Schwiegervater dem aus dem »perfiden Albion« zurückgekehrten Bräutigam, weshalb die Braut einst auf den Namen Jeanne-Marie getauft wurde. Weder Jeanne noch Marie bedürften einer Erläuterung, so der bodenständige Landadelige, beide würden sie gerühmt als Jungfrauen (was Jeanne-Marie längst nicht mehr war, als

Gilles sie kennen lernte), doch ihre Jungfräulichkeit sei nicht von bigotter Keuschheit, sondern Ausdruck der Reinheit – und Marie werde schließlich darüber hinaus noch als Schutzpatronin Frankreichs verehrt. All das trage Jeanne-Marie de Belcour als Verpflichtung für das Leben in (und für) Frankreich mit sich. Vive la Patrie!

Jeanne-Marie bringt für Vater Belcour ein wenig zu früh, nämlich sechs Monate nach der Eheschließung, ihren Sohn Eric zur Welt, der ihr einziges Kind bleibt. Gilles macht schnell Karriere, zunächst als persönlicher Referent im Kabinett des Außenministers, ein garantiertes Sprungbrett für schnellen Aufstieg, worum ihn jeder seiner Jahrgangskollegen beneidete, dann geht es ins Ausland.

Nach drei aufeinander folgenden Posten an den Botschaften in Schanghai und Rangun und bei der Kolonialverwaltung in Madagaskar trifft das Ehepaar Maurel just an jenem 18. Juni 1940 wieder in Paris ein, an dem Charles de Gaulle von London aus seinen berühmt gewordenen Appell »La défaite est-elle définitive? Non … la France n'est pas seule …« über BBC verbreitet und die Franzosen zum Widerstand gegen die deutschen Besatzer aufruft. Die Maurels haben, wie die meisten Franzosen, erst Wochen später davon erfahren. Doch da das Quai d'Orsay Gilles damit beauftragt, seine Londoner Beziehungen aufzufrischen und das Länderreferat Großbritannien zu leiten, setzt er bei seinem ersten Besuch in London alles daran, zu de Gaulle (und insgeheim zu der Baronesse von damals) Kontakt aufzunehmen. Schon ein paar Wochen später gehörten er und bald auch die in Paris als

Kurier arbeitende Jeanne-Marie zum Kern des Wider-
standes, der Résistance. Damit erklärt Gilles auch
seine häufigen Reisen nach England.

Als das Leben im besetzten Paris immer ungemüt-
licher und gefährlicher wird, zieht sich Jeanne-Marie
mit dem siebenjährigen Eric auf den elterlichen Besitz in der Tourraine zurück. Hier in dem kleinen, ver-
witterten Château de Noizay, umgeben von ausladen-
den Wäldern und Ländereien, wäre es für ein Kind
ohnehin besser, hatten Gilles und Jeanne-Marie beschlossen.

Sie würden genug zu essen haben, und Jeanne-
Marie könnte sich wieder um ihr Hobby, die Schlepp-
jagd, kümmern. Im Herbst und Winter finden diens-
tags und donnerstags Jagden mit Hundemeute statt,
an denen sie schon als junges Mädchen mit roten Backen teilgenommen hat. Ihre Liebe zu Pferden, die
sie als dümmste Tiere der Welt bezeichnet, überträgt
sie auf ihren Sohn Eric, der sich vom Reiten auch
dann nicht abhalten lässt, als seine Klassenkameraden
ihn wegen dieses »Mädchensports« hänseln. Dümms-
tes Tier nennt Jeanne-Marie ihren großen braunen
Belgier, weil es Pferden über Jahrhunderte von Evolu-
tion offensichtlich nicht gelungen ist, ihren Fluchtin-
stinkt abzulegen. Und deshalb erschrecken sich diese
großen und starken Vierbeiner vor einer kleinen
Pfütze so, als würde sie das Pferd verschlingen.

Die Jagdreiterin Jeanne-Marie erledigt in der länd-
lichen Tourraine Botendienste zwischen den einzelnen Gruppen der Résistance.

Es ist nie geklärt worden, ob ein Corbeau im Spiel
gewesen ist, als Jeanne-Marie im Frühjahr 1944 kurz

vor der Landung der Alliierten an der normannischen Küste von deutschen Soldaten als Geisel genommen und mit neun weiteren Mitgliedern der Résistance ohne viel Federlesens am Wegesrand erschossen wird. Die Hinrichtung erfolgt als Rache dafür, dass ein deutscher Soldat in den Hinterhalt gelockt und getötet worden ist.

Ein Gedenkstein mit den zehn Namen der Getöteten steht heute noch zwischen zwei Platanen an der wenig befahrenen Landstraße nach Amboise.

In der Zeit darauf sieht Gilles, der in Paris keineswegs ein keusches Leben führt, seinen Sohn nur in den Ferien und gelegentlich an Wochenenden auf Noizay, wobei er darauf achtet, ohne Begleitung bei den Schwiegereltern einzutreffen. Nach außen hin gibt er sich den Anschein eines guten Vaters und trauernden Witwers. Meist gehen Vater und Sohn in der Saison früh morgens, wenn noch leichter Nebel über dem feuchten Laub zwischen den Baumstämmen liegt, auf die Jagd. Eric hat sich nämlich, angeleitet von seinem Großvater, sowohl zu einem hervorragenden Kenner des Waldes und des Wildes als auch zu einem guten Schützen entwickelt.

Als Gilles Maurel ein dreiviertel Jahr vor Erics Aufnahme in die École polytechnique nach Hanoi versetzt wird, verspricht der Diplomat seinem Sohn als Belohnung, falls er aufgenommen werde, eine Einladung nach Indochina und dort eine Jagdpartie im Dschungel.

Auf diesem Jagdausflug werden Gilles und Eric von den Vietminh gefangen genommen, und Eric stirbt während der zweijährigen Haft im Dschungel – wie fast neunzig Prozent aller Gefangenen. »Überlebende Skelette« wird die Presse die wenigen ausgemergelten Franzosen nennen, die – wie Gilles – nach dem Genfer Waffenstillstand für Indochina im August 1954 freigelassen werden.

Kaum einer dieser »überlebenden Skelette« vermag über das zu sprechen, was ihm widerfahren ist, und auch Gilles Maurel, dessen Haare schlohweiß ausgeblichen sind, bringt in den ersten Wochen im Sanatorium von Evian keine einzige Silbe über die Lippen. Sechs Monate später reicht er in einem kurzen Brief seinen Abschied vom Dienst ein und fügt ein Attest bei. Der Minister persönlich entscheidet, Gilles Maurel zuerst zu befördern und dann in den Ruhestand zu entlassen. So erhält der für Frankreich Gequälte eine höhere Pension, die ihn ein wenig entschädigen soll.

Von nun an widmet er sich der algerischen Erde seiner französischen Väter. Zwar versucht Premierminister Michel Debré, ihn nach der Wiederwahl de Gaulles 1958 zurück nach Paris zu locken, doch Gilles antwortet noch nicht einmal auf die Depeschen.

*

»LaBrousse hat den Streit mit Ihrem Mann sehr dramatisch dargestellt«, sagte Jacques zu Amadée. »Nachdem Gilles Maurel das Foto von General de Montagnac während Ihres Besuchs bei LaBrousse entdeckt hatte, habe er gedroht, den General umzubringen oder zumindest töten zu lassen. Auch wenn es das Letzte in seinem Leben sei und er jeden Sou für einen

Killer ausgeben müsse. Das mag zwar ein Zornesausbruch gewesen sein, aber mich lehrt die Erfahrung: Nichts ist in dieser Welt ausgeschlossen.«

Jacques stellte die Kaffeetasse ab, schaute Amadée mit festem Blick in die Augen, atmete tief durch und fragte: »Wann war Ihr Mann zum letzten Mal in Paris?«

Da lachte Gilles lustige Witwe hell auf: »Mein Mann? Was können Sie von dem schon wollen? Sie glauben doch wohl nicht, dass Gilles mit der Knarre nach Frankreich geflogen ist, um den General umzulegen?«

Sie schüttelte lachend den Kopf, so dass ihre Haare um ihren schönen Kopf flogen.

Jacques zuckte knapp mit den Schultern, schwieg und schaute sie mit Pokergesicht an, was ihm schwer fiel. Aber er rührte sich nicht, hielt die Augen geradeaus auf sie gerichtet, schlug nicht einmal mit den Wimpern und schwieg.

Amadée überlegte sichtlich, welchen Ton sie ihm gegenüber anschlagen sollte, und antwortete ihm dann ernst.

»Gilles hat, wenn ich das richtig im Kopf habe, seit zwanzig oder gar fünfundzwanzig Jahren Martinique nicht verlassen. Solange ich ihn kenne, ist er nicht mehr verreist.«

»Und wie lange kennen Sie ihn?«

»Geheiratet haben wir 1984, ich war damals zwanzig.«

Und Gilles sechsundsiebzig, rechnete Jacques aus, chapeau!

»Aber wir wohnten vorher bestimmt schon zehn Jahre hier, jedenfalls meine Mutter, die war nämlich

seine Haushälterin. Ich ging noch in La Trinité ins Lycée und lebte bei meiner Tante Josephine und Onkel
Rigobert, Mutters Bruder. Auf die Habitation Alizé
kam ich nur am Wochenende und in den Ferien.«

»Sie haben Ihren Mann zu jenem Besuch bei La-
Brousse begleitet; hat Gilles Ihnen danach erklärt,
weshalb er so explodiert ist und gedroht hat, den General umzubringen?«

»Nein. Als ich ihn danach fragte, hat er nur ganz
leise geantwortet, alte Zeiten sind alte Zeiten, und die
soll man ruhen lassen. Ich glaube, er hatte Tränen in
den Augen. Und er fügte nach einem Seufzer hinzu:
›Wenn es gelingt.‹ Dann sind wir schweigend nach
Hause gefahren. Ich saß wie immer am Steuer und
habe ganz bewusst nur noch nach vorn geschaut und
auf den Weg geachtet, denn ich ahnte ja, was ihn so
entsetzlich schmerzte. Als wir angekommen waren, ist
er schweigend ausgestiegen und hat sich tagelang in
seinem Atelier eingeschlossen und gemalt, und ich
habe ihn in Ruhe gelassen.«

»Sie wussten, was geschehen war?«

»Ja. Obwohl Gilles fast nie über sein Leben vor
Martinique gesprochen hat. Und es wagte auch niemand nachzubohren.«

»Und woher kennen Sie die Geschichte mit Kadija?«

»Mit LaBrousse und dem General?«

Jacques nickte.

Auf der Weide wieherte ein Pferd. Er blickte unwillkürlich hin, sie schien es nicht zu hören.

»Loulou hat es mir erzählt. Und als ich Gilles
fragte, hat er mir bestätigt, dass es so gewesen war.«

»Und woher konnte Loulou davon wissen?«

»Loulou und ich sind auf das gleiche Lycée gegangen, er ein paar Jahre vor mir. Aber wir kennen uns aus Trinité. Unsere Schule ist nach Frantz Fanon benannt, und so haben die Lehrer seine Gedanken verbreitet, obwohl sie das alles wahrscheinlich nicht sehr ernst nahmen. Denn seit Martinique ein Überseedepartement ist, geht es den Funktionsträgern hier so gut, dass sie sich mindestens einen BMW leisten und ihren ganzen Familienclan bestens aushalten können. In den Überseedepartements erhält nämlich auch jeder Einheimische einen Überseezuschlag, so als sei er vom Mutterland entsandt. Absolut spitze!«

Sie kicherte. Und Jacques dachte, typisch dieser bürokratische Schwachsinn.

»Loulou schloss sich nach der Schule der Befreiungsfront der Antillen an, ein Kinderverein. Die hatten sogar einen Treffpunkt, eine Holzhütte in der Nähe des Marktes von Trinité, und über dem Eingang war mit Ölfarbe auf ein langes Brett ziemlich dilettantisch gemalt: FLA, Front de la Libération des Antilles. Die Behörden haben's nicht ernst genommen. Aber Loulou nahm's ernst. Und als die Algerier Mitglieder aller möglichen Befreiungsbewegungen finanzierten und nach Algerien zum Studium des Guerillakampfs einluden, ist Loulou hingefahren. Aber er ist nicht lange geblieben, denn im Wohnheim der Universität musste er sich ein kleines Zimmer mit einem kabylischen Studenten teilen. Und statt Guerillakampf zu lernen, wurden sie zu nachtschlafender Zeit geweckt und mit Bussen aufs Land gefahren, um die dort einst

von den Franzosen gepflanzten Rebstöcke auszurei-
ßen, weil der Islam Alkohol, also auch Wein, verbietet, und Weizen anzupflanzen. Für eine Revolution
sind wir Neger der Antillen zu faul.« Sie gluckste
wieder.

Jacques goss sich noch einen Kaffee ein, aber der
war nur noch lauwarm. Nachdenklich schaute er über
die Palmenallee hinweg und suchte das Meer. Aber
um den Atlantik sehen zu können, war es zu diesig. Er
blickte zu Amadée, als sie weitersprach.

»Aber wenigstens hat Loulou in Algerien nach Spuren von Frantz Fanon gesucht. Und in Joinville hat er
dabei einiges über Maurel entdeckt und ist dem natürlich nachgegangen. Maurel war damals schon jedem
auf Martinique bekannt. Er behandelte seine Leute
gut. Auch sonst war er ein kleiner Wohltäter, ein kleiner, aber gütiger. Zumindest damals. Als Loulou wiederkam, hat er mir erzählt, was er wusste, aber über
die Verwicklung von LaBrousse in die Geschichte von
Gilles wusste ich nichts. Dass LaBrousse und der Offizier auf dem Foto Kadija, diese algerische Freundin
von Gilles, umgebracht haben, musste ich erst mühsam aus Gilles herausquetschen. Er hat ungern von
Vergangenem gesprochen. Für ihn hatte in Martinique ein neues Leben begonnen.«

»Besaß Gilles noch Waffen?«

»Viele Gewehre. Er ging immer noch gern zur
Jagd, am liebsten ganz früh am Morgen und allein.
Ich zeig' sie Ihnen.«

Amadée führte Jacques zu einem flachen Nebenge-
bäude, das früher offensichtlich ein Stall war, jetzt
aber mit hohen Fenstern und einer Glastür hell und

fröhlich wirkte. An den Wänden hingen von oben bis unten Zeichnungen, kolorierte Kupferstiche, Aquarelle von exotischen Vögeln, daneben mit Stecknadeln befestigte Skizzen. In einem Regal stapelten sich Bildbände, und auf mehreren Zeichentischen lagen Pinsel und Farbkästen, so als wäre der Künstler nur eben für einen Augenblick herausgegangen.

Amadée öffnete eine Holztür und führte ihn in einen Nebenraum, in dem eine gewaltige, moderne Handpresse stand und an der Wand ein schwerer, mit Querträgern verschlossener Stahlschrank.

»Ich muss eben mal die Schlüssel holen«, sagte sie schnell und rannte davon.

Jacques trat zurück in den Zeichenraum und sah sich die Arbeiten an. Die gerahmten Bilder waren auch mit G.M. signiert. Neben der Eingangstür hing ein kleines, noch sehr einfach gezeichnetes Aquarell, auf dem Jacques Maurels Herrenhaus in Algerien wiederzuerkennen meinte. Zumindest ähnelte es dem Haus, das auf dem Foto mit LaBrousse und dem General im Hintergrund zu sehen war. Auf dem Zeichentisch entdeckte Jacques ein sehr großes Blatt Papier, vielleicht 120 cm breit und 100 cm hoch, es wirkte wie handgeschöpft. Ein fein kolorierter Kupferdruck.

Ein gewaltig erscheinender, seltsamer schwarzer Vogel, den der Maler nicht wie üblich von der Seite, sondern eher von unten und von schräg hinten gemalt hatte, so als habe er über den linken Flügel nach vorn und hinauf in einen Baum geschaut, füllte das Blatt fast über den geprägten Rand hinweg. Das Tier vergräbt seinen Kopf tief in das düstere Gefieder, das

große, katzenartige Auge blickt kalt über den hochgezogenen Flügel auf den Betrachter nieder. Aschgraue
Flecken verschwimmen unter dem Auge und auf den
langen Federn des Schwanzes. Er sieht dich an, als
hättest du Böses getan und als wüsste nur er es, dachte
Jacques.

Ihn schauderte, aber er beugte sich doch näher
über das Blatt und staunte, so präzise saß jeder Strich,
so kunstvoll war die Führung des Farbpinsels. Und
wieder erinnerte ihn das Bild an Audubon, doch dessen Vögel waren für die Wissenschaft bestimmte, präzise Darstellungen der Natur, dieses Tier indessen
strahlte mystische Kräfte aus. Die Arbeit war voll-
endet, unten rechts trug sie die Initialen G.M., links
hatte der Künstler mit Bleistift 1/1 geschrieben. Einziges Exemplar?

Amadée überraschte Jacques, wie er über den Vogel
gebeugt am Tisch stand und sagte: »Das war sein letztes Bild. Und ihm vielleicht das wichtigste. Er hat den
Vogel nur zwei Mal gemalt.«

»Ein unheimliches Bild. Aber beeindruckend. Wo
hat er das gelernt?«

»Das ist ihm in Evian als Therapie empfohlen worden. Er hat sich Mühe gegeben.«

»Und welcher Vogel ist das?«

»Cohé nennen wir ihn auf Martinique.«

Jacques erinnerte sich an den Moment, als er bei
der Feier auf die Lichtung im Wald getreten war und
ein Vogel Koo-hee, Koo-hee! gerufen hatte. »War das
der Vogel, den die Kreolen fürchteten, als er bei Gilles'
Beerdigung laut gekrächzt hat?«

»Ja, der Cohé versetzt uns in Angst. Seine Federn

sind schwarz wie Obsidian und blutgefleckt. Und da noch niemand den nur nachts fliegenden Vogel je deutlicher wahrgenommen hat als einen Schatten, bevölkert er unser Leben wie ein Phantom. Man kann ihm nicht auflauern, er baut sich kein Nest, er legt seine Eier in den Schoß der Erde. Während bei euch der Hund nachts heult, wenn der Tod umgeht, fürchten wir das leidvolle Rufen des Cohé. Deshalb nennen ihn unsere Zauberer auch den Vogel der Finsternis, der im Flug die Seelen der Sterbenden auffängt, um sich daran zu laben. Wenn ein Kämpfer auf dem Schlachtfeld stirbt, kann der Cohé seinen letzten Atem erhaschen und ihn seinem Meister wiederbringen. – Ich hab' die Schlüssel!«

Jacques griff wahllos zwischen das gute Dutzend Gewehre, holte ein Weatherby heraus, sagte: »Damit kann man Nashörner töten!«, und blickte in den Lauf, der gut geölt schien, roch daran, aber konnte nichts Ungewöhnliches entdecken. Er stellte die Waffe zurück, nahm von der Seite eine Winchester M 60, ein zuverlässiges Gewehr, auch gut geölt und auch nichts zu bemerken. Er schloss die Schranktür und verriegelte sie.

»Darf ich die Schlüssel mitnehmen? Ich werde jemanden vorbeischicken, damit er die Gewehre abholt. Ich möchte wissen, wann zuletzt damit geschossen worden ist. Wir müssen sie untersuchen. Das gehört dazu.«

Fort-de-France

Als Jacques gegen Mittag den 206 auf dem bullig heißen Betonparkplatz hinter dem Hotel in Fort-de-France in der knalligen Sonne abstellte – nirgendwo warf das Haus auch nur den kleinsten Schatten –, klebte sein durchgeschwitztes Hemd am Rücken. Ein Moped knatterte lärmend die Straße herauf, schwer beladen mit drei feixenden dicken Jungs, sonst war niemand auf der Straße. Wenn die Polizei doch wenigstens gegen diesen Unfug, den Auspuff aufzubohren, vorgehen würde, dachte er missmutig. Dann hätten die Bürger zumindest Ruhe. Zwei Nachrichten aus seinem Büro in Paris waren auf seiner Mailbox gewesen, er hatte sie abgehört, als er aus dem Funkloch um den Mont Pelée herausgekommen war, aber keine von Margaux, mit der er in der letzten Zeit die schönsten Stunden geteilt hatte. Er vermisste sie in diesem Moment sehr.

Im »Impérial« war der Empfang nicht besetzt. Jacques schaute sich um, niemand war zu sehen. Auch auf seine Rufe antwortete niemand. Als er sich hinter den Tisch des Concierge bemühte, um den Schlüssel mit dem klobigen Anhänger zu seinem Zimmer zu holen, kam ein mürrischer Mann um die Ecke.

»Was machen Sie da?«

»Den Schlüssel holen. Es ist ja niemand da.«

»Ja, die streiken wieder. Es ist zum Kotzen. Kein Wunder, dass die drei Hotels von Accor geschlossen haben. Und es werden noch mehr werden.«

»Was ist los?«

»Das Übliche. Dabei verdient hier jemand am Empfang tausend Euro und nebenan in der Dominikanischen Republik nur hundert. Aber hier sind die Angestellten muffig, dort kriegen Sie zehn für einen, und die sind auch noch fröhlich. Aber dafür müssen sie hier kräftig streiken und demonstrieren. Die Insel geht den Bach runter.«

In seinem Zimmer genoss Jacques die kühle Luft der Klimaanlage, trank die Flasche Badoit halb leer, schaltete den Laptop ein. Keine E-Mail von Margaux, auch hier nur einige Mitteilungen aus dem Büro, aber keine mit dem roten Ausrufezeichen für »dringlich«. Er klickte sie gar nicht erst an, sondern duschte ausgiebig.

Auf der Rückfahrt hatte er seinen Gedanken freien Lauf gelassen, aber es war ihm noch nicht gelungen, sie zu sortieren. Jacques warf einen Blick auf die Uhr, halb zwei, also abends um halb acht in Paris. Er rief nicht in Paris an, er wählte die Nummer von Césaire.

»Ricou. Schon vom Mittagessen zurück?«

Césaire lachte.

»Na klar, und eine ganze Flasche Rosé verputzt, auf Kosten des Hauses, versteht sich. Was anderes haben Sie doch nicht erwartet. Und Sie? Die Witwe vernascht?«

»Wie?«

»Aber, aber. Sie haben doch oben übernachtet. Im Haupthaus von Alizé.«

»Hmm, wie lange sind Sie noch im Büro?«

»Noch eine ganze Schicht.«

»Ich komme gleich vorbei«, sagte Jacques und warf den Hörer auf die Gabel. Es scheppperte leider nicht mehr so laut wie einst bei den schwarzen Telefonen aus Bakelit. Sollte er Margaux anrufen? Wahrscheinlich war sie müde aus der Redaktion gekommen und stand jetzt unter der Dusche. Bei dem Gedanken schmunzelte er. Aber nur kurz. Sie würde ihm nie verzeihen, dass er sich doch eine eigene Wohnung gemietet hatte, nachdem er mit seinen Koffern Hals über Kopf von Jacqueline zu ihr geflüchtet war. Aber nach drei Monaten heftiger Leidenschaft musste er sich aus ihrer Umklammerung lösen, was er mit Takt und Feingefühl versuchte, ziemlich vergeblich, und schließlich damit begründete, Jacqueline würde ihm sonst nie seine letzten Habseligkeiten rausrücken. Jacqueline. – Er würde den letzten Abend, an dem sie erst ihren Champagnerkelch und, als das zu wenig Lärm und Eindruck machte, die schwere Flasche an die Wand neben ihm warf, nicht vergessen. Es war wie so oft um Geld gegangen und um Jacquelines Mitgliedschaft in dem elitären und mondänen, aber vollkommen nutzlosen »Club des Croqueurs de Chocolat«. Auch die Modeschöpferin Sonia Rykiel gehörte zu der auf 150 Mitglieder beschränkten Clique. Deshalb trug Jacqueline nur noch Rykiel, in Schwarz – für Preise, die sich ein Untersuchungsrichter höchstens einmal im Jahr als Weihnachtsgeschenk leisten kann. Und Colanérie, der Generalsekretär des Clubs, hatte versucht, ihm klarzumachen, wie wichtig es sei, die Reinheit der Schokolade durch Bestimmungen der Europäischen Union festschreiben zu lassen. Allerdings hatte Jacques Pessis, der Präsident des Clubs, seinen eigenen Generalsekretär ausgelacht: »Ich liebe diese Lächerlichkeit, die nur darin besteht, in ganz ernstem Ton über Schokolade zu reden.«

Er war schon genervt aus dem Büro gekommen, und als sie begann, von einem der teuren Clubabende zu schwärmen, hätte er sie beinahe geschlagen. Provozierend hatte sie ihm dann vorgeschlagen, er möge doch lieber wie der General Geld scheffeln, statt Leute zu jagen, die Pascals – so nannte man die ockerfarbigen Fünfhundert-Francs-Scheine, obwohl statt Blaise Pascal inzwischen Pierre und Marie Curie darauf abgebildet waren – mit vollen Händen aus dem Kofferraum verteilen.

Des Generals Gewohnheit, zu Weihnachten durch Paris zu fahren und an seine Schützlinge große Beträge an Bargeld in großen Scheinen, eben Pascals, auszuteilen, war inzwischen stadtbekannt – und manch einer, wie etwa Jacqueline, träumte von solch einem Dukatenesel.

Als Jacqueline im Verlaufe der Auseinandersetzung dann noch die Scherben produziert hatte, packte er seine Koffer und lief weg aus dem Eheparadies – zu Margaux.

Nein, er würde Margaux nicht anrufen. Stattdessen klickte er ihre E-Mail-Adresse an und schrieb:

»M., die Sonne scheint wirklich. Und es ist so heiß, wie du es liebst. Komm für ein paar Tage an den Strand. Und ins Wasser. J.«

Vielleicht würde sie auf diese sanfte Art der Kommunikation entspannt reagieren.

*

»Willst du einen Kaffee?«, fragte Césaire. Man gehörte zur gleichen Zunft und saß im selben Boot, da brauchten sie keine Förmlichkeiten.

»Glas Wasser, bitte, bei der Hitze«, antwortete Jacques. Für Kaffee war es ihm zu warm. Außerdem hatte ihm Jacqueline beigebracht, dass Kaffee und Tee dem Körper Flüssigkeit entzögen, der Mensch aber viel Wasser brauche. Also hatte er sich angewöhnt, weniger Kaffee und mehr Wasser zu trinken.

Zu Jacques' Überraschung, die er sich hoffentlich nicht hatte anmerken lassen, war Césaire Kreole aus Guadeloupe, was er am Telefon an Tonfall und Sprechweise nicht gehört hatte. Das Büro war aufgeräumt, das abgetretene Linoleum glänzte, auf dem metallenen Schreibtisch lag nur das dünne Dossier mit einem kurzen Abriss des Falles, das Martine auf Anweisung von Jacques geschickt hatte. An den weiß gekalkten Wänden hing nichts als der billige Druck eines offiziellen Fotos des Staatspräsidenten. Durch die halb heruntergelassene Jalousie blickte Jacques auf den überfüllten Parkplatz hinter dem Polizeipräsidium.

Nur Césaires ständige Heiterkeitsausbrüche wärmten den klimatisierten Raum.

»Na, den Mörder schon gefunden?«

Jacques seufzte innerlich. Als Richter aus Paris, und dann noch mit seinem Ruf, würde er erst einmal in

Demut und Bescheidenheit Vertrauen schaffen müssen.

»Gott, ja, es ist schon schwierig. Weißt du, Césaire, jetzt bin ich über sieben, bald acht Jahre mit dem Fall befasst, doch mit dem General ist unser Hauptverdächtiger ermordet worden. Und ich will nicht darüber klagen, welche Hilfe ich in Paris erhalte. Das kannst du dir bei einem Fall, in dem es um Politiker und Parteien geht, kaum vorstellen.«

»Und der Mord liegt doch schon einige Zeit zurück.«

»Ja, fast ein Jahr, aber erst jetzt sind wichtige Unterlagen auf meinen Tisch gelangt. Ich habe nur Vermutungen darüber, wer sie zurückgehalten hat.«

»Ich hab' einiges gelesen. Wie kommt das Zeug eigentlich in die Presse?«

»Je nachdem. Wer ein Interesse hat, der erzählt es weiter.«

Césaire lachte wieder: »Jeder?«

Jacques seufzte: »Ich nehme schon an: jeder!«

»Und wie ist es hier bisher gelaufen?«

»Was für einen Ruf hat Victor LaBrousse?«

»Er hält sich an alle Regeln. Er zahlt korrekte Löhne, beschäftigt allerdings mehr weiße Arbeiter als üblich.«

»Weiß man, warum?«

»Nein. Er gibt vor, sie hätten schon immer für ihn gearbeitet. Es sind Pieds-noirs. Aber auch sie unterliegen seinem strengen Regiment. Die Plantation läuft sehr gut. Und jeder Funktionär, jeder Politiker, der geschmiert werden muss, erhält regelmäßig, was ihm gebührt. Nicht zu viel, nicht zu wenig.«

»Spielt er eine Rolle auf Martinique?«

»Nein. Er hält sich zurück. Ist aber immer bestens informiert. Loulou verkehrt bei ihm – und wird wohl auch von ihm bezahlt.«

»Wer ist das eigentlich, Loulou?«

»Er hat so seinen Weg gemacht – vom Anhänger von Frantz Fanon zum Konservativen. Jetzt arbeitet er als Journalist bei France-Antilles.«

»Dem Blatt von Hersant?«

»Der zahlt ganz gut.«

»Nimmt der denn einen ehemaligen Kommunisten?«

»Das sehen wir auf Martinique nicht so eng. Und Loulou kommt aus den Bergen, der weiß über alle gut Bescheid. Und über alles. Sieht gut aus und tritt inzwischen sogar wie ein kreolischer Béké auf. Kleidet sich sorgfältig, pflegt sich, liest die entsprechenden Männerjournale und achtet auf sein Äußeres. Man sagt ihm immer wieder das eine oder andere Verhältnis nach, aber das können auch Gerüchte sein.«

Césaire schaute Jacques lächelnd mit schief gelegtem Kopf an, als wollte er ihn zu der Frage nach Loulou und Amadée verleiten.

»Wie schätzt du LaBrousse ein? Ist er oder sind seine Leute gewalttätig?«

»Sie treten sehr bestimmt auf, aber alles bleibt im Rahmen. Noch nicht einmal Schlägereien im Suff. LaBrousse hat seinen Leuten sogar verboten, hier den willigen ...«, Césaire zog die Augenbrauen hoch und verdrehte seine dunklen Augen nach oben, so dass fast nur noch das Weiße zu sehen war, »... und billigen Mädchen vom Morne Pichevin einen Nebenverdienst zuzustecken. Für solche Nöte müssen sie nach Saint Dominique fliegen. Wobei man natürlich nie weiß, was bei der Bananenernte zwischen den Stauden abläuft.«

»Kostenlos,« warf Jacques ein, ohne eine Miene zu verziehen.

Césaire prustete laut raus und schaute den Richter aus Paris plötzlich mit einem freundlicheren Blick an. Der schien ja so was wie Humor zu haben.

Jacques gab einen kurzen Abriss seines Besuchs bei LaBrousse und von dem Ausflug zu Maurels Witwe. Er verheimlichte aber, welches Motiv Gilles Maurel für den Mord an dem General hätte haben können. Maurel und der General seien wohl vor langer Zeit in Algerien heftig aneinander geraten, deutete er nur vage an.

»Kannst du dir vorstellen, dass Maurel nach Paris geflogen ist, um den General zu erschießen?«

Césaire zögerte, lehnte sich zurück und dachte nach. Sein Handy klingelte, er holte es aus der Hemdtasche und schaltete es, ohne hinzusehen, aus.

»Maurel hat seine Habitation seit Jahrzehnten kaum noch verlassen. In Fort-de-France habe ich ihn nie gesehen. Ab und zu ließ er sich von Amadée zu Einladungen auf andere Habitations mitnehmen. Aber er war ein rechter Eigenbrötler. Vergiss nicht, er wollte noch nicht mal ein Telefon. Maurel lebte in seiner eigenen verschrobenen Welt der Vögel, die er malte. Aber selbst Leute, die seine Bilder kauften, hat er selten empfangen. Die Außenwelt überließ er seiner Frau.«

Jacques hätte gern gewusst, wie Amadée das einsame Leben auf Alizé ausgehalten hatte. Stattdessen fragte er: »Ging Maurel noch auf die Jagd?«

»Er ritt jeden Tag aus, manchmal mit Gewehr am Sattel. Und der Alte war erstaunlich schnell und treffsicher. Maurel hatte den Ruf eines hervorragenden Schützen.«

»Aber er war doch immerhin einiges über neunzig.«

»Ja, aber das hast du ihm nicht angemerkt.«

»War er aufbrausend?«

»Keine Ahnung. Seine Landarbeiter sagen, er war eher zu sanft. Sein Vorarbeiter war streng, Maurel indessen galt als genau, aber menschlich. So hat er zum Beispiel sehr darauf geachtet, dass die Kinder seiner Erntehelfer zur Schule gingen.«

»Nehmen wir mal an, ihn hätte eine tiefe Wut gepackt. Würdest du ihm dann den Mord am General zutrauen – und sei es durch einen gedungenen Killer?«

»Eine Reise nach Paris hätte ich ihm schon zugetraut. Aber allein, mit Gewehr und Mordgedanken? – Möglich, ja, kräftig genug war der noch. Da hätte ihn aber schon ein starker Wille antreiben müssen. Ein Killer – ich weiß nicht, das klingt mir für Maurel zu absurd.«

»Könnt ihr rauskriegen, ob er geflogen ist?«

»Weißt du genauer, wann?«

»Der Mord fand drei Tage vor Himmelfahrt statt.«

Césaire öffnete das Dossier und machte sich eine Notiz.

Jacques fuhr fort: »Und das ist der Schlüssel zum Gewehrschrank von Maurel. Könnt ihr hier untersuchen, wann die Waffen zum letzten Mal benutzt worden sind? Patronengröße der Todeskugel müsste im Dossier stehen.«

»Wird alles erledigt. Da haben die Jungs wenigstens wieder ein bisschen mehr Aufregung als bei den täglichen Demos im Augenblick. Beides können wir bis morgen Abend, spätestens übermorgen wissen. Melde dich, oder ich melde mich.«

Die Klinke der Tür schon in der Hand, drehte sich Jacques noch einmal um und fragte: »Habt ihr Maurels Tod untersucht?«

»Es gibt keinen Grund, an einem Unfall zu zweifeln.«

»War die Spurensicherung da?«

»Ja, aber es war ohne Zweifel ein Reitunfall.«

*

Das Hotel »Imperial« besaß kein Schwimmbad. Nach dem »blaff d'oursin«, der scharfen Seeigelsuppe in dem kleinen kreolischen Lokal, die ihm noch mehr Schweiß auf die Stirn getrieben hatte, sehnte er sich nach einer Abkühlung im Pool. Ein bisschen mehr Luxus hätte er sich auf Staatskosten schon leisten können.

Immer noch keine Nachricht von Margaux. Er wählte ihre Handynummer, aber es meldete sich nur die Mailbox, wahrscheinlich schlief sie schon und hatte das Telefon abgestellt. Auch kein Grund für bessere Laune. Also beschloss er, eine Siesta einzulegen, selbst wenn es schon fünf Uhr am Nachmittag war, aber er spürte den Zeitunterschied und die vergangene Nacht.

Der Wecker klingelte: sieben Uhr. Um halb neun wollte er im Büro sein, und wenn er heute seine Angst überwinden würde, dann ginge die Ladung an den Staatspräsidenten raus. Schließlich war der zu Zeiten der Schwarzgeldaffäre Parteichef gewesen, also müsste er bestens informiert sein. Aber der Wecker hörte nicht auf zu klingeln. Jacques wälzte sich zur Seite, schlug mit der Hand dorthin, wo das scheppernde Ungeheuer stehen müsste, traf aber nur die Nachttischlampe in seinem Hotelzimmer, tauchte aus seinem Traum auf, und das Klingeln des Telefons hörte auf, bevor er nach dem Hörer greifen konnte. Er schaute auf die Uhr. Viertel vor neun. Draußen war es dunkel.

Während der Laptop hochfuhr, überlegte Jacques, ob er sich einen Kaffee aufs Zimmer bestellen sollte, verwarf die Idee, weil das Personal sicher noch nicht zurückgekehrt und der Besitzer wahrscheinlich immer noch grantig war. In der Minibar war kein Alkohol. Er schrieb eine längere Mail an Margaux, erzählte von seiner Recherche – aber nicht von der Trauerfeier im Walde. Eine weitere Mail ging an Martine mit dem Auftrag, bei den Fluggesellschaften die Listen der Reisenden zu Himmelfahrt vergangenen Jahres überprüfen zu lassen.

Dann las er Martines Post. Sie hatte zwei Artikel geschickt. Im ersten Bericht aus »Le Monde« stand, dass im Finanzministerium drei hohe Funktionäre zu Abteilungsleitern ernannt worden seien. Gegen alle drei ermittelte er wegen Parteienfinanzierung. Unter ihnen war auch Bertrand Lavache, der neuer Direktor der Abteilung Rechtswesen werden sollte. Er hatte, als wichtiges Mitglied der Partei des Generals, sechs Jahre lang ein Gehalt vom Rathaus in Paris erhalten, ohne dafür auch nur irgendeine Leistung erbracht zu haben. Ein fiktiver Arbeitsvertrag hatte ihm ein schönes Taschengeld beschert, das er wegen seiner großzügigen Lebensführung, zu der wechselnde Mätressen gehörten, dringend benötigte. Aber er war nur einer von mehr als hundert Parteisöldnern, die eine solche Vorzugsbehandlung genossen hatten. Jacques hatte Lavache schon mehrmals vernommen, aber noch kein Verfahren eingeleitet. Das würde ihm jetzt erst recht erschwert werden.

Der zweite Artikel stammte aus dem satirischen Wochenblatt »Canard enchaîné«, der aufdeckte, dass innerhalb von neun Jahren angeblich vierzehn Millionen Francs, zwei Millionen Euro, zum größten Teil bar für die private Küche des Pariser Bürgermeisters ausgegeben worden waren, allein an Silvester 94 mehr als 140000 Francs, 20000 Euro. Zahlreiche Rechnungen – 231000 Francs für Phantomgemüse – waren gefälscht. Aber der zuständige Richter stellt jetzt die Untersuchung ein, berichtete der Artikel. Die Ausgaben seien von der Quästur mit der Mehrheit der Stimmen genehmigt worden, und der Rechnungshof habe jederzeit Zugang zu den Quittungen gehabt.

»Feigling!«, rief Jacques laut und wurde rot vor Wut. Da wollte ein Richter wohl Karriere machen und hatte in dem Fall offenbar nicht recherchiert. Dabei hätte ein Blick in die Zeitung genügt, um festzustellen, was welche Funktionäre im Rathaus getan haben, um diese Zahlungen vor dem Rechnungshof zu verstecken. Wieder einmal war viel Bargeld in die Taschen von ein paar Leuten geflossen, die sich am Staat bereichern, da war sich Jacques sicher.

Den Abend verbrachte er in einer kleinen Strandbar mit mehr Rumpunch, als er am nächsten Morgen gut fand. Margaux hatte per E-Mail eine kurze Mitteilung geschickt, sie sei jetzt für drei bis vier Tage auf einer spannenden Recherche, sehr spannend. Könne deshalb nicht kommen. Grand bisou, großen Kuss. Na, was hatte das schon zu bedeuten. Martine bestätigte den Rechercheauftrag über die Fluglisten.

Jacques hätte Amadée gern unter irgendeinem Vorwand angerufen. Aber die besaß ja noch nicht einmal ein Telefon. Sie sollte sich ein Handy kaufen, dachte er, bis ihm einfiel, dass die Habitation Alizé in einem Funkloch lag. Was soll's, er nahm die Badehose und ein Handtuch aus dem Hotel und fuhr los, bis er einen einsamen Strand fand. Er rieb sich mit Sonnencrème Faktor dreißig ein und legte sich unter eine Palme. Dieser Feigling hat es eigentlich nicht verdient, Untersuchungsrichter zu sein. Was nutzt da aller Ärger, dem ich mich aussetzte, geisterten die Gedanken durch seinen Kopf. Schwimmen bis zur Erschöpfung würde ihm jetzt helfen, er tauchte langsam in das warme Karibische Meer ein und versuchte, sich zu entspannen.

Er würde nicht den einfachen Weg nehmen wie jener Kollege, der die Barzahlungen für die Küche des Rathauses aus Gefälligkeit als rechtens abgetan hat. Dazu hatte er, Jacques, zu strenge Maßstäbe von zu Hause mitbekommen.

Vater und Mutter waren beide Lehrer im südfranzösischen Albi gewesen und als Protestanten gewissermaßen beseelt von der Geschichte des Landstrichs am

Nordhang der Pyrenäen. Bis ins hohe Alter warfen sie dem katholischen Norden die Unterdrückung des Südens vor, angefangen bei der Ermordung der Katharer und der brutalen Schleifung der majestätisch auf dem Berggipfel liegenden Feste Mont Ségur, deren Anblick Jacques nach einem Ausflug mit den Eltern nie vergaß. In Albi war man, aus Tradition gegen den Norden, Sozialist, wenn nicht gar Kommunist – und natürlich war man Mitglied der Résistance gewesen.

Jacques war in dem angenehm warmen Meer weit hinausgeschwommen und bedauerte, keine Taucherbrille zu haben, um in dem glasklaren Wasser nach Fischen, Seesternen und anderem fremdem Getier schauen zu können. Einmal erblickte er die Rückenflosse eines Delfins, dachte für einen Moment, es könnte ein Hai sein, schwamm mit kräftigen Zügen zurück an den Strand und legte sich wieder in den Schatten der Palme. Alle Anspannung fiel von ihm ab, als er an seine Jugend und Albi dachte.

Festigkeit, wenn es um die republikanischen Werte geht, hatten ihn seine Eltern gelehrt. Aber er hatte auch den Ratschlag beherzigt, dass ein wenig Unordnung besser sei als nur die geringste Ungerechtigkeit. Das hatte ihn Richter werden lassen.

Seine erste Station war das Gericht von Arles, wo er bald lernte, wie wenig die theoretische Auslegung der republikanischen Werte wie Freiheit, Gleichheit und Brüderlichkeit im Leben wirklich wert war. Gleichheit, so hatte er gelernt, bedeutete auch Gerechtigkeit. Jeder wäre vor dem Gesetz gleich und frei geboren. Von wegen! Ein Bäcker hatte seine Frau erwürgt, weil er ihre Nervenzusammenbrüche nicht mehr er-

tragen hatte. Jedes Mal, wenn er den Fernseher an-
schaltete, tobte sie keifend los. Monate – wenn nicht
gar Jahre lang hatte sich der schwer arbeitende Mann
zurückgehalten bis zu jenem Abend, an dem sie den
Fernseher voller Wut vom Tisch gestoßen und zerstört
hatte. Da war der Bäcker aufgestanden, hatte seine
Hände um ihren Hals gelegt und zugedrückt, bis sie
tot war.

Jacques hatte ihn einsperren lassen, doch die gesamte Bevölkerung des Dorfes, aus dem der Bäcker
stammte, forderte mit einer Unterschriftenaktion die
Freilassung ihres Baguette-und-Croissant-Künstlers,
so dass der tatsächlich einige Wochen später vorläufig
entlassen wurde. Ein alter Rechtsanwalt, der den Mann
vertrat, besuchte Jacques kurz vor dem Prozess und
sagte ihm voraus, der Bäcker werde von den Geschworenen freigesprochen werden.

So war's.

Einige Tage später lud der Rechtsanwalt den Untersuchungsrichter zum Mittagessen in ein bei der Bourgeoisie stadtbekanntes Restaurant ein und erklärte
ihm bei einem guten, kühlen Côte du Rhône, er habe
den Freispruch nur deswegen erreicht, weil es sich um
einen Bäcker gehandelt habe. Bäcker, so der Anwalt,
sind die Menschen, die uns unser täglich Brot geben.
Denken Sie nur an das Gebet. Gib uns unser täglich
Brot.

Hungergefühl zwang Jacques' Bewusstsein zurück
in die Gegenwart. Er richtete sich auf, sah über sich
einige Kokosnüsse hängen und warf mit einem Stein
nach ihnen. Er traf nicht und gab auf, nahm einen
Schluck aus der Wasserflasche, die er im Hotel in das

Handtuch eingewickelt hatte, legte sich wieder hin, verschränkte die Hände hinter dem Kopf und starrte auf das Meer.

Ja, so war das gewesen mit dem Bäcker. Einige Zeit später saß er im Geschworenengericht. Verhandelt wurde am gleichen Morgen zunächst eine Vergewaltigung, dann ein Raubüberfall, schließlich ein Mord. Diesmal hatte ein Metzger seine Freundin erschlagen, als er von ihr erfahren hatte, dass sie ihn betrog.

Für mich als Richter, hatte Jacques sich damals gesagt, ein typischer Fall von Affekthandlung. Doch die Geschworenen sahen es anders. Sie wollten den Metzger lebenslang hinter Gitter bringen, und es kostete Jacques und seinen beisitzenden Kollegen große Überredungskraft, um den Laienrichtern verständlich zu machen, dass bei einer Tat, die im Affekt begangen werde, mildernde Umstände angebracht seien, wenn nämlich ein intensiver Gefühlsausbruch, eine Kurzschlusshandlung jegliche Überlegung und freie Willensentscheidung bei dem Handelnden ausschaltet. Die Geschworenen verurteilten den Metzger dann »nur« zu zwanzig Jahren.

Seitdem hasste Jacques Geschworenengerichte.

In seinen ersten politischen Fall rutschte er, ohne es zu ahnen. Er war inzwischen an das Gericht in Nizza versetzt worden, das immer noch einen besonderen Ruf hat. Auswärtige Richter werden hier ungern gesehen, denn in Nizza kennt man sich und erledigt, was zu regeln ist, untereinander und am Gericht vorbei.

Eine Japanerin hatte im Casino mit extrem hohen Einsätzen gespielt, hatte gewonnen und schließlich mehrere hunderttausend Francs mitgenommen. Ein Croupier behauptete, sie habe mehrere Tage hintereinander beim Roulette geschickt betrogen, was das Video beweisen könne.

Jacques schüttelte jetzt noch den Kopf über sich und seine Naivität damals.

Er hätte schon in dem Moment aufmerksam werden sollen, als er die Vorladung ins Hotel »Negresco« schickte. In diesem Hotel kostete eine Übernachtung ein Viertel seines Gehalts. Deshalb wohnen dort nur noch Russen aus Sankt Petersburg, Japaner aus Osaka, Deutsche aus Mettmann oder Franzosen, die bar bezahlen. Die Japanerin gab als ihre französische Heimatadresse den vornehmen Pariser Vorort Neuilly an, und spätestens in diesem Augenblick hätten bei Jacques die Alarmglocken läuten müssen, denn wer in Neuilly wohnt, hat meist beste Drähte nach oben.

Aber Jacques verfolgte den Fall neben all den anderen auf seinem Schreibtisch äußerst gemächlich weiter, bis er eines morgens zu seinem Vorgesetzten gerufen wurde. Ein halbes Dutzend japanischer Investoren war im Hôtel Matignon beim Premierminister erschienen und hatte, für den Fall, dass die Japanerin weiter belästigt werde, den Bau einer Fabrik in Frage gestellt – woran dreihundert Arbeitsplätze hingen. Jacques ließ sich davon überzeugen, dass Arbeitsplätze wichtig sind.

Trotz des Schattens der Palme lief Jacques der Schweiß den Hals hinunter. Er stützte sich auf die Arme, machte einen Liegestütz, sprang auf die Beine und rannte ins Wasser. Er fühlte sich wohl, schaute vom Meer aus auf die Berge und überlegte, in welcher Himmelsrichtung Amadée wohnte. Ob sie ihn faszinierte, weil sie so anders war als Margaux? Oder als Jacqueline, die man mit keiner von beiden vergleichen konnte?

Damals in Nizza hatte sie am Nebentisch gesessen, im Restaurant »La Petite Maison« in der Rue de l'Opéra, wo auch schon einmal die Grimaldi-Töchter tafeln. Dort goss ihm die Wirtin Nicole Champagner über die Hände und ließ dann, scheinbar erschreckt, das Glas fallen. Ein beliebter Trick, mit dem sie die Aufmerksamkeit auf sich zog – und Leute über die Tische miteinander verkuppelte. Nicole hatte Jacques Blicke hinüber zu der attraktiven, sportlichen Blonden wohl verstanden.

Bekannte hatten Jacqueline zu einer Bootstour mitgenommen, die Motorjacht lag in Fontvieille vertäut an der Mole, dem neuen Hafen von Monaco. Der braun gebrannte und sportliche Richter aus Nizza hatte ihr gefallen.

Ein paar Wochen später schon bemühte sich Jacques um eine Versetzung nach Paris, wo Jacqueline lebte. Seine Kollegen im Palais de Justice in Nizza lachten ihn deswegen nur aus; denn an die Seine schaffte man es frühestens nach zehn Jahren Knechtschaft in der Provinz. Jacqueline aber rief kurzerhand einen Freund ihrer Eltern an, der für die Regierungspartei in der Assemblée Nationale saß, und der versprach, sich zu kümmern. Wenn er sich nicht mehr melde, sei die Sache gelaufen. Er meldete sich dann doch, aber nur, um als Belohnung Jacqueline zu »Chez Edgar« ausführen zu dürfen, wo seine Parteifreunde ihn ob einer so eleganten Begleitung beneiden würden. So hatte sie um den Preis einer Mahlzeit in einem In-Lokal, und das war für Jacqueline eher ein Vergnügen, eine Stelle in Créteil für ihren Geliebten, der bald ihr Verlobter war und dann ihr Mann, ergattert.

Créteil lag zwar im ziemlich proletarischen Südosten von Paris, aber mit dem Auto noch nicht einmal eine halbe Stunde von ihrer Wohnung entfernt. Jacques sagte, sie befinde sich ganz am Anfang des kleinbürgerlichen Boulogne, Jacqueline aber schwärmte von ihr, weil die Adresse – eigentlich – gerade noch zum Seizième der Schickeria zählte. Eigentlich, flüsterte Jacques manchmal unhörbar wie ein Echo, eigentlich.

Eigentlich begann damit ihr Problem, das eigentlich noch vor Botox vorbei war. In Créteil wurde Jacques das Sachgebiet Finanzdelikte zugeteilt, und so fiel die Affäre um die »Sotax« und den General in seine Zuständigkeit. Er ging vorsichtig vor, den Fall der Japanerin immer noch im Hinterkopf. Aber je stärker die Widerstände in Politik, Polizei und Justiz anwuchsen, desto hartnäckiger verfolgte er das Geflecht der Selbstbedienung durch politische Parteien. Und inzwischen bangte selbst der Staatspräsident vor Jacques' Strenge, und in der Presse wurde offen darüber diskutiert, ob der hartnäckige Untersuchungsrichter es wagen würde, als nächsten Schritt eine Vorladung an die höchste Person in der Republik zu schicken – und ob der Präsident in solch einem Fall aussagen müsste.

Ja, sagten die politischen Gegner des amtierenden Präsidenten und verwiesen darauf, dass Valéry Giscard d'Estaing während seiner Präsidentschaft in einem ähnlichen Fall Zeugnis abgelegt hatte. Allerdings stand Giscard damals nicht im Verdacht, selbst unrecht gehandelt zu haben.

Nein, antworteten seine Freunde, der Präsident könne nur wegen Hochverrats vor der Haute Cour de la Justice, bestehend aus Parlament und Senat, angeklagt werden.

Jacques wusste noch nicht, ob er den Mut haben würde, als Zeichen der Unabhängigkeit der Justiz die Vorladung abzuschicken. Er schwitzte schon wieder. Der Schatten, in den er sich nach dem letzten Schwimmen gelegt hatte, war weitergewandert, und Jacques hatte die letzte Stunde in der warmen Nachmittagssonne verdöst. Er sprang noch einmal ins Wasser, um aufzuwachen und sich abzukühlen. Als die Sonne sich ins Meer senkte, fuhr er zurück und rief aus dem Wagen Césaire an.

»Hast du schon was erfahren?«

»Nicht doch!«, lachte Césaire. Jacques stellte sich das Büro des Polizisten vor. Was der da bloß den ganzen Tag tat?

»Nicht doch?«

»Junger Mann. Heute früh sind die Jungs zu deiner Doudou gefahren ...«

Jacques ließ ein genervtes Stöhnen hören. Das Wort Doudou mag hier ja mal als zärtliche Bezeichnung für ein liebes Mädchen gegolten haben, aber im Zeichen des karibischen Tourismus, Sonne, Palmen, Busen, war der Doudouisme zum touristischen Klischeebild verkommen. Jacques fühlte sich von dem Kreolen in die Ecke des tumben Parisers gestellt. Das war notiert.

Césaire lachte. »… und haben die Gewehre abgeholt. Die werden jetzt untersucht. Und von den Fluggesellschaften haben wir noch keine Antwort.«

»Kann ich morgen früh vorbeikommen?«

»Ich habe dir zwar versprochen, so schnell wie
möglich zu arbeiten. Aber morgen früh ist Wochenende! Hast du vergessen, dass heute Freitag ist? Wenn
du Glück hast – Montagmittag. Salut – es gibt schöne
Strände und schöne Frauen auf Martinique.«

Césaire hatte eingehängt.

Jacques spürte seinen Hunger jetzt deutlicher. Seit
dem Frühstück hatte er nichts mehr gegessen. Er hielt
den Wagen an einer kleinen Ajoupa am Strand an, ging
um die Hütte herum und setzte sich auf eine Bank vor
einem groben Holztisch. Er war der einzige Gast. Ohne
nachzudenken, bestellte er ein Lorraine-Bier aus der
Gegend und einen Teller Accras, kleine Fischbällchen.

Was wollte er hier eigentlich? Wenn er ehrlich mit
sich wäre, müsste er zugeben, dass dieser ganze Ausflug nach Martinique schief lief. Für einen Fall wie
diesen müsste man Kriminalist sein, nicht Untersuchungsrichter in Finanzfragen. Die Morde der Bäcker
und Metzger, mit denen er bisher zu tun hatte, waren
mit diesem Mord nicht zu vergleichen. LaBrousse gehörte in das unfertige Paket »Sotax«, und Gilles Maurel war ein denkbar ungeeigneter Kandidat für eine
Mordanklage. Ein Scheißleben. Margaux, die Liebs-
te, seilte sich gerade ab, und daran war er auch ein
bisschen Schuld, das musste er sich selbst gegenüber
zugeben. Er hatte es an einem klaren Bekenntnis zu
ihr fehlen lassen, aber erst nach drei wilden Monaten.
Margaux aber hatte sich auch nicht klar geäußert, er

schob einen Teil der Schuld weiter. Und jetzt spielt sie tote Maus, das kannte er von ihr. Sie macht sich rar, damit sein Motor wieder anspringt. Aber das hatte bei ihm nur funktioniert, als er zum ersten Mal verliebt war – mit fünfzehn. In Albi.

Er könnte morgen Nachmittag zurückfliegen, er brauchte nicht hier zu bleiben. Dann wäre er am Montag wieder im Büro. Und dann müsste er endlich entscheiden, ob er die Vorladung rausschickt oder nicht. Wenn er es täte, würde die Gerichtspräsidentin ihm eine Standpauke halten, würde ein großer Teil der Presse über ihn herfallen, er würde ins Justizministerium bestellt werden, schließlich müsste der Conseil d'État zusammentreten und über die Rechtmäßigkeit seiner Ladung an den Präsidenten entscheiden. Vielleicht wäre dann aber auch alles vorbei, und er könnte die Aktendeckel schließen.

Jacques bestellte sich noch ein Bier. Das Strandlokal wurde von einem jungen kreolischen Paar betrieben, und während die Frau das Bier brachte, schüttete der Mann Holzkohle auf einen großen, neben der Hütte stehenden Grill und zündete sie an.

»In einer halben Stunde könnten Sie einen gegrillten Hummer essen«, sagte die Frau zu Jacques und stellte die Flasche auf den Tisch.

»Hummer?«

»Ganz frisch, heute Nachmittag erst aus dem Wasser geholt. Und nicht teuer, nicht wie in den Touristenlokalen. Hierher kommen nur Leute aus der Gegend.«

Die Sonne war inzwischen untergegangen, aber der Himmel leuchtete noch hell, die Luft war angenehm warm, und er freute sich auf die zweite Flasche Lorraine. Jacques streckte die Beine von sich und sagte: »Warum nicht einen Hummer.«

Der Tag am Meer hatte ihm gut getan. Er war viel geschwommen, war eingedöst, war lange am Strand entlanggelaufen, über Felsen geklettert und war wieder eingedöst. Die Winterbleiche war einer leichten Bräune gewichen. Die Holzkohle verbreitete einen angenehmen Duft, die Frau zündete Fackeln an, und aus der Küche waren anheimelnde Geräusche zu vernehmen. Nur fünf Tische mit je zwei Bänken zählte Jacques, und je länger er sich hier zurücklehnte, desto wohler fühlte er sich. Das ist eine gute Kneipe, sagte er sich. So könnte man auch leben, er lächelte still vor sich hin und sah plötzlich Césaire vor sich, wie der sich vor Lachen schüttelte. Ricou als Hummerkoch!

Als die junge Frau sich an die Tür lehnte und aus der Hütte herausschaute, fragte Jacques: »Wie heißen Sie?«

»Médouze. Und du?«

»Jacques.«

Doch bevor er seine Plauderei fortsetzen konnte, kamen zwei Paare und setzten sich. Der Betrieb begann. Neben der Hütte stand ein breiter, viereckiger Klotz, auf den der Koch einen noch lebenden Hummer legte und mit der Machete in der Mitte durchteilte. Weitere Gäste trafen ein, fast alles gut gekleidete Kreolen. Eine lustige Gruppe junger Frauen quetschte sich auf die Bänke um einen Tisch, und er hätte Amadée vielleicht übersehen, wenn sie nicht plötzlich auf ihn zugekommen wäre und sich ihm gegenüber an seinen Tisch gesetzt hätte.

»Oh, Monsieur le juge war heute am Strand.«

»Schön, Sie zu sehen. Essen Sie hier ...«, er machte eine kleine Pause, ehe er hinzufügte: »... mit mir?«

Amadée schaute ihn erstaunt an.

»So munter kenne ich Sie ja gar nicht. Danke, falls das eine Einladung sein sollte. Aber ich bin mit meinen Freundinnen hier. Wer hat Ihnen den Tipp gegeben, hier Hummer zu essen?«

»Das war Zufall. Ich bin vorbeigefahren und hatte Durst – und Hunger.«

»Ich muss gleich wieder rüber. Aber ich möchte Sie zu einem Ti Punch einladen.«

Amadée winkte Médouze herbei und fragte sie fast flüsternd: »Hast du noch einen Trois Rivières?«

»Ja. Zwei. Oder für euch alle?«

Médouze schaute hinüber zu dem Frauentisch.

»Nein, nein, nur für uns beide.«

Amadée stand auf, ging um den Tisch herum, setzte sich neben ihn, legte ihre warme Hand auf seine linke Schulter und raunte ihm, als gehe es um eine Verschwörung, ins Ohr, dies sei ein besonderer Rum aus reinem Zuckerrohr, nicht aus Melasse, es sei einer, der mindestens zwanzig Jahre im Fass gereift sei, und er habe 82 Prozent. Den könne man in keinem Geschäft kaufen, die wenigen Flaschen würden auf der Insel nur unter der Hand vergeben an gute Bekannte. Sie lachte und sah ihn an, als lüfte sie ein streng gehütetes Geheimnis. Die Geschichte von Trois Rivières gehe zurück auf Nicolas Fouquet, sagte sie, den wahnsinnigen Superintendenten von Louis Quatorze, der davon geträumt habe, Vize-König der Antillen zu werden, und sich deshalb 1660 selbst eine

90

Rum-Konzession für zweitausend Hektar zwischen Le Diamant und Sainte Luce an der Südküste zugeteilt habe. Dort habe er jedoch nie gelebt, da er Opfer seines Größenwahns geworden sei. Louis Quatorze habe ihn entmachten und die Konzession aufteilen lassen, doch die Destille Trois Rivières bestehe immer noch.

Sie nahm ihre Hand erst zurück, als Médouze mit den beiden Gläsern kam und sie auf den Tisch stellte. Amadée hob ihren Ti Punch fast feierlich, stieß mit ihm an und nippte.

»Nur Mut! Versuchen Sie mal. Einmalig.« Und sie nippte noch einmal.

Jacques griff nach dem Glas, tippte den Rand des ihren an und schmeckte den Rum, wiegte den Kopf und machte ein zustimmendes Geräusch.

»Nun?«

Amadée sah ihn fragend an. Ihr ärmelloses Kleid aus Madrastuch mit dem tiefen Ausschnitt verwirrte ihn, er wagte es nicht, sie so zu mustern, wie ihm zu Mute war.

Er nahm noch einen Schluck, lächelte, schaute ihr in die Augen und sagte: »Wollen Sie mich wirklich allein essen lassen?«

Amadée ergriff seine Hand. »Ihr Hummer liegt schon auf dem Grill, und ich muss zu meinen Freundinnen. Kommen Sie mich doch besuchen.«

»Wann? Sie haben ja noch nicht mal Telefon. Am Wochenende?«

»Nein, wir feiern morgen Hochzeit.«

Sie beugte sich zu ihm und zeigte mit dem linken Arm auf eine junge Frau in einem grünen Kleid, die auf der Mitte der Bank saß.

91

»Jojo. Sie ist die Tochter einer Tante. Und das Fest geht bis Sonntagabend. Montag bin ich wieder auf Alizé, falls Sie noch hier sind.«

»Montag komme ich vorbei. Gegen Mittag oder Nachmittag. Passt Ihnen das?«

»Ich freue mich.«

Sie gab ihm einen Kuss auf die Wange. Fast auf den Mundwinkel, sagte sich Jacques und schaute ihr ein wenig sehnsüchtig nach. Nun war es entschieden. Er würde bleiben, und während er den saftigen Hummer aß, beschloss er, Césaire zu verzeihen. Der Mann hatte ja Recht, Wochenende ist Wochenende, und manche zahlen viel Geld dafür, ein paar Tage in der Karibik zu verbringen. Ein bisschen Schwimmen, ein bisschen dösen und träumen. Und morgen vielleicht nur Faktor acht. Jetzt war er ja nicht mehr ganz bleich. Médouze brachte ihm noch einen Trois Rivières, und als er ging, winkte er hinüber an den Tisch der Freundinnen. Er freute sich auf den Montag, auf Amadée.

Schwarzer Montag

Marie Gastaud, die Gerichtspräsidentin von Créteil, war eine korpulente, resolute Frau, deren weiße Dauerwelle leicht bläulich gefärbt und jeden Tag wie neu betoniert aussah. Solange die ihr zugeordneten Richter keine Fehler machten, deckte sie deren Arbeit gegen jegliche Einmischung, wenn sie aber Fehler machten, dann nahm sie die erst einmal selbst unter die Lupe. Sie gab sich unabhängig – sowohl von Politik als auch von Kumpanei.

Am Montag gegen 13.45 Uhr erhielt sie einen Anruf aus dem Kabinett des Justizministers, woraufhin sie ihre Sekretärin anwies, eine Verbindung zu Jacques Ricou herzustellen. Die kam zustande, als Jacques gerade aus der Dusche trat. Auf Martinique war es kurz vor acht Uhr früh.

»Jacques«, sagte die Gerichtspräsidentin, »ich habe gerade eben einen Anruf aus dem Ministerium erhalten. Eine Nachrichtenagentur meldet, Sie seien unter dem Vorwand, nach dem Mörder des Generals zu suchen, auf ein privates Wochenende nach Martinique gefahren. Wie weit sind Sie?«

»Wer hat das verbreitet? Das ist Verleumdung«, explodierte Jacques und fühlte sich hilflos in seiner Wut. »Gibt das Ministerium eine Stellungnahme ab?«

»Nein. Und das Gericht auch nicht. Noch nicht.

Am besten nehmen Sie das nächste Flugzeug zurück. Geht das?«

»Ich habe heute noch Zeugen zu vernehmen. Ich komme sobald wie möglich. Ist eine Quelle in der Meldung angegeben?«

»Angeblich steht es in ›France-Antilles‹.«

»Die besorge ich mir gleich«, sagte Jacques, »ich melde mich noch mal«, und legte auf. Er wählte den Empfang, es meldete sich niemand, wahrscheinlich streikte das Hotelpersonal noch. Jacques zog sich schnell an, um die Zeitung zu kaufen. Unten traf er den Hotelbesitzer, der auf seine Frage nur vor sich hin murrte, es sei heute keine Zeitung erschienen. Auch dort streike man.

Wieder auf seinem Zimmer, rief er Martine im Büro an, die ihn beruhigte. Im Gericht wisse niemand von der Meldung, sagte sie, und sie habe den Eindruck, hier rege sich darüber niemand auf. Als Jacques sie bat, einen Rückflug für Dienstagnachmittag zu buchen, klingelte sein Handy. Martine rief nur noch in den Hörer, er solle ihre Mail lesen, darin stünden alle Rechercheergebnisse. Im Display sah er, dass Margaux anrief.

»Margaux, Liebe, was machst du?«, fragte er liebenswürdig kühl.

»Viel zu tun, hast du schon von der Meldung gehört?«

»Ja, Gastaud hat mich schon angerufen. Ich komme morgen zurück.«

»Hast du Ärger?«

»Ich hoffe nicht. Aber ich glaube, es hat sich gelohnt.«

»Klang auch spannend, was du geschrieben hast. Wann kommst du an, soll ich dich abholen?«

»Martine macht die Reservierung. Ich mail dir die Ankunftszeit. Aber ich nehme ein Taxi, denn das wird ja irgendwann morgens um sechs sein oder noch früher. Zumindest das kann das Gericht mir für allen unnötigen Ärger bezahlen.«

»Wie ist das Wetter, schön warm?«

»Herrlich. Und bei dir?«

»Immer noch unter Null.«

»Ich bring ein paar Grad mit.«

»Großen Kuss«, verabschiedete sich Margaux. Früher hatte Jacques geglaubt, das wäre ein Zeichen von Zuneigung, aber inzwischen sagte sie zu jedem, der ihr auch nur ein wenig näher stand, grand bisou. Jede Frau sagt das zu jedem, den sie mag.

Im Frühstückszimmer standen Thermoskannen mit Kaffee und Croissants. Er nahm sich eine Kanne und zwei Croissants und setzte sich ans Fenster, mit Blick zum Meer. Er nahm es nicht wahr. Sein Kopf befand sich so sehr in Paris, dass er fast gefroren hätte. Wahrscheinlich steckte Loulou hinter der Meldung.

Um zehn rief er Césaire an.

»Jaja, komm mal vorbei, vielleicht in einer Stunde? Dann werde ich wohl alles zusammenhaben. Salut!«

Es wurde ein wenig später. Als Jacques seinen Wagen starten wollte, fiel ihm ein, dass er Martines Mail nicht gelesen hatte. Er sprang wieder aus dem Sitz, schlug die Tür zu und rannte auf sein Zimmer. Und dann fluchte er, weil es so lange dauerte, bis das Programm seines Laptops hochgefahren war. Beim raschen Überfliegen der langen Nachricht machte er bestätigende Geräusche, las den Text noch einmal gründlich, um jedes Detail aufzunehmen, und machte sich Notizen, fluchte wieder, weil er hier keinen Drucker hatte, und schrieb das Wichtigste mit seinem Bleistift in ein Moleskine, ein kleines schwarzes Notizbuch, das Margaux ihm einmal geschenkt hatte. Sie hatte dazu gesagt: ein gleiches habe schon Proust benutzt. Und van Gogh, Matisse, sogar Hemingway.

Auf dem Weg zur Polizeistation wurde er von einer Demonstration aufgehalten, und bis er bei Césaire klopfte, war es fast zwölf. Um midi würde der Kommissar wahrscheinlich essen gehen, fürchtete er, als niemand antwortete. Er öffnete die Tür vorsichtig. Césaire hielt den Telefonhörer am Ohr, winkte Jacques trotzdem, hereinzukommen und sich zu setzen. Als er aufgelegt hatte, sagte er mit seinem üblichen Lachen: »Mon dieu, Martinique bekommt dir! Bist richtig braun geworden. Ich stelle auch keine Fragen!« Er bleckte die Zähne und griff nach einem Dossier, das vor ihm lag.

»Ich habe dir gleich Kopien von allen Ergebnissen machen lassen. Mindestens zwei der Gewehre sind noch in den letzten Monaten benutzt worden. Wenn du Kugelvergleiche brauchst, die können wir hier nicht machen. Und zu den Flügen nach Paris: den hiesigen Unterlagen zufolge – Fehlanzeige. Unter anderem Namen zu reisen ist schwierig, weil man beim Einchecken den Personalausweis vorlegen muss. Aber – wer unbemerkt nach Paris fliegen will, kann das auch über Umwege machen.«

»Das kennen wir. Tu mir einen Gefallen, lass alle Gewehre von Maurel nach Paris schicken. Der braucht die jetzt sowieso nicht mehr. Ich fliege wieder zurück. Für mich gibt es hier kaum noch was zu tun.«

»Heute kommst du aber nicht mehr weg.«

»Warum?«

»Streik. Heute ist Generalstreik.«

Ein Generalstreik zur rechten Zeit kann auch ganz praktisch sein, dachte Jacques, dann muss ich keinen Grund dafür erfinden, warum ich erst morgen fliegen kann. Als er wieder im Wagen saß, verstaute er die Akte im Handschuhfach, schloss es ab und rief Martine an. Sie war nicht mehr da. Er erreichte sie auf ihrem Handy im Bistro.

»Falls dich jemand fragt: Ich komme heute nicht aus Fort-de-France raus. Hier legt ein Generalstreik alles lahm.«

»OK«, antwortete sie vorsichtig, »alles Notwendige habe ich dir gemailt.«

Er startete den 206 und fuhr auf die N3 in Richtung Basse-Pointe.

*

Jacques unterdrückte den Wunsch, so locker und vertraut mit Amadée umzugehen wie Freitagabend beim Rum. Er fürchtete sich davor, ihr seine Gefühle zu zeigen. Sich selbst gegenüber redete er sich damit heraus, er sei schließlich dienstlich zu Besuch. Aber er fürchtete sich nicht nur vor seinen Empfindungen, sondern auch davor, von der schönen Kreolin freundlich – aber bestimmt – zurückgewiesen zu werden.

»Wie wär es mit einem Kaffee«, fragte sie, »vier Uhr, das ist doch gerade die richtige Zeit.«

»Kaffee wär schön. Danke«, sagte er steif.

Sie sah ihn an und beschloss, sich die Laune nicht durch seine Verklemmung verderben zu lassen. Er würde sich schon wieder lockern.

»Kommen Sie, setzen wir uns auf die Veranda.«

Er legte das Dossier und sein Notizbuch auf den niedrigen Couchtisch vor der Hollywoodschaukel, ehe er in den bequemen tiefen Kissen dieses Möbels fast versank. Amadée verschwand im Haus und kam, gefolgt von einem Dienstmädchen in schwarzem Kleid und weißer Schürze, wieder.

Während das Mädchen den Kaffee eingoss, musterte Amadée ihren Besucher spöttisch und fragte ihn: »Ist das ein Dienstbesuch – oder …«

»Oder wär mir lieber. Aber ich habe noch ein paar Fragen. Wir haben die Gewehre untersucht. Aus mindestens zweien ist noch in den letzten Monaten geschossen worden. Wir werden sie in die Metropole schicken müssen. Sind Sie damit einverstanden?«

»Warum nicht. Ich kann damit sowieso nichts anfangen. Und dass die benutzt worden sind, das ist klar. Ich weiß nicht, wann Gilles zum letzten Mal auf der Jagd war. Das kann schon länger her sein. Aber er hat die Gewehre auch seinem Vorarbeiter geliehen. Kann man die Waffen nicht gleich in Paris verkaufen?«

»Das wäre praktisch. Aber erst einmal muss festgestellt werden, ob die Kugel, die den General traf, aus einem dieser Gewehre gekommen ist.«

Er nahm einen Schluck Kaffee, stellte die Tasse, diesmal aus Limoges-Porzellan, wieder ab und griff nach der Akte.

Amadée setzte sich neben ihn, wiegte ihren Kopf

hin und her, legte wieder eine Hand auf seinen Unterarm und sagte: »Glauben Sie immer noch, dass der über neunzigjährige Gilles mit seiner Flinte losgezogen ist, um sich an dem General zu rächen? Da machen Sie sich lächerlich. Martinique hat er seit 1974 nicht mehr verlassen, und Alizé zum allerletzten Mal vor seinem Tod, als wir bei LaBrousse waren!«

»In dieser Akte liegt das Ergebnis der Untersuchung der Polizei in Fort-de-France. Und die gibt Ihnen Recht. In den Wochen vor dem Mord ist Ihr Mann nicht nach Paris geflogen – zumindest nicht auf direktem Weg.«

Mit offenen Handflächen streckte sie ihre Arme aus, so als wollte sie »na also!« sagen, und schaute ihn an. Wie konnte man nur immer so gut gelaunt sein. Wahrscheinlich gab es nichts, was sie belastete. Wirklich gar nichts. Er beugte sich vor, ergriff das schwarze Notizbuch und entfernte das Gummiband, das die beiden Kartondeckel zusammenhielt. »Hmm«, knurrte er und suchte, in den Seiten blätternd, eine bestimmte Stelle.

»Aber in Paris sind wir weitergekommen. Himmelfahrt fiel letztes Jahr auf den 9. Mai. Und acht Tage vorher war eine Gruppe von zwölf Personen auf den Flug Air France 3551, ab Fort-de-France um 19 Uhr 45, an Orly 8 Uhr 55, gebucht, diese Gruppe hatte den Namen ›Weihwasserbecken Saint-Pierre‹. Dazu gehörte auch eine Person namens Maurel.«

»Und hatte die ein Gewehr dabei? Kennen Sie auch die anderen Namen?«

»Die Namen ja, aber nur eine Person. Loulou.«

»Loulou hat darüber für ›France-Antilles‹ geschrieben. Angeführt wurde die Gruppe von Monseigneur Marie-Sainte. Er ist der Erzbischof von Martinique. Finanziert hat die Gruppenreise LaBrousse. Er war auch mit von der Partie.«

»Steht aber nicht auf der Liste!«

»Kann ich die mal sehen?«

Jacques zögerte kurz, ob er ihr das Notizbuch geben sollte. Er hielt ihr die Seite hin.

»Sie haben eine schöne Schrift«, bemerkte Amadée und blickte hoch. Dann ging sie die Namen durch.

»Hier. Da steht er. Zwar nicht mit seinem Namen, aber in seiner Funktion: parrain sponsor – Finanzpate.«

»Und warum steht er als Einziger nicht mit seinem Namen da?«

»Weiß ich nicht. Aber bei Erzbischof steht ja auch nur das Amt und nicht der Name, schauen Sie mal.«

Sie deutete mit dem Finger auf die Liste.

»Stimmt.« Jacques blätterte in den Notizen, Amadée lehnte sich zurück und schaute in die Ferne. Es waren keine Motorgeräusche zu hören, nur das, was man friedlich nennt: Vögel, Wind in den Bäumen, ein jaulender Hund. Auf der Weide standen heute keine Pferde – am Himmel zogen nur wenige lang gezogene Wolken kaum merkbar gen Norden.

»Bei der Reise ging es um eine ganz einfache Sache«, sagte Amadée. »Vor genau hundert Jahren an Christi Himmelfahrt, am 8. Mai 1902, ist die Kathedrale von Saint-Pierre bei dem Ausbruch des Mont Pelée zerstört worden – zusammen mit dem ganzen Ort, der damals die Hauptstadt der Insel war. Aber das feine kleine Weihwasserbecken aus grauem Marmor ist gerettet worden und auf Irrwegen in die Kirche Saint-Laurent im 10. Arrondissement gelangt. Dort befindet sich heute die Pfarrei der antillianischen Gemeinde in Paris. Unsere Gruppe hat das Becken dort abgeholt und ist am 6. Mai zurückgekommen, am 9. Mai wurde es während der Heiligen Messe noch einmal geweiht und schon sechs Tage später von Père Dumas wieder zurück nach Paris begleitet.«

»Also war Maurel in Paris.«

»Nein. Ich war in Paris.«

Jacques schaute sie verblüfft an. »Sie?«

»Ja. Ich gehörte zu der Gruppe, ich – Amadée Maurel.«

»Nicht Amadée Alibar?«

»Mein Mädchenname. Den behält man hier. Aber wenn Sie fliegen, müssen Sie ihren Ausweis vorzeigen. Nun, und wie heißt wohl die Frau von Gilles Maurel? Ich bin auch nur auf Bitten des Erzbischofs mitgeflogen. Er wollte mich dabei haben, denn ich gelte als Nachfahre des einzigen Überlebenden der Katastrophe. Ob das stimmt, weiß der Teufel. Meine Mutter hat es erzählt, und sie wusste es angeblich von ihrer Mutter. Meine Großmutter behauptete, ihr Vater sei der Schauermann Auguste Ciparis gewesen, der 1902 einen Tag vor Himmelfahrt völlig betrunken mitten in Saint-Pierre randalierte und deshalb in den Kerker in der Nähe des Gouverneursamtes gesperrt worden war. Und der Kerker lag tief im Keller. Vier Tage nach dem Vulkanausbruch wurde er da gefunden. Wahrscheinlich ziemlich nüchtern.«

»Und warum war LaBrousse dabei?«

»Weil er das Ganze finanziert hat. Um das mit ihm zu bereden, waren wir zu ihm gefahren an dem Tag, als Gilles dann wegen des Fotos ausrastete.«

»Und warum gab er das Geld? LaBrousse wirkt ja nicht gerade wie ein Kirchgänger.«

»Ist er auch nicht. Aber um das Weihwasserbecken bauten sich immer mehr Mythen auf. Es zum hundertjährigen Gedenken hier zu haben wurde der ganzen Bevölkerung immer wichtiger. LaBrousse hat sich damit gutes Ansehen erkauft. Er war nie sehr beliebt und ist es dadurch auch nicht geworden.«

Jacques zog den Bleistift hervor und machte sich eine Notiz.

»Man vergisst zu viel«, sagte er nebenbei, ohne aufzublicken. Ganz nah hörte er eine Heuschrecke. Es war keine Grille mit ihrem nervtötenden Gesäge, es war das Hohe Lied jener Tiere, für die die alten Chinesen kleine, kostbare Käfige aus Elfenbein geschnitzt hatten, um nachts selig einzuschlafen, wenn das Tier den Vorderflügel über den langen Hinterschenkel reibt und so ein sphärisches Zirpen erzeugt.

*

»Bleiben Sie doch zum Abendessen«, sagte Amadée fast beiläufig, nachdem das Dienstmädchen den Ti Punch gebracht hatte. Natürlich Trois Rivières, hatte Amadée betont.

»Es gibt heute etwas Besonderes, Kaimanschwänze in Ingwersauce.«

»Dass es das noch gibt!«, antwortete Jacques abwesend, meinte aber die Kleidung des Dienstmädchens, die an Urgroßmutters Zeiten erinnerte. Fehlte nur noch das weiße Häubchen.

»Die kommen aus Cayenne«, antwortete Amadée und meinte das Fleisch des Kaimans. Er vergaß, auf die Einladung zu antworten, blieb einfach sitzen und schwieg.

Um kurz nach sechs bot die Sonne, als sie am Horizont verschwand, im Zusammenspiel mit den Wolken ein atemberaubendes Farbdrama, das beide schweigend betrachteten. Noch bevor es ganz dunkel geworden war, gingen unmerklich langsam Lichter in den Bäumen und dann auch um das Haus herum an. Unwirklich, einfach unwirklich, kitsch-as-kitsch-can dachte Jacques. Kein Radio, kein Telefon, aber sonst Hightech! Fehlt nur noch Dolby Stereo.

Maurel blieb ihm ein Rätsel. Und Amadée auch, weshalb war sie die Frau dieses Mannes geworden? Weshalb trauerte sie nicht wie eine Witwe, sondern lebte das Leben fröhlich weiter und flirtete sogar mit dem Untersuchungsrichter, der ihren Mann für einen potenziellen Mörder hielt? Vielleicht verkörperte er Pariser Exotik für sie?

Plötzlich stand er auf, ging die drei Bretterstufen der Veranda herunter und fragte: »Kann ich noch einmal einen Blick in das Atelier werfen?«

»Die Tür ist offen. Der Lichtschalter gleich links.«

Niemand hatte etwas angerührt seit seinem letzten Besuch. Auf dem Zeichentisch lag immer noch der große Kupferstich mit dem bedrohlichen Vogel Cohé. Jacques beugte sich über das Blatt und bewunderte die Arbeit. Für ihn als Laien wirkte sie wie das Werk eines Meisters. Jeder einzelne Strich schien zu sitzen.

Und bei Kupferstichen war das die große Kunst, denn wenn die Nadel einmal eine Vertiefung in das Metall geritzt hatte, war nichts mehr zu korrigieren – wie bei einer Tuschezeichnung, wo der Pinselstrich weder mit Übermalen noch mit Radieren zu ändern ist. Ein Fachmann hätte vielleicht das eine oder andere mit der Lupe gesehen und moniert. Aber der Vogel schien zu leben. Er dachte an den Mythos, der den Cohé umgab, und meinte etwas zu spüren. Das bedeutete mehr als nur den Tod. Der Cohé wirkte wie ein Schreckensbote des Unheils. Nein, nicht wie einer, der die Apokalypse oder das Ende der Welt verkündet, aber doch Schrecken, Angst, Schmerzen und über den Tod hinaus empfundene Qualen. Maurel musste Monate, wenn nicht Jahre daran gearbeitet haben.

Jacques schaute in die Schränke. Nur Malutensilien. Eine Kommode mit zwölf flachen, über die ganze Breite des Möbels laufenden Schubladen, war angefüllt mit Zeichnungen und Entwürfen. Nichts als Vögel. Maurel schien auf eine penible Ordnung geachtet zu haben. Auch in einer Zwillingskommode nur Entwürfe. Mit einem Unterschied: Sie zeigten alle den Cohé. Studien des Schnabels, des Gefieders, des Auges. Jacques zog eine Schublade nach der anderen auf, es blieb beim Cohé. Offensichtlich hatte Maurel die ältesten Entwürfe in das unterste Fach gelegt, man sah es dem Papier an – und dem Stil. Auf keinem Blatt stand ein Datum. Aber Jacques vermutete, dass die ersten Zeichnungen zwanzig, fünfundzwanzig Jahre alt wären.

Er erschrak, als die Tür hinter ihm aufging.

»Wollen wir essen?«, fragte Amadée.

Das Dienstmädchen schien gegangen zu sein, denn Amadée legte das Essen vor und bat ihn, die Flasche Rosé zu öffnen.

Der Kaiman schmeckte gut, von Farbe und Konsistenz lag das Echsenfleisch irgendwo zwischen Huhn und Kalb.

Jacques achtete nicht genau darauf. Seine Gedanken waren immer noch bei dem Vogel.

»Was hat ihn am Cohé fasziniert?«, fragte er.

»Mein Mann hat das Unglück seines Lebens nicht überwunden. Dabei war er ein liebenswürdiger Mensch, und wir haben alle versucht, ihm zu helfen. Aber nachdem er die Geschichten um den Cohé gehört hatte, ließ ihn der Wunsch, dem Vogel näher zu kommen, nicht mehr los. Er wollte vielleicht der Erste sein, der ihn je fangen würde. Er las nicht nur alles über den Cohé, er fragte auch die Ältesten hier, ob sie ihn je gesehen hätten und wo er sich aufhalte. Er verbrachte Nächte im Wald auf der Suche nach dem Cohé – mit Gewehr und sogar Infrarotfernrohr. Aber auch er hat nicht mehr gesehen als den Schatten.«

»Was heißt: das Unglück seines Lebens? War er so zart besaitet? Gut – er war in vietnamesischer Gefangenschaft. Aber im Zweiten Weltkrieg waren auch Zehntausende in Gefangenschaft, haben Hunderttausende einen Sohn, eine Mutter, eine Freundin, einen Mann verloren, und bei den Nazis dürfte es nicht gerade freundlich zugegangen sein. Denken Sie an Simone Weil, Ministerin unter Giscard, später sogar Präsidentin des Europaparlaments, die wurde, als sie siebzehn war, mit Mutter und zwei Schwestern nach Auschwitz und Bergen-Belsen verschleppt und ist nur

mit einer Schwester lebend aus dem KZ zurückgekehrt. Und was hat sie getan? Frieden mit den Deutschen geschlossen. Und wie viele Mitglieder der Résistance sind von der Gestapo gefoltert worden, und
sie sind doch mit dem Leben nach dem Krieg zurecht-
gekommen.«

Amadée stand auf, verließ den Raum und kam nach
einigen Minuten zurück. In der Hand trug sie einen
großen, verblichenen Umschlag und gab ihn Jacques.

»Gilles hat mir sein Carnet mit den Aufzeichnungen aus dem Lager in Vietnam erst zu lesen gegeben,
als ich schon weit über dreißig war, und zwar mit den
Worten: ›Damit du mich kennst. Wenn das überhaupt
möglich ist.‹ Ich …«, sie betonte dieses Wort, sah ihn
kurz an und fuhr dann fort: »Ich war danach sprach-
los. Ich konnte wirklich nicht mehr sprechen. Er hat
mir dann vorsichtig und zärtlich ins Leben zurück-
geholfen. Lesen Sie es. Setzen Sie sich ins Wohnzimmer. Ich lasse Sie allein, und wenn Sie müde sind,
finden Sie das Gästezimmer sicherlich allein.«

Gilles Carnet

In dem Umschlag befand sich nicht viel. Ein gehef-
tetes Bündel Notizpapier, das einmal ein schwarzes
Carnet gewesen war, ein Moleskine, ein Kultobjekt
wie das von Jacques, und ein dünner Ordner, in dem
einzelne Papierfetzen sorgsam von Plastikhüllen geschützt wurden. Jacques fasste das Carnet vorsichtig
an. Das Gummiband hielt immer noch, wunderte er
sich, und auf der hinteren Innenseite des Heftes, wo
eine Lasche zum Einstecken von losen Blättern ange-
klebt war, steckte ein Artikel der Illustrierten »Paris-
Match« vom August 1954 mit der Überschrift: »Lebende Skelette. Gefangenenaustausch nach Ende des
Kolonialkriegs in Indochina.« Die Fotos neben dem
Text zeigen Männer in neuen Tropenuniformen an
Deck eines französischen Kriegsschiffes, die aussehen
wie lebende Skelette. Apathisch sehen sie vor sich
hin. Manche liegen auf Tragen; eine Großaufnahme
zeigt ein fast nacktes Knochengestell, das von einem
wohl genährten Seemann mit nacktem Oberkörper gestützt wird, damit es mit der linken Hand eine Flasche
an den Mund führen kann. In der rechten Hand hält
der Dürre eine Zigarette zwischen Daumen und Zeigefinger.

»Die gefangenen Franzosen wurden von den Vietminh bis ans Ufer getrieben und gezwungen, rote

Fahnen und Transparente zu tragen wie bei einer Friedensdemonstration, auf denen stand: ›Schluss mit dem schmutzigen Krieg‹ oder ›Frieden‹«, berichtete »Paris-Match«. »Jedem Gefangenen hatten die Viets ein Bild übergeben, das die Friedenstaube von Picasso darstellte« und weiter: »Selbst Männer von ein Meter achtzig Größe wogen weniger als vierzig Kilo, der schwächste – und er hat überlebt! – wog bei der Untersuchung in der Krankenstation achtundzwanzig Kilo.«

Jacques schlüpfte aus den Schuhen, zog die Beine hoch, legte die Füße auf die Couch und schlug das Carnet auf.

»Gilles Maurel« stand mit Bleistift in einer altmodischen Handschrift auf der Innenseite des vorderen Deckels geschrieben. Die ersten Seiten enthielten einige nebensächliche Anmerkungen und Abkürzungen, die Maurel vermutlich bei Gesprächen zur Erinnerung und späteren Erledigung notiert hatte. Doch dann änderten sich die Aufzeichnungen und wurden zum Tagebuch.

»Mittwoch, den 28. Juli 1952

Seit gestern sind Eric und ich Gefangene der Viets. Wir waren nur dreißig Kilometer weit aus Hanoi herausgefahren, um Enten zu schießen. Dass der Vietminh sich inzwischen schon so nah an Hanoi heranwagt, zeigt, dass seine Unterstützung auf dem Land immens gewachsen ist – oder dass es Hô Chi Minh zumindest gelingt, seine Landsleute in Angst und Schrecken zu versetzen.

Am Morast eines kleinen, flachen Sees, mir als Entenparadies bekannt, pirschten Eric und ich am Rande des Schilfs entlang, als ein Schwarm hochflog und vor uns in die Lüfte flüchtete. Doch gerade, als wir anlegen wollten, drehten die Vögel um und flatterten wieder auf uns zu, was uns wohl verwirrte, aber nicht aufmerksam machte. Eric hatte das Gewehr schon im Anschlag und folgte mit dem Lauf dem wirren Flug der Enten, als wir laut in holprigem Französisch angerufen wurden:

›Rendez-vous! Ihr werdet gut behandelt. Ergebt euch!‹

Von drei Seiten wuchsen aus dem Schilf und dem Unterholz im Wald ein gutes Dutzend Viets empor. Eric schaute mich erstaunt an. Ich sagte so ruhig wie möglich, er möge das Gewehr fallen lassen, und legte meines neben mich auf den Boden.

Sie durchsuchten uns, nahmen mir aber nur die Autoschlüssel und die Brieftasche mit den Papieren ab, dann fesselten sie uns die Arme auf den Rücken, was sehr unangenehm war, und führten uns in den Wald, wo wir uns zusammen mit den vietnamesischen Rebellen in eine Senke legen mussten, um die Nacht abzuwarten.

Wir liefen sechs Stunden lang im Dunkeln auf recht bequemen Pfaden, bis wir heute früh in einem Lager ankamen, wo ein älterer Militär – Rangabzeichen tragen die Vietminh nicht – uns so empfing, als seien wir Besucher auf dem Amt.

›Ich bin der Kommandant der Einheit, die Sie ge-

fangen genommen hat. Unser politischer Kommissar
wird mit Ihnen reden.‹

Der ist sehr jung, wirkt übereifrig und aus Ehrgeiz
unbeugsam. Er sprach nur zu mir, wohl wissend, wer
ich bin und dass ich als diplomatischer Berater beim
Gouverneur in Hanoi eine hohe Position bekleide.
Eric nahm er kaum wahr. Der politische Kommissar
übergoss mich mit ideologischen Phrasen: Ich sei
ein Kolonialist, der Diener französischer Kriegstreiber
und amerikanischer Imperialisten, ein unwürdiger
Sohn des französischen und ein Feind des vietnamesischen Volkes. Wir gehörten erschossen.

Ich machte ihn auf die Genfer Konvention über die
Behandlung von Kriegsgefangenen aufmerksam.
Doch er schrie: ›Die haben wir nicht unterschrieben.
Sie verdienen den Tod.‹

Dann aber erklärte er mit glänzenden Augen die
Politik der Milde ›unseres großen Präsidenten‹ Hô
Chi Minh, der uns das Leben lasse, damit wir umer-
zogen und in Kämpfer für den Frieden verwandelt
werden könnten.

Bis hierhin hatten wir gestanden. Jetzt durften wir
uns auf eine Matte setzen, und ich wurde verhört, be-
rief mich jedoch immer wieder auf die Genfer Konvention und verweigerte jede Aussage. Er nahm uns
die Uhren ab mit der Bemerkung, Zeit hätte für uns
nun keine Bedeutung mehr. Was weiß er!

Donnerstag, 29. Juli

Gestern Nacht sind wir wieder sieben Stunden im Dunkeln gelaufen. Jetzt macht es sich bezahlt, dass Eric auf dem Land mit großen Kenntnissen vom Wald aufgewachsen ist, denn selbst zwischen den dschungelartigen Bäumen erkennt er die Himmelsrichtungen. So vermutet er, dass wir in Richtung Südwest in die Berge geführt werden. Eric scheint die Gefangennahme als eine spannende Unterbrechung des steten Lernens in Eliteschulen anzusehen. Nun ja, sein Unterricht in der X beginnt erst in sechs Wochen. Gestern Nacht flüsterte er mir auf dem Weg zu, ob wir nicht versuchen sollten zu fliehen. Aber da wir hintereinander liefen, war eine Unterhaltung nicht möglich. Abwarten, sagte ich ihm nur. Der Politkommissar wollte mit mir über meine Arbeit in Hanoi sprechen. Ich habe es erneut abgelehnt.

Freitag, 30. Juli

Noch eine Nacht sind wir gelaufen. Gut, dass wir kräftige Stiefel für unseren Jagdausflug angezogen hatten. Einmal bin ich unglücklich über eine Baumwurzel gefallen. Mücken und Ameisen können sehr unangenehm sein. Heute früh stießen wir auf eine größere Gruppe mit gefangen genommenen französischen Soldaten, die beim Fall von Moc Chau in die Hände des Vietminh gefallen sind. Wir wissen aus Berichten, was ein längerer Aufenthalt in den Händen der Kom-

munisten bedeuten kann. Aber ich hoffe, als Zivilist
mit meinem Sohn bald freizukommen. Die Regierung in Paris wird sich darum kümmern. Allerdings
gebe ich meine Hoffnung nicht zu erkennen.

Montag, 2. August

Jede Nacht sind wir sieben Stunden gelaufen. Tagsüber erhalten wir Wasser und ein wenig Reis. Die Bo-
doïs, die vietnamesischen Soldaten, sprechen entweder nicht Französisch, oder aber sie dürfen sich mit uns
nicht unterhalten. Gestern haben wir kein Auge zuge-
macht, denn wir mussten uns wegen Fliegeralarms
mitten im Wald verstecken und wurden von roten
Ameisen zerbissen. Man darf sich aber nicht jucken,
da sich die Bisswunden entzünden können. Mein Versuch, einen Kommandanten zu sprechen, misslang
gründlich. Vielleicht will man mich weich kochen,
damit ich mein Wissen mitteile.

Als ich mich ein wenig erregte, hielt mir der politische Kommissar entgegen, wir seien jetzt alle gleich
und Hierarchien abgeschafft. Ich möge meine bourgeoisen Verhaltensweisen ablegen. Wir müssen helfen, Proviant und Geräte zu tragen, und um mich zu
erziehen, lud mir der politische Kommissar einen
zweiten Sack Reis auf. Eine unangenehme Anstrengung. Als Eric mir ein wenig von der Last abnehmen
wollte, erhielt er einen Schlag mit einem Gewehrkol-
ben in den Rücken.

Freitag, 6. August

Wir sind in einem provisorischen Lager untergebracht und zur Straßenbrigade ernannt worden. Die
Soldaten der französischen Armee, darunter Marokkaner, Algerier, auch Senegalesen, erzählen, sie seien
nach ihrer Festnahme gezwungen worden, Gräber
auszuschaufeln und sich davor hinzuknien, dann sei
ihnen von hinten ein Gewehrlauf an den Kopf gedrückt worden. Nur der Politik der Milde von ›Spitz-
bärtchen‹, wie die Gefangenen Hô Chi Minh lachend
nennen, sei es zu verdanken …

Alle müssen die gleichen Arbeiten verrichten, so
bauen wir eine Bambushütte, in der normalerweise
zehn Leute unterkommen würden, wir schlafen darin zu vierzig, so eng aneinander geschmiegt, dass wir
uns nachts auf Zuruf alle zur gleichen Zeit umdrehen.

Die Gesichter der Vietnamesen sind undurch-
dringlich, es gelingt mir nicht, hinter ihre Fassaden zu
schauen. Heute sind wir in zwei Gruppen eingeteilt
worden, die eine soll morgen damit beginnen, die
Schäden an der RC 6 (Route Coloniale Nummer
sechs) zu reparieren, die durch Bomben von der französischen Luftwaffe verursacht worden sind, die andere wird losziehen, um unsere Versorgung sicherzu-
stellen. Ich kann mich freiwillig für die Straßenarbeit
melden. Das scheint mir leichter, als schwere Reis-
säcke auf unbequemen Pfaden über weite Strecken
durch den heißen Dschungel zu schleppen. Als sich
jedoch auch Eric zu meiner Gruppe gesellen will,
wird er brutal geschlagen, so dass er zusammenbricht.

Als ich mich um ihn kümmern will, hält mich Bidou, Sergeant des 1. Schützenregiments, vorsichtig zurück. ›Machen Sie es nicht noch schlimmer.‹

Es gehört wohl zur psychologischen Kriegsführung, uns mürbe zu machen.

Die Straßenbaubrigade

Ende August dürfte es inzwischen sein. Die Hitze lässt sich selbst nachts kaum ertragen. Auch die hohe Luftfeuchtigkeit macht uns zu schaffen. Es gelingt mir nicht mehr, das tägliche Datum festzulegen, mir fehlt der freie Sonntag, um eine neue Woche anzudenken. Ein Tag vergeht wie jeder andere, und die Hoffnung auf eine Befreiung schwindet. Mein Sohn Eric liegt mir, wann immer eine geflüsterte Unterhaltung möglich ist, mit Fluchtgedanken im Ohr. Auch andere denken darüber nach. Lebensgefährlich – meines Erachtens. Drei Tage bin ich ausgefallen wegen Durchfalls und bin jetzt etwas geschwächt, aber das scheint jeden zu erwischen. Und ich fürchte, die Moskitos könnten uns das Sumpffieber bringen.

Eric kann die Angewohnheit, alles mit Akribie und Genauigkeit auszuführen, nicht ablegen. Er weist die Vietminh auf Fehler beim Einsatz der Straßenbrigade hin, und inzwischen hören sie auf ihn. Das ist vielleicht nicht klug von ihm, denn er hilft dem Feind. Ich habe ihn auf die Genfer Konvention hingewiesen und ihm erklärt, er könne sich ruhig zurückhalten. Er hat genickt. Aber sein freundliches

Naturell ist noch zu wenig geschult, um in besonderen Fällen, die er später einmal im Leben bewältigen wird, hart zu bleiben. Zumindest gehören wir jetzt wieder zur gleichen Gruppe. Wir arbeiten jede Nacht, denn die Bomber kommen regelmäßig, um den Nachschubverkehr der Vietminh zu behindern. Die Arbeit ist nicht ungefährlich, denn zu den Bomben, die unsere Flugzeuge abwerfen, gehören auch solche mit Spätzündern, die erst explodieren, wenn eine unachtsam geführte Schaufel sie berührt.

Manchmal müssen wir ein oder zwei Nachtmärsche mit vollem Gepäck hinter uns bringen, um an der Route Provinciale 41 oder der R.P. 20 Bombentrichter zu füllen. Es nutzt nichts, diesen Verstoß gegen alle Konventionen zu rügen. Trotzdem schreibe ich diesen Protest hier nieder: Die Kommunisten halten sich nicht an die Regeln der Menschlichkeit. Wir werden gezwungen, mit dem Arbeitseinsatz gegen die Interessen unserer eigenen Nation zu handeln.

Jeden Morgen, wenn wir von der Arbeit in unser verstecktes Lager zurückkehren, müssen wir nach dem Essen politische Erziehung über uns ergehen lassen. Heute ›lernten wir‹, Soldaten dürften sich nicht mehr mit Dienstgraden ansprechen. Als ich daraufhin den Namen von Leutnant Grosjean mit Monsieur versah, wurde dieser Begriff als zu kapitalistisch und imperialistisch abgelehnt. Nun benutzen wir das Wort ›Hong‹, was im Vietnamesischen ›Monsieur‹ heißt. Hong Grosjean spricht zu Hong Maurel.

Der lange Marsch

Auch die stärksten Schuhe halten dieses Klima und die Anstrengungen nicht aus. Seit Wochen laufen wir barfuß. Ich hätte gedacht, dass die Füße sich mit der Zeit daran gewöhnen und Hornhaut bilden, doch dem Europäer, seit Hunderten von Jahren an Schuhwerk gewöhnt, will nicht gelingen, was des Vietnamesen Gewohnheit ist: mit nackten Füßen durch den Urwald zu eilen. Wir laufen seit drei Wochen jeden Tag eine Strecke von acht bis zehn Stunden, wir sollen in einem ziemlich weit entfernten Gefangenenlager untergebracht werden. Manch einer hofft dort auf ein besseres Leben.

Eric hatte das Unglück, sich vor zwei Wochen an einem Stein den großen Zeh zu brechen. Er erhielt keine Behandlung und muss mit uns Tempo halten. Wir beide zockeln manchmal weit hinter der Truppe her. Ich gebe vor, ihm Gesellschaft zu leisten, und kann so ein wenig ausruhen. Denn auch mir fällt das Tempo schwer, weil eine Wunde an der Innenseite meiner rechten Fußsohle vereitert ist und nicht heilen will. Jeder Schritt schmerzt, erst nach einer Weile Laufen fühle ich mich wie betäubt. Abends drücke ich den Eiter aus. Hong Grosjean meint, da helfe nur Ausbrennen.

Leider hat Eric sich von unseren Soldaten davon überzeugen lassen, mit den Viets zu kooperieren, das erleichtere das Leben. Das heißt kurzfristig denken – und ohne Würde, habe ich ihm gesagt. Das mochte er nicht hören und hielt sich einige Tage von mir fern. Das schmerzt mich. Meine Haltung entspricht der, die ihm in der École polytechnique beigebracht worden wäre. Immerhin untersteht diese Schule dem Verteidigungsministerium, die Studenten tragen einen Militärgrad – und werden wie Leutnants besoldet.

Alle Versuche der wechselnden politischen Kommissare, mich zum Reden zu bringen, habe ich abgewehrt. Allerdings fragen sie kaum noch, wohl wissend, dass ich nun, es müsste Ende November sein, schon zu lange in Gefangenschaft bin, um noch wirklich wichtige Pläne zu kennen.

Uns begegnen Tag und Nacht Kolonnen von Trägern, die Reis und Waffen in den Süden bringen, während wir uns in den Norden bewegen. Manchmal klettern wir hoch, Eric meint, bis zu zweitausend Meter. Dort ist es kühler. Gefahren beim Laufen: selten ein Tiger, häufiger Schlangen, kleine giftige oder vier Meter lange Boas, Moskitos und große Blutegel, die nur mit dem glühenden Ende eines Astes entfernt werden können. Mancher ist zu müde für diese Prozedur und trägt sie einfach mit, bis wir wieder an einem Feuer sitzen.

Auf thailändischem Gebiet durchqueren wir das Gebiet der Meos, nachdem wir eine Woche vorher bei dem Hmongs waren. Eine längere Rast ist nicht vorgesehen. Kranke werden unterwegs in Dörfern zur Genesung bei Bauern hinterlassen.

Das Lager am Goldenen Fluss

Das Gefangenenlager Nr. 13 leitet ein junger Franzose, und das ist der größte Schock. Als wir nach zehnstündigem Weg mehr stolpernd als gehend ankamen, stieg er schweigend auf das Podest am Ende des Lagerplatzes und sah aus seinen kleinen, kaltblauen und tief liegenden Augen auf uns nieder. Er wirkt schmal, zäh und lang. Dunkle Haare, kurz geschoren. Eine große, gekrümmte Nase in einem länglichen Gesicht ohne Mund. Er trägt die graublaue Uniform der Vietminh mit viel zu kurzen Hosen. Seine graubraune Hautfarbe deutet darauf hin, dass er an Sumpffieber leidet – oder Durchfall. Sein Name ist Freddy Bonfort, er stammt aus der Gegend von Lyon, ein französischer Kommunist.

Bonfort hält uns eine dieser dummen Reden, die leider nicht nur die einfachen Soldaten erreicht.

Und er erklärt, ohne die Miene zu verziehen, das Reglement:

Das Ziel sei die Freilassung. Wer sich als gelehriger Schüler bei der ideologischen Schulung zeige, werde auf die Liste der Freizulassenden gesetzt. Doch das Ziel sei schwer zu erreichen. Jeden Abend werden sich die Lagerinsassen versammeln, und jede Hütte wählt einen Helden des Tages – aber auch einen ›Scheißkerl‹. Das Ergebnis wird dann Bonfort mitgeteilt, der die Liste der Freizulassenden führt. So muss die Gruppe selbst gut und böse definieren und wird zur eigenen Disziplinierung missbraucht. Ich empfehle Eric: ›Überwache dein Handeln, denn du wirst überwacht.‹

Von den vierzig Mann der Straßenbrigade haben es zweiunddreißig bis ins Lager geschafft, wo uns eine längliche Strohhütte zugewiesen wird. Die Betten bestehen aus einem Bambusrost und einem Jutesack als Decke. Keiner der alten Gefangenen, es dürften hundertzwanzig sein, richtet ein Wort an uns, und es scheint, als sei jeder auf sich selbst fixiert. Zum Abendessen gibt es eine dünne Reissuppe, und im Anschluss daran findet regelmäßig eine Sitzung zum Thema Selbstkritik statt, an der alle Gefangenen teilnehmen.

Zunächst hält Bonfort eine Rede, in deren Kern er uns klar macht, wir seien unbewusst Spielzeuge der Finanzmagnaten geworden, die sich heute ihre Hände in Unschuld wüschen und uns abgeschrieben hätten. Nur durch Bedauern, Wiedergutmachen und Verbrüdern würde uns die Pforte zu einer gerechten und selbst gewonnenen Freiheit geöffnet.

Das läuft ab nach dem Motto Beichten, Sühne, Absolution, erkläre ich Eric später. Doch der antwortet: Alle machen das Spiel mit, und es schadet keinem. Es führt nur zu Strafen, wenn man dagegenhält.

Zu welchen Exzessen das Mitmachen führt, zeigt Hong Grosjean schon am zweiten Abend im Lager. Er meldet sich zur Selbstkritik. Grosjean steht auf, dreht sich zur Versammlung und erhebt die Faust zum kommunistischen Gruß. Dann ruft er: ›Lasst uns erkennen: Wir sind alle Mörder des vietnamesischen Volkes.‹

Und sofort fallen die alten Lagerinsassen ein. ›Ja, wir sind alle Mörder.‹

Bonfort nickt zustimmend. Hong Grosjean dürfte

einen großen Schritt in Richtung Liste gemacht haben. Dann erhebt sich der Lagerleiter und beginnt auf Vietnamesisch ein Loblied auf Hô Chi Minh zu singen, die Alten kennen es und fallen im Chor ein. Es folgt die Internationale. Ich schweige. Und als alle den letzten Ton gesungen haben, stimme ich die Marseillaise an. Keiner dreht sich zu mir um. Bonfort wirkt wie versteinert, schreit dann auf Vietnamesisch los, und die Wachen schlagen auf mich ein. Drei Tage werde ich im Büffelstall an einen Pfahl festgebunden. Die größte Qual ist nicht der Gestank der Tiere, sondern die unzähligen Mücken.

Eric hat mir heimlich zu essen und zu trinken gebracht. Sonst hätte ich es wohl kaum überlebt.

Als er meine Schulter drückte und flüsterte: ›Das darfst du nicht noch mal machen, aber es hat uns allen Kraft gegeben‹, hat mich das darin bestärkt, meine Haltung nicht aufzugeben.

Bonfort ließ mich holen, doch als er mich sah – und roch –, befahl er den Wächtern, mich zum Goldenen Fluss zu führen, wo ich mich waschen sollte. Seife gibt es keine.

Später legte Bonfort mir ein Papier vor, das ich unterschreiben sollte. Es war ein Flugblatt, mit dem französische Soldaten aufgerufen werden sollten, sich zu ergeben. Auf seine kalte Art erklärte er, damit könne ich mein Fehlverhalten wieder gutmachen.

Ich fürchte, Bonfort glaubt, was er sagt. Ich wiederholte meine Litanei von der Genfer Konvention. Bonfort versuchte mit ruhiger Stimme, mich zu überzeugen. Aber seine ideologischen Sprüche verfangen bei mir nicht. Eric und ich seien unter diesen Umständen nicht wählbar für die Liste der Freizulassenden, sagte er. Sippenhaft sei doch sehr bourgeois, antwortete ich, und würde sicherlich nicht der Politik der Milde Hô Chi Minhs entsprechen. Doch mit seinem letzten Wort siegte er: Eric habe das Flugblatt unterschrieben.

Arbeit

Zeit ist nichts Elementares mehr, es sei denn in den Gedanken an die Freiheit. Die Natur gibt Hinweise, in welcher Jahreszeit wir uns befinden, es dürfte jetzt März sein. Aber nur von unseren Wächtern können wir erfahren, wo wir uns im Kalender befinden. Jeder Tag verläuft gleich monoton. Nach dem Frühstück – dünne Reissuppe – werden wir zur Arbeit eingeteilt. Die einen müssen auf den Reisfeldern arbeiten, andere werden geschickt, Brennholz zu holen. Wiederum andere schneiden Bambus, um die Hütten zu reparieren. Manches Mal werden kleine Trupps zusammengestellt, die mehrere Tage unterwegs sind, um Nachschub zu holen. Es sind die schwersten Einsätze, denn mit einem gefüllten Reissack zwei oder drei Tage durch den Dschungel zu stolpern, das schaffen nur die Stärksten. Und stark ist keiner mehr. Jeden erwischt die Krankheit. Sumpffieber, wie auch Darminfektionen, Diarrhöe, Ruhr, Typhus. Und Arzneimittel gibt es kaum.

Ein einziges Mal fand Eric, als er mit zwei Wächtern und einem weiteren Gefangenen unterwegs war, um Nachschub zu holen, am Ufer des Goldenen Flusses einen großen Frachtsack des Roten Kreuzes, der offenbar von einem Flugzeug abgeworfen worden war. Bonfort ließ ihn öffnen. Es befanden sich Medikamente darin, unter anderem Penicillin in Pulverform, das – mit destilliertem Wasser verdünnt – gespritzt werden konnte. Doch Bonfort ließ es vor unseren Augen mit der Begründung vernichten, dies sei sicherlich ein vergiftetes Geschenk der Imperialisten und Kolonialisten. Damit hat er über manchen Kranken das Todesurteil gesprochen.

Am Abend beschließt die Versammlung ein Manifest gegen den Abwurf von Medikamenten. Aber Bonfort versteht die Ironie der Gefangenen nicht, er hält das Manifest für eine hervorragende Idee und lobt es als ein gutes Zeichen für den Fortgang der ideologischen Umschulung. Eric unterschreibt, obwohl ich ihn abhalten will. Er lacht und sagt, dies würde doch kein Franzose ernst nehmen. Er wird sich wundern. Ich stimme als Einziger dagegen, und das wird auch auf dem Manifest vermerkt. So diene ich – ungewollt – als Alibi für eine scheinbar demokratische Abstimmung.

Freiheitsliste

Bonforts Plan, wie er die Gefangenen zu Gehorsam und – wie er glaubt – neuem Bewusstsein erziehen kann, indem er mit der Freiheitsliste wie mit einem Paradies winkt, ist raffiniert ausgedacht. Tatsächlich soll schon eine Gruppe freigekommen sein, wie einige der alten Gefangenen berichten. Doch ein fester Zeitpunkt wird nicht genannt, selbst wenn unter den Gefangenen immer wieder besondere Daten gehandelt werden.

Wir hoffen jetzt auf den 1. Mai, Tag der Arbeit, oder einige Wochen später auf Spitzbärtchens Geburtstag – und seine Politik der Milde.

Bonfort spielt mit den Gefangenen, und wenn jemand fragen sollte, ob wir körperlich misshandelt worden sind, wird jeder ehrlicherweise nein antworten müssen, aber das war auch nicht notwendig. Unsere ganze Situation war eine Folter. Bonfort hat nur knapp zwei Dutzend Vietnamesen unter sich, die uns bewachen, und das Lager hat weder Zaun noch Wachposten. Mitten im Dschungel gelegen, mehrere Wochenmärsche von jeder Grenze entfernt, würde keiner weit kommen. Also bleibt die Hoffnung auf die Liste. Anfang April hat Bonfort wissen lassen, ein Mai-Termin sei denkbar.

Je näher aber das Datum rückt, desto unsolidarischer wird das Verhalten der Gefangenen. Wenn sie den Eindruck haben, einer wäre zu häufig zum Helden des Tages gewählt worden, stehe also zu weit oben auf der Liste, dann wird er ein paarmal bei der Selbstkritik abgestraft. Und mancher schwärzt selbst seinen besten Freund an, nur um seine eigenen Chancen zu wahren. Zwar bin ich bisher wegen meiner ehemaligen Position und meines Alters geachtet worden, aber nie wurde ich zum Helden des Tages gewählt – allerdings auch nie zum Scheißkerl. Doch beim Wettlauf um die Gunst Bonforts stellte Bidou tatsächlich den Antrag, mich zum Scheißkerl zu ernennen. Ich kam dann zwar noch einmal davon. Aber meine konsequente Haltung stört.

Bonfort betont immer wieder, die Befreiung müsse ein jeder für sich verdienen, sei Belohnung für politische Reifung und treffe nur jene Männer, die sich fähig zeigten, sich auf dem Feld des Friedens zu schlagen.

Die Sache läuft wie eine Farce ab. Eines Abends kommt Bonfort mit zwei vietnamesischen Helfern, die Akten tragen, und erklärt, es sei eine vorläufige Liste erarbeitet worden, und die werde in den kommenden Tagen der Versammlung zur Überprüfung vorgelegt. Es könnten noch neue Gefangene auf die Liste gewählt, andere aber auch gestrichen werden. Freigelassen werde nur, wer den anstrengenden Weg in die Freiheit auch unbeschadet überstehen wird, Kranke oder gar auf Tragen mitzuführende Sterbende würden zur Last und auch ein schlechtes Bild abgeben. Als der Tag gekommen ist, wählt die Versammlung erstaunlicherweise mich auf die Freiheitsliste, weil ich dort nicht aufgeführt bin. Bonfort verzieht keine Miene. So geht es viele Abende lang, Hoffnung überkommt auch diejenigen, die wissen, dass sie nie auf dieser Liste stehen werden. Als sie abgeschlossen ist, auch Eric gehört dazu, zieht sich Bonfort zurück und lässt sich mehrere Tage nicht sehen, bis er sich eines Abends wieder zeigt und erklärt, die Liste sei zu lang, wir müssten selber diejenigen aussuchen, die herausfallen sollen.

Es kommt jedoch ganz anders.

Zu den Gefangenen gehörten auch zwei Deutsche,

die sich zur Fremdenlegion gemeldet und damit eine neue Identität erhalten hatten, wohl um ihrer SS-Vergangenheit zu entfliehen. Sie lebten in einer Hütte für sich, wurden von Bonfort weitgehend in Ruhe gelassen. Trotzdem haben sie versucht zu fliehen, als sie auf Nachschub unterwegs waren und nur von zwei zwar bewaffneten, aber doch harmlosen Vietnamesen begleitet worden sind. Eric hat glänzende Augen bekommen, aber ich habe ihn gewarnt. Flucht ist nicht möglich, denn ein Weißer fällt in diesem Land immer auf und kann sich nicht einfach unters Volk mischen. Fünf Tage hat der Ausbruchsversuch der Legionäre gedauert, und es ist auch nur einer zurückgekommen, der andere ist erschossen worden.

Bonfort hat die Versammlung einberufen und verkündet, die Befreiung sei ausgesetzt. Die Gemeinschaft habe es nicht geschafft, die beiden Deutschen zu solidarischem Verhalten zu erziehen, und so müssten alle am Leiden lernen. Wer zu fliehen versuche, müsse jedoch bestraft werden. Abstimmung. Einstimmig angenommen. Es hat dann auch keiner Mitleid gezeigt, obwohl die Strafe unmenschlich war.

Der Fremdenlegionär wurde auf dem Weg zwischen Hütten und der tiefer, in der Nähe des Flusses liegenden Küche mit einem kurzen Seil an einen Pfahl gebunden, die Hände waren auf den Rücken geschnürt. Keiner durfte ihm helfen, bei Androhung der Strafe, sonst das gleiche Schicksal zu erleiden. In der Nacht hörten wir ihn laut aufschreien und stöhnen, so als werde er zusammengeschlagen. Aber es war wohl nur der Beginn seines Sterbens. Am nächs-

125

ten Morgen hing er mit vorgebeugtem Oberkörper auf den Knien, noch lebend, nach Wasser dürstend, umschwärmt von Mücken und Fliegen. Er hielt noch drei Tage durch, umgeben von allerlei Geschmeiß, das an ihm knabberte, Ratten und roten Riesenameisen.«

Jacques legte das Carnet einen Augenblick zur Seite, stand auf und schaute hinaus ins Dunkel. Die Schrift hatte sich verändert, sie wurde schwächer und zittriger, manches Wort war so gekrakelt, dass er es mühsam entziffern musste. Aber er konnte nicht aufhören zu lesen.

»*Krank*

Zur täglichen Arbeit gehört leider auch das Ausheben von Gräbern und die Beerdigung der Toten, zu denen ich ohne Erics Hilfe auch zählen würde, hätte er mich nicht buchstäblich dem Tod vom Bett gestohlen.

Bonfort hatte mich bewusst zu schwerer Arbeit eingesetzt, so dass ich immer hinfälliger wurde. Nur für den, der es nicht selbst erlebt, ist die Feststellung eine Banalität, dass wir, die wir andere Ernährung gewohnt sind, es nicht schaffen, nur mit einer dünnen Reissuppe, manchmal begleitet vom Brei süßer Kartoffeln, unsere Körperkraft aufrechtzuerhalten, wenn wir täglich anstrengender Arbeit ausgesetzt sind. Und man muss Reis als Nahrungsmittel vertragen. Sergeant Bidou aus unserer Straßenbaubrigade wachte eines morgens auf und erklärte, er habe von der Reissuppe geträumt, sei angeekelt gewesen und werde sie nicht mehr essen. Wir haben versucht, ihn zur Vernunft zu bringen, haben allerlei Kochkünste mobilisiert, um Reis anders zuzubereiten. Es reichte nicht. Vier Wochen später ist er gestorben. Vielleicht war das ja seine Art, sich bewusst für den Tod zu entscheiden.

Wenig später ging es mir, ungewollt, an den Kragen.

Jeder von uns war Anfälle von Sumpffieber gewöhnt, sie dauerten meist drei bis vier Tage, an denen man in der Hütte liegen blieb. Wer Glück hatte, der wurde von den anderen mit Wasser und Reissuppe gefüttert. Allein hatte keiner die Kraft, etwas zu sich zu nehmen. Ich litt unter einem besonders heftigen Fieberanfall, verlor durch das Schwitzen große Mengen an Flüssigkeit, die ich nicht wieder aufnehmen konnte, sosehr Eric sich auch morgens und abends darum bemühte. Nach einer Woche sank das Fieber, aber mir ging es nur noch schlechter, jetzt begannen sich meine Innereien zu entleeren, es war wohl Ruhr oder Typhus. Im Lager gab es dagegen keine Medikamente. Empört wegen des Schmutzes und Gestanks, den ich in unserer Baracke verursachte, protestierte die Gruppe gegen mein weiteres Bleiben. So trug mich Eric mit Hilfe von Hong Grosjean ins Krankenlager, eine Hütte, in der die lagen, von denen man erwartete, dass sie wieder gesund würden. Ein Gefangener war als Krankenpfleger eingeteilt, nicht etwa, weil er mal als Sanitäter gedient hätte, sondern weil er bei der Gefangennahme fliehen wollte und, von einer Kugel im Bein getroffen, so unglücklich fiel, dass der Knochen, durch den Schuss schon zersplittert, endgültig brach und sich so verdrehte, dass er nicht richtig geschient werden konnte. Jetzt war das Bein verkürzt, und der Fuß stand ein wenig quer ab. Der Mann konnte nur noch langsam hinken.

Die Pflege bestand darin, ab und zu eine Pille zu verteilen, wenn es welche gab – eine Zeit lang waren wenigstens Salztabletten vorhanden –, und den Kranken Wasser zu geben. Es stank fürchterlich, denn die meisten von uns waren viel zu schwach, um den Pfad hinter das Lager zu schaffen, wo ein Querbalken als Toilette diente.

Die zwölf Betten in der Hütte waren fast immer belegt. Nur wenige konnten mit eigener Kraft aufstehen, die meisten lagen wie ich hilflos da, man gewöhnte sich schnell an das Stöhnen der Leidenden. Aber immer noch besser hier als ein Haus weiter.

Eric, der sehr ernst geworden ist, hatte mich auf einen Jutesack gelegt, den er zweimal am Tag unten am Fluss auswusch und durch einen trockenen ersetzte. Ich wurde jedoch immer schwächer und weigerte mich, die Reissuppe zu essen, so dass Eric mir den Mund aufpresste, um mir wenigstens ein wenig Flüssigkeit einzuflößen. Einmal versuchte er es mit Bananenbrei, doch das funktionierte nicht. Ich wurde immer kränker, magerer. Lag nur noch apathisch da. Manchmal glaubte ich, das Fieber wäre wiedergekommen, aber ich schwitzte nur wegen der Hitze und der großen Feuchtigkeit.

Einmal davongekommen, wollen wir nicht jam-

mern. Aber als Zeitzeugnis ist es interessant, die Ereignisse festzuhalten. Worunter haben wir am meisten gelitten? Neben den Krankheiten war es wohl die
Verletzung der Seele. Die Kranken wurden nicht
mehr als Menschen wahrgenommen, noch nicht einmal als Tiere, sondern als Abfall, von dem man nicht
weiß, ob er schon verschimmelt ist oder doch noch
nützlich sein kann. Es ist schlimmer als in den deutschen Konzentrationslagern, sagt Hong Grosjean, der
zwei Jahre in deutscher Kriegsgefangenschaft verbracht hat und kürzlich davon träumte, es wäre das
Paradies gewesen.

Wer hier lag, dem war fast alle Würde genommen.
Nur diejenigen, die wie ich gepflegt wurden, waren
ein wenig besser dran. Moskitonetze hätten uns das
Leben erleichtert, denn jetzt im Sommer fielen Mücken und Fliegen in Scharen über uns her. Aber solche Mückennetze besaßen nur Bonfort und seine
Mannschaft. Wer keine Kraft mehr hatte, sich zu krat-
zen, dem blieben wenigstens die eitrigen Wunden erspart, die wiederum Schmerz bereiteten. Soweit man
überhaupt noch Gefühle für den eigenen Körper
empfand.

Nachts kamen Ratten, gegen die man sich wehren
musste, denn sie aßen von dem, der nicht mehr
zuckte. Wer im Bett lag, vielleicht mit einem abge-
fressenen Zeh, der wurde als unheilbar eingestuft.
Und dies galt als Zeichen, ihn aus der Krankenhütte
zu verlegen – ins Sterbehaus.

Wer gesund genug war, um am täglichen Arbeitseinsatz teilzunehmen, der hatte sich Gefühle gegenüber Kranken, erst recht gegenüber den Toten abge-

wöhnt. Nach unseren Berechnungen starben mehr als siebzig Prozent der Gefangenen während des Aufenthalts im Lager 13. Besonders viele in den heißen Sommermonaten, mal acht, mal zehn Mann in einer Woche. Also musste auch jeder von uns damit rechnen, nicht jeder zweite, nein, jeder war gezeichnet. Unter solchen Umständen wird manch einer zynisch, und unser Hüttenkomiker sagte in Anspielung auf Bonforts ideologischen Unterricht, bei dem der französische Politkommissar stets vom Aufstand der Massen predigte, diesmal handele es sich um die Rückkehr der Massen ins Erdreich. Und wir haben tatsächlich alle gelacht. Auch ich.

Drei Wochen lag ich in der Krankenhütte, und es ging eher bergab. Da kam Eric eines morgens völlig aufgelöst. Er war zu einem zweitägigen Einsatz eingeteilt worden, um Nachschub zu holen, und überzeugt, Bonfort habe dies bewusst so entschieden, nur um uns zu treffen. Eric wollte sich weigern zu gehen. Aber ich flüsterte, so gut es ging, er solle sich keine Sorgen machen. Ich würde durchhalten. Das sei ein Versprechen. Und solche Versprechen gäben wirklich Kraft.

Eric küsste mich auf die Stirn, so als wollte er zur Not Abschied genommen haben. Ich war zu müde, um auch nur meine Hand an seine Wange zu legen und starrte ihm hinterher.

Sein Einsatz dauerte länger als erwartet, und als Eric nach vier Tagen völlig erschöpft zurückkam, eilte er in die Krankenhütte, wo er mich nicht mehr vorfand. Noch in der Nacht, nachdem er aufgebrochen war, hatte mich wieder das hohe Fieber überkommen, ich musste wohl im Delirium seinen Namen geschrien haben. Am nächsten Morgen krümmte ich mich nur noch in meinen Exkrementen. In der Nacht drauf duselte ich völlig ermattet im Halbschlaf vor mich hin, und glaubte plötzlich, Eric wäre zurückgekommen und berühre mich. Dabei war eine Ratte auf mein Bein gesprungen. Aber ich konnte weder stöhnen noch mich regen. Sie biss in mein Schienbein, das zu bluten begann, dann in die Wade.

Es ist ein Phänomen, dass man sich mit dem Bewusstsein außerhalb des eigenen Körpers begeben und ohne Gefühl wahrnehmen kann, was mit ihm geschieht.

Am Morgen wurde ich auf eine Bahre gepackt und ins Sterbehaus getragen. Dort schaute keiner mehr nach mir. Wer starb, der wurde am nächsten Morgen auf den langen Tisch in der Mitte der Hütte gelegt, und wenn genügend Skelette beisammen waren, dann wurden sie abgeholt und beerdigt. Meist standen einige Mitgefangene aus der eigenen Hütte um das Grab, das sie selbst geschaufelt hatten, und aus der Gemeinschaftsbibel wurden ein paar Worte gelesen. Doch auch die Bibel wurde immer dünner. Denn wer als Raucher wieder einmal mit etwas Glück ein Tabakblatt gefunden, getrocknet und klein gehäckselt hatte, der versuchte aus der Bibel ein paar Seiten zu entwenden. Das dünne Papier eignete sich gut, um Zigaretten zu drehen.

Der erste Friedhof war schon längst wieder vom Urwald überwuchert, eine neue Lichtung freigeschlagen worden. Und weil eine Beerdigung Kraft kostet, grub man nicht zu tief, weshalb nach dem Monsunregen Schädel oder Knochen aufgeschwemmt wurden.

Das Versprechen, das ich Eric gegeben hatte, stärkte meinen Willen durchzuhalten und hinderte mich daran, aufzugeben, obwohl ich kaum noch Kraft besaß. Ich weiß nicht, wie lange, ob es Tage waren, die ich in meinem eigenen Dreck vegetierte, schlimmer als Müll, aber wahrscheinlich war mein Blick so starr, das Atmen so leise geworden, dass auch ich für tot gehalten wurde. So nahm mich jemand hoch und legte mich auf den Tisch zu den Toten, ein Haufen besudelter Knochen, die nur noch von gelber oder brauner Lederhaut zusammengehalten wurden.

Von seinem Arbeitseinsatz zurückgekommen, eilte Eric in die Krankenhütte, und als er mich dort nicht fand, rannte er ins Sterbehaus, rief laut ›Vater‹. Ich habe es nicht gehört. Zunächst suchte er mich unter den Sterbenden, bis er mich dann unter den Toten auf dem Tisch entdeckte. Er begann laut zu schluchzen, doch als er noch einmal meine Stirn küssen wollte, stellte er fest, dass ich noch nicht so kalt war wie die Toten neben und über mir und meine Augen nach oben schauten, obwohl man den Toten auf dem Tisch die Augenlider zudrückte. So viel Pietät war doch noch vorhanden. Oder fürchtete sich jemand vor dem Blick aus dem Hades?

Eric nahm mich in seine Arme und trug mich in unsere Hütte, legte mich in sein Bett und deckte mich mit allen Jutesäcken zu, die er von den anderen Betten nahm – und keiner protestierte. Am nächsten Morgen stand er bei erstem Licht auf, schlug genug Bambus und ging hinunter zum Goldenen Fluss. Und als er begann, eine kleine Hütte zu bauen, kamen zwei, drei, vier von der Straßenbaubrigade und halfen ihm. Ein Dach aus Laub, drei Wände, die Seite zum Fluss hin offen. Sie trugen mich auf meinem Bett hinunter. Und Eric sagte: So kann er wenigstens in Würde sterben, Würde, die ihm so wichtig ist.

Mein Sohn legte sich nachts neben mich, hielt mich im Arm und redete. Er sagt, er habe mir sein Leben erzählt – und von seiner Mutter, die ihm so gefehlt habe, weshalb er den Vater brauche.

Vom Fluss wehte frische Luft in die Hütte, am nächsten Morgen schlief ich ein.

So wird er mich gerettet haben. Denn Bonfort unternahm nichts. Alle dachten, er hätte die angespannte Stimmung im Lager bemerkt und sich zurückgehalten. Später erfuhren wir, dass auch Bonfort an Sumpffieber litt und in diesen Tagen von Fieberanfällen geschüttelt in seiner Baracke lag.

Jetzt beginnt der November, und ich lebe wieder mit allen zusammen in unserer Baracke.«

Amadée kam mit verschlafenem Blick, in einen seidenen Morgenrock gehüllt ins Wohnzimmer und fragte: »Was ist?«

Jacques schaute hoch und bemerkte erst dann die Tränen in seinem Gesicht.

Als er nicht antwortete, sagte sie: »Du hast so entsetzlich gestöhnt, als hättest du große Schmerzen.«

Und mit den Worten: »Ist alles in Ordnung?«, setzte sie sich hinter ihn, legte die Arme um seinen

Rücken, den Kopf auf das Schulterblatt und seufzte. »Schrecklich, nicht wahr?«

Jacques sagte nichts, aus Angst, in lautes Schluchzen ausbrechen zu müssen. Er atmete tief durch, stand auf, ging zur Tür, öffnete das Fliegengitter und trat auf die dunkle Veranda. Als er sich beruhigt hatte und Amadée immer noch schweigend auf dem Sofa sitzen sah, kehrte er wieder zu ihr zurück.

»Gehen Sie wieder schlafen. Ich lese das eben noch zu Ende.«

Sie ließ ihren warmen, süßlichen Duft zurück.

Um weiterzulesen, nahm Jacques die Papiere aus den Plastikhüllen. Es waren eng beschriebene Deckel und unbedruckte Innenseiten von Büchern, die Gilles sich offenbar im Lager zusammengesucht hatte, weil es kein Papier mehr gab. Jacques fiel unter den Buchdeckeln einer auf, der wohl einst zu einer Bibel gehört hatte. Die Textseiten werden alle aufgeraucht worden sein, dachte er und lächelte unwillkürlich. Um Platz zu sparen, wurde die Schrift immer kleiner, der Zeilenabstand immer geringer. Jedes Eckchen Papier hatte Gilles Maurel ausgenutzt und zuletzt nur noch Stichworte notiert.

»April 54. Eric leidet seit zwei Wochen an Ruhr. Jetzt hat es auch ihn erwischt. Hong Grosjean ist gestorben. Eine Gruppe von vierzig neuen Gefangenen ist im Januar zu uns gestoßen: französische Soldaten, Fremdenlegionäre, Senegalesen, Marokkaner und Algerier in französischer Uniform. Trotz der bedrohlichen Situation, in der wir uns alle befinden, bilden die jeweiligen Nationalitäten eigene Gruppen, es gibt kein Zusammengehörigkeitsgefühl oder gar eine Ablehnungsfront gegenüber Bonfort und den Viets.

Bonfort macht verstärkt Druck auf mich. Die französische Garnison in Diên Biên Phu, im Norden des Landes, gar nicht so weit weg von hier, weigert sich aufzugeben, und es scheint auf eine alles entscheidende Schlacht wie in Verdun oder Stalingrad hinauszulaufen. Deshalb soll ich die Franzosen per Rundfunk aufrufen zu desertieren.

Ich weigere mich.

Bonfort meint, er habe genügend Druckmittel, um mich weich zu kriegen. Er beginnt, sie anzuwenden. Jeden Tag lässt er mich morgens vor dem Frühstück antreten, stellt seine Forderung, ich lehne ab, eine Woche lang. Dann verkündet er abends beim politischen Unterricht, die Politik »der Milde« werde ausgesetzt, weil ich den Kolonialkrieg im Lager weiterführen würde. Meine Essensrationen werden gekürzt. Einige meiner Mitgefangenen bieten an, ihrerseits den Aufruf auf Tonband zu sprechen. Bonfort zieht sich drei Tage zurück, nimmt dann das Angebot an, betont jedoch, dass ich, als Zeichen der Einsicht, auch ein paar Sätze sagen müsse.

Ich weigere mich.

Wenn ich mich in Bonfort versetze, dann verstehe ich sein Drängen. Als Franzose muss er seinen vietnamesischen Vorgesetzten beweisen, dass er bessere Resultate erzielt als ein vietnamesischer Lagerchef. Zwei Wochen lang sitzen wir abends mit ihm zusammen, und die Gefangenen erarbeiten Parolen, die sie auf Tonband sprechen wollen, damit sie über Lautsprecher im Becken von Diên Biên Phu Tausende von französischen Soldaten überzeugen, die zwar eingeschlossen sind, aber nicht zu besiegen. Psychologische Kriegsführung. An der ich mich nicht beteiligen werde, und koste es mein Leben, das mir schon einmal geschenkt wurde.

Bonforts Argument: Wir könnten mit unserem Aufruf Blutvergießen verhindern und viele Leben auf beiden Seiten retten. Denn wie lange es auch dauere, der Vietminh werde sich vom kolonialen Joch befreien. Schließlich erscheint hier mitten im Dschungel eine mit Mikrofonen und schweren Tongeräten ausgerüstete Truppe, und drei Tage lang zeichnen die Techniker einzelne Aufrufe auf, zum Abschluss singen alle – fast alle, denn ich mache wie üblich nicht mit – auf Vietnamesisch das Loblied auf Hô Chi Minh und anschließend die Internationale auf Französisch.

Am vierten Tag werde ich morgens von zwei Wächtern abgeholt, was ungewöhnlich ist, und zu Bonfort gebracht. Die Wächter braucht er wohl, um der Propagandatruppe zu imponieren. Mit ungewöhnlich strenger Stimme fordert er mich auf, meinen Widerstand aufzugeben.

Ich weigere mich.

Er befiehlt mir, in der Sonne stehen zu bleiben. Ich rühre mich nicht, breche eine halbe Stunde später bewusstlos zusammen, keiner darf mich anrühren. Nach einer Weile wache ich auf. Bonfort kommt, spricht schnell und laut. Falls ich auf meiner vom Imperialismus geprägten Haltung beharrte, würde er Eric auf einen sehr anstrengenden Arbeitseinsatz schicken, sagt er.

Mein Sohn ist noch schwach. Aber er wird verstehen, dass ich nicht so unwürdig sein kann, auf eine solche Erpressung hin umzufallen.

Ich weigere mich.

Am nächsten Morgen muss Eric unter der Bewachung von zwei Viets mit zwei weiteren Gefangenen Reis holen gehen. Ein Weg von drei bis vier Tagen. Bonfort: Eric muss zwei Säcke tragen.

Das ist eine harte Bestrafung.

Eric hat es schon vor langem aufgegeben, mit mir über meine Haltung zu sprechen. Beim Abschied sehen wir uns in die Augen und trennen uns ohne sichtbare Gefühle mit dem gegenseitigen Gruß: Halt durch.

Ich werde vom Arbeitseinsatz befreit, dafür aber einer anderen Qual unterworfen. Jeder einzelne Gefangene soll mich eine halbe Stunde lang politisch ›erziehen‹. Bonfort verspricht: Wem es gelingt, mich zu einem Aufruf zu überreden, der wird sofort freigelassen. Bisher hat er immer zu seinem Wort gestanden. Im Lager befinden sich immer noch achtzig Gefangene, also: vierzig Stunden Qual. Zehn Stunden am Tag, ebenso lang wie Erics Arbeitseinsatz.

Damit der ›Erzieher‹ und ich nicht ins Plaudern kommen, sitzt immer ein Viet neben mir, oder Bonfort kontrolliert uns. Keiner der Gefangenen hat sich umerziehen lassen. Trotzdem spielen alle bei Bonfort mit. Kurzfristig. Aber das Leben danach ist lang. Ich lasse die Männer reden und schließe manchmal die Augen, bis Bonfort mich anbrüllt. Zehn Stunden Reden. Ich höre nichts. Am zweiten Tag, zehn Stunden

Reden, ich höre nichts. Das Sitzen wird mühselig. Am dritten Tag, zehn Stunden Reden, ich höre nichts. Auch der vierte Tag vergeht.

Als die Truppe vom Reisholen zurückkommt, fehlt Eric. Er habe wieder einen Anfall von Ruhr erlitten. Einen schweren. Man habe ihn zwei Tage entfernt in einem Bergdorf bei Bauern zurückgelassen. Ein Trick von Bonfort? Nein, es stimmt, wird mir zugeflüstert.

Die Propaganda-Truppe rückt ab. Bonfort sagt: Ich gebe dir eine weitere Woche Bedenkzeit. Und droht: Man kann sich auch totarbeiten.

Eric geht es wohl sehr schlecht. Ich kann ihm nicht helfen. Ich kann Bonfort nicht bitten, mich zu meinem Sohn zu lassen. Eric, der mir das Leben gerettet hat. Soll ich dafür vietnamesische Propaganda betreiben? Ich quäle mich. Ich schwitze nachts große Wassertropfen, Sumpffieber?

Einsatz zum Ausheben von Gräbern. Einsatz, das Plumpsklo zu reparieren. Einsatz, die Kranken ins Sterbehaus zu tragen. Bonfort zwingt mich, an Eric und den Tod zu denken. Da mein Sohn nicht kommt, geht es ihm immer noch schlecht. Er wird doch nicht daran denken zu fliehen, sobald es ihm besser geht? Das ist niemandem je gelungen. Allein in dieser Woche: vier Tote. Ich kann nicht einschlafen. Sind immaterielle Ideale wichtiger als ein Menschenleben? Das Leben eines Sohnes? Meines Sohnes?

Nach zwei Wochen Latrinendienst sagt Bonfort: Letzte Chance. Nein. Zögere ich? Nein! Halte ich durch? Hoffentlich. Eine kleine Truppe kommt vom Reisholen. Nachricht von Eric? Einer gibt mir Erics

Ledergürtel. Sie hätten ihn selber beerdigt. Jetzt halte ich durch.«

Jacques saß noch lange im Dunkeln auf der Veranda. Dann legte er sich ins Bett und schlief sofort ein. Er reagierte kaum, als Amadée kam und zu ihm unter das Leinentuch schlüpfte, auch nicht, als sie sich an ihn schmiegte und seinen Kopf an ihre Brust drückte, als er schluchzte.

In der Dämmerung am Morgen haben Jacques und Amadée sich dann so liebevoll umarmt, als würden sie sich schon lange kennen. Sie hielten sich fest umklammert, während sie schweißgebadet Haut an Haut lagen und jeden Moment der Nähe des anderen genossen.

Später an diesem Morgen haben sie nicht mehr viel miteinander geredet. Jacques sagte nur, dass er am Abend nach Paris fliegen würde. Und sie fragte ihn nicht, ob – oder wann – er wiederkomme, sondern küsste ihn, als er sich an der Autotür verabschiedete, kurz auf den Mund, so als führe er, wie jeden Tag, zur Arbeit.

Zum Rapport

Sie sehen wirklich so aus, als kämen Sie aus dem Urlaub«, sagte die Gerichtspräsidentin, als sie ihm die Hand zur Begrüßung reichte, »zehn Jahre jünger, strahlende Augen. Waren Sie wirklich so erfolgreich, wie Sie aussehen?«

Jacques schaute sie an und glaubte, einen freundlichen Blick zu erhaschen. Er hatte nie den Respekt vor seiner Vorgesetzten verloren, fürchtete sich vielleicht sogar ein wenig vor dieser Frau, deren Haar auch heute wieder so perfekt gelegt war, als wäre sie gerade eben vom Friseurstuhl aufgestanden und ginge zur Kasse, um zu zahlen. Wieso gibt es Leute, fragte sich Jacques, die wirken, als würden sie nie in ihrem Leben Fehler begehen? Sie hatte eine perfekte Karriere absolviert, zwischendrin drei Kinder nicht nur empfangen, darüber – Jacques schüttelte sich schon allein bei der Vorstellung – wollte er gar nicht nachdenken, sondern auch noch erfolgreich großgezogen. Ihre Ehe mit einem hohen Beamten in der Innenverwaltung zeigte nach außen ein Bild, das bestimmt war von Korrektheit, Ordnung und Langeweile. Sie gehörte jener zeitlosen Pariser Gesellschaftsschicht an, in der sich manche Eheleute noch siezen. Man hält eben auf Distanz. Ihren runden Körper verhüllte sie mit Seidenkleidern, deren Mus-

140

ter auswechselbar schienen und die teuer aussahen, es vielleicht auch waren, die Jacqueline aber stets mit Verachtung abqualifiziert hatte: »Wenn's wenigstens Gucci wäre!«

Als die Sekretärin Jacques über das Telefon angemeldet hatte, muss die Gerichtspräsidentin, kaum hatte sie den Hörer aufgelegt, aufgestanden und durch das lang gestreckte Büro auf die Tür zugegangen sein, denn als er eintrat, kam sie ihm mit festem Schritt in der Mitte des Raumes entgegen.

Sie bat ihn wie gewohnt an den Konferenztisch, wo sie wie zufällig den Sitz mit dem Rücken zum Fenster einnahm – im Gegenlicht fallen Gesichtsfalten weniger auf.

Jacques legte das Dossier mit seinem Bericht vor sich und sagte: »Es war nicht gerade eine Lustpartie. Als ich ankam, war der Hauptverdächtige für den Mord am General gerade beerdigt worden. In der Sache sind jetzt die Polizeifachleute beschäftigt, Gewehre und Geschosse müssen überprüft werden, so dass wir erst in ein oder zwei Wochen mehr wissen. Sobald Sie den Bericht gelesen haben, will ich die Polizei beauftragen, eine weitere Spur in Sachen schwarzer Kassen zu verfolgen. Der auf Martinique lebende Planteur Victor LaBrousse, dessentwegen ich ursprünglich dorthin geflogen bin – Sie erinnern sich an das Telefongespräch mit dem General aus den Akten? –, spielte zwar den Geldboten, aber vielleicht war seine Rolle doch größer, als ich bisher angenommen habe. LaBrousse scheint Vollmachten über einige Konten zu besitzen. Er konnte eigenmächtig abheben und ist wohl noch im Besitz von vielen Millionen, die der General nicht mehr abrufen konnte. Die Spur über LaBrousse könnte uns zu der Person führen, die jetzt anstelle des Generals die illegalen Gelder verteilt.«

»Haben Sie Anhaltspunkte dafür, dass diese Praktiken trotz Ihrer Untersuchungen immer noch andauern?«

»Zumindest Indizien. Der Druck, der auf mich ausgeübt wird, spricht dafür.«

»Druck? Solange Sie keine juristischen Fehler machen, halten wir Ihnen bei Gericht den Rücken frei.«

Jacques sah sie einen Moment an, ehe er weitersprach. »Allein die Notiz über meinen angeblich dienstlichen ›Urlaub‹ in der Karibik sollte mich doch belasten und in der Öffentlichkeit unglaubwürdig machen für den Fall, dass ich mich entschließe, den Staatspräsidenten vorzuladen. Und wer es schafft, solch eine Petitesse in Paris in einer Zeitung unterzubringen mit dem Hinweis, das hätte in ›France-Antilles‹ gestanden, der muss schon über ein weit verzweigtes Netz verfügen. ›France-Antilles‹ ist nämlich wegen Streiks in jenen Tagen überhaupt nicht erschienen. Ich verdächtige niemanden. Aber die Agenten der Renseignements Généraux befinden sich in dem kleinsten Ort des französischen Territoriums. Und wem unterstehen sie? Dem Innenministerium. Und das hat bisher noch unter jeder Regierung bewiesen, dass es bereit ist, selbst illegale Maßnahmen zu ergreifen, wenn es gilt, jemandem zu schaden, der dem Präsidenten unangenehm werden kann.«

»Was könnte der Staatspräsident denn zur Klärung

des Falles beitragen, wenn er vorgeladen würde? Bringt es uns der Lösung näher?«

»Immerhin war er, bevor er gewählt wurde, lange Jahre der Parteivorsitzende. Und als solcher müsste er noch mehr wissen. Ich würde ihn ja als Zeugen, nicht als Beschuldigten vernehmen. Und da er letzten Sommer erst auf fünf Jahre wiedergewählt worden ist, hat er sowieso nichts zu befürchten.«

»Glauben Sie nicht, dass es abzuwägen gilt zwischen dem Nutzen für das Recht und dem Schaden, den das Amt nehmen könnte?«

»Das habe ich im Auge, aber: Fiat iustitia, pereat mundus.«

»So lautet die Theorie. Vielleicht sollten wir uns in größerem Kreis über die mögliche Vorladung des Präsidenten beraten. Dann stünden Sie mit Ihrer Entscheidung nicht allein.«

»Ich fürchte, ich muss das allein tragen. Denn wenn mir eine Mehrheit im Beratungsgespräch eine Empfehlung geben würde, der ich dann nicht folgte, sähe das in der Öffentlichkeit nicht gut aus. Mir ist lieber, Sie bestätigen mir später einmal, dass ich zumindest verfahrenstechnisch sauber gehandelt habe. Und da werde ich mit größter Sorgfalt vorgehen. Mehr Unterstützung benötige ich nicht, inhaltlich werde ich schon zurechtkommen.«

»Es würde mir helfen, wenn Sie mich so rechtzeitig wie möglich über Ihre Entscheidung unterrichteten. Dann kann ich mich in dem einen wie in dem anderen Fall auf die entsprechenden Anfragen vorbereiten.«

Die Gerichtspräsidentin hatte nichts von ihrem

diskreten Wohlwollen zurückgenommen, als sie aufstand und ihn zur Tür begleitete. So erhält man sich Freundschaften. Mit keinem Wort hatte sie ihn kritisiert, mit keinem wirklich unterstützt. Aber als sie sich mit Handschlag verabschiedete und ihm Mut wünschte, drängte sich Jacques der Eindruck auf, sie meinte Mut, sich im Zaum zu halten.

Als Jacques tags zuvor am frühen Morgen sein Gepäck aus dem Kofferraum des Taxis gehoben hatte, mit dem er vom Flughafen gekommen war, hatte er auf der Bank vor seinem Wohnhaus am Boulevard de Belleville im elften Arrondissement zahlreiche Blumensträuße in Zellophan verpackt liegen sehen, darunter einen mit Schleife, auf der stand: »Die Busfahrer der Linie 21«. Er trat näher. An der grün gestrichenen Holzlehne war mit Klebeband ein weißer Karton angebracht worden, und auf dem stand mit kräftiger Hand geschrieben: »Im Andenken an John-Kalena Senga, Bewohner und Freund des Viertels.«

Dumm, sagte sich Jacques, wirklich dumm. Das freundliche, amerikanisch ausgesprochene »Hello« von John, seine Fröhlichkeit, das weiße, gebleckte Gebiss und sein gutturales Lachen hatten ihn an manchem Tag aus einer miesen Laune gerissen – wenigstens für einen Moment. Jeder in der Straße liebte John auf seine Art, steckte ihm eine Münze zu, klopfte, ein Gespräch beginnend, eine Zigarette aus der Packung, zündete sie an und ließ ihm den Rest. Die Bank war sein Zuhause gewesen, seitdem er Mitte der siebziger Jahre im Elften aufgetaucht war, also vor weit über zwanzig Jahren – und länger, als

144

viele hier wohnten. Johns Krücken standen an die Bank gelehnt, als wären sie ein Denkmal. In jungen Jahren hatte ihn die Kinderlähmung erwischt, aber mit Hilfe der Stöcke hatte er sich geschickt bewegt, und vielleicht hatte er die Schwäche seiner Beine mit der Stärke seines Humors wunderbar überspielt.

Jacques wendete sich um, ging zum Eingang seines Appartementhauses und drückte auf dem elektronischen Klingelbrett die vier Ziffern des Codes, die das Schloss der alten, wuchtigen Holztür aufklicken ließen. Ein paar Umschläge, Rechnungen, Bankbelege und Werbezettel lagen in seinem Briefkasten. Diese Zettel ärgerten ihn immer wieder, dabei hatte er doch groß und leserlich auf die Tür des Briefkastens geschrieben, er bäte darum, keine Werbung einzuwerfen. Er ergriff den Packen Papier, doch noch bevor er die breite, ausgetretene Steintreppe zu seiner Zweizimmerwohnung in den zweiten Stock hinaufsteigen konnte, schob die Concierge den Vorhang an ihrer Glastür zurück und stürzte aus ihrer kleinen Behausung heraus.

»Monsieur le juge, haben Sie das mitbekommen? John ist tot.«

Da gab es kein Entkommen. Jacques stellte das Gepäck ab.

»Ich habe nur den Zettel und die Blumen auf der Bank gesehen. Was ist passiert?«

»Wenn wir das nur wüssten. John ist vor drei Tagen nachts überfallen worden. Jemand hat ihm mit einem Baseballschläger auf den Kopf geschlagen. Und zwar so fest, dass das Holz dabei gebrochen ist. Aber Sie kennen ja John, der hat das weggesteckt. Am nächsten Tag ging er wie üblich um sechs Uhr in die Kirche, um mit dem Chor zu proben. Dort ist er dann plötzlich tot zusammengebrochen. Ein Notarztwagen hat ihn noch in die Klinik gebracht, aber er war nicht mehr zu retten. Und bei der Obduktion haben die Ärzte eine schwere Hirnblutung festgestellt.«

Die Concierge hatte das alles wie auswendig gelernt heruntergehaspelt, und als Jacques nicht sofort reagierte, fuhr sie fort: »Wir rechnen mit Ihnen, Monsieur le juge, in einer Stunde versammeln wir uns in der Kirche zu einem kleinen Gedenken. Sie kommen doch mit?«

Das klang wie ein Gebot. Jacques duschte, machte sich einen Kaffee, rief Martine an und erklärte ihr die Lage. Dann meldete er sich bei Margaux, die ihn zu seiner Überraschung fast stürmisch und übersprudelnd begrüßte.

»Chéri, ich steige eben aus dem Bad und hab' mir die Haare gewaschen. Wär' schön, wenn du mir das Handtuch reichen könntest. Ich freue mich, dass du wieder da bist. Hab dich wirklich vermisst. Wirklich! Wann sehen wir uns? Kleines Mittagessen mit Siesta? Ich habe mich schon freigemacht.«

Jacques lachte, obwohl ihm gar nicht danach zu Mute war.

»Schöne Vorstellung. Aber vor heute Abend wird es wohl nichts.«

Und dann fiel ihm ein, dass er besser auch ein Kosewort einfließen ließe: »Mon chou, ich bin eben erst nach Hause gekommen und wurde unten gleich von dem Schrapnell abgefangen. Hier ist nämlich was Schreckliches passiert. John ist totgeschlagen worden.«

»Ach, du lieber Gott. Wer will denn was von John? Der hat doch nichts und tut doch niemandem was. Aber deswegen können wir uns doch sehen.«

»Nein, jetzt muss ich erst einmal mit in die Kirche zu einem Gedenken und danach dringend ins Büro. Obwohl ich viel lieber mit dir eine Siesta machen würde«, fügte er eilig hinzu, »das weißt du doch.«

So war es vor zwei Jahren, als ihre Beziehung begonnen hatte. Ein schnelles Mittagessen gefolgt von einer heftigen Siesta. Aber mittags trafen sie sich schon lange nicht mehr, spätestens seit er seine eigene Wohnung bezogen und dadurch ihrer Beziehung einen nüchterneren Ton gegeben hatte.

Sie gab noch nicht auf.

»Bin ich dir nicht mehr wichtig? Du kannst doch nach der Kirche kommen, wenn du da schon unbedingt hin willst. Jetzt ist es noch nicht mal neun, um zwölf bist du da doch längst wieder raus.«

»Ach, das weiß man nie. Und ich muss wirklich dringend ins Büro. Wenn ich mich da nicht bald sehen lasse, gibt's Ärger, fürchte ich. Nimm's mir nicht übel, bitte. Aber ich lade dich heute Abend ein und bleib' dann bei dir.«

»Ruf mich am Nachmittag an, dann können wir ja sehen«, sagte Margaux kurz angebunden und knallte den Hörer auf. Jacques stieß einen lauten Seufzer aus und dachte an Amadée und ihren Kuss in der Dämmerung des letzten Morgens auf der Habitation Alizé, ehe er in den Wagen stieg.

Trotz des Werktages kamen mehr als hundert Menschen aus der Nachbarschaft in die Kirche, ein buntes Gemisch jeden Alters: die Bedienung aus dem chinesischen Lokal, Gaston, der Patron des Bistros l'Auvergnat, einige arabische Händler vom Wochenmarkt, junge Leute, Studenten, sogar Michel Faublée, der erfolgreiche Maler, mit seiner neuen Frau und auch der zurückhaltende, sanfte Schriftsteller Bertrand Lefort.

Einer nach dem anderen ging nach vorn und erzählte von einer kleinen Begegnung, einem Erlebnis mit John. Ein Metro-Fahrleiter in Uniform nahm seine Mütze ab. Er hatte John dreiundzwanzig Jahre lang gekannt. Jede Nacht, wenn er gegen halb eins von der letzten Fahrt kam und hinter ihm das Scherengitter der Metro-Station Couronnes geschlossen worden war, hatten sie auf der grünen Bank bei einer Zigarette einen kleinen Plausch gehalten.

John hatte offenbar wenig von sich offenbart. Er scheint 45 oder 55 gewesen zu sein. Im Kongo geboren, war er von einem amerikanischen Ehepaar als Kriegswaise adoptiert worden. Viel mehr hatte er nicht von sich preisgegeben, obwohl er von einem großen Mitteilungsbedürfnis gewesen war. Mit jedem hatte er ein kleines Gespräch begonnen und war gerade für die jungen Leute auf seiner Bank ein ruhender Pol gewesen. Alle Kinder, die an ihm vorbei zur Schule gingen, hatte er mit Namen gerufen, und sie hatten stets mit »Hallo, Kumpel!« geantwortet.

Ein junger Gemeinderat hat für John sogar einige Jahre lang Sozialhilfe abgeholt. Doch als er wegzog, hat sich niemand mehr darum gekümmert, John sowieso nicht. Weil er Tag und Nacht auf seiner Bank saß, war er im Quartier ein Hort der Sicherheit. Er sah alles, hörte alles, man konnte ihm vertrauen und schon einmal um einen kleinen persönlichen Gefallen bitten, mit dem man sich nicht an eine neugierige Concierge wenden wollte.

Nach dem Gedenken an John versammelte sich ein harter Kern der Nachbarn an der Theke des Bistros »l'Auvergnat« an der Ecke Boulevard de Belleville und Rue J. P. Timbaud. Patron Gaston, der einen auvergnatischen, lang nach außen gezwirbelten Schnurrbart trug, dessen Enden nach innen gedreht wurden, schlug vor, Geld zu sammeln für eine Gedenkplakette aus Messing an der Bank. »John-Kalena Senga, Bürger und Freund des Viertels« sollte darauf stehen. Beim Kaffee mit Calvados gab es einen heftigen Streit um das Wort »Bürger«. Das sei John nicht gewesen, habe er nie sein wollen. »Bewohner«, wie auf dem weißen Karton, sollte es heißen. Und so wurde es beschlossen. Es kam mehr Geld zusammen als notwendig. Dafür sollte noch die Bank neu gestrichen werden.

Als Jacques bezahlte, hielt ihn Bistrowirt Gaston mit einem lauten Ruf zurück.

»Hast du die Nachricht bekommen?«

»Welche?«

»John hat dir etwas auf so einen Werbezettel geschrieben und hier hinterlassen. Ich habe das Papier der Concierge gegeben, damit sie es in deinen Briefkasten schmeißt.«

»Ich bin eben erst von einer Dienstreise wiedergekommen und habe meine Post noch nicht durchgesehen. Wird schon dabei sein.«

Gegen zwei Uhr holte Jacques seinen blauen Renault, einen Dienstwagen, aus dem Innenhof seines Wohngebäudes und fuhr über den Platz der Nation und dann durch ein Gewimmel kleiner Straßen hinüber nach Créteil. In der Tiefgarage des Gerichts stellte er den Wagen auf den ihm zugeteilten Platz, schloss wie üblich die Wagentür ab und nahm den Aufzug in die vierte Etage, wo sein Zimmer lag.

Jedes Mal, wenn er von einer längeren Dienstreise oder vom Urlaub wieder ins Büro zurückkehrte, spürte er ein leichtes Unwohlsein. Er dachte immer an die Möglichkeit, dass irgendetwas schief gelaufen sein könnte. Deshalb war er regelrecht erleichtert, als Martine ihm schon im Vorzimmer mit strahlendem Lächeln entgegenkam und sagte: »Ein kleiner Sieg! Ein kleiner Sieg! Es geht voran.«

Jacques schaute sie mit hoch gezogenen Augenbrauen fragend an. Am Morgen hatte der Strafgerichtshof von Paris eine Strafe in Sachen schwarze Kassen verhängt. Einige kleinere, übersichtliche Verfahren hatte Jacques vom Fall des Generals abgetrennt. Brigitte Daux, Bürgermeisterin eines kleinen Vororts, war zu zehntausend Euro Strafe – auf Bewährung – verurteilt worden. Sie hatte in den neunziger Jahren verschiedene neue Gebühren eingeführt: etwa tausend Francs für das Einreichen einer Baugenehmigung, fünfhundert Francs für jede Änderung an dem Papier, was weiter nicht zu kritisieren gewesen wäre, hätte sie nicht dafür gesorgt, dass diese Beträge stets auf ihr Privatkonto eingezahlt wurden. Zudem hatte ein örtlicher Bauunternehmer den Zuschlag für den Bau eines Lycées und zur Vergrö-

ßerung anderer Schulen erhalten, aus dessen Endab-
rechnung mehrere Millionen Francs umgeleitet wurden und der Bürgermeisterin als schwarze Kasse
dienten.

Als er die Höhe der Strafe erfuhr, murmelte
Jacques kopfschüttelnd: »Na ja, ob das wirklich ein
Sieg ist? Und dann auch noch auf Bewährung. Das
Urteil fällt wahrscheinlich unter die Amnestie –
wenn sie denn kommt.«

Der Staatspräsident hatte nach seiner Wiederwahl
im Jahr 2002 ganz der republikanischen Tradition
folgend die Amnestie angekündigt. Das gehörte sich
so in Frankreich, weshalb schon sechs Monate vor
einer Wahl kein Verkehrssünder mehr Strafzettel bezahlte – oder sich gar die Mühe gab, richtig zu parken. Es hatte sich eingebürgert, kleinere Strafen –
etwa bis zu drei Monaten Gefängnis – aufzuheben.
Der Staatspräsident zeigte sich einerseits gnädig gegenüber Bürgern, die eine kleine Verfehlung begangen hatten, andererseits aber ging es auch ganz praktisch darum, wieder Platz in den Zellen zu schaffen.
Das Amnestiegesetz nach der letzten Präsident-
schaftswahl war immer noch nicht erlassen. Vermutlich suchten die Berater des Präsidenten und der Partei, der er einst vorsaß, noch nach einem besonderen
Dreh, alle mit den schwarzen Kassen zusammenhän-
genden Delikte mit einem Streich auslöschen zu
können – und das, ohne die Öffentlichkeit gegen sich
aufzubringen. Ein schwieriges Unterfangen.

»Zehntausend Euro auf Bewährung«, sagte Jacques, »und wie viel bekommt ein Taschendieb im
Durchschnitt?«

»Drei Monate ohne Bewährung«, antwortete Martine und fügte grinsend hinzu, »die dann auch unter die Amnestie fallen.«

Der Nachmittag verging wie im Flug. Jacques weihte Martine kurz in die Fakten ein und bat sie, bei der Gerichtspräsidentin für den kommenden Nachmittag einen Termin zu vereinbaren. Dann informierte er Kommissar Jean Mahon von der Pariser Kriminalpolizei, mit dem er meist zusammenarbeitete. Er kündigte ihm seinen Bericht an und bat ihn dringend, bei Césaire in Fort-de-France die Gewehre von Gilles Maurel anzufordern und die Untersuchung in Gang zu setzen.

»Und dann versucht doch mal, mehr zu erfahren über einen Victor LaBrousse«, sagte Jacques. »Der ist jetzt Bananenpflanzer auf Martinique, hat aber vorher eine Plantage an der Elfenbeinküste besessen. Auf Martinique läuft er bewacht von schwer bewaffneten Männern rum. Lange Zeit hat er dem General als Kurier gedient, hat gewaschenes Geld von den Caymans nach Paris geschleust. Wenn du deinen guten Kontakt zu den Geheimdiensten noch hast, dann wirst du vielleicht dort mehr rausfinden über seine Zeit an der Elfenbeinküste. Ich glaube, der ist nicht ganz koscher. Ich schick dir meinen Bericht, sobald er fertig ist. Wahrscheinlich morgen Mittag.«

Schließlich diktierte er seinen Bericht. Martine würde das Band morgen abschreiben lassen. Jacques war völlig in seine Arbeit versunken, beschäftigt mit den Ereignissen auf Martinique, mit LaBrousse, mit Césaire und natürlich mit der schönen Amadée. Er sah ihre fröhlichen Augen, fühlte die zarte, warme

152

Haut und meinte ihren süßlichen Geruch immer noch in der Nase zu spüren. Mit geschlossenem Mund atmete er tief ein. Da klingelte sein Handy. Margaux. Er nahm ab, flüsterte, bevor sie auch nur einen Ton loswerden konnte: »Ruf gleich zurück, bin noch in einer Besprechung.«

Dann seufzte er laut und schaute auf die Uhr. Zwölf Minuten vor sieben. Draußen war es schon dunkel. Plötzlich nahm er wieder die Geräusche der Straße war, Autos, Hupen, Bremsen, während er aus dem Gerichtsgebäude keinen Laut mehr hörte. Er war mit dem Bericht noch lange nicht fertig, würde sicher noch eine Stunde brauchen, vielleicht sogar anderthalb oder zwei. Könnte er Margaux so lange warten lassen? Schließlich hatte er ihr versprochen, sie auszuführen. Sie war zwar eingeschnappt gewesen, aber ihr Anruf deutete darauf hin, dass sie mit ihm rechnete. Und sollte er später am Abend vielleicht allein zu Hause sitzen? Dazu hatte er nun gar keine Lust. Den Bericht würde er morgen auch noch rechtzeitig vor dem Termin mit der Gerichtspräsidentin fertig haben. Er wählte Margauxs Handynummer:

»Tut mir Leid für eben, mon chou. Ich müsste eigentlich noch an meinem Bericht arbeiten, aber das wird dann zu spät. Bleibt es bei uns beiden heute Abend?«

Margaux signalisierte ihre Verstimmung mit einer Kunstpause, aber er hatte die Furcht vor dem Schweigen verloren und wartete geduldig, bis sie antwortete.

»Was hast du dir denn ausgedacht?«

Er wusste, wie er sie angeln konnte. Bei Jacqueline hätte es gereicht, ein mondänes Lokal zu nennen,

153

etwa das »Lipp« gegenüber dem »Café de Flore«, und schon wäre sie geschmolzen. Gesehen zu werden – und selber zu gaffen – stimmte sie sofort friedlich. Aber auch Margaux hatte eine weiche Stelle.

Also schlug Jacques vor: »Was hältst du davon, wenn ich dich abhole, wir im ›Chez Edgar‹ essen und ich dann heute Nacht bei dir bleibe?«

»Chez Edgar« in der Rue Marbeuf, zwischen Champs-Elysées und Avenue Georges V, galt als die erste Adresse für Rendezvous zwischen Politikern und Journalisten. Hier tafelten Minister, Abgeordnete, Senatoren mit den wichtigsten Kommentatoren aus den Rundfunkanstalten und mit politischen Journalisten der Presse, die wiederum stolz waren, mit den Vertretern der Macht gesehen zu werden, und dafür die Rechnung übernahmen. Wer hier gesehen wurde, war »in«.

»Wann kommst du?«

»Bist du schon zu Hause?«

»Ja, gerade angekommen. Ich muss jetzt aber erst einmal unter die Dusche, und dann brauche ich mindestens eine halbe Stunde.«

»Dann bin ich um halb neun bei dir.«

»Ich umarme dich!«

Jacques rief im Restaurant »Chez Edgar« an, es dauerte lange, bis sich eine unfreundliche Stimme meldete und sofort sagte, alles sei ausgebucht – »tout complet«.

»Geben Sie mir Edgar!« Jacques gab sich energisch und laut.

Er wartete einige Minuten, bis der Patron selbst den Hörer ergriff, sich freundlich meldete und

Jacques eine höfliche Abfuhr erteilte. Doch Jacques gab sich nicht geschlagen. Er musste Margaux heute Abend dieses Lokal bieten.

»Edgar, heute geht es nicht anders! Ein Tisch für zwei ab halb neun. Für den kleinen Richter Ricou.«

Er wiederholte bewusst seinen Namen, den Edgar vielleicht überhört hatte.

Der Wirt flötete in den Hörer: »Monsieur le juge, für Sie geben wir uns doch alle Mühe. Wenn auch so manch ein Politiker sich wahrscheinlich nicht gern mit Ihnen zeigt. Aber heute weiß ich nicht, wohin mit den Gästen.«

Jacques ließ sich nicht abweisen: »Edgar. Ich komme mit Margaux, und bis dahin wird Ihnen gewiss irgendetwas einfallen. Bis später.«

Er hängte ein. Das war ein Vabanquespiel, aber er konnte sich nicht vorstellen, dass Edgar vor seinen Gästen eine attraktive Journalistin wie Margaux und den regelmäßig in den Schlagzeilen auftauchenden Richter Jacques Ricou wieder hinauskomplimentieren würde, nur weil kein Tisch frei war. Das wäre doch für alle drei peinlich. Jacques plante also, so rechtzeitig einzutreffen, dass noch nicht alle Tische besetzt sein würden. Hoffentlich war Margaux bereit, aber da war er sich sicher. Sie pflegte ihre Natürlichkeit und trödelte nicht wie Jacqueline eine Ewigkeit vor dem Schminktisch herum.

*

Amadée, das war die Karibik, die Ferne, die fremde Frau, die er gern in den Armen gehalten hatte. Aber

Margaux, so fühlte Jacques in diesem Augenblick, das war Paris, der Stress, sein Leben. Als er erschöpft in dem engen Bett neben ihr lag und versuchte einzuschlafen, resümierte er den Abend. Er hatte gut angefangen und gut aufgehört, sehr gut. Aber zwischendrin hatte es ein paar Augenblicke gegeben, in denen er nicht gewusst hatte, ob sie jetzt ein paar Klippen umschiffte oder er. Auf dem Weg zu Margaux hatte er in der Rue de Sèvres einen Blumenladen entdeckt, der noch geöffnet war, hatte kurz gezögert, war dann aus dem Wagen gesprungen, den er in der zweiten Reihe parkte, und hatte gelbrote Rosen mit vollen, großen Köpfen gekauft. Wahrscheinlich wollte er sein schlechtes Gewissen übertünchen. Wegen Amadée.

Als er Margaux in die Arme genommen hatte und ihr einen Kuss geben wollte, hatte sie den Mund leicht zur Seite gedreht. – »Achtung, Lippenstift!«, hatte sie gesagt und ihn angestrahlt.

Sie ist einfach klasse, diese Frau, dachte er. Der Friseur scheint heute den rotblonden Haaren einen besonderen Dreh mit seiner Bürste gegeben zu haben. Den Rosenstrauß hatte sie als Liebesbeweis entgegengenommen und war so zärtlich gewesen wie lange nicht mehr.

Eine viertel Stunde hatten sie einen Parkplatz gesucht, und es wäre fast zum Streit gekommen, weil Margaux ihm jede unmögliche Stelle vorschlug, er aber darauf beharrte, das Auto wenigstens einigermaßen erlaubt abzustellen. Sie hörte nicht auf, darauf hinzuweisen, dass doch die Amnestie bevorstehe, aber schon allein die Erwähnung dieses Wortes verursachte bei ihm Unbehagen. Außerdem war sein Dienstwagen zu vielen bekannt, so dass er vielleicht keinen Ärger, aber doch viel Häme ernten würde. Schließlich erwischten sie einen Platz, als ein Wagen in der Avenue Georges V mit Tempo aus einer Parklücke fuhr.

Dann hatte Edgar sie im Restaurant galant in Empfang genommen und so getan, als hätte er nur auf sie beide gewartet. Er halft Margaux aus dem Mantel und ging voraus an einen Tisch an der Wand, von dem aus sie das ganze Lokal übersehen konnten. Edgar war eben ein Profi und wusste, weshalb viele seiner Gäste kamen. Patrick, Edgars Chefkellner, brachte mit der Menükarte wie selbstverständlich zwei Kelche Veuve Clicquot und goss schon wieder nach, als sie erst halb geleert waren. Das wirkte großzügig, war aber billiger, als ein ganz leeres Glas nachzufüllen.

Jacques erzählte von LaBrousse, von Loulou, den er hinter der lancierten Pressemeldung gegen ihn vermutete, von Gilles, der bei seiner Ankunft schon beerdigt worden war, von dessen Leiden in Vietnam und von Kadijas Schicksal in Algerien. Amadée kam in diesem Bericht nicht vor. Mehrmals wurde er von Gästen unterbrochen, die ihn oder Margaux grüßten.

Jean Louis, der betagte Chefreporter vom »Nouvel Observateur«, blieb kurz stehen, nickte dem Richter zu und murmelte zu Margaux: »Hab' gehört, du bist an 'ner scharfen Sache dran. Kommst du weiter? Wenn nicht, ruf mich an, vielleicht kann ich dir helfen.«

Als er weitergegangen war, sagte Jacques nur: »Der alte Weiberheld. Gott sei Dank kann er mich nicht ausstehen, sonst hätte er sich auch noch zu uns gesetzt und auf unsere Kosten seinen Whisky getrunken.«

»Ach, lass mal,« sagte Margaux, »der ist doch ganz nett und harmlos.«

Jacques knurrte nur, wischte sich den Mund mit der Serviette ab und fragte Margaux nach ihrer Recherche.

»Das kann ich dir noch nicht erzählen«, wiegelte sie ab, nahm einen Schluck und zupfte an einer Haarsträhne hinter ihrem Ohr.

»Warum nicht? Es scheint sich doch schon rumgesprochen zu haben.«

»Weil du schon ermitteln würdest, bevor ich auch nur den ersten Artikel darüber geschrieben habe.«

»Und wenn ich dir verspreche, nur als Privatmann zuzuhören?«

»Das kannst du gar nicht.«

»Du schreibst ja auch nicht – hoffentlich nicht – über die Ermittlungen, von denen ich dir gerade erzählt habe!«

»Natürlich nicht.«

»Na also!«

»Du bist aber anders.«

Ehe sie dieses »anders« weiter erklären musste, kam ihr Senator Louis de Mangeville zu Hilfe, der mit zwei Gästen den Raum betrat, sich aber kurz von ihnen trennte und auf den Tisch an der Wand zusteuerte. De Mangeville, alter Burgunder Adel, dessen Vorväter schon mit Philippe le Bel gegen Flandern gekämpft hatten, gehörte zur Nachwuchsriege der

LER, pflegte seinen hervorragenden Ruf als sauberer Politiker, der penibel darauf achtete, zumindest nach außen alle Regeln einzuhalten. Als Herausgeber vom »Bien public« in Dijon, der ältesten Tageszeitung Frankreichs, hatte er sich über den Gemeinderat und die Nationalversammlung in den Senat hochgedient. Nebenbei baute er seine Hausmacht aus und ließ sich zum Präsidenten des Conseil Général des Départements de la Côte d'Or im Burgund wählen. Der Senator begegnete dem Richter stets mit Achtung, doch heute beugte er sich nach einem kurzen Gruß und einem ehrfürchtig wirkenden Kopfnicken zu Margaux, die ein wenig ungeschickt versuchte, sich zu erheben, und gab ihr eine Bise rechts und links auf die Wangen.

»Ma chère, wie schön, Sie wieder zu sehen, was macht die Arbeit?«

»Es geht voran.«

»Kommen Sie weiter? Wenn nicht, dann rufen Sie mich an, vielleicht kann ich Ihnen helfen?«

De Mangeville berührte ganz kurz mit den Fingern Margauxs Hand, die auf dem Tisch lag, nickte Jacques wieder zu und schritt zu seinem Tisch. Jacques schwieg. Margaux schwieg. Patrick räumte die Teller ab und goss den Rest aus der Flasche Bordeaux – er hatte sich heute zu einem »Figeac« hinreißen lassen – in die Gläser.

»Einen Kaffee?«

Jacques schaute Margaux an, sie nickte.

»Zwei.«

Er war sich nicht ganz sicher, ob sie rot geworden war, aber dazu war sie wohl schon zu lange Journalistin. Er atmete durch, holte zweimal tief Luft, bevor er sagte: »Hast du gemerkt, er hat den gleichen Satz benutzt wie Jean Louis.«

»Was meinst du?«

»Kommst du weiter? Wenn nicht, ruf mich an, vielleicht kann ich dir helfen.«

»Das ist der Satz von Jean Louis. Mangeville hat gefragt: ›Kommen *Sie* weiter?‹«

»Wenn jeder die Geschichte schon kennt, fühle ich mich ausgeschlossen, wenn du mich nicht wenigstens ein bisschen einweihst. Ich mach' schon nichts.«

Sie trank ihr Glas leer, Patrick brachte den Espresso, zwei kleine Gläser und eine Flasche eisgekühlten ›Limoncello Cilento antico‹ und sagte mit einer knappen Bewegung seines zu Margaux gewendeten Oberkörpers: »Pour Madame!«

»Merci.«

Inzwischen war es elf Uhr, die Stunde des Abends, an dem sich im »Chez Edgar« klirrende Gläser und Kaffeetassen, Rufe von Tisch zu Tisch und fröhliches Gelächter zu einer entspannten Atmosphäre mischten.

»Du schwörst mir, nichts zu unternehmen?«

Jacques nickte.

»Ich werd auch den Namen nicht sagen. Es geht um eine Person der Opposition, die zu denen gehört, die sich für die nächste Wahl aufbauen. Diese Person hat vor Urzeiten mit geerbtem Geld eine billige Schlossruine in Burgund gekauft und mit abenteuerlichen finanziellen Konstruktionen auf Kosten des Staates restauriert.«

»Da ist doch nichts dabei, das macht doch jeder.«

»Nicht ganz. Diese Person hatte vor Jahren, als ihre Partei mit an der Macht war, für einige Zeit einen wichtigen Posten im Sozialministerium und wurde in dieser Funktion gleichzeitig Geschäftsführer eines wichtigen Vereins für Altenfürsorge. Mit den Geldern dieses Altenvereins hat sie ein großes Grundstück gekauft, um zu verhindern, dass die Sicht vor ihrem Schloss verbaut werden könnte. Das ist der grobe Kern der Geschichte, aber ich habe sie noch nicht ganz in trockenen Tüchern.«

»Und wieso kennt Mangeville den Fall?«

»Bei dem habe ich recherchiert. Er hat ein Interesse daran, dass die Person, um die es geht, ihm politisch nicht in die Quere kommt.«

Jacques wechselte urplötzlich das Thema: »Was macht denn eigentlich die Amnestie?«

»Da fummeln sie noch dran rum. Ich habe aber ein schönes Gerücht gehört: Der Justizminister wird eine ordentliche Amnestie vorlegen und davon alle Delikte ausschließen, die mit der Finanzierung von Parteien und mit Korruption zu tun haben. Aber die Abgeordneten könnten den Gesetzesentwurf in diesem Punkt von sich aus verändern – und damit auch all die Vorwürfe, die gegen den Präsidenten erhoben werden, unter die Amnestie fallen lassen. Damit wäre die Regierung fein raus; denn was kann die dafür, wenn das Parlament so eine großzügige Amnestie beschließt.«

Margaux machte eine Pause, goss sich einen Limoncello ein, blickte Jacques kurz an, der schüttelte den Kopf und steckte den Korken wieder auf den Flaschenhals. Dann nippte sie an dem Glas.

»Ich glaube, es hängt von dir ab, wann die Amnestie in die Nationalversammlung kommt«, sagte sie dann.

»Wieso?«

»Sie wollen abwarten, ob du ihm eine Vorladung schickst – oder nicht.« Sie nahm einen Schluck. »Machst du das eigentlich, oder hast du dich noch nicht entschieden?«

Jacques sah in den Raum, hinüber zur anderen Seite, wo der dicke Claude Marsouin, Fraktionsvorsitzender der LER in der Nationalversammlung, an einem runden Tisch saß, umgeben von dem Kommentator von RTL und den Chefredakteuren von Europe 1 und M 6. Marsouin war ihm immer schon unangenehm, nicht nur, weil er zu den Geldempfängern gehörte, die Jacques nicht belangen konnte, sondern vor allem, weil er seinen fetten Schmerbauch so aus der Hose quellen ließ, dass die Hemdknöpfe zu platzen schienen. Die wüssten sicher auch gern eine Antwort auf die Frage, die Margaux ihm gerade gestellt hatte.

»Mal sehen, wohin die Lust mich treibt.«

»Du kannst das doch nicht ewig vor dir herschieben. Und soll die Entscheidung etwa nur von deiner jeweiligen Laune abhängen?«

Gerade das fürchtete Jacques. Eine plötzliche Entscheidung aus einer Laune heraus. Und das gegenüber dem Staatspräsidenten!

»Ich muss mir mal die Zeit nehmen, alle diesen Fall betreffenden Texte im Verfahrensrecht zu lesen. Aber beruhige dich, es dauert nicht mehr lange.«

Als sie gingen, winkte Margaux dem Senator aus

dem Burgund noch einmal zu, während der eine ga-
lante Bewegung andeutete, die, wer wollte, verstehen
konnte als einen Gruß seiner Lippen, den er zu ihr
pustete.

Im Auto war Jacques still gewesen. Als sie wissen
wollte, was sei, antwortete er nur, er sei müde. Wegen
des Zeitunterschieds. Zu müde? Im Badezimmer
fragte er sie, ob sie vielleicht mit de Mangeville näher
bekannt sei? Wieso? Na ja, hat er dir nicht einen Abschiedskuss zugeworfen? Da lachte sie, freute sich,
dass der meist so nüchterne Jacques anscheinend eifersüchtig war, umarmte ihn, lachte noch im Bett
und zeigte dann zu seiner Überraschung ein Verlangen wie damals, als sie frisch verliebt waren.

Abhören

*P*aris, der Stress, das war sein Leben. Aber Margaux vielleicht doch nicht. Am Freitag früh hatte Jacques ausgeschlafen und beschlossen, seine Zeitung im Bistro »l'Auvergnat« zu lesen – bei einem Café au lait und einem oder heute vielleicht zwei der köstlichen Buttercroissants. Er war erst um elf im Polizeilabor verabredet. Bevor er sein Appartement verließ, rief er gut gelaunt bei Margaux an, um sich mit ihr fürs Wochenende zu verabreden. Einen halben Tag, vielleicht Samstagvormittag, wollte er an der Vorladung arbeiten, aber mehr Zeit würde ihn das nicht kosten. Vielleicht könnten sie am Samstagnachmittag in die Normandie fahren, nach Honfleur, wo es zu dieser Jahreszeit noch ruhig war. Sie hatten letzten Herbst dort ein schönes, kleines Hotel am Hafen entdeckt, mit sehr breiten Betten und hervorragenden amerikanischen Matratzen. Doch Margaux war schon im Büro und antwortete ihm sehr geschäftig, als er ihr seine Vorstellungen von einem kleinen Ausflug erläuterte:»Das passt leider nicht in meine Pläne. Ich muss heute am späten Nachmittag nämlich noch den TGV nach Dijon nehmen, meine Reisetasche habe ich schon bei mir. Ich bin in meiner Sache endlich ein Stück weitergekommen. Vielleicht komme ich Sonntag so rechtzeitig zurück, dass wir uns dann noch sehen können.«

Jacques hätte gern die Frage gestellt, ob sie vielleicht auch mit Senator de Mangeville verabredet sei, der ihr im »Chez Edgar« so freundlich seine Hilfe angeboten hatte. Andererseits konnte er sich nicht vorstellen, dass der überkorrekte Senator, verheiratet mit Marie-Claire und Vater zweier Kinder, sich auf ein Spielchen mit einer Pariser Journalistin einlassen würde, auch nicht mit Margaux.

Als er nicht antwortete, fragte sie: »Bist du noch dran?«

»Doch, doch. O.K., meld' dich, wenn du zurück bist.«

»Ich umarm' dich, ich drück' dich.«

Er hasste diese Floskel. Ich umarme dich, das akzeptierte er als einen gängigen Abschiedsgruß, wenn man sich mochte; aber – ich drück dich –, das klang für Jacques wie Plüsch und Schwulst, besonders in diesem Augenblick. Ohne Gruß drückte er das Gespräch mit der roten Taste am Hörer weg und holte sich mit der grünen gleich wieder eine Leitung. Er hätte es nie zugegeben, aber er war eifersüchtig und wollte verhindern, dass sie ihn zurückriefe.

Jacques drückte die Kurzwahltaste für sein Büro, und als Martine sich meldete, fragte er: »Was hast du am Wochenende vor?«

»Worum geht's denn?«

»Zwei Dinge. Ich komme heute wohl kaum ins Büro, bin im Labor, bei der Polizei und so weiter, will aber morgen noch einmal das Thema Vorladung durcharbeiten. Kannst du schauen, ob die Unterlagen und die Bücher noch da sind, und alles in mein Zimmer legen?«

»Klar. Und zweitens?«

»Könntest du am Sonntag mal für ein, zwei Stunden reinkommen?«

»Um eine Vorladung zu schreiben? Klar. Um wie viel Uhr?«

»Können wir uns zusammentelefonieren?«

»Können wir machen. Aber bitte nicht zu früh. Oder?«

»Nein, nein – ich gehe ja auch erst mal zur Beichte! Oh, und das dauert lange. Gegen Mittag, früher Nachmittag. Oder musst du an den Mittagstisch bei Muttern?«

»Das wäre ein bisschen weit. Die ist im Paradies.«

»Oh, Pardon! Wann ist das denn passiert?«

»Nein«, lachte Martine. »Ich meine immer noch das Paradies auf Erden: Die verbringt den Winter auf Tahiti. Billigangebot vom Club Med.«

»Anhängerin der Gauguin-Sekte, was?«

»Eher Anbeterin von Sonne und Wärme. Also, bis Sonntag dann. Wenn was ist, ruf mich an. Zur Not auf dem Handy.«

»Salut! – Oh! Fast hätte ich es vergessen. Bestell für Montag früh einen unserer besten Gerichtsvollzieher!«

»Wird erledigt. Bis bald.«

Das Handy verschwand wie immer in der rechten Brusttasche seiner Jacke, dann zog er seinen Mantel an. Als er aus der Wohnungstür gehen wollte, fiel ihm der Stapel Post auf, den er seit seiner Rückkehr aus Martinique nicht beachtet hatte, im Gegenteil, die Post vom Donnerstag hatte er auch noch darauf gepackt. Es war zu viel, um es in die Manteltasche zu stecken. So hielt er den Haufen in der Hand, als er unten an der Steintreppe vor dem großen Holztor von der Concierge abgefangen wurde, die ihm noch mehr Briefe gab. Da erinnerte er sich an die Worte von Gaston, dem Wirt vom »l'Auvergnat«.

Er blieb stehen und fragte: »Haben Sie noch den Zettel von John-Kalena, den Ihnen Gaston für mich gegeben hat?«

»Den haben Sie. Der muss bei der Post gewesen sein, die Sie nach Ihrem Urlaub von mir bekommen haben.«

»Ach so, dann wird er hier dabei sein. Danke. Ich habe das alles noch nicht gelesen.«

Am Kiosk vor dem Bistro kaufte er sich die »Libération«, setzte sich an einen kleinen Tisch am Fenster und bestellte sich einen Café au lait. Auf Croissants hatte er keinen Appetit. Als er die Post sortierte, hätte er die Nachricht von John-Kalena fast wieder übersehen, weil er auf den Werbezettel für einen Pizza-Service nicht gleich geachtet hatte. Der ganze Text bestand aus großen Druckbuchstaben.

RICHTER, HEUTE NACHT HABEN ZWEI MÄNNER IN DEINEM KELLER ETWAS AM TELEFONKASTEN ANGEBRACHT. PASS AUF. SIE HABEN MIR DEN KOPF EINSCHLAGEN WOLLEN. J/K

Schweißperlen liefen über sein Gesicht, mit einem Schlag war sein Hemd feucht von der Hitze, die der Zorn in ihm aufwallen ließ. Merde!, fluchte er leise vor sich hin, das waren die Kerle von den Renseignements Généraux. Und wenn sie ihn abhörten, dann wissen sie jetzt auch über die Vorladung Bescheid.

Er knurrte vor sich hin, so dass der Patron fragte: »Geht's dir nicht gut?«

»Vielleicht finde ich 'raus, wer John-Kalena umgebracht hat. Er hat mir, ohne es zu wissen, einen Hinweis auf seinem Zettel gegeben.«

»Wer? Einbrecher? Dealer?«

Jacques zog die Augenbrauen hoch, wischte sich das Gesicht mit einem Taschentuch ab, seufzte und sagte: »Schlimmer – viel schlimmer.«

Die Zeiger der großen Uhr über dem Tresen standen auf kurz nach halb elf. Ein bisschen zu spät, sagte sich Jacques, um noch zu Hause nachzuschauen. Zwanzig Minuten brauchte er schon bis zum Palais de la Justice auf der Ile de la Cité, wo er mit Kommissar Jean Mahon verabredet war, um ihm den Bericht über die Recherchen in Martinique zu bringen und darüber zu reden, welche Ermittlungen der Polizei ihm weiter helfen könnten.

*

Die Tür zum Büro von Kommissar Jean Mahon stand offen. Jacques sah hinein.

Mahon rief: »Hallo, guten Tag, komm rein, mein Lieber!«, sprang hinter seinem völlig überladenen Schreibtisch wie ein Gummimännchen auf, packte Jacques mit beiden Händen und fuhr fort: »Na, bringen wir die Sache bald zu Ende?«

»Einen Mord haben wir schon. Hoffen wir, dass die Aufklärung nicht im Selbstmord endet.«

»Du sprichst in Rätseln. Setz dich. Kaffee?«

»Nein, danke.«

Jacques schob den hölzernen Stuhl mit Armlehnen zurecht und ließ sich auf den Sitz fallen.

Kommissar Mahon war einen Kopf kleiner als Jacques, trotz seiner vierundsechzig Jahre aber durchtrainiert und so lebendig, als wäre er fünfzehn Jahre jünger. Jacques und der Kommissar hatten sich beim Skifahren in Meribel kennen gelernt und waren, während sich ihre Frauen für den Après-Ski zurechtmachten, so manche schwarze Piste um die Wette heruntergefahren. Die Frauen hatten dann auch in Paris Treffen arrangiert, doch als Jacques sich von Jacqueline scheiden ließ, reduzierte sich die Bekanntschaft zu Jean Mahon bald nur noch auf den Beruf. Das Vertrauen aber und die Vertrautheit zwischen Jean, dem Kommissar, und Jacques, dem Richter, waren geblieben.

»Ich meine einen Selbstmord wie den von Boulin.«

»O là là. Und du ertränkst dich in einer fünfzig Zentimeter tiefen Pfütze?«

»Man kann nie vorsichtig genug sein. Ein Clochard, der in meiner Straße wohnte, hat nachts beobachtet, wie zwei Männer im Keller an meinem Telefonkasten rumgefummelt haben. Und als sie ihn entdeckten, haben sie ihn totgeschlagen.«

»Woher weißt du das?«

»Er war nicht gleich tot.«

»Und was hast du im Telefonkasten gefunden?«

»Ich habe noch nicht nachgesehen, weil ich keine Zeit hatte. Ich habe es gerade vor einer guten halben Stunde erfahren. Außerdem gehe ich da lieber mit einem Fachmann runter. Aber lass uns später darüber sprechen. Ich würde gern zuerst einmal den Be-

richt über meine Ermittlung auf Martinique loswerden.«

Kommissar Mahon interessierte sich besonders für
die Person des Bananenpflanzers Victor LaBrousse,
der Geldbote des Generals.

»Hast du dessen Gewehre auch untersuchen lassen?« fragte er.

»Nein«, antwortete Jacques, »hältst du das für sinnvoll?«

»Der würde mir mehr Kummer machen als der tote
Gilles Maurel. Kannst du mir einen Beschluss ausstel-
len? Dann kümmere ich mich drum. Kann ja nicht
schaden.«

»Das haben wir schnell gemacht.«

Jacques klappte seinen eleganten Aktenkoffer auf,
ein Geschenk von Jacqueline, holte ein Formular heraus, füllte es aus, unterschrieb es und drückte sogar
den richtigen Stempel drauf.

Mahon lachte erstaunt.

»Ich habe ja viel von dir erwartet, aber nicht, dass
du selbst in deinem Köfferchen alles bereit hältst, um
das Verbrechen zu bekämpfen!«

»Hör auf! Geht ihr Bullen nicht auch immer mit
'ner Knarre ins Bett?«

»Au, der Herr ist sensibel! Warte einen Moment,
ich veranlasse, dass Fort-de-France sich darum kümmert.«

Als der Kommissar nach zehn Minuten wiederkam,
begannen sie den Fall Stück für Stück durchzuspre-
chen, stellten fest, wo noch ermittelt werden könnte
und ob sie vielleicht etwas übersehen hätten. Um zwei
gingen sie kurz in die Kantine, aßen Steak-Frites,

goldgelb die Pommes, so wie Jacques sie liebte, und jeder leistete sich ein Viertel Roten. Dann liefen sie, tief in die Analyse verstrickt, am linken Seine-Ufer hinunter bis zum Pont du Louvre.

Erstens, so rekapitulierten sie, wussten sie nicht, wer den General und sein System der Parteienfinanzierung verpfiffen hatte. Der General war nun – zweitens – ermordet worden. Einige kleine Fälle waren zwar abgetrennt worden, weil sich nachweisen ließ, welche Baufirmen an wen direkt gezahlt hatten. Aber die großen Millionensummen waren in einem intelligenten System gewaschen worden, so dass – drittens – kein wirklich wichtiger Politiker belangt werden konnte. Es sei denn, so Jacques, er würde den Präsidenten als ehemaligen Parteichef der LER vernehmen. Der könnte nämlich das Zeugnisverweigerungsrecht nicht in Anspruch nehmen ohne das Eingeständnis, dass er sich durch seine Aussage selber belasten würde. Und dann hätte der Richter wenigstens einen Verantwortlichen an der Angel. Würde der Präsident aber aussagen, dann könnte er sich bemühen, einen Sündenbock zu präsentieren. Auch besser als nichts. Denn falls der Sündenbock nicht mitspielte, müsste er auspacken.

»Und den Sündenbock findet der Präsident im General, der tot ist, und damit ist der Präsident fein raus.«

»Nein«, sagte Jacques, »wir können ja nachweisen, dass der General Millionen an die Partei weitergeleitet hat.«

»Aber das zu einer Zeit, als es noch nicht das strenge Parteienfinanzierungsgesetz gab.«

171

»Aber im System der falschen Rechnungen liegen genügend Untreue-Tatbestände.«

»Welche Chancen hast du«, fragte Jean Mahon, »den Fall sauber abzuschließen? Du findest den Mörder des Generals. Das hat aber nur einen Sinn, wenn du dessen Motiv oder aber den Auftraggeber kennst und alles beweisen kannst. Sonst bleibt die Tat ein ganz normales Verbrechen. Sehen wir mal die Sache abstrakt: Krönen kannst du den Abschluss nur mit dem Nachweis, dass ein Parteichef die Verantwortung für die Millionenschiebereien zu tragen hat; Millionenschiebereien, die zum Mord geführt haben.«

»Das klingt so einfach«, sagte Jacques. »Aber es ist ein Vabanque-Spiel, denn erstens sehe ich immer noch keine Spur zum Mörder. Gilles Maurel können wir vergessen, glaube ich –«

»Und zweitens weißt du nicht«, sagte ihm Mahon, »ob du den Mut haben wirst, den Präsidenten vorzuladen.«

»Dummerweise habe ich vorhin am Telefon mit Martine darüber gesprochen, dass ich die Vorladung am Wochenende schreiben und am Montag rausgeben will.«

»Vom Telefon zu Hause?«

»Ja.«

»Das wahrscheinlich abgehört wird?«

»Ja, aber das wusste ich in dem Moment ja noch nicht.«

»Dann würde ich an deiner Stelle jetzt ziemlich vorsichtig sein. Es könnte sein, dass du Recht hattest mit der Anspielung auf Boulins Pfütze.«

Kommissar Mahon nickte mehrmals kurz und

nachdenklich und stützte den Kopf in seine linke Hand. Beide schwiegen lange. Aber Jacques gingen andere Gedanken durch den Kopf als dem Kommissar. Immer wieder zögerte er, er wollte Mahon nicht mit seinem Privatleben belästigen, doch schließlich überwogen die Gefühle, und er versuchte möglichst unbeteiligt zu wirken, als er sagte: »Du könntest mir einen riesigen Gefallen tun. Frag mich nicht, warum, aber es wäre mir sehr wichtig zu wissen, mit wem sich Senator de Mangeville an diesem Wochenende trifft.«

»Ich kenne zwar viele Senatoren, aber de Mangeville? Da musst du mir helfen.«

»Dijon. Gleichzeitig Präsident des Generalrats von der Côte d'Or. Aber mach es unauffällig, wenn's geht.«

Kommissar Mahon nahm das Kinn zwischen zwei Finger und rieb seine grauen, kaum sichtbaren Bartstoppeln, was einen rauen Ton ergab. Er überlegte.

»Das muss ich über Umwege anleiern«, sagte er schließlich. »Man darf die Anfrage nicht auf mich zurückführen. Ich weiß schon, wen ich darum bitten werde, ich werde den Agenten der Reinseignements Généraux vor Ort anspitzen. Gib mir zehn Minuten.«

Es dauerte dann doch eine halbe Stunde. Jacques stand ungeduldig auf und schaute aus dem Fenster, doch es war nicht viel zu sehen. Mahons Büro lag zu einem Innenhof des Quai des Orfèvres, wo ein blauer Kastenwagen der Police judiciaire abgestellt war, einer von den Transportern, in denen Angeklagte aus dem Gefängnis zum Prozess gebracht werden. Er ärgerte sich jetzt schon darüber, dass er Margaux auf die Schliche kommen wollte. In Wahrheit war sie doch schon so weit von ihm entfernt, viel weiter als eine Frau namens Amadée aus der Karibik. Er sah sie vor sich, sah den Blick von der Veranda der Habitation Alizé über die Weiden, die Plantage, den Urwald bis hinunter zum Atlantik. Er versuchte sich an das Gefühl ihrer Haut zu erinnern, an den besonderen Duft. Unwillkürlich schob sich das Bild des großen schwarzen Vogels in seinem Gedächtnis nach vorn, jenes großartige Bild, das Gilles vor seinem Tod gemalt hatte. Hatte er ihn vorher gesehen? Quatsch! Als bedingungsloser Verfechter der Aufklärung ging Jacques davon aus, alle Erkenntnis weltlichen Geschehens beruhe auf Vernunft und Wissen. Gilles konnte nicht ahnen, dass sein Pferd scheuen und er zu Tode stürzen würde.

Kommissar Mahon schlug vor, seinen Dienstwagen mit Blaulicht zu nehmen. Ein Mannschaftswagen mit acht Polizisten und das Spezialfahrzeug der Spurensicherung folgten.

»Lass uns viel Lärm machen«, schlug er vor. Und auf der Fahrt zu Jacques' Wohnung hörte Mahon nicht auf, den Polizeifunk zu benutzen. Er rief die Zentrale an, um bei France Télécom einen Techniker zu bestellen, der für Hausanschlüsse zuständig ist und sofort zur Wohnung von Richter Jacques Ricou kommen konnte. Und damit auch alle mitbekamen, um wen es ging, wiederholte er: »Ihr wisst doch, der berühmte Richter, der hinter den Parteifinanzen her ist. Mit dessen Telefon ist was nicht in Ordnung.«

Der Kommissar lachte. »Lärm muss sein«, sagte er. »Es dauert jetzt nicht mehr lange, und ein paar Leuten bei den Renseignements Généraux wird es fürchterlich heiß. Sie schaffen es vor uns nämlich nicht mehr bis in deinen Keller. Und wenn wir erst mal dort sind, können sie nichts machen, als den Kopf in den Sand zu stecken. Und um die Presse brauchen wir uns auch nicht zu kümmern, die trifft gleich nach uns ein. Was meinst du, zehn Minuten?«

»Die ersten springen jetzt schon aufs Motorrad. Aber bis Belleville brauchen sie bei diesem Verkehr am Freitagnachmittag doch mindestens eine Viertelstunde.« Jacques gluckste in sich hinein.

Während der Kommissar mit Jacques und den Leuten von der Spurensicherung in den Keller stieg, sperrten die Polizisten das Trottoir vor dem Haus 11, Boulevard de Belleville, ab.

»Es gibt mehrere Gründe«, sagte Kommissar Mahon, »weshalb ich es liebe, dass die Pariser Bauherrn geizig waren und die Kellerböden in den alten Häusern nicht zubetoniert haben. Erstens: Sie sind feucht und kalt und hervorragend als Weinkeller geeignet. Zweitens: Sie halten Fußspuren lange fest.«

Vor dem Telefonkasten befanden sich keinerlei Abdrücke auf der lehmigen Erde, an dem Kasten selbst waren noch nicht einmal Fussel eines Gewebes zu entdecken, mit dem Fingerabdrücke abgewischt worden wären.

»Die haben wahrscheinlich eines dieser neuen Silikontücher benutzt. Wenn die noch ungebraucht sind, hinterlassen sie kaum eine Spur«, sagte der Mann von der Spurensicherung. »Und den Kasten haben sie auch nicht aufgebrochen. Falls jemand dran war, hat der den Schlüssel gleich mitgebracht. Und es wird

wohl jemand dran gewesen sein, denn keine Spuren –
wie hier – gibt's nur, wenn jemand bewusst aufgeräumt hat.«

Der Mann von der Télécom kam, begleitet von einem der Polizisten, mit seinem Werkzeugkasten die
Kellertreppe herab, als plötzlich ein Blitzlicht auffla-
ckerte.

Kommissar Mahon brüllte sofort los: »Haltet uns
die Typen vom Leib. Pennt ihr da oben?«

Durch ein schmales Fenster auf der Höhe des Trot-
toirs hatte ein Fotograf sein Objektiv geschoben und
einfach draufgehalten, bis er von einem Polizisten
weggezogen wurde.

Der Kommissar drehte sich zu Jacques um: »Von
dort oben wird dein Clochard zugeschaut haben.«

Vor dem Haus hatte sich inzwischen eine kleine
Menschenmenge, Journalisten, Fotografen, einige Kameraleute und neugierige Passanten, versammelt, die
jetzt von fünf Polizisten mit einem Seil zurückgehalten wurden. Jacques trat mit dem Kommissar vor die
Presse.

»Kommissar Jean Mahon und seine Mitarbeiter haben eben an der Zuleitung zu meinem Privatanschluss
im Keller des Hauses eine äußerst moderne kleine Ab-
höreinrichtung, entdeckt. Es gibt keinerlei Hinweise
darauf, wer sie dort angebracht haben könnte.«

Während er sprach, hörte er das leise Klicken der
digitalen Fotoapparate.

Ein Journalist rief: »Was hat Sie veranlasst, Ihr Telefon zu überprüfen?«

»Es gab einen Hinweis, über dessen Hintergrund
ich aber noch nichts sagen kann.«

»Wo genau wurde Ihre Leitung angezapft, in Ihrer Wohnung?«

»Nein, im Telefonverteilkasten im Keller.«

»Welche Spuren haben Sie gefunden?«

»Kein Kommentar.«

»Das alles hängt doch wohl mit Ihren Untersuchungen der Parteifinanzen zusammen. Können Sie sich vorstellen, dass es sich um einen staatlichen Auftrag handelt?«

»Meine Vorstellungskraft lässt sich allein von Tatsachen leiten, und die müssen wir erst auswerten, um eine konkrete Spur verfolgen zu können.«

»Wahrscheinlich will, wer auch immer es war, wissen, ob Sie den Präsidenten vorladen werden«, rief ein anderer, »das könnten Sie uns doch jetzt verraten.«

Einige lachten, warteten aber gespannt auf die Antwort.

»Dazu kein Kommentar. Und das war's dann auch für heute.«

Der Kommissar lehnte mit einer abwehrenden Bewegung beider Hände jede Stellungnahme ab: »Wenn es so weit ist, gibt's eine Pressemitteilung vom Palais de la Justice.«

Ohne Blaulicht, aber trotzdem mit hoher Geschwindigkeit fuhren sie zurück zu Mahons Büro im Quai des Orfèvres. Jacques, der doch erregter war, als er es sich zugestehen wollte, rief über Handy Martine an, erzählte ihr in knappen Worten von dem Vorfall und bat sie, ihm die Durchwahl von Gerichtspräsidentin Marie Gastaud zu geben.

Zum ersten Mal schien seine Vorgesetzte Mitgefühl für ihren Untersuchungsrichter zu haben. Nachdem

Jacques sie in kurzen Worten unterrichtet hatte, sagte sie: »Ich werde sofort das Justizministerium in Kenntnis setzen, und diesmal rufe ich direkt im Büro des Ministers an. Falls wirklich die Renseignements Généraux dahinter stecken, muss er eine geharnischte Beschwerde beim Innenminister platzieren.«

Sie schwieg einen Moment, und dann fragte sie: »Sie schreiben doch sicherlich einen Bericht. Kommen Sie heute noch ins Gericht?«

»Nein, ich glaube kaum«, antwortete Jacques. »Wir haben noch eine ganze Weile mit diesem Fall zu tun. Aber ich bin am Wochenende im Büro, und Sie haben den Bericht am Montag früh bestimmt auf Ihrem Schreibtisch. Vielleicht darf ich Sie wegen der anderen Sache morgen mal anrufen?«

»Um Gottes willen, Jacques, dieser Vorfall sollte uns doch lehren, so etwas nicht am Telefon zu besprechen. Ich komme um elf Uhr rein. Sind Sie dann da?«

»Um elf bin ich in Ihrem Büro.«

»Und geben Sie auf sich Acht!«

Noch vom Auto aus hatte der Kommissar eine Sitzung einberufen. Sie begann gleich nachdem sie angekommen waren. Ein Untersuchungsrichter, Kollege von Jacques, eröffnete zwei Verfahren. Eines gegen Unbekannt wegen Verletzung des Fernmeldegeheimnisses und eines wegen Mordes an dem Clochard. Jacques übergab ihm den Zettel, den ihm John-Kalena geschrieben hatte, als Beweismittel. Als sie die große Treppe zum Konferenzzimmer hinaufgegangen waren, hatte Kommissar Mahon seine Hand ganz kurz an den Rücken von Jacques gelegt und vertraulich gesagt:

»Halt du dich bitte jetzt zurück, du bist das Opfer und nicht der Untersuchungsrichter. Sei demütig und spiel nicht den politisch verfolgten Richter. Die Sache läuft schon von allein für dich.«

Deshalb hatte Jacques, der sich nur mit Mühe beherrschen konnte, nur auf Fragen geantwortet, obwohl er auch diese Untersuchung am liebsten an sich gezogen hätte. Aber er wusste natürlich, dass er in eigener Sache nun wirklich nicht als Richter auftreten konnte.

Als Jacques und der Kommissar gegen halb sieben wieder allein im Büro saßen, holte Mahon aus einem Schrank eine Flasche Johnny Walker und sagte lachend: »Der Tag geht, und Johnny Walker kommt. Ich glaube, wir brauchen das jetzt. Und ich habe sogar saubere Gläser.«

»Aber Eis hast du nicht?«

»Tut mir Leid. Aber eine frische Flasche Perrier.«

»Perrier passt gut, denn alles andere schmeckt nicht.«

Sie tranken einen Schluck.

»Wir müssen was für deine Sicherheit tun«, sagte der Kommissar, »am besten meidest du für die nächste Zeit deine Wohnung. Kannst du woanders unterkommen?«

»So schlimm ist es ja nun auch wieder nicht. Die haben mich gerade mal abhören lassen. Ich stehe so sehr in der Öffentlichkeit, da wird sich niemand trauen, mir was zu tun.«

»Vergiss nicht, dass du heute früh hier reingekommen bist und selbst von einem Selbstmord wie Boulin phantasiert hast. Es könnte ja auch bei dir wie ein Unfall aussehen. Immerhin haben sie den Clochard erschlagen, also schrecken sie vor Mord nicht zurück. Auch der General wurde erschossen.«

»Hast du 'nen Revolver für mich?«

»Bist du verrückt, du kannst doch gar nicht schießen.« Der Kommissar dachte einen Moment nach. Dann fragte er: »Willst du heute Nacht bei uns schlafen?«

Jacques hasste es, seine Unabhängigkeit aufzugeben, und noch mehr die Vorstellung, Mahons Frau ertragen zu müssen!

»Danke für das Angebot. Aber ich habe heute Abend noch eine Verabredung, und ich kann dann bei Margaux schlafen.«

»Seid ihr immer noch zusammen? Neulich habe ich die doch irgendwo gesehen«, er machte eine Pause und schüttelte den Kopf, »aber ich weiß auch nicht mehr, wo das war.«

Jacques hatte den Eindruck, der Kommissar erinnerte sich ganz genau, wollte ihm aber die Wahrheit verschweigen. Egal! Es war aber keine schlechte Idee, sich bei Margaux zu verkriechen.

Jacques packte seinen Aktenkoffer, und gemeinsam verließen die beiden Männer das Büro. Durch lange, leere Flure und versteckte Treppen kamen sie in den Justizpalast, und schon auf dem Weg nach unten hörten sie lautes Gerede und Lachen aus der Wandelhalle. Dort sahen sie dann eine Menge Richter und Rechtsanwälte in Roben, Journalisten und Prozessbeobachter, die aus dem großen Sitzungssaal strömten, in dem der »Prozess Elf« vor zwei Wochen begonnen hatte. Rémi Buge, der für die Nachrichtenagentur AFP arbeitete, sah den Untersuchungsrichter mit dem Kommissar auf der Treppe, löste sich sofort aus der Gruppe, in der er gerade stand, kam zu ihnen und fragte, ohne große Einleitung, ob sie schon mehr wüssten über die Abhöranlage. Als sie nicht gleich antworteten, fügte er hinzu: »Wie ich höre, hängt damit auch der Tod eines Clochards zusammen.«

Jacques warf einen Blick auf den Kommissar, der keine Miene verzog, aber dann doch sagte: »Nicht zum Zitieren, aber schauen Sie einfach mal nach, was in der Lokalpresse über den Tod von ...« Er wandte sich an Jacques, »... wie heißt er?«

»John-Kalena Senga. Ist vor einer Woche auf dem Boulevard de Belleville, und zwar ganz in der Nähe meiner Wohnung, erschlagen worden – mitten in der Nacht. Vielleicht hat er die Leute mit den großen Ohren gesehen. Mehr wissen wir auch noch nicht.« Jacques ging noch einen kleinen Schritt auf den Journalisten zu. »Und wie läuft es bei Elf?«

»Sagenhaft! Ein hervorragend vorbereiteter Prozess. Wär' ja auch was für Sie gewesen, Monsieur le juge.«

Hier kommt wenigstens vor den Kadi, was Eva Joly, Laurence Vichnievsky und Renaud Van Ruymbeke, drei der besten französischen Untersuchungsrichter, in acht Jahren zusammengetragen haben, dachte Jacques. Aber den dreien haben sie auch hart zugesetzt. Im Büro von Eva Joly ist gleich zu Anfang der Untersuchung eingebrochen worden, und alle Unterlagen, die sich wahrscheinlich auf Schmiergeldzahlungen beim Kauf der Raffinerie Leuna in der ehemaligen DDR nach dem Fall der Mauer bezogen haben, sind weg.

Angeklagt war Loïk Le Floch-Prigent, der ehemalige Chef von Elf, und zwei seiner engsten Vertrauten, Alfred Sirven, der sich jahrelang auf den Philippinen verstecken konnte, und André Tarallo, ein typischer Korse. Sie haben Elf um rund zwei Milliarden Francs, fast dreihundert Millionen Euro, erleichtert, um fremde Staatspräsidenten, politische Parteien und auch sich selbst zu begünstigen.

»Richter Michel Desplan hat die drei Angeklagten heute wunderbar gegeneinander ausgespielt. Rausgekommen ist, dass die politischen Parteien jährlich mindestens fünf Millionen Dollar aus der schwarzen Kasse von Elf erhielten. Einer der drei sagte, diese Summe sei sogar sehr niedrig gegriffen. Und bei Präsidentschaftswahlen seien die Kandidaten aller großen Parteien erschienen und hätten die Hand aufgehalten. Jeder erhielt seinen Umschlag oder, besser gesagt, seinen Koffer. Na ja, das ist ja sicher noch nicht alles. Aber geben Sie mir doch noch mal den Namen des Clochards, damit ich ihn aufschreiben kann.«

Der Journalist zog einen Metallstift aus der Brusttasche seiner Jacke, klappte sein elektronisches Notizbuch auf und schrieb die wenigen Informationen, die er erhalten hatte, direkt auf den Bildschirm.

»Danke«, sagte er dann und lächelte zufrieden, »ist schon in der Redaktion angekommen.«

Jacques verabschiedete sich von Jean Mahon, stieg in sein Auto, fuhr auf dem Pont au Change über die Seine, hinüber auf den Quai neben dem Rathaus, schlängelte sich durch die kleinen Straßen des Marais bis zur Place de la République und fuhr dann auf der Rue J. P. Timbaud in Richtung Boulevard de Belleville. Er hatte keine Verabredung, wollte aber auch niemanden treffen, mit dem er sich über den Fall, den Vorfall oder die Fallen des Lebens ernsthaft unterhalten müsste. Aber er hatte auch keine Lust, in seine Wohnung zu gehen.

Aufs Geratewohl klingelte er am Atelier des Malers Michel Faublée, der nach einer Weile öffnete und sagte: »Ich male noch. Ich gebe dir eine Flasche Wein, und dann kannst du zuschauen.«

Um elf hatte Jacques die Flasche ausgetrunken, drei Sätze mit Michel gewechselt, der auf eine hohe Leiter geklettert war und an einem großen Bild malte, das nach Japan gehen würde. Jacques hatte ihm zugeschaut, wie er die Farben mischte, mit dem Pinsel Strich für Strich ausführte, und vor sich hin starrend versucht, sein Inneres zu ordnen. Unbewusst knurrte er ab und zu vor sich hin, und erst als Michel einen leicht verstörten Blick nach ihm warf, wurde er sich dieser Töne bewusst.

»'tschuldige«, sagte Jacques und nahm einen kleinen Schluck.

»Hast du Ärger mit Margaux?«, fragte Michel.

»Wenn's nur das wäre. Es läuft alles schief.«

Plötzlich erhob er sich mit einem Seufzer, rief Michel zu: »Bleib auf deiner Leiter! Danke«, und ging.

Michel nickte nur. Unschlüssig blickte Jacques die Straße hinunter in Richtung seiner Wohnung. Freitags kamen eine Menge Leute nach Belleville wegen der hervorragenden chinesischen Lokale. Zögernd stieg er in sein Auto, überlegte einen Moment, was er nun tun sollte, steckte den Schlüssel in die Zündung und drehte ihn nach einem weiteren Moment des Zögerns um. Dann fuhr er langsam am Bistro l'Auvergnat vorbei, doch Wirt Gaston hatte schon längst die Gitter vor seinem Eingang heruntergelassen und mit einer Kette und einem Vorhängeschloss verriegelt. Wenn die Gäste rechtzeitig gingen, schenkte Gaston nicht länger als bis acht Uhr abends aus.

Auf dem Gehsteig vor seiner Wohnung stand die leere Bank, auf der John-Kalena immer gesessen hatte. Die Blumen waren weggeräumt worden. Jacques fuhr langsam weiter, wie von einem Magneten gezogen, bis er direkt vor Margauxs Wohnung einen Parkplatz fand.

Ganz wohl fühlte er sich nicht, als er vor dem Aufzug wartete. Er besaß zwar die Schlüssel, seit er vor zwei Jahren für kurze Zeit zu ihr gezogen war, aber nach seinem Auszug hatte er hier nie mehr allein übernachtet.

Mitten in der Nacht wachte er schweißgebadet auf, weil er glaubte, das Telefon habe geläutet. In Wahrheit war es ein Ton gewesen, den Jacques schon kannte. Dieses imaginäre Telefon hatte ihn in den letzten Monaten hin und wieder aus dem Schlaf geschreckt. Er lag eine Weile wach, fühlte sich aber wie betäubt. Er stand auf und ging ins Bad. Es roch nach Margaux. Nach ihren Düften, Seifen, Parfums und Salben, wovon er ihr manche geschenkt hatte, aber dennoch kam es ihm vor, als gehörte er nicht mehr hierher.

Er stieg unter die eiskalte Dusche, trocknete sich ab und zog eines der frischen Hemden an, die er in ihrem Schrank deponiert hatte. Automatisch räumte er sein Rasierzeug aus dem Toilettenschränkchen und packte es in eine Plastiktüte, die er aus der Küche holte. In eine zweite Plastiktüte stopfte er den Rest seiner Wäsche.

Im Esszimmer duftete der Blumenstrauß, den er Margaux erst vorgestern geschenkt hatte, und ein wenig Blütenstaub belebte die Tischplatte. Kaum hatte Jacques die beiden Schlösser an der Wohnungstür abgeschlossen, da öffnete er sie wieder, stellte seine Plastiktüten in der Diele ab, lief ins Schlafzimmer und versuchte, das Bett so ordentlich herzurichten, als habe er nicht darin geschlafen. Er zupfte an jeder Ecke, doch so ordentlich wie bei Margaux sah es nicht aus. Noch eine Korrektur oben an den Kopfkissen, und mit einem Rundumblick vergewisserte er sich, dass nichts seinen kurzen Besuch verraten würde.

Auf dem Boulevard de Belleville parkte er seinen Dienstwagen im Halteverbot auf dem Gehweg und stieg mit geschärften Sinnen die Treppe zu seinem Appartement hoch. Alles schien ihm wie immer. Weder am Schloss noch am Türrahmen entdeckte er irgendwelche Spuren, die auf einen Einbruch hingewiesen hätten. Also schloss er auf. Im Wohnzimmer fiel das Licht der Straßenlaterne durch das Fenster herein. Ein Auto fuhr laut vorbei. Jacques ließ die Eingangstür zufallen und klemmte einen Stuhl mit der Lehne unter den Türknopf. Dann zog er den Vorhang zu, knipste alle Lampen an, ging in die Küche, ließ drei Eiswürfel ins Glas fallen und goss den Ballantines, den ihm Margaux geschenkt hatte, drüber. Einen Daumen breit, erklärte er stets, das sei sein Maß. Aus den CDs kramte er den Buena Vista Social Club heraus, schob die Scheibe in den Player und legte sich in seinen Lesesessel. Aber dann war ihm das Licht zu hell, und er schaltete bis auf zwei Lampen alle wieder aus.

Beflügelt von der karibischen Salsa-Musik reiste Jacques mit geschlossenen Augen nach Martinique, fuhr über die N 3 zur Habitation Alizé und zu Amadée, stellte sich vor, er säße wie an jenem letzten Abend auf der Veranda und speiste mit ihr zu Abend. Kaiman in Ingwersauce.

Aber dann quälten ihn wieder die entsetzlichen Erfahrungen von Gilles, der unmenschliche Menschen erlebt hatte. Aber nein, unmenschlich kann der Mensch nicht sein, weil er, bei allem, was er anstellt, Mensch bleibt, dachte er. Aber nicht einmal Tiere quälen ihre Artgenossen, nur Menschen sind imstande, sich so etwas auszudenken, alle Menschen. Keiner ist besser oder böser, ob Franzosen, Russen, Deutsche oder Chinesen und Japaner, ob Christen, Heiden, Juden oder Muslime und Hindus. Was sollen die Wortspiele um den unmenschlichen Menschen! Der Mensch kann so oder so sein. Gilles und sein Sohn Eric haben es im Dschungel von Vietnam erlebt. Menschen traten eben in der Biografie von Gilles Maurel oder in der von Freddy Bonfort auf.

Was ist mit Freddy Bonfort passiert? Mit einem Mal war Jacques hellwach, setzte sich an den Tisch, klappte seinen Laptop auf und schaltete ihn ein. Während das Programm hochfuhr, ging er in die Küche, ließ drei Eiswürfel in sein Glas fallen und schüttete einen neuen Whisky hinterher, diesmal nur noch einen kleinen Finger breit, so groß war stets sein zweites Maß. Der Computer surrte und rauschte, es klickte, und auf dem Bildschirm bewegte sich viel, aber es dauerte noch drei Minuten, bis er sich ins Internet einwählen und die Suchmaschine anklicken konnte. In die Maske schrieb er: Freddy Bonfort. Es gab keinen Hinweis. Also versuchte Jacques es mit seinem Dienstprogamm. Zuerst gab er zweimal ein falsches Kennwort ein, schließlich aber gelang es ihm, sich nach zehnminütigem Fluchen – und einem zweiten kleinen Fingerbreit Whisky im Glas – in seinen Büroserver einzuloggen. Er ging Archiv für Archiv durch, und nach einer halben Stunde wurde er fündig.

Es gab einen einzigen kleinen Eintrag:

»Freddy Bonfort, geb. 1926, Professor für Indochinakunde in Lyon, wurde am 12. Oktober 1974 auf dem Balkon seiner Wohnung mit einem einzigen Gewehrschuss mitten ins Herz getötet. Gründe unbekannt. Keine auffälligen Bekanntschaften, kein Verkehr in verdächtigen Kreisen. Offener Fall. Polizeidirektion Lyon. Aktenzeichen ...«

Um halb fünf ging Jacques ins Bett, stellte den Wecker auf halb zehn und schlief sofort tief ein.

Die Vorladung

Die Zeitungen brachten den Abhörskandal um den Untersuchungsrichter Jacques Ricou auf der ersten Seite. Und selbst in Blättern wie dem »Figaro« wurde nicht mit Verdächtigungen und Anspielungen auf die Renseignements Généraux gespart, obwohl der Pressesprecher des Innenministeriums ein »formelles Dementi« herausgegeben hatte.

Jacques war erstaunt, die Sekretärin der Gerichtspräsidentin am Wochenende im Vorzimmer vorzufinden, doch sie strahlte ihn an und sagte: »Ich habe Sie gestern in den Fernsehnachrichten gesehen. Sie sind ja eine richtige Berühmtheit. Trotzdem müssen Sie noch einen Augenblick warten.«

Jacques erwiderte lachend: »Gott, ich habe ganz vergessen, gestern auch noch die Glotze anzumachen. Mir reicht schon, was heute in den Zeitungen steht. Aber was machen Sie denn am heiligen Wochenende hier?«

»Die Präsidentin hat mich gebeten zu kommen, weil sie einen Vorschlag über die Neuordnung der Zuständigkeiten der einzelnen Kammern für das Ministerium ausarbeiten muss. Und da ich sowieso nichts vorhabe – Geld fürs Shopping habe ich keins, und mein Freund hat mich sitzen lassen –, bin ich lieber hierher gekommen.«

Dabei sieht sie ganz nett aus, dachte Jacques, elegante Figur, schlank, wo Französinnen sonst gewichtig sind, lange Beine, ein gepflegtes, schmales Gesicht.

Ein Schnarren ertönte auf ihrem Schreibtisch, sie hob das Telefon ab, die Präsidentin ließ bitten.

Wieder kam Marie Gastaud ihm auf der Hälfte des Raumes entgegen, wieder setzte sie sich mit dem Rücken zum Fenster.

»Ich habe gestern mit dem Minister persönlich gesprochen«, sagte sie, nachdem Jacques ihr alles berichtet hatte. »Er hat sich am Telefon ziemlich aufgeregt und will den Vorfall am Montag im Ministerrat im Élysée vorbringen. Das kann allerdings eine heikle Angelegenheit werden, weil der Präsident dem Rat vorsitzt und weiß, welches Damoklesschwert Sie über ihn halten.«

»Und es wird noch heikler«, sagte Jacques mit unbewegter Miene, »weil am Montag früh ein Gerichtsvollzieher im Élysée eine Vorladung beim Präsidenten abgeben wird.«

Sie zog die Augenbrauen hoch, hielt sie zwei Sekunden oben und versuchte dann, ein Pokergesicht zu machen. Durch die Fensterscheiben drang der Lärm der Straße in den Raum, während die gepolsterte Tür zum Sekretariat jedes Geräusch aus dem Gebäude verschluckte. Jetzt fehlt nur noch das leise Ticken einer Uhr, ging es Jacques durch den Kopf.

»Haben Sie die Vorladung schon ausgestellt?«

»Nein, das mache ich morgen.«

»Und wie laden Sie den Präsidenten vor?«

»Als Zeugen, nicht als Beschuldigten. Sonst würde

er geltend machen, ein Präsident könne nur wegen Hochverrats vom Kongress angeklagt werden. Diese Ausrede will ich ihm nicht gönnen.«

»Ich werde den Justizminister Montag früh anrufen und ihn informieren, bevor er ins Élysée fährt. Das gehört sich so. Halten Sie mich bitte auf dem Laufenden, falls es eine Änderung in Ihrem Programm geben sollte.«

»Ich sehe nicht, dass noch etwas dazwischen kommen könnte.«

Plötzlich stützte sich die Gerichtspräsidentin auf den Konferenztisch, rutschte nach vorn und sagte in kämpferischem Ton an: »Sonntagnacht wird Ihr Büro auf Abhöranlagen untersucht. Ich habe den Auftrag gestern Nachmittag durchgegeben. Wenn bei Ihnen zu Hause abgehört wird, dann könnte das Gleiche hier passieren, und das werden wir nicht dulden. Ich habe gestern noch spät eine ganze Reihe von Telefonaten geführt, unter anderem mit dem Polizeipräfekten, und was ich erfahren habe, beunruhigt mich sehr. Ich würde Ihnen raten, Acht zu geben. Vielleicht sollten Sie im Augenblick auch Ihre Wohnung meiden.«

»Wer mir etwas antun will, der kann mich aufspüren. Ich sehe darin wenig Sinn.«

»Ich weiß, Sie sind ein Sturkopf«, sagte die Gerichtspräsidentin, und ihre Miene deutete an, dass sie es freundlich meinte: »Vielleicht stellen wir einen Streifenwagen nachts vor Ihr Haus. Das wirkt abschreckend. Und dann nehmen Sie von heute an meinen Dienstwagen und lassen Ihren hier in der Garage stehen. Den kennen zu viele Leute.«

»Madame, ich weiß Ihre Fürsorge zu schätzen, aber ich habe wirklich keine Angst.«

Natürlich war ihm unwohl, aber Angst wollte er sich selbst gegenüber nicht zugeben.

»Je weniger ich mich verstecke, desto mehr bin ich geschützt. Stellen Sie sich vor, mir würde etwas passieren, und sei es nur ein Unfall. Alle Welt würde behaupten, dahinter stünde die Regierungspartei, ja, vielleicht sogar der Präsident. Dieses Risiko wird keiner eingehen. Danke für das Angebot, aber Sie wissen doch, wie schlecht ich Auto fahre. Ich will für keine Kratzer an Ihrem Wagen verantwortlich sein.«

Der Rest des Wochenendes verlief schnell. Bis spät am Samstagabend las sich Jacques in die Problematik der Vorladung eines Zeugen ein. Und obwohl er seit Jahren mit diesen Dingen beschäftigt war, entdeckte er in der juristischen Literatur Hinweise auf die merkwürdigsten Fehler, die ein Untersuchungsrichter in so einem Fall machen konnte. Ein falscher Titel, ein Punkt statt eines Kommas in der Adresse konnten zur Aufhebung führen. Und schließlich waren sich die Theoretiker nicht einig, ob ein Präsident als Zeuge aussagen müsste. In seiner Amtszeit als Staatspräsident habe Valéry Giscard d'Estaing eine Ladung als Zeuge *freiwillig* befolgt, und deshalb stritten sich die Gelehrten, ob diese *Freiwilligkeit* für die Nachfolger juristische Folgen haben könnte.

Bevor er sein Büro abschloss, schickte Jacques per E-Mail noch eine Anfrage an den Untersuchungsrichter in Lyon, mit der Bitte, ihm die Unterlagen zum Mord an Freddy Bonfort zuzusenden, da er – genau wie der General – mit einem einzigen Schuss ins Herz getötet worden war. Es eile, fügte er hinzu. Auch Kommissar Jean Mahon unterrichtete er von seinem Fund und bat, die Kugel, die den General getötet hatte, mit der im Fall Bonfort zu vergleichen.

Am Sonntag entwarf Jacques die Vorladung für den Präsidenten wie für jeden einfachen Bürger: kein Titel, nur Namen Komma Vornamen. Als Adresse gab er nicht das Palais de l'Élysée an, wie der Sitz des Staatspräsidenten offiziell heißt, sondern nur die Anschrift 55, rue du Faubourg-Saint-Honoré, 75008 Paris. Nicht das Geringste sollte darauf hinweisen, dass der Staatspräsident gemeint war, sondern die Vorladung erging an den Bürger gleicher Identität.

Als Martine kam, begrüßte er sie wie immer, schob ihr aber einen Zettel hin, auf den er geschrieben hatte: »Vorsicht! Hier können Wanzen sein.« Martine lachte, nickte stumm, warf ihren Computer an und begann zu schreiben, während Jacques sich über ihren Rücken beugte und Korrekturen vorschlug.

Als die Vorladung, ein einziges, einfaches Blatt, schließlich ausgedruckt vor ihnen lag, bewunderten sie ihr Werk, als handelte es sich um eine seltene Originalhandschrift aus dem sechzehnten Jahrhundert, um ein Sonett von Pierre de Ronsard, den Jacques seit seiner Schulzeit besonders schätzte, über das Altern einer Rose zum Beispiel.

Erst im Aufzug zur Tiefgarage redeten sie miteinander, und Jacques bat Martine um einen Gefallen.

»Könnten wir für ein paar Tage die Handys tauschen? Ich vermute, auch das wird abgehört, mit deinem würde ich mich sicherer fühlen.«

»Aber bitte mach meine Freundinnen nicht an, wenn sie anrufen!«

Sie tauschten die Geräte, schrieben sich gegenseitig die PIN-Nummer auf und erinnerten sich daran, am Montag die jeweiligen Ladegeräte mitzubringen.

»Und was mache ich, wenn jemand anruft?«, fragte Martine.

»Geh nicht ran. Es sei denn, du siehst im Display, dass ich es bin. Und ich mache es genauso.«

Am Abend klingelte das Telefon in seinem Wohnzimmer mehrmals lange. Er hob nicht ab.

*

Die folgenden zehn Tage hätte Jacques gern aus dem Kalender seines Lebens gestrichen.

»Schöne Frau«, begrüßte ihn Gaston am Montagmorgen im Bistro.

»Was heißt »schöne Frau«? Ich brauche erst einmal einen Café au lait. Und ein Croissant. Nein, zwei.«

Gaston schob ihm eine Boulevardzeitung zu, blätterte auf Seite drei und zeigte mit dem Finger auf ein nicht all zu großes Foto, das genau zeigte, was die Bildunterschrift beschrieb: Untersuchungsrichter Jacques Ricou gibt der Witwe des als Mörder verdächtigten Gilles Maurel einen Kuss auf den Mund.

Amadées Abschiedskuss.

Im Text daneben stand in vier knappen Zeilen, Ricou sei nach Martinique gefahren, um den Mörder des Generals zu suchen. Der Verdächtige sei aber gerade beerdigt worden. Dessen bildhübsche Witwe habe der Untersuchungsrichter Jacques Ricou aber

»gründlich« vernommen. »Zumindest hat er auf Martinique sein Glück gefunden. Herzlichen Glückwunsch!«

Jacques' Puls begann zu rasen. Wer hatte das Foto aufnehmen können, und wer wagte es, so etwas zu drucken? Das war ein offener Verstoß gegen sein Persönlichkeitsrecht – erst recht gegen das von Amadée. Neben der Aufnahme entdeckte er den Bildhinweis: »France-Antilles«. Ob Loulou wieder dahinter steckte?

Im Büro legte ihm Martine eine lange Liste von Namen vor, alle baten um Rückruf. Den einen ging es um das Foto, den anderen um die Vorladung. Wer immer Jacques abgehört hatte, musste sein Gespräch mit Martine weitergegeben haben. Die Fotografen jedenfalls waren alarmiert gewesen und hatten den Gerichtsvollzieher schon vor dem prunkvollen Tor zum Palais de l'Élysée erwartet. Er hatte an der Seitenpforte geklingelt, war von einem Gendarmen eingelassen worden, hinterlegte, da er zum Präsidenten persönlich nicht vorgelassen wurde, die Vorladung gegen Unterschrift und war wieder verschwunden. Und dann meldeten sich Kommissar Jean – und Margaux.

»Die hat schon zwei Mal angerufen«, sagte Martine. »Sie hätte dich gestern Abend zu Hause nicht erreichen können, und auf dem Handy hatte sie kein Glück gehabt.«

Jacques setzte für den Mittag eine Pressekonferenz an, bei der er nur bestätigte, dass die Vorladung übergeben worden sei. Nein, eine Antwort des Bürgers aus der rue du Faubourg-Saint-Honoré gebe es noch nicht. Fragen zu dem Foto ließ er nicht zu.

Kommissar Mahon schickte ihm per Fax einen kurzen, anonym verfassten Bericht über das Wochenende von Senator de Mangeville, der keine politischen Termine wahrgenommen, sondern mit einer größeren Gästeschar im Schloss des Barons de Seine gefeiert hatte – ohne seine Frau, die mit den Kindern in Mégève die Skiferien verbrachte, aber mit Margaux. Noch ehe Jacques sich darüber aufregen konnte, bestellte die Gerichtspräsidentin ihn zu sich.

Sie kam ihm auch diesmal entgegen, setzte sich wieder mit dem Rücken zum Fenster und forderte ihn mit steinernem Gesicht auf, spätestens am nächsten Morgen einen Bericht vorzulegen, der einwandfrei sein Verhalten auf dem Foto erkläre. Der Staatspräsident wolle, wie es ihm sein Amt ermögliche, beantragen, dass der Hohe Rat der Magistratur Jacques' Verhalten untersuche.

Aus Lyon rief Untersuchungsrichter Claude Mancel an, mit dem Jacques, wie sie schnell herausfanden, gemeinsam studiert hatte. Mancel hatte die Ruhe weg, die Pariser Aufgeregtheiten schienen sich auf den fünfhundert Kilometern bis an die Rhône zu verlieren. Den Fall Bonfort habe er geerbt, sagte er, aber da sei nichts mehr drin, der sei doch uralt, und es gebe so viele Unterlagen, die könne Jacques nicht einmal in einer Woche durchsehen. Er solle doch einfach mal kommen, könne bei ihm wohnen, in der schönen Altstadt, gleich neben dem Restaurant »La Tour Rose«, das aber für sie zu teuer sei.

»Meld dich einfach«, schloss der Lyoneser seine Suada, Jacques' Gedanken waren ganz woanders.

»Margaux ist am Apparat«, meldete ihm Martine.

»Ich nehme heute keine Gespräche mehr an!«, sagte er knapp.

Und dann saß er an dem Bericht für die Gerichtspräsidentin. Wie sollte er dieses Foto erklären?

Bis spät in die Nacht feilte er an dem Text, den er so knapp wie nur möglich hielt, nach dem Motto, je kürzer, desto weniger gibt es zu interpretieren. Was den Ablauf seiner Ermittlung auf der Habitation Alizé betraf, blieb er ziemlich nah an der Wahrheit, die intime Umarmung im Bett, an die sich Jacques mit Sehnsucht erinnerte, verschwieg er, und er erklärte den Kuss genau so, wie er ihn empfangen hatte: völlig überrascht.

*

Der Bürger mit der Adresse 55, rue du Faubourg-Saint-Honoré, ließ durch die Pressesprecherin des Élysée-Palastes erklären, der Staatspräsident werde der Vorladung des Untersuchungsrichters Jacques Ricou nicht Folge leisten und sich seine Entscheidung vom Verfassungsrat bestätigen lassen. Außerdem werde sich der Hohe Rat der Magistratur mit der Frage befassen, ob der Untersuchungsrichter Jacques Ricou während seiner Ermittlungen, den Mord des Generals betreffend, Dienstliches mit Privatem vermischt habe. Die Justiz sei unabhängig, aber die zuständigen Institutionen täten gut daran, zu überprüfen, ob es nicht sinnvoll sei, den Untersuchungsrichter Jacques Ricou für die Dauer der Überprüfung seines Verhaltens vom Dienste zu beurlauben.

Und wieder kam die Gerichtspräsidentin Jacques in

der Mitte des Raums entgegen, setzte sich mit dem Rücken gegen das Fenster und erklärte ihm: »Sie werden nicht vom Dienst beurlaubt. Dafür stehe ich ein, auch wenn das Ministerium versucht, mir eine andere Entscheidung einzuflüstern. Obwohl die Geschichte mit dem Foto natürlich sehr unglücklich ist.«

Mit der gleichen Miene hätte sie Jacques auch das Gegenteil erklären können. Er bedankte sich fast schüchtern, doch sie stand schon wieder auf.

»Übrigens – in Ihrem Büro befinden sich keine Abhörgeräte – nicht mehr«, fügte sie hinzu.

Martine verbrachte auf Jacques' Bitte hin fast die ganze Nacht damit, Kontakt zu Amadée aufzunehmen. Ohne Telefonanschluss auf der Habitation Alizé war das nicht leicht, doch Martine schaffte es, natürlich.

Jacques hatte sich überlegt, wie er Amadée erreichen könnte, und unschlüssig in seinem schwarzen Moleskine-Notizbuch geblättert, in der Hoffnung auf eine Eingebung. Schließlich war er auf den Namen von Père Dumas gestoßen, der im zehnten Arrondissement in der Kirche Saint Laurent die martiniquesische Gemeinde von Paris leitete. Er erinnerte sich an die Geschichte mit dem Weihwasserbecken von Saint-Pierre, das am vergangenen Himmelfahrtstag für eine kurze Zeit des Gedenkens nach Martinique gebracht worden war. Père Dumas hatte die Reisegruppe um Amadée und Erzbischof Marie-Sainte aus Martinique von Paris aus bis nach Saint-Pierre begleitet und das Becken acht Tage später wieder in seine Kirche im zehnten Arrondissement zurückgeführt. Auf dieser Reise müsste Père Dumas Amadée kennen gelernt haben. Weiter kam er nicht.

Martine aber hatte Père Dumas schnell aufgetrieben, der Mann saß, wie er selber lachend sagte, bei einem Glas Messwein in seinem Pfarrhaus und erreichte in kürzester Zeit – per Internet – seinen Amtsbruder in Basse-Pointe, dem Ort an der Küste, der bei klarem Wetter von der Habitation Alizé zu sehen war. Der Pater aus Basse-Pointe war eiligst mit seinem Wagen losgefahren, auf Martinique war es erst früher Abend, und anderthalb Stunden später mit Amadée im Schlepptau zurückgekehrt.

So konnte Martine ohne unerwünschte Mitwisser per Internet mit ihr kommunizieren.

Sie bat Amadée in Jacques' Namen, mit niemandem über seinen Besuch zu sprechen, warnte sie vor Paparazzi, die sich möglicherweise auf ihre Fährte begeben würden, und riet ihr, für einige Tage zu verschwinden, was ihr auf Martinique doch nicht schwer fallen dürfte.

Amadée vermutete einen eifersüchtigen Loulou hinter dem Foto. Und schickte Jacques einen so lieben Gruß per Mail, dass Martine ihn ausdruckte und ihm mitbrachte.

Halt durch! Oder ein nach oben gereckter Daumen, das waren die Signale für Jacques auf den Fluren. Am Dienstag meldete Kommissar Jean Mahon, die Gewehre von Gilles Maurel, auch die von Victor LaBrousse und seinen Männern seien mit Luftfracht eingetroffen und die Untersuchung werde sofort beginnen. Sie dauere drei bis vier Tage. Ende der Woche würde ein Ergebnis vorliegen.

Jacqueline hinterließ bei Martine: Wenn Jacques Hilfe benötigt, kann er sich an mich wenden. Darüber freute sich Jacques.

Mittwochmorgen saß er mit müden Augen im Bistro l'Auvergnat und hatte gerade in ein Croissant gebissen, als Margaux mit ärgerlicher Miene hereinkam. Doch bevor sie auch nur ein Wort sagen konnte, machte er eine besänftigende Bewegung mit der rechten Hand und deutete auf den Stuhl an seinem kleinen, runden Tisch, in der linken hielt er die neuste Ausgabe von »Libération«.

Er schluckte, nahm die Kaffeetasse hoch und sagte schließlich: »Lass uns nicht lügen. Du hast dieses Wochenende beim Baron de Seine verbracht – und ich weiß, wer dir bei deiner Recherche geholfen hat.«

Margaux zögerte, sie wusste zunächst nicht, wie sie reagieren sollte, doch dann lächelte sie.

»Nur gibt es kein Foto vom Abschiedskuss. Und schon gar nicht in der Zeitung.«

Auch Jacques grinste: »Soll ich dir einen Kaffee bestellen?«

»Ohne Milch und Zucker.«

Sie stritten sich nicht, jeder von ihnen war schon zu weit auf dem Weg in ein anderes Leben eingetaucht. Aber als sie das Bistro gemeinsam verließen und er sich von ihr vor ihrem Wagen verabschiedete, gaben sie sich doch eine Bise.

Das war's, Margaux. Aber Paris und der Stress waren Jacques immer noch zu viel. Der Hohe Rat des Magistrats würde erst in einer Woche tagen, so könnte er die Gelegenheit nutzen, um nach Lyon zu fahren und in den Unterlagen über den Mord an Freddy Bonfort zu stöbern. Keine Spur auslassen war die Devise seines Erfolgs.

Recherche in Lyon

Pariser schauen auf Lyoneser herab, weil sie Provinz-
bürger seien. Sie tun ihnen Unrecht. In Lyon mag
man zwar weniger schick sein, aber in Lyon ist der
Geist freier. Hier prunkt man nicht mit Luxus, stellt
sich nicht zur Schau, eine Selbstbeschränkung, die
weniger von Enge als von Zurückhaltung zeugt.

Im 19. Jahrhundert trugen Lyoneser Wissenschaft-
ler wie André Ampère, Erfinder der Telegrafie, oder
die Brüder Lumière, Erfinder der Fotografie, zum
Fortschritt nicht nur Frankreichs, nein, der Welt bei.
Erfindungsreichtum und Sinn für Handel haben
Lyon schon vor Jahrhunderten reich gemacht.

Die Altstadt zeugt vom Reichtum der Renaissance.
Architekten kamen im Gefolge von italienischen
Bankiers, die das Geldgewerbe beherrschten, vor allem aus Florenz. Der alte Teil von Lyon ist die größte
erhaltene Renaissance-Stadt der Welt. Vor einigen
Jahren wollte ein Bürgermeister die alten Häuser ab-
reißen und eines jener grässlichen Hochhausviertel
errichten lassen, die Vororte jeder mittelmäßigen
Stadt, ja, auch von Paris, verschandeln und deren
Bau die schwarzen Kassen der Politiker und Parteien
füllen.

Eine Initiative hoch angesehener Bürger rettete das
historische Viertel von Lyon, der Bürgermeister wur-

de abgewählt, und heute erhält jeder großzügige Finanzspritzen, der in der Altstadt ein aus der Renaissance stammendes Gemäuer kauft und renoviert.

So war auch Jacques' Kollege, Untersuchungsrichter Claude Mancel, in den Besitz seines Haus gelangt, in dem zwar nur zwei Zimmer auf jeder Etage Platz hatten – aber das über vier Etagen hinweg, ausgebauter Speicher eingeschlossen.

Quer durch diese Altstadt ziehen sich »traboules«, geheimnisvolle Gänge, die zwischen Häusern und Höfen hindurch die einzelnen Querstraßen verbinden und deren Geflecht nur Einheimischen bekannt ist. Von seinem Haus aus führte der Richter Claude Mancel seinen berühmten Kollegen aus Paris durch die *traboules* in ein kleines Bistro. Schon beim Aperitif begann Jacques seine Version der Geschichte zu erzählen.

Claude nahm einen Schluck, unterbrach ihn und wollte erst einmal wissen, weshalb sich Jacques so sehr für Bonfort interessiere.

»Man muss jeder nur möglichen Spur nachgehen«, antwortete Jacques. »Das gehört nun mal zu meiner Arbeitsweise. Bonfort ist – genauso wie der General – mit nur einem einzigen gezielten Schuss ins Herz ermordet worden, und das aus großer Entfernung. Die Parallelität ist interessant.«

»Aber zeitlich liegen die beiden Fälle fast dreißig Jahre auseinander!«

»Inhaltlich aber nicht.«

»Wieso das?«

»Beide waren in den Kolonien, beide haben dort Grausamkeiten begangen.«

»War Bonfort nicht ein braver Professor in Lyon?«

»Als überzeugter Kommunist hat er während des Indochina-Krieges ein nordvietnamesisches Todeslager geleitet. Das hatte die Presse kurz vor seinem Tod ausgegraben.«

»Du lieber Gott. Und der General?«, fragte Claude verwundert.

»Er gehörte in Algerien zu den staatlich entsandten Folterern. Und er hat seinen Auftrag ohne Hemmung lustvoll erfüllt. Unter anderem hat er die algerische Freundin von Gilles Maurel gefoltert und umgebracht. Wegen Maurel bin ich nach Martinique gefahren, weil es den Hinweis gab, er könnte der Mörder des Generals sein. Das war aber wohl kaum möglich: Der Kerl war über neunzig und als ich ankam, gerade gestorben.«

Claude dachte an das Zeitungsfoto, auf dem Jacques von der wirklich hübschen und jugendlichen Witwe Amadée einen Abschiedskuss erhält. Doch er unterdrückte ein Schmunzeln.

Jacques, der ihn die ganze Zeit ansah, ahnte so etwas, seufzte und sagte: »Hör auf!«

»Aber sie ist wirklich cool!«

Cool, dachte Jacques, wenn du wüsstest, wie weich ihre Haut ist, wie wunderbar ihre Umarmung. Vielleicht entspannte ihn der Wein, vielleicht war es die Sehnsucht nach Amadée, er spürte jedenfalls, wie seine Gedanken seinen Körper beeinflussten, erhitzten.

Claude versuchte den Moment der Irritation zu überspielen, indem er wieder auf Bonfort zurückkam.

»Und wo siehst du nun die Gemeinsamkeit zwi-

schen dem General in Algerien und Bonfort in Vietnam?«

»A – die Art, wie sie ermordet wurden. B – beide be-
fassten sich mit der gleichen Person, nämlich mit Gilles.«

»Aber du hast doch gesagt, Gilles könne kaum der
Mörder des Generals gewesen sein.«

»Was wissen wir, ob nicht eine ähnliche Verbindung zu einer weiteren Person besteht, die wir nicht
kennen? Vielleicht entdecke ich einen Hinweis in seinen Sachen, etwas, wovon ihr nichts wisst und das einen Zusammenhang herstellt.«

»Ich bin gespannt!«

Paris und der Stress entfernten sich mit jedem Glas
mehr, und Jacques trank weiter Rotwein, ließ sich von
Claude noch zu mehreren Armagnacs überreden und
fiel schließlich wie betäubt auf die Matratze im Gästezimmer.

Weder bei der Polizei noch bei Gericht fand sich
ein Beamter, der neunundzwanzig Jahre zuvor mit
dem Mord an Freddy Bonfort befasst gewesen war.
Deshalb führte Claude seinen Kollegen Jacques in einen leeren, nüchternen Raum, in den er einen Teil
der Unterlagen hatte bringen lassen.

»Dies sind die Kartons mit seinen persönlichen Papieren«, erklärte er. »Wahrscheinlich wirst du in denen am ehesten etwas finden. Auf dem Schreibtisch
liegen die amtlichen Berichte zum Mord und eine
von ihm selbst geschriebene Lebensgeschichte oder
so etwas Ähnliches. Ich hab nicht weiter reingeschaut,
aber angeblich erzählt er da einiges. Allerdings hat
auch daraus niemand ein Motiv basteln können.«

Claude drehte sich um und sagte schon an der Tür: »Viel Spaß. Kaffee kannst du jederzeit im Büro bei meiner Assistentin holen!«

Jacques setzte sich an den Tisch. Und während er das Polizeidossier zu sich zog, fragte er seinen Richterfreund: »Wurde damals irgendjemand wegen Mordes verdächtigt?«

»Nicht, dass ich wüsste. Ich habe aber wirklich nie ausführlicher in die Akten geschaut. Du weißt doch, wie das ist. Du kommst auf einen neuen Posten, und da liegen schon hundertvierzig aktuelle Verfahren, die du so schnell wie möglich bearbeiten sollst. Was schert dich da ein ungeklärter Fall, der Jahrzehnte zurückliegt.«

Die Polizeiakten halfen Jacques nicht weiter. Am 12. Oktober 1974 war die Luft noch so warm gewesen wie im Sommer, Freddy Bonfort hatte auf seinem Balkon in der Sonne gesessen und war plötzlich von seinem Stuhl gekippt. Er war mit einem Schuss, mitten ins Herz, getötet worden.

Nein, niemand hatte etwas gehört, was aber auch nicht verwunderte, denn tagsüber hallt der Lärm von Autos und Motorrädern laut durch die engen, alten Straßen.

Jacques legte die amtlichen Dossiers schnell beiseite, nachdem er sie oberflächlich durchgesehen hatte, er war gespannt darauf, wie ehrlich der Leiter des vietnamesischen Gefangenenlagers, über das Gilles Maurel mit seinem Carnet Zeugnis abgegeben hatte, sein Leben beschrieb.

Zunächst las er einen Brief von Bonfort an den Rektor der Universität von Lyon, in dem er eine Rechtfertigungsschrift ankündigt und bittet, die wissenschaftliche Institution, der er angehöre, möge sein Vorgehen verstehen und – wie er es verlangen dürfe – in der Öffentlichkeit offiziell verteidigen. In diesem Schreiben an seinen obersten Vorgesetzten betont Bonfort, er werde mit sich selbst schonungslos umgehen, Fehler eingestehen – denn nur daraus könne man lernen –, und er wolle offen, ohne Rücksicht auf irgendwelche Folgen, alle Tatsachen schildern.

Das Manuskript umfasste knapp zwanzig Seiten, die Bonfort mit Schreibmaschine eng und einigermaßen fehlerfrei auf fast durchsichtiges Papier getippt hatte. Zunächst glaubte Jacques, es handele sich dabei um altes Luftpostpapier, dünn und besonders leicht, bis er bemerkte, dass es sich um Durchschlagpapier handelte, aus jenen Zeiten, in denen man noch mit der Schreibmaschine und Kohlepapier Kopien herstellte.

Oben links stand auf der ersten Seite »Professor Freddy Bonfort, Januar 1973« und ein paar Zeilen tiefer, als Überschrift – nur drei Worte:

»Verteidigung einer Utopie«

Dann beginnt der Text:

»Seit eine Pariser Tageszeitung sich genötigt gefühlt hat, meine Adresse zu veröffentlichen, bin ich Opfer eines Ausbruchs von Hass. Ich erhalte beleidigende, mich bedrohende Telefonanrufe, und Graffitis an den Mauern in meiner Wohngegend rufen zur Gewalt gegen mich auf. Das vietnamesische Gefangenenlager 13 wird plötzlich zum Lager Bonfort, ich bin ein Abgesandter der Kominform, ein Politkommissar und Experte für Gehirnwäsche. ›Ein Komplize der roten Folterer lehrt unsere Kinder Geschichte!‹, heißt es.

Kriegstreiber versuchen hier, einen unbequemen Wissenschaftler, einen pazifistischen Gegner des Vietnam-Abenteuers der Amerikaner, von seinem Posten als Professor für Asienkunde zu vertreiben. Hätte ich vorausgesehen, wie intolerant die Öffentlichkeit in Frankreich ist, welche Hetzjagd sich wegen eines pazifistischen Flugblatts entfalten würde, hätte ich darauf verzichtet, Jean-Paul Sartres Manifest mit meinem vollen Namen zu unterschreiben.

Auch ich habe in meiner Jugend Fehler begangen. Der erste mag mein Wunsch – als Dreijähriger – gewesen sein, General zu werden. Und heute würde ich wohl zugeben, meinen zweiten Irrtum als Zweiundzwanzigjähriger begangen zu haben, damals, als ich nach Vietnam reiste.

Ja, ich habe als Politischer Kommissar in einem Umerziehungslager der Vietminh gearbeitet. Aber ich habe nie jemandem ein Haar gekrümmt, nie einen Menschen geschlagen, geschweige denn erschossen. Im Gegenteil, die Kommunistische Partei Frankreichs, der ich damals angehörte, hat mich mit dem geheimen Auftrag nach Indochina geschickt, Menschenleben zu retten.«

Jacques las die Aufzeichnungen von Freddy Bonfort, die der zu seiner Verteidigung geschrieben hatte, mit wachsendem Interesse, schließlich sogar mit Spannung. Er erinnere sich, dass 1946, als der Krieg gegen die Vietminh ausbrach, die Kommunistische Partei Frankreichs den Verteidigungsminister in der Regierung in Paris gestellt hatte.

»Politik kann doch pervers sein«, sagte er beim Abendessen im Bistro zu seinem Freund Claude: »Da unterstützt die KPF in ihrem Parteiprogramm den Antikolonialismus, aber kaum ist sie an der Macht, schickt sie Truppen, die um den Erhalt von Vietnam als Kolonie kämpfen.«

»Was sagt uns das?«, überlegte Claude. »Entweder klingen Ideen heroisch und visionär, entpuppen sich aber in der Wirklichkeit der Politik als wirklichkeitsfremd, oder hehre Ideale entsprechen zwar unserer Ethik, aber Politikern an der Macht fehlt der Mut, ethische Vorstellungen umzusetzen.«

»Oder alles geschieht aus Angst, die Macht zu verlieren«, fügte Jacques hinzu.

»Na ja, die reine Lehre kannst du nirgends umsetzen. Politik ist immer Kompromiss.«

Jacques berichtete weiter über seine Lektüre: »Dieser Freddy Bonfort, aus kleinen Verhältnissen in Lothringen stammend, hat dank einer kleinen Erbschaft, die seine Mutter gemacht hatte, als erster Spross der Familie eine höhere Schule besucht, ein katholisches Jesuiten-Internat, wo ein Pater ihm die Augen geöffnet hat über die reaktionäre Regierung von Marschall Pétain, der mit Hitler paktierte. Unter der Anleitung dieses Paters ist Freddy der Katholischen Schülerjugend beigetreten.«

»Ach, in solch einer Schule bin ich auch groß geworden«, erinnerte sich Richter Claude. »Da haben wir Lieder gesungen wie: ›Faul ist die Welt, verdammt ist die Welt, sterben wird die Welt, und auf ihren Trümmern bauen wir die Stadt von Jesus, Gottes Sohn, unserem König. Gestärkt durch unseren Glauben folgen wir unseren Brüdern im Kampf.‹ Und wenn du anschließend die ›Internationale‹ auswendig lernst, wohlgemerkt, auch das unter Anleitung eines Paters, bist du als Fünfzehn- oder Sechzehnjähriger schnell davon überzeugt, sie verbreite eine christliche Botschaft.«

Jacques: »An der Universität Straßburg hat Freddy von der Theologie zur Philosophie gewechselt, vom Katholizismus zum Kommunismus, hat schon bald eine führende Position bei der Kommunistischen Jugend eingenommen und ist für eine Aufgabe im Untergrund vorbereitet worden. Dann ist er offiziell aus der Partei ausgetreten und vom Erziehungsminister in Paris als Philosophielehrer nach Saigon geschickt worden. Dort sollte er für die KPF Kontakt mit den Freiheitskämpfern des Vietminh aufnehmen.«

Jacques zog aus seiner Tasche ein paar zerknitterte Manuskriptseiten und sagte: »Ich lese dir am besten mal vor, wie Freddy Bonfort die ersten Eindrücke in Vietnam schildert: ›In Saigon, das damals so gemächlich wirkte wie Aix oder Vichy, also wie ein französischer Badeort des neunzehnten Jahrhunderts, habe ich meine Unterrichtsverpflichtung am Lycée Marie-Curie aufgenommen, konnte mich aber nicht an die fremde, mir in vielem unmenschlich erscheinende Welt gewöhnen.

An den Kiosken hingen Postkarten zum Verkauf aus, auf denen abgeschlagene Köpfe der ersten Revolutionäre aus Annam abgebildet waren; die Kolonialisten sangen in ihren Clubs nur ›Tonkiki, Tonkiki, ma Tonkinoise‹ – weil ihnen die Schwüle nicht nur den Kopf vernebelte, sondern auch die Lust auf die zarten

Asiatinnen in ihnen weckte, die leicht nachgaben. Die Legionäre lebten ihre Gewalt an Kaufleuten und Vietnamesinnen aus, so als gäbe es keine ethische Ordnung.

Unsere Abteilung für subversive Aufgaben bei der KP in Paris hatte mir empfohlen, erst nach einer Zeit des Einlebens Kontakt mit dem Vertreter des in den Untergrund abgetauchten vietnamesischen Lungen-facharztes Pham Ngoc Thach, einem ehemaligen Freimaurer, aufzunehmen.

Trotz des Empfehlungsschreibens von Generalse-kretär Thorez ist es mir nicht leicht gefallen, das Ver-trauen der Untergrundgruppe zu gewinnen. Doch als es mir nach einer Woche der vorsichtigen Annäherung gelungen war, freundete ich mich bald mit einem jun-gen Wissenschaftler an, der auch heute noch, als re-nommierter Professor und Asienkenner, wegen seines Namens gehänselt wird. Er heißt Poulet – für einen Mann ist es wirklich nicht angenehm, Hühnchen ge-nannt zu werden.‹«

»Poulet!«, rief Claude lachend, »den gibt's hier im-mer noch. Das Hühnchen wurde Professor in Lyon. Und hat Freddy hierher an die Uni geholt.«

»Damals, in Saigon lebte Poulet anders«, sagte Jacques. »Er hatte ein Forschungsstipendium und wohnte in der großbürgerlichen Villa einer gebilde-ten vietnamesischen Familie, die nach außen hin ein geordnetes Leben mit zahlreichen Hausangestellten und Gärtnern führte, sich aber insgeheim dem Kampf für die Unabhängigkeit Indochinas verschrieben hatte. Freddy wurde schnell ein fähiger Propagandist und schrieb für Flugblätter die glühendsten Texte gegen den Kolonialismus, erhielt dann aber bald den Auftrag, im Kolonialclub Freundschaft mit französischen Offizieren zu schließen, um sie auszuhorchen.

Als Poulets Stipendium auslief, vermachte er Freddy sein großes, helles Gartenzimmer im Hause seiner vietnamesischen Gastgeber. Zur Familie gehörten zwei erwachsene Kinder, beide Mitglieder einer Untergrundgruppe. Sohn Hoa, zwei Jahre älter als Freddy, arbeitete in der Hafenverwaltung, und zwischen der ein Jahr jüngeren, bildhübschen Tochter Thi Lîen und dem kommunistischen Philosophielehrer gab es bald sehr freundschaftliche Bande, die sie aber zunächst vor der Familie geheim hielten. Thi Lîen unterrichtete, wie auch Freddy, am Lycée Marie-Curie, was damals, für eine Frau und eine Vietnamesin, äußerst ungewöhnlich war.«

Jacques sah wieder auf die Seiten in seiner Hand: »Freddy Bonfort schreibt über seine Empfindungen: ›Mit Anfang zwanzig öffnet sich ein junger Mensch noch leicht den Utopien von Gerechtigkeit und Liebe, von Vernunft und Gefühl. Beide Elemente trieben mich in Saigon an und beflügelten mich einmal in dem Bemühen, an der Entkolonialisierung Indochinas so intensiv wie nur möglich teilzuhaben, und erlaubten mir zum anderen, die junge Frau, weil sie Vietnamesin war und damit Inhalt meines politischen Kampfes, gleich doppelt zu lieben.

Kaum war ich bei Thi Lîens Eltern eingezogen, ließ sich unsere Beziehung nicht mehr verheimlichen; denn wir versuchten, wann immer es möglich war, allein zu sein, sei es am Tag, sei es in der Nacht. Vielleicht bleibt diese Liebe in meiner Erinnerung für immer die einzige wirkliche tiefe Beziehung, die ich zu einer Frau empfunden habe. Vielleicht überhaupt zu einem anderen Menschen. Wir ergänzten uns vollkommen, sowohl im Austausch von Gedanken wie im körperlichen Verlangen. Doch die Liebe dauerte nur kurz. Der Tod, für den ich mich heute noch mitverantwortlich fühle, holte sie in einem Augenblick, in dem unsere Zuneigung nicht mehr zu steigern war.

Der Kolonialclub in der Rue Catinat entpuppte sich als eine wahre Fundgrube für militärische Informationen. Und nachdem ich mit einem hoch verschuldeten Unteroffizier Freundschaft geschlossen hatte, gelang es mir sogar, unserer Gruppe den Zugang zu Waffen zu ermöglichen, mit seiner Hilfe. Da der Unteroffizier sein ganzes Geld in ein vietnamesisches Bordell trug, weil er sich in eine Sechzehnjährige verliebt hatte, die dort arbeitete, verschaffte ich ihm scheinheilig Kontakt zu Leuten, die ihm helfen könnten, das Mädchen für sich allein zu besitzen. Kurzum, die Bordellmutter erklärte ihm, gegen die Lieferung von Handgranaten werde sie das Mädchen für ihn reservieren.

Eines Tages erschien er mit einer ganzen Holzkiste voll Handgranaten im Bordell und erklärte der Besitzerin, diese Kiste werde er abliefern, sobald er eine Woche Urlaub mit seinem Mädchen hier im teuersten Prachtzimmer verbracht haben würde – Getränke und Speisen inklusive. Die Bordellwirtin stimmte zu. Eine Woche später holten vier Leute aus unserer Gruppe, darunter Hoa und meine Freundin Thi Lîen, die Holzkiste ab und fuhren zu einem verabredeten Treffpunkt auf dem Land, etwa zehn Kilometer außerhalb von Saigon, um die Granaten an Soldaten des Vietminh zu übergeben. Alles lief nach Plan. Doch kaum waren sie an ihrem Ziel angekommen, schlug ein begeisterter Vietminh-Kämpfer aus Übermut vor, eine Granate aus der Kiste zu nehmen und zu demonstrieren, weshalb er als der beste Granatenwerfer der Untergrundarmee galt. Er zog den Stift, der die Granate sicherte heraus, und sie explodierte noch in seiner Hand, woraufhin die ganze Kiste in die Luft flog und einige Vietminh, wie auch die vier Mitglieder unserer Gruppe, tötete.

Der Körper meiner Geliebten Thi Lîen wurde in viele Stücke zerrissen, während ich mit dem glücklich und befriedigt aus dem Bordell zurückgekehrten Unteroffizier im Kolonialklub saß und er mir erzählte, dass er die Bordellwirtin reingelegt hätte. Er war von der Wache erwischt worden, als er Granaten stehlen wollte. Beim Verhör brach er zusammen und packte aus. Sein Hauptmann ließ ihn jedoch nicht einsperren, sondern schlug ihm ein besonders perfides Geschäft vor: Eine Woche Urlaub im Bordell gegen eine Kiste präparierter Granaten.

Als er zugestimmt hatte, beauftragte der Hauptmann den Waffenmeister der Kompanie, aus allen Granaten den Mechanismus auszubauen, der die Explosion verzögert. Mit ein wenig Farbe wurde die Manipulation, auch für einen Fachmann nicht erkennbar, übertüncht. Als der Unteroffizier mir davon erzählte und mich vor Freude zum Essen einlud, wo doch sonst immer ich die Zeche bezahlt hatte, glaubte ich, noch über genügend Zeit für eine Warnung zu verfügen. Die Explosion, so habe ich später unzählige

Male hin und her gerechnet, könnte just in dem Moment stattgefunden haben, in dem ich auf seine Kosten das Glas erhob.

Der Schock über den Tod meiner Geliebten löste in mir eine blinde Wut aus, die ich als Klarheit des Denkens und Logik des Handels interpretierte. Ich packte einen Rucksack. Innerhalb von wenigen Stunden war ich in den Reisfeldern südlich von Saigon auf der anderen Seite des Spiegels angekommen. Bei den Rebellen.‹«

Jacques legte, als er diese Passage gelesen hatte, den Bericht zur Seite und bestellte sich einen Kaffee. Für einen Moment sah er gedankenverloren vor sich hin. Dann sagte er: »Versuch mal, dich in Freddy Bonfort hineinzuversetzen. Einen Mann, der von den Vietminh begeistert aufgenommen, zum Politkommissar ernannt und mit der Aufgabe betraut wird, einen Propaganda-Sender gegen die französischen Truppen aufzubauen. Sein Gehalt betrug zwei Kilo Reis pro Tag.«

»Das fällt mir schwer«, sagte Claude, »aber erzähl bitte weiter.«

»Freddy lebte also von nun an wie ein Vietminh, kleidete sich wie ein Vietminh, trug Sandalen wie ein Vietminh. Die Bäuerinnen brachten ihm bei, aus Kräutern ein Gebräu gegen Malaria zu kochen, aus anderen Pflanzen einen Tee gegen Durchfall aufzubrühen und mit dem Brei aus gestampftem Ingwer und scharfem Paprika einen antiseptischen Wundverband anzulegen.

An den gemächlichen Abenden im Dorf, in dem es keinen Strom gab, lernte Freddy die ›braune Fee‹ ken-

213

nen. Ein alter Vietnamese führte ihn in die Geheimnisse ein. Er ließ Freddy zuschauen, wie er die Pfeife zubereitete: Er drehte aus den Krümeln, die vor ihm lagen, ein kaum einen Zentimeter großes Kügelchen, durchstach es in der Mitte mit einer Nadel und legte es auf den kleinen Pfeifenkopf, den er mit einem glühenden Stückchen Kohle erhitzte. Dann saugte er tief an dem langen Stil. Ein einziger langer Zug würde dem Novizen beim ersten Mal reichen, sagte er. Am nächsten Abend waren es zwei Züge. Nach zwei Wochen fünf – und das reichte für eine Nacht voller Träume.

›Opium stimmt den Menschen friedlich‹, hat Freddy geschrieben. Nie habe er einen Streit oder gar eine Schlägerei in einer Opiumhölle erlebt, wie die Hypokriten es nennen.«

Jacques sah auf, als der Kellner ihm den Kaffee brachte, und gab gleich eine weitere Bestellung auf: Fromage blanc, wie er in Lyon gegessen wird, mit Crème fraîche und Schnittlauch, wobei der weiße Käse frisch vom Tage sein muss.

»Damit hatte Freddy schon Recht«, sagte er zu Claude.

»Klar hat er Recht. Opium stimmt friedlich. Im Alkoholsuff hat schon so mancher seine Alte erschlagen«, lachte Richter Claude.

»Ich meine was anderes. Er hat schon Recht, wenn er von Hypokriten, von Heuchlern spricht«, sagte Jacques, »denn nach dem Gesetz war der Genuss der braunen Fee verboten. Doch gleichzeitig wachte die französische Verwaltung in der Kolonie eifersüchtig über ihr Monopol der Opiumproduktion und verkaufte die Droge offiziell an jeden, der nach ihr fragte. Und weißt du, wo?«

»Keine Ahnung.«

»Dort, wo die meisten Abhängigen ein und aus gingen. In Läden gleich bei den staatlichen Entzugsanstalten. So ist das eben mit der Ethik. Aber ich erzähle erst mal weiter.

Nachdem die Kommunistische Partei aus der Regierung in Paris ausgeschieden war, setzte sich Generalsekretär Maurice Thorez bei Hô Chi Minh für das Leben der französischen Kriegsgefangenen ein, die von den Vietminh nur als lästige Reisesser betrachtet und weitgehend ihrem Schicksal – dem Tod – überlassen wurden. Thorez schickte auf dem mühseligen Umweg über Moskau, die Mongolei und China an Hô die einfache Meldung:

›Verhindern Sie den Tod der Gefangenen. Indoktriniert sie und befreit sie, sobald sie gute Propagandisten geworden sind.‹

Hô Chi Minh ging auf die Bitte der KPF ein und gab den Auftrag, die Gefangenen ›umzuerziehen‹. So erhielt Politkommissar Freddy Bonfort den Auftrag, sich auf den langen Fußmarsch nach Nordvietnam zu begeben und dort die französischen Gefangenen zu ›guten Propagandisten des Kampfes gegen die Kolonien‹ zu erziehen.

Vor seiner Ankunft im Lager 13 waren mehr als neunzig Prozent der Gefangenen innerhalb eines Jahres an unterschiedlichen Krankheiten gestorben. Die zivilisationsgewöhnten Männer waren dem Leben in der Natur nicht gewachsen.

Freddy Bonfort schreibt:

›Mit meinen auf dem Land erworbenen Kenntnissen versuchte ich, den Gefangenen das Leben zu erleichtern und ihnen Hoffnung zu geben, Hoffnung auf das Paradies (auf Erden), Hoffnung, die ihre christliche Religion als Elixier des Lebens und Motiv des Handelns beschreibt. Ich gab ihnen Hoffnung, indem ich als Köder für alle, die in der politischen Erziehung Fortschritte machten, Listen über diese Fortschritte führte, die ein Weg in die Freiheit sein konnten. Und tatsächlich wurden drei Gruppen innerhalb der zweieinhalb Jahre meiner Arbeit im Lager nach Frankreich in ihre Freiheit entlassen.

Zunächst versuchte ich die Augen der Gefangenen für das Unrecht zu öffnen, das sie selbst oder ihresgleichen in der Kolonie und im Krieg gegen die Vietnamesen begangen hatten.‹«

Weder Jacques noch Claude hatten je einen Krieg erlebt, vor Kugeln gebebt, den Tod gesehen. Sie wussten zwar, dass jeder Krieg Grauen hinterlässt, doch den ganzen Schrecken hatten sie lange nicht wahrhaben wollen.

»Wenn ich darüber nicht in der Biografie des heute in Kalifornien lebenden vietnamesischen Komponisten Pham Zuy gelesen hätte«, sagte Claude, »würde ich die Geschichten, die Freddy da andeutet, als kommunistische Propaganda abtun. Gut, die Deutschen haben in Frankreich während des Krieges grässlich gewütet, denk nur an Oradour, wo sie die Bevölkerung in eine Kirche gesperrt und umgebracht haben.«

»Denk nur an die Folterknechte der französischen Armee in Algerien!«, warf Jacques ein. »Aber was hat dein Komponist geschrieben?«

»Die Frauen in der Gegend von Quang Binh, wo er herstammt, seien von französischen Soldaten zu zweihundert Prozent vergewaltigt worden. Zweihundert Prozent, damit meint er: In allen Familien waren eine Mutter, eine Schwester, eine Tochter mindestens jeweils zwei Mal entehrt worden. Und als die Bauern in Quang Tri sich weigerten, Freiheitskämpfer unter ihnen zu verraten, führten französische Soldaten zwölf vietnamesische Mütter, die ein Kind auf dem Arm trugen, an das Flussufer und befahlen ihnen, die Babys zu ertränken. Als die Frauen sich weigerten, wurden Mütter und Kinder erschossen und ins fließende Wasser geworfen.«

Jacques schwieg. Er schüttelte den Kopf, sagte schließlich nur: »Grässlich, einfach grässlich. Kein Tier würde zu so etwas fähig sein.«

Freddy Bonfort schrieb:

»Vielleicht werde ich jetzt von jenen zum Henker erklärt, die von französischen Gräueltaten ablenken wollen. Vergessen wir nicht, dass Berichte über die medizinischen Untersuchungen der Soldaten, die aus französischen Gefangenenlagern in Vietnam zurückgekehrt waren, vom Gesundheitsdienst der Armeen als ›Militärgeheimnis‹ weggeschlossen worden sind. Und weshalb verweigerte das Ministerium den Veteranen den Status als Kriegsgefangene? Ich habe dafür eine einfache Erklärung: Die französische Armee wollte verhindern, dass zu präzise untersucht würde, was sich eigentlich in den französischen Gefangenenlagern abgespielt hat.

›Die Meldungen, die ich aus dem Büro des Oberkommandos in Indochina empfange‹, schreibt General de Beaufort in einem Bericht des Jahres 1955,

›könnten uns, falls sie bekannt würden, in eine unangenehme, zumindest peinliche Situation versetzen, denn sie enthalten eine Liste von 4500 gefangenen Vietminh, die nicht mehr leben.‹«

Richter Claude fragte, wann eigentlich Freddy Bonfort nach Frankreich zurückgekehrt sei.

»Nicht gleich«, sagte Jacques, »sondern erst zwölf Jahre nach den Abkommen von Genf. In Frankreich wäre er wegen Landesverrats angeklagt worden. Die Vietnamesen beförderten ihn nach Kriegsende zu einem der Rektoren der Universität Hanoi, wo er die geisteswissenschaftliche Fakultät leitete und wieder mit ›Hühnchen‹, Thierry Poulet, in Beziehung trat. Poulet, inzwischen Professor in Lyon, hatte sich auf Indochina spezialisiert und suchte in Hanoi Helfer für wissenschaftliche Arbeiten. Er benötigte Informationen, die ihm nur ein in Vietnam lebender Korrespondent liefern konnte. Bald besuchte er Hanoi einmal jährlich und brachte Viktualien aus der Heimat mit, nach denen sich Freddy sehnte.«

Freddy Bonfort schrieb:

»Der Marxismus mit menschlichem Antlitz war meine Vision. Ich hoffte, dass sie in Vietnam Wirklichkeit werden könnte, dass ein kommunistischer Staat keine Utopie bleiben müsste. Doch als Mao in China die Kulturrevolution ausrief, die wohl zehn Millionen Chinesen das Leben kostete, schloss sich Vietnam immer enger an die chinesische Doktrin des Maoismus an – mit den gleichen blutigen Folgen. Als ich an der Universität eine ideologiekritische Vorlesung hielt, die mir den Ruf einbrachte, eine prosowjetische Position zu vertreten, wurde ich – freundlich –

gebeten, die Parteilinie nicht mehr öffentlich zu kritisieren. Von da an begann ich mir Sorgen um mein Leben zu machen und um das meiner Frau, einer wunderbaren vietnamesischen Tänzerin.«

»Seine Ausreise nach Moskau hat er dann heimlich vorbereitet«, berichtete Jacques. »Dort erhielt er eine neue Identität und wurde einige Monate später nach Prag gebracht, wo eine Stelle als wissenschaftlicher Mitarbeiter an der Universität auf ihn wartete.«

»Und was hat ihm endlich die Rückkehr ermöglicht?«, fragte Claude, schüttete sich von dem Brouilly ein, den sie inzwischen tranken, lachte plötzlich schelmisch und bot gleich eine Antwort an: »Wahrscheinlich eine Amnestie. So sind wir Franzosen. Zuerst sündigen wir kräftig, dann beichten wir und erhalten die Absolution.«

»Na klar! Und diesmal haben die Politiker es ganz besonders geschickt gehandhabt«, erklärte Jacques und fiel kopfschüttelnd in das Lachen seines Freundes ein: »Das Parlament hatte eine Amnestie für den Algerienkrieg vorbereitet, und die KPF hat das als Chance gesehen, für sich selbst was rauszuschlagen. Über einen geheimen Kontakt zu Präsident de Gaulle haben die Kommunisten dafür gesorgt, dass in die Algerienamnestie, die ja schon den General als Folterer unbestraft ließ, ein kleiner Satz eingefügt wurde, der besagte, dass auch Verbrechen und Vergehen aus dem Krieg in Indochina unter diesen Straferlass fallen. Punkt! Fertig! Und keiner hat's gemerkt. Vierzehn Tage nachdem das Gesetz in Kraft getreten war, schwebte Freddy Bonfort in Lyon ein, wo ihn Poulet an der Uni unterbrachte.«

»Und wegen seines großen Spezialwissens über Vietnam wurde Freddy bald zum Professor ernannt«, sagte Claude und stieß auf das Ende der Geschichte und des Abends an.

Der letzte Absatz aus Freddy Bonforts »Verteidigung einer Utopie« lautet:

»Ja, ich wiederhole: Ich habe Fehler begangen. Aber kann jemand wagen, mir Schuld aufzuladen, nur weil ich zu früh einer Idee gefolgt bin, die sich zwanzig Jahre später in einem Beschluss der Generalversammlung der Vereinten Nationen vom 12. Dezember 1970 wiederfindet:

›Die Aufrechterhaltung des Kolonialismus in all seinen Formen und Ausprägungen stellt ein Verbrechen dar und ist ein Verstoß gegen die Charta der Vereinten Nationen, gegen die Erklärung zur Erlangung der Unabhängigkeit der Kolonialländer und -völker und gegen die Prinzipien des Völkerrechts.‹«

*

Von Lyon aus telefonierte Jacques nur einmal kurz mit Martine, ließ sich aber nicht von seiner Recherche abhalten. Doch sosehr er die Unterlagen von Freddy Bonfort durchforschte, er fand nichts, das ihn auf die Spur des Mörders geführt hätte.

Für Montag früh hatte er einen Platz im TGV zurück nach Paris gebucht; am Sonntagabend wollte ihn sein Freund, Richter Claude, zur Feier der wiedergefundenen Freundschaft in ein kleines, feines Landgasthaus führen, das – westlich der Sâone – zwischen den Weinbergen auf den Hügeln des Beaujolais liegt.

Bei einem saftigen Bresse-Huhn in Salzkruste fragte Jacques dann wie nebenbei: »Bonfort hat in einem Satz angedeutet, er habe in Hanoi eine vietnamesische Tänzerin geheiratet. Ist von der noch irgendwann die Rede gewesen?«

»Das weißt du nicht? Das war lange Stadtgespräch in Lyon. Sie ist Bonfort nachgereist, aber schon zwei Wochen nach ihrer Ankunft in Lyon hat sie das Bett gewechselt.«

»Wie das?«

»Sie hat Bonforts Freund und wissenschaftlichen Gönner, den Professor Thierry Poulet, geheiratet.«

»Das Hühnchen?«

»Ja! Die Lyoneser Gerüchteküche behauptet, Poulet und die Vietnamesin seien schon in Hanoi ein Paar gewesen. Sie hätten Bonfort nur für ihre Zwecke benutzt. Allein hätte sie nämlich nie aus Vietnam ausreisen dürfen. Aber indem er Bonfort an die Universität in Lyon holte, ermöglichte Poulet es seiner vietnamesischen Freundin, auch hierher zu kommen.«

»Deswegen steht auch nichts über sie in den Unterlagen. Vielleicht sollte ich sie anhören. Weißt du, wie ich sie erreichen kann?«

»Sie ist vor ein paar Jahren gestorben.«

Einstellung des Verfahrens

Mit ihren warmen Lippen küsste Margaux ihn auf den Mund und sagte: »Glückwunsch!«

Jacques antwortete: »Gut, dass kein Paparazzo das gesehen hat!«

Und dann fragte er sich, a) – weshalb sie ihn geküsst hatte und b) – weshalb sie gekommen war.

Die Klingel an seiner Wohnungstür hatte nur einmal die Leitmelodie aus Beethovens Fünfter gespielt, dadada daaa, in Anlehnung an das Morsezeichen für V, das die BBC im Zweiten Weltkrieg als Symbol für Victory ausgesendet hatte, da hatte sich auch schon der Schlüssel im Schloss gedreht und Margaux war eingetreten.

»Ich hab' ja deinen Schlüssel noch – und wollte meine Sachen abholen. Ich ahnte nicht, dass du zu Hause sein würdest. Wird heute Abend nicht gefeiert?«

»Nur weil der Hohe Rat das Verfahren gegen mich eingestellt hat? Sie haben mir geglaubt, dass Amadées Kuss eine für mich überraschende Gemütsregung einer überdrehten Witwe war und nicht mehr! Und schon gar nicht, was du daraus gemacht hast.« Er lachte. »Möchtest du etwas trinken?«

Wie verlogen man doch sein kann, dachte Jacques und erinnerte sich, wie schon so oft in den letzten Tagen, an Amadées Zärtlichkeit. Aber es war ja nur eine Notlüge, die niemandem wehtat, beruhigte er sich.

»Bist du schon beim Whisky?« Margaux wollte offensichtlich nicht so schnell wieder gehen.

»Nein. Ich bin auch gerade erst nach Hause gekommen. Ein paar Kollegen und ich haben in einem Bistro gegenüber vom Gericht das Glas auf die Unabhängigkeit der Justiz erhoben. Und ich habe eben erst den Korken aus der Flasche gezogen. Ich war letztes Wochenende zu Recherchen in Lyon und habe von einem kleinen Ausflug ins Beaujolais ein paar Flaschen mitgebracht. Ein leichter, angenehmer Wein.«

»Könnte ich auch ein Glas davon haben?«, fragte sie und setzte sich auf die Couch.

Und während er in der Küche zwei seiner schönen, alten Kristallgläser aus dem Schrank holte, überlegte er, weshalb Margaux so spät, es war immerhin schon halb elf, noch bei ihm vorbeigekommen war. Er kannte sie als eine Person, die wusste, was sie tat, und die auch gewusst hatte, dass er zu Hause war; ein Blick von unten auf die Fenster seiner Wohnung genügte, um zu sehen, dass seine Lampen leuchteten. Und dann der Kuss. Er hatte ihn nicht als unangenehm empfunden. Jacques fühlte sich wohl.

Bis Mittwochnachmittag war seine Anspannung immer weiter gestiegen, er hatte mit dem Schlimmsten rechnen müssen. Das politische Feuerwerk hatte seit Montag wieder an Stärke zugenommen. Die Generalsekretärin der LER hatte in einem polemischen Ton seine Amtsenthebung gefordert, ihn »Bruder Leichtfuß« genannt, der Witwen von Mördern hinterherlaufe und, geblendet durch die Überproduktion von Körpersäften, den Staatspräsidenten wie einen dahergelaufenen Strauchdieb behandele. Dieser Richter zeige keinen Respekt vor den Institutionen der Republik.

Danach hatte ihn die Gerichtspräsidentin auf dem Flur nur kurz gegrüßt, und einige Abgeordnete waren grundlos geifernd über Jacques hergefallen. Sie waren froh, in der Presse zitiert zu werden, analysierte ein Kollege mittags in der Gerichtskantine ihr Verhalten.

Margaux hatte ihm mal erklärt, wie solche Zitate ihren Weg in die Presse fanden. Journalisten, die eine Geschichte produzieren und jemandem schaden wollen, rufen wenig bekannte Politiker an und versprechen ihnen für ein böses Zitat einen öffentlichen Auftritt. Falls notwendig, liefern die Journalisten das Zitat gleich mit.

Auch unter den Richtern hatte Jacques, trotz lauthals geübter Solidarität, Zurückhaltung gespürt. Manch einer hatte ihm die Schwierigkeiten gegönnt, vielleicht weil sie ihm die öffentliche Aufmerksamkeit neideten.

In Lyon hatte sein Richterfreund Claude versucht, ihm Trost mit auf den Weg zu geben: ein Untersuchungsrichter sei nach der Verfassung der Fünften Republik als Garant der individuellen Freiheit völlig unabhängig von den politischen Mächten.

»Kein Chef, niemand kann dir eine Anweisung geben«, hatte er beim Abendessen im Landgasthof wiederholt. »Im Prinzip kann auch niemand von dir Rechenschaft verlangen oder eine Begründung einfordern, weshalb du welche Entscheidung fällst.«

»In der Praxis sieht das anders aus«, hatte ihm

Jacques geantwortet, »und jetzt nehmen sie das Foto, auf dem mich die Witwe zu meiner Überraschung auf den Mund küsst, um mir einen Interessenkonflikt anzuhängen. Und wenn es irgendwie geht, werden sie diesen Anlass nutzen, um mir den Fall des Generals wegzunehmen, vielleicht sogar, um das Verfahren einzustellen!«

Doch der Hohe Rat der Magistratur hatte sich schließlich nicht der Politik gebeugt. Nun galt es nur noch die Entscheidung des Verfassungsrates darüber abzuwarten, ob der Staatspräsident als Zeuge aussagen musste.

Und der Präsident würde entweder *nicht* oder *nichts* aussagen, das wusste Jacques.

Er sah jetzt nur noch zwei offene Komplexe: einmal die Anklage wegen Geldwäsche gegen jene, die aus der Schweiz – oder wie LaBrousse von den Cayman-Inseln – Bargeld nach Paris transportiert hatten, und zum anderen die Aufklärung des Mordes an dem General. Vielleicht fiel als Nebenprodukt die Aufklärung des Todes des ehemaligen Lagerchefs Freddy Bonfort in Lyon ab.

Jacques hatte gleich früh am Montag Kommissar Jean Mahon angerufen, doch dem lagen immer noch keine Ergebnisse aus den Kugelvergleichen und der Untersuchung der Gewehre vor.

»Und sonst?«, hatte Jacques gefragt, »haben die Recherchen über meine Abhörfreunde und die Mörder von John-Kalena Senga etwas ergeben?«

»Pleite auf ganzer Linie. Aber das hat noch nichts zu sagen,« antwortete der Kommissar, »ich melde mich, sobald ich etwas weiß«.

Am Mittwochmittag dann, noch bevor die erlösende Entscheidung des Hohen Rates bekannt geworden war, hatte sich der Kommissar für Donnerstag um zehn Uhr früh mit Jacques verabredet. Die Berichte würden dann vorliegen.

Jacques nahm endlich die Gläser und ging zurück zu Margeaux. Die griff mit beiden Händen nach dem Weinglas und schaute ihn an. Jacques setzte sich neben sie auf die Couch und schwieg. Er wollte ihr die Initiative überlassen, aber er fühlte sich leicht und frei und zu allem bereit. Sie plauderten oberflächlich vor sich hin. Jacques erzählte nichts von seinem Fall. Margaux gab nichts von ihrer Recherche preis.

Als sie das Glas geleert hatte, holte er die Flasche Beaujolais aus der Küche, goss nach, lehnte sich zurück und schwieg. Sie beugte sich zu ihm und strich mit den Fingern sanft über seinen Mund. Jacques grinste leise vor sich hin, ihm fiel die Bemerkung der Generalsekretärin der LER über seine Körpersäfte ein.

Es klingelte. Gleichzeitig schlug eine Faust an seine Tür, und jemand rief seinen Vornamen.

Als Jacques ihm geöffnet hatte, sagte Kommissar Jean Mahon im Ton eines strengen Moralpredigers: »Ihr solltet wenigstens die Vorhänge zuziehen!«

»Bei der Schummerbeleuchtung!«, entgegnete Jacques.

»Hör mal, du solltest die Drohung schon ernst nehmen. Ich schlag' mir nicht umsonst deinetwegen die Nacht um die Ohren.«

»Meinst du, Margaux kann mir wirklich zur Bedrohung werden?«

»Hast du dein Band nicht abgehört?«

»Das habe ich vergessen. Ich bin doch gerade erst reingekommen, da hat mich Margaux überrascht.«

»Ich hatte dir hinterlassen, du mögest mich sofort anrufen. Wir haben heute Abend eine dringende Meldung des Corbeau erhalten, der behauptet, heute Nacht würden die beiden Männer, die dein Telefon angezapft und John-Kalena erschlagen haben, wahrscheinlich dir einen Besuch abstatten. Ich habe fünf Leute unten versteckt.«

»Dann kann es sich nur um die Renseignements Généraux handeln!«

»Davon gehen wir auch aus. Aber wir haben die Geschichte äußerst diskret angefasst, so dass niemand vorgewarnt sein kann. Ich hab' auch mehrmals auf deinem Handy angerufen, aber da hast du dich auch nicht gemeldet.«

»Ich habe meines mit Martine getauscht. Wir benutzen es nur, um selber anzurufen. Aber was machen wir jetzt?«

»Das Licht aus. Margaux geht nach Hause. Du schläft in deinem Bett, ich auf der Couch.«

»Wie unromantisch«, sagte Margaux lachend, stand auf, zupfte sich die Kleidung ein wenig zurecht, fuhr mit der Hand ordnend durch das Haar und gab Jacques eine leichte Bise auf die Wangen.

*

Donnerstag: Fehlalarm. Die Bösewichter waren in dieser Nacht ferngeblieben, und auch die Untersuchungsergebnisse waren nicht eingetroffen. Die Techniker wollten noch eine Kleinigkeit genauer prüfen. Aber Freitag, so gelobte der Chef des Labors, Freitag spätestens um die Mittagszeit oder am frühen Nachmittag könne Kommissar Mahon den Bericht abholen lassen. Es sei aber besser, er riefe vorher an.

In der Nacht zum Freitag, gegen vier Uhr, als es am dunkelsten war, schlichen sich drei Männer über die Dächer an, stiegen über ein Fenster im Speicher ein und gingen die Stufen von oben herab, während Mahons Leute unten am Aufgang des Treppenhauses auf der Lauer lagen. Schnell und ohne ein Geräusch öffneten die völlig schwarz Vermummten das Schloss an der Tür zu Jacques' Wohnung und überwältigten den auf dem Sofa eingedösten Polizisten. Einer hielt mit gezogenem Revolver am Eingang der Wohnung Wache, während die beiden anderen mit ihrem Rucksack zum Schlafzimmer schlichen. Eine Diele knarrte. Sie froren ein. Die Tür war nur leicht angelehnt. Aber als sie die Tür sanft aufschoben und leise wie auf Katzenpfoten ans Bett treten wollten, blendete sie ein greller Blitz, und sie wurden mit unglaublicher Gewalt auf den Boden gepresst.

»Wir hatten sowohl an der Dachluke als auch an deiner Wohnungstür einen Alarm angebracht, so dass wir die Lage völlig unter Kontrolle hatten. Aber die Kerle hätten dich umgebracht, ohne dass es nach einem Mord ausgesehen hätte.«

»Der perfekte Mord?« Jacques lachte lauter als gewöhnlich. »Den gibt es nicht!«

Der Kommissar und der Richter frühstückten im Bistro »l'Auvergnat« an der Ecke von Jacques' Wohnung. Jeder nahm zwei Croissants. Und sie bestellten beide einen zweiten Kaffee.

»Sie wollten dir eine Flüssigkeit mit Botox einflößen.«

Jacques verschluckte sich vor Lachen. Er merkte, wie sich seine Angst löste. Merkwürdig, da hatte ihn wirklich jemand töten wollen. Er fühlte sich plötzlich den Opfern aus seinen Fällen nahe.

»Botox!«, sagte er laut. »Das lässt sich doch Jacqueline gegen Falten spritzen und vielleicht deine Frau auch! Botox ist ohne weiteres im Körper nachzuweisen.«

»Ja. Aber daran hatten sie gedacht und alles entsprechend vorbereitet. Sie hätten dir eine Flüssigkeit eingeflößt, in die Botox hineingemischt war. Schon ein millionenstel Gramm von diesem Gift wirkt tödlich, über die Atemwege. Das hätte der Gerichtsmediziner auch nachweisen können. Aber, wie gesagt, sie hatten alles dabei und wollten in deiner Küche verdorbene Lebensmittel deponieren, in denen das überall in der Welt vorkommende Bodenbakterium Clostridium botulinum sich chemisch zu dem Gift Botox umgewandelt hat. Und dann hätten die Botoxspuren in deinem Körper auf eine normale Lebensmittelvergiftung hingewiesen.«

»Wie heißt diese Bakterie?« fragte Jacques.

»Clostridium botulinum.«

»Und woher weißt du so was?«

»Man muss doch wissen, womit sich die eigene Ehefrau schön und glatt hält. Vielleicht mischt sie es mir unter die Fischsuppe, wenn ich einmal zu viele Falten bekomme.«

Sie wollten versuchen, den Mordversuch vor der Presse zu vertuschen. Das dürfte nicht schwer fallen, denn keiner der Offiziellen hatte ein Interesse an großer Aufregung. Und schließlich hatte Jacques in dieser Nacht aus Vorsicht bei Kommissar Mahon übernachtet. Er wäre also gar nicht das Opfer des Mordversuchs geworden.

»Dank dem Corbeau«, sagte Jacques.

»Wer auch immer er ist«, fügte der Kommissar hinzu, »er will dir Gutes. Und es kann eigentlich nur jemand sein, der in den Renseignements Généraux sehr hoch platziert ist.«

»Oder es ist jemand, der mich für seine Politik benutzt. Und wenn ich in meinen Überlegungen ganz verwegen bin, dann tippe ich auf den Innenminister oder seine engste Umgebung. Der will Premierminister werden, und auch das nur, um sich eine gute Ausgangsbasis für den nächsten Präsidentschaftswahlkampf zu schaffen.«

»Ach, du lieber Gott! Eine sehr gewagte Spekulation.«

»Aber hättest du je geglaubt, dass politische Parteien schwarze Kassen so füllen, wie ich das inzwischen herausgefunden habe? Sie schöpfen von allen öffentlichen Aufträgen einen Prozentsatz ab, etwa über Scheinfirmen wie die ›Sotax‹ des Generals. Da sind vielleicht Hunderte von Millionen zusammengekommen. Die verstecken Politiker wie Drogengelder in der Schweiz, auf den britischen Kanalinseln, ja sogar auf Gran Cayman, von wo sich der General das Geld paketweise bar nach Paris liefern ließ. Und das auch noch von einem ehemaligen Folterer aus dem Algerienkrieg!«

»Der inzwischen Bananenfarmer auf Martinique ist. Und das hört trotz deiner Untersuchungen nicht auf. Sieh dir nur an, wie die Stadtoberen von Nizza sich bereichern wollten.«

»Abenteuerlich! Die hatten richtige Prozentstaffeln aufgestellt, wie viel von jedem öffentlichen Auftrag an sie abfallen sollte: bis 650 000 Euro jeweils viereinhalb Prozent. Am tollsten dann der Spruch: ›Die Leute aus Nizza haben ja das Geld. Und wenn's nicht reicht, dann erhöhen wir eben die Steuern.‹ Raubrittermanieren!«

Freitag: Erfolg auf ganzer Linie. Das Labor hatte die Geschosse aus den Gewehren von Gilles und La-Brousse mit der Kugel verglichen, die den General mitten ins Herz getroffen hatte, und konnte ohne irgendeinen Zweifel deren Herkunft nachweisen.

Amadée

Kommissar Césaire lachte laut auf.

»Es wär klüger gewesen, das Geld für ein Telefonat auszugeben«, sagte er. »Dann hättet ihr die Flugkosten gespart und ein freies Wochenende in Paris verleben können. Der Vogel ist nämlich ausgeflogen!«

»Seit wann?«

»Seit etwa einer Woche, und zwar mit Mann und Maus. Die ganze Truppe ist abgetaucht, hat wahrscheinlich mit einem Boot abgelegt. Wir haben ihn zwar abgehört, doch das hat er wohl erwartet und nichts übers Telefon verabredet. Es ist nicht ausgeschlossen, dass er nach Santa Lucia rübergeschippert ist, um von dort aus nach Barbados zu kommen.«

»Barbados hat er immer wieder als Abflughafen benutzt, wenn er auf die Cayman-Inseln flog, um Schwarzgeld abzuholen«, erklärte Jacques für Jean Mahon und fragte: »Habt ihr noch ein bisschen Kaffee? Wir sind schließlich den ganzen Tag geflogen, und für uns ist es jetzt vier Uhr nachts.«

Césaire erkundigte sich, ob sie auch etwas essen wollten, und schickte einen Polizisten los, ein paar Sandwichs und frischen Kaffee zu holen.

»Bitte so starken, dass der Löffel drin steht, für die weit gereisten Herren!«, fügte er lachend hinzu und fuhr dann wieder sachlich fort: »Zur gleichen

Zeit ist aber auch Amadée Alibar abhanden gekommen.«

Als Jacques den fragenden Blick von Kommissar Jean Mahon sah, warf er ein, dass es sich um die Witwe von Gilles handele.

»Ihre Haushaltshilfe meldete, sie sei eines Abends vor gut zehn Tagen verschwunden und habe seitdem kein Lebenszeichen mehr von sich gegeben«. Césaire wandte sich jetzt direkt an Jacques: »Ob der Mörder sie als Geisel mitgenommen hat?«

Sein Gesichtsausdruck drückte sowohl Sorge als auch die leicht hämische Frage aus: Na, weißt du mehr von deiner Doudou?

Jacques verzog keine Miene.

Er fühlte sich klebrig, sein Hemd war durchgeschwitzt.

Es war zwar schon weit nach elf, aber die Luft war immer noch sehr heiß und schwül. Jacques war mit Kommissar Mahon und dem Einsatzleiter von einem Polizeiauto am Flughafen abgeholt worden und geradewegs in die Polizeidirektion gefahren, während das Dutzend Männer des Sonderkommandos, die in ihrer sportlichen Kleidung wie ein Athletikclub auf Urlaubsreise wirkten, sich um das Gepäck kümmerten.

Der Pariser Kommissar erkundigte sich bei dem karibischen Kommissar mit so viel Feingefühl, wie ihm möglich war, welche Maßnahmen er ergriffen habe, um den Flüchtigen auf den Fersen zu bleiben. Und er war offensichtlich beeindruckt, als Césaire ihm erklärte, dass er nicht nur in allen größeren Häfen in der Karibik und an allen Flughäfen mit Linienverkehr seine Vertrauensleute aktiviert, sondern auch alle Schiffsbesitzer unter die Lupe genommen hätte, die LaBrousse und seine Männer auf eine andere Insel gefahren haben könnten. Eine vorsichtige Durchsuchung der Habitation von LaBrousse habe nichts ergeben. Der Plantagenbetrieb laufe unter der Obhut des Vorarbeiters wie geschmiert weiter. Das Gleiche gelte für die Plantage von Gilles Maurel.

»In der Karibik findet jeder schnell ein Boot, oder – besonders auf kleinen Inseln – ein Privatflugzeug, mit dem man verschwinden kann«, sagte Césaire fast ein wenig verzweifelt. »Ich schlage vor, wir gehen alle ins Bett. Morgen früh gegen elf haben wir unseren Rundruf gestartet. Vielleicht wissen wir dann mehr.«

Als sich Césaire von den Besuchern aus Paris an dem Polizeiwagen verabschiedete, der sie zum Hotel Impérial fahren sollte, nahm er Jacques für einen Moment beiseite, lachte wieder fröhlich, schlug ihm auf die Schulter und flüsterte ihm ins Ohr: »Loulou mit seinem Fotoapparat ist übrigens auch abgetaucht. Entweder gehörte er doch zu der Bande von La-Brousse, oder er ist mit Amadée unterwegs.«

Jacques hörte das Lachen des Kreolen, bis die Autotür zugefallen war, und ärgerte sich. Und als Mahon ihn anschaute, schüttelte er nur missmutig den Kopf und knurrte bissig vor sich hin.

Auf den Straßen waren noch viele Menschen unterwegs, sie lärmten und lachten und freuten sich ganz offensichtlich ihres Lebens. Wäre Jacques allein gewesen, hätte er sich jetzt an einen Tisch unter den Palmen gesetzt und erst mal ein Bier getrunken, zum Entspannen.

Als Untersuchungsrichter interessierte er sich nicht

mehr für LaBrousse. Ihn zu finden war Aufgabe der Polizei, ihn anzuklagen die der Staatsanwaltschaft, ihn zu verurteilen die des Geschworenengerichts. Als Untersuchungsrichter hatte Jacques seine Aufgabe erfüllt, die Tatsachen lagen auf dem Tisch.

Jacques' offener Fall hieß Amadée.

Wahrscheinlich glaubte selbst Kommissar Césaire nicht, dass LaBrousse sie entführt hatte. Er hatte Jacques mit seiner Andeutung nur provozieren wollen.

Nachdem der Laborbefund gestern Nachmittag Klarheit geschaffen und Jacques mit dem Kommissar entschieden hatte, so schnell wie möglich mit einem Sonderkommando nach Martinique zu fliegen, um LaBrousse als Mörder des Generals festzunehmen, war Martine losgeeilt, um über Père Dumas von der karibischen Gemeinde in Paris erneut den Kontakt zu Amadée auf Martinique aufzunehmen. Per E-Mail bat Père Dumas noch einmal seinen Amtsbruder, den Pater in Basse-Pointe, er möge Amadée mitteilen, sie könne ihren Unterschlupf verlassen. Jacques sei auf dem Weg nach Fort-de-France, wo er ab Samstagabend wieder im Hotel Impérial übernachten würde. Dort möge Amadée diskret eine Nachricht hinterlassen, wie er sie erreichen könne.

Das Hotel Impérial wirkte wie verwandelt. Das Personal am Empfang war zuvorkommend, aus der Bar erklang wohltemperierte karibische Musik und obwohl es schon bald Mitternacht war, herrschte im Restaurant noch reges Treiben.

»Hunger?« Jacques blickte Kommissar Mahon an.

»Nein. Vielleicht noch ein Bier?«

»Ja, aber erst duschen.«

Kaum hatte Jacques sich eingeseift, klopfte jemand an seine Zimmertür. Doch ehe er sich abgeduscht und in ein Handtuch gehüllt hatte, war niemand mehr da, auf dem Boden aber lag ein Briefumschlag, der offensichtlich unter der Tür durchgeschoben worden war. Er riss ihn auf und fand darin den Vordruck einer Telefongesellschaft, den er fast achtlos weggeworfen hätte. Erst als er genauer hinschaute, erkannte er den Hinweis auf eine neu eingerichtete Telefonnummer der Habitation Alizé. Am liebsten hätte er sofort Amadée angerufen, ihre Stimme gehört, ihr gesagt, dass er sie sehen müsse. Hellwach überlegte er, ob er die Nummer wählen sollte. Aber er wusste ja, dass im Hotel die Gefahr bestünde, abgehört zu werden.

Nach zwei Schlucken kühlen Bieres schaute Jacques seinen Freund Kommissar Mahon an, zögerte kurz und beschloss, offen mit ihm zu reden.

»Jean, ich schlage vor, dass wir morgen zweigleisig arbeiten. Du verfolgst die Spur von LaBrousse. Dafür brauchst du mich nicht, weil ich von dieser Art Arbeit wenig verstehe. Ich würde stattdessen der anderen Merkwürdigkeit nachgehen, die sich aus dem Bericht des Polizeilabors ergibt.«

Die Bar hatte sich langsam geleert. Der Keeper drehte die karibische Musik leise und begann, hinter der Theke aufzuräumen. Kommissar Mahon trank aus seinem Bierglas und dachte offensichtlich nach. Er nahm mit drei Fingern ein paar Erdnüsse, steckte

sie in den Mund, und während er kaute, schien er
eine Antwort zu formulieren.

»Gut. Machen wir das so. Wenn ich dich richtig in-
terpretiere, dann weißt du zwar nicht, wo sich La-
Brousse versteckt hält, aber du weißt, wo du Amadée
finden kannst.«

»Ich ahne es.«

*

Auf der Straße standen Wasserlachen. Der Asphalt
dampfte. Es war schwül. Alizé nennen die Franzosen
den Passatwind, der, verursacht durch die Erdumdre-
hung, in der nördlichen Hälfte des Planeten beständig
nach Südwest weht. In Martinique trifft der Alizé auf
den Osthang des Mont Pelée, wo das an der Küste ver-
dampfende Wasser aufsteigt und vom Wind immer
höher bis an den Schlund des Vulkans getrieben und
dort zu dicken Wolken zusammengepresst wird. Die
Luft am Gipfel kühlt den Wasserdampf dann ab, so
dass immer wieder kurze, heftige Schauer auf dieser
Seite der Insel niederprasseln. Eine Abkühlung, die
leider nicht lange währt, die stechende Sonne erhitzt
die Luft zu schnell. Die Schwüle nutzt den Pflanzen
und quält den Menschen. Zumindest wenn er, wie
Jacques, die feuchte Hitze nicht gewöhnt ist.

Jacques schwitzte in dem hellen Peugeot 206, den
er auch diesmal ohne Klimaanlage gemietet hatte. Er
wollte immer noch Kosten sparen für den Staat. Hätte
Jacqueline neben ihm gesessen, dann hätte sie ihm zu
Recht vorgehalten, er solle nur daran denken, wie der
Staat ihn behandele. Der Staat, so hätte er geantwor-

tet, behandelt mich gar nicht. Probleme schaffen mir höchstens Personen, die den Dienst am Staat anders verstehen als ich. Wenn ich Geld im Auftrag des Staates ausgebe, denke ich daran, dass dieses Geld nicht aus der Druckerpresse kommt, sondern von jedem Bürger erarbeitet und als lästige Steuer abgeführt werden muss. Dafür kann ich auch ein wenig schwitzen.

Jacques fuhr zur Habitation Alizé. Zu Amadée. Als er, von der N 3 kommend, links in die N 1 am Ostufer von Martinique einbog, Richtung Basse-Pointe, fühlte er sich hier schon fast heimisch. Vor knapp drei Wochen war er verschwitzt im eleganten grauen Anzug diese Strecke zum ersten Mal gefahren und hatte nur Loulou angetroffen, der ihn zu der kreolischen Totenfeier für Gilles Maurel in den Wald mitgenommen hatte. Zur Tafia-Nacht! Wenn er nur daran dachte, schüttelte es ihn. Aber immerhin war auf den Tafia-Rausch kein Kater gefolgt.

Amadée. Er hatte sie zum ersten Mal gesehen, als sie mitten auf der Lichtung wie in Trance tanzte. Wenn er daran dachte, fühlte er sich, als habe sie ihn in jener Nacht in einen Rausch versetzt.

Amadée. Sie verkörperte die Karibik, die Ferne, in der er sich gern heimisch fühlen würde. Und je näher er der Habitation Alizé kam, desto deutlicher fielen Paris und der Stress und die Anspannung von ihm ab.

Diesmal hatte er sich auf das Klima der Karibik eingerichtet, er trug zu einer leichten Hose ein blaues Hemd mit offenem Kragen. Keine Krawatte. Eine dünne Jacke lag auf dem Rücksitz.

Kurz vor Basse-Pointe blinkte er nach links, bremste, und nachdem er einen entgegenkommenden Lastwagen vorbeigelassen hatte, bog er in die Allee aus hohen alten Dattelpalmen ein, die, immer steiler werdend, zu Amadée führte.

Nach wenigen Metern versperrte ihm eine Barriere aus Baumstämmen den Weg. Jacques stieg aus, spürte eine angenehm leichte Brise und begutachtete die Sperre. Geschickt gebaut. Es würde ausreichen, einen Baum zu bewegen, damit er sich mit dem 206 durchschlängeln könnte. Ein kreolischer Ruf schreckte ihn auf.

»Ca ou lé?«, rief ein kräftiger Einheimischer, der in seiner Linken ein Schrotflinte trug: »Ca ou lé – was willst du?«

Der Mann kletterte hinter den aufgeschichteten Bäumen hervor und musterte Jacques. Doch noch bevor der Richter aus Paris antworten konnte, lachte er los, streckte ihm seine Rechte entgegen und redete in einer Mischung aus Kreolisch und Französisch auf ihn ein. Frère juge, Bruder Richter, hörte Jacques aus dem Kauderwelsch heraus, und er begann sich vage an die Glubschaugen zu erinnern. Bei der Trauerfeier für Gilles, vielmehr beim Tafia, hatte dieser Kreole ihn gefragt, ob er des Toten Bruder sei, und ihm immer wieder die Flasche an den Mund gedrängt. Jacques ergriff die dargebotene Hand, kam aber kaum noch dazu, ein Wort der Begrüßung zu murmeln, ehe der kräftige Mann sich umdrehte und mit seinem gewaltigen Organ ein paar Worte rief. Daraufhin krochen aus den angrenzenden Bananenstauden noch vier weitere Männer mit Gewehren hervor, legten die Waffen beiseite, trugen einen Baumstamm weg und öffneten im Handumdrehen die Sperre, so dass Jacques seinen

Wagen vorsichtig an den Stämmen vorbeisteuern konnte.

Der Kreole mit den Glubschaugen stieg neben ihm ein, schlug mit der leeren Hand von unten nach oben durch die Luft und gab ihm so das Zeichen zum Losfahren. Das Gewehr zwischen die Beine gestellt, den Lauf mit beiden Händen umklammert, schaute er angestrengt nach vorn, als lauere dort Gefahr. Er schwieg. Nach etwa einem Kilometer bedeutete er ihm mit der mehrmals schnell nach unten schlagenden Hand an, er möge bremsen. Ein junger Baum lag über der Straße. Jacques wollte im Schritt-Tempo über das Hindernis hinwegrollen, als drei Kreolen auf den Weg sprangen und ihre Gewehre auf die Fahrerseite richteten. Doch Jacques' Begleiter machte eine gewichtige Miene, winkte stumm, und sie verschwanden wieder.

Auf der drei Kilometer am Berghang hochsteigenden Palmenallee wurden sie noch zwei Mal angehalten.

Dirigiert von seinem Beifahrer, parkte Jacques den Wagen vor dem Atelierhaus. Es zeigte sich niemand.

Der Kreole führte ihn zu der Veranda und wies mit dem Gewehrlauf auf die Hollywoodschaukel, in deren tiefe Kissen sich Jacques genüsslich fallen ließ. Seine Jacke legte er neben sich.

Der Richter aus Paris wollte sich wohlfühlen. In der Ferne glaubte er, den lauten Pfiff eines Tukans zu hören. Ein Hund bellte. Weit weg nahmen andere Hunde das Gekläffe auf. Doch die Atmosphäre schien nicht so luftig leicht und unbeschwert zu sein wie bei seinem letzten Besuch. Auf der Koppel weide-

ten keine Pferde. Eine Grille rieb ihre Flügel aneinander und erzeugte ein lautes Schnarren. Sie saß
ein wenig weiter weg in einem Baum. Unsichtbar.
Aber laut.

Der Atlantik strahlte, hellblau nahe dem Ufer, fast
schwarz weiter draußen. Jacques konnte sogar den
weißen Schaum vor der Küste sehen, dort, wo die großen Wellen sich brachen. Der Wolkenbruch hatte die
Sicht freigewaschen und die Luft geklärt. Jacques versank in Träumereien von einem Leben ohne Hektik.
Wo es warm und nie kalt war. Wo Amadée und nicht
Margaux, geschweige denn Jacqueline ihre Hand an
seinen Nacken legte. Wo er den Kaffee auf der Veranda und nicht im Bistro am Boulevard de Belleville
trank. Und Rum statt Whisky. Trois Rivières statt
Johnny Walker.

Das Fliegengitter an der Verandatür quietschte.
Jacques drehte den Kopf und erkannte die junge Frau
im ersten Augenblick nicht. Sie trat heraus und blieb
stehen, den linken Handrücken hinter der Hüfte auf-
gestützt, so dass der Arm in einem weiten Winkel abstand, die Rechte war in dem weiten Kleid verschwunden und hob den üppigen Stoff ein wenig an.

Eine vornehme junge Kreolin im Sonntagsstaat
stand vor Jacques. Amadée.

Der Stoff des Kleides, Madrastuch, war über und
über mit großen roten, gelben und grünen Blüten und
Blättern bedruckt. Der Rock war oberhalb der Taille
gleich unter dem vollen Busen angesetzt, die Ärmel
umschlossen die Handgelenke. Das Oberteil war bis
zum Hals zugeknöpft, eine Seidenschärpe schmückte
den Ausschnitt. Der lange Rock endete eine Handbreit

über den Knöcheln, und ein weiß geklöppelter Spitzenunterrock lugte unter dem Saum hervor.

Um den Hals trug Amadée vier »Collier-chou«, grobmaschige Goldketten, eine davon mit Halbedelsteinen geschmückt, und in den Ohren hingen »Créoles«, auffallend gearbeitete Goldringe. Das schwarze Haar hatte sie nach hinten gesteckt und darüber ein Mouchoir de tête, ein knallig rot-gelb gestreiftes Kopftuch, so gebunden, dass ihre hohe Stirn frei blieb und die zur Schleife gedrehten breiten Enden fröhlich nach oben zeigten.

Amadée wirkte wie ein junges Mädchen aus einem alten karibischen Märchen.

Ihr halb geöffneter Mund zeigte strahlend weiße Zähne, und ihre Augen blickten Jacques unbeschwert an. Er fühlte sich in eine Welt versetzt, in der ein tapferer Jüngling diese Erscheinung ein wunderschönes Geschenk genannt hätte. Als sich Meerjungfrauen noch aus Liebe in Menschen verwandelten.

Er stand auf, wollte ihr eine Bise geben, aber sie hielt den Kopf so, dass sich ihre Lippen trafen, legte beide Hände auf seine Schultern, drückte sich fest in seine Arme und seufzte. Jacques hielt sie fest, spürte ihren Körper an seinem, fühlte nur noch Amadée. Die Grille hörte er nicht mehr, nicht die bellenden Hunde.

»Mach dir keine Sorgen«, sagte sie lächelnd, als sie nebeneinander auf der Hollywoodschaukel saßen, »diesmal wird Loulou oder wer auch immer kein Foto machen. Du kannst dich völlig sicher fühlen. Wir haben die Plantation von allen Seiten abgeriegelt. Aus Vorsicht. Auch wegen LaBrousse. Wer weiß, was der treibt.« Sie strich sanft über seine Augen. »Möchtest du einen Kaffee oder lieber schon einen Ti Punch?«

»Willst du mich wieder zum Trois Rivières verführen?«

»Es ist noch etwas davon da!«

Er griff nach ihrer Hand und lachte: »Ein Glas Wasser wäre schön. Und über LaBrousse brauchst du dir keine Gedanken mehr zu machen.«

LaBrousse war in Lissabon verhaftet worden. Er hatte einen Erster-Klasse-Flug bei der Air Portugal von Miami nach Lissabon gebucht und wollte dort nach drei Stunden Zwischenlandung in eine Maschine nach Dakar umsteigen, um dann mit der Air Senegal nach Abidjan an der Elfenbeinküste weiterzureisen. Vier seiner Leute begleiteten ihn. Gruppentarif, hatte Kommissar Mahon gescherzt und die Habitation von LaBrousse gründlich durchsuchen lassen.

Kommissar Césaire hatte einige seiner Männer mobilisiert und Kommissar Mahon das aus Paris mitgereiste Einsatzkommando. Dennoch hatte der Einsatz mehrere Stunden gedauert. Mahon ließ nach Hinweisen suchen, die beweisen könnten, dass LaBrousse in Waffenhandel verstrickt wäre. Bei den Nachforschungen durch den Geheimdienst in Paris hatte sich die Vermutung ergeben, LaBrousse könnte noch aus seiner Zeit als Planteur an der Elfenbeinküste Beziehungen zu Stammesfürsten haben, die heute die Rebellen anführen. Warum wollte LaBrousse auch sonst nach Abidjan an die Elfenbeinküste fliegen? Ohne Schutz der Rebellen wäre LaBrousse auf seiner Farm Sassandra verloren.

Amadée fragte: »Und weshalb hat LaBrousse den General erschossen? Schließlich hat er doch durch den viel Geld verdient.«

»Aber durch den Mord am General wird er doch Multimillionär!«, antwortete Jacques. »Auf Grand Cayman dürften nach meinen Berechnungen noch knapp hundertvierzig Millionen Francs liegen. Zwanzig Millionen Euro! Abgezockt beim Bau der Schnellstrasse für den TGV-Nord. Ein Milliardenprojekt! Und da es sich um Schwarzgeld handelt, wird niemand Anspruch darauf erheben können. Wer behaupten würde, es sei seines, gegen den würde ich sofort ein Ermittlungsverfahren eröffnen. Insofern hat LaBrousse mit einer Kugel eine Riesensumme verdient. Ich verstehe nur nicht, weshalb er so dumm war, sein eigenes Gewehr zu nehmen. Oder warum er es nicht wenigstens hinterher hat verschwinden lassen.«

»Vielleicht hat er sich zu sicher gefühlt.«

»Schon möglich. Die klügsten Leute machen häufig die dümmsten Fehler.«

Schmunzelnd beugte er sich zu Amadée und gab ihr einen sanften Kuss. Sie fragte: »Dummer Fehler?«

Jacques lachte.

Sie fragte: »Hast du Zeit?«

Jacques nickte.

Die kreolische Märchenfigur.

Ein kreolischer Abend.

Ein Punch mit Rum von Trois Rivières.

Und das Essen auf der Veranda. Das Hausmädchen hatte den Tisch geschmückt. Auf dem hellen Tischtuch lagen frisch gepflückte orangerote Blüten zwischen dem feinen Sèvres-Porzellan und dem eleganten, doch einfachen Cluny-Silberbesteck von Christofle.

Ausgewählte kreolische Gerichte würden Jacques beweisen, so hoffte Amadée, dass Krabben, Fische, Fleisch und Früchte aus Martinique, gewürzt mit den Aromen der Insel, auch Gaumen und Papillen eines Pariser Feinschmeckers betören können. Nur der trockene Rosé stamme vom Château Thuerry in der Provence, sagte Amadée hell auflachend, der gedeihe nicht in diesem tropischen Klima.

»Ist der Fall jetzt für dich abgeschlossen?«, fragte sie schließlich. »Jetzt, wo der Mörder des Generals gefasst ist?«

»Nicht ganz. Ich müsste noch herausfinden, wer die Person hinter dem General ist. Aber dazu bräuchte ich riesiges Glück. Wer weiß, ob das überhaupt möglich ist. Aber ich habe alles in meiner Macht Stehende getan, um dahinter zu kommen. Meine letzte Hoffnung ist die Vernehmung des Präsidenten.«

»Wann findet die statt?«

»Übermorgen tagt der Verfassungsrat. Dann wird sich entscheiden, ob meine Vorladung überhaupt zugelassen wird.«

Jacques machte eine Pause und sah sie an, als wüsste er nicht, ob er weitersprechen sollte. Dann holte er tief Luft und sagte: »Da wäre aber noch eine Kleinigkeit ...«

Sie forderte ihn mit einem Blinzeln ihrer Augen auf, den Satz zu beenden. Sie war neugierig.

»Die Untersuchung von Gilles' Gewehren hat ergeben, dass sehr wahrscheinlich eines davon für einen

Mord benutzt worden ist, der genauso ausgeführt wurde wie der am General: ein einziger Schuss ins Herz.«

»Das war doch LaBrousse!«

»LaBrousse hat den General erschossen. Aber er war es wohl nicht in dem anderen Fall. – Die Kugel, von der ich spreche, traf Freddy Bonfort mitten ins Herz. Bonfort, das war der Franzose, der das vietnamesische Lager geführt hat, in dem Gilles und sein Sohn Eric gefangen gehalten wurden. Bonfort könnte man für den Tod von Eric verantwortlich machen. Ein echtes Motiv für Gilles. Bonfort wurde vor neunundzwanzig Jahren in Lyon mit einem einzigen Schuss ins Herz getötet.«

»Wie in aller Welt bist du darauf gekommen?«

»Weil ich jeder Spur nachgehe. Der General hat mich zu LaBrousse geführt, LaBrousse zu Gilles, das Carnet von Gilles zu Bonfort. Wie die Personen, so können auch deren Taten zusammenhängen.«

Nach Krabben und Fisch und einem köstlichen Boudin créole stellte das Dienstmädchen als Nachspeise eine halbe Bassignac-Mango vor Jacques.

»Phantastisch!«, sagte er, als er einen kleinen Löffel voll von dem Fruchtfleisch gekostet hatte.

»Ja, sie hat einen zarten und doch kräftigen Geschmack. Und man sagt ihr nach, ihre Wirkung sei alkoholisierend.«

Sie aßen schweigend. Die Frage nach der Kugel, die Bonfort getötet hatte, war wie ein Schatten auf ihr heiteres Wiedersehen gefallen.

Nach dem Kaffee sagte Jacques: »Ich würde gern noch einmal einen Blick in das Atelier werfen.«

Amadée stand auf, holte den Schlüssel und führte Jacques hinüber. Die Lichter in den Bäumen rund um das Haus tauchten den Garten in ein grünes, warmes Licht. Amadée legte ihren Arm um seine Hüfte und schmiegte sich beim Gehen an ihn. Eine Wolke zog vor den hellen Halbmond.

Im Atelier hatte sich nichts verändert. Nur der Gewehrschrank stand offen und war leer. Jacques beugte sich über die Zeichnung des Vogels Cohé und wieder bewunderte er Gilles' Kunst.

»Gilles hatte offenbar ein präzises Auge und eine ruhige Hand«, sagte er, ohne von dem Blatt aufzusehen.

»Er hat den Cohé ja nur zwei Mal gemalt. Und das im Abstand von gut zwanzig Jahren. Dies hier ist das zweite Bild«, sagte Amadée, »das erste zeige ich dir nachher. Es hängt drüben.«

Sie umarmte ihn, und sie verloren sich in einem langen Kuss.

Als sie wieder im Wohnzimmer saßen, fragte Jacques: »Weißt du, ob es Gilles war?«

»Was?«

»Der Bonfort erschossen hat.«

»Nein, Gilles war es nicht ...«

»Du kannst es mir ruhig sagen, der Kugelvergleich würde nie für einen Beweis ausreichen. Mit dem Gewehr wurde schließlich neunundzwanzig Jahre lang weiter geschossen. Der Lauf hat sich natürlich leicht verändert. Außerdem ist Gilles tot.«

»Gilles kann es nicht gewesen sein. Aber du hast fast, aber auch nur fast Recht: Es war nämlich nicht Gilles. Es war sein Sohn Eric.«

»Eric?« Jacques fuhr wie elektrisiert auf: »Ich denke, der ist im Lager in Vietnam gestorben. Und wo ist er jetzt?«

»Er ist tot. Wir haben ihn doch neulich beerdigt.«

Amadée stand auf und begann im Wohnzimmer auf und ab zu gehen.

»Die Geschichte ist ganz einfach: Vater Gilles ist im Lager gestorben. Sohn Eric hat überlebt. Nachdem der Sohn aus vietnamesischer Gefangenschaft entlassen worden war, hat er sich die Identität des Vaters übergestülpt. Die entscheidende Rolle hat dabei das Carnet seines Vaters gespielt. Gilles glaubte, sein Sohn sei bei dem Arbeitseinsatz gestorben. So hat er es im Carnet aufgeschrieben. Das hast du ja gelesen. Aber Eric war nur schwer krank und von seinen Mitgefangenen als Sterbender bei vietnamesischen Bauern zurückgelassen worden. Die haben ihn gesund gepflegt. Als Eric einige Monate später ins Lager zurückkam, war sein Vater Gilles tot. Was ja auch nicht verwundert, wenn man bedenkt, was Gilles alles erlitten hatte.«

Amadée blieb kurz vor Jacques stehen, als könnte sie ohne sein Einverständnis nicht weitersprechen. Erst als er nickte, setzte sie ihren Bericht fort.

»Als die Gefangenen nun einige Monate nach der Unterzeichnung des Waffenstillstands 1954 entlassen wurden, sahen selbst zwanzigjährige Soldaten wie fünfzig- oder sechzigjährige Männer aus. Der Schock hat Eric wochenlang verstummen lassen, und sein Haar ist unter der psychischen Belastung völlig erbleicht. Das kennt man ja auch aus anderen Fällen. Eric sprach nicht, er hörte nicht, er stierte nur vor sich

hin. Und weil die Sanitäter im französischen Militär-
krankenhaus in Erics karger Habe nur das Carnet seines Vaters Gilles fanden und er wie ein gebrochener
alter Mann wirkte, dachten sie, er sei Gilles Maurel,
und stellten die Krankenpapiere auf ihn aus.«

Amadée hat als Sechzehnjährige bei langen Spa-
ziergängen am Hang des Mont Pelée von Eric erfahren, weshalb er dann unter dem Namen des Vaters
weiterlebte. Es schien ihm die einzige Möglichkeit,
ein freier Mensch zu werden. Das Sterbehaus, in dem
er seinen Vater vom Tisch genommen und gerettet
hatte, ging ihm nie aus dem Kopf. Wenn Eric sich Gilles nannte, lebte der Vater weiter. Vielleicht faszinierte ihn deshalb der Cohé.

Aber es gab noch einen anderen Grund: Eric konnte
sich nicht vorstellen, in Frankreich in der Eliteschule
die Ausbildung zum hohen Beamten zu absolvieren,
so als wäre nichts geschehen. Versehen mit der Identität von Vater Gilles dagegen brauchte Sohn Eric
keine bürgerliche Karriere aufzubauen. Als Gilles, der
als hoher Beamter einen großen Ruf erlangt hatte,
konnte Eric dessen beneidenswerte Karriere beenden
und, von allen hoch geachtet und gesegnet mit einer
guten Staatspension, in Ruhe leben, fern des Pariser
Kampfes um Macht und Positionen.

Amadée sagte, Eric habe mit ihr über diese
Probleme nur offen geredet, als sie noch ein junges
Mädchen war. Er war und blieb ein unglücklicher
Mensch, der sich erwachsenen Menschen gegenüber
verschloss. Je älter sie wurde, desto mehr wuchsen sie
zusammen, wurden Mann und Frau, doch Eric
sprach nie mehr über seine Seelenqualen. Die frühen

Spaziergänge hatten eine Vertrautheit zwischen ihnen geschaffen, die Amadée mit keinem anderen Menschen je geteilt hatte. Bis jetzt.

In einer Zeitung hatte Gilles-Eric von den Angriffen auf Freddy Bonfort, inzwischen Professor in Lyon, gelesen. Da habe ihn die gleiche Wut gepackt wie später bei LaBrousse, als er drohte, den General zu erschießen. Als junger Mann war Eric, der bei seinen Großeltern in der Tourraine aufwuchs, häufig auf der Jagd gewesen, und schon damals galt er als hervorragender Schütze. So habe er auf der Habitation Alizé nur ein paar Wochen trainiert, sei nach Frankreich geflogen und zwei Wochen später wiedergekommen.

»Mit seinem Gewehr!«, warf Jacques ein.

»Die klügsten Leute machen die dümmsten Fehler!«, rief Amadée halb entsetzt, halb lachend. »Aber Eric wirkte wie erlöst und wurde zunehmend ausgeglichener, ja ruhiger. Einmal hat er mir lächelnd gesagt: Jetzt könnte er sich eigentlich wieder Eric nennen.«

Nach seiner Rückkehr aus Frankreich hat er die Insel Martinique nie mehr verlassen, nicht mehr Zeitung gelesen, Radio und Fernsehen seinem Vorarbeiter geschenkt, das Telefonkabel mit einer Schere durchschnitten und sich nur noch der Natur, dem Malen und dem täglichen Leben auf seiner Pflanzung gewidmet. Noch liebevoller als bisher kümmerte er sich um jeden seiner Leute, so als wären sie Familienmitglieder. Jetzt fühlte er sich frei, wenn ihn nicht körperliche Qualen oder Alpträume einholten.

»Der Cohé hat Gilles' Seele eingefangen«, sagte Amadée, »und wiedergebracht. Für Eric. Erinnerst du

dich? Als Vogel der Finsternis fängt der Cohé im Flug
die Seele eines Sterbenden und bringt sie einmal zurück. Gilles – verzeih, für mich bleibt Eric Gilles –
machte sich nach dem letzten Besuch bei LaBrousse
daran, den Cohé noch einmal zu malen, diesmal als
Todesvogel. Vielleicht ahnte er, dass sein Atem bald
fliehen würde und der Cohé ihn nicht mehr zurück-
bringen könnte.«

Amadée ging zur offenen Verandatür und blickte
auf die vom Mond erleuchteten Hügel.

»Er hat sein Leben lang unter den Folgen des vietnamesischen Lagers gelitten«, sagte sie. »Nieren, Milz,
Leber waren zerstört. Vater Gilles wäre jetzt Mitte
neunzig, Eric war, als er vom Pferd fiel und starb,
nicht einmal siebzig. Das ist heute kein Alter, aber er
wurde schon seit einigen Jahren immer schwächer.
Vielleicht wollte er gehen. Es würde mich nicht wundern, wenn er das Unglück herbeigeführt oder herbei-
gesehnt hätte.«

In der Ferne hörte Jacques Trommeln, er erhob
sich, atmete tief ein und trat an Amadée vorbei auf die
Veranda.

Amadée fragte ihn: »Möchtest du noch etwas trinken? Einen Whisky?«

»Hast du einen?«

»Ich habe meine Ermittlungen angestellt: Johnny
Walker?«

»Einen Daumen hoch und nur mit zwei Eiswürfeln. Na, vielleicht drei, weil es hier so heiß ist.«

Während Amadée im Haus verschwand, schritt
Jacques die drei Holzstufen hinunter und steuerte
auf das Gatter an der Koppel zu. Das Trommel-

geräusch war verstummt, wie kleine flackernde Lichter leuchteten hier und da Holzfeuer auf. Die Grille hatte ihr grässliches Schaben eingestellt. Frösche quakten breitmäulig. Ein Vogel rief. Er lauschte, aber der Klang ähnelte nicht dem Schrei des Cohé. Das Zirpen der Heuschrecke, eine einfache Melodie, die ihm inzwischen vertraut war, der Geruch der Wiesen und des Feuers weckten Gefühle in ihm, die er kaum kannte. Er wurde ganz ruhig und ahnte, was Gilles-Eric hier oben in der Habitation Alizé gesucht, aber wohl nicht gefunden hatte: ein Leben in Frieden.

Amadée drückte ihm den Whisky in die linke Hand, umklammerte seinen rechten Arm und schmiegte ihren Körper an seinen. Jacques nahm einen Schluck und genoss die befreiende Wirkung des Alkohols.

Ein kurzer Trommelwirbel, dem aus einer anderen Richtung ein ähnlich dunkler Ton antwortete.

»Die Wachen haben Feuer gemacht. Die Trommeln sagen, alles sei ruhig. Lass uns reingehen. Die Mücken kommen. Ich zeige dir den anderen Cohé, das erste Bild.«

*

Ein ganz anderer Vogel, *dieser* Cohé. Er hatte einen weit aufgerissenen Schnabel, und dahinter lauerte, äußerst kunstvoll gestochen und koloriert, grau-schwarzes Gefieder. Der geöffnete Schnabel aber bestimmte den Ausdruck des Bildes: Er zog sich in der Form einer prallen, aufgeplatzten Erbsenschote fast über die ganze Fläche, vom oberen Rand bis zum unteren. Die

Innenseite des Hornschnabels schimmerte in einem warmen goldenen Gelb, doch in der Mitte des Bildes strahlte wie eine Explosion das kräftige, fast knallige Rot der kurzen Vogelzunge und des tiefen Schlundes.

Gilles' erstes Cohé-Bild hing an der Wand gegenüber von Amadées Bett. Wenn man die Lider leicht schließt und das Bild unscharf betrachtet, kann man so manches darin sehen. Jacques versuchte es, als er am frühen Morgen noch halb träumend in Amadées Bett lag, auf dem Rücken, die Arme hinter dem Kopf verschränkt.

Der Cohé, so hatte ihm Amadée in der Nacht ins Ohr geflüstert, verkörpere nicht nur die Finsternis, nein, er diene auch den Geheimnissen der Leiblichkeit.

Draußen hatte schon vor langem der Pipiri gezwitschert, der früheste aller karibischen Vögel. Die Sonne schien hell durch die Vorhänge und erhitzte die Luft im Schlafzimmer, so dass Jacques zu schwitzen begann, obwohl er nackt dalag, nur von einem feinen, dünnen Laken bedeckt. Neben ihm streckte sich Amadée, stieß einen wohligen Laut aus und tastete mit geschlossenen Augen nach seinem Körper.

Als zwei Tage später der Verfassungsrat in Paris entschied, ein Präsident könne *nicht* vorgeladen werden, zuckte Jacques nur kurz mit der Schulter und dachte an das kreolische Bauernmädchen, an das erste von Gilles gemalte Bild des Cohé, an die Heuschrecken am späten Abend, an den Rum von Trois Rivières, an den Pipiri am frühen Morgen.

»Eigentlich ist dein Fall doch jetzt abgeschlossen?«, fragte Amadée, als er gegen Mittag seine Jacke aus ihrem Schlafzimmerschrank nahm.

»Ja«, antwortete Jacques, »aber ich muss zu Hause noch ein bisschen aufräumen.«

»Warum ziehst du nicht hierher? Die Habitation braucht einen Planteur, und die Witwenpension reicht für zwei.«

Jacques lachte vergnügt, umarmte sie fest und sah vor sich den blutroten Schnabel des Cohé.

Die Wüstenkönigin

PIPER

Für Julia

Une goutte de pétrole vaut une goutte de sang. –
Ein Tropfen Öl ist einen Tropfen Blut wert.

Georges Clémenceau

Sandzeichnung aus Angola (Sona),
aus: Paulus Gerdes, Ethnomathematik, Heidelberg 1997

Ein bescheidener Anfang

Freitag

Jacques sah sie von fern aus dem Wohnmobil steigen. Sportlich sprang sie die drei Stufen auf den Weg hinunter, knallte mit einer schwungvollen Armbewegung die Tür hinter sich zu und lief auf eine dunkelgrüne Vespa zu, vor der zwei Polizisten in voller Montur standen. Nach einem kurzen Wortwechsel ließen sie die junge Frau mit der dunklen Hautfarbe aufsteigen. Sie setzte die große runde Sonnenbrille auf, dann den weißen alten Helm ohne Kinnschutz, nur mit Lederriemen.

»Die spinnt!«, sagte Jacques zu seinem Freund Jean Mahon. Der Kommissar saß neben ihm am Steuer des Polizeiwagens, polierte einen Apfel, zog die Augenbrauen hoch und öffnete den Mund, als wollte er etwas anmerken. Aber mit dem Untersuchungsrichter über Frauen zu reden, schien ihm wohl jetzt nicht angemessen.

»Die spinnt«, sagte Jacques noch einmal, als er zusah, wie die junge Frau mit ihren langen Beinen in engen Jeans und Turnschuhen auf dem Roller saß und einhändig losbrauste, während sie mit der linken Hand noch einen Schal in den Ausschnitt der knappen Lederjacke stopfte.

»Solche Helme gehören verboten«, sagte Jean, »wenn du damit fällst, zerschneidest du dir dein ganzes Gesicht.«

»Schade, bei dem Aussehen.« Jacques betonte jedes Wort, und der Kommissar lachte.

»Stehst du jetzt nur noch auf Farbige?«, fragte er. Die beiden Männer kannten sich schon lange. Als Untersuchungsrichter Jacques Ricou noch mit der eleganten Pariserin Jacqueline verheiratet gewesen war, fuhren die beiden Ehepaare jeden Winter gemeinsam in den Schnee – die Männer, um Ski zu rasen, die Frauen, um sich aufs »Après« vorzubereiten.

»Überhaupt nicht. Meinst du wegen Amadée?«

»Vielleicht. Sie ist doch schon weg, oder?«

»Ja, seit vierzehn Tagen. Nach sechs Wochen in meinem bescheidenen Appartement bekam sie Heimweh nach dem Blick von ihrer Terrasse auf den Atlantik.«

»Wirst du sie besuchen?«

»Klar, im Winter, wenn es hier wieder grässlich nass und kalt ist. Dann ist es auf ihrer Plantation wie im Paradies.«

Amadée, die Kreolin aus Martinique, hatte Jacques die linke Seite ihres großen Bettes angeboten, nachdem ihr Mann beim Sturz von seinem Pferd tödlich verunglückt war. Jacques hatte den Platz nicht zurückgewiesen. Von der Bananenplantage am Osthang des Mont Pélée hatte man den berühmten weiten Blick auf die von den Passatwinden hochgepeitschten Wellen im Atlantischen Ozean. Wenn Jacques davon sprach, geriet er ins Schwärmen.

Jetzt aber saß er neben dem drahtigen Kommissar und ärgerte sich über den – wie er fand – trivialen Einsatz gegen junge Leute, die bei einer Rave-Party ein bisschen Spaß haben wollten. Und er verstand nicht, weshalb die Polizisten die Frau in Leder nicht festgehalten hatten.

»Warum haben sie die schöne Dunkle wohl laufen lassen?« Er sah den Kommissar fragend an.

Der öffnete die Tür, rutschte trotz seines leichten Gebrechens, er stand kurz vor der Pensionierung, flink hinter dem Steuerrad hervor und ging mit den Worten – »Das lässt sich herausfinden« – auf die beiden Polizisten zu.

Jacques fand den Griff nicht, um die Tür des neuen Wagens zu öffnen, tastete hilflos an der Innenverkleidung herum, und als er endlich draußen war, kam ihm Kommissar Jean Mahon schon wieder entgegen.

»Sie hatte eine Akkreditierung als Journalistin vom Figaro«, sagte er.

»Und was wollte sie in dem Wagen?«

»Werden wir auch gleich wissen, wenn die Durchsuchung beendet ist.«

»Ich frag mich wirklich, was ich hier soll«, sagte Jacques mürrisch, »das ist doch Kinderkram.«

»Der Wochenenddienst wird Ihnen gut tun«, hatte seine Chefin, Marie Gastaud, mit ihrer unbeweglichen Miene gesagt, als sie Jacques den Auftrag gab, sich für einen Einsatz gegen eine illegale Rave-Party in Créteil bereitzuhalten. Nicht mal durch ein Wimperzucken hatte die Gerichtspräsidentin angedeutet, dass der aufmüpfige Untersuchungsrichter damit ein wenig gedemütigt werden sollte.

Marie Gastaud gab sich zwar streng, aber bisher hatte sie Jacques stets den Rücken freigehalten, selbst wenn er sich gelegentlich knapp vergaloppierte. In ihren zeitlosen Seidenkleidern und mit einer Frisur, die wie ein hellblaues Sahnebaiser auf ihrem Haupt thronte, wirkte sie stets wie die Inkarnation der bourgeoisen Karrierefrau, die trotz ihres Berufs auf Mann und Kinder nicht verzichtet hatte.

»Wenn ich vor zwanzig Jahren einen solchen Polizei-einsatz erlebt hätte, wäre ich wahrscheinlich nie in den Staatsdienst gegangen«, sagte Jacques.

»Mein Gott, was willst du machen, wenn die Kerle gegen die Gesetze verstoßen?«, antwortete Jean Mahon. Als Mitglied der police judiciaire ging er mit seinen Leuten dem Untersuchungsrichter zur Hand, wenn es darum ging, Wohnungen und Büros zu durchsuchen oder einen Verdächtigen festzunehmen.

Heute allerdings war ein Großaufgebot an Sicher-heitskräften der städtischen Polizei und der Gendarme-rie, ja sogar der im Volk als Schlägertruppe verschrienen CRS mit ihren schwarzen Kampfanzügen und Helmen ausgezogen, um diese illegale Rave-Party aufzulösen.

Es ging um eine dieser free partys irgendwo in der Natur, auf entlegenen Lichtungen, an einsamen Fluss-ufern, die es überall in den USA, in Großbritannien, in Deutschland und eben auch in Frankreich gibt. Beim Rave kontrolliert kein muskelbepackter Türsteher den Zutritt, zockt keiner hohe Eintrittsgelder ab, jeder kann teilnehmen, der im Internet die richtige Infoline fin-det und dann wie bei einer Schnitzeljagd die richtigen Signale entdeckt, die zu dem geheim gehaltenen Ort führen. Mal kommen nur fünfhundert, mal ein paar tausend Raver.

Unter illegalparty.com oder shitkatapult.com waren hello peoploids! im Internet ermuntert worden, am letz-ten Septemberwochenende an das Marneufer bei Cré-teil im Parc du Morbras ein Technival zu feiern. So nah bei Paris – da würden zehntausend kommen.

Aber die Polizei hatte mitgelesen. Denn Rave-Partys stören die Bourgeoisie. Und die Umweltschützer. Drei Tage Techno, drei Tage Saufen und Tanzen, Sex und Drogen, Ausflippen und Zusammenbrechen, das bedeutete zertrampeltes Gras, verschreckte Sumpfeulen und Tonnen an Müll: Papier, Dosen, Kondome und Spritzen. Und vielleicht auch noch ein paar Ecstasy-Leichen.

Und was die Bourgeoisie derart störte, das bekämpfte der wegen seiner Strenge respektierte Innenminister schon seit Jahren. Allerdings wurde er, wegen seiner unverhohlenen politischen Ambitionen, inzwischen selbst von der konservativen Presse mit Skepsis beobachtet. Zunächst waren die Proteste von Schülern und Studenten (darunter auch Kinder der Bourgeoisie) gegen die Verschärfung des Gesetzes über die Alltägliche Sicherheit unangenehm laut, doch nach dem 11. September wagte niemand mehr, solche Maßnahmen zu kritisieren. Nach dem Dekret 887 aus dem Jahr 2002 müssen Rave-Partys vom Präfekten genehmigt werden. Und da Präfekten direkt vom Innenminister ernannt werden, stellen sie keine Genehmigungen für Rave-Partys mehr aus.

Trotzdem waren Lastwagen mit riesigen Verstärkern auf der Ladefläche kurz nach Sonnenaufgang den dreckigen Chemin du Morbras hinabgefahren, ihre Aufbauten hatten tief hängende Äste von den Bäumen gerissen, und gegen Mittag war auf dem Weg schon kein Durchkommen mehr gewesen; überall parkten Camper oder Wohnmobile, waren Motorräder abgestellt, und aus der nahe gelegenen Metro-Station quollen mit jedem eintreffenden Zug Hunderte von jungen Leuten.

»Man hätte die Schlacht verhindern können, wenn

die Bullen es nur ein wenig intelligenter angestellt hätten«, sagte Jacques.

»Die Bullen. Jetzt redest du auch schon so. Wenn die städtische Polizei die Gegend gestern Abend abgesperrt hätte, wäre überhaupt nichts passiert. So konnten die CRS-Leute sich wieder mal austoben. Erst als fast tausend Leute da waren, haben sie eingegriffen. Und wie!«

Der Untersuchungsrichter wagte es nicht zu sagen, was ihm dazu spontan einfiel. Die Worte, die noch vor kurzem viele ungeniert gerufen hatten: CRS = SS. Aber so gut er Jean auch kannte, er war sich nicht sicher, wie sein Freund darauf reagieren würde.

»Wenn die nicht von allein gehen!«

»Du bist komisch. Hättest du dich in dem Alter davongemacht? Ich nicht. Ich hätte mich auch eher prügeln lassen. Und das müssen die doch wissen! Haben die denn keinen Psy dabei? Und Tränengasgranaten darf man bei so einer Aktion doch in keinem Fall einsetzen.«

»Das ist auf offenem Gelände doch auch nur halb so schlimm.«

»Aber einem ist die Hand abgerissen worden, weil die Sadisten von der CRS mit den Granaten auf den Mann gezielt haben.«

»Was zu beweisen wäre …«

»Die Hand ist ab!«

»Aber du hast ja nun auch zu tun bekommen. Ganz umsonst ist unser Einsatz also doch nicht.«

»Erst mal abwarten, was dabei rauskommt.«

Sie warfen einen Blick in die Runde. Das Flussufer sah wie ein Schlachtfeld aus – obwohl das Technival gar nicht erst begonnen hatte. Die Lastwagen mit der Musikelektronik waren den Weg wieder hinaufgerumpelt, Polizeieinheiten bewachten den Zugang von der Stadt

her, die CRS-Mannschaften saßen in ihren dunkelblauen Einsatzbussen mit den dicken Drahtgittern vor
den Fenstern.

»Ich habe Hunger«, sagte Jacques. »Kannst du nicht
mal dafür sorgen, dass deine Leute sich beeilen?«

Kommissar Jean Mahon lachte. »So verfressen kenne
ich dich gar nicht! Lass uns mal nachschauen.«

Als der Richter und der Kommissar auf das Wohnmobil zugingen, sprang die Tür auf, zwei Polizisten traten
heraus und zerrten einen jungen Mann, etwa zwanzig
Jahre alt, in Handschellen hinter sich her.

»Patron«, sagte der erste an Jean Mahon gewandt,
»Monsieur besitzt einen fahrenden Drugstore.«

»Wir sind so weit«, rief jemand von drinnen, und
Jacques kletterte hinter seinem Freund die Treppenstu-
fen hoch.

Jean stieß einen Pfiff der Hochachtung aus. »Donner-
wetter! Alles, was man braucht.«

Eine flauschige Decke und weiche Laken lagen wirr
auf dem breiten Doppelbett im hinteren Teil des Wagens. Darüber reihten sich in einem Regal aus edlem
Holz Wein- und Wodkaflaschen. Ein Meister der Raum-
aufteilung hatte in dem von außen klein erscheinen-
den Wagen nicht nur die Lotterwiese untergebracht,
sondern neben der Kochecke auch eine Dusche mit
Toilette, eine Sitzecke mit Flachbildfernseher, DVD-
Anlage und einem Surround-Boxenset mit sechs Dolby-
einheiten.

»Wir fanden alles säuberlich in den Regalen, wie es
sich gehört«, sagte der Sergeant, der die Durchsuchung
mit so viel Feingefühl vorgenommen hatte, dass nicht
ein Paneel der Holzverkleidung beschädigt worden war.

»Was haben wir denn da?«, fragte Jacques.

»Schätzungsweise hundertfünfzig Gramm Kokain. Aber dann die ganze Palette: Tranxen, Rohypnol, Ephedrine, Fenetyllin, Cannabis. Alles was man braucht, um drei oder vier Tage ohne Schlaf durchzufeiern, um sich hochzuputschen und wieder runterzukommen. In diesem Drugstore sind Waren mit einem Einzelverkaufswert von ein paar hunderttausend Euro. Und nix von wegen Eigenbedarf, dafür ist das zu viel. Das ist ein Kaufladen.«

»Hat er Papiere dabei?«, fragte Jacques.

»Ja.« Der Sergeant kramte in den Unterlagen, die er in der Hand hielt. »Didier Lacoste. Student. Geboren 1983 im American Hospital in Neuilly, Führerschein 2001 ausgestellt in Bonifacio.«

»Ach, so einer!«, rief Jean Mahon. Er wusste, dass jemand, der über Clan-Kontakte auf Korsika verfügte, seinen Führerschein auch schon mal ohne Prüfung erhielt.

Jacques zog sein schwarzes Moleskine-Notizbuch aus der Jackentasche und notierte sich die Angaben. Er benutzte diese Kultbüchlein, seit Margaux ihm, als sie frisch verliebt waren, sein erstes Moleskine mit der Bemerkung geschenkt hatte, ein gleiches habe schon Proust benutzt. Und van Gogh und Matisse, sogar Hemingway.

»Was machen wir mit dem? Einbuchten?«, fragte der Sergeant.

»Der Wagen wird beschlagnahmt. Lasst ihn abholen«, befahl Jacques. »Und nehmt Lacoste erst mal mit zur Wache, schreibt die Personalien auf und macht all das, was zu tun ist. Schaut nach, ob schon was gegen ihn vorliegt. Wie spät ist es denn jetzt?«

Der Kommissar schob den Ärmel hoch und legte seine Uhr frei.

»Halb acht.«

Eine halbe Stunde bis nach Hause, rechnete Jacques aus, dann duschen, umziehen, zehn Minuten bis in Michels Atelier in Belleville. Er würde gerade noch rechtzeitig kommen zu der großen Feier, zu der sein Malerfreund Michel Faublée eingeladen hatte, weil ein einziger Sammler gleich drei große Bilder gekauft hatte.

»Bis morgen!« Jacques zog seinen Autoschlüssel aus der Jackentasche. »Der Knabe kann bei euch die Pritsche kennen lernen, wird ihm gut tun. Vielleicht habt ihr ja noch mehr Besuch. Aber keine Telefonate! Er braucht noch keinen Anwalt. – Bringt ihn morgen früh um elf zu mir ins Gericht.«

Sonnabend

Er holte tief Luft und seufzte. Oje, dreimal, ojeojeoje. Der Schädel brummte zwar nicht, aber es war doch zu viel Alkohol gewesen. Und dann dieser Anruf! Martine Hugues, die pummelige gute Seele in seinem Büro, von Amts wegen Gerichtsschreiberin, hatte ihn um neun Uhr früh aus dem Bett geklingelt.

»Jacques, da läuft irgendetwas Furchtbares. Marie Gastaud kann dich nicht erreichen und hat mich über ihre Sekretärin gebeten dir zu sagen, du sollst um elf in ihrem Büro auftauchen. Sie scheint zu kochen. Und das ist selten bei unserer Betonmarie!«

Martine lachte, während sich auf Jacques' Haut – von einem plötzlichen Hitzeausstoß hervorgerufen – Schweißperlen bildeten.

»Wenn du mich erreichen kannst, dann hätte sie das doch auch schaffen können«, verteidigte er sich.

»Angeblich hat sie dir gestern Abend aufs Band gesprochen, aber du hast dich nicht zurückgemeldet.«

»Ich rufe sie an. Um elf kann ich nicht. Bitte sei im Büro, wir haben Arbeit, du musst Protokoll führen.«

Er knurrte. Irgendwann gegen zwei hatte ihn endlich seine Bettdecke umschlungen. Er war versackt. Allein. Bei Michel hatte niemand geöffnet, als er dort voller Erwartungen und guter Laune erschienen war. Die Vorfreude hatte ihn genau eine Woche zu früh angeschwemmt. Vorfreude, weil Michel ihm vorgeschwärmt hatte, der Sammler aus dem 16. Arrondissement bringe viele elegante Freunde mit und – interessante Freundinnen!

Jacques wählte die Nummer der Gerichtspräsidentin. Es klingelte nur einmal, und sie hob den Hörer ab.

»Bonjour Madame la présidente, Jacques Ricou«, sagte er und versuchte sich so dienstlich wie möglich zu geben.

»Monsieur le juge«, auch Marie Gastaud schlug einen möglichst kühlen Ton an, »vor mehr als zwölf Stunden habe ich vom Chef de Cabinet des Justizministers einen Anruf erhalten. Danach haben Sie gestern bei der Rave-Party Didier Lacoste festgenommen, ihn dann aber weder verhört noch ihm gestattet, einen Anwalt anzurufen. Und seit mehr als zwölf Stunden versuche ich, Sie zu sprechen. Können Sie das erklären?«

»Madame la présidente. Sie haben mich zu der verbotenen Rave-Party geschickt. Dort hat die Polizei in meinem Auftrag einen Wohnwagen voller Drogen beschlagnahmt, der von Didier Lacoste gefahren wurde. Entsprechend den Regeln wurde er zur Feststellung der Personalien mitgenommen auf das Revier. Die Regel erlaubt auch, ihm erst nach vierundzwanzig Stunden den

Kontakt zu einem Anwalt zu gewähren. Das wäre heute Abend. Ich habe den Termin für sein Verhör schon gestern für heute um elf festgelegt.«

Er machte eine kleine Kunstpause, wechselte den Ton, und fragte vertraulich: »Was ist so wichtig an dieser Person?«

»Sein Vater ist Alain Lacoste.« Die Gerichtspräsidentin blieb kühl.

»Pardon, das sagt mir nichts.«

»Ehemaliger Präfekt von Marseille. Vertrauter des Innenministers, heute Chef der Sofremi, die dem Innenministerium untersteht. Ich bin von höchster Stelle gebeten worden, Lacoste noch gestern Abend freizulassen.«

Jacques schluckte. »Sofremi. Die Genehmigungsbehörde für Waffenhandel. Ach ja.«

Sollte er die Gerichtspräsidentin darauf hinweisen, dass ein Untersuchungsrichter nach dem Gesetz völlig unabhängig ist, dass also auch Marie Gastaud nicht das Recht hat, Lacoste zu entlassen?

»Haben Sie es getan?«, fragte er.

»Nein, Monsieur le juge. Weil mir das nicht zusteht. Aber bitte achten auch Sie das Recht. Ich erwarte Montag einen Bericht. Um elf Uhr.«

Mit einem leisen Fluch über teuflische Hexen ließ sich Jacques wieder in sein Bett fallen. Jetzt würde er das ganze Wochenende arbeiten müssen. Schließlich trottete er in die Küche, warf die Espresso-Maschine an, die Amadée gekauft hatte, und stellte das Radio an. Auf Korsika war die Motoryacht eines ehemaligen Verteidigungsministers von François Mitterrand in die Luft geflogen. Die Schlacht schien heißer zu werden. So weit waren die Untergrundkämpfer für die Freiheit der Insel,

19

die Jacques kalt Terroristen nannte, bisher noch nie gegangen. Niemand war verletzt worden. Der Politiker galt als harter Zentralist.

Jacques stieg unter die heiße Dusche, die er, als wollte er sich selbst kasteien, brüsk auf kalt drehte.

Das Vernehmungsprotokoll

Dienstag

Hast du überhaupt noch Kontakt zu deinem Sohn?«, fragte Sotto Calvi und fügte im Befehlston hinzu: »Und bitte reg dich nicht so auf!«

»Didier redet nicht mehr mit mir, seit ich ausgezogen bin.« Alain Lacoste räusperte sich nervös und schnippte mit den Fingern. »Diese Geschichte kann äußerst unangenehm werden.«

»Gott, da haben wir schon andere Pferde kotzen sehen!« Sotto Calvi strich ein Zündholz an und hielt es an seine Zigarre.

Die Luft in dem Salon schmeckte staubig, nach dem großen Gobelin an der Wand, nach den antiken Stühlen, den Sesseln, die aus dem staatlichen Möbellager entliehen waren. Schwere Vorhänge, Staubfänger nannte Sotto Calvi sie abfällig, umrahmten die Fenster, hier strömte zu selten frische Luft herein, niemand wohnte hier ständig oder lüftete wenigstens gelegentlich. Dafür hatten Beamte keinen Sinn.

Nur für diskrete, wichtige Treffen hielt sich die Sofremi dieses große Appartement in der rue de l'Université. Manche Kunden wollten nicht gesehen werden, wenn sie über den Kauf von Waffen verhandelten. Obwohl es völlig legal war, in staatlichem Auftrag gebrauchte Waffensysteme zu verkaufen, war es doch klüger, gewisse Dinge eher vertraulich zu behandeln. So kauften einige afrikanische oder asiatische Länder militärisches Gerümpel, das die hochgerüstete Atommacht Frankreich aus ihrem Arsenal aussonderte, während andere ihren Geheimdienst einsetzten, um zunächst zu erkunden, welche Waffen an die jeweiligen Nachbarn geliefert wurden und welche sie deshalb brauchten. Das wiederum hatte Alain Lacoste, als Chef der Sofremi, veranlasst, vom französischen Inlandsgeheimdienst DST (Direction de la Sûreté de l'Etat) einmal im Monat diese Wohnung auf Wanzen untersuchen zu lassen. Auch der versteckte Hinterausgang, der durch einige Gärten in das Bürogebäude der Sofremi am Boulevard Saint-Germain führte, wurde ständig kontrolliert.

Alain Lacoste und Sotto Calvi kannten die mit eleganten Empire-Möbeln eingerichteten, aber dennoch unpersönlich wirkenden Räume gut. Calvi war hier Stammgast, weil er als Vermittler von Waffengeschäften für die Sofremi tätig war, Lacoste, weil er so manche Nacht mit seiner Sekretärin durchgearbeitet hatte, bis sie eine Tochter von ihm erwartete. Da verließ er Frau und Sohn und zog mit ihr zusammen.

»Hast du ihm einen Anwalt geschickt?«, fragte Sotto Calvi.

»Nein. Da ist was schief gelaufen. Nachdem ich von Lyse erfahren habe, dass er festgenommen worden ist, habe ich sofort Cortone auf seinem Handy angerufen und gebeten, sich einzuschalten. Fröhlich war der nicht gerade. Ich dachte mir aber, als Innenminister würde er meinen Sohn schnell wieder frei bekommen. Dann konnte er den Justizminister nicht erreichen, und musste es über den Chef de Cabinet vom Justizminister versuchen. Aber der hat sich offenbar gegenüber seinen Leuten nicht durchsetzen können. Nun ja, wer kann auch ahnen, dass bei so einem Kinderkram Ricou als Untersuchungsrichter eingesetzt wird.«

»Jacques Ricou, der Krawallrichter?«

»Ja. Und an den wagt sich selbst die Gerichtspräsidentin nicht ran.«

»Dann müssen wir vielleicht doch was tun. Wie hat Lyse von der Festnahme erfahren?«

»Ich habe sie gebeten, ein Auge auf Didier zu haben.«

»Die ist doch zu alt für deinen Sohn!« Sotto Calvi lachte.

»Aber er schätzt sie. Und so alt ist Lyse auch nicht. Sie hat ihre Vespa bestiegen und ist zu der Rave-Party gefahren. Als sie ankam, wurde gerade Didiers Wohnwagen durchsucht. Lyse hat sich als Journalistin vom Figaro ausgegeben, die über illegale Rave-Partys schreibt.«

»Und das haben die Bullen ihr geglaubt?«

»Du kennst doch Lyse. Was sie macht, macht sie richtig. Natürlich hatte sie sich eine echte Akkreditierung vom Figaro besorgt. Sie ruft mich an, ich rufe Cortone an. Ich denke, alles läuft wie geschmiert, wie immer. Als treu sorgender Vater melde ich mich Freitagabend auch noch bei meiner Ex, um zu hören, ob Didier wieder zu Hause ist, aber die Alte hört nur meine Stimme und knallt den Hörer wieder auf. Wird schon alles in Ordnung sein, dachte ich, denn sonst schreit sie zwar, aber fordert mich immerhin auf, alles wieder in Ordnung zu bringen. Wenigstens habe ich das Wochenende ruhig verbracht. Bis mich Montagnachmittag der Chef de Cabinet des Justizministers anruft und hämisch ankündigt, er werde mir gleich das Vernehmungsprotokoll von Didier faxen. Wenigstens das hat ihm die Gerichtspräsidentin vertraulich zukommen lassen. Ausnahmsweise,

wegen der guten Beziehungen zwischen unseren Minis-
tern. Avec les compliments de la maison, hat der Dreck-
sack auch noch hinzugefügt.«

»Nette Freunde hast du.« Sotto Calvi lachte. »Und
hast du es mitgebracht, das Protokoll?«

»Ja. Es wird dir nicht gefallen.«

Alain Lacoste reichte Sotto Calvi einen abgegriffenen
Aktendeckel. Der Waffenhändler schlug ihn auf und begann zu lesen.

Auf der ersten Seite standen die persönlichen Angaben. Calvi blätterte weiter, doch schon auf der Mitte der
zweiten Seite las er aufmerksamer.

Jacques Ricou: »Wir haben Ihr Wohnmobil beschlagnahmt. Was war der Neuwert?«

Didier Lacoste: »Ich habe es gebraucht gekauft.«

J. R.: »Aus den Papieren geht das nicht hervor.«

D. L.: »Müsste es aber. Es war ein Vorführmodell von
Chrysler. Deswegen habe ich es dreißig Prozent billiger
bekommen.«

J. R.: »Wie viel?«

D. L.: »Vierzigtausend.«

J. R.: »Euro?«

D. L.: »Keine Lire. Klar: Euro.«

J. R.: »Handeln Sie mit Drogen?«

D. L.: »Das habe ich nicht nötig.«

J. R.: »Sie haben einen Vorrat, der für den privaten
Verbrauch viel zu umfangreich ist. Haben Sie je Drogen
verkauft?«

D. L.: »Ich brauche viel und habe viele Freunde.
Und wenn jemand in Not ist, kann er mir auch schon
mal was abkaufen. Aber ich bin kein Dealer.«

J. R.: »Woher hatten Sie dann das Geld für das Wohnmobil?«

D. L.: »Erspart.«

J. R.: »Komm mir nicht blöd. Allein die Drogen bringen Ihnen bis zu drei Jahren Gefängnis ein. In einem besonderen Fall kriegen wir auch fünf Jahre hin. Den Einkaufswert schätzen unsere Leute auf zweihundertfünfzigtausend Euro. Da nimmt Ihnen niemand ab, dass es sich nur um Eigenbedarf handelt. Wie groß war Ihr Umsatz?«

D. L.: »Ich deale nicht.«

J. R.: »Und woher kommen die dreihundertachtzigtausend in bar?«

D. L.: »Euro?«

J. R.: »Keine Lire. Klar: Euro.«

D. L.: »Ich weiß nicht, wovon Sie reden.«

J. R.: »Sie sind naiver, als Ihr Alter es erlaubt. Die Polizei hat das Wohnmobil heute Nacht Stück für Stück auseinander genommen. Und was haben sie gefunden? Ein ganzes Kilo Kokain sehr gut versteckt im Zwischenboden. Da kam man nicht leicht dran. Macht weitere drei Jahre. Und im selben Versteck, schön wasserdicht verpackt, dreihundertachtzigtausend Euro. So schön verpackt, dass es nicht nach Taschengeld aussieht.«

D. L.: »Damit habe ich nichts zu tun. Die Polizei will mich reinlegen!«

J. R.: »Weiß Ihr Vater davon?«

D. L.: »Hören Sie bloß auf mit meinem Vater!«

Calvi las das Protokoll mit wachsender Aufmerksamkeit, lachte ab und zu trocken auf, warf einen kurzen Blick auf Alain Lacoste, und versenkte sich wieder in die Akte. Der Sohn – wie durch ein Schlüsselwort geöffnet – hatte angefangen, zu plaudern.

Und dann, als der Untersuchungsrichter damit drohte, seinen Vater vorzuladen und ihm gegenüberzustellen, brach er zusammen.

Er schrie, heulte und vergrub schließlich seinen Kopf in den Armen auf dem Tisch. Doch Jacques stellte sofort die nächste Frage: »Haben Sie das Geld von Ihrem Vater?«

»Ja«, antwortete Didier und Calvi entfuhr ein »ach-duscheiße«. Er blickte vom Protokoll auf und sah Alain Lacoste die Achseln zucken und die Arme öffnen, mit den Handflächen nach oben, als Zeichen für »siehste, ichhabsdirjagesagt«.

»Wusstest du das?«, fragte der Waffenhändler.

»Nein«, antwortete Alain Lacoste.

»Der hat dich ja ganz schön ausgezogen!« Calvi lachte, aber es klang böse.

Und dann erzählte Didier ausführlich, warum es ihm nie mehr an Geld fehlte, nachdem er einmal entdeckt hatte, wie sein Vater das Familienleben finanzierte. Als Präfekt und später als Chef der Sofremi erhielt er zwar ein hohes Staatsgehalt und viele Privilegien. Doch davon hätte er seinen ausschweifenden Lebensstil nie bestreiten können, zumal Didiers Mutter stets in Depressionen zu verfallen drohte, wenn sie nicht den Luxus, den die Stadt Paris bot, genießen konnte.

Ganze Tage verbrachte sie bei geschlossenen Fensterläden im Bett und entschuldigte sich mit Migräne. Eine Zeitlang glaubte der Sohn, sie trinke aus Kummer vor dem herumstreunenden Mann. Da begann er seinen Vater zu hassen.

Ein ausgeklügeltes Netzwerk bestimmte das Leben von Alain Lacoste, erklärte Didier. Das Landhaus bei Houdan in der Normandie, eine knappe Autostunde vom Appartement in der Avenue Victor Hugo entfernt, gehörte einst dem Großvater väterlicherseits. Doch als der im Sterben lag, war Alain mit seiner Sekretärin zu einem Ski-Urlaub nach Utah eingeladen – und er war losgeflogen. Am Sterbebett seines Vaters ließ er seinen Sohn Didier und seine betrogene Ehefrau zurück. Didiers Mutter suchte einen einfachen Ausweg, schluckte schwere Mittel gegen ihre Depressionen und verkroch sich unter der Bettdecke.

Irgendjemand muss sich doch kümmern, warf Didier seinem Vater am Telefon vor, der nur vom einmaligen Pulverschnee in den Rocky Mountains schwärmte. So saß ein völlig verängstigter, hilfloser Didier allein im Krankenzimmer des Alten. Zwei Wochen vor seinem vierzehnten Geburtstag hörte das Herz seines Großvaters auf zu schlagen. Es war Nachmittag, draußen wurde es langsam dunkel, auf dem Flur hörte Didier die geschäftigen Krankenschwestern. Aber er wagte es nicht, die langsam erkaltende Hand loszulassen. Nicht aus Trauer, sondern aus Angst vor dem Tod liefen dem Kind die Tränen über die Lippen, das Kinn, den Hals hinunter.

Alain Lacoste reiste nicht gleich zurück. Er rief das Beerdigungsinstitut in Houdan an und gab die Order, den Leichnam bis zu seiner Rückkehr »in den Eisschrank« zu legen.

Didier war kaum noch zu unterbrechen, er begann, dem Richter offensichtlich zu vertrauen.

Das geerbte Landhaus in Houdan wurde auf Kosten einer städtischen Firma renoviert, und der kleine Park von Angestellten des Gartenamtes gepflegt.

Auf dem Rücken der Arbeitsjacken der Gärtner waren das Stadtwappen und der Name ihres Amtes gestickt, weshalb ihnen befohlen wurde, diese Jacken falsch herum anzuziehen, sobald sie beim Privatmann Alain Lacoste den Rasen mähten.

Vater Alains Geldquelle, aus der sich Sohn Didier, sobald er sie kannte, heimlich bediente, lag in Genf. Deshalb reiste Alain Lacoste alle paar Wochen in Begleitung eines uniformierten Polizeisergeanten in die Schweiz und kehrte fröhlich gestimmt mit einem großen Aktenkoffer voller Banknoten zurück. Der Sergeant diente nur als Camouflage: Beim Zoll konnte der Polizist – falls notwendig – seinen Dienstausweis vorzeigen und so Lacoste vor unangenehmen Fragen schützen.

Einmal, Didier mochte damals zwölf oder dreizehn gewesen sein, zogen sich Alain Lacoste und der Sergeant nach so einer Reise mit einer Flasche Deutz-Champagner in das Wohnzimmer zurück. Didier beobachtete durch die nur angelehnte Tür, wie sein Vater mit beiden Händen in den Aktenkoffer griff, einige Bündel Geldscheine herausholte, sie ungezählt in einen gelben Umschlag steckte und dem Sergeant übergab. Sie lachten laut, der Polizist verstaute das Geld, ohne auch nur eine Bemerkung zu machen, in der großen Innentasche seines Mantels, erhob sich, dankte für das Glas Champagner und verabschiedete sich.

»Salut! Bis zum nächsten Mal!«

Darauf steckte Alain ein dickes Bündel in seine Brieftasche und trug den Koffer in die Küche, um ihn in einem versteckten Safe einzuschließen. Allerdings wusste jeder in der Familie, wie er den Geldschrank öffnen konnte. Von da an besserte Didier sein Taschengeld aus dieser Quelle auf. Zunächst blieb er maßvoll bei einem oder zwei größeren Scheinen, obwohl er gesehen hatte, dass sein Vater das Geld nicht abzählte. Einen Teil nahm Lacoste immer am nächsten Tag mit ins Büro. Didier wusste nicht, in welche Kanäle sein Vater das Geld dann einspeiste. Aber da er alle Einkäufe, Res-

28

taurantbesuche und Reisen bar bezahlte, nahm Didier an, dass er es dafür brauchte.

Als der Vater nächtelang nicht nach Hause kam, als sich die Mutter nur noch zwischen Schreikrämpfen und Depressionen bewegte, hielt der inzwischen siebzehnjährige Didier es für nötig, Rücklagen zu bilden. Ganz unverdächtig besuchte er den Vater in seiner neuen Wohnung, und meist gelang es ihm, in einem unbeobachteten Moment, den Safe, der auch hier in der Küche stand und auf den gleichen Code reagierte, zu öffnen.

»Verdammt!«, sagte Alain Lacoste, als er die Aussage seines Sohnes las. »Und ich habe nichts gesagt, weil ich glaubte, meine Frau bedient sich da.«

Alain Lacoste hatte seine Frauen immer kurz gehalten. Das war meist die Ursache der Streitereien mit Didiers Mutter gewesen, besonders nach der Scheidung. Von da an zahlte Lacoste zwar noch die Miete der Wohnung, aber sonst nur eine spärliche Unterstützung. Und als Lacostes Sekretärin nach der Tochter auch noch einen Sohn zur Welt brachte, hatte Alain das Interesse an dem Spross aus erster Ehe verloren, zumal der in seinen Augen ein fauler Luftikus war, der von Rave-Partys und Ecstasy nicht genug bekam. Nach dem baccalauréat hatte Didier sich in einer privaten Handelsschule eingeschrieben, doch statt zu lernen, kümmerte er sich eher um sein Vergnügen.

Auf der letzten Seite des Protokolls stand der Satz, der den Chef der Sofremi so nervös machte, dass er sofort Calvi angerufen und um das Treffen in der Wohnung am Boulevard Saint-Germain gebeten hatte.

Jacques Ricou: »Vielleicht hilft es der Wahrheitsfindung, wenn wir Ihren Vater als Zeugen vorladen und um seine Aussage bitten.«

»Und – hast du schon eine Vorladung erhalten?«, fragte der Waffenhändler.

»So schnell schießt auch Ricou nicht. Die Vernehmung fand ja erst am Sonnabend früh statt. Und das Protokoll habe ich erst seit knapp vierundzwanzig Stunden. Jetzt ist Dienstagmittag!«

»Wir müssen eine Doppelstrategie fahren«, erklärte Calvi und streckte sich. Der kleine und drahtige Mann verglich sich gern mit Zatopek, weil auch er ein zäher Läufer war. Aufgewachsen in den korsischen Bergen, war er schon von klein an den ganzen Sommer hinter der Ziegenherde des Vaters hergelaufen. Er war mit Käse und Brot aufgezogen worden, Zickenfleisch kam nur zu Ostern auf den Familientisch.

»Einen guten Anwalt für Didier und einen Presseartikel gegen den Untersuchungsrichter!« Sotto Calvi lachte trocken.

Alain Lacoste dachte kurz nach. Er überragte den Waffenhändler nur um wenige Zentimeter, wirkte aber kräftiger mit seinem quadratischen Brustkorb. Aufgewachsen war er in Bonifacio, wo sein Vater als Notar jede korsische Unterschrift beglaubigte, weil er in der Inselpolitik eine verdeckte Rolle spielte. Ziegenkäse servierte die Angestellte im Hause Lacoste zwischen Hauptgang und Süßspeise. Und dazu einen Centenaire du Fondateur, den hellen Weißwein der Domaine Casabianca, einen echten vin de corse aus Bravone an der Ostküste.

»Nehmen wir deinen Anwalt, der hat einen hervorragenden Ruf!«, sagte Alain Lacoste.

»Philippe Tessier – bist du wahnsinnig? Der vertritt mich in meiner Steueruntersuchung gegenüber dieser Krampfhenne Barda. Die hat fünfhundert Millionen auf einem meiner Geschäftskonten beschlagnahmt und bei den Banken sperren lassen. Da würde sich Ricou – oder Barda – gleich fragen, was zwischen uns persönlich läuft!«

Selbst im Justizpalast verdrehten die Kollegen die Augen, wenn das Gespräch auf die Untersuchungsrichterin Françoise Barda kam. Sie biss zu wie eine Hyäne, durchwühlte die Akten ihrer Fälle wie ein Dachshund, und sah aus wie ein Mops.

Lacoste lachte: »Und was hältst du von Vergès?«

»Jacques Vergès! Jetzt bist du völlig durchgedreht. Das wäre eine Überreaktion. Was meinst du, was Ricou denken würde. Schließlich hat Vergès Leute wie den Terroristen Carlos oder den Nazi-Folterer Klaus Barbie vertreten. Und jetzt, wo sich kein Mensch mehr seinetwegen umdreht, gibt er damit an, Saddam Hussein und Slobodan Milosevic seien seine Klienten. Nein, wir brauchen jemanden, der der Regierung nahe steht, einen braven Gaullisten. Tessier soll sich darum kümmern, jemanden zu finden.«

Sotto Calvi dachte einen Moment nach, ehe er fortfuhr: »Außerdem haben wir noch ein paar Stunden Zeit bis zum Redaktionsschluss des Figaro. Ruf Lyse an, die dürfte dort genügend Leute kennen. Morgen muss ein kleiner Artikel erscheinen, in dem Ricou kritisiert wird, weil er sich jetzt schon an Jugendlichen vergreift. Daraufhin werden morgen Vormittag ein paar Dutzend junge Leute mit viel Lärm vor Ricous Büro demonstrieren. Das kostet nicht viel. Übermorgen aber werden dann die anderen Zeitungen das Thema aufgreifen. Sie werden über die Demo schreiben und Ricou mit Häme übergießen. Und damit seine Glaubwürdigkeit ankratzen – sein Ego. Schließlich wird er froh sein, wenn er den Fall Didier schnell wieder vom Hals hat. Auf jeden Fall müssen wir Ricou im Auge behalten.«

Und drittens, fügte Alain Lacoste in Gedanken versunken hinzu, drittens könnte Sotto Calvi doch seine Wunderwaffe Lyse auf Jacques Ricou ansetzen. Der würde auf diese aufregende junge Frau fliegen, sie würde ihn ausquetschen, und sie beide könnten den Untersuchungen immer einen Schritt voraus sein.

Lyse

Freitag

Jacques kannte höchstens die Hälfte der Gäste von Michel. »Sind schon merkwürdige Typen hier«, bemerkte er gegenüber Bernard Lefort, dem Schriftsteller, der nur die Achseln zuckte und stumm, weil er gerade eine Auster in den Mund geschlürft hatte, auf das Buffet mit Crevetten und Pasteten, mit Foie Gras und Brioche, mit Kaviar auf Eis und halben Hummern wies.

»Was macht Amadée?«, fragte er dann.

»Soll ich sie von dir grüßen? Wir telefonieren jeden Abend, bevor ich ins Bett gehe.«

»Mach das. Und schick ihr einen Kuss von mir!« Lefort lachte.

»Wo ist denn Michel?«

»Keine Ahnung, ich glaube, der zeigt seinem Kunstsammler die Atelierräume.«

Lefort nahm einen Schluck Rotwein und als sei ihm plötzlich eine Eingebung gekommen, schlug er Jacques von hinten auf die linke Schulter: »Margaux ist übrigens auch irgendwo hier im Getümmel!«

Jacques hatte Margaux seit Monaten nicht gesehen. Und als er sich an das letzte Treffen erinnerte, schmunzelte er unwillkürlich. Spät abends war sie unter dem Vorwand, ihm seine Wohnungsschlüssel zurückgeben zu wollen, zu ihm gekommen. Wenn sie an diesem Abend nicht von Kommissar Jean Mahon gestört worden wären ... Jacques stellte sich vor, was ihm entgangen war. Doch dann hatte Amadée ihn besucht und Margaux aus dem Sinn und den Sinnen verdrängt.

An den hohen Wänden des Ateliers hingen monumentale Bilder, doch niemand schaute hin. Auf seine Frage, wer denn Drei-mal-vier-Meter-Objekte unterbringen könne, hatte Michel ihm naiv und arrogant zugleich geantwortet: Museen.

Jacques fand ihn, nachdem er sich durch die laut schwatzende Menge im Atelier bis zur Küche durchgezwängt hatte. Dort saß der Maler im Rollkragenpullover einem kleinen, drahtigen Mann gegenüber, Mitte fünfzig, schätzte Jacques, der nicht nur einen von Hand geschneiderten dunkelgrauen Anzug trug, sondern auch ein Maßhemd. Seine dunklen Augen blitzten hart und kalt, erfassten Jacques kurz, als er in den Rahmen der Küchentür trat, und ruckten schnell zurück zu Michel, so als interessiere er sich nicht für den ihm Unbekannten. Neben dem Kunstsammler, Sotto Calvi, hatte zum Erstaunen von Jacques der ehemals engste Vertraute von Staatspräsident François Mitterrand, Georges Mousse, einen Platz gefunden, anscheinend ein enger Freund Sotto Calvis. Ein wenig abseits schwieg Calvis magere Frau, ein bisschen zu mondän, ein bisschen zu sonnengebräunt, ein bisschen mies gelaunt, aber wenigstens kultiviert gekleidet. Mitte vierzig? Mindestens.

Der Maler fuhr sich mit der rechten Hand über die Glatze und winkte mit der linken so, als wollte er sagen, stör bitte nicht unsere intime Stimmung hier am Küchentisch. Jacques hob sein Glas mit einem Kopfnicken grüßend, machte kehrt und erschrak, als er mit einer hoch gewachsenen Frau zusammenprallte.

»Pardon«, er riss sein Glas hoch, um den Champagner nicht zu verschütten, »ich habe Sie nicht gesehen.«

»Macht nichts«, lachte die schöne Dunkelhäutige. Sie trug ein atemberaubend eng anliegendes Kleid, das knapp über ihren festen Brüsten endete und die schmalen Schultern frei ließ.

»Mögen Sie das Kleid?« Sie schaute fragend zu ihm auf, hob die Hände auf die Höhe der Schultern, winkelte die Ellenbogen ab und bewegte – ihn mit Ironie in den Augen anlächelnd – tänzelnd ihre Beine, als bestänmden die Knochen aus Gummi.

»Es ist ein Cavalli-Kleid, das Sarah Jessica Parker in Sex and the City trägt!«, sagte sie dabei.

»Oh, was meinen Sie mit Sex and the City, die Verpackung oder den Inhalt?«, fragte Jacques lakonisch, und die junge Frau lachte.

»Das Kleid!«

»Schade.«

»Sie sind kein Fernseher?«

»Nicht wirklich.«

»Sex and the City war meine Lieblingsserie. Spielt in Manhattan. Sind Sie ein Freund von Michel?«

»Ja.«

»Aber wenig gesprächig. Malen Sie auch?«

Jacques lachte nur.

Dieses Wesen schien aus einer ihm fremden Welt zu kommen, jedenfalls erkannte er sie nicht als die sportliche Vespafahrerin, die – als Journalistin des Figaro – aus dem Wohnmobil von Didier Lacoste gestiegen war.

Leg doch deine miese Laune ab, befahl er sich und sagte, indem er ihren Arm nahm: »Tut mir leid, ich hab den Kopf voller Mist. Nein, nein, ich male nicht. Wollen wir ein neues Glas holen?«

»Gern. Ich heiße Lyse, und Sie?«

»Jacques.«

Eine Viertelstunde später hatte Jacques sie in einen kleinen, niedrigen Raum geführt, der versteckt hinter dem großen Atelier lag. Hier arbeitete Michel an seinen Zeichnungen, von denen einige besonders schöne an den Wänden hingen. Die anderen sammelte er in einer großen Kommode aus hellem Holz mit unzähligen flachen Schubladen.

Lyse hatte einfach zwei Gläser und eine volle Flasche Champagner ergriffen und gefragt, wo sie denn ein wenig ungestört reden könnten. Und sie war es dann auch, die sofort und ohne große Einleitung begann, ihre Geschichte zu erzählen.

Sie stamme eigentlich aus Südwestafrika, sagte sie, als sie klein war, habe ihre Großmutter erzählt, Lyse sei eine afrikanische Prinzessin, Nachfahrin der berühmten Königin Njinga, die im siebzehnten Jahrhundert im Königtum Ndongo der Mbundu herrschte und weit über ihr Land hinaus berühmt wurde. Die Könige dieses Gebiets trugen den Titel Ngola, wovon sich der Name des jetzigen Staates Angola ableitet. Und weil sich Königin Njinga mit den portugiesischen Kolonialherren über den Sklavenhandel stritt, führte sie einen dreißigjährigen Krieg gegen die Weißen. Noch heute lebt Njinga weiter als Symbolfigur des afrikanischen Widerstands gegen fremde Herrscher – einst gegen die Portugiesen, später gegen den jeweiligen Feind im angolanischen Bürgerkrieg. Njinga, so wünschte ihre Großmutter, sollte in Lyse wieder auferstehen. Hat nicht so ganz geklappt. Lyse lachte.

Aufgewachsen aber sei sie in Lissabon, erzählte sie gleich weiter. Weil ihre Mutter aber eine israelische

Entwicklungshelferin gewesen sei, habe sie, Lyse, auch in Israel studiert. Jetzt wohne sie seit einigen Jahren in Paris und arbeite als Kustodin, die reichen Sammlern hilft das Richtige zu kaufen.

»Und davon kann man leben?«, fragte Jacques.

»Sogar ganz gut – wenn man Sammler kennt, die genügend Geld für Kunst ausgeben.«

»Und wie gefallen Ihnen die Bilder von Michel?«

»Die liebe ich besonders, weil einige mich an die Kultur meiner Heimat erinnern.«

»Oh, da habe ich etwas verpasst. Michel malt doch gar nicht afrikanisch.«

»Das scheinst du nicht zu erkennen. Vielleicht liegt es daran, weil ihr Weißen meint, wir Neger würden nur grobe Holzmasken schnitzen, wie sie Picasso oder Bracque dann als Vorlage für ihren Kubismus genommen haben. Aber schon damals im Königreich Ndongo ...«

»Wo – bitte – liegt das denn?«

»Angola. Dort zeichnen wir Lusona in den Sand ...«

»Noch mal pardon: Was ist das?«

»Ein Sona, im Plural Lusona, entspricht dem, was wir hier ein Ideogramm nennen würden. In den Lusona mischen sich Mythos und Mathematik. Dadurch wirken sie sehr grafisch – wie manche Strukturen in Michels Bildern.«

Sie zupfte an ihrem Sex-and-the-City-Kleid, als wollte sie andeuten, dass es nicht gerade billig gewesen sei.

Die Federn des alten Ledersofas, auf dem sie saßen, gaben immer deutlicher zur Mitte hin nach, sodass sie aufeinander zu rutschten. Lyse wehrte sich nicht dagegen. Jacques schon gar nicht. Er sehnte sich nach einem

Whisky, zu Lyse aber passte wohl eher Champagner. Trotzdem fühlte er sich fast behaglich und ihre Art, mit ihm zu sprechen, löste etwas in ihm, was sich seit Tagen aufgestaut hatte.

Jacques erzählte ihr, dass er Untersuchungsrichter sei, aber im Augenblick so ziemlich in Verschiss, weil er mit seiner letzten Untersuchung wegen illegaler schwarzer Kassen viele Politiker der Regierungspartei belastet habe. Und nun diene selbst ein kleiner Fall, den ihm seine Chefin aufs Auge gedrückt habe, auch noch als Munition gegen ihn persönlich. »Da hat die Polizei bei einer verbotenen Rave-Party einen jungen Drogen-dealer hoppgenommen, und ich habe ihn einbuchten lassen. Am nächsten Tag, nachdem ich ihn vernommen hatte, wurde er wieder nach Hause geschickt. Aber sein Vater, der ein hohes Tier in der Regierung ist, hat dafür gesorgt, dass sofort eine kleine negative Notiz im rech-ten Figaro stand. Na ja, und das hat wiederum eine De-monstration gegen mich ausgelöst. Und heute trampelt die Libération auf mir rum.«

»Ich lese keine Zeitungen«, sagte Lyse. »Politik lang-weilt mich. Ich studiere höchstens Auktionskataloge. Aber was hat Libé gegen Sie?«

»So sind die Linken. Statt solidarisch zu sein, glau-ben die, kritisch sei nur, wer jeden fertig macht. Na-türlich haben sie den ehemaligen Kulturminister und Allesbesserwisser Jack Lang auch noch dazu bewegen können, mir eine reinzuwürgen: Ich hätte eben keinen Sinn für die Kultur, mit der die Jugend die Wurzeln ih-rer Zukunft pflanze, hat der angeblich gesagt.«

»Das klingt aber schön!«, warf Lyse ein.

»Was klingt schön?«, fragte Jacques irritiert.

»Na ja, in der Kultur der Jugend lägen die Wurzeln

der Zukunft. Die Wurzeln der Zukunft? Das ist ein faszinierender Begriff.«

»Ja, aber was hat das mit mir zu tun?«

Jacques nahm einen Schluck. Jetzt könnte er wirklich einen Whisky gebrauchen! Lyse goss ihm stattdessen Champagner nach und sagte: »Verzeih, ich wollte …«

Sie ließ den Satz unvollendet, hob den Blick und stieß mit dem hell klingenden Glas an.

Jacques ließ nun seinem Zorn freien Lauf.

»Und weil Libé sich als Stimme des Volkes versteht, haben sie gleich jedem klar gemacht, wo er sich beschweren kann. Wunderbar! Seitdem werde ich mit Schmähungen überschüttet.«

Dann legte sie ihre Fingerspitzen auf seinen Handrücken und schaute ihn an, ohne eine Frage zu stellen. Und er erzählte weiter: Von dem Einsatz mit Kommissar Jean Mahon, dem Drogen- und Bargeldfund, dem Verhör von Didier. Und dem Ärger mit der Gerichtspräsidentin. Montags hatte er ihr das Protokoll überreicht. Und sie hatte es wohl gleich an den Justizminister weitergeleitet. Das konnte er zwar nicht beweisen, aber der Vater von Didier hatte schon am Abend der Festnahme über den Innenminister Ärger gemacht.

Lyse unterbrach ihn auch nicht, als er davon sprach, dass er vorhabe, Alain Lacoste als Zeugen zu vernehmen, und dass der die Bargeldlieferungen aus der Schweiz einfach leugnen werde. Und er, Jacques, habe keinerlei Beweise – nur Aussage des Sohnes.

Er habe mit all seiner Erfahrung auf dem Gebiet den Jungen in die Mangel genommen, und der weiche Didier Lacoste habe ihm nichts verschweigen können. Schließlich sei er, als Jacques ihm Fragen zum Vater stellte, zusammengebrochen.

»Da muss was mit Ödipus falsch gelaufen sein, aber das ist jetzt nicht wichtig«, sagte Jacques, dem plötzlich klar wurde, wie viel er dieser fremden Frau gerade erzählt hatte.

Lyse schwieg einen Augenblick, ehe sie vor sich hin murmelte: »Geht es da nicht eher um die Mutter?«

»Wahrscheinlich. Aber Ödipus hat seinen Vater erschlagen. Du hast trotzdem Recht, meist geht es um das Psychoproblem zwischen Mutter und Sohn.«

Jacques' Lachen ging unter im lauten Getöse einer kleinen von Michel angeführten Gruppe, die zur Tür hereinquoll.

»Schau an, ich habe Sie den ganzen Abend vermisst«, Michel gab Lyse die Hand, schlug Jacques auf den Oberarm und wies auf das Sex-and-the-City-Kleid.

»Ihr habe ich den Kauf zu verdanken, denn sie hat den Sammler beraten. Und dir habe ich jemanden mitgebracht.«

Er drehte sich um, steckte den Kopf durch die Tür und zog Margaux in den Raum.

Sie gab Jacques eine Bise auf die rechte, eine Bise auf die linke Wange und strahlte ihn an: »Ich hab mit dir gelitten, als ich heute den Mist gelesen habe. Wer oder was steckt denn dahinter?«

Weil er immer noch keinen Whisky fand, goss Jacques sich ein Glas Rotwein ein und blickte Margaux an, die eine Olive knabberte. Vorsichtig, weil er wusste, dass sie als Journalistin alles, was sie erführe, auch benutzen würde, erzählte er ihr nur eine gesäuberte Kurzfassung der ganzen Geschichte. »Du riechst gut«, sagte er schließlich, um das Thema zu wechseln.

»Es ist immer noch das Parfüm, das du mir mal geschenkt hast.«

Jacques sah sich nach Lyse um, und als er sie nicht mehr entdecken konnte, verabschiedete er sich von Margaux und steuerte auf die Küche zu.

Bis auf ein Dutzend ausgetrunkener Flaschen und abgegessener Teller war die Küche leer und auch im Atelier lungerten nur noch wenige Gäste herum.

Lyse und Michel waren nirgends zu sehen und Jacques beschloss zu gehen. Draußen war die Luft fast wärmer als im Atelier. Und auf dem Boulevard de Belleville tummelten sich trotz der späten Stunde noch alte Maghrebiner, die sich schon vor Jahrzehnten in diesem kleinbürgerlichen französischen Viertel niedergelassen hatten, und junge Asiaten, die hier inzwischen einige der besten Lokale von Paris eröffnet hatten. Jacques aß gern im Le Président oder im Le Cok Ming, das Jacques Féron, Bürgermeister des 19. Arrondissements, mit den »Goldenen Ess-Stäbchen« als höchste Ehre für ein chinesisches Lokal ausgezeichnet hatte.

Als er in die Nähe seines Autos kam, sah er, wie ein kleiner Wagen mit röhrendem Motor versuchte, sein Dienstmobil wegzuschieben. Ein wenig hin- und herruckeln, Stoßstange an Stoßstange, das gehört schon dazu, um aus einer Parklücke wieder herauszufinden, besonders weil Jacques so eng geparkt hatte. Aber dieses Gewürge, so dachte er, zeugt von jemandem, der nicht fahren kann.

Die Arme in die Seite gestützt, beobachtete er das Schauspiel, versagte sich jedoch noch im rechten Augenblick einen arroganten Zwischenruf über Frauen am Steuer und winkte Lyse, die er schließlich erkannte, umsichtig auf die Fahrbahn. Er dankte der Vorsehung, dass er heute auf seinen Tick verzichtet hatte, die Fernbedienung nicht schon von weitem zu drücken, um die

Tür seines Wagens zu öffnen. Zu den kleinen Spielereien, die er sich gönnte, gehörte auch, zu probieren, wie weit entfernt von dem Wagen seine Fernbedienung in der Hosentasche funktionierte. Wenn dann die Leuchten dreimal grell blinkten, erschreckten sich häufig Passanten, die glaubten, sie hätten eine Störung verursacht.

Lyse senkte ihr Fenster, bedankte sich und bot ihm an, ihn irgendwo abzusetzen. »Ich wohne nicht weit«, murmelte er und stieg ein.

Er schaute durch die Windschutzscheibe, »da vorne rechts ist es schon«, und noch bevor der Wagen hielt, fragte er: »Kann ich dich anrufen?«

Sie würde bis kommenden Donnerstag mit dem Aufhängen der Bilder von Michel zu tun haben. Drei Leinwände hatte der Sammler gekauft, eine für die Residenz bei Paris, eine zweite für sein Haus an der Südküste von Korsika, eine dritte für seine Ranch in Texas, also würde sie schon morgen wegfahren, zuerst nach Korsika, dann in die Staaten. Bevor er ausstieg, gab sie ihm ihre Nummer, die er in sein Moleskine schrieb. Dann drückte er ihr zunächst einen Kuss auf die nackte Schulter und, als sie nicht zurückzuckte, auch noch einen auf die Lippen.

Verdammt, sagte er sich, das geht aber schnell. Lyse hatte den Kuss willig erwidert.

Das Geheimdossier

Was Jacques Lyse nicht erzählt hatte, wusste er auch erst seit Freitagmorgen. Als Untersuchungsrichter hatte er zwar sofort die notwendigen Schritte eingeleitet, aber die Informationen noch nicht richtig eingeordnet. In der letzten Nacht hatte ein Corbeau einen dicken, kartonierten Umschlag im Briefkasten des Gerichts deponiert. Wieder einmal.

Wohl, weil das schwarze Gefieder des Raben, des corbeau, so abweisend wirkt und sein Krächzen unangenehm, gar drohend klingt, wird ein anonymer Denunziant im Jargon der Richter zum Corbeau. Corbeaux, unbekannte und auch unangenehme Tippgeber, sind ein unverzichtbarer Teil des französischen Justizsystems, wenn nicht gar des französischen Charakters. Zum Beispiel holte einmal, so als wäre es ihm peinlich, der französische Historiker Henri Amouroux, Mitglied der Académie Française und Spezialist für die Zeit der deutschen Besatzung im Zweiten Weltkrieg, aus seiner Privatsammlung Unterlagen hervor, die bewiesen, wie unmenschlich und egoistisch Corbeaux handelten: Eine Französin lieh sich die Nähmaschine von ihrer jüdischen Nachbarin und verpfiff sie dann an die Gestapo. Die jüdische Familie wurde abgeholt und in die Güterwaggons nach Auschwitz gepresst. Aber die Nähmaschine war gerettet – bei Madame, der Denunziantin.

Solche Vorgänge habe es leider häufig gegeben, schüttelte Henri Amouroux, ein feiner, älterer Herr, den Kopf, entsetzt über den Egoismus der Menschen.

Die Unterlagen, die der heutige Corbeau mit dem Vermerk ›persönlich‹ an Jacques Ricou, Untersuchungsrichter am Gericht von Créteil, übersandt hatte, belasteten Alain Lacoste.

Die Sendung bestand aus drei Akten. In der ersten befanden sich Fotokopien von Bankauszügen, die über acht Jahre hinweg Ein- und Auszahlungen bei einem Schweizer Geldinstitut in Genf dokumentierten. Das Geld kam von einem Nummernkonto aus Liechtenstein und wurde immer bar abgehoben von Alain Lacoste.

»Nicht schlecht«, sagte Martine zu Jacques, als sie die Summen zusammenrechnete: pro Jahr etwa dreihunderttausend Euro. »Damit kann man leben.«

Der erste Aktendeckel war blau, der zweite weiß, und darin lagen Grundbuchauszüge, aus denen hervorging, dass eine Firma mit Sitz in Panama vor fünf Jahren in der Avenue Victor Hugo im eleganten 16. Arrondissement von Paris eine dreihundertzehn Quadratmeter große Altbauwohnung in der dritten Etage rechts vom Aufzug gekauft hatte. Hier wohnte Alain Lacoste mit seiner zweiten Frau, wie eine Notiz in der weißen Akte besagt: ohne Miete zu zahlen.

Wahrscheinlich hatte sich der Corbeau ins Fäustchen gelacht, als er den dritten Aktendeckel rot auswählte, denn so ergaben die drei Ordner zusammen die Farben der Trikolore. Blau-weiß-rot ist allerdings auch die Flagge von Panama, und deshalb war aus eben diesen Farben eine Kordel geflochten, die der Siegellack auf einer notariell beglaubigten Abschrift festgebrannt hatte. Das Papier bestätigte die Gründung der panamesischen Firma Lesseps durch die Treuhänder Aida Espino und Pablo Biggs von der Anwaltskanzlei Morgan y Estribi in Panama-City. Die Kosten für die offizielle Bestätigung betrugen fünf Dollar. Diese Firma war nur zu dem einzigen Zweck gegründet worden, die Wohnung in der Avenue Victor Hugo zu kaufen, in der Alain Lacoste wohnte.

Ohne die Lieferung dieses Corbeau hätte Jacques Ricou wahrscheinlich nie beweisen können, dass die Gesellschaft Lesseps von Alain Lacoste selbst gegründet worden war. In der roten Akte aber lagen auch die Rechnungen der Anwaltskanzlei Morgan y Estribi für die Wahrnehmung der Treuhandverwaltung ebendieser Briefkastenfirma, ausgestellt auf Alain Lacoste. Gegen den Namen Lesseps hatte ein Señor Juan Estribi aus der Kanzlei Einwände erhoben: Lesseps habe nach dem gescheiterten Bau des Panama-Kanals keinen besonders guten Ruf, und, so hob Juan Estribi hervor, »auch in Ihrem Lande dürften die politischen Folgen den Namen Lesseps beschädigt haben«.

»Dieser Lesseps hat doch den Suezkanal gebaut«, widersprach Jean Mahon, als Jacques ihn in den Fall einwies.

»Dieser Lesseps hat später aber auch den Plan für einen Panama-Kanal entworfen und ist damit jämmerlich gescheitert.«

»Den haben doch die Amis gebaut!«

»Das habe ich auch geglaubt«, antwortete Jacques, »aber dann habe ich ein bisschen gegoogelt. Resultat: Ferdinand de Lesseps war ein Phantast und sein Ingenieur Gustave Eiffel, …«

»Der dieses Monster, den Eiffelturm, gebaut hat?«

»Genau der. Beide wurden zu Gefängnisstrafen verurteilt, weil der Bau des Kanals in einem Skandal endete. Angefangen hatte alles mit einem äußerst dilettantischen Plan. Dann fehlte es, schon bald nachdem Lesseps' Sklaven mit dem Erdaushub begonnen hatten, an Geld. Und was haben sie getan, um den Konkurs abzuwenden? Sie haben vor nichts zurückgeschreckt und einflussreiche Leute hoch bestochen, damit sie für eine neue hohe Anleihe werben. Auch das hat nicht gereicht. Deshalb peitschten Lesseps und Kumpane über gekaufte Politiker im Parlament ein Gesetz durch, das der Panamakanal-Gesellschaft erlaubte, eine lukrative Lotterie-Anleihe durchzuführen. Das Gesetz wurde aber nur verabschiedet, weil sie fünfhundertzehn Abgeordnete bestochen haben.«

»Fünfhundertzehn? Fast das ganze Parlament. Das gibt's doch nicht.« Mahon schüttelte den Kopf.

»So schnell vergessen wir unsere Geschichte. Aber das war schon genial. Wenn du fünfhundertzehn Abgeordnete bestichst, dann sind alle Parteien, dann ist die gesamte politische Klasse betroffen, und es wird gar nichts passieren. So war es auch. Es gab zwar einen Riesenskandal: Aber weder Lesseps noch Eiffel mussten ihre Haftstrafen absitzen. Reaktionäre Kreise haben später zwei jüdische Bankiers betrügerischer Machenschaften beschuldigt, aber nicht den Hauptschuldigen, den Grafen Ferdinand von Lesseps. Der war nun einmal kein Jude, sondern Held der Nation – weil er den Suezkanal gebaut hat.«

»Na ja, vergiss nicht, das war zur Zeit der Dreyfus-Affäre, ein Höhepunkt des Antisemitismus in Frankreich.«

»Der ist jetzt nur besser versteckt. Zur Zeit des Panama-Skandals hat die Rechte ein antisemitisches Hetzblatt namens La libre parole gegründet, und schon wegen der ersten Ausgabe hat sich ein jüdischer Offizier mit dem Herausgeber Drumont duelliert.«

»Alles Google-Wissen?«, fragte der Kommissar.

»Ja. Und jetzt schau dir dieses letzte Blatt an.« Jacques reichte es Jean Mahon.

»Jetzt sind deine Fingerabdrücke drauf!«, sagte der. »Hm. Computergeschrieben. Wir werden es mal untersuchen. Wo das Papier herkommt, welcher Drucker, das können wir an der Tinte feststellen.«

»Wichtiger wäre mir«, sagte Jacques, »wenn ihr dem Inhalt nachgehen könntet. Wir würden weiterkommen, so schreibt der Corbeau, wenn wir herausfänden, wer die Wohnung an Lacoste verkauft hat.«

Alain Lacoste

Montag

Wir müssen Lyse aus dem Verkehr ziehen!«, sagte Alain Lacoste und lief nervös durch den Salon am Boulevard Saint-Germain, während Sotto Calvi weiter an seiner Zigarre paffte, die er sich nach dem Mittagessen angesteckt hatte. »Sonst kommen die noch auf mich.«

»Im Gegenteil. Der Richter schnappt schon nach dem Köder. Sie ist ziemlich nah an ihm dran. Solange ich nicht ins Spiel komme, ist Lyse sicher. Und sonst wird mir schon was einfallen. Für wann bist du vorgeladen?«

»Donnerstag.«

»Das ist zu früh. Kannst du eine wichtige Dienstreise antreten?«

»Jederzeit.«

»Lyse kommt frühestens Donnerstag, wahrscheinlich aber erst am Freitag oder Sonnabend von der Ranch aus Texas zurück.«

»Geht das nicht schneller, ein Bild aufzuhängen?«

»Nein. Sie muss erst nach San Antonio fliegen, dort wird sie abgeholt und zur Clear Springs River Ranch gebracht. Das ist weit und dauert einige Stunden. Also versuch, die Vernehmung um eine Woche zu verschieben. Und Didier soll seine Koffer packen.«

»Der darf doch Frankreich nicht verlassen!«

»Je schneller dein Sohn aus dem Verkehr gezogen wird, desto besser für dich.« Das letzte Wort betonte

Sotto Calvi so, dass Alain Lacoste erstaunt zu ihm hinsah. Calvi aber verzog keine Miene. »Didier meldet sich noch einmal wie verlangt bei der Polizei. Doch noch am selben Tag fährt ihn Paul nach Genf und von dort fliegt er auf meine Ranch in Texas.«

»Ist Paul wieder da?«

»Eben aus Angola gelandet. Aber er bleibt nicht in Paris. Auch für ihn ist es hier zu heiß. Vielleicht kann er Didier auf der Ranch ein wenig trainieren und ihm die Drogen abgewöhnen.«

Wenn Paul Mohrt ins Spiel kam, wagte Alain Lacoste keinen Widerspruch. Paul, lange Zeit Geheimagent des Auslandsgeheimdienstes DGSE, erledigte für Calvi die schmutzigen Geschäfte. Und davon wollte Alain, immerhin als Präsident der Sofremi ein angesehener hoher Beamter, nichts wissen. Das waren unappetitlichere Angelegenheiten als nur ein Geldtransfer.

»Ich habe übrigens das Schweizer Konto nicht nur schließen, sondern auch alle Unterlagen in der Bank vernichten lassen. Wir werden deine Aussage vor Gericht noch trainieren müssen.«

»Und wovon lebe ich jetzt?«, fragte Alain mit hochgezogenen Augenbrauen. »Wenn meine Geldquelle versiegt ist?«

»Wie wär's mal mit dem Gehalt?«, antwortete Calvi mit steinernem Gesicht, bis er sich nicht mehr beherrschen konnte, die Zigarre aus dem Mund nahm und laut losprustete.

Montagnachmittag telefonierte Kommissar Mahon mit Jacques.

»Ich müsste dich dringend sprechen. Es tut sich was in deinem Fall. Aber – besser nicht am Telefon.«

»Was würde dir passen?«

»Wie sieht dein Tag aus? Kannst du jetzt gleich in mein Büro ins Palais de Justice kommen?«

»Ich mache mich auf den Weg.«

Als Jacques dem Kommissar gegenübersaß, erfuhr er Folgendes: Völlig aufgelöst hatte eine Frau beim Notruf gemeldet, ihr Sohn sei mit Gewalt aus ihrer Wohnung entführt worden. Als eine Streife dann die Fakten aufnehmen wollte, trafen die beiden Polizisten in der Wohnung im teuren 16. Arrondissement auf eine höchst elegante, gepflegte Frau, die unter dem Einfluss starker Medikamente zu stehen schien.

Sie habe sich mit ihrem Sohn heftig gestritten. Wie alt der sei? Na ja, Student. Der habe seine Koffer so voll gepackt, als wolle er endgültig bei ihr ausziehen. Das habe sie verhindern wollen, denn nachdem ihr Mann sie schon verlassen habe, sei sie nun ganz allein.

Als sie anfing zu weinen, ohne Tränen zu vergießen, wahrscheinlich um ihr Make-up zu schonen, versuchte der ältere der beiden Polizisten, sie zu beruhigen, doch als er seine Hand leicht auf ihren Arm legte, schrie sie auf, als wollte er ihr Gewalt antun.

Ein sehr starker Mann habe den Sohn begleitet und ihm geholfen, die Koffer aus der Wohnung herauszutragen. Ein sehr starker Mann. Und böse sah er aus. Sie sei vor Angst geschüttelt worden.

Die Polizisten schauten sich an: Eine Verrückte, aber in dieser Gegend wohnten Leute mit Beziehungen, da waren sie vorsichtig, also nahmen sie den Fall auf und leiteten ihn weiter.

»Das war die Mutter von Didier Lacoste. Sie hat dann doch keine Anzeige erstattet«, erklärte Kommissar Jean Mahon. »Didier muss von der Wohnung aus heute Vormittag noch zur Polizeistation gefahren sein, wo er sich deiner Auflage entsprechend einmal die Woche melden muss. Die Kollegen haben ihn aus einem großen Mercedes-Jeep aussteigen sehen. Am Steuer saß ein kräftiger Typ mit einer großen Sonnenbrille.«

»Der böse schwarze Mann!«, lachte Jacques und amüsierte sich über die Geschichte. »Was regen wir uns über die durchgeknallte Alte auf. Kein Wunder, dass der Knabe die Schnauze voll hat. Auch kein Wunder, dass der Vater abgehauen ist.«

»Es sei denn, der Vater zieht den Sohn aus dem Verkehr, weil dessen Aussage ihm zu gefährlich wird.«

Jacques dachte nach. Es lag schon ein gewisses Risiko darin, eine Woche zu warten, ob Didier sich wieder bei der Polizei melden würde. Der Fall langweilte ihn.

»Was sollen wir schon tun?« Er schaute den Kommissar hinter seinem alten Schreibtisch an und trat ans Fenster. Im Hinterhof des Palais de Justice standen Einsatzwagen. Kein Mensch war zu sehen.

»Du kennst die Tonleiter: Vater abhören lassen, Flughäfen informieren …«

»Nicht doch!«

»He, Jacques – aufwachen! Werd nicht schwach.«

»Okay. Lass den Vater abhören, Wohnung und Büro.« Er brummte vor sich hin, schaute auf die Uhr, ob es schon sechs Uhr wäre, jener Zeitpunkt, zu dem man sich – nach der Tropenregel, wie Jacques es nannte – den ersten Drink des Abends genehmigen darf.

»Fünf vor sechs!« Er schaute den Kommissar an, der lachte und schüttelte den Kopf.

»Erst um sechs.«

»Hast du noch was in der Flasche?«

Der Kommissar bückte sich und verschwand fast hinter seinem Schreibtisch. Die unterste Schublade klemmte erst, doch dann hob er mit verschmitztem Lächeln die halb volle Flasche Johnnie Walker hoch. Es folgten zwei Gläser, die er neben den Whisky stellte. Beide Männer schauten auf die Uhr. Um zwei vor sechs klingelte das Telefon.

»Merde«, sagte der Kommissar. »Für dich. Es ist Martine.«

Jacques hörte zu und fluchte, als er den Hörer wieder auflegte: »Wirklich merde! Der Anwalt von Vater Lacoste hat gerade eine Verschiebung des Termins am Donnerstag beantragt. Lacoste sei für zwei Wochen auf Auslandsreise.«

»Und jetzt?«

»Gieß ein!«

Jacques kippte den Whisky in einem Schluck runter, hustete, schüttelte sich, schaute den Kommissar an und rief: »Action!«

Um halb acht betätigte Jacques eine moderne elektronische Klingel, die mit den ersten sechs Takten von »Freude schöner Götterfunken« aus Beethovens Neunter erkennen ließ, dass jemand in die Privatwohnung von Alain Lacoste Einlass begehrte. Ein Hausmädchen öffnete und reagierte verschreckt auf Jacques' Frage, ob sie hier angestellt sei. Nach kurzem Zögern bestätigte sie es.

»Und wer bezahlt Sie?«

»Monsieur.«

Die nächste Frage stellte Jacques dem hinzutretenden Lacoste: »Wie viel bezahlen Sie ihr, ist sie angemeldet?«

»Darum kümmert sich meine Frau. Was wollen Sie?«

»Sie sagen, Ihre Frau kümmere sich, Ihre Angestellte hat aber eben Sie als den Geldgeber genannt.
Diese Kleinigkeit werden wir noch klären. Hausdurchsuchung. Hier sind die Papiere. Ich bin Untersuchungsrichter Jacques Ricou, mich begleiten Kommissar Jean
Mahon und seine Leute.«

Jean Mahon drängte sich mit vier Polizisten in die
Diele und sagte, wie es seine Pflicht war, die Formel auf:
»Wollen Sie einen Arzt sehen? Welchen Anwalt sollen
wir nach Ablauf der Frist benachrichtigen? Wollen Sie
einen Ihrer Vertrauten informieren?«

»Das wird nicht nötig sein. Was suchen Sie?«

»Das lassen Sie mal unsere Sorge sein«, Jacques gab
den Polizisten leise Anweisungen. In der Diele stand
eine alte, gut erhaltene Kommode aus dem achtzehn-
ten Jahrhundert mit kostbaren Intarsien. In einer asiati-
schen Vase steckte ein frischer Blumenstrauß und darüber hing ein großer Spiegel mit goldenem Rahmen. Auf
einem Silbertablett lag ein Schlüsselbund.

Auch die beiden Salons und das angrenzende Speise-
zimmer waren mit alten Möbeln eingerichtet, doch an
den Wänden hingen moderne Bilder von Pierre Soulages und Michel Debré, von Jean-Charles Blais und
Armand. Nicht billig.

Jacques und Kommissar Mahon setzten sich, nachdem sie höflich um Erlaubnis gefragt hatten, an den
Esstisch und blätterten die Papiere durch, die ihnen die
Polizisten brachten. Was sie mitzunehmen gedachten,
stapelten sie auf einen Haufen. Das Moleskine lag aufgeschlagen neben Jacques' rechter Hand, ab und zu
machte er sich eine Notiz. Auf Lacostes Angebot, ihnen
zu helfen, sagte Ricou: »Wenn Sie so freundlich wären,
alle Schecks, Bankbelege, Unterlagen über Ihre Buch-

haltung, Steuerbelege, kurz – alles, was mit Ihrem Geldverkehr zu tun hat, beizubringen, dann geht es viel schneller.«

Die beiden Kinder saßen im Schlafanzug in der Küche und aßen unter Aufsicht ihrer Mutter – einer fröhlich wirkenden, jugendlichen Blondine – zu Abend. Sie waren aufgeregt wegen des Besuchs, aber zu wohlerzogen, um Fragen zu stellen.

Die Polizisten, die Kinderzimmer und Schlafzimmer der Eltern nur oberflächlich durchsucht hatten, schleppten schließlich acht Kartons voller Papiere aus der Wohnung, und als Lacoste schon glaubte, der Sturm wäre vorbei, fragte ihn Jacques: »Wo ist denn Ihr Tresor?«

»Wieso Tresor?« Lacoste spürte eine Hitzewelle.

»Wir würden gern einen Blick hineinwerfen.«

Lacoste zögerte. Doch dann schritt er vor dem Richter und dem Kommissar in die Küche, schob wie mit Geisterhand ein Regal zur Seite, und zeigte ihnen einen kleinen Safe.

»Würden Sie ihn bitte aufmachen?«, bat Jean Mahon. Jacques schwieg und gab sich unbeteiligt.

Alain Lacoste zog ein Taschentuch aus der Hosentasche und wischte seine feuchten Handflächen ab. Dann gab er mit flinkem Finger einen siebenstelligen Code ein.

Lacoste machte mit der Rechten eine einladende Handbewegung und trat einen Schritt zurück. Jacques warf dem Kommissar einen Blick zu und ließ ihm den Vortritt mit den Worten: »Jean, das ist dein Metier!«

Äußerst vorsichtig, so als fürchtete er eine Falle, zog Jean Mahon die Tür des Tresors auf, blickte hinein und forderte Jacques mit einer Kopfbewegung auf, das Gleiche zu tun. Der Safe war in zwei Fächer geteilt. Im oberen lag Bargeld in Bündeln übereinander gestapelt, im unteren befanden sich größere Mengen Papiers in gelben und braunen Briefumschlägen.

»Monsieur«, sagte Jacques mit tonloser Stimme, »das werden wir auch mitnehmen. Und wir müssen Sie bitten, uns zu begleiten. Sie haben wohl einiges zu erklären.«

Kommissar Jean Mahon gab den Polizisten einen Wink, einer leerte den Safe in einen Leinensack, der vor den Augen Lacostes versiegelt wurde, ein anderer legte dem aufgebrachten Hausherrn Handschellen an.

Nur der Gutmütigkeit des wachhabenden Polizeioffiziers hatte es Alain Lacoste zu verdanken, dass er die Nacht auf der Betonbank der Ausnüchterungszelle verbringen durfte.

»Da wollt ihr mich doch wohl nicht reinstecken!«, hatte der Präsident der Sofremi protestiert, ganz ehemaliger Präfekt und hoher Beamter, der zum weiteren Freundeskreis des Innenministers gehörte, was ihm im Augenblick aber nichts nutzte. Das »da« war die übliche Zelle für Untersuchungshäftlinge, vom Wachraum nur durch eine Panzerglasscheibe getrennt. Auf den Bänken entlang der Wände kauerten schon drei Gestalten.

Aber auch in der Ausnüchterungszelle, die Lacoste allein bewohnte, brannte das Licht die ganze Nacht. Er machte kein Auge zu. Ab und an kam der wachhabende Offizier, ließ ihn eine Zigarette rauchen, und wechselte einige wenige Worte in freundlichem Ton mit ihm. Einmal brachte er Lacoste auf dessen Wunsch hin ein Glas Wasser.

Montag um Mitternacht

»Wer ist sein Anwalt?«, wollte Innenminister Charles Cortone wissen, als ihn Sotto Calvi noch am späten Abend in seiner Dienstwohnung im Innenministerium an der Place Beauvau mit Blick auf das Palais de l'Élysée besuchte.

»Lafontaine.«

»Warum nicht Tessier, der wäre in diesem Fall der Allerbeste.«

»Aber Tessier vertritt schon mich in meiner Steuersache. Und dafür ist die Barda zuständig. Die ist noch schlimmer als Ricou. Und wenn Tessier jetzt auch Lacoste vertreten sollte, würde der Richter den Braten sofort riechen. Außerdem wirkt Lafontaine wie ein schmieriger Trottel, aber er gehört zu den gewieftesten Anwälten, die ich kenne. Eine Bombe mit einer langen Lunte.«

Bomben mit langer Lunte hatte er nie gemocht. Das war feige. Cortone schwieg missmutig. Als Sotto Calvi eine Zigarre hervorholte und die Spitze abbeißen wollte, knurrte er: »Hier nicht!«

Calvi zögerte, hackte die Vorderzähne in den Tabak, spuckte die Brösel in seine Hand und steckte die Zigarre in seinen Mund, zündete sie aber nicht an.

»Wie benimmt sich seine Frau?«

»Ruhig und überlegt. Keine Spur von Hysterie, als sie mich anrief. Ich habe ihr geraten, bloß mit niemandem zu sprechen. Ich werde mich um sie kümmern.«

Cortone kniff die Augen zusammen und schmunzelte.

Calvi verzog keine Miene und erzählte dem Innenminister von der Festnahme des Sohnes, von den Drogen und der Aussage, mit der Didier Lacoste seinen Vater in die Bredouille gebracht hatte. Nach dem Bargeld im Safe hatte der Untersuchungsrichter daraufhin gesucht.

»Und was gefunden?« Cortone sah ihn fragend an.

»Viel gefunden.«

Den Sohn habe er, Sotto Calvi, inzwischen außer Landes bringen lassen.

»Mit deiner Maschine?« Cortone konnte zwar stets ein Flugzeug der Regierung in Anspruch nehmen, doch er beneidete den Waffenhändler um seinen Privatjet. Damit flog Calvi auch schon mal zum Mittagessen nach Korsika und war abends wieder zurück.

»Nein, das wäre zu gefährlich gewesen.« Calvi biss mit dem Unterkiefer auf seine kurze Oberlippe und schaute Cortone an, der sich inzwischen hinter seinem Schreibtisch verschanzt hatte. Cortone blickte unberührt zurück. Die Geschichte könnte brenzlig werden.

Vor beinahe vierzig Jahren hatten sie als junge Nationalisten in den Bergen Korsikas gemeinsam manch einen Brandsatz in Ferienhäuser von Ausländern geworfen, die den Sinn gewisser Zahlungen nicht verstehen wollten.

Fremde, die ein Grundstück von einem korsischen Vorbesitzer kaufen, glauben auch heute noch, sie könnten das Stück Erde nach eigenem Gutdünken bebauen. Doch bald nach dem ersten Spatenstich erscheint ein Onkel des Vorbesitzers und fordert seinen Anteil am Geschäft, dem folgt, sobald das Fundament gelegt ist, ein junger Cousin. Und wenn die Mauern hochgezogen sind, das Dach aber noch nicht drauf ist, melden sich weitere Geschwister, die – so ihre Behauptung – auch noch zu den Erben gerade dieser paar Hektar gehören.

Und im Grundbuch steht der tote Urahn als Eigentümer, denn Grundbücher sind seit fast hundert Jahren nicht auf den letzten Stand gebracht worden. Umschreibungen kosten zu viel und lösen nur das Begehren des Staates nach Erbschaftssteuern aus. Der Hausbauer zahlt also, kauft sich Schutz – oder es brennt.

Die Zweckgemeinschaft zwischen Sotto Calvi und Charles Cortone war über die Jahrzehnte immer enger geworden. Beide strebten nach oben, der eine zur Macht, der andere zum Geld. Und weil man immer mehr Geld benötigt, je mehr Macht man sucht, unterstützte Sotto Calvi den Weg seines Freundes Charles Cortone bis ins Innenministerium. Denn auf der anderen Seite benötigt, wer Geld machen will, die eine oder andere freundliche Entscheidung der Mächtigen. Als Chef einer kleinen liberalen Partei hatte Cortone sich in viele Regierungen als Koalitionspartner einbringen können – und seinen Einfluss weiter ausgebaut.

Über das »ganz große Ziel« redeten sie selten, am liebsten nur an der Küste Korsikas, denn dieses Projekt würden sie erst nach den Wahlen zum Europaparlament angehen, zu denen Cortones Partei mit eigener Liste – und großer finanzieller Hilfe Calvis – antrat.

Cortone durfte also nicht belastet werden. Denn selbst wenn ein Skandal Lacoste aus dem Amt des Präsidenten der Sofremi fegte, würde dessen Nachfolger wieder von Cortone ernannt werden. Calvis Waffengeschäft mit Angola, das er mit Hilfe der Sofremi eingefädelt hatte, war zwar längst abgeschlossen, aber er brauchte noch die Unterstützung Cortones, und sei es auch nur, um sein Steuerverfahren heil zu überstehen.

»Auch Lacoste ist Korse«, sagte Cortone.

»Ja, aber aus Bonifacio. Und der Vater war Notar.«

»Aber vergiss nicht, wie er sich noch im hohen Alter für unsere Sache eingesetzt hat. Auch er kannte das Gesetz des Schweigens. Mein Vater handelte mit Wein, und sein Vater kaufte bei uns, und sein Onkel mütterlicherseits hat eine Nichte meiner Großmutter geheiratet.«

Das Gesetz des Schweigens liegt in den Genen eines Korsen.

Calvi hatte es noch nie gebrochen.

Cortone auch nicht.

Dem Gesetz des Schweigens unterwerfen sich alle Korsen, und es wirkt umso stärker, weil es auf einem anderen Gesetz beruht, dem Gesetz der Angst. Nicht nur dem droht Vergeltung, der redet, sondern auch seiner ganzen Entourage, Freunden und Familie.

Die beiden Männer beschlossen, schnell, aber im Verborgenen zu handeln.

»Wir müssen davon ausgehen, dass die Wohnung und das Büro von Lacoste abgehört werden. Du solltest seine Frau nicht anrufen. Und von jetzt ab verkehren selbst wir nur noch stumm über die mobilen Geräte. Wir müssten nur Lacoste ermöglichen, mit uns Kontakt aufzunehmen«, sagte Cortone.

»Das lässt sich erledigen. Einer unserer Korsen soll sich in Paris ergreifen lassen, und du sorgst dafür, dass er in der Santé in die Zelle von Lacoste kommt. Kannst du das?«

»Es wäre besser, ich bliebe außen vor. Gib dem Korsen ein ordentliches Paket mit. Dann kann er sich den Weg erkaufen.«

Calvi gab noch in dieser Nacht die Order weiter. Dann befahl er Lyse – sofort! – zurück nach Paris zu kommen. Und Cortone rief um Mitternacht den Justizminister an.

Schließlich schloss er seinen extrakleinen Safe auf, der in der rechten Schublade seines Schreibtisches verborgen war, und holte seinen blauen BlackBerry hervor. Seine E-Mails sendete und empfing er verschlüsselt und auf Korsisch.

Ein großes Attentat mit Personenschaden würde die Medien lange beschäftigen – und dem »großen Ziel« dienen. Er wusste die Antwort auf seinen Vorschlag schon im Voraus. Drei bis vier Wochen Vorbereitungszeit. Dann mal los. In letzter Minute kann man immer noch alles absagen.

Die Zigarrenkiste

Dienstag

*E*in Polizist fuhr den Wagen. Auf dem Beifahrersitz saß Jacques Ricou, im Fond der schweigende Jean Mahon, der an der Linken die Handschelle trug, mit der Alain Lacoste gefesselt war. Lacoste hatte einen Kaffee in der Zelle getrunken, gegessen hatte er nichts. Er fühlte sich wie betäubt. Das Hemd klebte an seinem Körper, und er sehnte sich nach seinem Rasierapparat, einer Dusche und frischen Klamotten. Um halb acht war er geweckt worden, offenbar hatte der Schlaf ihn am Morgen doch noch übermannt, und jetzt waren sie auf dem Weg in sein Büro. Untersuchungsrichter Ricou hatte eine weitere Durchsuchung angeordnet.

Als Jacques Ricou an dem Bürogebäude der Sofremi am Boulevard Saint-Germain ankam, verweigerten ihm die Gendarmen, die das Haus bewachten, den Zutritt. Sie wiesen auf hier lagernde Staatsgeheimnisse hin.

»Aber ich bitte Sie«, Jacques Ricou wies auf den hinter ihm stehenden Alain Lacoste, »schließlich werden wir vom Präsidenten der Sofremi begleitet.«

Der Gendarm schaute auf die Handschellen: »Aber der scheint Sie nicht freiwillig zu begleiten.«

Erst als Kommissar Jean Mahon mit dem Wachhabenden im Innenministerium telefoniert hatte, schloss ihnen ein schweigsamer und unfreundlicher Gendarm die Büroräume des Präsidenten der Sofremi auf. Gegen neun Uhr würden die Sekretärinnen ihren Dienst beginnen, bis dahin sollte die Durchsuchung abgeschlossen sein.

Während sechs Polizisten im Sekretariat und in Lacostes Büro Schreibtische und Schränke öffneten, bat Jacques Ricou, einen Blick in den Tresor werfen zu dürfen. »Ich gehe davon aus, dass Sie einen haben, von wegen der Staatsgeheimnisse!«

»Der ist mit einer Zeitschaltuhr verbunden und lässt sich nie vor acht Uhr öffnen.«

Die Kutscheruhr auf dem antiken Schreibtisch mit den typischen Merkmalen von Louis-Philippes Neo-Rokoko zeigte zwei vor acht.

»Die Zeit haben wir.«

Sie gingen dann nicht zu einem Tresor, sondern zu einem Tresorraum. Es dauerte eine Weile, bis es Lacoste, der sich aus Nervosität immer wieder bei der Eingabe eines langen Codes vertippte, gelungen war, die Sperren zu öffnen.

Als aber Jacques Ricou und Jean Mahon die Polizisten aufforderten, die Stahlschränke aufzumachen und die Unterlagen daraus zu durchsuchen, protestierte der Sofremi-Chef.

»Diese Akten gehören zu unseren wichtigsten Verkaufsgeheimnissen, die dürfen Sie auf keinen Fall anrühren. Die Schränke sind noch einmal besonders geschützt.«

Jacques Ricou gab sich unbeugsam: »Wir sind auf der Suche nach belastendem Material. Das kann sich auch zwischen vertraulichen Papieren verbergen.«

Jetzt nahm Lacoste den scharfen Ton an, mit dem er als Präsident der Sofremi Untergebene einschüchtern konnte: »Da Sie mir noch nicht einmal mitgeteilt haben, was Sie mir vorwerfen, lege ich schärfsten Protest und rechtlich Widerspruch ein. Herr Kommissar«, er sah zu Jean Mahon, »ich nehme Sie zum Zeugen!«

Mahon blickte zu Jacques und signalisierte ihm mit einem Augenschlag, sich ruhig zu verhalten: »Monsieur Lacoste, ich schlage vor, wir versiegeln die Stahlschränke und überlassen den zuständigen Gremien die Entscheidung, ob deren Inhalt für diesen Fall herangezogen werden darf.«

»Aber lassen Sie uns wenigstens einen Blick in den kleinen Tresor dort werfen«, Jacques Ricou ging einige Schritte auf den in der Mitte der rückwärtigen Wand stehenden Safe zu. Noch bevor Lacoste sich weigern konnte, fügte der Untersuchungsrichter hinzu: »Einen Blick werfen, sagte ich, nur einen Blick. Wir können dann immer noch zwischen Staatsgeheimnissen und Belastungsmaterial unterscheiden.«

Alain Lacostes Gehirn begann verzweifelt nach einem Ausweg zu suchen. Der Chef der Sofremi wusste, was sie finden würden.

Eine Zigarrenkiste voller Rohdiamanten – aus Angola.

»Gibt es hier eine Tiefgarage?«, fragte Jacques Ricou den Präsidenten der Sofremi, als sie endlich gegen zehn Uhr das Bürogebäude verlassen wollten.

Fotografen, Kameraleute und Journalisten drängten sich vor dem Ausgang zum Boulevard Saint-Germain. Die Nachricht von der Durchsuchung der Sofremi hatte sich nach Beginn der Arbeitszeit schnell verbreitet und der Untersuchungsrichter wollte Alain Lacoste wenigstens ein Bild mit Handschellen ersparen.

Lacoste überlegte kurz, ob er den geheimen Ausgang

in die rue de l'Université offenbaren sollte, aber dann würde auch das verborgene Appartement auffliegen.

»Nein.«

»Dann fahrt den Wagen direkt vor die Tür!« Kommissar Jean Mahon befahl seinen Leuten, die Meute zurückzudrängen und den direkten Weg von der Pforte bis zum Polizeiauto freizuhalten.

Zwei Mann liefen eng vor Lacoste, zwei Mann eng hinter Lacoste, sodass die Fotografen so wenig wie möglich von ihm sehen konnten. Aber die Handschellen behinderten den Präsidenten der Sofremi so, dass er strauchelte. Er fiel zwar nicht, aber auf Pressefotos sah es so aus, als würde ein widerstrebender Verhafteter von Polizisten mit Gewalt abgeführt.

Auf der Seitenbank der »Salatschüssel«, wie die Polizisten ihren blauen Kastenwagen nennen, in dem sie mit Sirene zum Einsatz fahren, flog Alain Lacoste hin und her, wenn der Fahrer mit übermäßigem Eifer um die Ecke brauste. Er konnte sich nur schlecht festhalten, mit einer Hand war er an eine Stange über seinem Kopf gefesselt. Der ihm gegenübersitzende Polizist verzog keine Miene, sondern goss sich aus einer Thermoskanne einen Kaffee ein, den er trotz des Geruckels trank, ohne einen Tropfen zu verschütten.

Als der Wagen hielt, standen wieder Fotografen auf dem Trottoir. Das imposante Gebäude in der rue des Italiens war hundert Jahre zuvor für eine große Patisserie gebaut worden und bis zum März 1999 hatte die Redaktion der Tageszeitung Le Monde hier gearbeitet. Jetzt beherbergte es die Zentralstelle der Justiz zur Bekämpfung von Finanzdelikten.

Alain Lacoste, Präsident eines Amtes, das dem Staat Hunderte von Millionen verdiente und direkt dem Innenminister unterstellt, fühlte sich ohne Verfahren schon verurteilt. Was wird aus der Unschuldsvermutung des Angeklagten?, dachte er, als er aus dem Wagen stieg und wieder fotografiert wurde. Er, der sonst stets half, das Recht der Macht anzupassen, fühlte sich im Recht. Er hatte nicht gegen Gesetze verstoßen, sondern nur Privilegien wahrgenommen und sich dem Verhalten der Elite angepasst.

Zwei neutral wirkende Polizisten verhörten ihn stundenlang.

Mittags stellte ihm ein uniformierter Gerichtsdiener ein Baguette mit gekochtem Schinken auf den Tisch, dazu eine Flasche Evian, stilles Wasser, das er hasste, weil es nach nichts – höchstens nach Seife – schmeckte. Kein Glas. Er trank, aber er aß nichts. Erst gegen acht Uhr am Abend schlossen die beiden ihre Akten. Noch eine Nacht in der Zelle. Er trank wieder nur ein bisschen Wasser. Nach achtundvierzig Stunden würde er seinen Anwalt sehen können. Er war gegen neun Uhr abends festgenommen worden, also morgen um dieselbe Zeit würde er vielleicht freigelassen werden.

*

Wein oder Whisky? Jacques stand bewegungslos in der Küche, horchte in sich hinein und überlegte, wie er sich fühlte.

Vielleicht einen leichten Roten. Was lag denn noch im Eisschrank? Eine einzelne Flasche Chinon und ein Brouilly. Chinon! Er öffnete die Schublade des Küchentischs, suchte nach dem Korkenzieher und fluchte, weil der nicht am gewohnten Platz lag. Weiß der Teufel, wo Amadée ihn versteckt hatte. Man soll eben keine

Frauen in den Haushalt lassen. Der Öffner lag neben dem Herd.

Als er auf dem Sofa im Wohnzimmer saß, goss er sich das Glas halb voll, nippte und lehnte sich zurück.

Im Büro hatte er mit Martine zusammen die Abendnachrichten angesehen, die mit dem Fall Lacoste aufmachten. Bilder des Bürogebäudes der Sofremi, dann die Szene, als sie aus dem Eingang kamen. Ein Hinweis auf den Untersuchungsrichter Jacques Ricou, den Schrecken der Politiker.

Er war kaum von der Durchsuchung zurückgewesen, da hatte ihn schon Marie Gastaud, die Gerichtspräsidentin, angerufen und darum gebeten, täglich auf dem Laufenden gehalten zu werden.

»Haben Sie etwas in der Hand, das Ihr hartes Vorgehen rechtfertigt?«

»Ja. Außer der belastenden Aussage seines Sohnes Didier Lacoste einen Safe voll Bargeld in seiner Wohnung und eine Zigarrenkiste voller Rohdiamanten in seinem Büro. Es handelt sich übrigens keineswegs um ungewöhnlich hartes Vorgehen.«

»Können Sie die Presse raushalten?«

»Nein, nicht mehr. Die stand vor der Sofremi, als wir mit Lacoste das Büro verließen. Die Meldung läuft schon über France-Info und die Agenturen.«

»Es reicht, wenn Sie mich regelmäßig anrufen.«

Das deutete auf Druck von oben hin.

Jacques hatte Kommissar Jean Mahon gebeten, weiter nach Didier zu suchen und die Telefone sowohl von Didiers Mutter, als auch in der Wohnung von Lacoste abhören zu lassen.

Gegen Abend hatte er dann noch eine Kurzfassung vom Verhör des Präsidenten der Sofremi erhalten und die Prognose der Beamten, dass es wohl ein paar Tage dauern werde, bis alle beschlagnahmten Akten ausgewertet sein würden.

Der kleine Fall von der Rave-Party! Jacques schüttelte den Kopf, lachte, trank das Glas leer und goss gleich nach. Wie naiv und dämlich sich diese Herrschaften immer noch benahmen, obwohl doch seit Jahren alle paar Monate ein Politiker wegen einer Geldaffäre aufflog. Das prominenteste Beispiel: der ehemalige Premierminister Alain Juppé, den Präsident Jacques Chirac wie einen Ziehsohn behandelt und sich zum Nachfolger gewünscht hatte. Schwarze Kassen – und das noch nicht einmal für sich, sondern nur für die Partei! –, ein Urteil und das Ende einer großen Politikerlaufbahn.

Lacoste dagegen wird ein mieser kleiner Fisch bleiben, der nun bald mit dem Bauch nach oben schwimmt. Ich müsste an die Papiere in dem Tresorraum kommen, dachte er, auch wenn sie als geheim klassifiziert sind. Den Antrag an die entsprechende Regierungskommission hatte er schon gestellt.

Aber er ahnte, wie die Antwort lauten würde: Staatsgeheimnis bleibt Staatsgeheimnis und sei es auch nur, um einen Staatsbeamten oder Minister zu schützen.

Übermorgen früh würde er Lacoste vernehmen und über die Einweisung in die Santé, das Prominentengefängnis von Paris, entscheiden. Das heißt, verfügen würde er es, denn entschieden hatte er längst – und die Strategie samt Ausgang für die Sitzung hatte er im Kopf.

Als Jacques sein drittes Glas Chinon eingoss, klingelte das Telefon. Zwölf vor elf. Nein, Amadée würde es nicht sein, sie hatte sich für ein paar Tage abgemeldet. Margaux? Mit Absicht hatte er sie nicht zurückgerufen, obwohl Martine ihren Namen auf der Liste seiner Anrufer vermerkt hatte. Die wollte ihn nur aushorchen, um mit ihrem Artikel über Lacoste wieder die am besten informierte Journalistin spielen zu können. Ruf doch mal den Ricou an, wird ihr Chefredakteur gesagt haben, hast du nicht mal was mit dem gehabt?

Er hob nicht ab. Der Anrufbeantworter sprang an. »Bitte hinterlassen Sie eine Nachricht nach dem Piep.«

Piep!

»Schade, dass du nicht zu Hause bist, oder liegst du schon im Bett? Ich steige gerade in Chicago um, in einer Stunde geht mein Flug nach Paris ...«

Lyse. Die hatte er ganz vergessen. Jacques atmete schwer durch. Die Durchsuchung bei Lacoste am Montagabend hatte sie aus seiner Sehnsucht verdrängt. War ihm in diesem Augenblick danach, mit dem Prada-Model zu sprechen, das nie Zeitung las? Plötzlich spürte er wieder den Druck ihrer Lippen.

»... und weil ich morgen wieder da bin, habe ich gedacht, wir könnten ...«

»Hallo? Ich komme gerade rein. Lyse?«

Sie redeten. Über Bilder, über die Weiten von Texas, über amerikanische Rinder, die das beste Fleisch der Welt hergeben, besser als französische Charolais und über die beneidenswerte Freiheit der Cowboys, bis Lyse einen leichten Schrei ausstieß.

»Oh Gott, ich werde schon ausgerufen. Bis morgen. Ich freu mich!«

Jacques legte den Hörer auf, nahm einen tiefen Schluck und hörte im gleichen Augenblick ein sanftes Klopfen an der Tür. Ein Schlüssel wurde leise in das Schloss gesteckt, es drehte sich, Margaux steckte ihren Kopf herein.

»Ich habe von unten Licht bei dir gesehen, da habe ich gedacht, du bist noch wach. Schließlich muss ich dir doch endlich einmal ...«

»... die Schlüssel zurückgeben?« Jacques umarmte sie, vielleicht ein wenig fester als sonst, und erhielt von ihr zwei Küsse auf die Wangen.

»Okay.« Er hielt seine Rechte mit der Handfläche nach oben vor sie hin, »die Schlüssel!«

»Bekomme ich noch einen Schluck Wein?« Margaux ging auf das Sofa zu, legte den Schlüsselbund auf den Tisch und schaute sich die Flasche an. »Chinon. Heute Chinon, kein Beaujolais mehr im Haus?«

Jacques goss ihr ein. »Du bist doch nur gekommen, um mich auszuhorchen. Hast du für morgen schon eine schöne Geschichte im Blatt? Ich Idiot habe dir sowieso wieder zu viel gesagt.«

»Als du mir bei Michels Fete die Geschichte von Lacoste und dessen Sohn, dem Drogenhändler, erzählt hast, ging es ja noch gar nicht um einen richtigen Fall! Was ist eigentlich aus dem Sohn geworden?«

Jacques legte seine Hand über ihren Mund.

»Kein Wort mehr darüber.«

Sie biss zart in seine Finger.

Er sah sie an und fühlte es wieder: Margaux, das war Paris, das war Stress, das war sein Leben. Als er vor seiner Frau Jacqueline geflohen war, die eine Champagnerflasche nach ihm geworfen, aber nicht getroffen hatte, zog er bei Margaux ein. Für drei Monate, bis er eine eigene Wohnung gefunden hatte. Dass sie so benutzt worden war, hatte sie gekränkt. Irgendwann später war er dann in den Armen von Amadée gelandet und Margaux im Bett des Senators der Côte-d'Or.

Sie biss noch einmal leicht in seinen Handballen.

Jacques zog den Arm weg und küsste sie. Sie gluckste, als er sie halb ausgezogen hochnahm und in sein Schlafzimmer trug.

Mittwoch früh

Gaston, der Patron des Bistros l'Auvergnat an der Ecke Boulevard de Belleville und rue J. P. Timbaud, begrüßte Margaux so freundlich, als komme sie immer noch regelmäßig mit Jacques auf ein Croissant und einen Café Crème zum Frühstück. Diskretion gehört zum Dienst am Kunden.

»Wie immer?« Gaston, der stolz war auf seinen auvergnatischen, nach außen gezwirbelten Schnurrbart, dessen Enden dann wieder nach unten gedreht wurden, wischte mit einem feuchten Tuch über das Messing der Theke und schaute Margaux an.

»Wie immer.«

Ihr gefiel seine Art, sie lächelte.

Gaston stellte zwei Tassen unter die Kaffeemaschine.

»Margaux, bist du in den letzten Tagen mal mit der Metro gefahren?«

»Weshalb fragst du?«

»Ist dir nicht aufgefallen, dass es dort anders riecht?«

»Ja, Gaston. Nach Rosmarin. Und ich weiß auch warum: Die Region Languedoc-Roussillon lässt aus kleinen Lüftern Duftspray, der an Rosmarin erinnert, in die Metro-Luft blasen, damit die Leute an ihren Urlaub im Süden erinnert werden. Ist doch eine nette Geste, oder?«

Margaux setzte sich zu Jacques, der so tat, als wäre er vollkommen mit sich selbst beschäftigt. Er hatte einen dritten Thonet-Stuhl an den Tisch herangezogen und mit einem Stapel Zeitungen belegt. Von jeder Titelseite sah ihm Lacoste entgegen, manchmal war innerhalb der Artikel auch noch ein Bild von ihm eingeklinkt. Kein Zweifel, Margaux' Bericht schlug alle andern.

Nur sie konnte alle Einzelheiten erzählen, beginnend mit der Rave-Party, dem Wohnmobil von Didier, den Drogen – und der Aussage, Vater Lacoste habe aus der Schweiz regelmäßig Bargeld in großen Mengen abgeholt. Lacoste, der Präsident der Sofremi, die im staatlichen Auftrag Waffenhandel betrieb.

»Zufrieden?« Margaux legte ihre Zeitung zur Seite und tunkte das Croissant in den Café.

»Na ja, gerade noch erträglich.« Der nächtliche Tanz mit Margaux in seinem Bett hatte ihn wohlig betäubt. Er blies seinen Atem laut durch die Nase. »Aber mehr erfährst du nicht. Von jetzt ab ist der Fall tabu. Morgen früh werde ich ihn anhören.«

»Danke!«

Das ist doch zum Lachen, er will nichts mehr sagen und gibt sofort seinen nächsten Zug preis. Aber diesen Termin würde die Pressestelle des Gerichts heute ohnehin bekannt geben.

»Ich vermute, dann sehen wir uns morgen früh wieder?«

Margaux gab ihm einen Abschiedskuss – auf die Wange.

»Ja, aber dann erst nach dem Frühstück.«

Sotto Calvi

Mittwochvormittag

Die beiden Männer bereiteten sich für ihren Einsatz penibel vor. Auf Luftbildern machten sie das Grundstück im Stadtteil Val d'Or von Saint-Cloud aus und studierten seine Lage direkt am Hippodrome. Der Kleine wirkte wie ein drahtiger Polospieler, kurz geschorenes Haar und kein Gramm zu viel auf den Muskeln, der Kräftige konnte seine schwarzen Haare kaum bändigen, sein stets halb offener, lachender Mund zeigte ein gesundes, gelbes Gebiss, nicht zufällig lautete sein Spitzname Gargantua.

Die Galopprennbahn war 1901 von dem einstigen Spielkönig von Monaco, dem Großgrundbesitzer Eduard Blanc, gebaut worden. Angrenzend an die schön gepflegte Grünfläche hatten sich dann, im Lauf der Zeit, reiche Männer ihre Villen in eigene Parks gestellt. Hier, auf den luftigen Hügeln westlich von Paris, lebte es sich besser als mitten in der engen und lauten Metropole. Vom Parc de Saint-Cloud aus öffnete sich der Blick auf Paris, wie ihn viele Künstler in Stichen oder auf Leinwand festgehalten hatten. Optisch nah, akustisch fern.

Das zu observierende Objekt lag mit der Rückseite zum Hippodrom, die Einfahrt in einer engen, wenig befahrenen Straße mit Halteverbot auf beiden Seiten. Die beiden Männer empfanden die Aufgabe nicht als große Herausforderung.

Die Sonne schien, keine Wolke spazierte über den Himmel, es war angenehm warm und eine laue Luft wehte durch den Altweibersommer. Aus Spaß lieh der Kleine bei einem vornehmen Autohaus in Neuilly ein neues Luxuscabrio, das hunderttausend Euro im Einkaufspreis kostete, für eine Probefahrt aus. Beide setzten sich Ferrari-Fan-Kappen auf und schwebten, beschwingt von lauter Musik, feixend durch die Straße. Ihr Motto war: Wer sich besonders auffällig benimmt, fällt nicht auf. Als sie kurz vor dem Tor ihres Objekts für einen Augenblick hielten, um scheinbar eine Kleinigkeit aus dem Kofferraum zu holen, schwenkten Beobachtungskameras, die auf der dreieinhalb Meter hohen Mauer angebracht waren, in ihre Richtung.

Am Nachmittag überredeten sie eine fröhliche Pferdepflegerin, die sie in der Kantine des Hippodroms aufgetan hatten, mit ihrem Hengst am Zügel den hinteren Teil des Grundstücks abzugehen. Ihnen war keine Pforte aufgefallen; die Mauer führte in gleicher Höhe rund um den wohl zwei Hektar großen, von außen uneinsehbaren Garten.

In der Straße konnten sie den Observationswagen keinesfalls parken, auch wenn er noch so gut getarnt wäre, und jeder Fußgänger würde genauso auffallen, weil das Trottoir höchstens einen Meter breit war. Vermutlich kam sogar der Postbote mit dem Auto. Für eine zweite Fahrt durch die Straße liehen sie sich einen Pferdetransporter, und während der Kleine fuhr, filmte Gargantua das Anwesen mit einer kleinen Digi-Kamera aus der offenen Ladeklappe.

Beide flachsten noch mit der Pferdepflegerin, als sie den Transporter wieder abstellten, dann gingen sie fröhlich auf ihr Cabrio zu. Als sie sich in den Wagen setzten, sahen sie von vorn einen Mann heftig gestikulierend auf sich zukommen. Er trat neben die Fahrertür, rang um Atem, stotterte Unverständliches. Immer noch heiter, versuchten sie ihn zu beruhigen.

Da spürten beide im selben Moment den Lauf einer Pistole im Genick und der Mann an der Fahrertür grinste völlig entspannt: »Merci, Messieurs. Polizei. Bleiben Sie bitte ganz ruhig und halten Sie die Hände gut sichtbar nach vorne.«

Gargantua schaute den Kleinen an und gluckste fröhlich drauflos.

»Ach, liebe Kollegen, was ist denn mit euch los?«

Mittwoch, am frühen Nachmittag

Der einzige Schnaps, den der Kantinenwirt im Palais de Justice ausschenken konnte, war ein mittelmäßiger Calvados. Noch eine Runde? Noch eine, riefen fast alle. Jacques schaute Kommissar Jean Mahon verzweifelt an, doch der zuckte nur mit den Achseln. Der dienstälteste Sergeant aus dem Einsatzteam Mahons hatte zum dreißigjährigen Dienstjubiläum ein zusätzliches Monatsgehalt bekommen und alle auf einen Schluck eingeladen.

Ein gutes Dutzend Männer hockte deshalb um einen langen Tisch in der ungemütlichen Kantine. Durch die Milchglasscheiben fiel fahles Licht. Der Lärm, den die heitere Gruppe veranstaltete, hallte in dem riesigen, gekachelten Saal, mit Platz für gut dreihundert Leute, wider. Einige hatten ein Sandwich gegessen, Rotwein dazu getrunken und Zoten erzählt, es saß ja keine Frau unter ihnen, deretwegen die Gespräche zivilisierte Töne annehmen müssten. Selbst der Kommissar, von dem Jacques wusste, dass er grobes Benehmen verachtete, ließ sich mitreißen. Und schließlich wunderte Jacques sich über sich selbst. Als Untersuchungsrichter ein Einzelgänger, hatte er Männerbesäufnisse stets gemieden. Doch jetzt ertappte er sich dabei, dass er sich ganz wohl fühlte mit seiner Truppe.

Sie betrachteten ihn als einen der ihren und das gefiel ihm.

Ein Polizeileutnant, der gerade vom Kommissariat des 17. Arrondissements zu Mahon versetzt worden war, zog plötzlich ein beschriebenes Papier hervor, das er offensichtlich schon häufiger entfaltet hatte und sagte: »Wie gut, dass wir einen neuen Außenminister haben. Jetzt wird gegen die Unmoral vorgegangen«, und begann zu lesen: »Note d'arrondissement Nummer 49 – vom 15. April. Vorgang: Vertreibung von Prostituierten. Sofort nach Vorgabe dieser Anordnung sind regelmäßige Kontrollfahrten vorzunehmen mit dem Zweck, Prostituierte, die an der Straßenecke soundso – na gut, ich will mal die Örtlichkeit verschweigen – Aufstellung nehmen, aus dieser Gegend zu vertreiben.« Er sah auf. »Und warum? Wenn ihr mich fragt: Weil hier der Außenminister wohnt. Es geht weiter: Die Betroffenen sind aufs Kommissariat zu verbringen, ihre Personalien festzustellen und – wenn nötig – ein Vorgang anzulegen.«

Jacques sagte lachend: »Die vornehmen Herren im Siebzehnten werden von jetzt an enttäuscht sein, wenn sie abends unbefriedigt nach Hause kommen.«

Beflügelt vom Calvados rief der Sergeant: »Ihr Richter, ihr besorgt es euch ja während der Sitzung!«

Der Tisch wackelte. Die einen schlugen vor Lachen

derb mit der flachen Hand auf ihn ein, andere hielten sich an der Kante fest, damit sie nicht vom Stuhl rutschten, weil sie sich prustend krümmten. Jeder wusste, worauf der Polizist anspielte. Die satirische Zeitung »Le Canard enchaîné« hatte in den letzten Wochen über Richter geschrieben, die ihr Wasser nicht halten konnten. Putzfrauen hatten in einem Gerichtssaal unter dem Platz eines Richters eine große Pfütze vorgefunden. Der Mann, bekannt für seinen unkontrollierten Genuss von Alkohol, hatte wohl während der Sitzung unter den Tisch geplätschert. In der Folge der öffentlichen Empörung meldete ein Anwalt den Fall eines anderen Richters, der sich sogar während der Sitzung auf seinem Richterstuhl befriedigt hatte. Und die satirische Zeitschrift fragte, ob die Sitzung so erregend oder eher so langweilig gewesen war.

»Ihr kommt auf Staatskosten ja auch ganz schön rum. Monsieur le juge war doch letzten Winter auf Martinique!« Der das gerufen hatte, hob lachend sein Glas in Richtung Jacques. Und ein anderer, der bisher nur in sich hereingekippt hatte, lallte: »Der Untersuchungsrichter Jean-Louis Bruguière fährt jetzt sogar nach Kambodscha – auf Staatskosten.«

Tatsächlich hatte der als »juge antiterroriste« bekannte Bruguière beschlossen, den Mord an drei Touristen in Kambodscha, darunter ein Franzose, noch einmal aufzurollen – obwohl der Fall schon zehn Jahre zurücklag. Drei Offiziere der Roten Khmer waren wegen Mordes verurteilt worden, aber Bruguières vermutete ein größeres Komplott. So war er halt. Selbst Jacques schüttelte zweifelnd den Kopf ob des Sinns solch einer Reise.

Als die Kantinentür laut aufschlug und ein junger

Polizist hereinstürmte, wurde es sofort still, nur der Sergeant, inzwischen wohl vom Calvados betäubt, krakeelte weiter.

Kommissar Jean Mahon hörte dem jungen Mann kurz zu, fluchte und schaute Jacques an: »Mist. Komm! Da braut sich was Böses zusammen. Unsere beiden Leute, die Sotto Calvi im Visier halten sollten, sind hoppgenommen worden.«

»Hoppgenommen? Von wem?«

»Von unseren eigenen Leuten! Also, nicht von meinen, aber hier von der Police judiciaire. Wahrscheinlich ist da auch ein Kollege von dir im Geschäft.«

Mittwoch, am späten Nachmittag

Aus den Fragen der beiden Polizisten hörte Alain Lacoste heraus, dass Untersuchungsrichter Jacques Ricou insgeheim die Richtung des Verhörs vorgab:

»Wer bezahlt Ihr Hausmädchen?«

»Meine Frau.«

»Das Mädchen hat aber anders ausgesagt.«

»Vermutlich, weil ich der Patron bin. Tatsächlich kümmert sich meine Frau um den Haushalt. Und dazu gehört auch das Mädchen.«

»Was erhält sie?«

»Das weiß ich nicht.«

»Wird sie bar bezahlt?«

»Das weiß ich nicht.«

»Ist sie sozialversichert?«

»Ich vermute, dass sie so bezahlt wird, wie es üblich ist.«

»Was ist üblich?«

Lacoste schwieg. Die Polizisten schauten ihn an. Im Nebenraum klapperte ein Blechgeschirr. Dieser karge Raum auf der Polizeistation wirkte auf Alain Lacoste grässlich und er fragte sich, was für ein Volk das war, das es nicht weitergebracht hatte, als seine Beamten in solcher Umgebung tagein, tagaus arbeiten zu lassen.

Einer der beiden Polizisten stand auf, ging um den Schreibtisch herum und setzte sich vor Lacoste auf die Kante.

»Was meinen Sie mit ›üblich‹, Monsieur Lacoste?«

»So, wie es alle tun.« Es fiel Lacoste nicht schwer, kein Gefühl zu zeigen.

Der Polizist aber ließ sich nicht einschüchtern. »Ich weiß nicht, was alle tun. Ich kann mir kein Hausmädchen leisten. Würden Sie es uns bitte erklären?«

Lacoste schwieg wieder und schaute aus dem Fenster. Tatsächlich, die Sonne schien. Von draußen brummte Verkehrslärm herein. Immer wieder neu formuliert prasselten die Fragen nach dem Bargeld auf ihn ein. Er beantwortete sie nicht.

Als gewährten sie ihm eine Gnade, führten ihn die Polizisten um sieben Uhr abends hinaus auf den Gang: »Ihr Anwalt wartet auf Sie. Sie können ihn jetzt sprechen.«

Maître Lafontaine, ein kleiner, wabbelig runder Mann mit pomadig zurückgekämmtem, schwarz gefärbtem Haar, kam mit strahlendem Lächeln auf ihn zu und zog ihn auf eine Holzbank.

»Oh Gott, fünf Stunden haben die mich warten lassen. Das ist psychologische Kriegsführung. Aber ich habe eben Untersuchungsrichter Ricou abfangen können, und er hat mich für wenige Minuten zur Seite ge-

nommen. Fazit: ›Wenn Lacoste zu unserer Zufriedenheit die offenen Fragen beantwortet, dann ist alles drin,
es ist noch keine Entscheidung getroffen.‹ Wie steht's
also?«

»Was soll ich erklären? Was heißt: Es ist noch alles
drin? Ich habe das Gefühl, mich bei Kafka zu befinden!
Ich weiß ja noch nicht einmal, was man mir vorwirft!«
Alain Lacoste versuchte seinen Anwalt zu beeindrucken, indem er den unschuldigen Präsidenten der Sofremi spielte, aber zwei Tage Untersuchungshaft, Befragung und Durchsuchung, wenig Essen und wenig Schlaf
hatten auch ihm zugesetzt.

»Cher ami«, sagte Maître Lafontaine, »Sie wissen,
wer mich beauftragt hat, und Sie wissen auch noch
mehr. Darüber brauchen wir jetzt nicht zu sprechen.
Ihnen, Ihren Freunden und schließlich auch mir geht
es darum, den Schaden so weit wie möglich zu begren-
zen.« Er packte Alain Lacoste am Arm und zog ihn nahe
zu sich heran, so als wollte er dem Präsidenten der Sofremi ein Geheimnis verraten. »Monsieur le président,
bitte überlegen Sie: Was will der Richter? – In Frankreich doch immer ein Geständnis. Damit erkaufen Sie
sich die Freilassung. Geständnis gegen vorläufige Freiheit, das Spiel ist so alt wie unsere Justiz.«

Alain Lacoste schwieg, stieß nur einen lauten Seufzer
aus. Er fror auf diesem kalten Gang. Niemand kam hier
vorbei, hinter den geschlossenen Bürotüren schien keiner mehr zu arbeiten. Nur am Ende des Flurs standen
zwei Polizisten, die ihn bewachten.

Ein Geständnis konnte er auf gar keinen Fall ablegen.
Er durfte weder Sotto Calvi als Geldgeber noch den Innenminister Charles Cortone als Empfänger preisgeben.

Was ihn bisher belastete, war nur die Aussage seines

Sohnes. Er musste sich also eine glaubwürdige Erklärung dafür überlegen, dass er regelmäßig große Mengen Bargeldes aus der Schweiz geholt, davon gelebt und einen größeren Teil weitergegeben hatte.

Dazu aber brauchte er Zeit. Die Rohdiamanten wären nicht so problematisch. Sie befänden sich im Besitz des Staates, würde er behaupten. Lacoste hätte das Geschenk von Calvi wegen seines hohen Wertes in dem völlig sicher scheinenden Safe im Büro verwahrt.

»Am liebsten würde ich mich mit Calvi beraten, Maître. Komme ich heute noch raus?«

Lafontaine stieß ein trockenes Lachen aus und schüttelte den Kopf. »Das kann ein paar Tage dauern. Und da kann Ihnen auch niemand helfen. Denken Sie nur daran, wie viele Politiker inzwischen schon ein paar Wochen gesessen haben – und mehr oder weniger unschuldig waren.«

»Gibt es da kein juristisches Mittel? Können wir nicht klagen? Die Untersuchungshaft ist in Zeiten des Sensationsjournalismus wie einst das Rad, auf das man geflochten wurde. Das Opfer wird heute in der Öffentlichkeit gequält, während es in der Zelle schmort! Widerlich. Haben Sie keine Idee?«

»Ohne irgendeinen Erfolg. Meine Erfahrung ist: Der Untersuchungsrichter bestimmt das Verfahren. Und es kommt auf den Beschuldigten an, wie schnell er wieder draußen ist.« Lafontaine sah seinem Klienten direkt ins Gesicht. »Aber einen Rat gebe ich Ihnen. Beantworten Sie nie mehr als die gestellte Frage. Der Magistrat möchte wissen, wie viel Uhr es ist? Geben Sie ihm die Uhrzeit an. Nicht mehr als das, nicht den Tag, nicht den Monat, nicht das Jahr. Wie viel Uhr ist es? Halb acht. Morgens oder abends? Abends. Und? – Was und? Wel-

cher Tag? Mittwoch. Welcher Mittwoch? Der soundso-
vielte. Verstanden?«

»Ich sage nie mehr als nötig.«

»Gut. Wir sehen uns morgen früh. Heute Nacht werden Sie noch einmal in Untersuchungshaft schlafen
müssen. Ich habe Ihnen zu Hause frische Wäsche und
Rasierzeug einpacken lassen.«

Lafontaine legte, wie zur Beruhigung, eine Hand auf
das Knie von Alain Lacoste, der sich daraufhin – um die
ihm unangenehme Berührung nicht unhöflich zu beenden – erhob.

Die Polizisten gingen einige Schritte auf ihn zu, blieben jedoch stehen, als der Anwalt ihnen ein Zeichen
mit der flachen Hand gab.

»Wir treffen uns also morgen früh bei Gericht zu
einem Anhörungstermin. Dann wird über alles Weitere entschieden. Nur Mut, wird schon werden!« Lafontaine lachte, und Alain Lacoste ärgerte sich darüber. Es
schien ihm, als werde sein Fall nicht ernst genommen.

Einzig der letzte Satz des Anwalts beim Abschied:
»Glauben Sie, man denkt wirklich an Sie«, machte ihm
wieder Hoffnung.

Donnerstag

»Ist noch am Telefon«, flüsterte die Sekretärin von Marie Gastaud, deutete mit dem Kopf auf die Telefonan-
lage auf ihrem Schreibtisch und machte eine entschul-
digende Handbewegung.

Die Gerichtspräsidentin ließ ihre Besucher selten
lange warten. Jacques setzte sich also ohne ein weiteres

Wort auf den einzigen Stuhl neben der Tür. Ihm war nicht wohl in seiner Haut.

Er war sich zwar keines Fehlers bewusst, aber seit der Vernehmung von Alain Lacoste und den bisherigen Ergebnissen der Untersuchung wusste er, dass sich der Fall des verhafteten Sofremi-Präsidenten zu einer öffentlichen Affäre entwickelte. Maître Lafontaine hatte seinen Mandanten zwar bestens vorbereitet, aber schon mit seinen ersten Fragen hatte Jacques das Verteidigungsgebäude ins Wanken gebracht.

Lacoste war angeschlagen. Die wenigen Tage in Untersuchungshaft in der Santé hatten den Präfekten, der als hart und arrogant galt, verletzbar gemacht. Als Jacques Ricou ihm mit seinen Fragen klar zu erkennen gegeben hatte, wie viele Fakten die Ermittler zusammengetragen hatten über die privaten und geschäftlichen Beziehungen zwischen Sotto Calvi und dem Präsidenten der Sofremi, war er beinahe zusammengebrochen. Er hatte offensichtlich begriffen: Seine Regeln galten nicht mehr. Er würde den Fragen des Untersuchungsrichters Ricou, der in der Hierarchie weit unter ihm stand, fast hilflos ausgeliefert sein. Lacoste wusste sich nicht mehr zu verteidigen.

Maître Lafontaine hatte die Situation nur retten können, indem er um eine Unterbrechung des Verhörs bat.

Jacques musste nicht lange warten. Keine fünf Minuten und das Telefon summte. Die Gerichtspräsidentin erwartete ihn. Er erhob sich, zwinkerte mit dem linken Auge der Sekretärin zu, atmete hörbar tief ein und ging durch die gepolsterte Tür in das lang gestreckte Büro seiner Vorgesetzten.

Marie Gastaud kam ihm über den großen Teppich,

der in der Mitte des Büros alle Geräusche dämpfte, mit festem Schritt entgegen. Ihre Frisur saß perfekt, das vornehme Seidenkleid mit dem unscheinbaren Muster und dem leichten Stoffgürtel verbarg ihre leichte Fülle.

Sie wirkte auf Jacques wie der perfekte Mensch, der weder privat noch beruflich Fehler macht.

Und entsetzlich langweilig ist.

Unter dem Einfluss einiger Flaschen Rotwein hatte Martine sich allerdings einmal zu der Bemerkung hinreißen lassen, die zieht wahrscheinlich zu Hause Lederstiefel an und peitscht ihren Mann aus. Jacques Ricous Gerichtsschreiberin hatte damit großes Gelächter ausgelöst. Aber Jacques hatte sich allein bei der Vorstellung, wie diese Szene ablaufen könnte, entsetzlich geekelt. Marie Gastaud war mit einem erfolgreichen Beamten in der Innenverwaltung verheiratet, hatte drei tadellose Kinder großgezogen und gehörte zu jenem konservativen Kreis der Pariser Gesellschaft, der Wert darauf legt, nie in der Presse erwähnt zu werden.

Kurz bevor sie ihren Untersuchungsrichter erreichte, streckte sie ihm die Hand entgegen, lächelte kaum merklich und bat ihn an den Konferenztisch aus dunklem Holz, der, ihrem Schreibtisch gegenüber, am anderen Ende des Zimmers stand. Wie zufällig nahm sie den Sitz mit dem Rücken zum Fenster ein – im Gegenlicht fallen Gesichtsfalten weniger auf. Jacques kannte diese Marotte. Sie amüsierte ihn.

Marie Gastaud wirkte so perfekt, dass sie ihm Respekt, jetzt sogar ein wenig Furcht einflößte, weil er nicht wusste, wie sie sich ihm gegenüber in diesem Fall verhalten würde. Sie lächelte, seufzte sogar ein wenig, was wohl mitfühlend wirken sollte: »Mein Gott, Monsieur le juge, allein heute früh musste ich mit dem Gerichtspräsidenten von der Cité, mit dem Justizminister und mit dem Innenminister persönlich telefonieren. Nicht ich habe auch nur einen dieser Herren angerufen, aber Minister scheinen immer noch zu glauben, sie könnten die Justiz mit ein paar autoritären Worten beeindrucken. Immerhin ist aber sicher, dass der Gerichtspräsident von der Cité genau wie ich zur gesetzlich verbrieften Unabhängigkeit eines Untersuchungsrichters steht.«

Sie machte eine minimale Pause, während sie lächelte, wahrscheinlich eine bewusste Geste, um Jacques zu entspannen, der ahnte, dass jetzt ein »aber« folgen würde.

»Aber wir müssen zwei Dinge klären. Erstens: Wie der Fall bei Ihnen steht. Zweitens: Dass Sie in diesem Fall mit dem Palais de Justice in der Cité zusammenarbeiten müssen.«

»Mit wem dort?«

»Mit Françoise Barda.«

Er wich ihrem Blick nicht aus. Zeigte sie mit einer auch noch so kleinen Regung ihrer Miene, was sie über Françoise Barda dachte? Er glaubte ein leichtes Zucken zu erkennen, das er auslegte als: »Sie Armer tun mir leid, aber die ist halt, wie sie ist.« Die Untersuchungsrichterin Françoise Barda machte einfach jedem Ärger, der mit ihr zu tun bekam. Jedem!

Durch die Fenster hörte er durchdringendes Hupen, einen lauten Schwerlaster quietschend bremsen und großen Krach. Entweder war die Ladung verrutscht, oder zwei Wagen waren zusammengestoßen. Doch da Marie Gastaud nichts davon wahrzunehmen schien, antwortete er sachlich: »Ich werde mich mit ihr in Verbindung setzen.«

»Françoise Barda erwartet Sie morgen früh um zehn Uhr in ihrem Büro im Palais de Justice auf der Ile de la Cité. Ich hoffe, Sie haben dann Zeit. Das würde ›zweitens‹ beantworten. Jetzt aber zu ›erstens‹: Wie steht's um den Fall bei uns?«

Dieser kleine Unterschied in der Frage gefiel Jacques: Sie sagte »uns«. Seine Chefin bezog sich mit ein.

»Ist Lacoste Korse?«

Marie Gastaud hielt den Kopf ein wenig schräg nach vorn, als wollte sie mit dem rechten Ohr besser hören. »Ja, warum?«

»Cortone ist Korse.«

»Sotto Calvi auch, Monsieur le juge.«

»Das mag Zufall sein, Madame la présidente.«

»Oder auch nicht. Was führen Sie gegen Sotto Calvi an?«

Jacques schob sein Steißbein gegen die Stuhllehne, um sich zu zwingen, gerade zu sitzen. Er kratzte sich am Hals.

»Zwei Tatsachen deuten auf den Millionär Sotto Calvi als Geldgeber hin.«

»Und die wären?«

»Zum einen übernahm Lacoste seine Wohnung vor fünf Jahren von Sotto Calvi. Und zwar kostenlos. Damals war Lacoste noch nicht Präsident der Sofremi. Er hatte zwar versucht, über die Errichtung seiner panamesischen Firma namens Lesseps die Eigentumsverhältnisse zu kaschieren, doch Recherchen beim Grundbuchamt haben ergeben, dass der Vorbesitzer eine Liechtensteiner Firma war, die wiederum die Wohnung von Sotto Calvi übernommen hatte.«

»Das ist doch wohl kein endgültiger Beweis!«

»Aber die Vermutung liegt nahe, dass Sotto Calvi das

Appartement, das in dieser Lage sicherlich zwei bis drei Millionen Euro wert ist, an eine auf ihn eingetragene Briefkastenfirma in Liechtenstein übertragen hat, um seinerseits die Übertragung an Lacoste via Panama zu verschleiern.«

»Das wird man rausbekommen. Und zweitens?«

»Die Kiste mit den Rohdiamanten weist auf Sotto Calvi hin.«

»Fingerabdrücke?«

Jacques war erstaunt über das Interesse von Marie Gastaud an seinem Fall. Er überlegte, in welcher Behörde ihr Mann arbeitete. Ob es da vielleicht einen Interessenkonflikt gäbe.

Die Präsidentin erhob sich und beugte sich leicht vor: »Einen Kaffee, Monsieur Ricou?«

»Gern.«

Sie ging zur Tür, öffnete sie einen Spalt, bat die Sekretärin um zwei Tassen Kaffee und drehte sich fragend zu Jacques: »Mit Milch und Zucker?«

»Nein danke, schwarz!«

Dann setzte sie sich wieder und wiederholte die Frage: »Fingerabdrücke?«

»Nein. Aber unter den Steinen lag ein vornehmes Kärtchen mit dem handgeschriebenen Satz ›Eine kleine Aufmerksamkeit, die Paul für die Schöne in Victor Hugos Nest mitgebracht hat‹, versehen mit einem Datum. Und Calvi stand an diesem Tag in dem Kalender, der auf dem Schreibtisch im Büro des Präsidenten der Sofremi gefunden wurde. Wer der auf dem Kärtchen erwähnte Paul ist, konnte bisher niemand herausfinden, aber das scheint gleichgültig. Denn unter den Papieren, die wir in der Wohnung von Lacoste beschlagnahmt haben, war eine ähnliche Karte, die offenbar zu einem

Blumenstrauß gehörte, den Calvi an Madame Lacoste geschickt hatte. Darauf stand in blauer Tinte geschrieben ›un grand bisou à une ravissante pour une soirée ravissante, S. C.‹ – Einer Entzückenden einen großen Kuss für einen entzückenden Abend. Die Schreibprobe wird noch untersucht, sie scheint aber identisch mit der Schrift auf der Diamantenkarte.«

»Haben Sie eine Schreibprobe von Sotto Calvi zur Hand?«

»Nein, aber ich werde Françoise Barda morgen als Erstes darum bitten.«

»Kennen Sie den Wert der Diamanten?«

»Nur grob geschätzt – einige Millionen Euro, etwa zehn. Und das, obwohl sie noch nicht geschliffen sind! Vermutlich stammen sie, so die Untersuchung, aus den Minen von Angola. Das Gewicht allein des kleinsten Steines beträgt knapp zehn Karat. Und ein alter Fachmann aus einem der edelsten Juweliergeschäfte an der Place Vendôme bescheinigt allen Diamanten beste Farbqualität und höchste Klarheit. Er hat in den Steinen selbst bei zehnfacher Vergrößerung nicht die kleinsten Einschlüsse entdecken können.«

Jacques unterbrach seine Erklärungen, als sich die Tür öffnete und die Sekretärin auf einem Tablett zwei Tassen Kaffee mit jeweils einem kleinen Glas Wasser brachte. Das ist wie im Hôtel Crillon, dachte Jacques, das hat Stil, und fühlte sich durch die ungewöhnliche Aufmerksamkeit geehrt.

Seine Präsidentin nahm eine Süßstoffpille, rührte mit einem silbernen Löffel in der Tasse und schaute versunken auf den Kaffee, als wollte sie darin lesen.

»Haben Sie deshalb die Beobachtung Sotto Calvis angeordnet?«

»Scheint Ihnen das nicht auch eine sinnvolle Entscheidung?«

Jacques wollte Marie Gastaud dazu bringen, sein Vorgehen offen zu billigen. Aber so leicht tappte sie nicht in die Falle.

»Der Innenminister scheint höchstes Interesse an dem Fall zu haben ...«

»... vielleicht sogar ein persönliches?«, warf Jacques ein und bereute sein Vorschnellen sofort wieder, als er sah, dass die Gerichtspräsidentin für einen kurzen Moment die Augenbrauen zusammenzog und den Kopf schüttelte und fortfuhr: »Deshalb empfehle ich Ihnen: Achten Sie darauf, mit welchen Polizisten Sie zusammenarbeiten. Alle unterstehen zunächst dem Innenminister, und meist erfährt der schneller als Sie, welche heiklen Dinge gefunden werden.«

»Ich verlasse mich auf Kommissar Jean Mahon.«

»Aber auch der hat eine Mannschaft, die aus einzelnen Polizisten besteht, die alle mal befördert werden wollen.« Marie Gastaud erhob sich, sah Jacques freundlich an, gab ihm die Hand und sagte: »Morgen früh um zehn auf der Ile de la Cité! Und halten Sie mich auf dem Laufenden.«

Die Wüstenkönigin

Freitag

Pünktlichkeit ist die Höflichkeit der Könige«, krähte ihn Françoise Barda an, als Jacques um halb elf in ihr Büro trat. Und fügte hinzu, »setz dich«, als wäre er ein kleiner Junge.

Er lächelte nur.

Ein Stau sei schuld an seiner Verspätung, so redete er sich heraus, aber der Verkehr hatte ihn nur deswegen aufgehalten, weil er die letzten zwölf Stunden bei Lyse verbracht hatte und nach dem Frühstück noch einmal nach Belleville gefahren war, um sich umzuziehen. Und mit dem Wagen hatte er im morgendlichen Verkehr mehr als eine Stunde gebraucht von der eher im Westen gelegenen Place des Ternes, wo Lyse wohnte, bis zu ihm in den Norden von Paris und dann zum Palais de Justice auf der Ile de la Cité.

*

Gestern war Lyse gelandet, hatte angeblich ihren rechten Knöchel vertreten und ihn deshalb zu einem kleinen, leichten Abendessen – »es gibt wirklich nichts Besonderes« – zu sich gebeten. »Und komm nicht so spät, ich habe noch Jetlag.«

Obwohl sich Jacques für diesen Abend mit Michel, dem Maler, zu einem chinesischen Essen in Belleville

im Restaurant Président verabredet hatte, war er zu ihr
gefahren. Michel musste auf die nächste Gelegenheit
warten.

Diesmal gab ihr raffiniert geschnittenes Kleid den
Rücken bis zum Po frei, was er allerdings erst bemerkte, als er Lyse zum Begrüßungskuss an sich zog. Vorn
reichte der rosafarbene Stoff nämlich bis zum Hals.

»Ist das auch ein Kleid aus Sex and the City?«, fragte
er und legte den Strauß Rosen, dunkelrot mit drallen,
fast schon offenen Köpfen, beiläufig auf die Kommode
im Eingang.

»Nein«, lachte sie, nahm die Blumen hoch, roch an
ihnen, »oh, die duften ja – herrlich. Danke«, gab ihm
einen Kuss auf die Wange und schloss die Wohnungstür,
die mit einem dumpfen Seufzer in den Rahmen fiel.

»Elegantes Geräusch«, Jacques drehte sich um und
klopfte mit dem Zeigefinger an das Holz. »Klingt wie in
den Bleikammern von Venedig.«

»So ähnlich ist die Tür auch gepanzert. Hier wohnte
vor mir ein israelischer Diplomat. Deswegen kann mir
hier auch nichts passieren.«

Sie ging vor ihm her durch die Wohnung, in der ein
schwerer Geruch, wie nach süßlichen Orangen, hing.

»Einen Schluck Champagner, oder lieber Whisky?«

»Habe ich das bei der Fête von Michel gesagt? Du
hast aber gut aufgepasst. Gern einen Whisky. Scotch?«

»Klar. Eis, Wasser? Komm mit in die Küche.«

Die späte Sonne fiel goldrot und warm durch die
riesigen Fensterscheiben des großzügig ausgebauten
Dachstuhls. Die Einrichtung war modern und beeindruckend geschmackvoll. Wie benommen ging er hinter ihr her, sah wie die Muskeln auf ihrem Rücken sich
geschmeidig bewegten und die langen, festen Beine dem

Kleid einen sanften Schwung gaben. Als sie sich in der Küche aus Stahl und Marmor umdrehte und er ihre Brüste unter dem leichten Stoff wahrnahm, fühlte er sich fremd.

»Ich brauche dringend diesen Whisky«, sagte er und trat durch die offen stehende Terrassentür auf den Balkon vor der Küche, wo sie den Tisch gedeckt hatte. Alles weiß, fiel Jacques auf, die Blumen, das Tischtuch, die Teller, sogar die Griffe der Messer.

»Bei der Wärme können wir gut draußen essen. Und weil wir höher als alle sitzen, kann keiner uns reinschauen.«

Sie stieß mit einem Glas Champagner an sein Whiskyglas.

»Ist dir nicht zu warm? Zieh doch deine Jacke aus. Schön, dass du Zeit hast.«

Lyse freute sich wirklich. Und sie war so warm, so natürlich, dass Jacques langsam seine Beklemmung abwarf. Sie bat ihn, noch einmal mit ihr zurück ins Wohnzimmer zu gehen, damit sie ihm ihre Bilder vorstellen könne. Alle stammten von französischen Malern und Fotografen, die in den achtziger und neunziger Jahren des letzten Jahrhunderts als jung und viel versprechend galten.

Ein Bild mit streng gemalten Quadraten, die mal schwarz mit sandighellem Innenhof, mal ockergelb mit schwarzem Innenhof ein verwirrendes und doch wieder scheinbar gleichmäßiges Muster ergaben, machte auf Jacques einen besonderen Eindruck. Es erinnerte ihn an die ausschließlich mit schwarzer Farbe bemalten Leinwände von Pierre Soulages, aber auch an seinen Freund Michel, und er fragte fast schüchtern, weil er sich überhaupt nicht sicher war: »Von wem ist das? Ein Soulages? Ein Faublée?«

»Von einem unbekannten Chokwe-Künstler. Erinnerst du dich daran, was ich dir über Lusona erzählt habe? Die Sandzeichnungen aus meiner Heimat? So sieht ein Sona aus, nur eben auf der Leinwand. Ich liebe es. Obwohl der Sinn eines Sona auch ist, bald wieder vom Wind verweht zu werden.«

Sie beugte sich zu einer kleinen Kiste aus poliertem Holz, klappte den Deckel auf und zog eine Kette hervor, an der ein flaches Medaillon aus Silber hing. Ein Vogel. Als Jacques genauer hinsah, bemerkte er auch darauf das Muster des Bildes.

»Das ist mein Schutz, mein Glücksbringer.«

»Dein Amulett?«

»Ja.«

Sie führte das Medaillon an ihre Lippen und legte es sanft zurück in die Kiste.

»Möchtest du noch einen?« Sie zeigte auf sein leeres Glas. »Gern«, sagte er und folgte ihr wieder in die Küche.

Als sie sich umdrehte und ihm den Whisky in die Hand drückte, stand sie so nah bei ihm, dass er die Arme um sie legte, sie küsste und das Glas vorsichtig hinter ihrem Rücken abstellte.

Später, als er sich von ihr löste, griff sie mit beiden Händen nach seinem Kopf, zog ihn zu sich und presste ihre Lippen noch einmal fest, wie abschließend auf seinen Mund. Er sah in ihre dunklen Augen und bemerkte eine dünne Narbe, die vom oberen Lid des linken Auges in einem geraden Strich zum unteren Lid reichte.

»Prinzessin küsst wie Wüstenkönigin Njinga!«

»Olàlà, du hast aber gut aufgepasst. Doch Königin Njinga galt als harte und machtbewusste Frau, aber auch als großherzig. Auf der anderen Seite sagt man ja auch Katharina der Großen nach, sie sei hart gewesen, und sexbesessen. Gekocht habe ich heute aber eher wie Madame de Pompadour.«

»Die hat doch wahrscheinlich nie einen Kochlöffel angefasst.«

»Du wirst schon sehen.«

Zu einem kalten Chablis servierte Lyse kurz geschmorte Jakobsmuscheln mit reichlich Knoblauch, einen Salat, angemacht mit Nussöl, und Seezungenfilets, geschwenkt in frischer Butter aus der Normandie, mit Keniabohnen. Zum Dessert gab es in Weißwein eingelegte Pfirsichscheiben.

Beim Essen erzählte er ihr von seiner Jugend im Süden Frankreichs, von seinen Eltern, die Lehrer in Albi gewesen waren und, von der Geschichte der Gegend geprägt, immer zum Widerstand gehört hatten – als Protestanten gegen das katholische Paris, als Linkswähler gegen die konservative Zentralregierung. Dort unten, so erklärte Jacques, haben die kleinen Leute nie den Massenmord der Staatsmacht an den Katharen – das war im 13. Jahrhundert – und später an den Hugenotten – im 16. Jahrhundert – vergessen, geschweige denn die autoritäre Durchsetzung der Langue d'œil, die die Normannen sprachen, als französische Amtsprache gegen ihre Sprache des Südens, die Langue d'Oc.

Als sie im Bett lagen und er ans untere Ende gerutscht war, um – weil es so schön kitzelt – ihre Zehen zu küssen, sah er, dass vom kleinen Zeh am rechten Fuß nur eine Narbe übrig geblieben war. »Ein Unfall«, murmelte sie und seufzte, »mach weiter!«

Später dann erfuhr Jacques in dürren Worten auch von ihrem Leben. Beide Eltern waren tot. Der Vater stammte aus Angola, genauer – vom Stamm der Ovimbundu, zu denen auch der Rebell Jonas Savimbi gehört hatte. Schon als Student war er nach Portugal gegangen und ein anerkannter Rechtsanwalt in Lissabon geworden. Nie aber hatte er aufgehört, für die Unabhängigkeit seines Landes und später gegen die korrupte Regierung der MPLA zu kämpfen.

Ihre Mutter hatte ihren Vater in Angola kennen gelernt, als sie dort Entwicklungshilfe leistete. Sie entstammte einer wohlhabenden Familie aus Israel, weshalb Lyse, nach ihrem Tod, zu einer Tante nach Haifa kam, dort die Schule abschloss und zum Wehrdienst eingezogen wurde.

Jacques, der nicht beim Militär war, stützte sich mit dem Ellenbogen auf und fragte, ob sie Panzer gefahren sei. Sie lachte ihn aus. Aber schießen könne sie hervorragend. Sie gehöre sogar im Cercle Interallié, einem der feinsten Pariser Clubs in einem hôtel particulier im Faubourg-Saint-Honoré, zu den treffsichersten Pistolenschützen. Jacques fragte sie nicht, ob sie auch jetzt eine Pistole in der Nähe habe. Und als er ihre Lippen an seiner Brust spürte, wollte er gar nicht mehr reden.

Um halb fünf fragte sie ihn, ob sie den Wecker stellen solle. Ja, leider. Auf acht, nein, lieber halb neun.

Am Morgen legte Lyse ihm eine neue, noch in Plastik verpackte Zahnbürste auf das Waschbecken und einen kleinen Rasierapparat, über den er lachte, der aber funktionierte.

Nicht ein Wort hatte Jacques über seinen Fall erzählt, und Lyse hatte keine Frage gestellt.

In der Küche tranken sie im Stehen einen Kaffee. Jacques klopfte mit dem Finger an das Fenster und schüttelte den Kopf. »Panzerglas, was?«

»Ja, stammt alles vom Vorgänger. Hier kommt kein Dieb rein.«

Er stellte den leeren Kaffeebecher ab. Und als er fragte: »Was machst du heute?«, antwortete sie: »Ich muss noch einmal zu Sotto Calvi.«

»Wer ist das?«, fragte er.

»Der Kunstsammler, der die Bilder von deinem Malerfreund Michel Faublée gekauft hat. Und was machst du?«

»Ich ermittle gegen Sotto Calvi.«

*

Sie lacht wie eine Henne, die gackert, dachte Jacques, als er seiner Kollegin Françoise Barda in ihrem kleinen, dunklen Büro schließlich gegenübersaß. Der vier Meter hohe Raum in dem alten Gebäude schien höher als breit zu sein, jedenfalls ließen die Schränke und Regale an den Wänden gerade noch Platz für den mit Akten überfüllten Schreibtisch, einen noch volleren Beistelltisch und drei Holzstühle für Besucher.

Die Untersuchungsrichterin hatte Jacques allein zu sich gebeten, weil sie meinte, dann offen reden zu können. Es gebe im Fall Calvi ein paar Dinge, so hatte sie gesagt, die besser nicht an die große Glocke gehängt würden. Schließlich sei sie mit der Beweisaufnahme noch längst nicht am Ende.

Die Finanzbehörden warfen Calvi vor, mehr als eine halbe Milliarde Euro Steuern hinterzogen zu haben.

»Ja, es dreht sich hier um Summen, die weit über meine Vorstellungskraft hinausgehen.« Françoise Barda blies die Backen auf wie ein Mops.

»Wie kann ein Privatmann so eine Steuerschuld anhäufen?«, fragte Jacques ungläubig.

»Wenn der Privatmann als Zwischenhändler für Staaten auftritt, die Öl fördern und Waffen kaufen.«

»Wer eine halbe Milliarde ans Finanzamt zahlen muss, der hat doch mindestens eine Milliarde Gewinn gemacht – nach Abzug aller Kosten. Das schafft ja noch nicht einmal eine große Autofirma wie Peugeot mit zweihunderttausend Arbeitern. Zumindest nicht jedes Jahr!«

»Vielleicht ein Beweis dafür, dass Industriearbeit überflüssig wird. Calvi gehört zu den ganz großen Vermittlern in dieser Welt. Er hat allein nach Angola Waffen für vier Milliarden Euro geliefert.«

»Ohne Industriearbeit keine Waffen.«

»Na gut!« Barda mochte Jacques' Besserwisserei ganz offensichtlich nicht.

»Und für den Verkauf von Waffen hätte Calvi eine Ausfuhrgenehmigung benötigt, die er vom französischen Staat kaum erhalten haben dürfte, es sei denn …« Jacques hob die Rechte und rieb seinen Zeigefinger schnell am Daumen.

Françoise unterbrach ihn: »Er brauchte gar nicht zu bestechen, denn die Waffen kamen aus dem Osten, Hubschrauber und MiG-Kampfflugzeuge aus Russland, Granatwerfer samt Munition aus einer Fabrik, die er für diesen Zweck selbst in Slowenien gekauft hat, Lastwagen und Panzer aus der Ukraine. Nicht eine Schraube hat französisches Territorium berührt.«

»Dann dürfte das Geschäft auch den französischen Fiskus nichts angehen.«

»Doch. Abgewickelt wurde das Ganze über ein Konto von Calvi bei einer französischen Bank in Paris. Und damit muss er vom Gewinn genau …«, die Untersuchungsrichterin schaute in die vor ihr liegende Akte,

»532 Millionen 312 tausend 729 Euro und 87 Cent Steuern zahlen.«

»Und wie viel Gewinn hat Calvi gemacht?«

»Eine Milliarde 961 Millionen 727 tausend 370 Euro und 13 Cent. So hat's das Finanzministerium ausgerechnet.«

»Das heißt, ihm bleiben, selbst wenn er die Steuern zahlen würde, noch knapp anderthalb Milliarden Euro übrig! Warum ist er denn dann so geizig?«

»Weiß der Teufel! Er vertritt den Standpunkt, von dem auch du ausgegangen bist: Die Waffen sind nicht aus Frankreich geliefert worden, also muss er hier auch keine Steuern zahlen.«

»Und was …«, Jacques zögerte, schaute den Mops an und benutzte dann doch die unter gleichrangigen Richtern übliche Vertraulichkeit, »… hast du bisher unternommen?«

»Ich habe ihn mehrmals vorgeladen, um die Sache mit ihm zu klären. Er hat die Bankunterlagen freiwillig herausgegeben.«

»Wer vertritt ihn?«

»Philippe Tessier.«

»Die beste Steuerkanzlei, die man sich kaufen kann.«

»Calvi kann sich's leisten. Wir lassen ihn abhören und beschatten. So sind wir auf deine Leute gestoßen. Wir sind vorsichtig, denn er gilt als enger Vertrauter von Innenminister Cortone. Und was hast du gegen ihn?«

»Ich ermittle eigentlich gegen Alain Lacoste, den Präsidenten der Sofremi.«

»Das habe ich in der Zeitung gelesen. Du scheinst in der Presse nicht besonders viele Freunde zu haben.«

»Das ist mal so, mal so. Die schreiben dich rauf, dann schreiben sie dich wieder runter. Als ich vor einem halben Jahr den Präsidenten in der Affäre mit den schwarzen Kassen des Generals vorgeladen habe, da fanden sie mich ziemlich mutig.«

Sie sah ihn über den Schreibtisch hinweg skeptisch an, so als überlegte sie, etwas Kritisches zu sagen über Jacques' forsches Vorgehen damals, das keinen Erfolg hatte, weil der Präsident der Vorladung nicht gefolgt war. Doch dann schüttelte sie nur leicht den Kopf und fragte: »Was hast du gegen Lacoste?«

»Er lebt von Bargeld, das er sich regelmäßig aus der Schweiz von einer Bank in Genf holt. Und dieses Konto ist jahrelang von Calvi aufgefüllt worden. Ich habe alle die Konten betreffenden Unterlagen.«

»Bei der Durchsuchung gefunden? War Lacoste so blöd, die Auszüge aufzuheben?«

»Nein, ein Corbeau hat sie geschickt. Glück muss der Mensch haben. Zum zweiten hat Calvi ihm ein schickes Appartement in der Avenue Victor Hugo übertragen.«

»Verkauft?«

»Nein, eben nicht verkauft. Eher geschenkt. Für Calvi wahrscheinlich eine Kleinigkeit, wenn ich jetzt höre, dass er über zwei Milliarden kassiert hat.«

Jacques zog die Augenbrauen hoch, das war eine Summe, von der er nicht mal träumte. Ihm blieben nach Abzug von Steuern und Versicherungen – und der Unterhaltszahlung an Jacqueline – etwas weniger als viertausend Euro im Monat übrig. Das war mehr, als viele andere verdienten, und trotzdem langte es gerade so.

In Nizza, wo er einige Jahre auf Posten gewesen war, hatte er reiche Männer kennen gelernt, die in Monaco steuerfrei lebten, mit Motoryachten und dem Schmuck ihrer gelifteten Frauen angaben, nichts taten, außer ihr Geld zu vermehren und damit protzten, bei welchen Events sie eingeladen waren. Events, über die geschrieben wurde, weil dazu Sexflittchen eingeflogen wurden, die wegen ihres Exhibitionismus vermeintlich berühmt waren. Peinlich für die Veranstalter, peinlich für die Gäste, peinlich für Voici und Paris Match, die darüber berichteten.

Als Françoise Barda mit dem Bleistift auf den Tisch klopfte, weil Jacques ins Leere starrte, fuhr er schnell fort: »Lacoste hat eine Firma in Panama gegründet, die der Scherzkeks auch noch Lesseps nannte, und diese Firma ist im Grundbuch als Eigentümerin des Appartements eingetragen. Lacoste hat für die Wohnung nichts bezahlt. Wenn du so willst: klare Bestechung.«

»Und warum hast du Calvi nicht gleich vorgeladen, sondern versucht, ihn zu überwachen?«

»In seiner Wohnung hatte Lacoste einen mit Bargeld gefüllten Safe. Und im Tresorraum in der Sofremi, der nur vom Büro des Präsidenten aus zu betreten ist, befindet sich ein weiterer, kleiner Safe. In dem lag ein Kistchen mit Rohdiamanten ...«

»Aus Angola?«

»... vermutlich aus Angola. Völlig farblos und ohne irgendwelche erkennbaren Einschlüsse. Erste Qualität. Darunter eine Karte mit Aufdruck und Handschrift von Calvi. Eine Karte mit derselben Handschrift haben wir bei Lacoste zu Hause gefunden. Das beweist noch nicht alles, aber es ist ein ziemlich gutes Indiz.«

Die Richterin schob die Ärmel ihrer Strickjacke, die sie über ihrer weißen Bluse trug, hoch und wühlte in den Akten, hob einen Ordner nach dem anderen, ging zu dem Beistelltisch, stapelte auch hier um, bis sie einen dünnen Hefter fand. Mit dem kam sie zurück an ihren Platz und fragte plötzlich unerwartet heiter: »Willst du einen Kaffee oder so was?«

»Eh, nein danke«, stotterte Jacques überrascht. Er wollte sich nicht ablenken lassen. »Wir müssen an Calvi ran!«

»Klar«, Françoise Barda ärgerte sich schon wieder. Sie wollte bestimmen, was weiter geschehen sollte. Calvi war ihr Fall.

Und dann sagte er auch noch: »Lass uns eine Durchsuchung machen.«

»Die würde ICH durchführen«, sagte sie deutlich und klopfte mit der Kuppe des rechten Zeigefingers auf die vor ihr liegende Akte. »Hier drin habe ich genau sieben Orte, bei denen wir gleichzeitig antreten müssen. DU ermittelst nicht gegen ihn.«

Offensichtlich wollte sie keinem Streit mehr ausweichen.

Jacques schaute ihr ohne die Miene zu verziehen in die Augen. Sie reizte ihn so, dass er kindisch wurde. Ob er die lästige Kollegin ausstarren sollte? Früher, beim Streit auf dem Schulhof, hatte er dabei immer gesiegt.

Er sah die graue, trockene Iris, die eine kleine schwarze Pupille umschloss. Kleine, nichts sagende Augen. Ungeschminkt. Kalter Blick. Kurze Wimpern. Aber sie hielt seinem Blick stand, ohne das leiseste Flattern eines Augenlides. Françoise Barda arbeitete mit der gleichen Taktik wie er. Hinschauen, aber den anderen nicht wahrnehmen. So konnte man stundenlang albern vor sich hinstarren.

Jacques räusperte sich und sagte leise, aber bestimmt: »Mein Fall reicht rechtlich weiter als deiner. Du darfst nur wegen der Steuerhinterziehung bei Calvi nachforschen. Das beschränkt dich auf das Waffengeschäft. Und auch da nur auf die finanzielle Seite. Ich dagegen darf sehr viel weiter gehen, ich ermittele wegen Beamtenbestechung. Und da kann ich bei einer Durchsuchung praktisch jede Unterlage mitnehmen, die ich brauche; denn ich ...« – dabei deutete er mit dem linken Zeigefinger auf seine Hemdleiste – »... ich muss ja nicht nur herausfinden, warum er bestochen hat, sondern ob er – neben dem Präsidenten der Sofremi, Alain Lacoste, noch andere finanziert. Wer zum Beispiel hat den Teil des Geldes erhalten, das Lacoste aus der Schweiz geholt und weitergegeben hat? Cortone? Dessen Partei? – Und wozu?«

In dem Büro war kein Laut zu hören. Aus dem Hof des Palais de Justice drang das Aufheulen eines Motors herauf, der mit zu viel Gas angelassen wurde, sein Keilriemen pfiff. Als der Wagen abgefahren war, herrschte wieder Stille.

Jacques sah durch das hoch gelegene Fenster hinauf in den Himmel, soweit er über den Dächern zu sehen war. Hellblau. Keine Wolken. Draußen war es immer noch sommerlich warm.

Ein herrlicher Herbst. Abendessen auf der Terrasse bei Lyse, das wär's, dachte er. Lyse, die für Calvi arbeitet. Mit der er eine berauschende Nacht verbracht hatte. Eine erste. Ob mehr folgen würden? Er sehnte sich schon jetzt danach.

Der Mops blies die Wangen auf, schnaufte und nickte mit dem Kopf. »Na gut. Da ist was dran. Wir machen es zusammen.«

Spitzelspiele

Das Sonnenlicht blendete ihn, als er aus dem Tor des Palais de Justice von der Seite der Concièrgerie her auf den Quai de l'Horloge einbog. Nach wenigen Metern fuhr er links in die Place Dauphine, an der Yves Montand bis zu seinem Tod gewohnt hatte. Das wusste er von Jacqueline, seiner mondänen Ex, die mit solchen Belanglosigkeiten prahlte, so als gehöre sie in diese Welt. Er hielt, tippte die PIN-Nummer in sein Handy und hörte die Mailbox ab. »Sie haben eine neue Nachricht. Zum Abhören der neuen Nachricht drücken Sie die Eins.« Margaux wollte ihn sprechen. Keine Nachricht vom Büro. Das erleichterte ihn. Wenigstens keine Katastrophen. Auf einen Anruf von Lyse hatte er leise gehofft. Ob sie auf eine Regung von ihm wartete?

Er gab die Nummer von Margaux ein, erreichte sie sofort und schlug vor, gemeinsam eine der köstlichen Tartines in der Taverne Henri Quatre hier gleich nebenan zu verspeisen. Dort steht auf einer Tafel an der Wand hinter dem Tresen mit Kreide geschrieben: »Hier werden Sie weder übers Ohr gehauen noch enttäuscht«. Schräg gegenüber der Taverne sitzt – auf einem bronzenen Pferd – jener Henri Quatre, der einst jedem Franzosen sonntags ein Huhn im Topf versprochen hat, weshalb sich heute manche französischen Restaurants noch »La Poule au Pot« nennen.

Margaux war kurz angebunden, sie sei im Stress, sagte sie, oder ob es was Neues in seinem Fall gebe?

»Nein, nichts der Rede wert«, sagte Jacques. Da legte sie ohne Gruß auf. Sie musste wirklich im Stress sein.

Jacques stieg aus und schloss das Auto ab. Die Taverne war überfüllt, so setzte er sich unter die rote Markise des Bistros nebenan. Das Haus war gerade renoviert worden. Der Maler Michel Grau, ein bescheiden auftretender Mann mit kurz geschorenem weißem Vollbart, hatte unter den Dachsims ein blumiges Fries gemalt und die falschen Fenster auf der rechten Hausseite elegant gerahmt. Und als sei sie als Schmuckstück gemeint, ragte neben dem Gebäude bis in den dritten Stock hinauf eine alte, elegant gebogene Gaslaterne mit dem großen geblasenen Glasschutz für das Licht. Trompel'œil.

Die Sonne heizte die Luft auf.

Jacques zog seine Jacke aus, setzte die Sonnenbrille auf die Nase, bestellte nur einen Espresso. Die Durchsuchungen müssten so bald wie möglich stattfinden, dachte er, aber für Calvi völlig unerwartet. Er würde mit Jean Mahon besprechen, wie sie es anstellen könnten, die rund sieben verschiedenen Einsätze gleichzeitig stattfinden zu lassen, ohne dass ein Wort nach draußen gelangte. Das bedeutete sieben Einheiten begleitet von sieben Vertretern der Justiz. Auch da müssten sie die richtigen finden.

Fast ein Ding der Unmöglichkeit, so wie er die Polizei kannte.

Und die Justiz.

Wie hatte seine Gerichtspräsidentin Marie Gastaud gesagt? Achten Sie darauf, mit welchen Polizisten Sie zusammenarbeiten. Denn alle unterstehen zunächst dem Innenminister, und meist erfährt der schneller als Sie, was so alles gefunden wird.

Vielleicht müssten nicht alle Einsätze wirklich im selben Moment stattfinden. Es käme auf den Zeitpunkt an. Während der Arbeitszeit würden alle im Büro sein: Calvi, seine Sekretärin und die engsten Mitarbeiter. Calvis Villa müsste gleichzeitig mit dem Büro durchsucht werden, auch sein Haus auf Korsika. Das macht drei Orte gleichzeitig. Die Wohnungen von Sekretärin und engen Mitarbeitern könnten danach vorgenommen werden.

Auf dem Weg in sein Büro in Créteil stand er fast nur im Stau. Er überlegte kurz, ob er sein Blaulicht aus dem Handschuhfach hervorkramen, auf das Dach setzen und die Busspur benutzen sollte, doch aus Abneigung vor Kollegen, die sich mit dem flackernden Signal wichtig taten, verwarf er den Gedanken sofort wieder. Für die ersten dreitausend Zentimeter benötigte er tausendzweihundert Sekunden. War hier am Quai de la Mégisserie nicht der Maler Jacques-Louis David geboren? Ja. Schwülstiger Klassiker. Nur seine Porträts von Napoleon mochte Jacques. Aber nicht die monumentale Krönung von Joséphine mit Napoleons Weihe zum Kaiser. Hing ein paar Meter weiter im Louvre.

Als er mit dem Wagen vor dem Haus mit der Nummer vierzehn stand, hatte er genügend Zeit, sich die beiden Kariatiden anzuschauen, die auf Sockeln erhöht rechts und links vom Eingang standen und den Balkon des ersten Stockwerks trugen. Sie gefielen ihm besser als die Mädchen der Korenhalle auf der Akropolis. Da war er als Student mit seiner ersten großen Liebe gewesen. Nicht einmal ihr Name fiel ihm jetzt ein. Diese beiden

Frauen in wallendem Gewand ähnelten eher dem fröhlichen Abbild einer Marianne. Sie sahen den Betrachter direkt an, und jeweils die der hellen Holzpforte zugewandte Brust guckte nackt aus dem Faltenwurf hervor. Aimé Millet, ein Schüler des großen Viollet le Duc, hatte sie geschaffen. Nur an ihren Füßen hatte jetzt ein Hauswart zwanzig Zentimeter lange Nägel aufgestellt, um es Tauben unmöglich zu machen, auf den Zehen der Damen zu landen und dann ihren üblichen Dreck zu hinterlassen. Tauben! Ratten der Lüfte. Aber, Tauben – nein, nicht die aus der Stadt! – schmeckten erheblich besser als Wachteln, saftiger und würziger das Fleisch.

Aus Langeweile rief er Martine im Büro an. Sie nahm nicht ab. Er sah auf die Uhr. Halb zwei. Mittagspause. Lyse? Sollte er oder sollte er nicht? Er würde noch warten.

Am Pont Louis-Philippe stand er vor der schwierigen Frage, entscheiden zu müssen, was schneller sein würde, die verstopfte Voie Pompidou unten an der Seine entlang oder doch oben die Quais? Wenn genügend Autos gekauft werden, dann entpuppen sie sich als Mittel zum Erleben der Langsamkeit.

Jacques schaltete France-Info an: Heute war der letzte Tag, um die Listen zur Europawahl einzureichen. Auf Korsika war der Präfekt nur knapp einem Attentat mit einer Autobombe entkommen. Das Gesetz über die Fünfunddreißig-Stunden-Woche sollte aufgeweicht werden. Das war ihm gleichgültig. Die Sonne schien auf das Wagendach. Ihm lief der Schweiß aus den Achseln die Rippen hinab. Warum gibt es keine Klimaanlage in so einem Dienstwagen? Er fühlte sich an seine Dienstreise nach Martinique erinnert. Und an Amadée.

Die hatte er zwei Abende hintereinander nicht angerufen.

Er wählte ihre Nummer, aber sie hob nicht ab. Dann
versuchte er Michel, den Maler, zu erreichen, hängte
aber ein, als sich der Anrufbeantworter einschaltete.
Wenn Michel im Atelier arbeitete, ging er nie ans Telefon, es störte seine Phantasien. Für die Strecke, die
er manchmal in zwanzig Minuten fuhr, benötigte
Jacques fast eine Stunde.

Martine strahlte, als er in ihr Büro trat. Auch hier war es
warm. An solchen Tagen wünschte er sich in die alten,
kühlen Gemäuer des Palais de Justice auf der Ile de
la Cité. Sie hatte den Sonnenschutz vor den Fenstern
runtergelassen, winkte ihm beschäftigt zu und sagte:
»Schau mal auf deinen Schreibtisch. Da liegt eine kleine Überraschung.«

Er öffnete den versiegelten Umschlag der Renseignements généraux, auf dem »per Boten mit Rückschein«
stand und zog ein Abhörprotokoll hervor. Es war drei
Tage zuvor vom Telefon von Didier Lacostes Mutter
aufgenommen worden. Der verschwundene Sohn meldete sich mit seinem Namen.

»Didier. Ich wollte mal ein Lebenszeichen geben,
Maman. Hat Papa dir Bescheid gesagt?«

»Ja, der Trottel. Aber zu spät, ich hatte dich bei der
Polizei schon als vermisst gemeldet. Geht's dir gut,
chéri?«

»Na ja, die Wildnis ist nicht gerade mein Fall. Paul
will mich zum Cowboy erziehen …«

»Wer ist Paul?«

»Paul Mohrt, kennst du doch. Der Bodyguard von
Sotto. Der hat mich hierher gebracht. Nun will er mir

das Reiten beibringen, und ich habe seit Tagen nur noch Muskelkater.«

»Nimm ein heißes Bad, das hilft.«

»Paul meint, da helfe nur Weiterreiten. Und es gibt nichts sonst zur Abwechslung. Lyse ist auch hier …«

»Wer ist denn Lyse?«

»Die Freundin von Sotto, mein Gott, die kennst du doch. Die sich immer um alles kümmert. Die hängt hier irgendein riesiges Bild auf, bleibt aber nicht lange. Und sonst? Der nächste Ort liegt über eine Stunde mit dem Jeep entfernt, die nächste Lounge wahrscheinlich drei Flugstunden. Am Abend kann man noch nicht mal fernsehen. Ansonsten hat Sotto jeden Luxus auf seiner Farm: sogar eine Landebahn für sein Privatflugzeug und ein eigenes kleines Kino. Aber das ist auch langweilig.«

»Bekommst du genug zu essen, chéri?«

»Kiloweise. Ich wohne im Nebenhaus mit den Cowboys, für die kocht Marscha mehr als man essen kann.« Er machte eine Pause. »Du fragst ja gar nicht, wer Marscha ist.«

»Na ja, wahrscheinlich die Köchin.«

»Ja. Hast du mit Papa darüber gesprochen, wie lang ich untertauchen soll?«

»Mit dem kann im Augenblick niemand reden, weil er im Gefängnis sitzt. Und das ist kein Scherz. Der Richter, von dem du vernommen worden bist, hat nicht nur das Appartement in der Avenue Victor Hugo durchsuchen lassen, sondern auch das Büro. Der scheint allerhand gefunden zu haben.«

»Wahrscheinlich hatte er im Safe wieder kiloweise die Scheine gestapelt.«

»Aber ihn dann gleich einzusperren!«

»Du kennst doch meinen Vater! Der hat wahrscheinlich noch andere Sachen rumliegen lassen. Hast du mit meinem Anwalt Kontakt?«

»Nein, Papa hat gesagt, ich solle auch ihm gegenüber behaupten, nicht zu wissen, wohin du verschwunden bist. Damit ich mich gar nicht erst in Widersprüche verwickele. Ist auch besser so. Mir geht es so schlecht, chéri ...«

Und dann klagte sie seitenlang ihr Leid, bis es Didier offenbar zu viel wurde und er sich kurz verabschiedete.

Jacques legte das Protokoll zur Seite.

Er griff zum Telefon, am anderen Ende klingelte es sechs Mal, doch gerade, als er einhängen wollte, wurde der Hörer abgehoben. Er hörte ein Keuchen und dann ein kurzes »Ja«.

»Jean?«

»Ja?«

»Jacques. Jacques Ricou. Geht's dir nicht gut?«

Noch ein Schnaufen.

»Doch, ich bin eben gerannt, weil ich auf dem Flur das Telefon gehört habe. Was Neues?«

»Wir wissen wohl, wo Didier ist. Interessanterweise auf der Farm von Sotto Calvi in Texas.«

»Und woher weißt du das?«

»Abhörprotokoll der RG. Didier hat seine Mutter angerufen. – Aber wir müssen uns dringend zusammensetzen. Ich war heute bei Françoise Barda wegen Sotto Calvi. Aber dazu lieber nichts am Telefon. Hast du heute noch Zeit?«

»Wo bist du jetzt?«

»In meinem Büro in Créteil.«

»Auf den Straßen ist Chaos. Du schaffst es niemals, vor sechs Uhr hier zu sein, und da bin ich schon unterwegs. Mit Madame nach Deauville, mon cher. Zum Pferderennen, der neue Freund deiner, eh, von Jacqueline lädt ein. Ein großzügiger Mann! Einer der portugiesischen Rothschilds.«

»Portugiesische Rothschilds?«

»Oder er arbeitet dort für die Rothschilds. Die machen dort irgendeinen Wein.«

Von dem Neuen wusste Jacques nichts, aber er fragte auch nicht nach. Ein großzügiger Mann könnte Erleichterung bei ihren unberechtigten finanziellen Forderungen bedeuten oder genau das Gegenteil. Vielleicht brauchte sie noch mehr Geld für ihre Schönheit.

Um sechs schaute Martine durch die Tür und fragte: »Meinst du, ich kann gehen? Ich muss dringend zum Work-out und habe noch eine Verabredung zum Squash. Und man weiß nie, was dann noch folgt!«

Jacques knurrte. Was dann noch folgt? Die Auswahl fürs Wochenende.

»Geh nur, ich hab so viele Fälle liegen lassen und will mal ein bisschen was aufarbeiten. Bis Montag.«

Um halb acht rief er dann doch bei Lyse an. Aber das Telefon war besetzt. Weil er meinte, vielleicht falsch gewählt zu haben, versuchte er es noch einmal. Immer noch besetzt. Er suchte bei Google »françafrique« und traf auf ein hübsches Wortspiel »france à fric«, Pinke-pinke-Frankreich. Ehe er sich mit den vielen Artikeln und Büchern zu dem Thema beschäftigen konnte, war bei Lyse nicht mehr besetzt. Als er ihr Hallô so schmachtend in den Hörer gehaucht hörte, wie es Empfangsdamen in den großen Anwaltskanzleien von New York nach vierzehntägiger Schulung können, wurde ihm heiß. Er versuchte es mit Nonchalance.

»Ich wollte hören, ob dein kleiner Zeh nachgewachsen ist.«

Zuerst hörte er nichts, dann ein leises Glucksen.

»Wo bist du?«

»Immer noch im Gericht. Und was machst du?«

»Ich wollte gerade packen.«

Schweigen auf beiden Seiten.

»Willst du mitkommen?«

»Wohin?«

»Nach Deauville. Ich bin zum Pferderennen eingeladen – und ich nehme dich gern mit … dann kannst du ja nach dem Zeh suchen.«

Er schnaufte kurz.

»Das wird schwierig. Wer hat dich eingeladen?«

»Kennst du nicht.«

»Vielleicht doch?«

»Einer der englischen Rothschilds. Ich habe ihm mal beim Kauf eines Rennpferdes geholfen. Da ging es um gekränkte Eitelkeiten zwischen einem arabischen Verkäufer und Rothschild, und … ich kann eben wie ein Frieden stiftendes Medium wirken. Hab übrigens gut daran verdient.«

»Ich dachte, du seist Kunstmaklerin, oder so …«

»Ich kann vieles. Willst du mitkommen?«

Er überlegte. Sie hatte die Frage ganz sachlich gestellt.

»Der, von dem wir heute früh gesprochen haben, wird nicht da sein.« Auch das klang sachlich.

»Ach nein«, sagte er. »Bei den Rothschilds würde ich mich so fühlen, als müsste ich ständig im Cut rumlaufen. Lass mal, da passe ich nicht hin.«

»Für mich ist das hauptsächlich Job. Da kann ich gute neue Kontakte machen und alte pflegen.«

»Weißt du schon, wann du zurück sein wirst?«

»Sonntagabend, Montag früh. Je nachdem.«

»Meld dich, wenn du wieder da bist.«

Jetzt hauchte sie wieder in den Hörer, diesmal kaum noch vernehmbar: »Ich vermisse dich wirklich.« – Und klick!

Er rief bei Michel an. Mit einem Freund zu sprechen, wäre jetzt nicht schlecht. Doch Michel war in Eile, Montagabend, heute geht's nicht. Na gut. Montagabend.

*

Alain Lacoste saß auf seinem Bett in der Zelle im Gefängnis La Santé und beobachtete Marco, seinen Zellengenossen. Gerade hatte man ihnen das Abendessen auf einem großen Tablett durch die Tür gereicht, da machte Marco sich daran, zu sortieren, was er für essbar hielt. Den Rest spülte er sofort weg. Dann holte er aus einem Karton unter dem Bett eine Plastikdose hervor, einen etwas größeren Blechnapf und einen Tauchsieder. In dem Napf kochte er Wasser, füllte gleichzeitig Wasser in die Plastikdose und zählte genau 140 Spaghetti ab. Die Nudeln brach er in der Mitte durch, steckte sie in die Plastikdose, und die wiederum in den größeren Blechnapf mit dem kochenden Wasser.

»Eine Art ›bain-marie‹«, sagte er, »wenn du die Nudeln gleich in den Topf mit dem Tauchsieder packst, dann nehmen sie einen merkwürdigen Geschmack an.«

Einige Minuten später kippte er die al dente zubereiteten Spaghetti auf die Teller und krümelte Thunfisch, den er aus einer anderen Zelle besorgt hatte, darüber.

Marco war auf Wunsch von Alain Lacoste in seine Zelle verlegt worden. Er hatte der Gefängnisverwaltung durch seinen Anwalt Lafontaine andeuten lassen, dass

111

er unter Angstzuständen leide und eine Kurzschluss-handlung befürchte, wenn er sich selbst überlassen bliebe. Schließlich stünde er als Präsident der Sofremi in dieser ihm ungewohnten Lage unter großem seelischem Stress.

Tatsächlich fühlte sich Alain Lacoste besser, seit er nicht mehr allein war. Marco, der korsische Nationalist, war erfahren im Gefängnisleben. Jahre hatte er in Untersuchungshaft verbracht, selbst wenn er nur zweimal für jeweils kurze Zeit verurteilt worden war. Es hatte stets an Zeugen gefehlt.

Marcos Hauptregel lautete: »Kämpfe, statt zu jammern. Lass dich auf keinen Fall gehen. Du weißt, warum du in diese Lage gekommen bist, jetzt musst du damit fertig werden.«

Das bedeutete jeden Morgen putzen, zwanzig Liegestütze, zwanzig Kniebeugen, zehn Klimmzüge am Gitter des Fensters. Lacoste schaffte es nicht, sein Kinn auch nur einmal bis zu den Händen hochzuziehen. »Gut«, sagte Marco, »bald schaffen wir einen Klimmzug, dann zwei, dann drei. Damit haben wir ein Ziel. Ein kleines, ja, aber ein Ziel.«

Ein Untersuchungshäftling hat das Recht, sich einmal in der Woche Lebensmittel schicken zu lassen. Marco stellte die Liste zusammen und von nun an aßen sie vorzüglich. Sogar Foie Gras. Trotzdem nahm Lacoste schnell ab. Die Untersuchungshaft könne bis zu sechs Monaten dauern, sagte Anwalt Lafontaine, aber Marco schüttelte den Kopf. Die finden schon einen Grund, daraus zwölf zu machen.

In der zweiten gemeinsamen Nacht schreckte Alain Lacoste auf, als eine Hand sich fest über seinen Mund legte und ihn ein kräftiger Arm fest in sein Bett drückte.

Marco flüsterte ihm kaum hörbar ins Ohr: »Kein Wort! Du weißt, ich bin hier im Auftrag von Calvi. Ich soll dir helfen. Man hat mir eine Art Mini-Computer reingeschmuggelt. Damit können wir nachts unbemerkt nach außen kommunizieren.«

Lacoste hatte sich entspannt, den Kopf geschüttelt, die raue Hand Marcos weggerissen und tief eingeatmet. Als er etwas sagen wollte, warnte Marco dicht an seinem Ohr. »Es kann sein, dass wir hier abgehört werden. Nur ins Ohr flüstern!«

»Wie können wir Kontakt aufnehmen?«

»Mit diesem BlackBerry.« Marco zeigte das flache, handgroße Gerät.

»Kann ich gleich meiner Frau etwas mitteilen?«

»Sei nicht so sentimental. Hier geht's doch um was ganz anderes! Du hast offensichtlich Calvi mit in die Scheiße gezogen.«

Montag

Er hatte ihr angekündigt, dass es spät werden könne, aber sie wollte ihn unbedingt noch sehen. Also hatte er Michel wieder abgesagt und klingelte um Viertel vor elf an ihrer Wohnungstür. Als er eintrat, wich Lyse zuerst einen Trippelschritt zurück, dann gab sie ihm doch rechts und links eine Bise, drehte sich aber sofort wieder um und fragte fast ein wenig verlegen: »Jacques, einen Whisky?«

»Ja gern, einen dicken Daumen breit mit zwei Eis und einem Schuss Wasser. Perrier, wenn du hast, sonst lieber Leitungswasser.«

Sie reichte ihm das Whisky-Glas so, dass ihre Hände sich berühren mussten. Er nahm einen vollen Schluck und sah sie an.

»Lyse, kennst du Paul Mohrt?«

Sie hatte sich gemütlich im Schneidersitz am anderen Ende der Couch angelehnt, der rechte Arm ruhte auf der Rücklehne, in der Hand hielt sie ein von kaltem Chablis beschlagenes Glas. Doch kaum hatte er die Frage gestellt, wich alle Leichtigkeit aus ihrem Gesicht und machte einer Leere Platz, die ebenso schnell in Härte überging. Ihr linkes Auge starrte ihn fast wütend an, aus dem rechten lief, nein, keine Träne, aber doch etwas Feuchtes, wie Tau.

»Monsieur le juge, warum verhörst du mich?«

Er nahm noch einen Schluck Whisky, atmete tief durch.

»Pardon, tut mir leid. Das sollte nur eine Frage an eine Freundin sein. Ich dachte, du verstehst das vielleicht.«

Der Tag hatte wie jeder Montag angefangen. Dazu gehörte für Jacques das Frühstück im Bistro L'Auvergnat, mit allen Zeitungen des Tages, mit grand crème – meist zwei – und Croissants, manchmal drei. Erst wenn der Zahn der Gürtelschnalle nicht mehr in das übliche Loch passte, gab es nur noch eins.

»Libération« ließ sich ausführlich über die Listen zur Europawahl aus und machte sich lustig über die von Innenminister Charles Cortone eingereichten Namen. Unter den Kandidaten befand sich auch Alain Lacoste, Präsident der Sofremi, derzeitige Adresse: Gefängnis La Santé, Mitglied der korsischen Mafia um »Kaiser Karl von Korsika«, wie es auf Deutsch hieß. Und der Korse

Cortone wurde in der Karikatur mit Pickelhaube dargestellt – nicht, wie er es sich vielleicht gewünscht hätte, im
Hermelinumhang mit Lorbeerkranz wie auf dem Krö-
nungsbild von Napoléon Bonaparte. Die Pickelhaube
war zwar nicht ganz passend, Jacques schüttelte den
Kopf, aber die Zeichnung sollte den rechten Cortone
lächerlich machen. Immerhin hatte der Innenminister
seiner Liste den Namen »Parti Corse de l'Empereur«
gegeben, womit er wohl dem einzigen Korsen, der es je
zum französischen Kaiser gebracht hatte (wenn man
von dessen Neffen einmal absieht), die Ehre erwies.

Jacques fand das eher komisch, diese Liste würde
kaum die Fünfprozenthürde schaffen. Er trank seinen
Kaffee schnell aus, zahlte und fuhr los. Noch vom Auto
aus rief er einen Freund im Conseil constitutionel, dem
Verfassungsrat, an und fragte, ob die Aufstellung eines
Untersuchungshäftlings zur Europawahl rechtens sei.
Dagegen bestünde kein Einwand, erfuhr er, ein Untersuchungshäftling besitze schließlich noch die bürgerlichen Ehrenrechte.

Wie viel praktischer es ist, auf der Ile de la Cité zu arbeiten, dachte Jacques, als er in den Innenhof des Palais
de Justice fuhr, um mit Françoise Barda und Jean Mahon
die Durchsuchung bei Sotto Calvi vorzubereiten.

»Oh, Monsieur le juge, wir haben eine kleine Überraschung für dich.«

Die Untersuchungsrichterin Françoise Barda blickte
unfreundlich von ihrem Schreibtisch auf, schaute neben sich, ergriff ein schmales Dossier und reichte es
Jacques mit der Rechten, während der Zeigefinger der
Linken nervös auf einen leeren Stuhl wies.

Jacques hielt ein Abhörprotokoll der Renseignements

généraux in der Hand, mit versteckten Mikrophonen aufgenommen am Donnerstagabend in der Villa von Calvi in Saint-Cloud. Gesprächsteilnehmer: Sotto Calvi und eine Person mit Namen Paul Mohrt. Sie redeten über das Wetter, das hier auch nicht schlechter sei als in Texas, von wo Paul Mohrt gerade angereist zu sein schien, über die Rennbahn und Pferde, über einen Störenfried, den es auszuschalten gelte, weil er ein Projekt gefährde, aber da sie vorsichtig in Anspielungen redeten, wusste Jacques nicht, um wen es sich handelte. Es schien nicht so, als habe dieser Mann mit ihrem Fall zu tun. Doch Françoise Barda hatte im folgenden Text einige Zeilen mit gelbem Leuchtstift angestrichen.

Sotto Calvi: »Haben Sie die Kommunikation zu unserem Freund aufgebaut?«

Paul Mohrt: »Probe durchgeführt. Läuft wie geschmiert. Er hat zunächst keinen weiteren Termin beim Richter.«

S. C.: »Und um den kümmert sich Lyse. Ich habe sie zu der Vernissage mitgenommen, als ich die Bilder gekauft habe, er ist nämlich ein Freund des Malers und tauchte auch dort auf. Und er hat sofort angebissen. Sie hat die Bilder auf Korsika und auf der Ranch aufgehängt. Sie müssen sich doch in Texas getroffen haben?«

P. M.: »Nein. Ich habe zwar Didier hingebracht, aber bin ihr aus dem Weg gegangen.«

S. C.: »Sieht es gut aus?«

P. M.: »Was?«

S. C.: »Das Bild? Ein echter Faublée. Hat immerhin eine ganze Menge gekostet und müsste mit den kräftigen Farben in der Eingangshalle einen beeindruckenden Effekt machen.«

P. M.: »Ja, beeindruckender Effekt.«

S. C.: »Und der Kleine, wird der auf der Clear Springs River Ranch erst einmal Ruhe geben oder müssen wir uns was ausdenken?«

P. M.: »Lascher Kerl. Aber von den Drogen war er schnell weg. Ich habe mir ein spezielles Programm für ihn ausgedacht, das ihm gut gefällt. In San Antonio habe ich über unseren Pariser Escort-Service einen Kontakt herstellen lassen und ein Mädchen mit der Ausstrahlung eines Collegegirls ausgesucht, das gern reitet und das wir als Marschas Tochter ausgeben konnten. Die bekommt einen ordentlichen Monatslohn, ein Pferd, und soll den Jungen in jeder Beziehung richtig fertig machen.«

S. C.: »Im Heu wie im Sattel, eine prächtige Idee.«

P. M.: »Und wenn er unruhig werden sollte, lassen wir ihn noch Fliegen lernen. Der ist auf Monate beschäftigt. Soll ich mich um Lyse kümmern?«

S. C.: »Paul! Mit Ihrem Übereifer können Sie auch alles wieder zerstören. Wenn Lyse Sie nur sieht, wird sie zur Furie. Immer wieder fragt sie mich, ob Sie noch für mich arbeiten. Ich winde mich dann immer irgendwie heraus und versuche das Gespräch auf die Kunst zu lenken. Aber auf Lyse ist Verlass. Sie trifft ihn heute Abend. Das Räuber-und-Gendarm-Spiel scheint ihr doch noch Spaß zu machen.«

Françoise Barda sah Jacques nicht an, als er das Protokoll zurücklegte.

Jacques stand auf und trat ans Fenster, blickte hinaus, ohne etwas wahrzunehmen. Dann nickte er mit dem Kinn, drehte sich um und setzt sich wieder.

»So, dann an die Arbeit. Ich weiß, was ich zu tun habe. Danke!«

Zusammen vertieften sich die beiden in die Unterlagen des Falles Sotto Calvi. Gegen eins brachte die Gerichtsschreiberin von Françoise Barda zwei Käse-Schinken-Sandwiches und eine Flasche Evian. Je tiefer sie in die Materie einstiegen, desto mehr wuchs Jacques' Respekt vor der Untersuchungsrichterin. Sie arbeitete nicht nur schnell, sachlich und präzise, sondern verfügte auch noch über einen äußerst scharfen, analytischen Verstand.

Um sechs waren sie mit Jean Mahon verabredet, um die Durchsuchungen bei Sotto Calvi genau abzusprechen. Als der Kommissar nur fünf Minuten zu spät kam, entschuldigte er sich, als handele es sich um eine dreiviertel Stunde. Er habe gewartet, bis der Gang vor dem Büro von Françoise Barda leer war. Denn die Gerüchteküche würde überbrodeln, wenn jemand Barda, Ricou und Mahon zusammen sehen würde. Der alte, gestandene Kommissar Mahon galt als linke Hand von Jacques Ricou und beide als unerbittlich. Zwei Krieger gegen die Korruption und als Würze dazu die Kampfhenne Barda. Das gäbe Stoff für die üppigsten Spekulationen.

Kommissar Jean Mahon überlegte kurz, schaute die Untersuchungsrichterin an. »Darf ich das Jackett ausziehen?«

»Ja natürlich«, sie schaute verwundert auf, weil er sie als Frau und nicht nur als Kollegin behandelt hatte, »ja, es ist ja immer noch erstaunlich heiß, obwohl der Herbst schon angefangen hat.«

Mahon hängte die graue Jacke über die Stuhllehne, stellte die alte Ledertasche vor sich auf einen Aktenständer, holte drei Gläser heraus, eine Flasche Perrier und eine mit Whisky, die noch dreiviertel voll war.

»Für mich nicht!« Françoise Barda riss die Augen auf.

Der Kommissar hielt ein Glas hoch.

»Einen Schluck Wasser?«

»Na gut.«

»Und du, Jacques?« Der Kommissar beugte sich noch einmal über seine Tasche und entnahm ihr einen kleinen silbernen Eiskühler. Jean Mahon schaute zu Jacques, drehte den Kopf ein wenig schräg und hob den Finger hoch. Dieses nützliche Utensil habe er heute von zu Hause mitgenommen, sagte er dabei.

»Wie immer, Jean!«

Das Eis reichte für zwei Mal Wasser und vier Gläser Whisky. Um halb zehn segneten sie ihren Plan ab. Die Durchsuchung in Sachen Sotto Calvi sollte an drei Orten gleichzeitig beginnen: Im Pariser Büro, in den Villen in Saint-Cloud und auf Korsika.

An jedem Ort muss ein Untersuchungsrichter anwesend sein, Françoise Barda im Büro, Jacques Ricou auf Korsika, ein noch zu benennender Kollege in Saint-Cloud. Kommissar Mahon wird den Einsatz in Calvis Büro leiten, je ein Sergeant aus seiner Mannschaft die anderen Durchsuchungen. Morgen, am Dienstag, werden die Einsätze personell vorbereitet. Am Mittwoch wird Jacques mit Begleitern nach Korsika fliegen.

Am Donnerstag früh um Viertel nach acht sollte der Einsatz beginnen, denn Sotto Calvi pflegte sein Büro morgens um acht Uhr zu betreten.

Jacques bestand darauf, dass die Polizisten von dem Ziel ihres Einsatzes erst im Augenblick der Abfahrt unterrichtet würden. Als Barda und der Kommissar ihn zweifelnd anschauten, sagte er: »Das hat doch jeder von uns schon erlebt. Und gerade in diesem Fall hat mir selbst unsere konservative Gerichtspräsidentin Marie Gastaud eingebläut: ›Achten Sie darauf, mit welchen

Polizisten Sie zusammenarbeiten. Denn alle unterstehen zunächst dem Innenminister, und meist erfährt der schneller als Sie, was für heikle Dinge gefunden werden.‹ Vorsicht hat noch nie geschadet.«

Die beiden Männer verließen das Palais de Justice gemeinsam, und Jean Mahon schlug noch einen schnellen Bissen vor. Ein Steak-frites? Jacques starb vor Hunger. Er würde immer noch früh genug zu Lyse kommen und einige Last mitnehmen, da tat eine Stärkung gut.

Das Steak war scharf angebraten und doch innen noch rot, die Pommes frites goldgelb und knusprig. Der Bordeaux schmeckte nach Zimt und Brombeeren.

Jean Mahon brauchte lange, bis er damit rausrückte, dass er in Deauville beim Pferderennen nicht nur Jacques' Ex gesehen habe, sondern auch die dunkelhäutige Journalistin des Figaro, die nach der geplatzten Rave-Party auf der Vespa weggefahren sei. Ob sie allein war? Ja, und sie gab sich diesmal als Kunstspezialistin aus, war diesmal genauso elegant wie damals sportlich. Eine aufregende Frau. Ob er, Jean Mahon, recherchieren solle, wer sich dahinter verberge?

Jacques bat um die Rechnung, zahlte und lud den Kommissar ein. »Ach lass mal. Ich glaube, ich bin schon auf der richtigen Fährte.«

»Paul Mohrt«, Lyse setzte sich auf, nahm das kalte Weinglas mit beiden Händen und schaute hinein, als suchte sie darin nach einer Fliege – oder einem Stück Kork. »Paul Mohrt sollte man aus dem Weg gehen. Sotto beschäftigt ihn, wenn heikle, äußerst heikle Aufgaben zu erledigen sind.«

Sie stellte die Füße auf den Boden, als überlegte sie aufzustehen, nahm einen Schluck Chablis und warf

Jacques, der seinen Whisky ausgetrunken und das leere Glas vor sich auf den Couchtisch gestellt hatte, nur einen Blick zu. Sie bot ihm keinen weiteren Scotch an.

»Falls du Didier Lacoste suchst, den hat Paul Mohrt nach Texas auf die Ranch von Calvi gebracht. Calvi ist mit Vater Lacoste befreundet, die machen so manches Geschäft zusammen, und offenbar scheint deine Untersuchung sie zu stören. Ich weiß nicht, ob Didier seinen Vater belasten würde, ich weiß auch nicht, ob Didier etwas über Sotto Calvi weiß. Aber dass Paul Mohrt beauftragt worden ist, sich um den Sohn von Lacoste zu kümmern, zeigt, wie vorsichtig Calvi in all seinen Geschäften vorgeht. Auch nur die kleinste, potenzielle Fehlerquelle wird vorsichtshalber trockengelegt.«

Sie lehnte sich zurück und als Jacques nichts sagte, sprach sie einfach weiter.

»Paul Mohrt war zwanzig Jahre lang Agent im französischen Auslandsgeheimdienst DGSE. Ich weiß nicht allzu viel über ihn. Aber er leitete Einsätze im Tschad, in Südamerika – und in Angola. Als mein Vater noch lebte und ich mit ihm in Angola die Familie bei den Ovimbundu besuchte, von denen wir abstammen, ist Paul Mohrt einmal aufgetaucht. Und ich will nie wieder mit ihm was zu tun haben. Nie wieder, verstehst du!«

Lyse kreischte fast: »Nie wieder.«

Was mag der ehemalige Geheimagent Paul Mohrt ihr angetan haben? Wahrscheinlich das, was Legionäre Frauen antun. Jacques wagte nicht zu fragen.

Er stand auf, nahm ihr das Glas aus der Hand und ging in die Küche. Während er eingoss überlegte er, welche Fragetechnik jetzt psychologisch am erfolgreichsten sein würde. Harte Konfrontation – à la Paul Mohrt? Dann würde Lyse blockieren – und sie wären Feinde.

Er müsste ihr die Chance geben, ihm die Wahrheit zu sagen.

Als er ins Wohnzimmer kam, war sie verschwunden. Doch sie kam sofort wieder zurück, und als er ihr das Glas gab, zitterte ihre Hand nicht. Es klang vielmehr hell und klar, als er mit dem oberen Rand seines Whiskybechers leicht mit ihrem Weinglas anstieß. Sie setzten sich in gleicher Entfernung wie vorher auf die Couch.

»Als wir uns bei Michel Faublée getroffen haben, wusstest du, wer ich bin?«

»Ja. Sotto Calvi hatte mich gebeten, dich ein wenig auszuhorchen. Aber du weißt: Ich habe dir nie eine Frage gestellt. Und dir schließlich auch gesagt, dass ich für ihn Aufträge erledige.«

»Auch als Journalistin des Figaro, die über Rave-Partys schreibt?«

Lyse lachte: »Ja. Verdammt. Damals warst du ja mit den Polizisten im Einsatz! Vater Lacoste hatte ich bei einem Diner getroffen, das Sotto Calvi gab, und irgendwie waren wir auf das Vespafahren gekommen. Da hat Lacoste mich gebeten, Didier zu überreden, solche verbotenen Rave-Partys zu meiden. Wenn ich mit dem schönen alten Roller erschiene, würde er mir vielleicht eher zuhören. Und einen Hausausweis des Figaro habe ich, weil ich tatsächlich ab und zu für den Figaro schreibe, Kleinstartikel – allerdings nur über Kunstprojekte. Einen Hausausweis hat selbst der Pförtner, aber deine Polizisten haben ihn als Presseausweis gelten lassen.«

Jacques überlegte: Hatte er ihr nicht von der Aussage Didiers erzählt, davon dass Vater Lacoste aus der Schweiz Bargeld holte? Mehr wird es nicht gewesen sein. »Wie viel von dem, was ich dir gesagt habe, wissen Calvi oder Lacoste?«

»Für euch Untersuchungsrichter gilt jeder Verdächtige gleich als Verbrecher, den ihr einsperren müsst. Ich dachte, es gäbe so etwas wie die Unschuldsvermutung?«

Jacques ging darauf nicht ein, fragte vielmehr scharf, als säße er in seinem Büro einem Beschuldigten gegenüber: »Und warum machst du so was?«

Lyse lachte und nahm einen Schluck.

»Für mich ist das Abenteuer. Es ist doch überhaupt nichts dabei, einem kleinen missratenen Sohn hinterherzufahren oder aber sich an einen berühmten Untersuchungsrichter ranzumachen. Wenn man den dann auch noch mag, ja – warum denn nicht. Das ist nun gar nichts Verbotenes. Ich finde das spannend.«

»Immerhin handelt es sich hier möglicherweise um Korruption riesigen Ausmaßes und um Steuerbetrug.«

»Für dich vielleicht. Aber woher soll ich das denn wissen? Ich schnüffele Leuten doch nicht nach! Wenn du Sotto Calvi triffst, dann lernst du sicherlich einen reichen, aber auch sehr kultivierten, sehr bedächtigen Mann kennen. Mit dem du dich wahrscheinlich sehr eingehend unterhalten würdest. Der auch nicht unattraktiv ist. Und Lacoste stellt als Präsident der Sofremi eine wichtige Person des Staates dar. Wenn der mich um einen pädagogischen Auftrag bittet, dann fühle ich mich sogar geschmeichelt, und ich sage zu, weil ich zum Beispiel noch nie mit einer Rave-Party zu tun hatte. Dazu bin ich schließlich zehn Jahre zu alt. Und wenn Sotto Calvi, dem ich gerade drei Bilder eines – wie ich finde – wichtigen zeitgenössischen Malers vermittelt habe – gegen sehr angenehme Provision –, wenn der mich bittet, mal zu schauen, ob der nicht ganz unumstrittene Jacques Ricou wirklich ein so gnadenloser Untersuchungsrichter ist, dann finde ich das aufregend.

Und, um ehrlich zu sein, ich habe genug über dich gelesen, um mich auch als Frau für dich zu interessieren. Zu Recht, wie ich jetzt weiß. Und du könntest Sotto Calvi für seinen Auftrag fast ein wenig dankbar sein.«

Lyse lachte, Jacques nickte automatisch. Vielleicht war sein Blick wirklich einseitig durch seinen Beruf als Jäger von Kriminellen.

»Und, wenn ich ein bisschen ernster werde, Jacques: Ich liebe das banale Abenteuer. Meine Mutter ist jung gestorben, mein Vater ist jung gestorben. Da werde auch ich nicht alt. Also: Carpe diem. – Zumindest wenn es sich nur um solche Kleinigkeiten handelt. Sonst bin ich ein braves Mädchen! Ich kann ebenso gut tagelang zu Hause sitzen.«

»Na ja, ich war schon ein bisschen erstaunt, wie schnell du mich geküsst hast!«

»Ach, ich bin wie eine Wüstendistel. Jahrelang kann ich grau und vertrocknet in der Wüste stehen. Aber wenn der Regen einsetzt, dann blühe ich auf, entfalte alle Farben und stehe leuchtend im Sand. Du warst der Regen.«

»War das dein Roller bei der Rave-Party?«

»Ja. Willst du mal mitkommen auf einen Ausflug?«

»So wie Jimmy mit dem Roller von Ace an der englischen Südküste?«

»Oh, du kennst Quadrophenia. Toller Film, toller Sting.«

»Und die Musik!« Jacques imitierte einen Schlagzeuger von The Who. »Aber bei mir geht's nicht so tragisch aus wie bei den Mods.«

»Ich habe den Roller unten in der Tiefgarage stehen. Am schönsten ist es, sonntagmorgens die Champs-Elysées hinunterzufahren, über den Concorde, und dann an der Seine entlang der roten Sonne entgegen. Da jubelst du wegen des Gefühls von Freiheit. Du glaubst, fliegen zu können.«

»Mal sehen, wie der Wetterbericht für das Wochenende aussieht. Ist das alles wirklich so banal, wie du es schilderst, Lyse?«

»Ja. Und: Sotto Calvi sucht seit Freitag nach einer neuen Kustodin.«

Jacques war immer noch der Untersuchungsrichter: »Weißt du, ob er außer dem Haus in Saint-Cloud, der Villa auf Korsika und dem Büro noch irgendeine Wohnung oder Niederlassung in Frankreich hat?«

»Nein. Nicht dass ich wüsste.«

Noch lange nach Mitternacht standen sie in der lauen Luft auf der Terrasse vor der Küche. Was sollte er gegen so viel Naivität tun, dachte Jacques.

Später, als sie nackt und schweißnass im Bett lagen, sagte er: »Stell den Wecker auf sechs.« Aber weil er dann noch einmal »nach dem fehlenden Zeh schauen« musste, fuhr er erst um sieben durch die leeren Straßen von Paris zu seinem Appartement nach Belleville. Um neun warteten Françoise Barda und Kommissar Jean Mahon auf ihn im Palais de Justice.

Am Mittwochabend verpasste Jacques fast den letzten Flug nach Figari, dem Flughafen im Süden von Korsika – nicht weit von Bonifacio. Martine hatte den Flug vom Flughafen Charles de Gaulle im Norden von Paris gebucht, während er sich von einem Fahrer in den Süden der Stadt nach Orly bringen ließ, weil von Orly die meisten innerfranzösischen Flüge abgingen. Aber er hatte Glück: Von beiden Flughäfen ging zur gleichen Zeit eine Maschine nach Marseille, wo er in jedem Fall umsteigen musste.

Die Durchsuchung

Donnerstag

Um sieben Uhr saß Jacques im Polizeiwagen drei Kilometer östlich von Bonifacio auf der D 260, Françoise Barda und Jean Mahon waren in Paris unterwegs und der dritte, neu hinzugezogene Untersuchungsrichter, Jean Delorme, in Saint-Cloud. Sie warteten auf die Bestätigung, dass Sotto Calvi seine Villa verlassen hatte und im Büro eingetroffen war.

Um dreiundzwanzig Minuten vor acht sagte eine krächzende Stimme über Funk, Sotto Calvi sei am Steuer seines neuen, silbernen Bentley-Coupés durch die Pforte seiner Villa hinausgefahren.

»Wie peinlich für so einen reichen Mann. Er fährt Volkswagen.« Mit Ironie versuchte der Kommissar wieder mal die besonders streng wirkende Untersuchungsrichterin aufzulockern. Doch Françoise Barda schaute ihn nur fragend an.

»Bentley, das ist doch so gut wie ein Rolls-Royce! Ein Engländer!«

»Gehört jetzt aber zu Volkswagen, wie Lamborghini.«

Françoise Barda schüttelte den Kopf. Autos interessierten sie nicht. Zwei Minuten vor acht versenkte Sotto Calvi seine Limousine in der Tiefgarage des Gebäudes an der Avenue Wagram, in dem seine Büroetage lag. Der Kommissar gab den Befehl zum Einsatz. Über

126

Funk wurde die Einheit in Saint-Cloud informiert, und über sein Handy erhielt Jacques die Nachricht.

Um acht Uhr siebenundzwanzig stand er auf der Terrasse des Ferienhauses von Sotto Calvi und atmete die Meeresluft ein, als befände er sich im Urlaub. Von einem berühmten Schweizer Architekten auf den hohen ockerfarbigen Fels gebaut und umgeben von einem prächtigen Park, der fast ausschließlich aus Rasen und hohen, gerade gewachsenen Kiefern bestand, wirkte die Anlage wie ein modernes – ja, was denn? Kein Märchenschloss. Sondern der Traum eines Milliardärs. Riesige Fenster gaben den Blick frei auf das Ilôt St-Antoine, einen lang gezogenen, ausgewaschenen Felsen, der wie ein gekentertes Schiff vor dem Capo Pertusato in den Gischt aufpeitschenden Wellen lag.

Im Süden sah Jacques die Lavezzi-Inseln. Dorthin war er mit Jacqueline auf der Motoryacht eines Freundes bei einem ihrer ersten gemeinsamen Ausflüge gefahren. Sie hatten geankert, sich gesonnt und dann nach Seeigeln für das Abendessen getaucht. Ein wunderbarer Tag. Als er nachts endlich eindöste, ein Arm lag noch über Jacqueline, glaubte er draußen Hunderte von Menschen vor sich hinmurmeln zu hören. Sie wiederholten und wiederholten den Satz, den Jacqueline vor dem Einschlafen – vielleicht unbewusst – gehaucht hatte: Ich möchte deine Frau werden. Völlig verwirrt schlief er erst gegen Morgen ein.

Es waren die puffins cendrés, merkwürdige, nur hier lebende Vögel, die sich so unterhielten, dass es nach menschlichem Gebrabbel klang, erzählte der Freund beim Frühstück, sie gelten als jenes Meeresgespenst, das Seefahrer im Nebel auf Felsen lockt.

Zwei Polizisten waren mit Leitern über die hohe

Mauer geklettert und hatten das große Tor von innen geöffnet. Die Beamten standen schon vor der Haustür, als ein vierzigjähriger, stämmiger Korse mit einem doppelläufigen Schrotgewehr aus einer Seitentür stürmte. Doch ehe er sichs versah, stand er zwei Maschinenpistolen gegenüber.

An der Wand gegenüber dem Fenster sah Jacques das Bild von Michel Faublée, das Lyse erst vor wenigen Tagen hier aufgehängt hatte. Es wirkte so, als sei es extra für diesen Platz gemalt worden. Jacques würde ihm erzählen, wie beeindruckend sein Werk mit den Wogen des Capo Pertusato kontrastierte.

Drei Stunden dauerte die Durchsuchung. Auf dem Schreibtisch, der aus zwei Chromböcken und einer großen grauen Granitplatte bestand, lagen nur wenige Papiere, ein Kalender mit kaum einer Eintragung. Der Laptop wurde eingepackt. Sie fanden keinen Geldschrank, und der Korse schüttelte nur den Kopf, als er nach einem Tresor gefragt wurde. Jacques ordnete an, die Telefone mitzunehmen, möglicherweise waren Nummern darauf gespeichert. Als die Polizisten das Gelände sorgfältig durchsuchten, kam Jacques die Idee, den Korsen nach einem Boot zu fragen. Ja, das lag unten im Yachthafen. Zwei Leute fuhren los und kamen mit dem Logbuch und einem weiteren Computer zurück.

Die Ausbeute auf Korsika war mager. Jacques ließ die beschlagnahmten Gegenstände noch in Sotto Calvis Wohnzimmer für den Transport nach Paris verpacken und gleich versiegeln. Zwei Sicherheitskräfte würden die Kisten in der Abendmaschine via Marseille nach Paris-Orly begleiten. Sie stiegen als Letzte zu, saßen vorn neben dem Eingang, um die Ladeluken im Auge zu haben und rannten in Marignane, dem Flughafen von Marseille, sofort auf das Rollfeld, um die großen Kartons beim Transfer nicht aus den Augen zu lassen.

In Saint-Cloud fand die Einheit von Untersuchungs- richter Jean Delorme einen Keller voller elektronischer Geräte, eine hochmoderne Funkanlage und ein Regal voller DVDs und CDs. Delorme musste einen zusätz- lichen Kastenwagen für den Abtransport bestellen.

Im Büro der rue de Wagram erlebten Françoise Barda und Jean Mahon die erste Überraschung, als sie fest- stellten, dass der Bentley zwar im Keller stand, Sotto Calvi aber verschwunden war, und die zweite, als schon wenige Minuten später sein Anwalt Philippe Tessier auf- tauchte.

Die Untersuchungsrichterin setzte sich ohne zu dis- kutieren an den eleganten Schreibtisch des Waffenhänd- lers und ließ sich Aktenordner für Aktenordner vorlegen, um zu entscheiden, welche Papiere sie beschlagnahmen wollte. Tessier machte Einwände, tobte, versuchte mit legalen Einwänden die Papiere zurückzuhalten, die nicht mit dem Steuerverfahren zu tun hatten, doch Françoise Barda schaute noch nicht einmal auf.

»Sehen Sie genau hin. Der Durchsuchungsbefehl ist nicht nur von mir unterschrieben, sondern auch von Untersuchungsrichter Jacques Ricou, der einem Fall von Korruption nachgeht. Sie werden sich schon gedul- den müssen, Maître Tessier«, sagte sie lapidar.

Als etwa zehn Kartons mit Papieren gefüllt waren, stürzte, gefolgt von Kommissar Jean Mahon und zwei seiner Polizisten, ein halbes Dutzend Männer in den Raum und bezog Position um die Akten herum. Mahon stritt sich mit einem kleinen, drahtigen Wiesel, das ihn immer wieder zur Seite schob und seine Männer aufforderte, aus den beschlagnahmten Papieren die Akten auszusondern, die sie suchten.

Françoise Barda sprang auf: »Hören Sie sofort auf!«

Aber Jean Mahon zuckte nur die Schultern: »DST. Das sind Leute vom Inlandsgeheimdienst.«

»Die haben hier überhaupt nichts zu suchen!« Die Stimme der Barda überschlug sich, sie stürmte hinter dem Schreibtisch vor. »Mahon, holen Sie Ihre Leute! Die sind doch bewaffnet. – Mahon, machen Sie schon!«

Sie riss die Arme des erstbesten Geheimagenten aus dem Karton, in dem er herumwühlte, zerrte ihn am Hemdkragen, was ihm die Kehle zuschnürte und ihn erschreckt zurücktaumeln ließ. Und schon stürzte sie sich schreiend auf den nächsten.

Als endlich drei Polizisten mit Maschinenpistolen hereingerannt kamen, gab das kleine Wiesel auf.

»Okay, diesmal gehen wir. Aber nicht geschlagen. Ihr werdet schon euer Wunder erleben.«

Françoise Barda schlug vor dem Schreibtisch stehend die letzten Aktenordner zu.

»Alles einpacken. Unter Bewachung in die Wagen bringen. Mindestens drei Bewaffnete unten am Wagen lassen.«

Als Jacques am Abend kurz nach zehn im Wagen nach Paris saß, rief er bei Françoise Barda im Büro an, ließ es lange klingeln, erreichte aber niemanden. Auch Jean Mahon schien schon zu Hause zu sein. Doch als er gerade überlegte, bei wem er es noch versuchen könnte, klingelte sein Handy.

»Françoise. Hast du mich eben angerufen?«

»Ja. Bist du noch im Büro?«

»Ich habe gerade abgeschlossen, als das Telefon läutete, und bis ich wieder aufgeschlossen hatte, warst du weg. Wo bist du?«

»Im Wagen vom Flughafen in die Stadt. Müssen wir uns noch sehen?«

»Ach, lass mal. Es ist viel passiert. Sotto Calvi ist uns entwischt. Können wir beide uns morgen früh um acht bei mir im Büro sehen? Um neun kommen Delorme und Mahon. Wir sollten vorher einiges klären.«

»Morgen früh um acht – bei dir. Bis dann. Einen schönen Abend.«

»Danke. Bis dann.«

Um zwanzig vor zwölf saß Jacques müde auf seiner Couch, vor sich ein Glas mit zwei Daumen hoch Whisky und zwei Eiswürfeln. Sotto Calvi war entwischt. Das war merkwürdig. Hatte Lyse ihn gewarnt? Hätte sie überhaupt einen Grund dafür gehabt? Nein, er hatte ihr nicht einmal etwas angedeutet. Kein Wort über die Untersuchungen gegen Lacoste und gegen Calvi. Erst recht keine Silbe über die anstehende Durchsuchung. Lyse anrufen?

Er stieß einen lauten Seufzer aus.

Dazu war es zu spät und er zu müde.

Amadée? Jacques wählte die Nummer der Habitation Alizé auf Martinique.

Die Flucht

Freitag

Als Jacques um fünf vor acht in das Büro von Françoise Barda getreten war, hatte sie sofort die Tür mit dem Schlüssel verriegelt, sich neben ihn vor ihren Schreibtisch gesetzt und geflüstert: »Es kann sein, dass ich schon seit einigen Wochen abgehört werde. Also Vorsicht. Und: Wenn wir die Sache Sotto Calvi ungestört durchziehen wollen, dann können wir keine Mitwisser brauchen. Ich schlage vor, wir danken Jean Delorme für seinen Einsatz in Saint-Cloud, schütteln ihm die Hand und verabschieden ihn. Und wir machen das alleine.«

»Okay. Wir machen das alleine.« Jacques schaute Françoise Barda fast verschwörerisch an, und sie konnte sich plötzlich sogar ein kleines, verqueres Lächeln abringen.

Delorme war für neun bestellt und bevor er überhaupt wusste, was ihm geschah, überhäuften ihn die beiden Untersuchungsrichter mit Lob, schüttelten ihm die Hand, ließen ihn nicht einmal Platz nehmen und schickten ihn um zehn nach neun schon wieder in sein Büro. Erst da merkte er, dass sie ihn ganz schön ausgebootet hatten. Für Proteste war es zu spät. Und vielleicht war der Fall auch nicht so wichtig, beruhigte sich Delorme, kein Wort davon hatte heute früh in der Presse gestanden. Wer kannte schon Sotto Calvi.

Alles allein zu machen, bedeutete für Françoise Barda und Jacques Ricou doppelt so viel Arbeit – aber sie könnten sich auch besser austauschen. Und es kommen weniger Missverständnisse auf und weniger Eifersüchteleien.

Kommissar Mahon erhielt klare Instruktionen. Die Police judiciaire sollte herausfinden, wo Sotto Calvi war, ob er gewarnt worden war und wenn ja, von wem. Drei besonders vertrauenswürdige Computer-Spezialisten aus seinem Team sollten die elektronischen Daten durchforsten und ordnen. Barda und Ricou würden sie dann auswerten. Barda sollte hauptsächlich alle die Steuerhinterziehung betreffenden Unterlagen sichten, und Jacques würde sich dem größeren Thema Korruption widmen.

Der halbe Vormittag verging dann mit der Suche nach einem Büro für Jacques, das in der Nähe von Françoise Bardas Raum lag; die örtliche Nähe beider Arbeitsplätze war notwendig, denn die gesamte Ausbeute der drei Durchsuchungen füllte zwei Asservatenkammern im Keller der Police judiciaire, die sich im angrenzenden Flügel des Gebäudetrakts befanden. Die beiden Untersuchungsrichter rechneten damit, dass eine erste Durchsicht von Sottos Akten knapp zwei Wochen dauern würde, die wirkliche Auswertung aber mehrere Monate. Und dann würden die Verhöre beginnen, die Jagd nach den verborgenen Einzelheiten. Und aus Erfahrung wussten sie, dass der Fall sie Jahre kosten könnte.

Am Nachmittag regelte Jacques in Créteil mit Gerichtspräsidentin Marie Gastaud die temporäre Verlagerung seines Büros und er bat Martine, sich darauf einzurichten, mal in dem einen, mal in dem anderen Büro zu helfen.

Um kurz vor sechs stellte ihm Martine den Kommissar durch: »Kannst du nochmal für eine Stunde in mein Büro kommen? Wir haben schon eine ganze Menge rausgefunden. Barda kommt auch.«

»Vor sieben schaffe ich es nicht. Aber hol doch schon mal Eis!«

Jean Mahon lachte.

Als Jacques kam, standen schon zwei Gläser auf der Kommode, daneben der silberne Eiskübel und eine Flasche Whisky.

»Einen Daumen?«

»Einen Daumen, zwei Würfel. – Wo ist Barda?«

»Ach, die rufe ich jetzt erst an. Dann können wir den Whisky in Ruhe genießen.«

Jacques lachte, hob das Glas: »Salud y pesetas!«

»... y amor!«

Jean Mahon erhob sich höflich, als die Untersuchungsrichterin eine Viertelstunde später sein Büro betrat. Jacques tat es ihm gleich und bot ihr einen Whisky an. Sie bat um ein Glas Wasser.

»Machen wir es kurz«, sagte der Kommissar. »Erstens haben wir herausgefunden, wer Sotto Calvi gewarnt hat. Es konnte ja nur einer der zusätzlich angeforderten Männer sein, für meine Mannschaft lege ich die Hand ins Feuer. Und so haben wir uns konzentriert und mit ein wenig Druck war schnell klar, wer es war. Einer dieser uns von der Präfektur zugeteilten Polizisten ging, sobald der Einsatzort bekannt war, auf die Toilette und rief mit seinem Handy im Vorzimmer des Präfekten an. Das wissen wir von ihm selbst. Wie der Weg weiterging, wissen wir nicht. Aber wir haben die Abschrift der Gespräche, die Sotto Calvi geführt hat. Er war kaum im Büro, da rief ihn sein Anwalt Philippe Tessier an. Tessier sagte, er habe einen Anruf des persönlichen Referenten des Großen Korsen erhalten, es wäre besser, Calvi mache sich auf die Socken. Und zwar weit weg. Calvi sagte nur, »verstanden und red nicht weiter, vielleicht hört jemand mit«, und hängte ein.«

Jean Mahon nahm einen Schluck, als habe ihn das Aufzählen von Fakten durstig gemacht, und fuhr fort: »Er ist sofort aufgestanden, hat niemandem etwas gesagt und ist über einen Hinterausgang seines Bürogebäudes auf die Straße und in ein Taxi. Dann hat er eine Unvorsichtigkeit begangen: Er hat mit dem Handy seinen Piloten angerufen und ihn zum Flughafen Le Bourget bestellt, wo er seine Citation normalerweise parkt. Ein kleiner zweistrahliger Düsenflieger. Die Citation wird von zwei Piloten geflogen, und es dauerte anderthalb Stunden, bis beide auf dem Flughafen waren. So lange wollte Sotto Calvi aber nicht warten. Er muss wirklich die Hosen gestrichen voll haben. Er mietete sich eine flugbereite Maschine und düste ab in die Schweiz nach Lugano. Die Citation flog nach und holte ihn dort ab.«

Jean Mahon nahm wieder einen Schluck. Barda starrte ihn an. »Und wo ist er jetzt?«

»Noch in der Luft. Irgendwo zwischen Dakar und Luanda. Angola scheint sein Ziel zu sein.«

Jacques wiegte seinen Kopf und schaute den Kommissar an.

»Der Große Korse hat einen persönlichen Referenten. Wenn ich jetzt mal vor mich hinspinne, dann hat der Präfekt seinen direkten Chef angerufen.«

»Und wer ist das?«

»Der Innenminister. Charles Cortone. Aus Korsika. Der Große Korse. Ist er vielleicht der Empfänger des Bargelds, das der Korse Alain Lacoste aus der Schweiz

abgeholt hat? Für seine Partei, die jetzt bei den Europa-
wahlen antritt? Die Parti Corse de l'Empereur. Gespon-
sert von dem reichen Korsen Sotto Calvi.«

Françoise Barda nickte: »Und der Innenminister ist
der Patron der DST. Deshalb sind die Geheimdienst-
leute gekommen. Die wollten wahrscheinlich versuchen,
belastende Akten verschwinden zu lassen. Das kennen
wir doch!«

Jean Mahon schüttelte die Finger der linken Hand
und verzog das Gesicht, als wollte er sagen, das klingt
gewagt, möglich ist es, aber hoffentlich nicht wahr.

Françoise Barda tat, als würde sie das alles nicht be-
treffen. Sie erhob sich und gab beiden Männern förm-
lich die Hand zum Abschied. Dabei schaute sie Jacques
aus ihren grauen Augen an: »Morgen früh um acht fangen wir an.«

Das klang wie ein Befehl, und Jacques überlegte, ob
er gereizt antworten sollte. Ihm konnte niemand etwas
befehlen. Schon gar nicht die Barda.

Und schließlich war morgen Sonnabend.

Aber Jacques ließ sich von seiner Kollegin nichts vor-
machen. Er würde natürlich schon um halb acht im
Büro sitzen und wenn sie dann um acht Uhr käme, dann
würde er streng blicken, so als wäre sie zu spät dran.

Mittwoch

Jacques summte vergnügt vor sich hin. Es war Mittwoch. Er hatte die Tage kaum noch wahrgenommen,
weil er seit dem Wochenende jeden Tag von morgens
acht bis nach Mitternacht durchgearbeitet hatte.

Dienstag war er kurz vor Mitternacht ins Bett gefallen und hatte, ohne ein Glas Alkohol, bis sieben geschlafen. In Stresszeiten verzichtete er auf Wein oder Whisky, gestattete sich höchstens mal ein Bier vor dem Einschlafen.

Am Mittwoch aber wachte er frisch und ausgeschlafen auf und fühlte seinen Körper. Es gibt noch ein Leben außerhalb der Aktenberge.

Gleich nach dem Duschen rief er Lyse an, die schon Kaffee trank. »Heute Abend?« »Ja. Wann?« »Um neun.« »Und wo?« Jacques überlegte. Sein ehemaliges Stammlokal und das der Pariser Journaille und Politik, das Chez Edgar, existierte nicht mehr. Aber in ihrer Straße ... »Bei dir gegenüber ist doch die Brasserie Lorraine. Lass uns dorthin gehen.«

Um acht Uhr abends sortierten Jacques und Françoise Barda immer noch Akten, sodass er, der sich keine Blöße gegenüber seiner humorlosen Kollegin geben wollte, schon überlegte, Lyse abzusagen. Plötzlich aber sah Françoise verschreckt auf die Uhr. »Oh Gott, ich muss zur Probe. Bleibst du noch, Jacques?«

Jacques tat so, als habe er eigentlich vor, wie an jedem der letzten Abende noch Stunden über den Unterlagen zu sitzen.

»Wie? Gehst du schon? Wie viel Uhr ist denn?«

»Ja, ich singe mit einer Gruppe von Jazz-Amateuren, und wir haben am kommenden Sonntagnachmittag Vorstellung in der Kirche Saint-Merri beim Beaubourg. Ich muss dahin, sonst sind meine Freunde aufgeschmissen.«

»Geh nur, ich mach dann heute auch bald Schluss.«

Kaum aber war sie gegangen, da räumte Jacques seine Sachen, nahm die Schlüssel und verschloss das Büro, dessen Tür mit Eisenverschlägen verstärkt und mit drei Schlössern vor unerwünschten Besuchern geschützt wurde.

Er fand einen Parkplatz in der Nähe der Brasserie Lorraine, rief Lyse an, sagte, er sei jetzt da und fünf Minuten später kam sie fröhlich winkend die Straße heruntergelaufen. Was für eine Figur, und was für ein schwebender Gang! Er mochte sie, er mochte sie sehr, ob das schon Liebe war oder einfach nur die Lust? Sie küsste ihn auf den Mund, umarmte ihn.

»Jacques, ich freue mich so. Wir haben uns so lang nicht mehr angefasst. Hast du immer so viel zu tun? Ich meine, ich habe auch eine ganze Menge am Hals, aber du scheinst ja sechzehn Stunden am Stück der Gerechtigkeit zu dienen. Der Gerechtigkeit? Na ja, zumindest dem Rechtsstaat. Gibt's den überhaupt?« Sie sah ihn an. »Aber das klingt jetzt schon wieder ganz nüchtern. Komm, ich habe Hunger.«

Der Maître d'hôtel führte sie an einen gut gelegenen Tisch, von dem aus beide das Lokal weithin überblicken konnten. Martine hatte die Reservierung vorgenommen, und sie schien die Prominenz des Untersuchungsrichters genügend betont zu haben. Jacques Ricou stand schließlich häufig genug in den Zeitungen. So jemanden sieht ein Wirt gern, der seine Gäste mit dem Versprechen von Blicken auf Prominente anlockt.

Das alte Lokal aus den dreißiger Jahren war nach viermonatiger Renovierung erst vor drei Wochen wieder eröffnet worden – und hatte seine alte Klientel gleich wiedergefunden.

Über dem Tisch, an dem sie saßen, hing ein Foto von Marlene Dietrich aus den fünfziger Jahren, aufgenommen am Eingang der Brasserie, den Regenmantel mit einem Gürtel eng um die Taille geschnürt, so wie man sie von vielen Fotos kennt.

Als der Kellner die Karte brachte und sie Lyse geöffnet überreichte, schaute sie keinen Moment hinein, schloss sie und legte sie vor sich hin.

»Ich trinke ein Bier und esse eine Platte Sauerkraut mit allen Schweinereien. Ich habe einen wahnsinnigen Hunger.«

Der Kellner nahm die Karte vom Tisch. »Als Entrée vielleicht ein Dutzend Austern?«

Jacques sah sie an. »Geht schon wieder, Lyse. Oktober. Ein Monat mit ›R‹.«

»Glauben Sie an die Regel, man dürfe Austern nur in Monaten mit einem ›R‹ essen?« Lyse strahlte den Kellner wie ein kleines Mädchen an. Der blickte fröhlich zurück.

»Bei uns sind sie auch im Sommer frisch. Sie kommen von unseren eigenen Bänken aus der Bretagne.«

Lyse schüttelte die Schultern, stützte die Ellenbogen auf den Tisch und legte die Hände zusammen. »Nein, keine Austern. Bitte, gleich Sauerkraut. Und schnell ein demi pression.«

»Und Sie, Monsieur Ricou?«

»Mir das Gleiche. Sauerkraut mit allen Beilagen. Besonderen Wert lege ich auf die saucissons lyonnais! Und auch ein Bier, bitte. Aktenwälzen macht entsetzlichen Durst.«

»Sehr gut, Monsieur Ricou.«

Der Kellner verbeugte sich, nahm auch Jacques' Karte und verschwand schnellen Schrittes.

Lyse strahlte heute eine solche Fröhlichkeit aus, dass Jacques die Gedanken an seine Arbeit und alles, was damit zusammenhing, wegzuschieben versuchte.

Er langte mit seiner Rechten über den Tisch und legte sie auf ihre ineinander geflochtenen Finger. Mit den Lippen deutete er einen Kuss an. Lyse warf den Kuss durch die Luft zurück. Das hier ist die Wirklichkeit.

»Lyse, erzähl mir was dich umtreibt.«

»Du treibst mich um!«

Sie plauderte. Das Bier kam. Sie plauderte. Ein zweites Bier. Das Sauerkraut in der Brasserie Lorraine, da waren sie sich dann einig, ist das beste von ganz Paris. Es war mit Honig und ein wenig Champagner angemacht. »Findest du es nicht komisch«, sagte sie immer noch plaudernd, »dass ich – eine israelisch angehauchte Angolanerin aus Portugal – verrückt bin nach elsässischem Sauerkraut?«

Er hörte zu und ahnte, dass hinter ihrem Plaudern auch Fragen an ihn standen, aber sie war wohl klug genug, ihn zunächst einmal in Ruhe zu lassen. Nein, keine Nachspeise, das war sowieso zu viel, nur noch je einen Kaffee.

Jacques zahlte mit seiner Karte.

Als sie die Brasserie verließen, hakte Lyse sich bei ihm ein und legte den Kopf an seine Schulter.

»Kommst du noch mit?«

»Gern, sehr gern, Lyse. Obwohl ich morgen früh schon um acht wieder im Büro sitzen muss. Können wir eben noch etwas aus dem Wagen holen?«

Er hatte einen Rasierapparat und ein paar frische Kleidungsstücke in eine schwarze Ledertasche gepackt, damit er morgens nicht den Umweg über seine Wohnung in Belleville machen müsste. »Das war vorausschauend«, sagte sie und legte den Arm um seine Hüften.

Er zog sie ganz sanft und langsam aus und genauso sanft und langsam liebten sie sich. Später bot sie Jacques einen Whisky an, aber er wollte nicht mehr trinken.

Sie saßen sich nackt im Bett gegenüber. Er begann sie zu streicheln, ihre Schultern, ihre Arme, ihre Brüste, ihren Bauch, die Schenkel, dann das Gesicht. Er würde sie gern nach dieser merkwürdigen Narbe fragen, die von der linken Augenbraue über das obere Augenlid bis auf das untere Lid reichte.

»Jacques, ich werde dich nichts fragen, damit nichts unsere Beziehung belastet. Aber ich werde jetzt einfach vor mich hin reden, vielleicht interessiert es dich ja. Mich kannst du unterbrechen und fragen.« Sie legte die Arme um die Knie, stützte den Kopf in die linke Hand und fing an: »Obwohl ich nicht mehr für ihn arbeite, weiß ich, dass Sotto Calvi Paris Hals über Kopf verlassen hat. Ich weiß nicht, wohin er sich verkrochen hat. Aber ich weiß, dass er auf Korsika mit großem technischem Aufwand ein geheimes Versteck ausgebaut hat, in dem er sich wahrscheinlich lange aufhalten kann. Er muss von dort aus mit aller Welt ungestört und unbeobachtet kommunizieren können.«

Jacques hatte nicht aufgehört, sie zu streicheln, jetzt zog er die Hand zurück.

»Weißt du, wo das ist?«

»Nein. Aber er stammt ja aus Korsika, und es muss sich in der Nähe des Dorfes befinden, in dem er aufgewachsen ist. Dort beherrscht er, der einst arme Junge, mit seinem Renommée und dem vielen Geld inzwischen jeden und alles. Man sagt, er habe sich über die Jahre mehrere Berge zusammengekauft.«

»Und woher weißt du das?«

»Seine Frau verbringt die meiste Zeit nicht in Paris,

sondern in New York oder Texas, weil sie mit der Frau des jetzigen amerikanischen Präsidenten befreundet ist. Ob sie nun wegfährt, weil Sotto eine Freundin in Paris hat, oder ob er eine Freundin hat, weil sie immer weg- fährt, das weiß ich nicht. Aber ich kenne die Freundin. Wir haben uns immer wieder bei irgendwelchen Events getroffen, ich, weil ich Kunden betreut oder gesucht habe, und sie, weil sie Kunden betreut oder gesucht hat. Eine elegante Frau mit erotischer Ausstrahlung. Außer- dem lacht sie ständig, und wir haben uns ein bisschen angefreundet. Und als sie mir schließlich gestand, dass sie einen Escort-Service betreibt, da hatte ich mich schon an sie gewöhnt und nur mit der Schulter gezuckt. Jeder hat halt seinen Beruf.«

»Wie heißen sie und ihr Service?«

Lyse blies die Kerze aus und rutschte unter die Bett- decke.

»Monsieur le juge! Muss ich jetzt alles aussagen?«

»Entschuldige. Aber der Fall ist so riesig, dass mich alles interessiert, was aufklären könnte. Ach, lassen wir das.«

Er rutschte zu ihr unter die Decke

Störmanöver

Mittwoch, sieben Tage später

Das war ein Insider-Job. Wir müssen jetzt einen Wachdienst rund um die Uhr einrichten. Mit deinen Leuten, Jean!«

Jacques rannte durch sein Büro, blieb am Fenster stehen und warf einen Blick auf den linken Arm der Seine unter sich.

Kommissar Mahon drehte sich mit seinem Stuhl um und versuchte, ihn zu beruhigen.

»Noch ist kein Schaden entstanden, und wir wissen auch nicht, ob sich die Abhörmikrophone nicht schon in dem Raum befanden, bevor du ihn vor drei Wochen bezogen hast.«

»Aber in meinem Büro sind die gleichen Mikrophone gefunden worden«, Françoise Bardas Stimme klang fast keifend, nichts deutete auf die Modulationskunst einer Jazz-Sängerin hin, »und ich hause seit vier Jahren darin.«

Am Tag zuvor war Jacques schon um sieben Uhr früh ins Büro gekommen und hatte die dreifach gesicherte Tür offen vorgefunden, drinnen sang eine fröhliche Senegalesin, die den Boden putzte. Zur Rede gestellt, führte sie Jacques zu dem Brett in der Kammer der Putzkolonne, an dem die Schlüssel zu allen Räumen hingen, auch die drei für sein und die drei für Françoise Bardas Büro. Bei der Sicherheitsüberprüfung, die

Jacques sofort veranlasste, waren in beiden Räumen modernste Abhöranlagen entdeckt worden. Jacques ließ daraufhin die gesicherten Räume im Keller inspizieren, in denen die beschlagnahmten Unterlagen eingelagert waren. Nichts deutete darauf hin, dass jemand sich an den Türen oder den Kartons zu schaffen gemacht hatte.

Kommissar Jean Mahon versprach, sich ein raffiniertes Sicherheitssystem für Keller und Büros auszudenken. Aber für eine Rundumbewachung fehlten ihm die Männer.

»Macht euch keine Sorgen. Schließlich ist das Palais de Justice Tag und Nacht bewacht.«

»Jean: Jemand hat trotzdem die Mikros angebracht. Vielleicht ist es wirklich ein Insider-Job. Genauso wie es ein Polizist aus *deiner* Einheit war, der an der Durchsuchung von Sotto Calvis Büro teilgenommen und dann Cortone Bescheid gesagt hat.«

»Cortone, das wissen wir nicht. Dem Referenten des Präfekten, das wissen wir.«

Françoise Barda erhob sich. »Gehen wir an die Arbeit. Das mit der Sicherheit werden Sie, Kommissar Mahon, erledigen. Können wir jetzt in Ihr Büro gehen, wo hoffentlich nicht abgehört wird, und die weitere Strategie besprechen?«

Es lag wenig auf dem Tisch. Nachdem er von Jacques über Calvis korsische Verstecke informiert worden war, hatte der Kommissar den Inlandsgeheimdienst DST gebeten, bei ihrer elektronischen Beobachtung auf der Insel nach Hinweisen auf ein geheimes, hoch technologisiertes Kommandozentrum in den Bergen zu suchen. Der andere Inlandsgeheimdienst, Renseignements généraux, sollte seine fest installierten Agenten beauftra-

gen, sich umzuhören, denn in der Gebirgslandschaft
von Korsika findet niemand allein durch Suchen ein
Versteck. Gegen das Gesetz des Schweigens hilft höchstens ein sehr dicker Umschlag. Und schließlich wurden
auf die in Gefängnissen einsitzenden Korsen Spitzel angesetzt. Mehr, so Kommissar Jean Mahon, konnte er
nicht tun. Vielleicht aber würde ein Zufall helfen.

Jacques überlegte, ob die Freundin Sotto Calvis, die
Chefin des Escort-Service, mehr wüsste? Dazu aber
müsste er Lyse noch einmal befragen, und das war ihm
nicht angenehm. Er wollte auf gar keinen Fall den Eindruck erwecken, er sähe in ihr nur eine gut abzuschöp-
fende Quelle. Dabei wollte er sie unbedingt anrufen.
Sie sehen. Sie spüren. Und vielleicht vorsichtig befragen. Am nächsten Morgen.

Jacques merkte, dass ihn die beiden schweigend ansa-
hen, Kommissar Jean Mahon hinter seinem Schreibtisch, Untersuchungsrichterin Françoise Barda auf dem
Holzstuhl davor. Er musste sich jetzt ganz auf seine Arbeit konzentrieren.

Aus der eleganten Ledertasche, die ihm Jacqueline
zur Versetzung von Nizza nach Paris geschenkt hatte,
zog er einen dünnen, neuen Ordner hervor, dem er drei
bedruckte Blätter entnahm. Er verteilte je eins an die
beiden anderen, das dritte behielt er für sich.

»Das ist der Stand unserer Untersuchung im Groben. Wir können das Geschäftsgebaren von Sotto Calvi
in drei Themenbereiche einteilen. Erstens: Waffengeschäfte mit Angola. Calvi hat nicht nur Flugzeuge, Hubschrauber, Panzer, Artillerie, Lastwagen und Schusswaf-
fen aus dem Ostblock nach Angola an die Regierung
geliefert, sondern – über die Sofremi – auch noch in Italien für hundert Millionen Euro ein dort von der Armee

ausgesondertes Funksystem. Die Sofremi musste er einschalten, weil es sich um den Verkauf vermeintlicher Hochtechnologie eines NATO-Landes handelte. Die dem französischen Staat gehörende Sofremi kaufte also für hundert Millionen ein, verkaufte dann, vermittelt durch Sotto Calvi, das italienische Funksystem für das Dreifache an Angola. Calvi erhielt von der Sofremi eine Provision von fünfzig Prozent, macht bei einem Gewinn von zweihundert Millionen ... Das können wir uns gerade noch ausrechnen. Und jetzt wissen wir auch, was sein Interesse an Alain Lacoste als Präsident der Sofremi war. Wenn Sotto Calvi an Lacoste ein wenig aus diesem Geschäft abtrat, eine oder zwei Millionen, dann spürte er das noch nicht einmal. Und hinter Lacoste steht ein politischer Pate, der eigentlich nur Charles Cortone heißen kann. Innenminister seines Zeichens.«

Jacques sah von seinem Papier auf. Die beiden anderen schwiegen, also las er weiter.

»Calvi hat für die große Waffenlieferung aus dem Osten der angolanischen Regierung nicht nur rund fünf Milliarden in Rechnung gestellt, sondern mit dem Präsidenten von Angola auch noch ein weiteres Geschäft abgeschlossen: die ständige Betreuung der angolanischen Armee. In der Hauptstadt Luanda hat Calvi die Firma Angol-Arm gegründet, an deren Spitze der ehemalige französische Agent Paul Mohrt steht. Angol-Arm spielt die Rolle der Marketenderin für die angolanischen Truppen. Nicht nur der Nachschub und die technische Betreuung der Waffensysteme werden von Angol-Arm übernommen, sondern alles bis hin zur Lieferung der Uniformen. Und statt die Uniformen in Angola schneidern zu lassen und damit für Arbeit zu sorgen, bezieht Sotto Calvi sie aus der Volksrepublik

China – weil's billiger ist. Sogar die Kantinen betreibt Angol-Arm. Wir können also davon ausgehen, dass der angolanische Präsident von den Zahlungen an Angol-Arm seinen Teil abbekommt. Was aber noch zu belegen wäre.«

Kommissar Jean Mahon hob die Hand wie ein Erstklässler in der Schule und sagte: »Ich weiß nicht, ob euch bekannt ist, dass der angolanische Präsident an der Côte-d'Azur, nicht weit entfernt von Fréjus, ein riesiges Anwesen besitzt, in dem er jeden Sommer mindestens drei oder vier Monate verbringt.«

»Der ist als ausländisches Staatsoberhaupt tabu, da kommen wir nicht ran«, Françoise Barda schüttelte den Kopf.

Jacques stieß ein trockenes Lachen aus. »Was heißt, ein ausländisches Staatsoberhaupt ist tabu. Du kommst ja selbst an unser Staatsoberhaupt nicht ran. Doch zurück zu Sotto Calvi. Erstens, so hatten wir gesagt, Waffengeschäfte mit Angola, zum Teil über die Sofremi. Zweitens: Die angolanische Regierung hat sich während des Bürgerkrieges bei Russland mit über sieben Milliarden Euro verschuldet. Geld, von dem die Russen nicht wussten, ob sie es je wieder sehen würden. Deshalb fiel es Sotto Calvi nicht schwer, ihnen diese Schulden für nur zwei Milliarden abzukaufen. Und im Gegenzug ließ er sich von der angolanischen Regierung die Beteiligung mit zehn Prozent an einem besonders reichhaltigen Förderblock Öl erteilen. Die zwei Milliarden, die er den Russen mit Hilfe einer französischen Bank zahlte, wird er allein durch diese Einkünfte samt Zinsen in drei Jahren abgezahlt haben. Drittens – und darin liegt wohl zusätzlicher Zündstoff für uns: Sotto Calvi hat in den letzten zehn, fünfzehn Jahren den Vermittler für

France-OIL in Angola gespielt und es schließlich geschafft, dass neben den großen amerikanischen Öl-Giganten auch den Franzosen zwei hervorragend gelegene Blocks im Meer vor Angola zugeteilt wurden.«

Er machte eine kurze Pause, so als wollte er dem Folgenden noch mehr Gewicht geben und fuhr dann fort: »Aus diesen drei Punkten ergeben sich drei Aufgaben: Erstens: die Frage der Steuerhinterziehung wegen der Waffenlieferungen aus dem Osten und die steuerliche Überprüfung des über die Sofremi gelaufenen Italien-Geschäfts. Das macht Françoise Barda. Zweitens: die steuerliche Überprüfung des Kaufs der angolanischen Schulden von Russland. Immerhin läuft der Kredit auch über eine Pariser Bank. Das fällt auch in den Bereich von Françoise Barda. Drittens – und darum werde ich mich kümmern: Wo entdecken wir Korruption. Fangen wir also mit dem Bargeld an, das Lacoste von Sotto Calvis Konto in der Schweiz abholte und in Paris verteilte. Etwa für ein Geschäft der Sofremi? Etwa in Sachen Vermittlung der Schürfrechte für France-OIL? Etwa für beide – oder noch mehr?«

Françoise Barda nickte jedes Mal, wenn Jacques ein erstens, zweitens, drittens betonte.

»Jacques und ich haben nun vor, erstens«, sagte sie dann und verfiel in die gleiche Diktion wie ihr Kollege, »unseren Schwerpunkt der Untersuchung auf die Konten zu legen. Darin sehe ich meine Arbeit. Und zweitens – das ist Jacques' Aufgabe: alle Adressen und Kontakte zu überprüfen.«

Kommissar Jean Mahon hatte sich einige Notizen auf dem Blatt, das Jacques ihm gegeben hatte, gemacht. Jetzt sah er auf. »Und was können wir noch tun?«

Jacques holte aus seinem Ordner ein weiteres Blatt

und reichte es über den Tisch. Er stütze sich mit einer Hand ab und zeigte auf das Papier.

»Hier oben stehen alle Namen von Leuten, die abgehört werden sollten, darunter findest du diejenigen, auf die deine Leute vielleicht mal einen Blick werfen, wobei es nichts ausmacht, wenn die Herrschaften es bemerken.«

Als die beiden Richter wenig später durch die langen Gänge zu ihren Büros liefen, sah Jacques Françoise mit freundlichem Lächeln an.

»Na, heute ist doch Mittwoch, gehst du wieder Jazz singen?«

Sie blieb stehen und schaute ihn an.

»Würde dir das was ausmachen?«

»Ich kann auch mal einen frühen Feierabend brauchen.«

Wieder im Büro, rief er Lyse an.

In dieser Nacht

Marco legte seinen rechten Zeigefinger vor den Mund und bedeutete Alain Lacoste zu schweigen. Mit seinem Mund näherte er sich Lacostes Ohr.

»Ich habe die Nachricht erhalten. Wir sollen heute Nacht voll gekleidet und in Schuhen schlafen. Wenn du etwas mitnehmen willst, steck es in deine Hosentasche. Versuch, wach zu bleiben.«

»Das ist doch verrückt! Ich kann doch nicht abhauen.«

»Die tun so, als holten sie jemand anderen, dich fliegen wir sofort aus. Du bekommst einen neuen Pass, einen ›echten‹. Der Große Korse findet das sicherer. Die haben nämlich jetzt Sotto Calvi am Wickel.«

»Festgenommen? Kommt Calvi zu uns in die Zelle?«

»Nein, der konnte abhauen. Aber nur knapp: er ist hinten raus, als die Polizei vorne rein kam. Der Große konnte ihn warnen. Aber Paris, Saint-Cloud und Capo Pertusato wurden durchsucht. Jetzt fürchten Sotto und der Große um das ganz große Projekt. Das Geld dafür haben sie. Aber noch nicht die politische Konstellation. Und der droht durch deinen Untersuchungsrichter Jacques Ricou – und damit auch durch dich – Gefahr.«

Um eins sah Alain Lacoste auf die Leuchtzeiger seiner Uhr, dann zehn Minuten später, fünf Minuten später, dann erst um zwölf nach zwei. Er war wohl eingeschlafen. Wieder lag er einige Minuten wach, träumte ein bisschen vor sich hin, schlief wieder ein.

Ihre Zelle lag in der dritten Etage an der Ecke des Gefängnistrakts. Nur zwanzig Meter trennten sie von der Außenmauer, die an dieser Stelle mit einem Wachturm verstärkt war.

Plötzlich erwachte Alain Lacoste von gleißendem Licht, Marco stand schon am Gitter. Drei Uhr siebenundvierzig.

»Was ist los, Marco?«

»Ich weiß nicht.« Marco drehte sich um und legte wieder den Finger auf die Lippen.

Sie sahen, wie die Wachen von schwer bewaffneten, schwarz gekleideten Männern der Sondertruppe CRS verstärkt wurden.

Am nächsten Tag erfuhren sie, was geschehen war: Gefangene in der untersten Etage waren durch laute Kratzgeräusche geweckt worden und hatten sich bei den

Wärtern beschwert. Der innerhalb von Sekunden informierte Gefängnisleiter gab Alarm bei den Sicherheits-
behörden in Paris, woraufhin Sondereinheiten das Gefängnis La Santé umstellten und in die Kanalisation
rund um das Gelände hinabstiegen. Die Zellen in der
unteren Etage wurden evakuiert, die Gefangenen durften nur ihre Matratzen mitnehmen und in der Kantine
ein Massenlager aufschlagen.

Neben den kilometerlangen Abwasserkanälen unter
den Straßen von Paris gibt es seit Hunderten von Jahren auch so genannte Katakomben, die in den Kalksand-
stein gehauen wurden. Schon die Römer hatten den
Stein für den Bau von Mauern benutzt. Zwar wurde nie
ein Plan dieser unterirdischen Gänge gezeichnet, doch
unter den Jugendlichen von Paris gehört es zur aufre-
genden Nachtpartie, mit Laternen und Gettoblastern,
Kerzen und Alkohol versehen, in den Katakomben he-
rumzukriechen und zu feiern.

Einige Dutzend dieser Katakomben führten einmal
bis unter das Gefängnis La Santé, doch die Durchgänge
waren mit dicken Mauern verschlossen worden. Als
die Sondereinheiten jetzt in diese Gänge eindrangen,
fanden sie vier der Mauern aufgebrochen. Die Minen-
arbeiter schienen in aller Hast aufgebrochen zu sein.
Sie hatten Hacken, Vorschlaghämmer, Schaufeln und
Unmengen Sprengstoff, Semtex, zurückgelassen.

»Den Namen Semtex erhielt dieser Sprengstoff übrigens von seinem Erfinder Stanislav Brebera, der in dem
ostböhmischen Ort Semtin lebte«, erklärte der Ge-
fängnisdirektor, als er am Ort des Geschehens eintraf.
»Semtex hält sich nach Ansicht des FBI ewig und
rutscht durch Flughafenkontrollen wie ein Paar Nylon-
strümpfe. Da aber die tschechoslowakische Regierung

1989 neunhundert Tonnen Semtex an Muammar Gaddafi und weitere tausend Tonnen an so unsichere und unruhige Länder wie Syrien, Nordkorea, Irak und Iran geliefert hat, kommen Banden und Terroristen leicht an diesen Sprengstoff. Wie hier, das waren keine ›Kataphilen‹, wie wir die Teilnehmer an unterirdischen Feiern nennen, sondern Leute, die jemanden aus dem Gefängnis herausbomben wollten.«

Vier Stollen waren vorangetrieben worden, bis sie unter drei Wachtürmen und dem Eingangstor der Santé ankamen. Gleichzeitig gezündete Explosionen hätten es allen Gefangenen aus dem Trakt von Alain Lacoste ermöglicht zu fliehen.

Die Bombe

Donnerstag

Jacques war bester Laune, als er an diesem Morgen aus der Wohnung von Lyse kam. Sie hatte den Namen von Sotto Calvis Freundin und deren Escort-Service immer wieder erwähnt, sodass er nicht hatte nachfragen müssen. Kommissar Jean Mahon würde seinen Leuten heute früh zur Abwechslung also einen wirklich sexy Auftrag geben können.

Seinen Dienstwagen hatte Jacques an der Place des Ternes abgestellt, weil er wusste, dass er vor acht Uhr wieder ins Büro fahren und so einem Strafmandat entgehen würde.

Er griff in die Hosentasche und suchte mit dem Daumen den Funkknopf für die Türentriegelung. An guten Tagen, wenn die Luft besonders trocken war, funktionierte sie aus dreißig Meter Entfernung. Er drückte, aber noch reagierte sein Wagen nicht. Also zog er die Hand aus der Tasche, hielt sie über seinen Kopf und drückte noch einmal – lange.

Das Auto explodierte.

Feuer quoll wie schwerflüssiger Likör aus den Fenstern, die wie Eierschalen aufplatzten. Die Tür an der Fahrerseite flog waagerecht in das Schaufenster eines Reisebüros, Glas regnete in kleinen Bröseln auf das Trottoir.

Ein dumpfer Knall.

Im Wagen züngelten nur noch wenige Flammen.
Jacques sah sich um. Niemand schien verletzt worden
zu sein. Aus dem hundert Meter entfernten Bistro rannten Männer zu der Unfallstelle. Auf der Straße hielten
die Autos an.

Jacques übernahm sofort das Kommando.

»Rufen Sie die Polizei und die Feuerwehr.«

Gleichzeitig wählte er die Nummer von Françoise
Bardas Mobiltelefon.

»Ja, hallo?«

»Jacques. Geh nicht in die Nähe deines Autos. Meines ist eben explodiert.«

»Ich fahre bereits ganz gemütlich zum Büro.«

»Halt sofort an! Spring raus und renn weg!«

»Spinn doch nicht. Bist du durchgedreht?«

»Françoise – als ich eben einsteigen wollte, ist mein
Wagen explodiert. Wahrscheinlich ist deiner auch mit
Sprengstoff präpariert.«

»Ich bin schon eingestiegen. Ich fahre schon ganz
lange. Und ich habe keine Probleme. Pass auf dich auf.«

Gerichtspräsidentin Marie Gastaud ordnete sofort an,
dass der ihr unterstellte Untersuchungsrichter Jacques
Ricou vierundzwanzig Stunden am Tag von vier Polizisten bewacht würde. Selbst im Justizgebäude sollten zwei Beamte auf dem Gang vor seinem Büro
Aufstellung nehmen. Ihrem Kollegen im Palais de Justice auf der Ile de la Cité empfahl sie, das Gleiche für
die Untersuchungsrichterin Françoise Barda zu veran-
lassen.

Die Spurensicherung fand Reste von Semtex in dem
Wagen. Und der Sprengstoff war mit äußerster Präzi-
sion positioniert worden: Die an der Fahrerseite weg-

gesprengte Tür sollte Jacques erschlagen, sobald er von außen das Schloss per Funk öffnete.

Das ganze Ausmaß dieses Anschlags auf sein Leben wurde Jacques erst drei Stunden später bewusst. Er hatte sich sofort mit Françoise Barda und Jean Mahon getroffen, und sie beschlossen, die polizeiliche Ermittlung der Präfektur zu überlassen, ohne aber die Hintergründe ihrer strafrechtlichen Untersuchungen offen zu legen.

Kommissar Jean Mahon sah den blassen Untersuchungsrichter Jacques Ricou an.

»Vielleicht ausnahmsweise einen Schluck Medizin?«

Jacques nickte und der Kommissar holte ein Glas und die Flasche Whisky hervor.

»Bitte, einen Schluck, ohne Eis.«

Als Jean die Medizin über seinen Schreibtisch reichte, und Jacques sie in einem Schluck runterkippte, hustete, sich schüttelte und danke sagte, hob Françoise Barda die Hand.

»Ich auch?«

»Dann ich auch!« Und alle drei lachten.

»Warum ein Attentat nur auf mich und nicht auch auf die Untersuchungsrichterin?«

Der Zaubertrank schien bei Françoise sofort zu wirken. »Du hast Alain Lacoste eingesperrt. Du bist denen auf der Spur, die Geld – höchstwahrscheinlich – in eine politische Partei oder ein politisches Projekt gesteckt haben. Ich bin nur hinter einem Steuersünder her, also für wen auch immer völlig belanglos. Deswegen müssen wir auch davon ausgehen, dass die versuchte Befreiung durch die Katakomben Lacoste galt.«

»Aber diese Gefängniswärter gehören wirklich erschlagen.« Der Kommissar hieb mit der Hand auf sein

Telefon. »Statt in den Katakomben einen Hinterhalt zu legen, haben sie die Kerle nicht nur vertrieben, sondern die Schaufeln und Pickel auch noch eingesammelt und in ihren eigenen Geräteraum als Trophäen untergestellt. So spielen Kinder Räuber und Gendarm.«

Jacques wartete, bis Françoise Barda von sich aus ging, um dann Jean Mahon einen Zettel mit den Daten von Sotto Calvis Freundin und deren Escort-Service über den Tisch zu schieben.

»Schaut euch die mal an. Vielleicht findet ihr dort noch was.«

Der Kommissar blickte auf das Papier, schmunzelte und steckte es in seine Jackentasche. »Diesen Einsatz führe ich persönlich und auch noch heute Abend aus. Ich danke dir für das Vertrauen.«

Martine gab Jacques eine lange Telefonliste durch.

Lyse. Die hatte überhaupt nichts mitbekommen. Als Jacques sie anrief, schnatterte sie fröhlich auf ihn ein. Sie saß, seit sie gemeinsam Kaffee in ihrer Küche getrunken hatten, in ihrer Wohnung am Schreibtisch, hatte keinen Knall gehört, kein Radio angestellt, und ihre Gesprächspartner aus der Kunstwelt in Madrid – wohin sie morgen für ein paar Tage fliegen würde – und in Paris kümmerten sich nicht um so triviale Informationen wie die Explosion des Dienstwagens eines Untersuchungsrichters. Solche Ereignisse druckten Zeitungen, die sie nicht las.

Ganz anders Margaux, die hatte sich als Erste gemeldet, als die Nachricht vom Anschlag auf ihn über die Ticker lief, und sie stellte sofort einen Zusammenhang zu den nächtlichen Unruhen in La Santé und den Katakomben her, wo auch Semtex gefunden worden war. Aber sie fing das Gespräch ganz privat an.

»Mein lieber Jacques, du bist vor einer Woche mit einer eleganten und sehr feinen Farbigen in der Brasserie Lorraine beim Sauerkrautmampfen beobachtet worden. Ist Amadée zu Besuch?«

»Nein, ich nehme an, die hat noch nie Sauerkraut gegessen. Sei nicht so neugierig!«

»Oder ist es die Schöne, mit der ich dich bei der Vernissage bei Michel Faublée erwischt habe?«

»Von wegen erwischt. Die habe ich damals doch erst kennen gelernt.«

»Und, wer ist sie?«

»Kommt aus dem Kunstgeschäft. Aber du willst doch was anderes. Das indessen kann ich dir nicht geben.«

»Gebt ihr heute noch eine Pressekonferenz?«

»Nein, nur die Polizei. Wir wissen noch nicht genug, und das, was wir wissen, müssen wir erst einmal genau analysieren. Vor nächster Woche kommt sicher nichts von uns.«

»Ich muss aber ein Stück für die morgige Ausgabe schreiben. Können wir nicht heute Mittag das Sandwich in der Taverne Henri Quatre essen?«

Margaux legte ihre ganze Verführungskunst in die Stimme, aber Jacques' Abwehrkraft hieß Lyse und war für ihn selbst verblüffend stabil.

»Stimmt wenigstens der Zusammenhang zwischen deiner Bombe und dem Semtex in den Katakomben unter La Santé? Oder liege ich ganz falsch, wenn ich das schreibe.«

»Du kannst mich nicht zitieren, aber wahrscheinlich liegst du damit zumindest auf der Linie unserer Überlegungen.«

Margaux hielt sich daran. So weit es ihre Geschichte erlaubte.

Am späten Nachmittag kam Françoise Barda in Jacques' Büro.

»Stör ich?«

»Überhaupt nicht. Gibt's was Besonderes?«

»Ja. Aber sag mal, stören dich die beiden Kerle im Gang nicht? Und was mache ich heute Abend, wenn ich nach Hause fahre, mit den Leibwächtern? Ich kann die doch nicht mit in die Wohnung nehmen, die ist viel zu klein.«

»Meine auch. Lass sie im Auto vor deinem Haus, oder sie sollen schlafen gehen. Aber was gibt's denn?«

»Philippe Tessier hat mich eben angerufen. Der Anwalt von Sotto Calvi. Er habe jetzt die Dokumente zusammen, um zu beweisen, dass sein Mandant unschuldig ist: Das Konto, über das die Milliarden in dem Waffengeschäft mit Angola gelaufen sind, dürfe seinem Mandanten nämlich gar nicht zugerechnet werden. Ich habe ihm für morgen früh um acht einen Termin gegeben. So früh sind Rechtsanwälte meistens nicht wach. Könntest du bei dem Gespräch dabei sein?«

»Mit Vergnügen!«

Als er noch einmal bei Lyse anrief, schlug sie ihm vor, bei ihr zu übernachten. Bei ihr sei er sehr sicher. Er wisse doch, ihre Wohnungstür und die Fenster seien gepanzert, weil ihr Vorgänger ein israelischer Diplomat gewesen sei. Und sie eigne sich schon allein wegen ihrer Schießkünste als Leibwächterin. Oder ob er lieber mit einem seiner Bodyguards in sein Bett gehen wolle? Jacques lachte laut auf und wunderte sich darü-

ber, dass er so laut lachte, eigentlich hatte er sich das ab-
gewöhnt.

»Lass mal, ich muss nach Hause und meine Klamotten wechseln. Ich packe dann lieber erst, wenn du aus
Madrid zurück bist, einen Koffer und komme für ein
paar Tage in deine Festung.«

Das Konto des Präsidenten

Freitag

Philippe Tessier trug unter seinem hellen Regenmantel einen maßgeschneiderten Zweireiher aus dunkelgrauem Tuch, der seine leichte Rundung um den Bauch elegant überspielte. Sein hellblau gestreiftes Hemd warf auf der Brust keine einzige Falte, und die Manschetten ragten aus den Ärmeln der Anzugjacke gerade so weit hervor, dass die Knöpfe aus blauem Edelstein sichtbar wurden. Nur seine Krawatte, kritisierten Françoise Barda und Jacques nach dem Gespräch ein wenig hämisch, hätte der Staranwalt in einem originelleren Geschäft kaufen können. Nicht gerade beim Allerweltskiosk Hermès.

Die beiden Untersuchungsrichter hatten sich die Sitzordnung in dem kleinen Besprechungszimmer von Françoise Bardas Abteilung so raffiniert ausgedacht, dass Tessier nie beide gleichzeitig im Blick haben konnte. Sie boten dem Anwalt den Platz am Kopfende des rechteckigen Tisches mit dem roten Leder in der Mitte an und setzten sich an die Seiten rechts und links von ihm.

Ganz bewusst hatten Françoise Barda und Jacques darauf verzichtet, Akten zu dem Gespräch mitzunehmen. Vor jedem lag nur ein Block mit weißem Papier und ein Stift.

Tessier fasste seine schmale Tasche aus hellem Pferdeleder, die vor ihm lag, an beiden Seiten an und fuhr mit

160

den ausgestreckten Fingern an den Kanten auf und ab. Dann öffnete er das goldene Schlösschen und holte eine Klarsichthülle hervor, die er auf seine Tasche legte.

»Madame la juge«, der Anwalt wandte sich nach links zu Françoise Barda, »Monsieur le juge«, jetzt drehte er den Oberkörper nach rechts zu Jacques, »ich habe hier die notariell beglaubigten Abschriften eines Original-dokuments, aus dem hervorgeht, dass die Vorwürfe gegen meinen Mandanten Sotto Calvi, er habe sich der Steuer-hinterziehung schuldig gemacht, jeder Grundlage ent-behren. Es handelt sich um einen Brief des Präsidenten Angolas, den ich Sie bitte, zur Kenntnis zu nehmen. Die-ser Brief ist an den Präsidenten der Republik Frankreich gerichtet und befindet sich jetzt in der Hand des franzö-sischen Außenministers. Ich verfüge über ein Dutzend beglaubigter Abschriften. Erlauben Sie mir, dass ich Ih-nen je eine überreiche.«

Tessier zog zwei dieser Schriftstücke mit der blau-weißroten Kordel hervor, reichte eines mit einer kleinen Verbeugung der Untersuchungsrichterin und das zweite mit verachtendem Blick an Jacques.

»Bitte lesen Sie es, ich nehme mir die Zeit.«

Anwalt Tessier rutschte mit dem Stuhl einen halben Meter vom Tisch zurück, holte aus der Tasche einen BlackBerry und begann damit zu arbeiten.

Jacques sah zu Françoise Barda hinüber, doch die hatte sich schon in die Lektüre des Dokuments vertieft. Er schob seinen Block und den Bleistift beiseite, stützte sich mit beiden Ellenbogen auf die Tischplatte und ver-senkte sein Gesicht in die Fäuste. In das gelegentliche Rascheln des Papiers beim Umblättern mischte sich das leise Geräusch der Tasten von Tessiers BlackBerry.

Die erste Seite des Briefes quoll über von Höflichkeitsfloskeln des angolanischen Präsidenten für seinen Amtsbruder in Paris. Dann bestätigte der Herrscher von Luanda, dass jenes umstrittene Bankkonto in Paris, das vom französischen Finanzministerium dem Waffenhändler Sotto Calvi zugerechnet werde, zwar unter dessen Namen eröffnet, jedoch tatsächlich für den angolanischen Präsidenten eingerichtet worden sei und als ihm zugehörend betrachtet werden müsse.

Da der angolanische Präsident über internationale Immunität verfüge, fielen die Konten unter Geheimhaltung und dürften vom französischen Staat, also auch von seiner Justiz, nicht angetastet werden. Wenn ein souveräner Staat seine Streitkräfte mit modernen Waffen ausrüste, müsse dies ohne die Kenntnis anderer Staaten möglich sein. Und das betreffe auch die Waffenlieferungen, die Sotto Calvi vermittelt habe.

»Zu keinem Augenblick«, schrieb der angolanische Präsident, »sind die fraglichen Gerätschaften weder juristisch noch materiell über das Territorium der Französischen Republik oder durch französische Unternehmen oder Einrichtungen geleitet worden ... Die Anschuldigungen wegen Waffenhandels oder Steuerverkürzung erstaunen, da es sich um legal durchgeführte Transaktionen eines souveränen Staates wie Angola mit nicht-französischen Lieferanten handelt.«

Hellwach las Jacques die letzten Passagen, in denen mehr stand, als Anwalt Philippe Tessier vielleicht ahnte:

»Als Präsident Angolas erinnere ich daran, dass der französische Staatsbürger Sotto Calvi mit Zustimmung der französischen Behörden an einem für unser Land wichtigen und äußerst sensiblen Auftrag arbeitet.

Ich sehe in der Haltung Frankreichs eine Geste des Vertrauens und der Freundschaft. Deshalb hat meine

Regierung mehrere Beschlüsse gefasst, die eine spektakuläre Ausweitung der Zusammenarbeit mit Frankreich auf den Gebieten der Ölförderung, der Wirtschaft und der Finanzen erlaubt.

Allerdings ähnelt die Freundschaft einer Pflanze, die vertrocknet, wenn sie nicht regelmäßig begossen und gedüngt wird. Ich glaube, es liegt jetzt an Ihrer Regierung, mit konkreten Gesten mehr für die Freundschaft und die Zusammenarbeit zwischen unseren beiden Völkern zu tun.«

Jacques legte seine Papiere zur Seite und sah an Tessier vorbei. Françoise Barda nickte.

»Wie sind Sie in den Besitz dieses Briefes gekommen, der an den französischen Staatspräsidenten gerichtet ist?«

Philippe Tessier legte seinen BlackBerry auf die Aktentasche und rutschte mit dem Stuhl an den Tisch.

»Er ist mir von einem Vertrauten des angolanischen Präsidenten übergeben worden.«

»Von Sotto Calvi?«

»Nein.«

»Können Sie ausschließen, dass Sotto Calvi diesen Brief in der Hand hatte oder ihn zumindest kennt?«

»Das kann ich nicht ausschließen.«

»Ist er vielleicht auf Bestellung von Sotto Calvi – oder auf Ihren Vorschlag hin – geschrieben worden?«

»Der Präsident Angolas wurde über die Beschuldigung gegen Sotto Calvi unterrichtet und hat von sich aus gehandelt.«

»Der Brief ist jedoch weder an Sie noch an die französische Justiz, sondern an den französischen Staatspräsidenten gerichtet. Weshalb wurde er Ihnen übergeben und nicht der französischen Regierung?«

»Wahrscheinlich sollte ich seinen Inhalt kennen, damit ich mich gegenüber der Justiz bei der Verteidigung meines Mandanten auf die darin festgehaltenen Tatsachen berufen kann.«

Mit dem rechten Zeigefinger, den sie leicht vom Tisch hochhob, gab Françoise Barda Jacques ein Zeichen, dass auch sie eine Frage stellen wollte.

»Maître Tessier, der Brief befindet sich jetzt in der Hand des Außenministers?«

»So ist es, Madame.«

»Und wie ist er dorthin gelangt?«

»Durch einen Mittelsmann, Madame.«

»Georges Mousse?«

Der Anwalt glaubte seinen Ohren nicht zu trauen.

»Wer?«

Indem er vorgab, den Namen nicht verstanden zu haben, verschaffte sich Philippe Tessier Zeit, um den Schrecken zu verdauen.

Jacques dagegen wusste von Françoise Barda, dass Georges Mousse nachweisbar mehr als eine Million von Sotto Calvis Konto erhalten hatte – nicht in bar, sondern per Überweisung, unterzeichnet von dem Kontoinhaber und Waffenhändler persönlich. Zwar hatte auch Jacques zunächst kaum glauben wollen, dass alles so abgelaufen war, immerhin war Georges Mousse der engste Vertraute des verstorbenen Präsidenten François Mitterrand und später Chef der Europäischen Entwicklungsbank in London gewesen, doch die Erfahrung als Untersuchungsrichter hatte ihn gelehrt, sich über nichts und erst recht über niemanden mehr zu wundern.

Weder Françoise Barda noch Jacques wiederholten den Namen Georges Mousse, sondern starrten den Anwalt an, als erwarteten sie seine Antwort.

Durch die dicken Türen des Verhandlungsraumes drang kein Ton. Die Fenster waren geschlossen. Keine Fliege summte, keine Tasse klapperte im Nebenraum, kein Wagen fuhr draußen an.

»Maître Tessier?«

Jacques machte eine fragende Geste mit seinen Armen und schaute den schweigenden Anwalt mit nach oben gezogenen Augenbrauen an.

Der steckte die Klarsichthülle in seine Tasche, als Zeichen, dass er seinen Besuch beenden wollte.

»Madame la juge, Monsieur le juge, nicht ich werde beschuldigt, sondern ich vertrete einen Beschuldigten. Sotto Calvi wird für eine längere Zeit nicht nach Frankreich zurückkommen können, da er – Sie haben es dem Brief des angolanischen Präsidenten entnehmen können – an einem großen, von den französischen Behörden gebilligten Projekt in Luanda arbeitet, das französischen Firmen Milliardenaufträge bescheren dürfte. Sotto Calvi hat mich beauftragt, Ihnen anzubieten, persönlich auf alle Fragen zu antworten, falls Sie sich der Mühe einer Reise nach Luanda unterziehen wollen.«

Der Anwalt erhob sich, ging zum Kleiderständer und nahm seinen Regenmantel vom Haken. Jacques, der sich gleichzeitig erhob, verständigte sich mit Françoise Barda nichts mehr zu fragen; so stand auch sie auf. Schweigend gab Tessier ihnen die Hand.

Sie handelten schnell. Noch am Nachmittag durchsuchten Leute von Kommissar Mahon auf Anordnung von Jacques Ricou die Büroräume des Außenministers am Quai d'Orsay. Der Brief des angolanischen Präsidenten war angeblich nicht angenommen, sondern wieder zurückgegeben worden.

An wen?

Das ging aus den Unterlagen nicht hervor. In der Akte, die der für Afrika zuständige Referent brachte, lag nur eine Fotokopie mit der handschriftlichen Bemerkung des Außenministers »Wenn er anruft, abweisen!«.

Gleichzeitig untersuchte Françoise Barda Büro und Privaträume von Georges Mousse und nahm ihn in Untersuchungshaft.

Am frühen Abend rief Kommissar Jean Mahon an und fragte Jacques, ob er auf einen Schluck vorbeikommen wolle, um das Ergebnis der Durchsuchung bei Sotto Calvis Geliebter und Chefin des Escort-Service abzuholen. Es seien nicht viele Unterlagen.

»Ach nee, ich bin völlig fertig und hab noch 'ne Menge zu tun. Lass das Zeug rüberbringen. Vielleicht schaue ich da heute noch rein.«

»Übrigens solltest du mal einen Blick auf den Schriftzug dieses Escort-Service werfen!«

»Wie meinst du das, Jean?«

»Das SC bei Escort ist groß und hellrot hervorgehoben. Wie die Initialen von Sotto Calvi.«

»Den Brief des Herrn aus Luanda können wir abhaken. Juristisch besagt er gar nichts. Und weil er im Außenministerium nicht angenommen worden ist, hat er auf unsere Arbeit auch keine Auswirkung.« Jacques zeichnete, während er sprach, mit seinem Bleistift auf dem Block herum. Es war schon nach sieben, und er bereute, dass er das Angebot mit dem Sundowner von Jean Mahon abgelehnt hatte.

Auf der Fensterbank stand ein Karton mit einem Computer und einigen CD-Roms. Größer war die Ausbeute bei der Freundin Sotto Calvis und ihrem Escort-

Service nicht gewesen. Die Sitte hatte das Unternehmen gleich nach der Hausdurchsuchung geschlossen. Aus Neugier wollte Jacques sich aber doch heute Abend damit beschäftigen.

Aber noch etwas ließ Jacques nicht los.

Er sah Françoise Barda, die ihm gegenüber an seinem Schreibtisch saß und in die Luft starrte, lange an.

»Ich glaube, ich sollte nach Luanda fliegen.«

Aus den grauen Augen der Untersuchungsrichterin, die jetzt auf ihm ruhten, konnte er keine Regung herauslesen. Vielleicht überlegte sie, ob sie mitfahren sollte. Plötzlich schlug sie mit beiden Handflächen auf ihre Oberschenkel und stand im nächsten Augenblick mit Schwung auf. An der Tür drehte sie sich um.

»Gute Reise.«

Und knallte die Tür zu.

Jacques wählte die Nummer seines Malerfreundes Michel Faublée und war erstaunt, als der sofort abhob.

»Vieux crabe!«

Michel lachte leise.

»Also: Was machst du gerade?«

Schweigen.

»Hör zu: Ich fahre jetzt los, wir trinken bei dir eine coupe de Champagne, und ich lade dich ins Président ein. Gegrillte Hühnerkralle oder Qualle süß-sauer.«

»Spring in deine Kutsche. Ich hoffe, ich habe eine Flasche im Kühlschrank. Und dann will ich endlich wissen, was du mir über meine Bilder sagen wolltest.«

Der Escort-Service

Sonnabend

Nieselregen ließ die Feuchtigkeit durch jede Masche kriechen. Im Bistro l'Auvergnat lachte Gaston, als Jacques um halb acht hereinstürzte, und zwirbelte seinen Schnurrbart.

»Jacques, das richtige Oktoberwetter für einen Café-Calva! Ach, ist ja schon fast November.«

»Gaston! Ich liebe dich. Eine hervorragende Idee, nur muss ich heute noch den ganzen Tag arbeiten. Also: nur ein Café-Croissant.«

Zwei der Leibwächter setzten sich an den Tisch neben der Tür, die anderen beiden waren im Wagen sitzen geblieben – nah bei dem Fenster, an dem sich Jacques mit seinen Zeitungen niedergelassen hatte.

Es war leer heute früh. Den Weg durch das Oktobernass ins Bistro vermied, wer am Küchentisch sitzen bleiben konnte. Deshalb bediente Gaston Jacques persönlich, blickte zur Tür und flüsterte: »Wollen die was von dir?«

»Gaston, red nicht drüber. Seit dem Anschlag werde ich mit Leibwächtern bestraft.«

Der Wirt wischte den Tisch ab und setzte sich für einen Augenblick auf die vordere Kante des Stuhls Jacques gegenüber.

»Hätten die für dich nicht was Weibliches druntermischen können?«

»Das werde ich der Polizei mal vorschlagen.«

»Und ist in deinem Fall wenigstens was Saftiges drin? Hast du jemandem das Weib ausgespannt, weswegen der gehörnte Ehemann dir Dynamit unter den Sitz gelegt hat?«

»Ihr Leute aus der Auvergne seid doch eigentlich bodenständig. Warum musst du denn jetzt den Chauvi spielen?« Jacques legte die Zeitung beiseite und schaute Gaston scheinbar ernst an. An manchem Morgen musste man den kleinen Plausch mit dem Wirt wichtiger nehmen als die Nachrichten aus der großen und der nicht so großen Welt. Gaston erwartete etwas Vertrauliches aus dem Alltag des Richters, nicht um es weiter zu erzählen, sondern um Andeutungen machen zu können und am Tresen als besonders informiert zu gelten. Deswegen kam die Kundschaft schließlich gerade zu ihm.

»Gaston, wehe, du sagst es weiter, besonders nicht Margaux, falls sie auf die Idee kommen sollte, dich auszuhorchen.«

»Monsieur le juge, habe ich je …«

»Nein, Gaston, hast du nie.« Jacques beugte sich über die Kaffeetasse und legte seine Hand auf die des Wirtes. »Ich werde zwar auch dieses Wochenende im Büro verbringen, aber diesmal mit hoffentlich ansehnlichen Betroffenen: Wir haben einen Escort-Service hoppgenommen.«

»Et alors, les filles! Jetzt musst du die Mädchen untersuchen. Du Glückspilz.«

»Als Helen spricht sie Englisch, als Hélène unterhält sie sich auf Französisch, als Helena wird sie auch Ihre spanischen Gäste charmant umgarnen. Diese wohlerzogene Tochter lässt sich gern elegant einkleiden, zeitlos, zum Beispiel mit Cerruti, tanzt den Walzer rechts- wie linksherum, verwechselt weder Corneille mit Racine, noch Don Quichotte mit Sancho Pansa. Sie weiß die beiden Francis Bacons zu unterscheiden und wird auch beim Pferderennen mit den Stammbäumen der edelsten Traber oder den Galoppern selbst beim Prix de l'Arc de Triomphe in Longchamps keine Schwierigkeiten haben.

Alter: 24.

Maße: 174 Zentimeter.

Haare: echt blond.

Sportarten: Tennis, Reiten, Schwimmen, Snowboard und Ski.

Neuzugang Juni 2004.

Gage: zweitausend Euro pro Tag, bei längeren Verpflichtungen Pauschale möglich.«

Jacques arbeitete sich in das System des Escort-Service ein. Über jedes Mädchen gab es ein Fact-Sheet, das die Vorzüge und Vorlieben der einzelnen aufzählte. Alle aber wurden als elegante, besonders gelungene weibliche Abkömmlinge der französischen Bourgeoisie vorgestellt.

Ein Kunde, der nach der Lektüre eines der Fact-Sheets Interesse zeigte, konnte weitere Informationen bekommen, entweder ging er den sicheren Weg und ließ sich eine CD-Rom per Boten zustellen oder – wenn es eiliger war – das Material per E-Mail senden.

Jede CD-Rom war nur einer Begleiterin gewidmet.

Jacques schob die CD-Rom mit der Aufschrift »Helen« in seinen Computer und klickte die Bilder an. Sportlich, mit Pferdeschwanz, beim Tennisturnier von Roland-Garros in einer Loge, mondän in langer Robe bei einem Ball in einem Pariser Palais, im kleinen Schwarzen mit langen, schlanken Beinen bei einem Empfang.

Die Umstehenden waren stets durch Pixel unkenntlich gemacht.

Nur beim Rennen in Deauville stand Hélène in einer großen Gruppe von eleganten Menschen wenige Meter neben Edmond de Rothschild, der sein Siegerpferd tätschelt.

Am Strand der Malediven-Insel Suneva Gili trug Hélène ihren perfekten weiblichen Körper im Bikini zur Schau, um den sie knochige Modemodels von den Haute-Couture-Schauen beneiden dürften.

Jacques machte in der hinteren Kehle leichte Grunzgeräusche und spitzte den Mund. Eine seiner Marotten, wenn er allein und vergnügt war.

Wer über genügend Geld verfügte, das Bedürfnis nach einer viel versprechenden Begleitung hatte, aber nach diesen Bildern immer noch zögerte, der konnte auch noch weitere Einblicke in die Vorzüge Hélènes erhalten: mit einem äußerst professionell gedrehten und geschnittenen dreiminütigen Filmporträt auf DVD.

Hélène seift vollen Busen, glatten Bauch und Beine ein und duscht ausgiebig. Nackt tritt sie unter dem Wasserstrahl hervor und greift nach einem kleinen Handtuch, das sie wie einen Turban um die Haare wickelt. Es scheint warm zu sein. Denn sie geht mit großen Wassertropfen auf der Haut in die Küche, holt aus dem Kühlschrank eine Flasche Champagner und setzt sich – wieder zurück im Bad – auf den Rand der Wanne.

Ihr Kopf und die Brüste sind schräg von vorne zu sehen, als sie langsam die Champagnerflasche hoch nimmt, den Mund leicht öffnet, während die Augen, sich halb schließend, einen schläfrigen Ausdruck annehmen und die prickelnde Flüssigkeit langsam in ihren Mund rinnt, zwischen den Lippen herausfließt und über eine leichte Gänsehaut den Hals hinab auf die hervorstehenden Brustwarzen perlt.

Zweitausend Euro pro Tag, Pauschale bei längerer Buchung.

Jacques atmete tief durch.

Er hatte die Wohnung erkannt, in der Hélène geduscht und Champagner aus dem Eisschrank geholt hatte. Sie lag an der Place des Ternes und verfügte über eine gepanzerte Eingangstür und schusssicheres Glas in den Fenstern.

Von den zwanzig DVDs waren drei im Appartement von Lyse gedreht worden. Jacques ging Fact-Sheet für Fact-Sheet durch, CD-Rom für CD-Rom, DVD für DVD. Und fügte Lyse endgültig in sein Suchraster ein.

Er würde Jean Mahon bitten, alle Begleiterinnen ausfindig zu machen. Er würde sie vorladen und nach den Kunden befragen. Eine Wahnsinnsarbeit. Drei, vier Tage würden ihn allein die Verhöre kosten.

Um halb neun wollte er sich eine von diesen Tartines holen lassen, die er so mochte, aber die Taverne Henri Quatre hatte schon geschlossen. »Besorgt mir irgendwoher was zu essen«, bat er seine Leibwächter. »Ein hartes Baguette mit Schinken und Käse aus dem Bistro gegenüber. Und Cornichons bitte, ich liebe die Säure dieser süßsauren Gürkchen.«

Jacques begann sich mit dem Computer, der bei der Durchsuchung des Escort-Service beschlagnahmt worden war, zu beschäftigen. Die Passworte für die Programme hatten die Spezialisten von Jean Mahon schnell herausgefunden; sie hatten die Chefin der Vermittlung ein wenig strenger befragt.

Obwohl sämtliche Dateien geschützt waren und sich die Post nach einer bestimmten Frist von selbst zu löschen schien, fand Jacques sieben E-Mails. Sechs sahen aus, als bestellten alte Kunden.

Die siebte stammte offensichtlich von einem neuen Interessenten, der über einen Link auf einer Website an den Escort-Service geraten war. www.eSCort-SC.fr.

Jacques gab die Adresse ein. Als sich die Seite öffnete, erklang sanfte Musik. Marilyn Monroe hauchte »I want to be loved by you«. Dann erschienen Bilder im Stil der rasanten amerikanischen Thrillerserie »24 hours«. Sie sollten konservativen Luxus, Paris, London, Marrakesch, Kultur, Autos, Sport und Frauen suggerieren. Erotik. Nicht Sex. Die aufwändige Herstellung dieser Website musste ein irres Geld gekostet haben.

Bei verschiedenen gesellschaftlichen Ereignissen mit bekannten Persönlichkeiten erschienen eSCort-Mädchen, die er zum Teil von den CD-Roms und den DVDs kannte. Immer wieder klickte er weiter, vom Bal des Roses in Monaco zum Autorennen in Monza, zu den Filmfestspielen in Cannes, zur Opernaufführung in Glyndebourne, zur Vernissage des Guggenheim-Museums in Bilbao.

Und dann sah er sie. Im Guggenheim-Museum von Bilbao stand Lyse mit einer gleichaltrigen Frau, deren Kleid einen bemerkenswert großen Ausschnitt hatte. Auf einem weiteren Bild stand diese Frau neben Sotto Calvi, der einen Arm um den weiten Ausschnitt legte, es dürfte sich also um seine Freundin und die Statthalterin des Escort-Service handeln. Lyse stand neben ihm. Bei einer anderen Gelegenheit sprach Lyse mit Jack Lang, dem ehemaligen französischen Kulturminister und dann mit Georges Mousse, Mitterrands ehemaligem Berater, den sie tags zuvor festgenommen hatten.

Als Jacques die Fotos genauer studierte, erkannte er

auf Bildern vom prestigereichen Jahresball der Ecole Polytechnique in der alten Garnier-Oper in Paris neben Sotto Calvi auch Antoine Lacoste und im Hintergrund, zwischen den jungen Männern und Frauen in ihren grandiosen Uniformen mit der Bicorne, Napoleons Zweispitz, den Innenminister Charles Cortone.

Es würde eine Heidenarbeit für die Beamten aus Kommissar Mahons Einheit sein, alle Personen auf den Bildern zu identifizieren und dann mit der Kundenkartei zu vergleichen.

Danach würde Françoise Barda feststellen, wer von diesen Personen im Zusammenhang mit Bankgeschäften von Sotto Calvi auftaucht. Und dann müssten sie beide untersuchen, welche Zahlungen rechtmäßig waren und welche unter den Straftatbestand der Korruption fielen.

Eine halbe Stunde nach Mitternacht quetschte sich Jacques in das Auto zu den Leibwächtern und ließ sich nach Hause fahren. Gaston hatte längst das Gitter seines Bistros geschlossen.

Amadée? Ach nein, auf liebliches Gesäusel hatte er jetzt gar keine Lust.

Aber Margaux würde ihn verstehen. Und vielleicht auch trösten.

Jacques stieg vor seinem Haus aus dem Wagen.

»Fahrt doch einfach nach Hause. Es wird schon nichts passieren.«

»Monsieur le juge. Wir bleiben.«

Er bot keinem an, sich auf seine Couch zu setzen, sondern goss sich ein halbes Glas Whisky ein, pulte aus einem Plastiksack zwei Eiswürfel heraus und wählte Margaux' Nummer. Als der Anrufbeantworter ansprang, legte er auf, kippte den Whisky runter, hustete und holte sich noch einen.

Paul Mohrt

Sonntag

Der Angreifer hat ihr den kleinen Finger gebrochen, sonst hat sie keine Verletzungen, Monsieur le juge.«

Der Polizeisergeant am anderen Ende schien sich aus Respekt vor dem Untersuchungsrichter Ricou auf das Wesentliche zu beschränken.

Jacques war merkwürdig unbeteiligt.

»Und wo ist sie jetzt?«

»Hier auf dem Revier im 17. Arrondissement. Nachdem der Finger in der Notaufnahme geschient worden ist, hat der Arzt sie entlassen. Wir haben sie zur Aussage mitgenommen. Und als wir uns erkundigten, ob wir einem Angehörigen Bescheid sagen sollten, nannte sie Ihren Namen, Monsieur le juge.«

»Sergeant, ich möchte bitte mit ihr sprechen.«

»Einen Augenblick.«

Auf seinem Bildschirm zeigte die Uhr 16:07 an. Seit zehn Uhr schon suchte er im Computer von eSCort-service nach versteckten Informationen. Wegen ihres sonntäglichen Jazz-Auftritts in Saint-Merri war Françoise Barda mit dem Ausdruck schlechten Gewissens bereits um eins gegangen.

Jemand hob den Hörer am anderen Ende auf.

Er hörte ein fast schüchternes »Jacques?«

»Lyse, was ist passiert? Ich dachte, du bist in Madrid.«

»Ging alles schneller als erwartet. Und ich wollte dich

mit meiner frühen Rückkehr überraschen. Als ich aus dem Taxi stieg und in meinen Hausflur trat, hat mich Paul Mohrt mit zwei Schlägern erwartet. Sie haben mir den Finger gebrochen.«

»Es gibt jetzt ein paar Fragen, die will ich dir nicht am Telefon stellen, Lyse. Ich sage dem Sergeant, er soll dich in deine Wohnung bringen, und ich treffe dich dort.«

»Jacques, pass auf! Es geht um dich.«

»Keine Sorge, Lyse. Mein Leib wird doch jetzt von vier Mann bewacht! Bin gleich da, okay?«

»Entweder lässt sich der Untersuchungsrichter Jacques Ricou erpressen, oder er wird öffentlich diskreditiert, hat er gesagt. Durch ein Sexvideo. Paul Mohrt wollte einige kleine, ferngesteuerte Glasfaserkameras in meinem Schlafzimmer anbringen, und ich sollte für genügend Licht und Handlung sorgen. Weil Fotos von dir schon einmal durch die Presse gingen, nachdem du auf Martinique heimlich fotografiert worden bist, nachdem du die Kreolin Amadée, die Witwe eines Mordverdächtigen, auf den Mund geküsst hast, würde dieses Video deine Glaubwürdigkeit endgültig untergraben: Der Richter im Bett mit der Kustodin jenes Mannes, gegen den er wegen Korruption ermittelt.«

Lyse hatte Paul Mohrt, der nicht einen Moment mit seinem Kopf zurückzuckte, ins Gesicht geschlagen. Er fing ihre rechte Hand, starrte ihr in die Augen und drehte mit großer Kraft den kleinen Finger langsam nach hinten, bis der Knochen hörbar brach. Vom gellenden Schmerzensschrei aufgeschreckt stürzte die Concierge, mit einem eisernen Handfeger bewaffnet, aus ihrer Wohnung und rief: »Banditen! Ich habe die Polizei gerufen. Schweinebande. Haut ab!«

Lyse lächelte ein wenig, als sie diese Szene schilderte.

Mit zwei tiefen Glucksern deutete Jacques ein eher verzweifeltes Lachen an.

»Es tut mir leid, Lyse, dass ich dich in solch eine Sache hineinziehe …«

»Schuld bin ich selber! Ich hätte mich ja von dir fern halten können.«

Jacques war unsicher, wie er sich jetzt verhalten sollte. Fast verlegen biss er sich mit den unteren Zähnen auf der Oberlippe herum. Doch dann zog er entschlossen die DVD mit Hélènes Duschvorführung aus seiner Jackentasche. Klarheit siegt.

»Wir müssen viel besprechen. Ich habe hier eine DVD, die offensichtlich in deiner Wohnung aufgenommen worden ist, und das beunruhigt mich. Vielleicht hast du eine Erklärung dafür. Wir haben sie bei der Durchsuchung des Escort-Service deiner beziehungsweise Sotto Calvis Freundin gefunden. Können wir die auf deinem Computer abspielen?«

»Viel besser, Jacques«, sagte sie lachend, »wir können das über meinen Fernseher sehen, im Breitwandformat mit Dolby-Stereo.«

Aber schon nach der ersten Szene war es mit dem Übermut vorbei; Lyse versteckte die Augen in ihren Handballen, wobei der geschiente kleine Finger abstand, sprang auf und lief im Zimmer herum.

»Ich könnte sie umbringen! Zwei- oder dreimal, das letzte Mal ist noch gar nicht so lange her, hat sie mich um meinen Wohnungsschlüssel gebeten. Wir haben zwar nie über den Zweck gesprochen, aber sie hat mir zu verstehen gegeben, dass es sich um ein heimliches Treffen mit ihrem Liebhaber handele. Als ich zurückkam, wirkte das Appartement so, als sei niemand hier gewesen und ich habe mich über nichts gewundert.«

»Dann möchte ich dir noch eine Website zeigen, auf der du zu sehen bist.«

»Jacques! Aber doch hoffentlich nicht so?«

»So nicht, aber in diesem Zusammenhang.«

Die Aufnahmen, die www.eSCort-SC.fr zeigte, waren ohne Ausnahme bei öffentlichen Veranstaltungen von einem bekannten Pressefotografen gemacht worden. Sotto Calvi hatte ihn regelmäßig beschäftigt, wenn er größere Gruppen einlud, zum Beispiel Politiker und Geschäftspartner, Künstler und Damen der Gesellschaft, und natürlich auch Mädchen des Escort-Service. Das gehörte zum Geschäftsgebaren von Sotto Calvi. Und allen großen Unternehmen der Welt.

»Da könntest auch du drauf sein, Jacques, wenn du zufällig bei der Vernissage im Atelier deines Freundes Michel Faublée mit mir und vielleicht auch Sotto Calvi zusammengestanden hättest.«

»Georges Mousse war ja auch da«, sagte Jacques. »Aber du hast so getan, als würdest du ihn nicht kennen.«

»Ich kenne ihn auch nicht. Du triffst doch Hunderte von Menschen bei solchen Veranstaltungen, da redest du mit vielen, die du gleich wieder vergisst. Erst seit du mir Georges Mousse in der Brasserie Lorraine gezeigt hast, kann ich ihn einordnen.«

»Hattest du mal was mit Sotto Calvi?«

»Nein, der ist doch zu klein für mich.«

»Mit Antoine Lacoste.«

»Nein.«

Sie schwiegen.

Die beiden Leibwächter, die Jacques bei Lyse zurückgelassen hatte, kamen gegen neun Uhr abends zurück
ins Büro. Lyse habe sie weggeschickt, nachdem zwei
Freunde gekommen seien. Kräftige, schwarze Kerle.

Jacques überlegte, ob er sie anrufen sollte.

Er hatte sich verabschiedet, weil er mindestens noch
bis Mitternacht arbeiten müsse. Sie könne ihn jederzeit
erreichen. Er wählte ihre Nummer. Eine unbekannte
Stimme meldete sich und Jacques hängte ein. Falsch gewählt? Er wartete eine Minute, wählte neu. Die gleiche
Stimme.

»Kann ich Lyse sprechen?«

»Wer möchte mit ihr sprechen?«

»Jacques.«

Sie freute sich. Alles sei in Ordnung. So weit. Und sie
fühle sich sicher.

»Kannst du morgen Abend bei mir essen, Jacques?
Wir dürfen all das, was so scheußlich ist, nicht zwischen
uns kommen lassen. Ich weiß nicht, ob es dir auch so
geht, aber ich fühle mich schrecklich unwohl. Du vielleicht auch. Komm morgen – mit dem Koffer.«

Jacques schnaufte und zögerte eine Sekunde.

»Gut, morgen Abend. So gegen halb neun.«

»Mit dem Koffer!«

»Vielleicht mit dem Koffer.«

Wickelt die Sonne in ein rotes Tuch

Montag

Die angolanische Botschaft, die in einem pompösen Palais in der Avenue Foch residierte, ließ ausrichten, es dauere zehn Tage, um ein Visum auszustellen. Aber während Jacques noch überlegte, ob er das Außenministerium und vielleicht Maître Philippe Tessier einschalten sollte und Martine ihm erklärte, dass er sich ohnehin zehn Tage vorher gegen Gelbfieber impfen lassen müsse, kam der Bote, der den Pass zur angolanischen Botschaft gebracht hatte, zurück. – Mit einem auf vier Wochen beschränkten Visum.

Der Amtsarzt verpasste Jacques die notwendigen Spritzen und gab ihm Malaria-Tabletten. »Die schaden nicht«, sagte er und warf einen fragenden Blick auf die Leibwächter. Die aber hoben nur entsetzt die Arme.

»Wir müssen den Druck so schnell wie möglich erwidern«, sagte Jacques, »sonst geraten wir total ins Hintertreffen. Immerhin gab es einen vorbereiteten Anschlag auf La Santé, um Alain Lacoste rauszuholen, einen Anschlag auf mein Leben durch die Explosion des Dienstwagens und einen Angriff auf seine ehemalige Kustodin, die sich einem Erpressungsversuch verweigert hat. Ich fliege Sonnabend. Dann bin ich montags fit, um Sotto Calvi zu verhören. Bis dahin müssen wir die drei Komplexe aufarbeiten. Erstens: Steuern«, Jacques sah zu

Françoise Barda, die nickte, »zweitens: Bestechung, das betrifft mich, und drittens: eSCort-service, das betrifft dich und deine Leute, Jean«, auch der Kommissar signalisierte mit dem Kopf Zustimmung. »Schaffen wir das?«

Françoise Barda warnte davor, zu hastig vorzugehen. Doch Jean Mahon, der Jacques und dessen zwar selten, aber dann besonders ungestüm ausbrechende Ungeduld kannte, stimmte zu.

Sotto Calvi müsste auch ein Interesse an einer schnellen Lösung haben, denn Françoise Barda hatte auf seinen Konten rund fünfhundert Millionen Euro sperren lassen – die Höhe der umstrittenen Steuerschuld.

Aber selbst wenn an eine schnelle Lösung des ganzen Komplexes nicht zu denken war, müsste Jacques schon aus psychologischen Gründen bei dem Beschuldigten die Hoffnung darauf wecken. Damit er einen Fehler macht. Oder gesteht. Aber er ahnte, so einfach würde es nicht gehen, dazu war Sotto Calvi zu ausgebufft.

Als Jacques den Fahrplan für die gemeinsame Arbeit der Woche vortrug, gab sich Françoise Barda geschlagen.

Am Abend, als Lyse ihm in rosagrauem Rollkragenpullover und langen Hosen die gepanzerte Tür öffnete, trug er nur eine kleine, schwarze Ledertasche mit sich. Sie begrüßte ihn mit einer Bise auf jede Wange, so wie sich alle begrüßen, die sich ein wenig besser kennen und schätzen. Diesmal hatte sie in der Küche gedeckt. Er trank nur ein Glas Wein, sie plauderten über Belangloses und erst, als sie schon im Bett lagen und Lyse das Licht gelöscht hatte, rutschte Jacques zu ihr und wickelte die Arme um sie.

Nachts lag er lange wach. Als er aufstand, um in der Küche ein Glas Wasser zu trinken, sah er vor der Terrassentür einen kräftigen Schwarzen liegen, zusammengerollt wie unter einem Baum in der Steppe. Mit geöffneten Augen. Jacques schlich durch die Wohnung und fand vor der Eingangstür einen weiteren Wächter der Wüste.

Als er sie am Morgen nicht mehr entdeckte, fragte er Lyse: »Wohin sind deine Geister der Nacht verschwunden?«

»Sie lösen sich auf, sind aber doch hier. Sie beherrschen die Kunst, sich unsichtbar zu machen. Wir kennen uns seit unserer Jugend aus Angola. Vielleicht erzähle ich dir später mal, was wir erlebt haben. Wenn es ein Später gibt.«

Nach der ersten Tasse Kaffee im Stehen küsste Jacques sie auf den Mund.

»In dieser Woche muss ich Tag und Nacht arbeiten. Und dann bin ich vielleicht eine Weile weg. Gewährst du mir später, vielleicht Donnerstagabend, noch einmal Asyl?«

Donnerstag

Maître Philippe Tessier war schon um halb acht ins Palais de Justice gebeten worden. Jacques hatte noch nicht einmal einen Kaffee getrunken. Er wollte die Bedingungen für die Vernehmung von Sotto Calvi aushandeln. Trotz aller Schwierigkeiten freute er sich auch auf eine – wie er hoffte – abenteuerliche Reise in eine ihm völlig unbekannte Welt.

Die französische Botschaft in der angolanischen Hauptstadt Luanda solle Ort des Treffens sein, erklärte er. Dort wolle er den Waffenhändler im Beisein eines Konsularbeamten befragen. Dies entspreche den Gepflogenheiten, und die Voraussetzungen seien über den Quai d'Orsay, das Außenministerium, mit dem französischen Botschafter in Luanda abgeklärt worden. Calvi könne sich von einem Rechtsbeistand begleiten lassen.

Maître Tessier tippte schweigend eine Nachricht in seinen BlackBerry, wartete einen Moment und las eine ankommende Mail.

Der Anwalt schaute auf. »Aber Sotto Calvi erhält freies Geleit!«

Jacques schmunzelte. »Bisher liegt kein Haftbefehl gegen ihn vor. In der Botschaft könnten wir ihn auch schwerlich festsetzen, selbst wenn es sich rechtlich um französischen Boden handelt. Maître, werden Sie anwesend sein?«

»Nein, Monsieur Ricou. Wer mitkommt, wird sich bis dahin zeigen. Monsieur Calvi schlägt als Termin den kommenden Montag neun Uhr früh in der Kanzlei der französischen Botschaft in Luanda vor. Er wird sich den Vormittag für Sie frei halten.«

Mittags traf sich Jacques mit Françoise Barda und Jean Mahon in der Kantine. Er berichtete von seinem Gespräch und sagte, er sei erstaunt, dass Sotto Calvi so schnell in das Treffen eingewilligt habe. Und ihn wundere, dass die Vorbereitungen der Reise ungehindert stattfänden.

»Was heißt, ungehindert«, Jean Mahon brauste auf.

»Na ja, es läuft alles glatt ab.«

»Nachdem sie dir eine Bombe ins Auto gelegt und

Lyse erst am letzten Sonntag den Finger gebrochen haben.«

»Aber der Innenminister stellt sich tot. Der Geheimdienst versucht nicht, an unsere Akten zu kommen, und abgehört werden wir auch nicht mehr.«

Der Kommissar schlug Personenschutz für Jacques vor, doch der Richter lehnte vehement ab.

»Wer weiß«, Françoise Barda blickte kurz vom Teller auf und gackerte, »vielleicht bringen sie dich in Luanda um.«

Am frühen Abend rief Jacques die Gerichtspräsidentin Marie Gastaud an und informierte sie über die Reise. Zu seiner Überraschung kannte sie seine Pläne schon. Das Büro des Justizministers hatte nachgefragt, ob solche Ausgaben notwendig seien.

»Jacques, die Wege in der Regierung sind kurz. Wenn das Außenministerium wegen der Botschaft in Luanda eingeschaltet wird, dann weiß es auch der Innenminister, und der wird Druck auf den Justizminister gemacht haben. – Gute Reise und seien Sie vorsichtig.«

In der Nacht lag Jacques bei Lyse. Als er ihr in dürren Worten seinen Entschluss, Sotto Calvi in Angola zu vernehmen, berichtet hatte, war sie in Tränen ausgebrochen. Er sei naiv. Sie kenne Angola, das Land, wo man für hundert Dollar einen Killer anheuern könne. Er würde dort ermordet werden. Sotto Calvi locke ihn in die Falle.

»Sei stark, Königin Njinga«, flüsterte Jacques in ihr Ohr.

Lyse legte sich auf den Rücken und starrte im Dunkeln gegen die Decke.

»Ich erzähle dir die Geschichte von Kalunga, einem unserer Götter«, sagte sie mit fast ausdrucksloser Stimme. »Als die Sonne gestorben war, suchten ihre Verwandten den Gott Kalunga auf. Sie wurden von Samuto, dem Pförtner von Kalunga empfangen, der ihnen sagte: ›Wickelt die Sonne in ein rotes Tuch und legt sie in einen Baum.‹ So geschah es. Am nächsten Morgen waren sie froh, die Sonne noch strahlender wieder aufgehen zu sehen. Dann starb der Mond. Diesmal riet Samuto den Verwandten, ihn zusammen mit schwarzem Ton in ein weißes Tuch zu wickeln und in einen Baum zu legen. So geschah es, und in derselben Nacht schien der Mond wieder. Als nun Königin Njinga gestorben war, wollten ihre Anhänger ebenfalls zu Kalunga, allerdings waren sie sehr arrogant und forderten Samuto unter Drohungen auf, sie zu Kalunga zu führen. Doch der Gott war erbost, schickte sie wieder zu Samuto zurück und empfahl ihnen: ›Macht eine Bahre und tragt euer totes Oberhaupt zu einer Grube, die ihr im Busch öffnet, wo es sich ausruhen kann. Dann müsst ihr den Sterbefall fünf Tage lang feiern! Und dann wartet ab, ob Njinga wieder aufersteht!‹ Natürlich warteten sie vergebens.« Lyse schaute Jaques mit Tränen in den Augen an. »So kam der Tod in die Welt.«

Das doppelte Spiel

Sonnabend

Der Flug würde acht Stunden dauern, und da die Air-France-Maschine pünktlich um elf Uhr zehn abends von Roissy gestartet war, würde sie gegen sieben Uhr früh in Luanda aufsetzen. Sie war bis auf den letzten Platz ausgebucht, es befanden sich nur wenige Angolaner an Bord der Boeing 777.

Jacques nahm französische, englische und russische Wortfetzen wahr, auch einige wenige portugiesische, als er sich durch den engen Gang in die hinteren Reihen der Economy-Class zwängte. Wenn er auf Staatskosten reiste, benahm er sich wie ein mustergültiger Beamter, der keinen Centime zu viel ausgab. Schließlich war es das Geld des Bürgers, und damit galt es sorgsam umzugehen. Etliche Kollegen belächelten den Untersuchungsrichter aus Créteil wegen seines peniblen Staatsverständnisses, aber es brachte ihm auch Achtung ein.

Jacques hatte Glück, einen Sitz am hinteren Notausgang erhalten zu haben und damit Platz, seine Beine auszustrecken. Er saß am Fenster, neben ihm kuschelte sich eine sehr kleine, aber energisch wirkende Frau zwischen die Armlehnen. Sie trug ein hoch geschlossenes Kleid aus geblümtem Laura-Ashley-Stoff mit langen Ärmeln und einem Rock bis weit über die Knie. Mit ihren langen, offen über die Schultern fallenden, blonden

Haaren wirkte sie wie eine Figur aus dem ausgehenden neunzehnten Jahrhundert.

Jacques schätzte sie auf Mitte fünfzig, wollte ihr freundlich zunicken, aber sie wich seinem Blick immer wieder aus und vertiefte sich in ein dickes Buch, so, als wollte sie von der Umwelt nicht wahrgenommen werden. Ab und zu unterstrich sie mit einem grünen Bleistift einige Zeilen. Verstohlen versuchte Jacques den Titel des Werkes zu erspähen, das sie so zu faszinieren schien.

Als sie das Buch einmal kurz hoch nahm, las er: François-Xavier Vershave, »Françafrique«.

Dieses Buch hätte er vielleicht zur Einstimmung auf seine Reise auch lesen sollen, sagte er sich, und bedauerte wieder einmal, dass er kaum noch dazu kam, mehr als die Zeitung durchzublättern. Als Student hatte er alles verschlungen, jeden modernen Roman, aber auch Camus und Sartre, Ionesco und Beckett, und William Faulkner, John Steinbeck, und dann fiel ihm Joseph Conrad ein – »Herz der Finsternis«. Der Urwald in der Seele des Menschen. Die Gier nach wertvollem Elfenbein, dem weißen Gold, verdrängt jede Spur von Menschlichkeit. »Das Grauen«, so lauteten die letzten Worte von Kurtz. Die Gier nach dem schwarzen Öl hat das Grauen ins Unvorstellbare vergrößert.

Eine der Stewardessen schnallte sich ihm gegenüber auf dem Notsitz an und lächelte.

»Ça va, Monsieur le juge?«

Und als Jacques sie erstaunt anschaute, lachte sie. »Wir sind schon einmal zusammen geflogen. Nach Martinique. Sie und Ihr Freund, der Kommissar. Ich habe seinen Namen vergessen.«

»Jean Mahon.« Jacques erinnerte sich nicht an die junge Frau. »Ja, das war im Frühjahr.«

»Ich habe später in der Zeitung die ganze Geschichte gelesen«, sagte sie. »Sie sind ganz schön mutig, Monsieur Ricou. Sie haben wohl vor niemandem im Staat Angst. Und was treibt Sie jetzt nach Angola? Wieder irgendein Mörder?«

»Nicht gleich ein Mörder, aber ein neuer Fall«, antwortete Jacques, dem das Geplapper der patent wirkenden jungen Frau unangenehm war, zumal er bemerkte, dass seine Nachbarin die Ohren spitzte, ohne allerdings die Augen von ihrem Buch zu heben. »Wie es ausgeht, weiß ich auch noch nicht. Eine langwierige Untersuchung, die kann noch Jahre dauern.«

Und um von sich abzulenken, deutete er mit der linken Hand in die Kabine: »Sind die Flüge nach Angola immer so voll? Auch an einem Sonnabend?«

»Immer. Hauptsächlich mit Leuten von den Ölfirmen, die ein paar Monate durcharbeiten, dann Urlaub nehmen und jetzt wieder zurückfliegen. In Angola bleibt niemand auch nur eine Stunde länger als nötig.«

»Ist es so schlimm?«

»Grässlich. Ich glaube, nirgendwo auf der Welt wird mehr gestohlen, betrogen, geschlagen, gemordet. Und das überall und am helllichten Tag.« Sie schüttelte sich. »Wir müssen dort immer einen Tag und eine Nacht Pause machen. Wenn wir nicht auf dem Hotelzimmer verschimmeln wollen, dann werden wir in den Miami-Beach-Club gefahren. Da liegen die Frauen und Kinder der wenigen reichen Angolaner auf dicken Liegen und gleich neben ihnen stehen Leibwächter mit Maschinenpistolen. Und sie benehmen sich ekelhaft. Ein Bier kostet zehn Dollar. Also, was soll ich da?«

Zum Abendessen wurde Jacques' Nachbarin ein vegetarisches Gericht serviert. Jacques ließ sich ein Fläschchen Bordeaux zum Bœuf bourguignon geben.

Plötzlich sah ihn seine Nachbarin mit hellen blauen Augen an: »Sind Sie wirklich der Juge Ricou, der den Staatspräsidenten vorgeladen hat?«

»Ich habe es versucht, Madame. Aber er ist nicht gekommen.«

»Das war mutig.« Sie schwieg, als überlegte sie, ob sie ihn weiter in ein Gespräch verwickeln sollte. Dann klopfte sie auf das Buch, das sie neben sich gelegt hatte: »Da sollten Sie weitermachen, wenn Sie wirklich mutig sind.«

Jacques goss sich ein weiteres Glas Rotwein ein und fragte höflich: »Und was steht in dem Buch?«

»In dem Buch steht, wer geholfen hat, Angola zu verderben. Ich könnte Ihnen zuerst einmal erzählen, wie das alles passiert ist, dann verstehen Sie besser, warum die Politiker und Ölfirmen in Wirklichkeit nichts anderes sind als Verbrecher. Das erlebe ich täglich bei meiner Arbeit.«

»Wo arbeiten Sie denn?«

»Seit zwei Jahren bin ich in Luanda, beim Kinderhilfswerk der Vereinten Nationen.«

»UNICEF?«

»Ja. Wir kümmern uns um die Straßenkinder. In den siebenundzwanzig Jahren Bürgerkrieg sind Millionen von Menschen quer durch das Land geflüchtet, dabei haben Zehntausende von Kindern ihre Eltern verloren. Und da sich niemand ihrer annimmt, leben sie allein in der Millionenstadt Luanda auf der Straße. Und zwar Kinder ab sechs, sieben Jahren! Und wissen Sie, wo die hausen?« Sie wartete keine Antwort ab. »In der Kanalisation, die von den Portugiesen vor hundert Jahren angelegt worden ist. Da streiten sie sich mit den Ratten um die Abfälle.«

Jacques fühlte sich unwohl. Ihm fehlten die Informationen, die ihm erlaubt hätten mitzureden. Seine Nachbarin sprach leise und ganz ohne Eifer auf ihn ein, so als unterhalte sie sich mit ihm über das Winterwetter an der Côte d'Azur.

»Sie werden mir wahrscheinlich nicht glauben, zu welcher Brutalität die Menschen durch den langen Bürgerkrieg verkommen sind. Auf der Höhe der Kampfzeit hat die Armee sich nicht gescheut, das Problem der Straßenkinder auf grausamste Art zu lösen. Sie wurden einfach nachts zusammengetrieben, mit Hubschraubern hoch über das Meer geflogen und dann hinunter in den Ozean geworfen.«

Sie blickte Jacques an, der den Mund öffnete, aber doch nichts sagte: »Ja, Sie glauben es mir wahrscheinlich nicht. Das lässt sich aber nachweisen. Heute geht die Polizei immer noch drakonisch gegen die Straßenkinder vor. Sie werden regelmäßig eingesperrt und ›sjamboked‹, so nennen es die Polizisten, wenn sie den Kleinen mit ihren Schlagstöcken auf Füße und Handflächen schlagen. Der ihnen zugefügte Schmerz ist unvorstellbar. Und unvergesslich.«

»Und warum fliehen sie dann nicht aus der Stadt?«

»Weil die Kinder auf dem Land umkämen. Dort würden sie verhungern oder in Minenfeldern von Explosionen zerrissen werden. In keinem Land der Welt haben die Bürgerkriegstruppen so viele Minen verlegt wie in Angola.«

Die Stewardess räumte die Tabletts ab und bot Jacques ein weiteres Fläschchen Bordeaux an, das er gleich öffnete. Er füllte sein Glas und nahm einen Schluck. Dann atmete er tief durch.

»Und was haben diese gespenstischen Zustände mit mir als Richter zu tun?«

»Lesen Sie das Buch! Das zeigt die Verlogenheit der Politik, die Unredlichkeit der französischen Regierungen – ganz gleich, welcher Couleur. Deren Gier hat dazu beigetragen, dass die jetzigen Machthaber in Luanda so prassen können, wie sie es tun.«

»Aber Angola war doch eine portugiesische Kolonie.«

Die kleine Frau zog die Schuhe aus und setzte sich ihm zugewandt auf ihre Füße. Mit beiden Händen ergriff sie die zwischen ihnen liegende Armlehne und beugte sich ein wenig vor und sagte: »Ich gebe Ihnen eine Kurzfassung: Unter General de Gaulle wurden die meisten französischen Kolonien in die Freiheit entlassen, das war in den Sechzigern. Damals wurden die wenigen Prinzipien der französischen Afrikapolitik festgelegt, die heute noch gelten.«

Sie blickte kurz auf, ohne sich zu unterbrechen.

»Erstens: den Rang Frankreichs in der Welt aufrecht und die Kolonien abhängig halten. Zweitens: den Zugang zu strategischen Rohstoffen wie Uran und Öl sichern. Drittens: den Einsatz französischer Unternehmen garantieren.«

»Ja, aber Angola war doch nie französisch.«

»Aber Angola verfügt über eines der größten Ölvorkommen der Welt. Als der Bürgerkrieg nach der Unabhängigkeit Angolas – das war 1975! – ausbrach, unterstützten die Kommunisten die MPLA, also Russland, China, Kuba – aber auch Portugal und Brasilien. Die Amerikaner und die Franzosen dagegen finanzierten und bewaffneten die UNITA von Jonas Sawimbi. Der Bürgerkrieg zog sich – wie gesagt – siebenundzwanzig Jahre hin. Er dauerte so lange, weil die MPLA unter Dos

191

Santos über das Öl verfügte, die UNITA von Sawimbi über die Diamantengruben. Und weil man ja nie wusste, wer von beiden einmal die Macht übernehmen würde, haben die Franzosen offiziell die UNITA unterstützt. Inoffiziell aber auch die Gegenseite. Über den französischen Geheimdienst und mit Geldern von France-OIL hat Frankreich auch Kontakt zur MPLA gehalten. Die Amerikaner haben es nicht anders gemacht.«

Wieder sah sie ihn an. »Haben Sie genug, oder soll ich weitererzählen?«

Jacques nickte nur mit dem Kopf.

Sie lächelte, schien einen Moment nachzudenken, dann sagte sie: »Als François Mitterrand 1981 in Paris an die Macht kam, verbat er sich diese Doppelzüngigkeit. Er erlaubte nur noch die offene Unterstützung der UNITA von Jonas Sawimbi durch die französische Regierung.«

Jacques schüttelte den Kopf: »Da war er noch der Idealist aus der Opposition, der gegen Unrecht und Korruption kämpfen wollte.«

»Ja, aber daraufhin hat der französische Geheimdienst, der immerhin dem Innenminister in Paris untersteht, einen Mittelsmann mit Millionengeldern von France-OIL ausgestattet. Und dieser Agent hat das Geld über Zaire, Gabun und Südafrika an die MPLA weitergeleitet. Bald darauf aber war alles beim Alten. Mitterrand wurde von den Vorzügen der Realpolitik überzeugt. Er ernannte seinen älteren Sohn Jean-Christophe im Elysée zum ›Monsieur Afrique‹, damit der die herumschwirrenden Gelder einsammeln könnte, übrigens auch ein paar Millionen über die Schweiz. Als schließlich der Kalte Krieg vorbei war, konnte Frankreich sich

192

auch offen zur MPLA bekennen, ohne aber die Beziehungen zu Sawimbis UNITA abzubrechen. Die französische Regierung schickte dem Präsidenten Dos Santos einen korsischen Waffenhändler, der alle Wünsche des Diktators erfüllte, und France-OIL erhielt einige der wertvollsten Schürfrechte. Und wissen Sie warum? Weil France-OIL schon während des Bürgerkriegs auf ihren Tankern und Lastschiffen Waffen für die MPLA transportiert hat.«

»Und haben Sie eine Idee, wie der korsische Waffenhändler hieß?« Jacques unterbrach sie.

»Keine Ahnung.«

»Calvi?«

»Weiß ich wirklich nicht.«

Jacques lehnte sich zurück. »Madame, ich werde versuchen, jetzt noch ein wenig zu schlafen.«

Rafael

Sonntag

*F*euchte Hitze wie in einer Waschküche schlug Jacques entgegen, als er morgens kurz nach sieben aus dem Flugzeug trat, die Gangway hinabstolperte und in den Bus stieg.

Im Flughafengebäude empfand er die klimatisierte Luft als angenehm; auf langes Warten gefasst, stellte er sich in die lange Schlange vor der Passkontrolle.

Als er nach vierzig Minuten an der Reihe war, schob er den Pass samt Impfschein einem dicken Angolaner in durchschwitzter Uniform zu. Der stempelte den Pass und die Ein- und Ausreisekarte mit viel Kraft und viel Lärm und schaute Jacques an.

»Ihren Impfpass bitte!«, sagte er auf Englisch.

»Der liegt im Pass.«

Der Beamte hob den Pass mit spitzen Fingern, wedelte ihn hin und her, aber nichts fiel heraus.

»Kein Impfpass!«

Jacques war sich sicher, den Impfschein zusammen mit dem Pass vorgelegt zu haben. Trotzdem schaute er in seinem Aktenkoffer nach. Dann beugte er sich vor, um zu sehen, ob er den Impfschein hinter dem Schalter erspähen könnte.

Sofort schrie der Beamte ihn an: »You stay there! – Ein Impfpass kostet fünfzig Dollar.«

Jacques verstand. Wütend, aber machtlos gab er ihm

das Geld, nahm seinen Pass und holte den Koffer vom Gepäckband.

Am Ausgang der Ankunftshalle suchte er den Fahrer der französischen Botschaft, der ihn abholen sollte. Kleinbusse mit den Aufschriften der verschiedenen Ölfirmen standen für ihre Mitarbeiter bereit.

Ein übervoller, stinkende Dieselwolken ausstoßender Bus wartete auf weitere Fahrgäste, obwohl sich schon eine Menschentraube um die Türen herum bildete.

Jacques sah keinen Wagen, der für ihn bestimmt sein könnte. Und weit und breit war kein Taxi zu sehen.

Es war so früh am Morgen schon heiß. Vielleicht dreißig Grad. Sollte er noch ein paar Minuten warten? Bringt doch nichts. Also ging er zu einer Telefonzelle in der Nähe. Die war aber nur mit einer Telefonkarte zu benutzen. Und die nur zwanzig Meter entfernte Post hatte geschlossen. Ebenso die Wechselstube, in der er Euro in angolanische Kwanza umtauschen wollte. Er wirkte offenbar so hilflos, dass ein Gepäckträger ihm seine Telefonkarte anbot – für zehn Dollar.

Die unfreundliche Männerstimme am Telefon der Botschaft behauptete, der Wagen sei unterwegs. Also stellte Jacques seinen Koffer am Rand der Fahrbahn ab und wartete.

Als ein unscheinbarer blauer Wagen, dessen Herkunft er nicht deuten konnte, direkt vor ihm parkte, fluchte er und trat einen Schritt zurück. Aus dem Sitz hinter dem Steuerrad schälte sich ein muskulöser, grimmig aussehender schwarzer Riese mit kurz geschorenem Haar und rief über das Autodach hinweg in gutturalem Französisch. »Sind Sie Jacques?«

»Jacques Ricou.«

»Ich bin Rafael. Ihr Dolmetscher. Steigen Sie ein.«

Hinter Rafaels Wagen hielt in dem Moment eine schwarze Mercedes-Limousine, heraus kletterten zwei dunkel gekleidete Europäer, von denen der größere Jacques dezent zuwinkte.

»Monsieur le juge? Der französische Botschafter schickt uns, Sie abzuholen.«

Rafael rannte unerwartet schnell um seinen Wagen herum, ergriff den Koffer von Jacques, riss gleichzeitig den hinteren Schlag auf, warf das Gepäck auf den Rücksitz und tauchte mit einer Uzi in der Hand wieder auf.

Dann trat er, die Waffe für alle sichtbar zur Seite haltend, so nah an Jacques heran, dass er ihn fast berührte und flüsterte: »Schau auf meine Hand. Vertrau mir. Die sind nicht von der Botschaft. Hoji ikola, ukamba ukola.«

Ein wenig verwirrt blickte Jacques hinunter und sah das silberne Vogelmedaillon, mit dem Muster des Sona, jener Sandzeichnung, die bei Lyse als Bild in ihrer Wohnung hing. Sie hatte es an einer silbernen Kette aus der Holzkiste hervorgezogen und als ihren Glücksbringer bezeichnet, und als Jacques am Freitagmorgen aus ihrem Bett steigen wollte, hatte sie ihm die Kette mit dem Amulett umgehängt. Das wird dich beschützen, sagte sie. Außerdem habe sie Rafael, ihren treuesten Freund aus früheren Zeiten, als Dolmetscher für ihn in Luanda engagiert. Rafael werde ihm helfen. Und Rafael werde sich durch ein Medaillon mit demselben Muster ausweisen. Davon gebe es nur zwei.

»Hoji ikola, ukamba ukola.« Lyse hatte ihn geküsst. »So lautet Rafaels Losung. Hoji ikola, ukamba ukola. Der Löwe ist stark, so stark wie die Freundschaft.«

Als Jacques sie ansah, hatte sie Tränen in den Augen, und er wusste, dass sie Angst um sein Leben hatte.

An Rafael vorbei, der ihn um einen Kopf überragte und sich wie ein Schutzschild vor ihm aufgestellt hatte, schüttelte Jacques beiden Männern die Hand.

»Danke, nett dass Sie mich abholen wollten. Da scheint mein Büro etwas durcheinander gebracht und gleich zwei Verabredungen getroffen zu haben. Entschuldigen Sie, nun fahre ich mit meinem Dolmetscher. Grüßen Sie den Botschafter, und richten Sie ihm bitte aus, ich käme wie verabredet heute Abend zum Diner.«

Jacques setzte sich auf den Beifahrersitz des blauen Autos und drückte den Knopf an der Tür hinunter. Rafael warf den Motor an und fuhr gemächlich los.

»Sie folgen uns. Wir könnten jetzt zum Hotel Président Méridien fahren, das liegt nur eine Viertelstunde von hier gegenüber vom Hafen. Da wohnst du doch wohl!«

Jacques nickte: »Aber der eine, der geredet hat, sprach doch wie ein Franzose.«

»Aber eine französische Botschaft fährt nur französische Autos, das müsstest du wissen. Deshalb ist es klüger, wir steuern erst einmal die französische Botschaft an. Wenn die Herrschaften von der Botschaft kommen, werden sie dort reinfahren. Tun sie es aber nicht, dann haben sie sich verraten.«

»Rafael! Darf man denn hier ohne weiteres mit Maschinenpistolen rumlaufen?«

»Jeder in Angola ist bewaffnet.« Rafael drehte dem Untersuchungsrichter seinen großen Kopf zu, riss die Augen so weit auf, dass sich die Pupillen in den weißen Augenbällen verloren, und grinste: »Jacques!«

Der Wagen holperte durch Schlaglöcher. Es ging nur langsam voran, immer wieder wurden sie durch Staus aufgehalten. Jacques öffnete sein Fenster und sah sich neugierig um. Ehemals prächtige Kolonialbauten waren schäbig verfallen, eine Blechhütte drängte sich an die nächste, es stank nach Autoabgasen und Müll. An den Ampeln sprangen Kinder und junge Leute mit Waren, die man kaufen sollte, zwischen die Wagen: Autoradios, CD-Player, Wäscheleinen oder Bohrhammer. Einmal lachte Jacques laut auf, als er ein Auto mit zwei Lenkrädern neben sich anhalten sah.

»Fahrschule«, erklärte Rafael.

Der Untersuchungsrichter aus Paris fühlte sich wie ein interessierter Reisender auf einem fernen Planeten. Etwa jeder zehnte Mann trug ein modernes Gewehr, eine Pistole, eine Kalaschnikow mit sich herum. Er lachte wieder, als er einen vielleicht siebenjährigen Knirps mit einer Panzerfaust auf der Schulter zwischen den Wagen hindurchhuschen sah. Rafael zuckte mit der Schulter und deutete auf einen großen gepflegten Palast.

»Da drüben herrscht ›Futungo‹, so nennen wir den Präsidenten. So verrückt ist das Leben in Angola. Hinter hohen Mauern leben ein paar Raubritter in Saus und Braus, und hier draußen liegen die Bettler auf dem Bürgersteig. Siehst du die Kinder? Jedem Dritten fehlt ein Glied, ein Bein, ein Arm. Warum? – Weil sie beim Spielen, Essensammeln oder Holz- und Wasserholen auf Minen getreten sind. Oder als Soldaten im Krieg waren. Und Prothesen tragen sie keine, weil sie sonst als Privilegierte angesehen werden und beim Betteln weniger abbekommen. Eine Prothese als Privileg! Also bettelt man mit Krücken, die Prothese legt man nur sonntags an. So arm sind sie. Und dann – da drüben.«

Jacques folgte dem Finger von Rafael. Ein Maybach

198

hielt vor einem Geschäft ohne Namen. Vier mit Ka-
laschnikows bewaffnete Leibwächter hielten das Trottoir frei, um einer Angolanerin im Gucci-Kleid, gefolgt
von zwei Teenie-Töchtern, den Weg vom Wagen bis in
den Laden freizuhalten.

»Was für ein Geschäft ist das?«

»Cartier. Das braucht hier aber gar nicht dranzuste-
hen, denn rein kommt nur, wer den Eintrittscode kennt.
Da einzukaufen können sich nur einige wenige Menschen erlauben, die mit Öl oder Diamanten zu tun haben und Schmiergelder absahnen. Das billigste Produkt
da drinnen kostet wahrscheinlich mehr als ein durch-
schnittliches Jahreseinkommen. Und wenn das Auto von
so jemandem zur Reparatur muss, dann wird es per Luftfracht nach Stuttgart geflogen. Und nicht nur Maybachs.
Auch Landrover, die großen BMWs oder Mercedes, alle
werden in den Frachter gefahren und nach England,
Frankreich oder Deutschland zur Reparatur geflogen.«

Jacques schaute seinen Dolmetscher ungläubig an.
»Du übertreibst!«

»Nein. Manche Frauen nehmen sogar zweimal im
Monat das Flugzeug nach Lissabon, um dort im Su-
permarkt einzukaufen, während die Bevölkerung in
Luanda verhungert. Angola ist das ärmste Land der
Welt. Siehst du da drüben den Bäcker?«

»Ja. Die Leute stehen Schlange.«

»Eine lange Schlange und eine kurze Schlange. Im
Laden hat eine Frau eine Art Zweigstelle eingerichtet.
Sie erhält einen Teil der Backware zum Weiterverkauf.
Und wer nicht so lang warten will, zahlt ein bisschen
mehr. So verdient man sich hier sein Geld.«

Als sie am Parlament vorbeifuhren, lachte Rafael bös
auf. »Wir nennen es das Auditorium.«

»Warum?«

»Weil Futungo für jeden Abgeordneten einen Audi bestellt hat. So werden die Politiker vom Staat bedient – und korrumpiert.«

Rafael drehte sich kurz um, schaute nach hinten und klopfte mit den Händen auf das Lenkrad, als wollte er sich selbst bestätigen.

»Unsere Freunde hinter uns drehen ab. Da vorne liegt die französische Botschaft. Ich vermute, die zwei Kerle hat dein Freund Sotto Calvi oder dessen Handlanger Paul Mohrt geschickt. Das wäre für dich nicht gut ausgegangen.«

Rafael parkte hundert Meter vom Hotel entfernt auf der Avenida 4 de Fevereiro, holte den Koffer vom Rücksitz und griff mit der anderen Hand nach der Uzi. Dann richtete er sich auf und schaute kurz in die Richtung von vier jugendlichen Bettlern, zwischen zehn und zwölf, die sich zu Rap-Musik aus einem Kofferradio bewegten und auf Almosen hofften.

Am Hoteleingang standen zwei schwer bewaffnete Wachen, denen Rafael zunickte. Jacques erhielt ein Zimmer im sechsten Stock, mit Meeresblick, wie ihm die Angestellte am Empfang stolz erklärte. Im Président Méridien haben alle Zimmer Meerblick, grunzte Rafael, als sie im Aufzug nach oben fuhren. Doch als sie aus dem Fahrstuhl im sechsten Stock gestiegen waren, eilte Rafael auf die Treppentür zu, legte einen Finger auf die Lippen und winkte Jacques, er möge sich beeilen. Dann stiegen sie ein Stockwerk höher. Am letzten Zimmer ganz hinten im Gang schob er die Codekarte durch den dafür vorgesehenen Schlitz und das grüne Lämpchen leuchtete auf. Rafael stieß die Türe auf, ging hinein.

»Du wohnst hier oben. Ich habe gestern schon diese beiden nebeneinander liegenden Zimmer gemietet. Hier bist du vor ungebetenem Besuch sicher.«

»Rafael, ist das nicht ein bisschen paranoid? Ich bin doch kein Drogenboss oder Mafiazeuge auf der Flucht, der um sein Leben fürchten muss. Ich reise mit der offiziellen Genehmigung der angolanischen und der französischen Regierung als Untersuchungsrichter an, der einen Termin in der Botschaft mit einem französischen Staatsangehörigen wahrzunehmen hat. Ich hatte bei Lyse schon den Eindruck, sie drehe durch, aber ihr zuliebe habe ich mich auf alles eingelassen. Was passiert zum Beispiel, wenn mich jemand anrufen will?«

»Du holst regelmäßig die Nachrichten, die für dich abgegeben werden, unten am Empfang ab. Aber bitte nimm uns ernst. Lyse hat nicht übertrieben. Schon das Empfangskomitee am Flughafen war wahrscheinlich beauftragt, dich sang- und klanglos verschwinden zu lassen. So erledigt man in Angola auch kleine Probleme. Lyse hat mir am Telefon ein Bild der Lage gegeben und von ihrer letzten Begegnung mit Paul Mohrt erzählt, von dem gebrochenen Finger – und von dem Bombenanschlag auf deinen Wagen. Das ist Mohrts Handschrift. Der zählt die Toten nicht. Und in Luanda kannst du für eine Handvoll Dollar gleich mehrere Killer kaufen, was Mohrt aber gar nicht braucht. Der befehligt die Sicherheitstruppe von Sotto Calvi, und die besteht aus einem Dutzend gut bezahlter weißer Söldner. Zwei hast du heute schon kennen gelernt. Deshalb noch eine weitere Vorsichtsmaßnahme. Du legst deine Sachen in diesem Raum ab, ich meine nebenan. Aber ich schlafe hier, um eventuelle Besucher zu überraschen. Ich bin es gewöhnt zu kämpfen.«

Jacques fügte sich.

Nachdem er geduscht und sich frisch angezogen hatte, trat er ans Fenster und schaute über die Stadt und das Meer. Menschenmassen drängten sich durch Straßen, die mit Autos, Bussen und Lastwagen verstopft waren.

In der Ferne glaubte er einen riesigen Markt aus Blechhütten zu erkennen. Die Glasscheiben dämpften alle Geräusche zu einem monotonen Summen. Aus Neugier hätte er gern den Touristen gespielt, doch Rafael hatte es ihm ausgeredet – mit dem, wie es Jacques schien, zynisch gemeinten Zusatz: »aus Liebe zu Lyse«.

Er zog die Kette von Lyse aus der Tasche und hängte sie sich um den Hals. Das Medaillon steckte er unter das Hemd: Er glaubte zu spüren, wie ihre Hand ihn berührte. Für einen Moment empfand er nichts als Glück.

Jacques öffnete seine Aktentasche, holte die Unterlagen für das Treffen mit Sotto Calvi am Montag heraus und versank in Details, bis ihn gegen halb zwei sein knurrender Magen störte. Er klopfte an die Zwischentür, Rafael stand sofort mit seiner Maschinenpistole im Anschlag bereit.

»Können wir etwas essen gehen?«

»Am besten Zimmerservice.«

»Im Hotel wird es doch ein sicheres Restaurant geben! Kommen Sie mit, seien Sie mein Gast.« Jacques hatte vergessen, dass Rafael ihn duzte.

»Ein Steak kostet da so viel wie ein halber Monatslohn.«

Die Dachterrasse im achten Stock bot einen weiten Panoramablick, der allerdings vom Smog verschleiert wurde. Zwischen Palmen standen weiß gedeckte Tische, die fast alle von Angolanern besetzt waren. Nur an

der luftigen Bar saßen einige junge Europäer. Jacques'
Blick fiel auf eine sportliche junge Frau in einem luftigen Kleid. Sie setzte ihr Glas ab, stieg vom Barhocker
und kam auf ihn zu.

»Monsieur le juge, wie schön.« Sie ergriff seinen
Arm, drückte ihn zwischen ihre Brüste und lächelte ihn
an. »Haben Sie heute Nachmittag schon etwas vor?«

Jacques wusste für einen kurzen Moment nicht, wie
er reagieren sollte. Unattraktiv war sie nicht, aber dann
lachte er: »Jetzt hätte ich Sie fast schon wieder nicht erkannt! Weil Sie keine Uniform anhaben. Sie sehen, ich
bin hier in Begleitung und habe Dienstliches zu besprechen. Es tut mir leid.«

»Das ist sehr schade«, sagte sie und zögerte, ihn loszulassen. »Sie finden mich jederzeit entweder hier oder
in Zimmer 612. Sie wissen ja, wie langweilig es für uns
ist.«

Sie gab ihm spontan einen Kuss auf die Lippen und
lief leicht beschwingt zur Bar zurück. Jacques schaute
Rafael mit hochgezogenen Augenbrauen an: »Stewardess. Hat mich auf dem Herflug bedient und mich, als
ich sie nicht erkannte, daran erinnert, dass wir schon
einmal zusammen geflogen sind.«

Rafael verzog keine Miene.

Der Mörder

Der französische Botschafter hatte Jacques für sechs Uhr zu sich gebeten, zu einem Drink und einem kleinen Abendessen, am Wochenende hatte das Personal Ausgang. Rafael bestand darauf, Jacques zu fahren. Als sie zum Auto gingen, sahen sie die vier Rapper immer noch auf der Straße stehen. Rafael drückte dem Ältesten einen Schein in die Hand.

Der Verkehr hatte nicht nachgelassen. Nach ein paar Kilometern murmelte Rafael vor sich hin: »Scheint keiner hinter uns her zu sein.« Vor der Residenz des französischen Botschafters wurden sie von französischem Wachpersonal überprüft, dann durfte der blaue Wagen in den Innenhof fahren. Rafael blieb hinter dem Lenkrad sitzen: »Ich warte hier.«

Botschafter Xavier Hess, mittelgroß und schlank, war ein angenehmer Mann. Er hatte unter dem sozialistischen Ministerpräsidenten Lionel Jospin schnell Karriere gemacht und war zu dessen diplomatischem Berater im Hôtel Matignon, dem Amtssitz des Regierungschefs in der rue Varennes, aufgestiegen, wofür ihn die nachfolgende konservative Regierung entsprechend bestraft hatte. Er durfte wählen, ob er Vertreter Frankreichs in Monaco oder in Angola werden wollte. Er habe sich falsch entschieden, sagte er zu Jacques, als er ihm ein Glas eiskalten Champagners reichte. »In Angola bekommt man als Diplomat zwar ein enorm hohes Auslandsgehalt, aber alles ist auch mordsteuer. Und weil es nur wenige Möglichkeiten gibt, sich hier zu vergnügen, geht auch noch viel Geld für Flüge nach Südafrika drauf«, sagte er. »Oder man macht es wie meine Frau und geht wieder nach Paris zurück.«

Der Botschafter bat Jacques in einem eleganten, aber unpersönlichen Esszimmer zu Tisch. »Für zwei ist es hier fast zu groß«, sagte er und goss gekühlten Montrachet ein, während ein französischer Butler mit weißen Handschuhen einen Salat brachte. »Das Personal besteht zu hundert Prozent aus Gendarmerie. Sie können hier keine Ortskräfte beschäftigen. Aber Sie werden ja schon einiges über die hiesigen Zustände wissen. Und ich bin gespannt auf Ihr morgiges Gespräch mit Sotto Calvi. Können Sie mir hinterher Auskunft geben?«

»Eigentlich nicht. Aber Ihr Konsularbeamter wird ja wohl als Ersatz für einen Gerichtsdiener Protokoll führen.«

Jacques atmete tief durch, nahm einen Schluck Weißwein und, während er den kühlen Saft im Mund schmeckte, nickte er mit schräg gehaltenem Kopf mehrmals anerkennend.

»Mir ist heute früh eine merkwürdige Geschichte passiert, die würde ich Ihnen gern erzählen und Sie um Ihre Einschätzung bitten. Am Flughafen wollten mich zwei Franzosen mit einer großen Mercedes-Limousine abholen. Sie gaben sich als Mitglieder Ihrer Botschaft aus und ...«

»Wir fahren keinen Mercedes«, unterbrach ihn der Botschafter gleich, »dazu reicht das Geld nicht. Renault, Monsieur le juge. Renault, gehört ja schließlich der Republik. Und sind Sie mitgefahren? Es ist schrecklich, am Flughafen stehen nie Taxis.«

»Ich habe mir von Paris aus einen Dolmetscher bestellt und der hat mich abgeholt. Er packte meinen Koffer in seinen Wagen und als er wieder auftauchte, hielt er eine Uzi in der Hand. Er war überzeugt davon, dass es Leute von Paul Mohrt gewesen seien. Sagt Ihnen der Name was?«

»Ja. Schwierig. In diesen afrikanischen Gefilden treffen Sie auf die sonderbarsten Gestalten. Ich weiß nicht, wo ich anfangen soll. Mohrt ist ein vom französischen Staat ausgebildeter und häufig eingesetzter Mörder.«

»Das klingt aber dramatisch, Herr Botschafter. Staatlich eingesetzter Killer? Ein Mordagent?«

»Das klingt nicht nur, das ist ziemlich dramatisch, und ich sag Ihnen das ohne Hemmungen. Ich weiß ja, wie Sie denken, Monsieur le juge. Aber lassen Sie mich ausholen – und haben Sie Verständnis, wenn ich das Thema wechsele, sobald das Personal serviert.« Er nahm noch einen Schluck Wein, setzte das Glas langsam ab und sah Jacques an.

»Paul Mohrt wird fünfundfünfzig Jahre alt sein. Er wirkt jünger, bestimmt zehn Jahre, weil er seinen Körper ständig trainiert. Mohrt ist der illegale Sohn einer Algerierin und des, unter Eingeweihten berüchtigten, französischen Offiziers, Colonel Roger Trinquier.«

»Diesen Namen habe ich noch nie gehört.«

»Trinquier ist in der breiten Öffentlichkeit kaum bekannt, obwohl er ein Buch geschrieben hat, das die Folter in die Armeen der modernen Welt getragen hat. Das Werk hat den banalen Titel: ›La guerre moderne – der moderne Krieg‹. Darin erklärt Trinquier, dass man einen revolutionären Krieg wie in Indochina oder in Algerien nur mit besonderen Mitteln hinter der Front gewinnen kann: mit Folter.«

»Was meint er mit ›revolutionärem Krieg‹?«

»Guerillakrieg würden wir das heute nennen. Es geht also um einen Krieg, in dem sich nicht zwei reguläre Armeen gegenüberstehen. Befreiungskriege sind damit gemeint, in denen die Freiheitskämpfer sich in der Bevölkerung verstecken. Colonel Trinquier war im Algerienkrieg eingesetzt, hat dort die Wirkungen von Folter erlebt und ständig neue Methoden erfunden.«

»Aber die französische Armee hat diesen Krieg trotz dieser Foltermethoden nicht gewonnen.«

»Weil die Folter zu spät eingesetzt wurde, meint zumindest Colonel Trinquier in seinem Buch. Und er erklärt seine Methoden nicht nur theoretisch, er untermauert sie mit Erfahrungsberichten und praktischen Beispielen. Deshalb wurde sein Werk als Lehrstoff an der Ecole militaire in Paris eingeführt. An den ersten Kursen haben auch portugiesische und israelische Offiziere teilgenommen.«

»Foltern wurde also ganz offiziell als Mittel der Kriegsführung gelehrt? Das kann ich kaum glauben.«

»Doch. Es fehlte damals jegliches Unrechtsbewusstsein. Sie dürfen nicht vergessen, dass die Konvention gegen Folter bei den Vereinten Nationen erst 1984 beschlossen worden ist, und sie trat erst zwei Jahre später in Kraft!«

Die Tür öffnete sich und ein junger Mann trug eine Suppenterrine herein, bot Jacques die Kelle an, und ließ ihn von der hellen Vichissoise zwei Löffel in seinen Teller schöpfen. Jacques liebte diese Kartoffel-Lauchsuppe, und kalt, wie sie hier angeboten wurde, passte sie gut zum Klima. Hess probierte und machte jenes melodische Geräusch, mit dem Gourmets ihre Zufriedenheit andeuten. Der junge Mann verließ den Raum wieder.

»Wann hat Trinquier denn seine Folteranleitung verfasst?«, fragte Jacques sofort.

»Anfang der sechziger Jahre. Der Ruhm dieses Handbuchs verbreitete sich rasch innerhalb der Armeen der ganzen Welt. So fand schon damals in Argentinien ein Treffen von Militärs aus vierzehn amerikanischen Ländern statt, bei dem die französischen Folterspezialisten ihre Kenntnisse vortrugen.«

»Waren auch die Vereinigten Staaten dabei?«

»Ja, die US-Armee hatte Beobachter geschickt.«

»Und was genau wurde bei diesem Treffen vorgetragen?«

»Also: wie man Folter anwendet mit Wasser, mit Elektrizität oder mit psychischem Druck; wie man einen Gefangenen in Gegenwart eines anderen foltert. Spätestens der zweite wird aussagen. Und schließlich: dass die Gefolterten, ob sie ausgesagt haben oder nicht, verschwinden müssen. Zum Beispiel mit dem Hubschrauber ins Meer geworfen werden. Es dürfen keine Zeugen übrig bleiben.«

»Und war Paul Mohrt dabei?«

»Trinquier hatte eine ganze Mannschaft von Folterexperten in der französischen Armee um sich herum aufgebaut. Dorthin holte er schließlich auch seinen Sohn Paul Mohrt.«

»Und woher wissen Sie das so genau?«

»Die Botschafter bekommen so etwas immer mit. Schließlich werden solche Einsätze meist von den Militärattachés an den Vertretungen geplant, also spricht es sich unter den Diplomaten herum.«

Jacques schüttelte den Kopf. »Frankreich, das sich als

Land der Menschenrechte rühmt, vertreibt gleichzeitig die Kenntnis von Foltermethoden zur Unterdrückung von Freiheitsbewegungen. Ekelhafte Doppelzüngigkeit.«

Die Tür ging auf und die beiden Männer verfielen in Schweigen. Der junge Mann räumte die Suppenteller ab und legte filetierten Fisch vor.

Um die Pause zu überbrücken, fragte Jacques: »Haben Sie an Ihrer Botschaft auch einen Militärattaché?«

»Ja, das ist in fast allen Botschaften dieser Größenordnung üblich. Und da Frankreich mit Angola auch auf militärischem Gebiet zusammenarbeitet, nicht nur was Waffenlieferungen betrifft, sondern auch in Fragen von taktischer und strategischer Schulung, hat der auch viel zu tun.«

Die Tür fiel mit einem leisen Geräusch zu.

»Schulung auch im Sinn von Trinquier?«

»Nein. Das war nicht mehr nötig. Die Kenntnis hat sich inzwischen in allen Armeen der Welt verbreitet. Sehen Sie, was amerikanische Soldaten im Irak taten, das kennen sie aus den französischen Schulungen in den sechziger Jahren.«

»Aus dem Treffen in Argentinien?«

»Oh, nein. Es gab damals in den USA eine spezielle Ausbildung. Als die Amerikaner in Vietnam nicht weiterkamen, schickte Frankreich auf Bitten der US-Armee den französischen General Paul Aussaresses, bekannt als der Folterer von Algier, nach Fort Bragg, wo er amerikanisches Militär für die Operation Phoenix in Vietnam ausbildete. Ein Folterkommando: zwanzigtausend Tote. Den Krieg haben die Amerikaner trotzdem verloren. Französische Offiziere wie Paul Mohrt bildeten unter Anleitung von General Aussaresses aber auch Argenti-

nier im Foltern aus. Dreißigtausend politisch unbeque-
me Menschen ließen sie verschwinden. Im Meer. Von
Hubschraubern abgeworfen. Die Diktatur hat trotzdem
nicht überlebt. In Manaus dann hat Aussaresses, auch
hier mit Hilfe des jungen Paul Mohrt, die chilenische
Armee von Diktator Pinochet auf die Operation Condor
vorbereitet. Ein Folterkommando: zigtausend Tote.«

Der Fisch schmeckte Jacques nicht mehr. Er legte die
Gabel etwas zu laut am Rand des Tellers ab und trank
sein Glas mit einem großen Schluck leer.

»Wird Paul Mohrt denn von der französischen Armee
immer noch zur Schulung fremder Armeen ausgelie-
hen?«

»Ich nehme es an. Und wahrscheinlich ist es noch
schlimmer, als Sie denken, Monsieur le juge. Wahrscheinlich wird Paul Mohrt nicht nur zum Lehren eingesetzt.«

»Sie meinen, er foltert selbst?«

»So hört man.«

Und wahrscheinlich macht es ihm Vergnügen.
Jacques dachte an den kleinen Finger von Lyse.

»Gehört er heute noch zur französischen Armee?«

»Nein, ich glaube nicht. Aber solche Dinge erfahre
selbst ich nicht. Ich glaube, er wurde schon während
seiner Offiziersausbildung vom Auslandsgeheimdienst
angeheuert. Jedenfalls wurde er bereits in den achtziger
Jahren in Angola als Geheimagent eingesetzt, um inoffiziell Verbindung zur MPLA und dem jetzigen Staatspräsidenten aufrecht zu erhalten.«

»In den achtziger Jahren unterstützte die französische Regierung aber doch ganz offiziell die UNITA, als
Gegner der MPLA, wenn ich das richtig sehe.«

»Sie sehen das richtig. Die französische Regierung

stand auf der Seite der amerikanischen Politik, und Jonas Sawimbi von der UNITA wurde von uns als Freiheitskämpfer gefeiert und vom Präsidenten im Weißen Haus empfangen. Die MPLA hingegen wurde von den Sowjets unterstützt.«

»Weshalb aber trieb Frankreich dieses Doppelspiel?«

»Weil Angola über enorme Ölreserven verfügt und die Schürfrechte noch nicht verteilt waren. Deshalb machten die Chefs von France-OIL enormen Druck auf die Regierung. Ein verlogenes Spiel, ich gebe es zu.«

»Und bei wem steht Paul Mohrt jetzt auf der Gehaltsliste? Bei Sotto Calvi?«

»Davon gehe ich aus, weil er mit seinen Kontakten heute viel wert ist. Vielleicht ist er auch eine Art freier Mitarbeiter und wird von Sotto Calvi und von France-OIL bezahlt.«

Das Dessert kam auf den Tisch. Jacques Glas war wieder voll.

»Monsieur l'ambassadeur, können Sie mir erklären, wie eine Person wie Paul Mohrt solchen Einfluss erlangen kann?«

Botschafter Hess schaute einen Moment auf seinen Teller, schob einen Löffel Zitronenmousse in den Mund, spülte mit Wasser aus seinem Glas nach und schüttelte den Kopf.

»In der ganzen Welt gibt es eine zweite Ebene von Politik. Und die liegt in den Händen von Mittelsmännern. Häufig sind es ehemalige Agenten, die inzwischen persönliche Kontakte zu Waffenhändlern oder Geldwäschern haben. Das gilt auch für Paul Mohrt. Als er noch für Frankreich arbeitete, lieferte er Sawimbi und seiner UNITA Waffen und half mit taktischen Ratschlägen. Dadurch hat die UNITA eine Zeitlang die

MPLA in große Schwierigkeiten gebracht. Doch dann lernte er Sotto Calvi kennen. Ich vermute, er wurde von Calvi und über ihn von France-OIL mit viel Geld dazu gebracht, seine Kenntnisse über Sawimbi an die MPLA zu verkaufen. Damit wiederum konnten Calvi und France-OIL sich bei der Regierung beliebt machen. Paul Mohrt hat dann wohl auch eine Reihe von Einsätzen gegen Sawimbi und die UNITA organisiert. Und zwar mit Hubschraubern von France-OIL. Sawimbis Leute gingen davon aus, dass Hubschrauber einer Ölgesellschaft nicht gefährlich sein könnten und verbargen sich nicht. Doch Mohrt hat mit diesen Maschinen Soldaten der MPLA zu ihrem Einsatz transportiert und sie dann auch noch aus der Luft unterstützt. Ganze Dörfer, die von der UNITA gehalten wurden, hat Mohrt mit Brandbomben ausgelöscht. France-OIL bestreitet natürlich den Einsatz ihrer Hubschrauber, und wer will das heute nachweisen.«

»Und wie schätzen Sie Calvi ein?«

»Ein hochintelligenter Charmeur, der für Geld mordet. Nein, morden lässt.«

»Sie sagen das so, als würde er falsch parken.«

»In Angola gelten leider andere Maßstäbe. Wer so wichtig ist wie Calvi, der kommt mit allem davon. Er ist nicht nur mehrfacher Milliardär, sondern vielleicht sogar der zweitwichtigste Mann in Angola. Er berät nicht nur den Staatspräsidenten und hat die angolanische Armee bewaffnet, er hat auch eine Firma gegründet, die für den gesamten Nachschub, die Ausstattung und die Versorgung der Armee zuständig ist. Damit verdient er Millionen, aber, so wird vermutet, ein Teil davon geht an den Präsidenten, an Minister und Generäle. Schließlich hat Calvi den Präsidenten zum Milliardär gemacht,

indem er ihm gezeigt hat, wie er sein eigenes Land aus-
plündern kann: durch den Verkauf von Konzessionen
für die Ölvorkommen – und jetzt, nachdem Sawimbi tot
ist, auch für die Diamantengruben. Angeblich stecken
Calvi und Mohrt auch hinter dem Sieg über Sawimbi.«

»Mit Geld und Waffen – oder wie?«

»Mit Know-how. Calvi unterhält gute Beziehungen
zu den USA, wo er eine Ranch besitzt. Und mit Hilfe
von Satellitenaufnahmen der CIA konnte er Sawimbi
aufspüren. Sawimbi wurde brutal umgebracht. Und
hier geht das Gerücht, Paul Mohrt mit seiner Truppe
habe es getan. Um Sawimbi, verzeihen Sie, wenn ich
das so sage, ist es nicht schade, denn der war auch ein
Verrückter, der jeden, der in seinen Reihen zu mächtig
wurde, kaltblütig erschoss.«

Sotto Calvis Aussage

Montag

Sotto Calvi kam perfekt vorbereitet und, so schoss es Jacques durch den Kopf, gekleidet wie ein Italiener. Das war Eleganz mit besonderem Pfiff und nicht wie bei den Franzosen nur geschmackvoll und vornehm. Er trug zu seinem dunkelblauen Anzug ein modisch gestreiftes Hemd und eine hellblau gemusterte Krawatte. Den Waffenhändler begleiteten zwei junge Männer, die wirkten, als hätten sie gerade die Eliteschule ENA abgeschlossen und wären von ihrem Chef in Paris ausstaffiert worden.

Für so viele Leute war das kahle Büro des Konsularbeamten Jean Machin, der als Protokollführer eingeteilt war, zu eng. So zogen sie hastig um in den nicht weniger kahlen Besprechungsraum der Botschaft. Die Fenster, von dünnen Vorhängen umrahmt, waren vergittert. Das schon leicht verblasste offizielle Foto des Staatspräsidenten hing als einziger Schmuck an der Stirnwand. In der Mitte standen aneinander geschobene helle Holztische und Stühle.

Jacques hielt sich zurück, beobachtete Sotto Calvi, der sich höflich, ja zuvorkommend gab und auf ihn zukam. »Monsieur le juge, ich bedaure, Ihnen die Last dieser Reise auferlegt zu haben. Aber meine Geschäfte halten mich in Luanda fest.« Nein, kein Lächeln. »Ich hoffe, wir können das Missverständnis zu aller Zufriedenheit aufklären.« Auch in diesem Satz schwang nicht die geringste Ironie mit. »Ich bin bereit, Ihnen alle Fragen zu beantworten und meine Aussagen zu belegen.« Er stellte seine Mitarbeiter vor, einer war der persönliche Assistent, der andere Mitarbeiter seiner Rechtsabteilung. »Erlauben Sie deren Anwesenheit?«

Jacques nahm mit dem Konsularbeamten an der Fensterseite Platz. Sotto Calvi setzte sich ihm genau gegenüber.

Jacques breitete seine Akten vor sich aus.

Calvi legte nur eine kleine Mappe aus glattem rotem Leder auf den Tisch. Sein Rechtsberater packte einige Papiere, Block und Kuli aus, sein Assistent schaltete ein kleines elektronisches Gerät ein.

Jacques hatte die Bereiche Bargeld, Diamanten, Steuern wohl geordnet und begann ohne weitere Einleitungen mit seinen Fragen.

»Monsieur Calvi, weshalb hatte der Präsident der Sofremi, Alain Lacoste, Zugang zu einem unter Ihrem Namen geführten Konto in der Schweiz?«

»Monsieur Lacoste ist der Geschäftsführer eines kulturellen Vereins, der sich der Freundschaft Frankreichs mit dem afrikanischen Kontinent widmet: Amitié France-Afrique. Diesen Verein unterstütze ich, denn – und das will ich Ihnen ganz offen sagen – mir liegt daran, dass zwischen Frankreich und Afrika Freundschaft herrscht. Auf dieser Grundlage beruhen meine afrikanischen Unternehmungen.«

»Was ist die Aufgabe dieses Vereins?«

»Man würde es heute mit Lobbying übersetzen. Kommen politische Würdenträger aus Afrika nach Paris, werden ihnen Gesprächspartner aus der französischen Politik oder – wenn es sich anbietet, aus Wirtschaft und Finanzen – vermittelt und umgekehrt. Reist ein französischer Politiker nach Afrika, kann er sich an diesen Verein wenden. Ich habe hier eine Aufstellung darüber, wie viel Geld der Verein von mir erhalten hat und welche Aktionen er für mich durchgeführt hat. Sie werden sehen, Monsieur le juge, es waren gut angelegte Spenden. Der Präsident ist übrigens Monsieur Cortone.«

»Der Innenminister?«

»Charles Cortone, der Innenminister.«

Calvi reichte Jacques eine Mappe mit der Aufschrift »Amitié France-Afrique«. Jacques nahm sie und legte sie ungeöffnet neben sich.

»Gut, ich werde den Inhalt der Mappe zu gegebener Zeit ansehen. Daraus könnten sich dann neue Fragen ergeben.«

Jacques schlug seine zweite Akte auf.

»Monsieur Calvi, bei der Sofremi befand sich ein Kistchen mit Diamanten, die, nach Prüfung von Fachleuten, aus Angola stammen. Diese Edelsteine kamen von Ihnen?«

»Wie kommen Sie auf diese Idee?«

»Weil sich in der Kiste eine Karte mit Ihrer Handschrift befand.«

»Das lässt sich erklären. Es ist ja kein Geheimnis, dass ich auf Bitten souveräner Staaten helfe, ihre Streitkräfte zu modernisieren oder aufzubauen. Dabei spiele ich meist nur den Vermittler. So hat die Sofremi, also die von der französischen Regierung eingerichtete Behörde zum Verkauf gebrauchter Waffensysteme, an Angola ein Kommunikationssystem verkauft, das die italienische Armee ausgesondert hatte. Bei diesem Geschäft habe ich vermittelt. Nun gehört Angola zu den ärmsten Län-

dern der Welt, weshalb es seine Schulden gern mit Rohstoffen bezahlt. Die Kiste mit Diamanten gehört dazu.
Ihr Wert ist im Kaufvertrag mit, wenn ich mich richtig
erinnere, zehn Millionen Dollar angegeben.«

Calvi sah zu seinem Rechtsberater, der nickte.

»Zehn Millionen. Richtig.«

»Weshalb lag unter den Diamanten dann eine Karte
mit dem Hinweis, sie seien für Frau Lacoste bestimmt?«

»Das kann ich mir nicht vorstellen.«

Jacques zog aus seinen Unterlagen ein Blatt hervor
und reichte es Sotto Calvi.

»Das ist doch wohl Ihre Handschrift: ›Eine kleine
Aufmerksamkeit, die Paul für die Schöne in Victor Hugos Nest mitgebracht hat‹.«

Calvi sah sich die Fotokopie an, sehr lang, wie es
Jacques schien. Dann lachte er leise und reichte das Papier seinem Nachbarn.

»Es sieht aus wie meine Handschrift. Das lag bei den
Diamanten?«

»Ja.«

»Das verstehe ich nicht. Vielleicht sind hier zwei
Dinge, die ursprünglich nicht zusammengehörten, zusammengekommen. Ich habe nämlich ab und zu kleine
Aufmerksamkeiten an die Frau des Präsidenten der Sofremi geschickt, schließlich kannte ich sie schon aus
den Zeiten, als sie noch sein Büro leitete. Damit jedoch
keinerlei Missverständnisse über meine Beziehung zu
ihr aufkamen, habe ich diese Kleinigkeiten immer über
ihren Mann geleitet.«

»Wer ist der dort zitierte ›Paul‹?«

»Damit werde ich Paul Mohrt gemeint haben. Er leitet unsere Sicherheitsabteilung. Wahrscheinlich hat er
für den sicheren Transport der Diamanten gesorgt, und

möglicherweise habe ich mit dieser Lieferung auch einen Blumenstrauß an Madame Lacoste geschickt. So könnte die Karte dann zu den Diamanten gelangt sein.«

»Nun lag die Karte aber unter den Diamanten, nicht darauf, nicht daneben. Waren vielleicht die Diamanten für Madame Lacoste bestimmt?«

»Im Vertrag selbst sind diese Diamanten als Teil der Kaufsumme aufgeführt. Also gehören sie dem französischen Staat und befanden sich auch dort, wo sie hingehörten. Was bedeutet da meine alberne Karte?«

»Es würde mir helfen, wenn ich in den Vertrag einsehen könnte.«

Sotto Calvi überlegte einen Moment.

»Darauf bin ich nicht vorbereitet. Wir müssen mal sehen, wo der liegt ...«

Der Assistent hielt seinen BlackBerry zu Sotto Calvi hinüber.

Der las einen kurzen Moment und sagte dann: »Ich vermute, dass dieser Vertrag, wie alle wichtigen Dokumente, in meinem Hauptquartier archiviert ist. Möglicherweise unterliegt er aber auf Wunsch der Vertragspartner Frankreich und Angola der Geheimhaltung.«

»Mir würde ja der Passus über die Art der Bezahlung reichen.«

Sotto Calvi nickte. »Wir werden das nachprüfen.«

»Die Finanzinspektion wirft Ihnen vor, etwa eine halbe Milliarde Euro Steuern hinterzogen zu haben. Diese Rechnung ergibt sich aus den Summen, die auf dem Konto einer Pariser Bank lagen. Das Konto ist auf Ihren Namen eingerichtet.«

»Aber der Staatspräsident von Angola hat in einem persönlichen Schreiben an den französischen Präsidenten bestätigt, dass es sich hier um ein Anderkonto in seinem Namen handelt.«

»Dieses Schreiben des angolanischen Präsidenten hat die französische Regierung zurückgewiesen, insofern spielt dieser Einwand in der rechtlichen Auseinandersetzung zunächst keine Rolle. Denn der Bezug auf ein Anderkonto im Namen eines anderen geht aus keinem Beleg hervor, den Sie bei der Einrichtung des Kontos bei der Bank vor sieben Jahren unterzeichnet haben. Das war zu einem Zeitpunkt, als Ihr Waffengeschäft mit Angola noch nicht in Sicht war.«

»Meine Firma hat nicht nur ein Waffengeschäft mit Angola vermittelt. Wir arbeiten schon sehr viel länger im zivilen Sektor mit Luanda zusammen.«

»Etwa …?«

»Rohstoffe.«

Wieder hielt der Assistent den kleinen Bildschirm vor Sotto Calvi. Der schwieg und las. Dann sah er zu Jacques auf.

»Monsieur le juge. Auch meine Aussage mit dem Konto lässt sich beweisen, denn dieser Wunsch des angolanischen Präsidenten erscheint in einem Annex zu einem der Verträge. Hören Sie, ich bin angesichts der fruchtbaren Zusammenarbeit mit der französischen Justiz bereit, Ihnen alle notwendigen Unterlagen vorzulegen. Geben Sie mir den Dienstag Zeit, um alles zusammenzustellen und nehmen Sie meine Einladung an, in mein Hauptquartier zu kommen. Dort haben wir alle Papiere, und wenn Sie noch weitere sehen wollen, sind sie sofort zur Hand. Gleichzeitig können Sie einen wunderbaren Ausflug machen. Als Zentrale dient mir nämlich mein Landsitz, der etwas mehr als eine Flugstunde entfernt südlich von Luanda in einem traumhaften Gebiet liegt.«

Jetzt strahlte er fast, so als wollte er Jacques von seiner Idee begeistern. »Ganz in der Nähe befinden sich die Steinnekropolen von Quibala, die vor dem 17. Jahrhundert entstanden sind. Sie werden schon in dem Werk des Kapuzinermönches António Carvazzi beschrieben, der diese Gegend um 1650 bereist hat. Monsieur Machin kann Ihnen bestätigen, dass sie eine Reise wert sind.«

Der Konsularbeamte Jean Machin nahm zum ersten Mal an dem Gespräch teil und nickte, für seine Verhältnisse enthusiastisch, mit dem Kopf: »Ich habe sie mehrmals gemalt, das ist mein Hobby. Eigentlich muss man sie besichtigen, wenn die Sonne tief am Horizont steht. Dann glüht der Stein rot und fügt sich perfekt in das Ocker des Sandes ein.«

Mit einer ungeduldigen Handbewegung brachte Sotto Calvi ihn zum Schweigen. »Es wäre uns eine Ehre, Sie mit dem Hubschrauber abzuholen.«

Dienstag

Maître Lafontaine stellte beim Berufungsgericht die Anträge, den Präsidenten der Sofremi, Alain Lacoste, und den ehemaligen Mitarbeiter von François Mitterrand, Georges Mousse, aus der Untersuchungshaft zu entlassen, da keine Fluchtgefahr bestehe.

Innenminister Charles Cortone hielt zwei Wochen vor den Wahlen zum Europaparlament eine flammende Rede für die Selbstständigkeit von Regionen wie Korsika, die Bretagne, das Baskenland, Nordirland, Bayern, Südtirol und Katalonien, für eine Selbstständigkeit innerhalb einer losen Europäischen Union.

Untersuchungsrichterin Françoise Barda ging zu Kommissar Jean Mahon, nachdem sie eine E-Mail von Jacques Ricou erhalten hatte, in der er ihr über die Ergebnisse des Verhörs und seinen Plan berichtete, am nächsten Tag in Sotto Calvis Zentrale zu fahren.

Kommissar Jean Mahon sah sie ein wenig spöttisch an und tippte auf seine Uhr, die kurz nach sechs zeigte: »Jacques Ricou würde um diese Zeit nach einem Whisky fragen.«

Françoise Barda verzog keine Miene. »Wie sagt er immer: zwei Finger hoch und zwei Eiswürfel.«

»Eiswürfel habe ich heute keine. Aber zwei Finger hoch.« Er nahm Gläser und goss ein. »Klingt doch gut, was Jacques aus Luanda meldet. Der ist schneller vorangekommen, als wir gedacht haben.«

»Mal abwarten, ob die Verträge echt sind. Außerdem kann es schon noch Schwierigkeiten geben, zum Beispiel, wenn das Innenministerium die Geheimhaltung nicht aufheben will. Dann können wir nichts davon vor Gericht verwenden.«

»Aber vielleicht werdet ihr dann gar keine Anklage empfehlen.«

»Auf jeden Fall kriegen wir Lacoste dran. Der hat schließlich von einem Teil des Geldes aus der Schweiz gelebt. Wenn es tatsächlich Spenden für den Verein waren, dann hat er Geld unterschlagen. Da bleibt genug übrig. Und interessant, was er über den Verein Amitié France-Afrique schreibt. Kommissar, kannst du dir den mal vornehmen und vorsichtig recherchieren? Cortone als Präsident hat vielleicht auch von dem Bargeld aus der Schweiz profitiert. Wir sollten die Jahresabrechnungen des Vereins vom Finanzministerium besorgen. Es dürfte sich ja wohl um einen eingeschriebenen Verein handeln, der als gemeinnützig anerkannt wurde. Nur dann lassen sich ja Spenden von der Steuer absetzen. Im Gegenzug muss der Verein penibel Buchhaltung führen und sie jedes Jahr beim Amt vorlegen.«

»Darum kümmere ich mich gleich morgen. Wenn du mit Jacques telefonierst, sag ihm ›Glückwunsch‹.«

»Telefonieren geht nicht. Ich maile ihm. Aber für Glückwünsche ist es, glaube ich, noch zu früh.«

Sie trank das Glas aus, verließ das Zimmer ohne Gruß und ließ die Tür hinter sich offen stehen.

Kommissar Jean Mahon goss sich noch einen Schluck ein, rutschte ein wenig tiefer in seinen Stuhl und schüttelte den Kopf. Armer Jacques, dachte er, muss mit so einer Gewitterziege zusammenarbeiten. Das hält doch kein Mensch aus.

Das Medaillon

Mittwoch

*E*r saß mit dem Rücken zu Jacques. Zwischen dem
Fliegerhelm und dem Kragen seines schwarzen Polo-
hemdes war sein Hals mit dunklen kurzen Borsten ge-
sprenkelt. Hätte der Friseur die schwarzen Haare nicht
vor kurzem erst abrasiert, so brummte es in Jacques' Kopf,
wäre der lebende Beweis erbracht, dass der Mensch vom
Wildschwein abstammt. Ihn konnte nur noch Galgen-
humor bei Laune halten. Seit vierzig Minuten dröhnte
der Lärm der Rotoren, gegen den die Ohrschützer sinnlos waren.

Der Hubschrauber war wie verabredet um acht Uhr
früh am Flughafen für Jacques und seine beiden Begleiter bereit gewesen. Rafael, der die Augen verdreht hatte,
als er von der Einladung hörte, hatte mit allen Mitteln
versucht, Jacques davon abzuhalten, Luanda zu verlassen.

Als letztes Druckmittel hatte er seine Kette aus dem
Hemd gezogen, das Medaillon wie ein Kruzifix vor
Jacques' Gesicht gehalten und ihn beschworen, »aus
Liebe zu Lyse« wenigstens ihn – Rafael – als Leibwächter mitzunehmen. »Ich habe Lyse versprochen, dich
heil nach Hause zu schicken.« Der Schweiß stand in
großen Tropfen auf Rafaels hoher Stirn. »Du unter-
schätzt ihn!«

Schließlich hatte Jacques Rafael nachgegeben. Dabei

hatte selbst der Botschafter keine Bedenken gegen den Ausflug geäußert; der stets schweigsame Konsularbeamte Jean Machin würde ja den Richter aus Paris begleiten.

Jacques glaubte Sotto Calvi kein Wort.

Wenn es ihm aber gelänge, die wahrscheinlich gefälschten Verträge mitzunehmen, hätten er und Françoise Barda keine allzu große Mühe mehr, die versuchte Täuschung in ihre Anklage einzufügen und damit die Anschuldigungen gegen den Waffenhändler zu untermauern.

Auf dem Flugfeld herrschte kaum Verkehr. Ein portugiesisches Linienflugzeug beschleunigte und hob mit lautem Getöse ab. Am Hangar standen einige kleine Propellermaschinen, eine Citation, vielleicht die von Sotto Calvi, und ein Hubschrauber mit der Aufschrift France-OIL an der Schiebetür. Ein russischer Mi-17.

Ein englischer Pilot empfing Jacques und seine Begleiter, begann mit den Worten: »we are out for a great flight«, und hörte nicht auf zu reden. Dazu erklärte er auch noch pantomimisch, wie sie sich festschnallen sollten, einmal Hosenträger – beide Fäuste mit ausgestrecktem Daumen vor die Brustwarzen – und dann – die Hände gleichzeitig nach vorn und zurück –, einmal Gürtel – und enger schnallen, sodass der Bauch eingequetscht wird, hoho.

Jacques und Rafael wirkten nicht, als würden sie zusammengehören. Der Richter aus Paris hatte sich in einen hellen Sommeranzug mit blauem Hemd und Krawatte gekleidet, als gehe er in sein Büro im Palais de Justice in Paris, während Rafael kräftige Schuhe, ein Hemd aus Jeansstoff und eine ausgebeulte Hose mit vielen Taschen trug.

Sie setzten sich hinter den Piloten. Jean Machin, der Konsularbeamte in hellgrauem Anzug, quetschte sich auf den etwas engeren Platz neben einige Kisten Ladung.

Der Engländer quatschte weiter, als er ihnen die Kopfhörer auf die Ohren schob und wieder pantomimisch erklärte, dass die auch vor den lauten Motorgeräuschen schützten, er redete, als er die Seitentür zuschob, und schwieg erst, als er sich auf seinen Platz setzte und nun auch selber anschnallte. Einmal Hosenträger, dachte Jacques, einmal Gürtel, hoho.

Der Pilot legte schon eine Reihe von Schaltern um, woraufhin die großen Rotoren langsam anfingen, sich zu drehen, als aus dem Hangar ein zweiter Pilot angerannt kam, sich unter den Rotoren duckte und auf den zweiten Pilotensitz sprang. Er drehte sich halb nach hinten, nickte, zeigte mit dem Daumen nach oben und begann mit dem Tower unverständliche Kommandos auszutauschen.

Erschrocken riss Rafael die Augen auf, griff mit seiner rechten Hand nach Jacques' Oberarm und drückte so fest zu, dass der sich unwillig losriss und sich zu ihm drehte. Er sah, wie sein Dolmetscher mit den Lippen den Namen ›Paul Mohrt‹ formte und entsetzt mit seinem Kinn nach vorn wies.

Jacques erschrak. Wenn wir jetzt Kurs aufs Meer nähmen, dann wüsste ich warum, dachte er. Aber er sah von dort, wo sie saßen, durch das Cockpit hindurch nur Hügel und der Hubschrauber stieg immer noch, sicher auf zweitausend Meter über dem Erdboden. Straßen verkamen zu Pisten, dann gab es nur noch ockerfarbene Flächen und Gebirge.

Er lehnte sich zurück und versuchte zu entspannen.

Doch seine Gedanken ließen sich nicht abschalten. Was für ein unvorstellbar zynisches Spiel hatten die verschiedenen Regierungen in Paris seit Jahrzehnten gespielt, nur weil sie für die staatliche Ölfirma wichtige Schürfrechte ergattern wollten, um in der großen Weltpolitik mitmischen zu können. Es war ihnen ganz gleich, wie viele Menschen dadurch getötet wurden, getreu dem Motto des früheren sozialistischen Premierministers Georges Clémenceau, im Ersten Weltkrieg genannt »le Tigre«:

»Une goutte de pétrole vaut une goutte de sang. – Ein Tropfen Öl ist einen Tropfen Blut wert.«

Die Rotoren schlugen weiter den Takt.

Paul Mohrt und der englische Pilot begannen über ihre am Helmrand eingebauten Mikrophone miteinander zu reden. Mohrt schaute auf die Landkarte, die er auf seinem Schoß ausgebreitet hatte, und der Engländer senkte die Maschine. Bald konnte Jacques eine vertrocknete Hochebene erkennen, hier und da Bäume, meist ohne Blätter, kein Flussbett, keine Menschen, kein Dorf, keinen Verkehr. In der Ferne steile Bergrücken.

Als er einen Blick hinter sich warf, sah er, dass Jean Machin eingedöst war. Sie waren schon mehr als eine Stunde unterwegs. Jacques stieß Rafael an, deutete auf seine Armbanduhr und hob die Hände, mit den Handflächen nach oben. Wie lang wohl noch?, sollte das heißen. Rafael schätzte, es würde noch dreißig Minuten dauern.

Paul Mohrt bedeutete dem Piloten mit der Linken, er solle weiter runtergehen. Und bald erkannte Jacques eine Piste, die zwischen eng zusammenstehenden hohen Bäumen hindurchführte. Jetzt flog der Mi-17 nur noch wenige hundert Meter über dem Boden, senkte sich weiter, sie überquerten eine Lehmstraße, die aus zwei Fahrrinnen bestand, und hielten auf einen kleinen Hügel zu, auf dem neben zwei vertrockneten Baumstümpfen das Wrack eines Hubschraubers von France-OIL lag.

Ihr Hubschrauber wirbelte Sand auf beim Landen. Die Rotoren waren noch nicht zum Stillstand gekommen, da sprang Paul Mohrt schon von seinem Sitz herunter, riss die Ladetür auf und richtete eine Stalker-Maschinenpistole auf die drei Passagiere.

»Aussteigen!«

Als Jacques seinen Aktenkoffer und Rafael seinen Rucksack nehmen wollten, machte er nur eine abwehrende Bewegung mit der Waffe.

»Kein Gepäck, Messieurs!«

»Sie sind doch Monsieur Mohrt, der Sicherheitsverantwortliche unseres Gastgebers«, Jacques kletterte bewusst bedächtig von der Laderampe herunter, »Ihr bedrohliches Verhalten verwirrt mich. Oder ist etwas mit der Maschine nicht in Ordnung? Dennoch wäre selbst das kein Grund, eine Waffe auf uns zu richten.«

»Sie werden gleich größere Sorgen haben als meine Waffe, Monsieur Ricou.«

Mohrts Stimme war kläffend laut.

Aus Reflex sah Jacques auf seine Uhr. Es war bald zehn, doch obwohl die Sonne schien, war es hier noch sehr kühl. Wahrscheinlich befanden sie sich auf mehr als tausend Metern Höhe.

»Zu dem abgestürzten Hubschrauber dort drüben. Los!«

Jacques ging voran, die beiden anderen folgten ihm schweigend. Während Rafael gespannt wirkte, wie eine zum Sprung bereite Großkatze, begann Jean Machin plötzlich zu zittern, blieb stehen und rief Paul Mohrt zu: »Fais pas le con, Paul! Spiel nicht den Verrückten!«

Der Konsularbeamte nennt Calvis Sicherheitschef mit Vornamen, registrierte Jacques.

Mohrt schoss eine Salve in den Boden, woraufhin Jean Machin weiterlief.

Der englische Pilot blieb im Hubschrauber sitzen, so als kümmere es ihn nicht, was mit den Passagieren passierte.

Paul Mohrt folgte den dreien, die Waffe stets auf sie gerichtet. Der abgestürzte Hubschrauber war auch ein Mi-17 und glich äußerlich dem, mit dem sie geflogen waren.

»Klettern Sie in das Wrack!« Paul Mohrt wartete, bis die drei Männer im Laderaum des schräg auf der Erde liegenden Mi-17 standen. »Ihre Geschichte endet hier. Sie sind leider auf dem Weg von der Steinnekropole von Calulo zu den Nekropolen in Quibala notgelandet. Vielleicht wollte der Pilot Ihnen noch auf einem kleinen Umweg die Felsen von Pedras Negras zeigen. Die beiden Männer, die Sie hierher geflogen haben, sind leider beim Versuch, Hilfe zu holen, in dem Minenfeld getötet worden. Wenn Sie sich umdrehen, können Sie die beiden dort liegen sehen. Sie sind heute früh gestorben. Also nicht lange vor Ihnen.« Paul Mohrt lachte, als sei ihm ein guter Witz gelungen. »Ich werde Ihnen nichts antun, keine Sorge. Rings herum liegen etwa hunderttausend Minen. Das bedeutet in Angola mit seinen dreißig Millionen Minen überhaupt nichts. Sie werden hier verenden – oder beim Versuch, zur Straße durchzukommen. Also bleibt Ihnen eine Chance wie beim Jackpot im Lotto: eins zu hundertsiebzig Millionen.«

»Irrtum«, platzte es aus Jacques heraus. »Eins zu dreißigtausend. Bei hunderttausend Minen kommen dreißig, genauer: dreiunddreißigtausend, auf je einen von
uns.« Er ärgerte sich sofort, dass er überhaupt auf Mohrt
eingegangen war. Und dann noch mit so einer blöden
Rechnung.

Paul Mohrts Gesicht versteinerte. Er knöpfte mit der
linken Hand den Knopf der rechten Brusttasche seines
Hemdes auf und zog ein kurzes Glas hervor, dessen Korken mit rotem Lack versiegelt war.

»Ich habe für Sie eine Überraschung aufbewahrt,
Monsieur Ricou. In dem Gläschen hier liegt die Lösung
eines Rätsels verborgen. Dieses Minenfeld, vor dem wir
stehen, hat vor vielen Jahren eine Truppe der UNITA
angelegt, die eine Ihnen bekannte Person angeführt hat.
Sie hat mit der Auflösung des Rätsels zu tun.« Er stellte
das Glas auf den Boden. »Warten Sie, bis ich wieder im
Hubschrauber bin. Ich schieße sonst. Danach sind Sie
frei.«

Paul Mohrt rannte mit ausgreifenden Schritten zurück zum Mi-17, dessen Rotoren sich schon wieder zu
drehen begannen. Doch ehe Jacques und Rafael das alles begreifen konnten, spurtete Jean Machin geschwind
wie ein kleines Wiesel hinterher. Auf der Innenseite seiner Hosenbeine zog sich ein dunkler Fleck bis unter die
Knie. Der Mi-17 hob ab, noch bevor Paul Mohrt seine
Tür geschlossen hatte, und flog wenige Meter über dem
Boden in Richtung der wohl drei Kilometer entfernten
Piste.

»Paul, du bist verrückt! Das kannst du mir doch nicht
antun!« Jean Machin rannte schnell, so als wollte er den
Hubschrauber noch erwischen, doch plötzlich warf ihn
eine Explosion drei Meter hoch und riss ihm ein Bein

ab. Der Verletzte stieß einen entsetzlichen, das lärmende Rotorengeräusch durchschneidenden Schrei aus und fiel wieder auf den Boden. Eine zweite Explosion zerriss seinen Körper in der Mitte.

Jacques wandte sich ab.

Paul Mohrt steckte seinen Kopf aus dem Fenster und winkte fröhlich.

Jacques und Rafael standen wie erstarrt. Sie waren zu keinem Wort, zu keinem Laut, zu keinem Gedanken fähig.

Merde. Nur dieses eine Wort fiel Jacques ein. Merde. Und er erinnerte sich, wie die Lehrerin, ja, Madame, wie hieß sie noch, Madame Fourcade, eine sehr geachtete Lehrerin, klein mit dunklem Lockenhaar, in der Quatrième den Schülern in seiner Klasse erklärt hatte, gewisse Worte benutze man nicht: »Klo-Worte«. Dazu gehörte: »merde«. Und alle hatten genickt und seitdem dieses Wort wenigstens im Unterricht gemieden. Merde. Scheiße.

Er schaute in die Richtung, in die Paul Mohrt gedeutet hatte, als er von den toten Piloten sprach. Weil er nichts sehen konnte, kletterte er auf den Hubschrauber. Knapp dreißig Meter entfernt lagen zwei weitere von Minen zerfetzte Leichen in Uniform.

Rafael hatte sich noch nicht gerührt. Keinen Millimeter. Selbst seine Augen bewegten sich nicht.

Er hatte Recht gehabt.

Jacques indessen war von einer Unruhe gepackt, die ihn nicht still stehen ließ. Er sah das Glas mit dem Siegellack, sprang von dem Wrack herunter auf den sandigen Boden, lief zu der Stelle, an der Paul Mohrt es abgestellt hatte, hob es auf. Das war nicht irgendein Glas, nein es handelte sich um schön geschliffenes Kristall!

230

Jacques hielt es zwischen Daumen und Zeigefinger in die Höhe seiner Augen. Zunächst erkannte er nur einen kleinen schwarzen Haufen. Doch je mehr er sich konzentrierte, desto deutlicher wurde das Bild vor ihm. Ein Fußnagel, ein Stück Knochen, zusammengehalten von zu Leder getrockneter dunkler Haut.

Das mumifizierte Glied eines Zehs.

Das Stück, das am kleinen Zeh von Lyse fehlte. Das Stück, das er glücklich frotzelnd immer wieder gesucht hatte.

Seine Knie wackelten, die Beine hielten ihn nicht mehr. Er plumpste mehr auf den Boden, als sich freiwillig zu setzen. Dann wurde ihm schwarz vor den Augen.

Zuerst spürte er, dass seine Füße über den Sand schleiften, dann das schwere Gewicht seines Körpers, das von zwei Händen unter seinen Achselhöhlen hochgehoben und am Boden entlanggezerrt wurde. Es tat ihm weh. Jacques gab einen verzweifelten Stöhnlaut von sich. Die Hände lehnten ihn an einen Baumstamm. Rafael hatte ihm den Schlips abgenommen und das Hemd geöffnet, damit er Luft bekäme. Er setzte sich neben ihn.

Sie schwiegen.

»Merde!« Jacques schrie es sich aus dem Leib. »Merde!«

Rafael reagierte nicht.

»Entschuldige, Rafael ...«

»Sei ruhig! Ich rechne.«

Nur an den sich lautlos bewegenden Lippen merkte Jacques, dass in dem großen kräftigen Mann, der die Augen starr auf das Minenfeld gerichtet hielt, etwas vorging. »Wir müssen nur den Anfang finden«, flüsterte er einmal, als rede er mit sich und rechnete weiter.

Die Auflösung des Rätsels befände sich in der Flasche, hatte Paul Mohrt gesagt. Der kleine Zeh von Lyse. Was verband sie mit einer Truppe, die ein Minenfeld verlegt hatte? Ihr Vater, so hatte sie Jacques erzählt, habe die UNITA von Sawimbi unterstützt. Aber er war kein Soldat, sondern Rechtsanwalt in Portugal gewesen. Wenn dies wirklich der kleine Zeh von Lyse war, woran Jacques nicht zweifelte, weshalb trug Paul Mohrt ihn mit sich herum? Wenn er ihn in diesem versiegelten Kristallglas bei sich hatte, musste er damit einen besonderen Wert verbinden.

Rafael stand auf, ging zu dem Hubschrauberwrack, kletterte hinauf, suchte offensichtlich etwas und tauchte strahlend mit einer Blechkiste wieder auf. Er ballte die Faust und machte eine kurze Schlagbewegung von unten nach oben, so als habe er eine Runde nach Punkten gewonnen.

»Wir müssen ein oder zwei Rotorblätter abmontieren. Komm rauf.«

Er reichte Jacques die Hand, um ihn nach oben zu ziehen und nach einer halben Stunde Fluchen, Schrauben, Klopfen und Drehen fiel das erste, und eine weitere halbe Stunde später das zweite von fünf Rotorblättern in den Sand.

»Gott sei Dank haben die einen russischen Hubschrauber benutzt. Der Mi besitzt nämlich die längsten Rotorblätter der Welt, mindestens zwanzig Meter. Deswegen kann er besonders hoch fliegen, wie man es für den Kaukasus braucht. Pack mit an, wir schleppen die beiden Dinger da vorn zwischen die Bäume. Die werden uns helfen, aus diesem ungemütlichen Ort zu verschwinden.«

»Und wie soll das gehen?«

Sie packten das erste Rotorblatt an, Rafael vorn, Jacques hinten. Bis zu den Bäumen waren es nur einige Dutzend Meter, aber die Last war schwer, und Jacques brach der Schweiß aus.

»Jacques, ich weiß, wer das Minenfeld verlegt hat. Paul Mohrt hat leichtsinnigerweise etwas verraten, was er sicher nicht wollte. Lyse hat dieses Minenfeld angelegt. Und wenn das so ist, kenne ich das Muster, nach dem die Minen ausgerichtet worden sind. Erklären werde ich dir das alles, wenn wir hier erst einmal raus sind.«

Jacques fiel sein Ende des Rotorblattes fast aus der Hand.

»Wieso Lyse, war sie Soldatin? Das hätte sie mir doch erzählt!«

»Ach, Jacques, du kommst aus einer merkwürdigen Welt. Lyse wird dir vieles nicht erzählt haben. Sie wurde als neunjähriges Kind in Sawimbis Armee gezwungen. Wie Tausende anderer Kinder. Wie ich. Seitdem kennen wir uns. Sie hat sieben, acht Jahre Krieg geführt. Menschen getötet. Wir haben uns mehrmals gegenseitig das Leben gerettet. Wir sind Geschwister. Und wer solch ein Glück wie Lyse hat, sich ein zweites Leben in einer neuen Welt aufzubauen, der hat meist auch einen anderen Lebenslauf erfunden. Pack an!«

»Aber sie hat ...«

»Jacques, später. Ein neuer Lebenslauf befreit die Seele von dem Erleben im ersten. Jetzt sei mal ruhig. Es ist fast halb elf. Das gibt uns zwar einige Zeit, bis es Nacht wird, aber allzu viel ist das auch nicht. Wir müssen das Minenfeld durchquert haben, bevor es dunkel wird.«

Sie saßen neben den Rotorblättern zwischen den beiden kräftigen Stämmen, an deren Ästen kaum Blätter hingen. In der linken Hand hielt Rafael das Medaillon, mit dem rechten Zeigefinger übertrug er das Muster schnell und geschickt in den Sand. An das obere Ende zog er einen großen Strich.

»Hier liegt die Piste.« Dann streckte er seinen langen Arm, das Hemd hatte er hochgekrempelt, nach rechts aus. »Wenn wir davon ausgehen, dass das Minenfeld bis zu dem kleinen Wald dort hinten reicht, etwa drei Kilometer von hier, dann wird Lyse die Minen nach ihrem Muster längs der Straße verlegt haben, also halte ich das Medaillon im Längsformat. Während in der unteren Hälfte alle Rechtecke ein weißes Innenfeld haben – außer einem – liegen in der oberen Hälfte zwei Rechtecke mit je einem schwarzen Karo. Wir haben damit immer die Bäume gemeint. Also wird es auch hier so sein. Zwar trennt ein voller Balken beide Karos, aber zwischen die Bäume wird sie keine Minen gelegt haben. Das wäre militärisch sinnlos.«

Rafael drehte sich zu Jacques und zeigte auf das Medaillon. »Wir haben die Minen immer nach dem Muster dieser alten Sandzeichnung verlegt, denn es konnte ja passieren, dass wir selbst durch solch ein Feld fliehen mussten. Und da half uns die Zeichnung bei der Orientierung. Für jeden Gegner ist es fast unmöglich, zu erahnen, wo die nächste Mine liegt. Aber ich weiß, wo – oder besser: wie ich durchkommen kann.«

»Wenn ich mir das Medaillon anschaue, dann grenzen die schwarzen Linien überall aneinander.«

»Ja, aber ich weiß, wo wir die eine oder andere Mine hochgehen lassen, um einen Durchgang zu schaffen. Dazu nutzen wir die Rotorblätter. So erreichen wir wieder einen minenfreien Korridor.«

Mit Kabeln aus dem Hubschrauber banden sie die beiden zwanzig Meter langen Propeller zusammen. Dann suchte Rafael ein großes Gewicht.

»Eine Mine geht erst hoch, wenn mindestens zwanzig, fünfundzwanzig Kilo den Zünder belasten. Sonst würde jede Ratte, jeder Hase sie zur Explosion bringen. Köpergewicht wäre am besten«, sagte er, stand auf und lief in Richtung Hubschrauber.

»Rafael! Nein!« Jacques rannte hinter dem Koloss her, der bisher noch kein Wort für ihn übersetzt hatte, obwohl er als Dolmetscher eingestellt war. Vielleicht hatte Lyse ihm eher ein angolanisches Kindermädchen zur Seite stellen wollen. »Nein«, rief Jacques noch einmal, weil er befürchtete, Rafael wollte entweder den toten Konsularbeamten oder einen der Piloten als Gewicht verwenden.

Rafael ließ Jacques herankommen und betrachtete seine eleganten Stadtschuhe.

»Was für eine Größe hast du?«

»Dreiundvierzig.«

»Zieh mal einen aus!«

Jacques schlüpfte aus dem Halbschuh und gab ihn Rafael, der sich vorsichtig der Leiche des am nächsten liegenden Piloten näherte. Er nahm mit dem Schuh von Jacques Maß, nickte zufrieden, ging in die Hocke und schnürte den Stiefel auf.

»Sei nicht kleinlich und zieh die an. Mit deinen Schuhen kommst du keine drei Meter weit.«

Jacques unterdrückte seinen Ekel und gehorchte.

Dann lösten sie einen der klobigen Sitze aus der Pilotenkanzel. Sie trugen ihn zu dem Schlitten aus Rotorblättern, Rafael band den schweren Stuhl auf das vordere Ende und versuchte, seine Konstruktion über den Boden zu schieben.

»Das geht erstaunlich leicht«, Rafael riss eine schmutzige Decke, die er im Hubschrauber gefunden hatte, in zwei Teile und band sich den Stoff um die Knie. »Auf dem feinen Sand rutscht es gut. Wir machen das jetzt so: Du ruhst dich ein wenig im Schatten der beiden Bäumen aus und sammelst deine Kräfte.«

»Kann ich dir nicht helfen?« Jacques hatte ein schlechtes Gewissen, schließlich hatte seine Leichtgläubigkeit sie in diese lebensgefährliche Lage gebracht.

»Nein. Es reicht, wenn einer sich in Gefahr begibt. Und ich habe hier ein bisschen mehr Erfahrung als du. Ich werde diesen komischen Schlitten vor mir herschieben. Einen Meter vor, dann ziehe ich ihn zurück. Die Mine geht erst los, wenn der Druck wieder nachlässt. Die Mine platzt nach oben und zur Seite, aber sie wird mich nicht treffen. Zwanzig Meter sind eine ziemlich sichere Entfernung. Und erschrick nicht, die eine oder andere wird mit einem wahnsinnigen Lärm hochgehen.«

Jacques unterbrach ihn: »Soll ich die ganze Zeit allein hier bleiben?«

»Nein. Wenn ich den Rhythmus des Musters finde, dann schaffe ich es in drei bis vier Stunden bis zur Straße. Vielleicht dauert es auch fünf. Ich nehme an, das sind drei Kilometer. Jetzt ist es halb zwölf. Also spätestens um halb fünf müsste ich das Minenfeld durchquert haben. Damit wir keine Zeit verlieren, solltest du in einer Stunde genau meiner Spur folgen. Du wirst mich bald einholen, denn dort wo ich entlanggekrochen bin, liegen keine Minen. Tritt nicht aus der Spur heraus. Sonst: paff! und du fliegst in die Luft. Je früher wir es schaffen, desto besser. Bis wir endgültig in Sicherheit sind, haben wir noch viel vor uns. Falls wir es überhaupt schaffen.«

Rafael stand auf, trat auf Jacques zu und streckte seine Hand aus. Sein Gesichtsausdruck war hart, fast unfreundlich. Auch Jacques erhob sich, ergriff die Hand, drückte kräftig zu und sah den Freund von Lyse mit ernster Miene an. Im gleichen Moment umarmten sie sich kurz.

»Merde«, sagte Jacques und Rafael lächelte, beugte sich vor und antwortete über Jacques' Schulter hinweg »merde«. Künstler, das wusste Jacques, wünschen sich mit diesem Wort vor jedem Bühnenauftritt Glück.

Der Pilotensitz rutschte auf langen Kufen über den Sand, geschoben von einem klein wirkenden Menschen, der seine Arme auf das Ende des Schlittens stützte und ihn auf den Knien rutschend nach vorn trieb.

Jacques glaubte sich immer noch in einem Albtraum. Er konnte sich nicht vorstellen, dass der vornehme Mann, der ihm am Montag in freundlichem Ton Rede und Antwort gestanden und für jeden Fragenkomplex eine glaubhaft scheinende Erklärung abgegeben hatte, ihn kaltblütig umbringen lassen wollte. Und zwar so kaltblütig, dass Unbeteiligte, die scheinbar verunglückten Piloten und ein Konsularbeamter zusätzlich dran glauben mussten. Obwohl Jean Machin vielleicht ohnehin verschwinden sollte, weil er zu viel über Paul Mohrt wusste. Hatte er den Sicherheitschef nicht bei seinem Vornamen genannt? Außerdem müsste Sotto Calvi doch wissen, dass die französische Justiz sich durch den Mord an einem Untersuchungsrichter nicht aufhalten ließe. Selbst wenn Jacques Ricous Verschwinden nie aufgeklärt würde.

Eine Explosion riss ihn aus seinen Gedanken. Er sprang auf und hörte Rafael laut fluchen. Die Mine hatte den Sitz aus seiner Stellung gerissen und weit in das Minenfeld hineingeschleudert, wo er eine zweite Explosion auslöste. Rafael stand auf und kam zurückgetrabt.

»Wir brauchen den anderen Sitz. Aber«, und er strahlte fast ein wenig, »ich glaube, wir sind auf dem richtigen Weg. Die Mine lag, wo ich sie vermutet habe. Wenn es mir jetzt gelingt, drei Minen, die nach meiner Berechnung hintereinander liegen, mit einem Schlag zu zünden, dann haben wir einen etwa anderthalb Meter breiten freien Streifen von gut zwei Kilometern vor uns. Danach wird es nur noch einmal ein bisschen kompliziert.«

Es dauerte mindestens eine halbe Stunde, bis sie das seltsame Minensuchgerät mit dem zweiten Pilotensitz bestückt hatten, und Rafael schob es zwanzig Meter weiter. Plötzlich ließ er es liegen und rief Jacques zu: »Hol mal fünfzehn, zwanzig Meter Kabel aus dem Hubschrauber und bring es her. Nimm so viel du findest.«

Jacques ging noch einmal zu dem Wrack. Mit einem dicken Schraubenzieher löste er die Verkleidung an der Decke des Frachtraums und legte dicke Kabelstränge offen, die er mit einer Zange abtrennte, Stück für Stück zusammendrehte und Rafael brachte. Der befestigte sie dann am Ende der Rotoren.

»Jetzt musst du mir helfen, Jacques«, sagte er. »Ich habe versucht, das Gewicht über die drei Minen zu schieben. Das heißt aber, die nächste zu uns liegt nur acht oder zehn Meter entfernt. Sie wird zwar als Letzte explodieren, aber trotzdem ist es gefährlich. Deshalb laufen wir ein Stück zurück, damit sind wir schon über zwanzig Meter weiter entfernt. Das reicht. Mit den Kabeln ziehen wir das Ganze zu uns heran in Richtung Bäume. Nur eins: lieber langsamer und sicher als zu schnell. Du darfst meine Spur nicht um einen Zentimeter verlassen. Das könnte für dich tödlich enden.«

Drei Explosionen in kurzer Reihenfolge und ein Jubelschrei von Rafael. »Der Sitz steht noch!« Jacques spürte einen kräftigen Schlag auf seiner Schulter. »Das müssen wir uns merken: Schnell zurückziehen rettet unsere Konstruktion! Aber jetzt wird es spannend. Mal sehen, ob ich das Muster richtig gelesen habe.«

Rafael hatte das System, nach dem Lyse mit ihrer Truppe die Minen verlegt hatten, einwandfrei erkannt. Jacques folgte ihm in gebührendem Abstand. In den Pilotenstiefeln ging es sich gut. Ein leichter Wind blies den feinen Sand in den Mund, in die Nase, in die Ohren.

Jacques' Mund war wie ausgetrocknet. Er konnte nicht mehr schlucken. Weshalb bloß hatte er im Hubschrauber nicht nach Wasser gesucht. Sollte er zurückgehen? Er würde Rafael schnell wieder einholen. Wie weit lagen die Bäume zurück? Sie wirkten klein in der Ferne. Die Strecke zurück sah doppelt so weit aus, wie die Entfernung zur Piste. Ehe er einen Fehler machen konnte, erhob sich Rafael und kam auf ihn zu.

»Ich muss mich mal strecken. Meiner Berechnung nach kommen wir jetzt noch einmal an einen Gürtel mit vier Minen hintereinander. Vier auf einmal schaffen wir nicht. Lass uns nach der bewährten Methode zwei und zwei versuchen. Bist du okay?«

Jacques nickte. Rafael schob die Rotorblätter langsam voran, sie liefen, die Kabel in der Hand, zurück. Ruhe. Rafael schüttelte den Kopf. Jacques fing an zu schwitzen. Er hatte Angst. Dasselbe noch einmal – Stille. Nicht einmal Vögel zwitschern hier. Kein Laut von irgendwelchen Lebewesen. Rafael schüttelte den Kopf. Jacques schwitzte noch mehr. Rafael ging wieder in die Knie, legte seine Unterarme auf das Ende der Rotorblätter und schob sie um weitere zwanzig Meter voran. Plötzlich rief er: »Bleib stehen! Bleib stehen!« Er richtete seinen Oberkörper auf, ohne sich von den Knien zu erheben, führte seine rechte Hand an den rechten Unterschenkel, schob die Hose hoch und zog aus einem Halfter ein langes Messer. Mit dessen Schaft stocherte er vorsichtig im Sand zwischen Jacques und den Rotorblättern herum. Nach langen zwei Minuten drehte er sich um, steckte das Messer zurück. »Entwarnung. Ich glaubte, ich hätte eine Mine direkt vor mir. Also, noch einmal los.«

Zwei Minen gingen hoch. Der Sitz stand immer noch.

Plötzlich fühlte sich Jacques leicht und frei: Ein Untersuchungsrichter aus Paris als Minensuchkommando in Angola. Er lächelte. Weiter so!

Rafael kauerte schon wieder auf den Knien, rutschte zwanzig Meter weiter. Und dann noch einmal mit den Kabeln in der Hand zurücklaufen. Zwei Explosionen. Der Sitz bekam etwas ab und rutschte zur Seite. Rafael kletterte auf den Rotoren nach vorn und richtete ihn wieder auf. Dreihundert Meter lag die Straße entfernt. Jacques verstand die Handzeichen von Rafael.

Jetzt ruhig bleiben. Ganz ruhig.

Zweieinhalb Kilometer hatten sie schon geschafft. Dagegen sind die Pariser Minenfelder nichts, dachte Jacques. Mir wird kein Gerichtspräsident mehr Angst einjagen, auch kein Justizminister. Wenn ich das hier überstehe. Rafael schob vor, zog zurück, schob vor, zog zurück. Noch zweihundert Meter. Noch hundertfünfzig Meter. Noch fünfzig Meter. Es war erst drei Uhr am Nachmittag. Noch vierzig Meter. Jacques schaute auf die Straße, wenn man das hier eine Straße nennen wollte. Ein Trampelpfad aus Lehm, ungeteert, mit zwei Fahrrinnen. Zwanzig Meter.

Rafael stand auf, drückte die Brust heraus, streckte beide Arme nach hinten und seufzte. »Jetzt wird es noch einmal gefährlich. Nah am Straßenrand liegen immer besonders gefährliche Dinger. Damit Fahrzeuge, die nur ein paar Meter vom Weg abkommen, sofort auf eine Mine treffen. Und zwar stark genug, um einen Lastwagen zu zerstören. Hier gilt unser Muster nicht mehr. Hier galt es nie.« Er schaute Jacques in die Augen.

»Kannst du gut balancieren?«

»Warum?«

»Traust du dir zu, bis nach vorne zu gehen, ohne einmal zur Seite zu treten?«

»Ja. Das dürfte nicht allzu schwer sein.«

Rafael schob die Rotorblätter so weit, bis das vordere Ende die erste Fahrrinne erreichte.

»Du gehst jetzt bis auf die Straße, trittst dort aber nur in die Fahrrinne. Selbst zwischen den beiden Rinnen auf der Piste kann eine Mine liegen. Also, bleib wirklich in der Rinne. Daneben lauert der Tod.«

Jacques erreichte die Piste und lief aus Vorsicht ein bisschen weiter, mehr als hundert Meter. Er sah zurück zu Rafael und verstand nicht, was der tat. Der schwere Mann war fast am Ende der Rotoren angelangt, als er stehen blieb und Jacques mit beiden Händen Zeichen machte, sich hinzulegen. Jacques zeigte mit seinen

Händen auf seine Brust, als wollte er fragen, meinst du mich, und Rafael gestikulierte, ja wen denn sonst? Jacques wollte gerade weitergehen, als er sah, wie Rafael plötzlich von den Rotoren sprang und sich nach drei Schritten auf den Boden warf.

Eine ungewöhnlich laute Explosion mit einem warmen Luftzug erreichte Jacques. Der Sitz und die Rotorblätter flogen durch die Luft und schlugen zwischen ihm und Rafael auf. Er erhob sich gleichzeitig mit Rafael, der auf ihn zukam, ihn ernst anblickte und ihm wieder die Hand reichte.

Die Geschichte des kleinen Zehs

Wo Bäume stehen, finden wir Wasser«, Rafael lockerte mit seinem großen Dolch die harte Erde. »Nur eine kurze Verschnaufpause«, sagte er, »es bleibt noch anderthalb Stunden hell und das Licht müssen wir nutzen. Wenn die Nacht anbricht, müssen wir so weit wie möglich vom Minenfeld entfernt sein.« Er grub einen halben Meter tief, bis sich in dem Loch Wasser ansammelte.

Jacques überlegte, wie viel Zeit ihnen bliebe. Und Rafael meinte zu wissen, dass Sotto Calvi den Botschafter am Abend anrufen und den Hubschrauber als vermisst melden würde. Die Suche würde am nächsten Morgen beginnen. Das würde Calvi der Armee überlassen, weil deren Auftritt überzeugender wirkt. Wenn die angolanischen Soldaten morgen Nachmittag den verunglückten Hubschrauber fänden, würden die Leichen von Jacques und Rafael fehlen. Dann würde die Jagd nach ihnen beginnen. Gefährliche Zeugen dürfen nicht überleben.

»Kann man das Wasser auch trinken?« Jacques schaute skeptisch in das Loch, in das inzwischen zwei, drei Liter einer hellgrauen Flüssigkeit gesickert waren.

»Wenn sich der Sand nach einer Viertelstunde gesetzt hat, wird es ziemlich klar sein. Aber selbst trüb ist es sauberes Wasser aus der Erde.«

Jacques fiel plötzlich ein, dass seine Aktentasche mit den Untersuchungsakten im Hubschrauber geblieben und damit Sotto Calvi in die Hände gefallen war. Aber das war nicht mehr wichtig. In der Ferne sah er durch die Bäume die bläuliche Silhouette einer hohen Bergkette. Noch nie hatte er solch eine Stille erlebt. Kein Rauschen, wie es der Mensch verursacht. Kein Zwitschern eines Vogels. Kein Rascheln einer Eidechse. Nicht einmal den Ästen der trockenen Bäume konnte der Wind ein Knacken entlocken. Jacques sah Rafael konzentriert in den Sand starren, ab und zu malte er mit den Fingern einen Strich.

»Rafael, weißt du, wo wir sind?«

»Wenn Paul Mohrt glauben machen will, der Hubschrauber wäre auf dem Flug von der Nekropole Calulo nach Quibata notgelandet, dann befinden wir uns auf der Hochebene von Kwanza. Das passt auch zu unserer Flugdauer heute früh. Und sollte er einen Abstecher zu den Pedras Negras in seine …«

»Was sind die Pedras Negras?«

»Schwarze Felsen, ein Dutzend Granitberge, die achthundert oder gar tausend Meter hoch völlig unvermittelt in der Landschaft stehen. Fast ein Naturwunder und so faszinierend, dass sie früher auf der Rückseite des alten portugiesischen Fünfhundert-Escudo-Geldscheines abgebildet waren.«

So entstehen wohl Sandzeichnungen, dachte Jacques, als er Rafael weiter beobachtete. Gedankenverloren hatte der ein Muster in die trockenen Erdbrösel gezeichnet, auch dieses wirkte wie ein mathematisches System, ganz anders aber als das Muster des Medaillons. Rafael wischte mit der Hand darüber und sah Jacques in die Augen.

»Wenn wir Mohrts Lügengeschichte als Anhalts-
punkt nehmen, dann befinden wir uns wahrscheinlich
fünfzig Kilometer vom nächsten Ort entfernt, dreißig
Kilometer von der nächsten, befahrenen Straße. Diese
Gegend hier gehört zu den gefährlichsten. Hier trafen
die Machtbereiche von MPLA, also der Regierung, und
der UNITA von Sawimbi aufeinander. Lyse und ich haben in der UNITA gedient. Wenn wir nach Westen gehen, kommen wir innerhalb eines Tages in stark besie-
deltes Gebiet.«

»Das sollten wir schaffen. Von dort können wir die
Botschaft anrufen.«

»Im Gegenteil, wir sollten vermeiden, mit denen
Kontakt aufzunehmen. Die staatlichen Sicherheitsbe-
hörden könnten lebensgefährlich sein. Die wird Sotto
Calvi durch seine Beziehungen zur Armee für seine
Zwecke mobilisieren können.«

»Und was wäre der bessere Fluchtweg?«

»Der kleine Ort Pungo Adongo im Norden liegt zwar
weiter weg, ist aber noch weitgehend von ehemaligen
UNITA-Leuten besetzt. Und denen geht die reguläre
Armee lieber aus dem Weg.«

»Ich dachte, es herrscht Frieden seit dem Tod Sawimbis.«

»Frieden ja, aber auch eine harte Konkurrenz. Und
da oben kenne ich mich gut aus. Zwischen den Bergen
der Pedras Negras haben wir die ganze Gegend vermint.
Selbst wenn der karge Boden dort wie verdorrte Steppe
wirkt, darfst du keinen Schritt auf ihm wagen.«

»Aber wir können uns doch nicht noch einmal durch
ein Minenfeld arbeiten wie vorhin.«

»Das werden wir auch nicht müssen. Ich nehme an,
dass die Piste befahren wird und damit auch minenfrei

ist. In Pungo Adongo könnte ich Freunde finden, und wenn wir Glück haben, hat das World Food Programm eine Lebensmittelstation eingerichtet. Die Häuser der internationalen Hilfsorganisationen in Angola sind für die reguläre Armee Heiligtümer.«

»Und wie weit ist es bis dorthin?«

»Diese Piste hier führt vermutlich bis zum Fluss Kwanza, dahinter liegt eine Ebene mit den Pedras Negras und noch ein bisschen weiter Pungo Andongo. Insgesamt fünfzig oder sechzig Kilometer. Wie gut bist du drauf?«

»Sportlicher Stadtmensch würde ich sagen.« Früher, als Jacques noch in Nizza als Richter arbeitete, hatte er regelmäßig Tennis gespielt und später mit Margaux in Paris sogar Squash. Aber gegen sie hatte er trotz aller Anstrengungen immer verloren. Fünfzig Kilometer aber dürften ihm nichts ausmachen. Ein Marathon geht über zweiundvierzig Kilometer, und den schaffen viele Stadtmenschen in gerade mal vier Stunden.

Jacques legte sich vor das Wasserloch und schöpfte mit beiden Händen Wasser. Es schmeckte erstaunlich kühl und frisch.

»Trink, so viel du kannst«, sagte Rafael und mahnte, nachdem er selbst getrunken hatte, zum Aufbruch.

Es war sehr warm und Jacques wollte seine Jacke liegen lassen. »Ist doch merkwürdig, im Anzug durch die Wildnis zu laufen.«

»Lass nur, nimm sie lieber mit. Du wirst heute Nacht über jeden Fetzen Stoff froh sein. Es wird sehr kalt in diesen Höhen.«

»Kalt in Angola?« Mit Afrika hatte er immer nur Wärme verbunden.

Jacques lief genau in der gefahrenen Spur. Wo das

Gewicht eines Rades den Boden belastet hat, liegt sicher keine Miene mehr, sagte er sich. Er band sich die Anzugjacke mit den Ärmeln um den Bauch und versuchte, das Tempo von Rafael mitzuhalten, der in der linken Spur immer ein paar Schritte vor ihm ging. Jetzt war er richtig dankbar für die Stiefel des toten Piloten.

»Erzähl mir von Lyse. Du sagst, sie sei Soldatin gewesen. Wie kam sie dazu?«

Rafael ließ sich ein wenig zurückfallen und blieb auf gleicher Höhe wie Jacques.

»Als ich sie kennen lernte, trug sie schon eine Uniform und ihre Aufgabe war es, die Maschinenpistole eines Offiziers der UNITA zu tragen. Ich war damals elf, zwölf, sie ungefähr neun. Wir wissen alle nicht, wann wir geboren wurden. Unsere Einheit bestand aus dreihundert Soldaten und ebenso vielen Kindern. Wir Kleinen waren verantwortlich für das Gepäck der Soldaten. Und wenn wir zu einem Lagerplatz kamen, mussten wir Holz für das Feuer sammeln. Jedes Kind diente einem Soldaten. Und zwischendrin wurden wir gedrillt. Marschieren, Waffen pflegen, schießen.«

»Konntet ihr nicht abhauen?«

»Wer erwischt wurde, der wurde erschossen und im Lager liegen gelassen. Als Warnung für alle anderen. Selbst mit neun konnten wir schon die Waffen blind auseinander nehmen, putzen und wieder zusammensetzen. Und jeder, der eine Waffe besaß, musste mit in den Kampf. Mit zehn haben wir Krieg geführt wie Erwachsene.«

»Und was war mit deinen Eltern, oder denen von Lyse?«

»Ich wurde aus dem Haus meiner Eltern geraubt.

Wir waren fünf Kinder, davon waren zwei schon alt genug, nach Ansicht der Soldaten. Mein Bruder entwickelte sich zu einem hervorragenden Scharfschützen, wir lebten lange Zeit gemeinsam in einer Truppe. Mit fünfzehn traf ihn die Kugel eines Scharfschützen der MPLA mitten in die Stirn.«

»Und Lyse?«

»Sie hat nie über ihre Eltern gesprochen. Angeblich wuchs sie mit acht Ziegen bei einer gehassten Großmutter auf, die sie am liebsten umgebracht hätte. Lyse war mit neun weiter als alle Gleichaltrigen. Vielleicht weil sie sich schon immer durchschlagen musste. Sie verfügte über einen erstaunlichen Sinn für Ordnung, und das nicht nur was Sachen, sondern auch was zwischenmenschliche Beziehungen betrifft. Sie hat schon mit neun die älteren Kindersoldaten runtergeputzt, wenn die spielten, statt ordentlich Holz zu sammeln. Und sie befahl ihnen zu tun, was sie für richtig hielt. Deshalb wurde sie mit elf unter großem Gelächter der Offiziere zum Feldwebel ernannt. Von da an durfte sie eine eigene Waffe tragen. Und die war fast so groß wie sie selber. Eine AK 47.«

»Eine Kalaschnikow?

»Genau. Lyse und ich haben die verrücktesten Geschichten zusammen erlebt.«

»Erzähl! Dann vergeht die Zeit schneller.«

»Sie war mit dreizehn schon ziemlich groß und hatte die Haare kurz geschnitten wie ein Mann. Ich werde damals wohl sechzehn gewesen sein und wir gingen aus lauter Übermut in eine Kneipe. Natürlich in Uniform und mit Kalaschnikow. Wir fühlten uns richtig stark. In der Kneipe gaben uns die Frauen dann Bier aus. Und natürlich waren wir nach dem zweiten Glas schon ziemlich betrunken. Die Frauen glaubten, zwei scharfe Soldaten vor sich zu haben und versuchten uns anzumachen. Eine Matrone hatte es besonders auf Lyse abgesehen. Nach dem dritten Bier, als sie ihr zwischen die Beine fasste, ergriff Lyse spontan ihre Waffe, schoss ins Laubdach, und wir rannten weg, so schnell wir konnten. Im Lager konnten wir uns vor Lachen kaum noch halten. Damals wollte Lyse am liebsten als Mann gelten.« Rafael schwieg, sein Blick ging zu Jacques. »Wie ist sie heute?«

Jacques blickte an ihm vorbei in die Ferne ehe er sagte: »Das scheint sie alles abgelegt zu haben. Sie ist eine beeindruckende, erfolgreiche Frau. Mit Betonung auf Frau.«

Nach einer Stunde schlug Rafael eine Pause von fünf Minuten vor. Nicht länger, damit sie nicht träge würden. Jacques setzte sich in den ausgefahrenen Streifen auf seiner Straßenseite. Er schwieg und spürte die Anstrengung. Langsam ließ er sich nach hinten gleiten, was soll's wenn der Anzug sandig wird, und die Augendeckel fielen ihm langsam zu. Sofort wurde er durch Händeklatschen und lautes Lachen geweckt. Rafael stand auf seiner Seite der Piste und bedeutete ihm mit schnellen Bewegungen der rechten Hand, die er nach oben geöffnet hielt, er solle sich sputen. Auf, auf! Und weiter.

»Und wie lange war Lyse dabei?«

»Bis sie etwa achtzehn war. 1994 wurde zwischen UNITA und Regierung der Friedensvertrag von Lusaka geschlossen. Der sah vor, dass beide Parteien abrüsten sollten. Doch zur Entwaffnung schickte Sawimbi nur Kindersoldaten und alte Männer mit kaputten Waffen.

Er traute Präsident Dos Santos nicht. Zu Recht! Lyse hatte Glück, weil sie durch eine portugiesische Hilfsorganisation nach Lissabon kam.«

»Und du?«

»Ich wurde nach Belgien geschickt, bin aber vor fünf Jahren wieder nach Luanda zurückgekommen.«

»Warum? Hat es dir in Belgien nicht gefallen?«

»Weil ich hier zu Hause bin. Und weil ich immer noch meine Familie suche, meine Eltern, wie Hunderttausende andere Angolaner. Wir sind ein Land von Flüchtlingen. Es kommen immer noch Menschen aus Zaire, dem Kongo, Sambia oder Südafrika zurück, weil hier ihre Heimat ist. Und sie kommen in Orte, in denen die Mauern zerschossen und die Menschen zerstört sind.«

Die Sonne sank im Westen hinter ein Wolkenband und färbte den Himmel plötzlich in strahlendes dunkles Rot. Rafael beschleunigte seinen Schritt. Und Jacques verstand, dass es bald Nacht werden würde und sie ein bisschen schneller gehen müssten. Er blieb einen Moment stehen und blickte zurück. Die Stelle, von der sie losgelaufen waren, konnte er nicht mehr erkennen.

»Kannst du nicht mehr oder warum bleibst du zurück?« Jacques eilte Rafael nach.

Es wurde schnell kalt und sehr dunkel.

So sehr er sich auch bemühte, er konnte Rafael auf der anderen Seite der Piste nicht mehr sehen. Die Nacht war wirklich pechschwarz. Sie würden weitergehen, wenn der Mond scheint.

Jacques zog seine Jacke an. Zu der »Überlebensstrategie«, die Rafael ausgegeben hatte, gehörte auch die Anweisung, sich in das von den Reifen gefahrene Bett zu legen und zu versuchen, ein wenig zu schlafen.

Der Boden fühlte sich hart an, aber nachdem Jacques sich einige Mal hin und her gewälzt und sich eine Kuhle zurechtgeformt hatte, spürte er nichts mehr.

Bilder jagten ihn, Bilder von Menschen: Lyse. Françoise Barda, Jean Mahon. Und immer wieder Lyse. Der Mi-17 auf dem Flughafen von Luanda. Lyse in ihrem großen Bett. Nackt, sie beide schweißgebadet. Er küsste ihren Fuß. Paul Mohrt. Das Glas. Mit dem Zeh von Lyse. Es war in seiner rechten Hosentasche. Jacques tastete danach. Ja, es war noch da. Er fror. Und war plötzlich ganz wach. »Rafael?«

Es war heller geworden. Über ihm standen Sterne so nah, wie er sie noch nie am Himmel gesehen hatte, höchstens im Planetarium von Paris. Als seine Klasse eine Schulreise in die Hauptstadt gemacht hatte, gehörte der Besuch im Grand Palais mit Besichtigung des Sternenhimmels zum Programm. Er hatte sich mit einigen Klassenkameraden auf den Teppichboden gelegt und nach oben geschaut. Aber im Planetarium war der Boden weniger hart gewesen. Und er hatte nicht so gefroren.

Jacques setzte sich schaudernd auf, schlug sich mit den Armen auf die Brust und rief noch einmal: »Rafael?«

»Bleib, wo du bist. Ich hole dich ab.«

Rafael tauchte etwa zehn Meter von der Straße entfernt neben einem Busch auf und kam langsam einen Fuß vor den anderen setzend zu ihm.

»Komm, ich habe Wasser gesammelt. Spring auf meine Seite und nimm meine Hand. Komm ganz nah an mich heran. So, und tritt jetzt immer genau hinter meinen Fuß.«

Neben dem Wasserloch lag eine Mine.

Jacques erschrak, aber Rafael lachte nur. »Die habe ich entschärft.«

Jacques trank. Er hatte Hunger, sagte aber nichts. Fünf Minuten später waren sie wieder unterwegs. Rafael gab ein schnelles Tempo vor, sodass Jacques nach zehn Minuten die Jacke auszog, weil ihm heiß wurde. Hinter dem Gebirgszug im Osten stieg der Mond auf, zunehmend, fast voll.

Jacques konnte mit Rafael bald nicht mehr mithalten. Er war schon zweihundert Meter hinter ihm, als Rafael sich umschaute und stehen blieb.

»Geht's nicht schneller?«

Jacques holte auf. »Mein Schrittrhythmus ist ein wenig langsamer.«

»Aber sonst alles okay?«

»Jaja. Sonst bin ich gut eingelaufen.« Sie gingen weiter. In seiner Hosentasche berührte Jacques den kleinen Kristallflakon. »Weshalb hat Paul Mohrt den kleinen Zeh von Lyse in diesem Glas aufgehoben?«

Rafael schwieg so lange, dass Jacques glaubte, er hätte die Frage vielleicht gar nicht gehört oder wollte sie nicht wahrnehmen.

»Weißt du, an welchem Fuß das Glied fehlt?«

»Ja, rechts.«

»Du kennst sie sehr gut. Und sie dich. Weil du ihr sehr viel wert bist, hat sie mich gebeten, dir zu helfen. Und weil du naiv bist ...«

»Was heißt naiv?«

»... wie du hier eingeflogen bist, als seiest du der Unantastbare aus Paris, das nenne ich äußerst naiv. Und Lyse auch.«

»Und der Zeh?«

»Ich mach's kurz und schmerzhaft. Eine Frau ist für einen afrikanischen Krieger ein Gebrauchsgegenstand. Als einfacher Soldat kann sie töten wie Männer. Aber wenn die Männer eine Frau brauchen, gilt sie nicht mehr als Soldat. Ob es die Jungs unter den Kindersoldaten waren oder die Offiziere, jeder nahm sich unter den jungen Mädchen, was ihm gefiel. Manchmal kamen drei oder vier Jungs in einer Nacht. Und die Mädchen wussten meist nichts über das Geheimnis der Sexualität. Keiner klärt hier irgendjemanden auf. Und wenn ihnen mit zwölf oder dreizehn zum ersten Mal Blut an den Beinen hinunterläuft, rennen sie schreiend zum Sanitäter, der seine Witze vor allen macht. Kein Wunder, dass viele Kindersoldatinnen Kinder gebären.«

»Lyse auch?«

»Nein, Lyse nicht. Sie hatte ein wenig Glück. Sie und ich, wir hatten ein enges, ein sehr vertrautes Verhältnis. Eines Tages kam sie zu mir, ich war Unteroffizier, und schlug einen Handel vor. Ich solle sie vor den anderen Männern beschützen, dafür würde sie mit mir zusammen wohnen.«

»Sie war deine Braut.«

»Nein. Ich habe mich schon danach gesehnt. Aber ich hatte versprochen, sie zu beschützen. Und dann baute sie einen Mythos um sich auf, der einen noch größeren Schutz bedeutete. In Pungo Adongo regierte vor mehreren hundert Jahren die Königin Njinga, Herrscherin im Reich Ngol. Diese Königin ergab sich nicht der portugiesischen Kolonialmacht, deren Soldaten daraufhin Pungo Adongo einkesselten, belagerten und eroberten. Viele Ngol wurden getötet, andere in die Sklaverei verkauft. Nur Königin Njinga konnte mit einer Truppe von Amazonen und mehreren ihrer Ehemänner in die Pedras Negras flüchten. In einem der Felsen hat sie ihren Fuß wie einen Stempel hinterlassen. Und dieser Abdruck ist heute noch zu sehen. Er wird ehrfürchtig konserviert und in der Frau, deren Fuß ganz genau in die Spur hineinpasst – so will es die Legende – wird die Königin Njinga wieder erstehen. Als unsere Einheit dort lagerte und der Hauptmann uns alle zu der heiligen Stelle im Fels führte, trat plötzlich die kleine Lyse ruhig und aufrecht vor und stellte ihren nackten Fuß in die Felsspalte. Er passte, als handelte es sich um einen Abguss.«

Jacques war mit gesenktem Kopf gelaufen, den Blick auf den Boden einige Meter vor sich gerichtet.

»War's der rechte?«

»Der rechte Fuß. Ja.«

»Und der Zeh?«

»Der war damals noch dran. Wegen ihrer Verkörperung als Njinga galt Lyse von nun an als unantastbar. Nach dem Mythos darf sich die Königin ihre Ehemänner selbst aussuchen. Deshalb beanspruchte auch Lyse dieses Recht für sich, beziehungsweise – sie begründete damit ihren bewussten Verzicht. Sie wollte keinen Mann mehr spüren. Sie beanspruchte selbst Mann zu sein und Macht zu haben. Auch gegenüber eigenen Leuten, die nicht spurten. Da handelte sie gnadenlos. Aber mit sechzehn ließ sich selbst mit der unförmigen Militärkluft nicht verbergen, dass eine schöne Frau darunter steckte. Zu der Zeit erschien Paul Mohrt im Auftrag der französischen Regierung mit Waffen für Sawimbi. Hubschrauber, Mörser, Munition, sogar Laster. Der Franzose half mit seinem militärischen Wissen, und wir siegten und marschierten bis kurz vor Luanda. Für diesen Erfolg erbat sich Paul Mohrt dann eine Belohnung: Lyse. Doch selbst Sawimbi fühlte sich durch den Mythos der Königin Njinga gebunden und war nicht bereit, sie dem Söldner, als den wir Mohrt sahen, zu geben. Paul Mohrt aber ist ein gewissenloser Mensch. Und gehört einer gewissenlosen Nation an. Zuerst hat er uns kräftig unterstützt im Auftrag und mit dem Geld der französischen Regierung. Doch ein Jahr später hat er die Seiten gewechselt. Plötzlich half er der MPLA und der Regierungsseite, diesmal im Auftrag des französischen Geheimdienstes, also auch der französischen Regierung. So sah das doppelte Spiel Frankreichs aus.«

In seiner Spurrille lag ein Fels, den Jacques übersah. Er stolperte, fiel aber nicht. Rafael hielt kurz an, nahm aber das schnelle Lauftempo gleich wieder auf. Um ihn kurz zurückzuhalten, sagte Jacques: »Und was war mit Lyse und Paul Mohrt?«

»Du wirst gleich mehr wissen als dir lieb ist. Also: Mohrt hat uns mit unfairen Mitteln ausgetrickst, und zwar so: Die zivile Bevölkerung in dem von uns besetzten Gebiet erhielt regelmäßig Lebensmittel von internationalen Hilfsorganisationen, die unter anderem mit Hubschraubern von France-OIL eingeflogen wurden. Eines Morgens landeten wieder drei France-OIL-Maschinen und wir eilten fröhlich und unbewaffnet auf die Hubschrauber zu. Doch kaum hatten wir uns auf hundert Meter genähert, da stürmte Paul Mohrt und seine zusammengewürfelte Bande aus Söldnern und Regierungssoldaten heraus und schoss wie wild auf unsere Leute. Fünfzig Mann haben sie erwischt. Sie verjagten die Einheit in die Büsche und hielten nur Lyse zurück. Kurz vor Abend hoben die Hubschrauber wieder ab. Die zurückkehrenden Soldaten fanden Lyse in einem Zelt. Halbtot, nackt, missbraucht, gefoltert. In ihrem linken Auge steckte das Messer von Paul Mohrt. Und es fehlte das letzte Glied von ihrem kleinen Zeh.«

Jacques rührte sich nicht. Ihm war eiskalt. Er hatte das Gefühl, als zittere sein Herz.

»Rafael, war das Auge zerstört?«

»Ja. Sie trug eine Augenklappe, bis sie in Lissabon ein Glasauge bekam.«

Das fahrende Ungetüm

Donnerstag

Die Sonne stieg schnell hoch. Sie schien so hell, als hätte Kalunga sie wiedererweckt. Und sie wärmte und glänzte, so als hätte man sie gestern Abend in ein rotes Tuch gehüllt und in einen Baum gelegt. Jacques dachte aber auch an die Geschichte, die Lyse ihm über das Entstehen des Todes erzählt hatte, weil sie befürchtete, er könnte aus Angola nicht mehr wiederkehren.

Automatisch setzte er einen Fuß vor den anderen. Und dachte an Lyse. Die Kindersoldatin war eine andere Frau als die, die er kannte. Aber vielleicht könnte er auch diese andere lieben, die mit der Geschichte um das letzte Glied ihres kleinen Zehs vom rechten Fuß, den er in dem Kristallflakon in seiner rechten Hosentasche trug. Jacques tastete danach. Ja, er war noch da. Er könnte sich vorstellen, eine Zeit seines Lebens mit ihr zu teilen. Eine Zeit. Wie lange, würde sich zeigen.

In der Kühle der Nacht waren sie gut vorangekommen und hatten sich von dem Minenfeld etwa zwanzig Kilometer entfernt.

»Als Soldaten sind wir gut marschiert, wenn wir das Tempo ab und zu gewechselt haben: mal schneller gehen, mal laufen, mal langsamer. Und jede Stunde die berühmten fünf Minuten Pause, ob man sich müde fühlt oder nicht.«

»Laufen kann ich mit den klobigen Schuhen nicht«, Jacques ging es sowieso schon zu schnell. »Aber mal langsamer finde ich nicht schlecht.«

Rafael lachte.

Als sie nach der nächsten Pause aufstanden, zeigte er nach Norden. »Siehst du die großen schwarzen Berge dort hinten? Das sind die Pedras Negras.«

Die Gegend hatte sich langsam verändert. Zuerst waren nur ein paar kleine Büsche neben der Straße zu sehen, dann größere und hier und da ein Halm. Jetzt bedeckten dicke, grüngelbe Grashalme den Boden und weit verstreut standen hier ein dunkelgrüner Busch, dort sogar ein kleiner Baum. Aus dem Grün in weiter Ferne erhoben sich fünfzehn oder gar zwanzig riesig erscheinende Felsberge. Als die aufgehende Sonne ihr Licht schräg von Osten auf die Flanken der Granitklötze warf, wirkten sie gewaltig und fremd.

Die rotgelbe Piste zog sich als satter Farbstreifen dahin, ein wenig bergab, ein wenig bergauf, und verschwand schließlich hinter einer Kuppe.

Jacques blieb stehen und bewunderte das Bild.

»Die Hälfte des Wegs haben wir. Heute Abend könnten wir dort sein. Wenn nichts passiert. Komm, laufen wir los!«

Rafael hatte so viel Schwung, dass Jacques ein paar Schritte rennen musste, um ihn einzuholen.

»Wenn nichts passiert. Werden sie uns denn auf dieser Piste suchen?«

»Sie werden glauben, wir wären nach Süden gegangen, weil es dort sehr viel näher zum nächsten Dorf ist. Aber wenn sie uns dort nicht finden, werden sie in den Norden gehen.«

Plötzlich blieb Rafael stehen und horchte. »Ich höre

einen Motor. Aber das ist weder ein Hubschrauber noch ein Flugzeug.« Er legte die rechte Hand wie eine Muschel hinter sein großes Ohr und nickte. »Klingt wie ein Lastwagen.« Und während er die rechte Hand weiter an die Ohrmuschel hielt, hob er die linke mit ausgestrecktem Zeigefinger. »Wollen wir wetten, was für ein Fahrzeug es ist?«

»Ich habe keine Ahnung.«

»Ich wette, es ist ein Unimog.«

»Ich weiß weder, was ein Unimog ist, noch wie er klingt. Du gewinnst.«

»Unimogs sind phantastisch im Gelände. Die besten Laster, die du dir vorstellen kannst. Made in Germany! Wir hatten auch welche, aber frag mich nicht, wie die zur UNITA gekommen sind. Die Deutschen haben sich ja in unseren Bürgerkrieg nie eingemischt. Die haben ja auch keine eigenen Ölinteressen.«

Plötzlich streckte Rafael seine Rechte Jacques entgegen. »Hast du Geld dabei?«

Jacques zog seine Brieftasche aus seiner Hose. »Ja. Ein paar hundert Dollar. Und ein paar hundert Euro.«

»Nimm das Geld aus der Brieftasche und gib es mir. Aber lass zwei oder drei kleine Dollarscheine stecken. Mich wird keiner fragen, aber einen Weißen wie dich, der sich im Anzug in die Wildnis verlaufen hat, den hält jeder für so merkwürdig, dass er wie Freiwild behandelt werden darf. Das nur, damit du vorgewarnt bist. Je nach Lage werde ich gleich ein bisschen Abstand von dir nehmen. Vielleicht gehst du schon einmal langsam weiter. Ich bleibe und erforsche die Lage.«

Jacques ging ein paar Meter, doch dann drehte er um und kam zurück. »Ach lass mal, ich fühle mich besser bei dir.«

Eine ungeheuere Maschine bog mit lautem Lärm und hinter sich eine lange Staubwolke hoch aufwirbelnd um eine Biegung. Als sich das Ungetüm näherte, sah Jacques, dass der Motor frei über zwei Rädern lag, die wie Storchenbeine aus dem Gefährt hervorstachen. Durch eine zerborstene Windschutzscheibe sah ein schwarzer Fahrer mit einem Jimi-Hendrix-Wuschelkopf über das Lenkrad. Über Türen oder ein Dach verfügte der kleine Laster nicht mehr. Nur oberhalb der hinteren Räder war eine kleine Plattform, auf der vier kräftige Männer, drei Schwarze und ein blonder Weißer, in wild zusammengewürfelten Kleidern saßen. Ein bisschen Tarnanzug, ein wenig Blaumann, ein bisschen karierter Stoff.

Das Skelett des Unimogs musste halten, weil Jacques und Rafael auf den beiden Reifenspuren der Piste standen. Der Fahrer wedelte zwar wild und laut schreiend mit einem Arm, sie mögen zur Seite gehen, aber Rafael schrie genauso laut zurück.

Kaum waren die Räder des Wagens zum Stillstand gekommen, sprang der Wuschelkopf bewaffnet mit einem langen, starken Stück Holz hinter dem Lenkrad hervor und spießte es mitten in den Motor. Im Leerlauf jault die Maschine laut auf, aber so geht sie wenigstens nicht aus, erklärte er später. Der Wagen sprang nur schwer an.

Das Palaver dauerte nicht lang, dann rief der Fahrer den Männern auf der Ladefläche etwas zu und Rafael gab Jacques einen Wink, mit aufzusteigen. Der Unimog fuhr wieder an.

Jacques stellte sich hinter das Fahrerhaus, band seine schmutzige Jacke mit beiden Ärmeln um einen Metallpfosten und hielt sich an einer Strebe fest. Neben dem Fahrer sah er drei große Batterien, die mit einem Wirrwarr von nackten Kupferdrähten miteinander verbunden schienen. Durch alle Ritzen konnte er die Piste sehen.

Plötzlich spürte Jacques eine Hand auf seiner Schulter. Der Blonde stand schwankend vor ihm und fragte ihn etwas auf Portugiesisch. Er schaute zu Rafael, der sich jedoch abgewandt hatte, als gehe ihn dies nichts an.

Jacques deutete mit beiden Händen gleichzeitig auf seine Ohren, zog die Mundwinkel nach unten und schüttelte den Kopf. Pantomimisch wollte er ausdrücken, dass er nichts verstand.

»Dollar? Escudos?« Einer der Schwarzen kam näher und streckte provozierend seine Hand aus.

Jacques zuckte mit der Schulter. Er hatte die Aufforderung, Wegezoll zu zahlen, verstanden und holte die Brieftasche hervor. Ohne sie zu öffnen, reichte er sie dem Wortführer, der sich wortlos umdrehte und wieder hinsetzte.

Die vier Männer lachten, als sie in der Brieftasche drei Scheine im Wert von je zwanzig Dollar fanden. Allerdings brach bald Streit aus: Drei Scheine waren schwer auf vier Leute zu verteilen.

Der Blonde stand auf, in der Hand die Brieftasche mit Jacques' Papieren und Kreditkarten, und kam wütend auf ihn zu. Wieder zuckte Jacques mit den Schultern. Dann krempelte er alle Taschen nach außen. Es war nichts mehr zu holen. Der Mann griff nach Jacques' Jacke, wühlte darin herum, ohne auch nur eine Münze zu finden. Dann sah er die Uhr, eine alte Girard Perregaux, viereckig mit römischen Ziffern. Jacqueline, mit ihrem Sinn für alte, wertvolle Objekte, hatte sie ihm in einem glücklichen Moment am Abend vor ihrer Hochzeit geschenkt. Der Blonde wollte sie Jacques vom Arm reißen, doch das Lederband hielt. Einen Moment, gestikulierte Jacques, dann schnallte er das Band auf und reichte die Uhr dem wütenden Mann. Der band sie sich mühselig um den rechten Arm, zog die Jacke an und steckte die Brieftasche ein. Dann setzte er sich zufrieden zu seinen Kumpanen, die ihm auf die Schultern schlugen, laut krakeelten und ihm zu erklären schienen, er wirke jetzt wie der große weiße Boss. Der drückte seine Brust heraus und führte die Hand vom Mund weg, als schmauche er eine dicke Zigarre.

Um ein wenig vom Fahrtwind zu profitieren, der den Staub nach hinten blies, stellte sich Jacques hinter den Fahrer. Er wollte wissen, wie schnell der Wagen fuhr, sah aber weder einen Kilometerzähler noch sonst Instrumente. Schnell ging es nicht voran, vielleicht fünfzehn oder zwanzig Stundenkilometer, aber das war vier- oder fünfmal so schnell wie zu Fuß. Und bequemer.

Nach einer halben Stunde versuchte er sich auf eine der aufgeladenen Kisten zu setzen, aber die Stöße der Schlaglöcher in der Piste taten ihm weh.

Seine vier Mitfahrer zeigten sich abgehärteter. Sie legten sich auf das schwankende Blech der Ladefläche, wurden hin und her geruckelt und schliefen.

Jacques sah zu Rafael, der seine Beine vom hinteren Rand der Ladefläche baumeln ließ, sich mit durchgedrückten Armen abstützte und in die Gegend blickte, aus der die Piste kam.

Wie würde er wohl diesen Schlamassel überstehen. Jacques glaubte immer noch, er würde bald aus einem Albtraum aufwachen. Er hatte als Richter schon in viele menschliche Abgründe geblickt, doch das, was er hier erlebte, erschien ihm fern jeder Wirklichkeit. Und niemand aus seiner zivilisierten Welt würde ihm glauben, wenn er darüber berichtete.

Rafael war sein einziger Zeuge.

Vielleicht würde ihn Sotto Calvi in der Öffentlichkeit als einen wahnsinnigen Richter verleumden, der vor keiner Lüge zurückschreckte, um einen ehrenhaften Bürger zu beschuldigen, den er auf anderem Wege nicht zu Fall bringen könnte.

Françoise Barda würde nur mit dem Kopf schütteln.

Selbst Kommissar Jean Mahon würde seinen Freund Jacques freundschaftlich zur Mäßigung auffordern.

Ganz zu schweigen von seiner Präsidentin Marie Gastaud.

Aber Lyse würde ihm glauben.

Und wahrscheinlich Margaux.

Vielleicht könnte er mit Hilfe der Medien weiterkommen. Obwohl sich die Presse seiner meist kritisch annahm. Aber in diesem Fall war er das arme Schwein, mit dem sich die Journalisten solidarisieren könnten.

Die Pedras Negras näherten sich, wurden langsam größer, die Büsche standen immer enger beieinander, bald wuchsen links und rechts der Piste hohe Sträucher und vier oder fünf Meter hohe dürre Bäume, fast ein Wald, aus dem eine Brise angenehme Kühle herauswehte. Das war der Moment, in dem Touristen die Kamera zücken.

Ein leiser Pfiff weckte Jacques aus seinen Träumen. Er drehte sich um und sah, wie Rafael ihn vorsichtig mit der Hand zu sich winkte, und gleichzeitig mit dem Zeigefinger auf den Lippen andeutete, er solle die vier Kerle nicht wecken.

Jacques stieg über sie hinweg, während Rafael sich langsam von der Ladefläche auf die Piste herabließ und ihn drängte sich zu beeilen.

Der Unimog fuhr so langsam, dass Jacques das Absteigen nicht schwer fiel.

Sofort stand Rafael neben ihm. »Achtung. Da hinten kommt mindestens ein Hubschrauber.«

»Bist du sicher? Ich hör nichts.«

Doch ein Blick auf Rafaels zorniges Gesicht ließ Jacques verstummen. »Wir müssen uns sofort verstecken. Unter einen Busch. Bleib drei Meter hinter mir und tritt nur in meine Fußstapfen!«

»Und die Minen?«

»Ist jetzt scheißegal. Der Hubschrauber ist noch tödlicher!«

Als sie unter einem dichten Strauch auf dem Bauch lagen, schmeckte Jacques Blut. Er fuhr sich mit der Hand über das Gesicht und stellte fest, dass die Dornen auch an seinen Armen und Händen kleine blutende Ritze hinterlassen hatten. Aber er spürte nichts. Und hörte nichts außer dem Lärm des sich langsam entfernenden Unimog.

Doch bald mischte sich das schlagende Tuckern eines Hubschraubers hinein. Zwei Hubschrauber zeigte Rafael mit seinen Fingern an. Und – bleib flach liegen! Jacques hätte laut reden können ohne gehört zu werden, so dröhnten die Rotoren, doch die Angst ließ ihn erstarren. Rafael nickte ihm mit einem freundlichen Lächeln zu und griff nach seinem Handgelenk, als wollte er ihm Mut einflößen. Der große Mann wirkte entspannt, als erlebte er solche Situationen täglich.

Zuerst konnte Jacques das laute Zischen nicht deuten, dann sah er eine Rakete die Piste entlangfliegen, die Ladefläche des Unimogs hochheben und mit einem dumpfen Geräusch explodieren. Die vier Männer hatten sich aufgesetzt, als sie den Lärm der Hubschrauber hörten. Der Blonde, der Jacques' Jacke trug, wirkte lächerlich, wie eine Witzfigur. Wir fahren im Anzug durch die Wüste.

Das Feuer, das die Explosion auslöste, verschluckte alle vier.

Einer der beiden Hubschrauber trug die Zeichen der angolanischen Armee, auf dem anderen prangte der Schriftzug France-OIL auf der Tür. Als die Mi-17 landeten, wirbelte Staub auf wie bei einem Sandsturm. Mit Maschinenpistolen bewaffnete Soldaten sprangen heraus, begleitet von Paul Mohrt, der Anweisung gab, das Feuer zu löschen.

Die Körper der verbrannten Leichen auf der Ladefläche waren aufgedunsen, die Beine und Arme hatten sie, wie auf dem Rücken liegende tote Käfer, von sich gestreckt. Paul Mohrt deutete auf zwei der Leichen und ließ sie vom Wagen herunterwerfen. An einem waren noch die Reste von Jacques' Anzugjacke zu erkennen. Paul Mohrt bückte sich und zog die fast intakte Brieftasche heraus.

Auf seinen Befehl hin holte ein Soldat zwei Plastik-Leichensäcke aus dem Hubschrauber der Armee, und die beiden Leichen wurden eingepackt. Jacques glaubte das Geräusch zu hören, als die dicken Reißverschlüsse zugezogen wurden.

Paul Mohrt zündete sich eine Zigarette an, klopfte einem Offizier auf die Schulter und rief mehrere Soldaten zu sich. Sie schienen sich zu beraten, dann wurden die Leichensäcke in den Hubschrauber von France-OIL geladen, und Paul Mohrt hob mit seiner Last ab.

Sofort brachten Soldaten einige Kisten aus ihrer Kabine und machten sich an der rechten Seite des ausgebrannten Unimogs zu schaffen.

Jacques fragte leise: »Was machen die jetzt?«

»Die räumen die Piste, indem sie den Wagen nach links wegsprengen. Dann wirkt es so, als wäre er auf eine Panzermine gefahren. Und das verwundert hier keinen. Weshalb auch niemand Fragen stellen wird. Das gehört einfach zum Alltag.«

Der heiße Luftstoß drang bis zu Jacques unter den Strauch. Der Unimog flog rumpelnd zur Seite zwischen das Buschwerk und die Piste lag wieder frei da. Einige Minuten später hob auch der Hubschrauber der Armee ab. Und kaum war sein Rotorengeräusch verklungen, hörte Jacques die Natur zurückkehren. Zuerst in Form von Mücken, dann von Vögeln und endlich von Wind.

»Und was machen wir jetzt?«

»Wir bleiben hier in unserem Bunker, bis es dunkel wird. Du weißt nie, ob die nicht noch einmal vorbeikommen. Und nochmal werden wir nicht solch ein Glück haben.«

»Ob die glauben, unsere Leichen mitgenommen zu haben?«

»Deine sicherlich. Schließlich war der eine weiß und trug deine Jacke und deine Papiere. Paul Mohrt hat jetzt, was er braucht. Zwei Opfer eines Hubschrauberabsturzes, die bei dem Unglück leider verbrannt sind. Wahrscheinlich fliegt er noch einmal zurück zu der Stelle, an der er uns abgesetzt hat und zündet das Wrack des Hubschraubers an, damit er erklären kann, weshalb seine beiden Leichen verbrannt sind.«

»Ist damit die Gefahr für uns vorbei?«

»Ein bisschen. Aber wirklich nur ein bisschen. Denn wir müssen erst einmal irgendwohin kommen, wo Freunde sind. Mit dem Unimog haben wir gute Strecke gemacht. Aber es sind immer noch fünf oder sechs Kilometer bis zum Kwanza-Fluss. Den müssen wir irgendwie überqueren, und dann bleiben noch einmal zehn Kilometer durch die Pedras Negras bis Pungo Andongo. Vielleicht schaffen wir es heute Nacht bis zum Kwanza und vielleicht auch noch rüber. Versuch jetzt einfach zu schlafen. Ich grabe so lange nach Wasser.«

Frisch geduscht, frisch rasiert, ein Steak mit kross gebratenen, gut gesalzenen Pommes frites, ein kühles Bier. Dann plötzlich der unerträgliche Schmerz. Paul Mohrt schrie ihn an. Wo ist Lyse? Und der Folterer steckte eine glühende Nadel in seinen Arm.

Jacques stöhnte auf, wand sich und schrie. Die Stacheln des Busches, unter dem er lag, drangen in seinen Arm, das hatte ihn geweckt. Er war erschöpft. Mühsam legte er sich flach auf den Bauch und schaute sich um.

Die Sonne stand tief über dem Horizont. Die Luft war kälter geworden.

Rafael saß am Rand der Piste und schabte mit seinem Messer die Rinde eines Holzstückes ab. Stöhnend kroch Jacques heraus, dehnte seine Muskeln, die sich hart und müde anfühlten. In dem Erdloch von Rafael hatte sich ein halber Eimer Wasser gesammelt. Jacques trank und konnte nur mit Mühe dem Drang widerstehen, sich in dem Nass sein unrasiertes Gesicht zu waschen. Dann reichte ihm Rafael drei gelbliche Knollen.

»Hier, die kannst du essen. Eine Wurzel, die gar nicht schlecht schmeckt. Ein bisschen süßlich.«

Sie liefen, solange das Licht es erlaubte. Warteten im Dunkeln bis der Mond aufging. Gegen Mitternacht erreichten sie das flache Ufer des Kwanza. Aufseufzend ließ Jacques sich in das tiefe Gras fallen, zog die Beine an und lockerte die Schnürsenkel.

»Leisten wir uns erst einmal ein Bad?«

»Das haben wir verdient.«

»Kann man hier schwimmen, oder gibt es Krokodile oder irgendwelche gefährlichen Fische?«

»Die mögen nur das Fleisch vom weißen Mann!«

Rafael lachte, zog sich aus, rannte los und sprang in den Fluss. Jacques sah ihm hinterher, fast ein bisschen neidisch. Der Körper dieses Mannes schien einfach makellos zu sein. Ob Lyse sich davon wirklich nicht beeindrucken ließ? Wo die Königin Njinga ihren Ehemann doch aussuchen durfte?

Das Wasser war angenehm frisch. Jacques fühlte, wie sich seine Muskeln entspannten. Er schwamm einige hundert Meter gegen die leichte Strömung und ließ sich wieder zurücktreiben. Er tauchte unter, rubbelte sich die Haare, wusch mit den Händen das Gesicht. Prustend kam er wieder hoch und erschrak, als er fünf junge Männer mit Rafael am Ufer stehen sah. Drei trugen Maschinenpistolen, zwei schienen unbewaffnet. Immerhin hielten sie die Waffen nicht im Anschlag, sondern geschultert. Rafael stieg ungezwungen in seine Hose, als hätte er gerade geduscht. Und als Jacques sah, dass er ihm winkte, aus dem Wasser zu kommen, nahm er all sein Selbstbewusstsein zusammen, ging nackt zu dem Häufchen Kleider und zog sich an, nass wie er war. Er hörte Rafael und die Männer lachen und beobachtete, wie sie sich gegenseitig auf Arme und Schultern klopften, männliche Gesten, die ihm nicht fremd waren.

Als Rafael ihn vorstellte, streckten die Männer ihm die Hände entgegen, er schüttelte sie und sagte bonsoir, um nur irgendetwas zu sagen. Alle lachten und dann erklärte ihm Rafael, worüber sie geredet hatten, und die Männer lachten wieder.

»Mach dir keine Sorgen, die stehen auf unserer Seite. Sie haben auf den Unimog gewartet, der ihnen Munition liefern sollte. Ich habe ihnen von dem Angriff erzählt und warum wir überlebt haben. Sie wollen uns helfen, hier wegzukommen. Es hat aber keinen Sinn, weiter nach Pungo Andongo zu laufen. Die ganze Gegend um den Ort ist noch so stark vermint, dass sich keine Hilfsorganisation dorthin traut. Vor drei Wochen ist ein Vierradantrieb des World-Food-Program in Kahuhi, einem kleinen Dorf vor Pungo Andongo, auf eine Mine gefahren. Drei Helfer kamen dabei ums Leben. Also müssen wir unseren Plan ändern. Meine Freunde werden uns mit einem Boot bis kurz vor Malanje mitnehmen. Das ist nicht schlecht, denn Malanje gehört noch zum ehemaligen Gebiet der UNITA und ist Provinzhauptstadt. Und dort gibt es ein Auffanglager für Kinder von UNICEF und, noch besser, einen Flughafen, auf dem Hilfsflüge landen und starten.«

Jacques' Tod

Freitag

Mu tunda, tu an' a nguvu; Mu ngela, tu an' a Nguvulu.«

Der neben ihm sitzende junge Mann redete auf ihn
ein, aber Jacques verstand kein Wort.

Rafael drehte sich zu seinem Schützling um. »Er
meint, im Osten sind wir Kinder des Flusspferdes, im
Westen sind wir Kinder des Gouverneurs. Mit diesem
Sprichwort erklären die Leute aus Malanje, weshalb sie
stets gegen die Regierung opponieren, ganz gleich, wer
in Luanda Nguvulu ist.«

»Nguvulu?«

»Das war das Wort für den portugiesischen Gouverneur in Luanda. Luanda bedeutet auch flussabwärts.
Das Sprichwort spielt mit der Ähnlichkeit der Worte
nguvu und nguvulu. Das erste bezeichnet den König
der Flüsse, Hippo, und das zweite den Herrscher über
die Menschen. Östlich von Malanje fließt der Kuangu,
in dem viele Flusspferde leben. Vom Westen schickt die
Regierung Soldaten, um uns zu unterdrücken.«

Gegen Mitternacht waren Jacques und Rafael in ein
sechs Meter langes, verbeultes Aluminiumboot gestiegen. Zwei ihrer Begleiter hatten sich neben den Außen-
bordmotor, zwei auf die Bank zu Jacques gesetzt, der
fünfte hockte sich mit entsicherter Maschinenpistole
ganz nach vorn. Als der Motor mit Getöse ansprang

und das Boot mit großer Geschwindigkeit flussaufwärts schoss, wurde Jacques nervös. Aber Rafael beruhigte ihn. »Es gibt zwei Gründe, weshalb wir bis Malanje sicher sind, auch vor den Soldaten der regulären Armee. Die haben, besonders nachts, nämlich vor zwei Dingen Angst. Einmal vor den Ehemaligen der UNITA und zum zweiten vor den Kilundu.«

»Was, bitte, sind Kilundu?«

»Kilundu sind die Geister der Natur, die einem Stammesfürsten Kraft geben und ihre unbändige Kraft zeigen, die etwa im Wasser oder im Wind steckt. Sie können mit einer Flut Dörfer wegwischen oder mit einem Wirbelwind Bäume ausreißen. Aber die Kilundu sind auf unserer Seite.«

Rafael schaute Jacques mit unbewegter Miene in die Augen, und der Richter aus Paris wusste plötzlich nicht mehr, ob auch dieser Mann aus Angola, der in Belgien studiert hatte, an die Kilundu glaubte. Aber schaden könnten sie nicht, die Kilundu, hier draußen in der afrikanischen Unwirklichkeit. Er selbst bezeichnete sich gern als geistigen Anhänger Descartes' und zitierte dann dessen Erkenntnis über das Denken als Beweis für das Sein. Aber vielleicht bestimmten die Kilundu, was er im Augenblick erlebte. Mit cogito hatte es nur noch wenig, vielleicht gar nichts zu tun.

Gegen drei Uhr bog die Aluminiumschale in einen schmalen Fluss ein und der Bootsführer drosselte den Motor.

Der Fahrtwind ließ nach, was Jacques, der in den Resten seines ehemals blauen Hemdes entsetzlich fror, als Wohltat empfand.

Der Mann am Bug zog ein Ruder unter seiner Bank

hervor und hielt es vor sich ins Wasser. Ab und zu rief er ein paar Worte nach hinten und machte mit der Hand Zeichen nach Back- oder Steuerbord, woraufhin das Boot in die angewiesene Richtung schwenkte. Einige Male schleifte der flache Rumpf über den Boden. Schließlich legte das Boot an einer Furt an, die durch den Fluss zu führen schien. Mit großem Lärm verabschiedeten die fünf Männer Jacques und Rafael, drehten das Boot und fuhren den Weg zurück, ohne sich noch einmal nach ihren Passagieren umzusehen.

»Komm!« Rafael lief sofort mit schnellem Schritt den Weg zum Ufer hinauf. »Komm schon. Wenn wir uns beeilen, dann erreichen wir das UNICEF-Lager noch, bevor die Sonne aufgeht.«

Jacques' Beine schienen ihm schwer wie Blei und biegsam wie Gummi. Während der Bootsfahrt hatte er sich ein wenig erholt, aber die Kilundu hatten offenbar die Spannung aus seinem Körper gesogen.

Rafael griff in sein Hemd und zog das Medaillon hervor. »Hoji ikola. Der Löwe ist stark, hat Lyse gesagt. Wo hast du dein Medaillon?«

Mit einem Seufzer griff Jacques in die rechte Hosentasche, wo die Finger auf das Glas mit dem vertrockneten Zeh stießen. Er sah Paul Mohrt vor sich. Den Folterer, den Mörder. Er tastete die linke Tasche von außen ab, spürte nichts, eine Hitzewelle durchfuhr ihn. Es wäre ein furchtbares Zeichen, hätte er das Symbol von Lyse verloren. Voller Panik schlug er mit beiden Händen auf die hinteren Taschen, links spürte er etwas Hartes und zog das Medaillon hervor.

»Ukamba ukola.« Er erinnerte sich an das Losungswort. Und fühlte für einen Moment Lyse in seinen Armen, wie vor einer Woche, als sie ihm das Medaillon schenkte. »Die Freundschaft ist so stark wie der Löwe.«

Er lächelte erleichtert, der Schreck hatte ihm neue Kraft gegeben. Hoji ikola; ukamba ukola. Er hielt das Medaillon hoch und lief schnell den Hang hoch. Vier bis fünf Kilometer dürften es bis zum Lager sein, sagte Rafael, also eine bis anderthalb Stunden Fußmarsch.

Sie schafften den Weg in fünfundfünfzig Minuten.

Jacques sah sich an einem Holztisch sitzen, eine Tasse Kaffee trinken. Ein belgischer Arzt redete mit ihm. Aber Jacques konnte die Worte nicht hören. Er lag zu weit weg in einem Bett. Blutrot war die Sonne eben aufgegangen. Doch schwarz begegnete ihm die mondlose Nacht.

Sonntag

Das Journal de Dimanche widmete dem in Angola verunglückten Untersuchungsrichter Jacques Ricou seine Schlagzeile und die erste Doppelseite. Noch einmal druckten sie das Foto, auf dem Amadée dem überraschten Jacques auf Martinique einen Kuss gibt, und noch einmal stand darunter: »Richter küsst Witwe des vermeintlichen Mörders«. Das hatte den Richter aus Paris damals fast den Kragen gekostet und extrem behindert bei seinen Untersuchungen in Sachen illegale Finanzierung der Partei des Staatspräsidenten. In seinem Nachruf in der Zeitung wurde er jetzt hoch gelobt. Als einsamer Kämpfer gegen die Korruption im Staat.

Unerbittlich sei er im Amt gewesen. Aber er habe

bescheiden in Belleville ein Zweizimmerappartement bewohnt. Und persönlich sei er ganz anders, was drei Bilder belegen sollten. Jacques im Smoking mit der vornehmen Jacqueline im Abendkleid. Jacques mit Margaux beim Verlassen von Chez Edgar, das inzwischen geschlossen hat, und Jacques mit Amadée, dem wunderschönen kreolischen Geschöpf – ein Paparazzifoto, aufgenommen vor dem Bistro l'Auvergnat am Boulevard de Belleville.

In einem eingeklinkten Kasten war ein Telefoninterview mit Sotto Calvi abgedruckt. Die Reporterin hatte ihn auf dem Weg nach Paris in Lissabon erreicht. Calvi gab sich unschuldig. Er sei zutiefst betroffen, er selbst habe den Richter aus Paris zu dem Hubschrauberausflug eingeladen. Denn am Tag zuvor habe er, Sotto Calvi, bei einem Gespräch in der Botschaft der Republik Frankreich gegenüber dem Richter alle Anschuldigungen entkräften können. Ein Konsularbeamter sei anwesend gewesen und habe Protokoll geführt, das sicherlich dem Gericht in Paris zugeleitet würde. Der Hubschrauberabsturz sei tragisch. Fünf Tote seien zu beklagen, zwei der besten Piloten von France-OIL, ein Mitglied der Botschaft, schließlich Jacques Ricou und sein Dolmetscher. Alle fünf seien beim Absturz verbrannt.

Der Gerichtspräsidentin Marie Gastaud hatten die Journalisten des Journal de Dimache einige Sätze höchsten Lobes und ergriffener Trauer entlockt.

Der belgische Arzt saß auf einem Holzstuhl am Kopfende des Krankenhausbettes und drehte langsam an dem Rädchen, das die Zufuhr von Flüssigkeit in Jacques' linken Arm regelte. An den Füßen trug Marc Vandooren

hoch geschnürte, kräftige Wildlederschuhe, darüber
Jeans und über allem einen weißen Kittel.

»Haben Sie Wasser aus dem Fluss getrunken?«

»Das kann schon sein. Wir haben darin gebadet, nachdem wir zwei Tage gelaufen sind.« Jacques fühlte sich
schwach. Seine Eingeweide rebellierten. Alles schmerzte. Der Kopf, die Augen, jedes Gelenk.

»Wir müssen verhindern, dass Sie austrocknen. Über
den Tropf erhalten Sie eine Elektrolyt-Lösung, aber Sie
selbst müssen auch viel trinken. Außerdem bekommen
Sie noch vier Tage lang Antibiotika, dann dürften Sie
wieder auf dem Damm sein. Den ersten Schub haben
wir Ihnen gestern schon verpasst, als Sie kurz nach Ihrer
Ankunft zusammengeklappt sind.«

Jacques fiel bei den letzten Worten wieder zurück in
den Halbschlaf.

Montag

»Geht's besser?« Rafael stand am geschlossenen Fenster, die Hände auf die Bank gestützt.

»Es ist kalt. Ich friere.« Jacques zitterte. Er lag unter
einem groben Leinenlaken und einer Decke aus grün-
lichem Militärfilz.

»Ich hol dir noch eine Decke.«

Nach zwei Minuten kam Rafael zurück und breitete
ein Antilopenfell über dem Bett aus. »Das wird dich
wärmen, selbst wenn es ein bisschen schwerer ist.« Er
zupfte das Fell fürsorglich zurecht. »Übrigens habe ich
gute Nachrichten. Für das Ende der Woche wird ein
Transporter erwartet, der Kinder nach Deutschland zur

Behandlung fliegen soll. Mit dem werden wir dich raus-
schmuggeln.«

»Was heißt: Kinder nach Deutschland fliegen?«
Jacques versuchte, sich auf die Ellenbogen zu stützen,
um Rafael besser sehen zu können. Es strengte ihn zu
sehr an.

»In diesem Lager versammelt UNICEF Kinder aus
der ganzen Provinz Malanje, die durch Minen verletzt
wurden. Jede Woche werden noch hundertfünfzig bis
zweihundert neue Opfer eingeliefert. Vandooren und
seine Mannschaft operieren täglich. Mal muss ein Arm
amputiert werden, mal ein Bein, mal beide Beine. In
ganz Angola kannst du Hunderttausende Kinder und
Frauen mit Amputationen finden. Wenn die Kinder hier
einigermaßen geheilt und transportfähig sind, werden
die Glücklichen unter ihnen nach Europa geflogen und
erhalten dort Prothesen. Und diese Prothesen müssen
jedes Jahr, am besten sogar alle sechs Monate, erneuert
werden, weil die Kinder wachsen. So ist das.«

»Und wie wollt ihr mich unter diese Kinder schmuggeln?« Jacques seufzte. »Hast du Lyse darüber informiert, dass wir leben? Oder kann ich telefonieren?« Er
würde so gern ihre Stimme hören.

»Du bist tot. Von hier aus kann man sich nur per
Funk mit anderen UNICEF-Stationen unterhalten. Es
wäre viel zu gefährlich, wenn du mit irgendwem Kontakt aufnehmen würdest. Auch hier wissen nur so wenige wie nötig von deiner Anwesenheit. Ich habe Vandooren ein wenig eingeweiht, und er wird dir helfen,
unerkannt nach Europa zu kommen.« Das helle Licht,
das durch das Fenster schien, machte aus Rafael einen
dunklen Schatten, um den sich ein Strahlenkranz zu
schmiegen schien.

»Und du?« Jacques schloss die Augen. Konnte der Engel Rafael nicht böse Geister besiegen? In der Bibel war der Engel Rafael beauftragt worden, Tobias zu helfen, die Jungfrau Sara, deren sieben Bräutigame jeweils in der Hochzeitsnacht ermordet worden waren, von ihrem Fluch zu erlösen und für sich zu gewinnen. Rafael heißt »der Gott heilt«.

»Ich gehöre in mein Volk.«

»Du gehörst in den Himmel.«

Die Rückkehr

Sonnabend

Die frisch gebügelte Hose und ein Sweatshirt, das gefaltete Hemd, selbst die Unterwäsche und die Baseballkappe waren hellblau. Am linken Ärmel und über dem Schild der Kappe prangte das Logo: UNICEF.

Jacques zog sich an. Er hatte die Hütte in den letzten Tagen nur ein paar Mal nachts für einen kurzen Spaziergang verlassen und fühlte sich immer noch ein wenig wackelig auf den Beinen. Allmählich aber begann er aus seinem angolanischen Albtraum aufzuwachen.

Rafael reichte ihm eine Ray-Ban-Pilotenbrille mit silbern verspiegelten Gläsern. »So siehst du aus wie einer, der eben mal aus Europa eingeflogen ist. Die Kinder sind übrigens schon mit dem Bus losgefahren. Damit du nicht auffällst, bringt dich Marc Vandooren gemeinsam mit zwei weiteren UNICEF-Begleiterinnen in seinem Wagen zum Flugzeug.«

»Brauche ich nicht irgendwelche Papiere?« Jacques setzte die Brille auf und Rafael lachte laut. »Jetzt tritt der französische Aktenhengst wieder zu Tage! Wenn die Uniformierten in dem Flugzeug einen Weißen sehen, dann reicht ihnen ein Blick auf deine Sonnenbrille, die beweist, dass du wichtig bist. Außerdem wirkt die UNICEF-Kleidung wie ein Ausweis.«

»Und was machst du jetzt?«

»Ich tauche bei den Flusspferden unter. In Luanda sollte ich mich eine Weile nicht mehr blicken lassen. Schließlich bin auch ich tot!« Wieder lachte er. »Mach dir keine Gedanken. Ich lass irgendwann über Lyse von mir hören.« Er griff mit der Hand in sein Hemd und zog die Kette mit dem Medaillon über den Kopf. »Gib das Lyse als Zeichen von mir. Es verbindet jetzt euch beide. Du hast es dir redlich verdient.« Rafael streckte ihm die Hand entgegen. Und als Jacques sie ergriff und kräftig drückte, spürte er, dass seine Augen feucht wurden. Er packte den großen Mann mit beiden Händen an den Schultern und umarmte ihn.

»Danke. Hoja ikola.«

»Ukamba ukola!«

Von oben gesehen, im Licht der Abendsonne, wirkten die Pedras Negras wie große, helle Steine, die ihren dunklen Schatten auf einen grünen Grund werfen. Jacques sah das Bild noch ein letztes Mal aus der Luft, als die Chartermaschine eine Schleife nach Westen flog, dann nordwärts drehte und schnell an Höhe gewann. Und der Fluss, der sich unterhalb der Steine entlang schlängelt, wird der Kwanza sein, dachte er.

Sein letztes Quäntchen Angst war erst gewichen, als der Airbus abgehoben hatte. Jetzt, in der Kabine des Flugzeugs, fühlte er sich geborgen und in Sicherheit.

Die achtzig Kinder in den Sitzen hinter ihm schnatterten laut. Sie wurden von vier angolanischen Krankenschwestern und von drei Mitarbeitern der deutschen Hilfsorganisation »Friedensdorf international« betreut. Es fiel Jacques schwer, die Kinder anzuschauen. Alle waren verstümmelt. Die Ärztin auf der anderen Seite des Ganges vertiefte sich gerade in einen Haufen Papiere, wahrscheinlich die Krankenakten der Kinder.

Jacques erhob sich und stellte sich in den Gang. Er wollte mit jemandem reden. Als die Ärztin aufschaute, seinem Blick begegnete und ihm zulächelte, fragte er sie gleich, ob sie französisch spreche. Nein, aber englisch. Er beugte sich zu ihr und erklärte, dass er nur Gast auf diesem Flug sei und trotz seiner Kleidung nicht zur UNICEF gehöre. Sie nickte.

»Wohin kommen die Kinder denn?«

»Vom Flughafen in Düsseldorf werden sie zuerst zum Friedensdorf nach Oberhausen gebracht.«

»Pardon. Und wo liegt Oberhausen?«

»Im Ruhrgebiet. Dort werden die Kinder noch einmal gründlich untersucht. Viele leiden zusätzlich an Knochenentzündungen als Folge mangelnder Hygiene nach Brüchen oder anderen Verletzungen. Und dann werden sie auf verschiedene Krankenhäuser in Deutschland verteilt. Aber sobald sie gesund sind, fliegen sie wieder zurück nach Angola.«

»Wäre es nicht besser, sie blieben in Europa?«

»Nein, um Gottes willen. Das ist eine sehr europäische Einstellung. Die Kinder wollen zurück zu ihren Eltern, zu ihren Familien, in ihre Heimat. Und dort gehören sie auch hin.«

Sie nahm die Akten von dem Sitz neben ihr und bedeutete ihm, sich zu setzen.

»Und was treiben Sie, wenn Sie nicht zu UNICEF gehören, aber dennoch so gekleidet sind?«

Er stotterte, lachte, schüttelte den Kopf, sagte nur: »Ich bin französischer Beamter, und habe eine wilde Geschichte erlebt, die ich selbst kaum glaube. Ich bin durch Zufall in Malanje gestrandet und komme so am besten wieder nach Hause.« Das war knapp, aber er wollte nicht mehr erzählen.

Vor den Fenstern wurde es Nacht.

Später half Jacques den Betreuerinnen, Tabletts mit Abendessen an die Kinder auszugeben, und als das Licht gedämpft wurde, verteilte er Decken, nahm sich selber eine und schlief bis zur Landung in Düsseldorf.

Sonntag

Uniformen ersetzen nicht nur Ausweise, sondern auch Kreditkarten. Niemand hatte Jacques auf dem Flugfeld von Malanje nach einem Papier gefragt, niemand kontrollierte ihn, als er das Flugzeug in Düsseldorf verließ. Die Maschine war um halb fünf Uhr morgens bei kräftigem Schneetreiben gelandet, die Busse für die Kinder standen bereit. Er bedankte sich bei der Crew, bei der Ärztin, den UNICEF-Begleiterinnen, aber niemand kümmerte sich um ihn.

Im menschenleeren Flughafen entdeckte er einen Aufzug ins Arabella-Hotel, wo er sich am Empfang als UNICEF-Mitarbeiter ausgab, dessen Koffer und leider auch dessen Aktentasche mit allen Papieren erst im Lauf des Tages eintreffen würden. In der großen Empfangshalle, die im fünften Stock über einem Parkhaus lag, herrschte Totenstille, der Nachtportier notierte seinen Namen und erklärte ihm in fließendem Französisch den etwas komplizierten Weg zu seinem Zimmer.

Die Uhr auf dem Nachttisch zeigte Viertel nach fünf; zu früh, um irgendwen anzurufen. Trotzdem versuchte er es bei Lyse: Der Anrufbeantworter sprang an.

Sie wird noch schlafen.

Er versuchte es auf ihrem Handy: Die Mailbox meldete sich.

Am Abend könne er in Paris sein und Lyse ... er stockte. Nie mehr würde er ihr sagen können, lass mich nach deinem kleinen Zeh suchen. Sagen nicht, aber suchen könnte er immer noch.

Er kramte die kleine Kristallflasche und die beiden Medaillons aus den Hosentaschen hervor und legte sie auf den Nachttisch.

Es war kalt.

Jacques ließ das Badewasser einlaufen, so heiß wie erträglich, bestellte sich danach ein Frühstück mit zwei Spiegeleiern und Speck, legte sich schließlich ins Bett und stellte den Wecker auf neun Uhr.

Lyse schien nicht zu Hause zu sein. Jacques ließ es mehrmals so lang läuten, bis der Anrufbeantworter ansprang. Dann wählte er die Privatnummer von Jean Mahon und hörte nach einem Klingelton mehr ein kräftiges Stöhnen denn ein Wort aus dem Hörer.

»Jean?«

»Oui, c'est qui? – Wer ist das?«

»Jean, das ist Jacques. Ich rufe aus Düsseldorf an.«

»Jacques? Welcher Jacques?«

»Sag mal, schläfst du noch? Ton copain, le juge d'instruction Jacques Ricou, der Richter aus Paris.«

Schweigen.

»Jean? Wach auf. Du musst mir helfen. Ich sitze in Düsseldorf in einem Hotel am Flughafen und habe weder einen Cent noch irgendein Papier. Ich habe weniger als ein Penner.«

»Das klingt tatsächlich nach deiner Stimme. Aber du bist doch tot!«

Jacques lachte zum ersten Mal seit langem so laut, dass er sich fast verschluckte.

»Dann hat unser Verwirrspiel ja geklappt. Hör mir bitte zu und stell jetzt keine unnötigen Fragen. Ich habe weder Geld noch eine Kreditkarte. Gekleidet bin ich wie der Beauftragte einer Hilfsorganisation in Angola. Ich habe noch nicht einmal einen Mantel. Und hier bei den Teutonen ist es unter null Grad kalt. – Wie ist das Wetter denn in Paris?«

»Beschissen. Ich hole dich mit dem Wagen ab. Nach Düsseldorf fahre ich vier Stunden. Vielleicht gebe ich ein bisschen Gas. Beweg dich nicht aus deinem Zimmer. Bitte, bleib erst einmal tot.«

»Weißt du, wo Lyse ist?«

»Wir waren vorgestern, am Freitag, zusammen bei der offiziellen Trauerfeier für dich. Sie war tapfer. Ich finde, sie ist eine bewundernswerte Frau. Aber es ist besser, du versuchst dich ein paar Stunden zurückzuhalten, bis wir miteinander gesprochen haben. Auch hier ist einiges passiert.«

»Auch mit Lyse?«

»Auch mit Lyse!«

»Beeil dich und bring mir Klamotten zum Anziehen mit. Ich friere.«

»Unter welchem Namen hast du das Zimmer gemietet?«

»Jacques Ricou. Hotel Arabella im Flughafen! Zimmer 418.«

»Ob das klug war, deinen Namen zu benutzen, weiß

ich nicht. Aber nun gut, jetzt ist es zu spät. Ich sause gleich los.«

Als sie bei Aachen über die Grenze nach Belgien fuhren, hatte Jacques die Kurzfassung seines Abenteuers in Angola erzählt.

Als sie über die Grenze nach Frankreich fuhren, hatte Kommissar Jean Mahon berichtet, was in diesen Tagen in Paris vorgefallen war.

»Dienstag vor zwei Wochen erhielt Françoise Barda deine letzte E-Mail, in der du über die Ergebnisse der Vernehmung von Sotto Calvi berichtet hast. Du solltest am Mittwoch Einblick in die Verträge erhalten. Glückwunsch, habe ich zu der Ziege Barda gesagt.«

Jean Mahon erinnerte sich, wie sie sein Büro verlassen und die Tür hinter sich sperrangelweit offen stehen gelassen hatte.

»Am selben Dienstag«, fuhr er fort, »stellt Maître Lafontaine beim Berufungsgericht die Anträge, Alain Lacoste und Georges Mousse aus der Untersuchungshaft zu entlassen, da keine Fluchtgefahr bestehe. Am Mittwoch steigst du in den Hubschrauber. Barda und Martine versuchen dich per E-Mail zu erreichen, erhalten aber keine Reaktion. Am Donnerstagvormittag teilt der französische Botschafter aus Luanda Gerichtspräsidentin Marie Gastaud mit, dass der Hubschrauber mit dir und einem seiner Diplomaten an Bord vermisst wird. Am Freitag früh erhalten wir die Nachricht, dass alle Insassen des Hubschraubers, mit dem du unterwegs warst, bei einem Absturz getötet wurden und verbrannt sind. Du wurdest eindeutig identifiziert durch deine Brieftasche und deine Armbanduhr, die Jacqueline als ihr Hochzeitsgeschenk erkannte. Du kannst dir unser Entsetzen vorstellen. Ich habe Jacqueline angerufen und Margaux.«

»Und Lyse nicht?«

»Sie ging nicht ans Telefon, und so eine Nachricht hinterlässt man ja nicht so gern. Später habe ich dann einen Sergeant zu ihr geschickt, aber sie war nicht zu Hause. Sie hat es aus dem Radio erfahren. Tut mir leid.«

Der Kommissar stellte den Scheibenwischer an, weil es wieder angefangen hatte zu regnen, und blickte kurz zu Jacques, der vor sich hin starrte.

»So. Am selben Freitag hebt das Untersuchungsgericht den Haftbefehl gegen Alain Lacoste und Georges Mousse auf. Und erstaunlicherweise kommt Lacostes Sohn Didier am Sonnabend aus Texas zurück. An dem Tag machst du die Schlagzeilen. Margaux recherchiert und findet heraus, dass Sotto Calvi schon am Mittwoch Luanda verlassen hat, zuerst nach Tel Aviv geflogen ist, dann in Lissabon Station machte und Montag oder Dienstag in Paris landen wollte. Sie erzählt mir davon und ich flehe sie an, es nicht zu veröffentlichen, um unsere Arbeit nicht zu erschweren. Also: Françoise Barda beantragt einen Haftbefehl, und als die Citation mit Sotto Calvi und Paul Mohrt an Bord am Dienstagnachmittag in Le Bourget landet, stehen wir parat, um ihn festzunehmen. Und weißt du, was er macht? Er holt mit einem freundlichen Lächeln einen Diplomatenpass aus seiner Aktentasche, der ihn als angolanischen Gesandten bei der UNESCO in Paris ausweist und ihm diplomatische Immunität gewährt. Wir mussten ihn laufen lassen. Du kannst dir vorstellen, wie uns zumute war. Françoise Barda hat sich sofort an den Quai d'Orsay gewandt und die Auskunft erhalten, die angolanische Botschaft habe nur wenige Tage zuvor diese Ernennung in einer Verbalnote mitgeteilt.«

»Weißt du, wo sich Sotto Calvi rumtreibt?«

»Natürlich lassen wir ihn beschatten. Er ist gestern mit Paul Mohrt in seiner Maschine nach Figari auf Korsika geflogen und in sein Haus gefahren. Alain Lacoste sitzt wieder bei seiner Familie. Didier ist bei seiner Mutter eingezogen. Wir stehen also wieder am Anfang.«

»Bin ich schon beerdigt worden?«

»Das noch nicht. Dein Leichnam kam letzten Mittwoch an. Am Freitagvormittag fand im Gerichtsgebäude von Créteil eine sehr würdige Trauerfeier statt. Marie Gastaud scheint dich gemocht zu haben, jedenfalls hat sie eine so ergreifende Ansprache gehalten, wie ich es von ihr nicht erwartet hätte. Jacqueline saß neben Isabelle, Margaux neben Lyse eine Reihe weiter hinten. – Übrigens hat mich auch Amadée aus Martinique angerufen.«

»Ach du lieber Gott! Amadée. Sie ist so weit weg. Ich meine jetzt nicht nur geographisch. Ich habe sie vergessen. Oder verdrängt.«

Jacques schloss die Augen. Das eintönige Geräusch des Wassers, das die Reifen zur Seite sprühen, der Motor, der selbst bei Hundertfünfzig leise läuft, die Sitzheizung, die ihn wärmt: Er döste ein. Nach zwanzig Minuten hörte er die Geräusche wieder auf sich zukommen. Er blieb mit geschlossenen Augen sitzen.

»Und was machen wir jetzt?«

»Ich weiß es auch nicht. Wenn wir bekannt geben, dass du lebst, warnen wir Sotto Calvi und alle, die mit ihm zusammenarbeiten. Ich schlage vor, du kommst heute Abend mit zu uns. Es gibt ein zartes Gigot von den Salzwiesen beim Mont Saint-Michel. Und zur Feier des Tages hole ich einen 81er Haut Brion aus dem Keller.«

»Ich muss Lyse anrufen. Und du könntest Françoise Barda morgen früh mit der Behauptung zu dir nach Hause locken, du hättest höchst interessante Neuigkeiten im Fall Sotto Calvi.«

»Was ja auch der Wahrheit entspricht.«

Das »ganz große Ziel«

Montag

Isabelle Mahon gab sich große Mühe, Jacques zu ver-
wöhnen, sie deckte das fröhliche Frühstücksgeschirr
von Laure Japy auf und lief zum Bäcker, um frische
Croissants zu besorgen. Doch Jacques und ihr Mann
nahmen das alles kaum war. Sie redeten nur über Politik
und den Job.

Der Präfekt von Korsika war gestern erschossen worden, als er aus dem Wahllokal trat. Davon berichteten die Zeitungen heute in Schlagzeilen. Der Mörder
war entkommen, aber die korsische Befreiungsbewe-
gung hatte sich zu der Tat bekannt. Jacques hatte völlig
vergessen, dass gestern, am Sonntag, die Wahlen zum
Europaparlament stattgefunden hatten.

»Lass uns mal eben schauen, wie Cortones Parti
Corse de l'Empereur abgeschnitten hat.«

Jean Mahon blätterte zu den Ergebnissen: »Donner-
wetter: immerhin acht Prozent auf ganz Frankreich
verteilt. Auf Korsika selbst fast achtundachtzig Prozent
der Stimmen. Die Insulaner sind verrückt.«

Jacques griff nach der Zeitung und schüttelte den
Kopf. »Den Korsen sollte man die Unabhängigkeit geben und sie dann von den europäischen Subventions-
töpfen abtrennen. Sie kämen bettelnd zurück. Damit
sind Alain Lacoste und Charles Cortone als Abgeordnete ins Europäische Parlament gewählt.«

»Als Innenminister hat Cortone doch viel mehr Macht. Der wird dieses Mandat nie annehmen.«

»Er kann doch Innenminister bleiben und Abgeordneter des Europäischen Parlaments werden. Das verbietet ihm niemand. Zumindest nicht das Gesetz.«

»Aber es wird nicht gern gesehen. Der Premier hat seinen Kabinettsmitgliedern Doppelmandate verboten.«

Sie erhoben sich erst vom Frühstückstisch, als Isabelle die Untersuchungsrichterin, auf die sie schon warteten, in das angrenzende Wohnzimmer führte. Françoise Barda sah Jacques, stockte, errötete leicht, eilte auf ihn zu, streckte ihm die Hand entgegen und dann breitete sie die Arme aus und umklammerte ihn.

»Bonjour Jacques, quelle belle surprise. Welch wunderbare Überraschung!«

Nachdem sich ihre Aufregung gelegt hatte, setzten sich alle auf die eleganten Designermöbel und Jacques erzählte noch einmal in einer Kurzfassung davon, was er in Angola erlebt hatte.

»Phantastisch. Einfach phantastisch.« Sie schüttelte den Kopf. »Immerhin könnten wir Paul Mohrt wegen Mordes und Mordversuchs belangen. An Sotto Calvi kommen wir so lange nicht ran, wie er vom angolanischen Präsidenten mit diplomatischer Immunität geschützt wird. Bleiben uns Lacoste und Cortone.«

»Das aber wird auch schwierig. Beide sind gestern zu Europaabgeordneten gewählt worden.« Jacques wirkte selten so verzweifelt wie heute.

Doch Françoise gab sich nicht geschlagen. »Also muss es uns gelingen, deren Immunität aufheben zu lassen.«

Jacques schüttelte den Kopf. »Das wird nicht klappen. Das hast du ja im Fall des Abgeordneten Jean-

Charles Marchiani gesehen. Da hatte der Untersuchungsrichter bei der juristischen Kommission des Europäischen Parlaments den Antrag gestellt, die Immunität aufzuheben, weil Marchiani von der deutschen Firma Renk Kommissionen für den Verkauf des Leclerc-Panzers erhalten haben soll, ehe er als europäischer Abgeordneter gewählt worden war. Das Parlament hebt aber nur dann Immunitäten auf, wenn das betreffende Delikt in allen europäischen Staaten strafbar ist. Das wiederum verhindern Berlusconis Gesetze in Italien, die es nicht mehr möglich machen, politische Bestechung und Steuerbetrug zu verfolgen. Fumus persecutionis. Wenn also die juristische Verfolgung auch nur den Anschein erweckt, es beträfe den Abgeordneten in seiner politischen Funktion, dann bleibt die Immunität erhalten. So viel zum demokratischen Bewusstsein des Europäischen Parlaments.«

»Marchiani ist übrigens auch Korse und Freund des Innenministers.« Jean Mahon lächelte wissend.

»Aber wir müssen den Fall trotzdem genau prüfen.« Aus Zorn redete Jacques lauter als üblich. »Ich glaube nämlich, dass wir wenigstens die gerichtliche Untersuchung gegen immune Abgeordnete aufnehmen dürfen, selbst wenn wir keinen Prozess in die Wege leiten und sie auch nicht verurteilen können. Und das sollten wir auf jeden Fall weiterhin tun. Schon allein, um den Fall wenigstens in die Öffentlichkeit zu bringen.«

Plötzlich sah Françoise Barda sie mit einem schlauen Lächeln an, öffnete ihre Ledertasche und zog einen dünnen gelben Umschlag heraus. »Ich habe eine kleine Überraschung. Deswegen bin ich zu spät gekommen.«

Neugierig streckte Jacques seine Hand aus, doch Françoise zog den Umschlag an ihre Brust.

290

»Ein Corbeau wollte uns heute Nacht eine Nachricht zukommen lassen. Da aber wegen der Attentatsdrohungen der letzten Tage viele Zivilstreifen unterwegs waren, haben die den jungen Mann geschnappt, der den Umschlag des Corbeau in den Briefkasten werfen wollte. Sie haben seine Personalien aufgenommen und ihn gehen lassen, der Brief sah nicht gefährlich aus.«

Jacques und der Kommissar starrten sie fragend an.

»Didier Lacoste.«

»Und was ist in dem Umschlag?«

»Nur zwei Seiten. Mit dem Hinweis auf eine Geschichte, die so absurd klingt, dass sie nur einem Kinderhirn entsprungen sein kann. Am Donnerstag, dem zweiten Dezember, jährt sich zum zweihundertsten Mal die Kaiserweihe Napoleons in Notre-Dame zu Paris. An diesem Tag soll das ›ganz große Ziel‹ erreicht werden.«

»Was ist denn das ›ganz große Ziel‹?« Jacques sah Françoise leicht mürrisch an. »Und was haben wir heute für einen Tag? Ich habe den Kalender nicht mehr im Kopf.«

»Das große Ziel ist die Unabhängigkeit Korsikas. Und der zweite Dezember ist in knapp drei Wochen. Der historisch-militante Zweig der FLNC will von jetzt an die Häufigkeit der Attentate steigern. Die Ermordung des Präfekten war nur der Anfang. Damit soll Paris gezwungen werden, immer mehr Sicherheitskräfte auf die Insel zu schicken. Am zweiten Dezember will Cortone dann die Unabhängigkeit Korsikas ausrufen und den Volksaufstand gegen die Polizisten vom Festland inszenieren.«

Françoise Barda öffnete den Umschlag, während sie weitersprach. »Auf dem zweiten Blatt steht sehr detailliert, was aus Korsika werden soll: das Las Vegas von Europa. Präsident wird Charles Cortone und Sotto Calvi darf als Einziger die Spielhöllen betreiben. Ein Milliardengeschäft.«

Kommissar Jean Mahon und Jacques prusteten los. »Glaubst du das?«

Françoise Barda legte die Papiere auf den Tisch vor sich und zuckte mit den Schultern.

»Es klingt verrückt. Aber der letzte Satz auf der ersten Seite gibt mir zu denken.«

Sie reichte Jacques die Blätter. Er überflog den Text, verzog immer wieder ungläubig das Gesicht und las den letzten Satz dann vor:

»Wer das Hauptquartier findet, von dem aus die Aktion ›das ganz große Ziel‹ geleitet wird, kann den Spuk verhindern. Aber das kostet.«

Jacques reichte das Papier weiter an den Kommissar.

»Jean, es gibt nur einen Weg. Wir müssen sofort Didier Lacoste finden und befragen.«

Jean Mahon blickte zu Françoise Barda, die ihm zunickte. Daraufhin griff er zum Telefon und gab seinen Leuten den Befehl, Didier Lacoste ins Palais de Justice zu bringen.

Dann sah er seinen Freund an. »Und was machen wir mit dir, Jacques? Wenn an der Geschichte auch nur ein Gran Wahrheit ist, würde dein Auftauchen unnötigen Wirbel verursachen. Du musst für ein paar Tage hier bei uns bleiben. In deine Wohnung kannst du jedenfalls nicht; wenn dich deine Concierge sieht, weiß gleich die ganze Straße, ganz Belleville, ganz Paris, dass du lebst.«

»Ich habe bei Lyse ein paar Klamotten. Und dort wäre ich auch unsichtbar.«

»Aber sie scheint nicht zu Hause zu sein. Hast du einen Schlüssel zu ihrer Wohnung?«

»Nein. Aber du hast in deinem Team Spezialisten,
die mir aufschließen werden.«

Er war zum ersten Mal allein in ihrer Wohnung und
fühlte sich zu Hause. Es schien, als sei Lyse nur für einen Augenblick weggegangen. In der Diele standen
Blumen, an denen noch kein Blatt die Spur von Verwel-
kung zeigte. Die Luft roch frisch. Das Bett war auf-
geschüttelt, im Badezimmer hing noch der Duft ihres
Parfums. Nur das Lämpchen des Anrufbeantworters
blinkte, und Jacques überlegte, ob es ein Vertrauens-
bruch wäre, die Meldungen abzuhören. Doch dann
siegte seine Neugier, vielleicht würde er ja auch erfahren, wo Lyse wäre, und wann sie zurückkehrte. Der
erste Anruf stammte von ihm am Sonntag früh kurz
nach fünf. Also könnte sie am Sonnabend noch da gewesen sein. Am Sonntagmittag und nochmals abends
bat eine jugendliche Männerstimme Lyse, sie möge
sich melden, es sei sehr wichtig. Très, très urgent, Didier.

Als er sich in der Küche einen Kaffee machen wollte,
sah er auf dem Frühstückstisch sein Foto. Lyse hatte es
aus einer Zeitung ausgeschnitten und in einen silbernen Bilderrahmen gesteckt. Jacques im Polohemd. Daneben stand eine schmale silberne Vase mit einer roten
Rose. Er setzte sich mit dem Kaffee an den Tisch und
plötzlich liefen Tränen aus seinen Augen.

Er weinte nicht.

Er war nur erschöpft.

Und allein.

Und verzweifelt.

»Merde, merde, merde.«

Dreimal merde. Er wählte die Handynummer von

Lyse; selbst wenn sie nicht antwortete, könnte er doch wenigstens ihre Stimme hören, die ihn aufforderte, eine Nachricht zu hinterlassen. Sie klang fröhlich. Er rief sie dreimal an, klickte sie jedes Mal vor dem Signalton weg. Dann wählte er die Nummer ein viertes Mal und hinterließ ihr, dass er in ihrer Wohnung auf sie warte.

Vor den Fenstern war es unmerklich dunkel geworden. Wegen des Panzerglases hörte Jacques den Lärm der Stadt nicht, er fühlte sich fast wie in der Stille auf dem Minenfeld in Angola. Als das Telefon klingelte, stand er gerade vor dem Bild des unbekannten Chokwe-Künstlers, der das Muster der Sandmalerei auf Leinwand übertragen hatte. Sein Herz schlug schnell und kräftig. Aber es war nur Jean Mahon.

»Jacques, ich sitze hier mit Françoise und habe den Lautsprecher an. Sie kann also mithören.«

»Wie war's mit Didier?«

»Höchst interessant. Er hat uns einen Deal vorgeschlagen.«

»Und wie geht der?«

»Er erhält sein Wohnmobil zurück, jede Anklage gegen ihn wird niedergeschlagen.«

»Und was gibt er uns?«

»Genaue Informationen darüber, wo sich das Hauptquartier von Sotto Calvi auf Korsika befindet, von dem aus das ›ganz große Ziel‹ angesteuert wird.«

»Das heißt, die ganze Sache stimmt?«

»Es sieht so aus.«

»Und was spricht dafür?«

»Er hat uns seine Quelle genannt.«

»Und die wäre …?«

»Madame Calvi. Er hat sie auf der Ranch in Texas getroffen, wo Sotto Calvi ihn versteckt hielt, und sie hat ihm, im Suff angeblich aus Wut über ihren untreuen Mann, alles erzählt. Didier behauptet, noch sehr viel mehr Unterlagen zu besitzen. Auch über die Finanzaktionen. Wahrscheinlich hat Calvi der Frau des Gouverneurs von Texas hunderttausend Dollar für den Wahlkampf gestiftet. Die Frau von Calvi scheint auch jener Corbeau gewesen zu sein, der uns die erste Akte betreffend Lacoste zukommen ließ. Bist du einverstanden mit dem Deal?«

»Françoise, was meinst du?«

»Ja. Sollten wir machen.«

»Okay, Jean. Und was dann?«

»Ich stelle jetzt sofort eine Truppe zusammen und wir fliegen noch am Abend mit einer Chartermaschine nach Korsika. Die Aktion muss aber streng geheim gehalten werden, damit das Innenministerium unter keinen Umständen davon erfährt. Denn dann wüsste es Cortone. Wenn wir weitere Anschläge verhindern und vielleicht Menschenleben retten wollen, zählt jetzt jede Stunde. Mit Didiers Angaben können wir das Hauptquartier am frühen Morgen, noch in der Dunkelheit, ausnehmen. Das wird zwar eine Ballerei geben, aber da sie uns nicht erwarten, dürfte ich es mit zwanzig Mann gut schaffen.«

»Aber du weißt, Paul Mohrt ist ein Killer. Ich habe es selber erlebt. Melde dich, sobald du kannst. Und ich drücke euch die Daumen. Dann könnte ich morgen ja auch wieder auferstehen.«

»Sobald Sotto Calvi in unseren Fängen ist. Hast du was von Lyse gehört?«

»Nein. Aber es sieht alles so aus, als käme sie gleich wieder. Der Kühlschrank ist noch voll.«

Ein Grab in den Pedras Negras

Dienstag

Um neun Uhr früh brachte Isabelle Mahon Croissants und mehrere Tageszeitungen und bot ihm an, mittags etwas zu kochen, was Jacques jedoch mit übertriebener Freundlichkeit ablehnte. Isabelle schien erleichtert, sie sagte, sie wolle sich jetzt mit Jacqueline, seiner Ex, treffen.

»Soll ich sie von dir grüßen, Jacques?«

»Um Gottes willen, ich bin doch für alle tot! Falls Jean erfolgreich ist, kann ich mich heute Abend wieder zeigen. Hast du schon von ihm gehört?«

»Nein. Du weißt doch, dass ich als Letzte erfahre, was passiert ist. Ich muss los, sonst komme ich noch zu spät.«

»Was macht ihr, geht ihr shoppen?«

»Nein, wir demonstrieren auf dem Friedhof Père-Lachaise wegen des Grabes von Victor Noir. Es kommen alle Modemacher, Sonja Rykiel, Lacroix, Lagerfeld, angeblich sogar Vivienne Westwood aus London. Und viele Models!«

»Ihr demonstriert. Ich lache mich kaputt! Aber ich bin wohl nicht auf dem Laufenden. Was ist los? Victor Noir liegt doch seit mehr als hundert Jahren da. Eigentlich sind die Gräber von Jim Morrison oder Allan Kardec die klassischen Kultorte.«

»Morrison, der Rockstar ist klar. Aber sonst bin ich jetzt nicht auf dem Laufenden. Wer ist Kardec?«

»Kennst du den nicht? Vater des Spiritismus in Frankreich und weltberühmtes Medium.«

»Interessant. Bei dem muss ich mal vorbeigehen. Aber hast du nicht mitbekommen, dass die Friedhofsverwaltung das Grab von Victor Noir mit einem hohen Gitterzaun abgesperrt hat?«

Victor Noir wurde 1848 in Attigny geboren. Er wäre wahrscheinlich unbekannt geblieben, hätte Prinz Pierre Bonaparte, Neffe Napoleons des Dritten, ihn nicht 1870 erschossen. Der zweiundzwanzigjährige Journalist Yvan Salmon, der unter dem Pseudonym Victor Noir arbeitete, sollte einem Kollegen bei einem Duell mit Prinz Pierre Bonaparte als Sekundant dienen. Grund für die geplante Schießerei war ein beleidigender Artikel des Journalisten über den Prinzen gewesen. Um den Ablauf des Duells zu besprechen, begab sich Noir zu Bonaparte. Nach einem kurzen Wortwechsel erschoss der Prinz den Journalisten ohne ersichtlichen Grund. Bonaparte wurde dank seines sozialen Standes für den Mord nicht bestraft.

Doch die Brutalität und Unsinnigkeit dieses Verbrechens löste eine Welle von Demonstrationen unter den Republikanern gegen die »imperialistische Macht« aus; denn Victor Noir starb wenige Tage vor seiner Hochzeit. Er hinterließ eine gebrochene Braut. Seinem Sarg folgten bei der Beerdigung hunderttausend Menschen.

Bald darauf sammelten die Liebenden von Paris Geld für ein Denkmal. Der Bildhauer Jules Dalou wurde beauftragt, eine liegende Skulptur zu schaffen, um die Grausamkeit dieses Todes zu verdeutlichen.

Die Figur ist sehr realistisch. Die Kleidung entspricht der des 19. Jahrhunderts, der Zylinder ist wegen des plötzlichen Todes zur Seite gerollt, der Kragen und der oberste Hosenknopf sind geöffnet. Seine Hände wirken entspannt. Seine Männlichkeit aber zeichnet sich prall und hart unter der Hose ab.

Auf diesem Detail basiert die Legende, Unfruchtbarkeit und Frigidität würden geheilt, wenn junge Frauen im Vorübergehen die Spitze seiner Stiefel – oder das in der Hose steckende Gemächt streicheln. An diesen beiden Stellen glänzt die liegende Bronzestatue inzwischen golden.

Scheue Frauen hinterlassen Botschaften unter dem Kopf der Statue und dankbare eine Blume. Aber ganz Entschlossene schrecken nicht davor zurück, ihren Rock zu lüpfen und sich rittlings auf Victor Noir zu setzen. Und gerade dieses Ritual ist in den letzten Monaten zu oft praktiziert worden, sodass andere Friedhofbesucher protestierten und die prüde Friedhofsverwaltung ein Gitter um das Grab zog.

»Und jetzt wollen wir erreichen, dass der Zaun wieder abgebaut wird. Es ist eine herrliche Aktion, und damit kommen wir alle in die Zeitung.« Isabelle verschwand wie ein Windhauch.

Gegen Mittag klingelte das Telefon. Jean meldete sich aus Korsika. Er klang erschöpft und suchte nach Worten, um zu beschreiben, was geschehen war.

»Jacques, ich glaube, du kannst den Fall Sotto Calvi zu den Akten legen.«

»Erzähl. Habt ihr das Hauptquartier gefunden?«

»Ja. Die Angaben von Didier stimmten, waren sogar äußerst präzise. Es lag ziemlich hoch und einsam versteckt in den Bergen. Wir haben es heute früh um halb fünf gestürmt, aber es gab keine Gegenwehr.«

Jean Mahon machte eine Pause. Jacques wartete.

»Wir fanden nur Tote vor. Acht Leichen. Sotto Calvi,
Paul Mohrt und drei Anführer der korsischen Terroristen befanden sich in einer hochmodern ausgerüste-
ten Kommandozentrale. Da gibt es alles, was du dir an
neuer Kommunikationstechnologie wünschen kannst.
Es hatte offenbar eine Schießerei gegeben. Denn neben
diesen fünf haben wir noch drei weitere Tote gefunden.«

»Habt ihr sie identifiziert?«

»Nur eine Person.«

»Und wer ist das?«

»Lyse.«

»Kannst du das erklären? Wer sind die anderen bei-
den?« Jacques fühlte nichts, er war eiskalt. Er war eine
Maschine, und diese Maschine funktionierte in der
Hülle des unerbittlichen Untersuchungsrichters Jacques
Ricou.

»Ich vermute, dass es Angolaner sind, die Lyse geholfen haben. Alle drei waren mit modernen Maschinenpistolen ausgerüstet und hatten offensichtlich den Tod
von Sotto Calvi und Paul Mohrt geplant. Ich halte es
nicht für ausgeschlossen, dass noch weitere Korsen in
die Schießerei verwickelt waren. Vielleicht finden wir
noch den einen oder anderen mit einer Schusswunde.«

»Jean, hast du eine Ahnung, wann das passiert ist?«

»Alles deutet auf Sonnabend, vielleicht Sonnabend-
abend oder -nacht. Spätestens Sonntag früh.«

Sonnabend

Die Tasse mit dem grand crème hinterließ einen braunen Kreis auf der Zeitung. Das hatte er noch nie verstanden. Auch wenn er in seiner Küche Kaffee in einen Becher goss, ohne auch nur einen Tropfen am Rand hinunterrinnen zu sehen, hinterließ die Tasse trotzdem einen feuchten braunen Rand. Und weil Jacques die unerklärliche Angewohnheit hatte, im Bistro die Kaffeetasse nicht auf die Untertasse zurückzustellen, sondern immer daneben auf den Tisch oder auf die Zeitung, tauchte die Frage nach dem braunen Rand auch immer wieder auf.

Gaston hatte ihm einen Korb mit drei Croissants und einem Pain au chocolat auf den Nebentisch gestellt. Um Jacques herum lagen alle Tageszeitungen, die er bekommen konnte, ausgebreitet.

Er wollte die Geschichte noch einmal lesen.

Am Dienstag, gleich nachdem Jean Mahon aufgelegt hatte, rief Jacques Margaux an und erzählte ihr alles haargenau. Ihr ausführlicher Artikel hatte die Regierung am Mittwoch in Aufregung versetzt. Und die Kollegen auch. Am Donnerstag legte Margaux nach, am Freitag brachte sie alle Details über das »ganz große Ziel«. Innenminister Charles Cortone hatte gerade noch Zeit, von seinem Amt zurückzutreten, bevor er und Alain Lacoste wegen Hochverrats verhaftet worden wären. Hochverrat ist das einzige Delikt, bei dem Immunität nicht schützt.

Plötzlich galt der Untersuchungsrichter Jacques Ricou bei allen als Held. Und Lyse, die ihren Geliebten tot geglaubt und Rache geübt hatte, war in die Fußstapfen von Njinga getreten.

»Gaston, noch einen grand crème, s'il-te plaît!«

»Wie immer?«

»Wie immer.«

Als Gaston die dampfende Tasse abstellte, zog er einen Stuhl heran. Er hatte Zeit, es war nicht voll am Sonnabendmorgen. Die Leute gingen auf den Markt und kamen erst gegen Mittag auf einen ballon rouge oder einen Sauvignon.

»Zufrieden mit der Presse?«

Jacques lehnte sich zurück, nahm eines der beiden in Papier eingewickelten Zuckerstücke, riss es auf und warf es in den Schaum vom Milchkaffee. Dann nahm er das zweite Stück und wiederholte die Prozedur.

»Ach, was heißt schon zufrieden. Wie alt bist du, Gaston?« Jacques drehte den Löffel in der Tasse.

»Über sechzig.«

»Warst du im Krieg?«

»Algerien. Ich wurde eingezogen und habe die letzten Monate dort noch mitgemacht. Das war die schlimmste Zeit.«

»Hast du jemanden erschossen?«

»Ich glaube nicht.«

»Aber du hast den Tod erlebt?«

»Ja.«

»Und?«

»Merde!«

»Das kannst du vierzig Jahre später sagen. Ich habe das Gefühl, ich komme gerade aus dem Krieg. Aber in Algerien wusstest du wenigstens, wo der Feind steht. Während ich heute nichts weiß.«

Gaston erhob sich. »Un calva?«

Jacques blähte die Backen auf und prustete nachdenklich.

»Warum nicht. Un calva.«

Gaston ergriff unter der Theke eine Flasche alten Calvados, drehte den Korken vorsichtig heraus und goss ein kleines Glas voll. Als die Tür aufging und Margaux den Wirt von weitem grüßte, rief der ihr zu, sie möge den Eingang offen lassen, es sei draußen so sonnig und warm, als würde der Herbst gleich in den Frühling übergehen.

Als Jacques die Freundin wahrnahm, stand er höflich auf. Sie umarmte ihn fester als sonst und gab ihm einen freundschaftlichen Kuss auf die linke Wange.

»Darf ich?«

Jacques nahm die Zeitungen von einem der Stühle und schob ihn Margaux zu.

»Danke. Zufrieden?«

»Hat Gaston eben auch gefragt. Ach, es geht.«

Der Weg vom Bistro l'Auvergnat an der Ecke Boulevard de Belleville und rue J. P. Timbaud bis zum Friedhof Père-Lachaise dauert zu Fuß knapp zehn Minuten. Tatsächlich war ein hohes Gitter um das Grabmal von Victor Noir gezogen worden. Margaux schüttelte den Kopf.

»Hat die Bürokratie Probleme! Was spricht denn gegen ein wenig Zauberglauben?« Sie versuchte, ihre republikanische Erregung auf Jacques zu übertragen. Aber der zuckte nur mit den Schultern.

In der Nähe von Jim Morrisons Grab setzten sie sich auf eine Bank in die wärmende Sonne. Jacques verschränkte die Finger ineinander, stützte die Arme auf die Beine und schaute in die Ferne über den Osten von Paris.

»Ich werde jetzt noch einmal ganz offiziell nach Angola fliegen.«

»Ist der Fall nicht zu Ende?«

»Der Fall ja, mein Fall noch nicht. Den kann ich nur in Angola abschließen. Ich werde Lyse dort begraben, wohin sie gehört. In den Pedras Negras, wo die Königin Njinga ihren Fußabdruck auf einem Felsen hinterließ. Und dort werde ich befolgen, was Samuto, der Pförtner des Gottes Kalunga, den Menschen empfahl, als die Sonne gestorben war. ›Wickelt sie in ein rotes Tuch‹, sagte er, ›und legt sie in einen Baum.‹ So geschah es. Und am nächsten Morgen waren alle froh, die Sonne noch strahlender wieder aufgehen zu sehen. Das Gleiche passierte mit dem Mond. Diesmal riet Samuto, ihn in einem weißen Tuch in den Baum zu legen. Und in derselben Nacht schien auch der Mond heller denn je.«

Ulrich Wickert

Gauner muss man Gauner nennen

Von der Sehnsucht nach verlässlichen Werten. 288 Seiten. Piper Taschenbuch

Haben die Deutschen Angst vor der Wahrheit? Ganz offensichtlich, sagt Ulrich Wickert. Viele Jahre im Umgang mit Politikern, Wirtschaftsbossen und Meinungsmachern haben ihn eines gelehrt: Die Dinge deutlich beim Namen zu nennen und Probleme anzusprechen fordert eine Ehrlichkeit im Denken, die wir dringend brauchen.

»Ulrich Wickert nimmt kein Blatt vor den Mund. Fordert Verantwortung, Solidarität, Respekt und Ehrlichkeit im Denken – und nennt die Namen einiger Gauner, die es zu ächten gelte.«
Berliner Morgenpost

Ulrich Wickert

Der Ehrliche ist der Dumme

Über den Verlust der Werte. 272 Seiten. Piper Taschenbuch

Ulrich Wickert, Moderator der »Tagesthemen«, macht sich in diesem Essay Gedanken über den Wertewandel in unserer Zeit. Er führt konkrete Beispiele aus Politik und Gesellschaft an, die verdeutlichen, dass Betrug zum alltäglichen Leben gehört. Er zeigt, in welchem Maße dieser Werteverlust unsere Gesellschaft belastet, und fragt nach Orientierungshilfen, die der Mensch in einer Zeit des Umbruchs dringend benötigt.

Ferdinand von Schirach

Verbrechen

Stories. 208 Seiten.
Piper Taschenbuch

»Ein erfolgreicher Berliner Strafverteidiger erweist sich als bestürzend scharfsichtiger Erzähler, der in schlaglichtartigen Geschichten zeigt, wie sich die Parallelwelt des Verbrechens in der bürgerlichen Welt einnistet.«
Literarische Welt

»Schirach schreibt so souverän, klar und einfach, als hätte er nie etwas anderes gemacht. Er ist ein großartiger Erzähler, weil er sich auf die Menschen verlässt, auf deren Schicksale ... Geschriebenes Kino im Kurzformat«
Der Spiegel

»Im atemberaubenden Erzähldebüt ›Verbrechen‹ des Rechtsanwalts Ferdinand von Schirach geht es um die Wahrheit – nichts als die Wahrheit.«
Frankfurter Allgemeine Zeitung

Susanne Hanika

Und bitte für uns Sünder

Kriminalroman. 304 Seiten.
Piper Taschenbuch

Ausgerechnet beim Kirchputz stößt die Journalistin Lisa Wild auf eine Kiste mit menschlichen Knochen. Gleich wird gemunkelt, es müssten die Gebeine des heiligen Ignaz sein, und schon bald planen der Gastwirt und der Metzger die Vermarktung der Reliquien. Bevor die Dorfbevölkerung auf dumme Gedanken kommt, nimmt Lisa den Fall lieber selbst in die Hand – zumal der Hauptkommissar, der dummerweise zugleich ihr Freund ist, die Sache nicht sonderlich ernst nimmt. Doch dann verschwindet auf einmal der alte Ernsdorfer, der ehemalige Bürgermeister, der eigentlich viel zu gebrechlich ist, um zu verschwinden, und wenig später erhält Lisa einen Drohbrief ...